Les Syyrs

La prophétie de Nokomis

Myriam SAVARY

Les Syyrs

La prophétie de Nokomis

Éditions de Noyelles,
avec l'autorisation des Éditions Nouvelles Plumes

31, rue du Val de Marne, Paris

ISBN : 978-2-298-15416-0

... car devant Lui s'effondrera l'ordre établi.
Au croisement des destinées,
l'Enfant sera révélé...

Prologue

Un homme se hâtait dans la ruelle étroite et sombre. Non loin de lui, on pouvait distinguer la lumière d'une gargote d'où s'échappaient les rares sons qui peuplaient la nuit. Il y entra et referma la porte, laissant derrière lui le noir et le silence. Un léger soupir de soulagement lui échappa. Il ne faisait pas bon traîner dans l'astroport passé une certaine heure.

Près de l'âtre, un groupe de mercenaires jouait aux cartes, lançait les dés et buvait verre après verre, toujours resservi par les serveuses qui sillonnaient la salle. À côté de la porte, un vieillard en guenilles perdait son nez dans la boisson, préférant utiliser le maigre fruit de ses larcins du jour à se vider la tête plutôt qu'à se remplir le ventre. Dans un coin, une silhouette noire sirotait tranquillement un verre avec, à ses pieds, un petit féron aux pattes blanches et au pelage doré roulé en boule, bâillant à la chaleur du feu. Une jeune femme dansait entre les tables, abandonnant derrière elle un nuage de parfum capiteux. Le nouvel arrivant rejoignit deux marchands attablés qui commandaient à manger à l'aubergiste.

Les bouges comme celui-ci ne désemplissaient que rarement après le coucher des deux soleils. « Le CargotLune » était idéalement placé, à quelques pas des docks majeurs accueillant les transports précieux venant de l'Empire ou du Royaume, si proche que dehors on entendait toujours le grondement des vaisseaux qui allaient et venaient sans interruption. Plion était un des ports de commerce les plus importants du système. Située dans la zone grise, sur la frontière entre le Royaume et l'Empire, la planète servait de base à de nombreuses expéditions pour le compte de l'une ou l'autre des grandes puissances.

Le tavernier passait entre les tables, vérifiant que ses clients ne manquaient de rien. Il houspilla au passage les mercenaires imbibés d'alcool qui importunaient les commerçants, puis il dirigea la danseuse vers la table des soûlards, espérant ainsi retenir leur attention sur autre chose. Finalement, il s'approcha des trois marchands. Comme tout bon aubergiste, l'homme aimait les ragots et les nouvelles fraîches, aussi entama-t-il la conversation. Dans une ambiance chaleureuse, les langues se déliaient toujours autour d'un verre et d'un repas.

— C'est vous qui arrivez de Nui, c'bien ça ?

Un des marchands acquiesça.

— Exact, l'ami.

L'homme jeta sur son épaule le torchon qu'il tenait et s'assit. Il était curieux de savoir ce que venaient faire à Plion des gens de la capitale du Royaume.

— Et qu'est-ce qui vous amène par ici ? C'est qu'on est pas bien loin des combats et qu'on voit plus de soldats que de gens de vot'genre d'habitude.

Le plus gras des trois clients s'essuya les mains avant de répondre :

— Nous faisons route vers la garnison royale de Bellion.

À ces mots, le tavernier jeta un coup d'œil inquiet aux mercenaires attablés juste à côté, puis chuchota à l'intention des inconscients qui le dévisageaient :

— J'veux pas d'ennuis. Vous ne devriez pas parler de ça aussi fort.

Le premier marchand le rassura :

— Nous vous remercions pour les conseils, mon brave, mais nous ne nous attarderons pas ici très longtemps. De plus, le roi a eu l'obligeance de nous accorder une escorte suffisante pour nous garder jusque-là de tout problème.

— Et nous sommes porteurs de nouvelles réjouissantes de la capitale, renchérit le deuxième.

— La Longue Guerre prendra bientôt un tournant historique !

Les trois hommes hochèrent la tête d'un air convaincu. Derrière eux, les mercenaires s'esclaffaient. Ils battaient du pied au rythme de la musique, admirant le ballet langoureux de la danseuse. Ses formes harmonieuses semblaient onduler comme les flammes qui couraient dans la cheminée derrière elle, projetant des ombres insolentes sur le mur voisin. Le troisième marchand déglutit péniblement, et ramena son regard sur la table qu'il occupait, tentant de reprendre la conversation qui continuait sans lui, menée par l'aubergiste :

— Bonnes nouvelles du Royaume, alors ? Bah, il leur en faudra bien plus pour gagner la guerre.

Avec un sourire ravi et un air de conspirateur, le chef commerçant se pencha vers lui :

— Détrompez-vous, mon ami. Cette fois-ci, ce n'est pas de renforts ou de stratégie qu'il s'agit. Et il se pourrait bien que la balance penche très bientôt en défaveur de l'Empire.

Le tavernier avait l'habitude de ces gens qui croyaient détenir le plus grand secret du monde. Il fallait faire plaisir aux clients, aussi demanda-t-il d'un ton blasé :

— Ah, et qu'est-ce qu'il a trouvé, le roi ?

L'homme assis en face de lui se pencha un peu plus, trempant sans s'en apercevoir un pan de sa capeline dans la sauce baignant l'assiette posée devant lui.

— Mon cher, c'est le roi lui-même qui diffuse la nouvelle aux quatre coins du Royaume. Et croyez-moi, c'est énorme.

Patient, le tavernier attendit que le marchand continuât. Ce dernier jeta un coup d'œil au vieillard édenté assis à la table voisine, puis se retourna vers l'aubergiste :

— Une prophétie. De Nokomis.

Le mot le pétrifia. Une bagarre éclatait entre deux mercenaires, mais le tavernier ne quitta pas des yeux l'homme qui le fixait, visiblement ravi de sa surprise. La danseuse s'était réfugiée dans un coin de la salle, attendant les bras croisés que l'ambiance se calmât.

— Une seconde prophétie...

Les trois marchands hochèrent gravement la tête. La nouvelle prophétie avait été annoncée par Nokomis, celle-là même qui avait prédit la chute à venir d'une des deux puissances. Ils se souvenaient tous de la première fois où la maître Syyr avait Vu. Le Royaume avait cru à sa fin. Maintenant, c'était donc au tour de l'Empire de trembler.

— La porteuse du Don a parlé : un second Enfant est apparu. La Longue Guerre prendra bientôt fin.

Le féron se redressa d'un bond, réveillé en sursaut, tandis que les mercenaires encourageaient leurs deux camarades à grands cris. Son maître le rassura d'une caresse, et l'animal se recoucha, gardant un œil sur la salle.

— C'est tout ?

L'aubergiste était déçu tant l'information était vague. Il soupira et se leva pour aller séparer les deux protagonistes en train de se battre. Rien n'était fixé. Vexé, le marchand l'apostropha :

— Tout ce que le roi a rendu public, mais il y en a plus, et le prince Elio est déjà parti trouver l'Enfant.

Le petit félin griffait à présent le pied d'un fauteuil. Sa longue queue fouetta l'air. Son maître passa une main gantée de noir dans sa fourrure dorée, apaisant l'animal qui se mit à ronronner. Le vieux mendiant essaya d'attirer à lui la jeune danseuse, faisant luire les dernières pièces qu'il lui restait de sa journée en les tendant vers la belle femme. Il esquissa un sourire édenté tout en jetant un rapide coup d'œil aux marchands dont les bourses semblaient s'être dégarnies. Le premier commerçant renchérit :

— Ça veut dire que celui qui mettra la main sur l'Enfant fera pencher l'équilibre des forces en sa faveur !

L'aubergiste était maintenant agacé par le manque de perspicacité de ses clients. Il ne prenait pas parti dans cette guerre, car être un territoire neutre servait son commerce, mais il n'était pas difficile de voir quel camp risquait fort de l'emporter. Plutôt que de vexer ses clients, il s'excusa en prétextant que l'on avait besoin de lui.

En son for intérieur, la nouvelle tournait pourtant en boucle. Cela pouvait-il changer les choses ? Non, le roi n'avait qu'une longueur d'avance. Il ne faudrait pas longtemps à l'empereur pour faire valoir ses droits à l'Oracle, obtenir le reste de la prophétie et entrer dans la course. Rien n'était joué. Discrètement, il soupira. La guerre prendrait-elle fin un jour ? Le conflit qui épuisait les forces des deux puissances durait depuis déjà trop longtemps, ce n'était pas pour rien qu'on l'avait surnommé la Longue Guerre. Plus de sept cents ans déjà.

Tandis qu'il lavait les tables à mesure qu'elles se vidaient, la serveuse passa près de lui. Sa croupe généreuse accrochait les regards. C'était d'ailleurs la principale raison pour laquelle il l'avait engagée. Il se dirigea dans un coin de l'auberge pour ramasser un verre et quelques pièces sur la table vide, soupirant à la vue du pied de chaise écorché qu'il lui faudrait réparer. Le féron et son maître étaient partis.

***

Elle était en train de glaner à l'orée de la forêt lorsqu'elle l'avait vu passer, le moteur en flammes et perdant de l'altitude à toute vitesse. Au départ, elle hésita à suivre le panache de fumée. Les territoires infestés n'étaient pas loin, et un crash attirerait immanquablement des Errants. Et puis, les gardes royaux n'avaient pas pu rater un tel atterrissage : ils seraient là sous peu. Eux étaient capables de repousser les Bestioles. L'ironie du surnom donné aux grands monstres ne la fit pas rire, cette fois.

Mais arriveraient-ils à temps ?

La jeune femme entra dans le petit bois, progressant doucement entre les buissons, et slalomant entre les arbres en essayant de garder en mémoire la direction dans laquelle le vaisseau était tombé. Elle surveillait au travers des rares trous parsemant le feuillage sombre la traînée de fumée blanche qui zébrait le ciel bleu azur, et trébucha une fois de plus alors qu'elle levait la tête. Le petit vaisseau était plus loin qu'elle ne l'avait cru, presque à la limite des territoires infestés, enfoncé de moitié dans la terre encore chaude qui dégageait une odeur âcre et humide.

Lorsqu'elle s'approcha, elle vit le pilote tenter de débloquer en vain la verrière. Il s'agitait derrière la bulle de verre qui s'emplissait de fumée grise. Avant même de savoir ce qu'elle faisait, la jeune femme grimpa sur la carcasse ardente. Sans se préoccuper de la chaleur qui lui brûlait les mains, elle actionna le mécanisme extérieur d'ouverture automatique, libérant le prisonnier qui s'extirpa du cockpit en entraînant sa sauveuse dans sa chute.

L'homme était grand, vêtu de noir de la tête aux pieds. Un foulard, noir aussi, cachait tout de sa figure. Elle apprendrait plus tard qu'il s'agissait d'une pièce de tissu qu'utilisaient surtout les espions et les assassins impériaux afin de dissimuler leur visage. Elle en frissonnerait alors.

Tenant fermement un sac noir de sa main gauche, le pilote se releva, agrippant le bras de la jeune femme avant de l'entraîner loin de l'appareil. Quelques secondes plus tard, le souffle de l'explosion les propulsa tous deux au sol dans un bruit assourdissant, et l'inconnu roula sur elle tandis qu'une pluie de débris s'abattait en sifflant. Ils restèrent ainsi un moment allongés. Elle remarqua alors les fourreaux de deux sabres qui dépassaient dans son dos, de part et d'autre de sa nuque, et un tremblement lui parcourut l'échine.

Alors que la forêt retrouvait son calme, l'homme leva brusquement la tête, le visage toujours caché derrière son foulard. Il disparut entre les arbres avant qu'elle ait pu esquisser un geste, la laissant seule au milieu d'une scène aux allures d'apocalypse entre arbres brûlés et débris fumants.

Puis les gardes royaux arrivèrent.

1

L'académie scintillait sous le soleil. D'un blanc éclatant, les lignes épurées aux formes arrondies semblaient former une fleur majestueuse aux bords stylisés. Lianne s'arrêta pour admirer le spectacle, puis rejoignit la quinzaine de jeunes qui attendaient devant le bâtiment. La jeune femme en connaissait quelques-uns de vue, croisés au Refuge ou ailleurs. La plupart étaient tendus et regardaient nerveusement le grand bâtiment. L'un d'eux, un jeune homme du nom d'Arutha, répondit à son regard par un signe timide, et elle le rejoignit.

— C'est plus grand que je l'avais imaginé, dit-elle pour entamer la conversation et cacher son anxiété.

Arutha hocha la tête et resta silencieux. Lianne soupira discrètement. Le silence du jeune homme la laissait ruminer des pensées bien trop noires à son goût.

Depuis l'arrivée des Errants, la vie avait changé sur Pira. En vingt ans, les bêtes avaient envahi la planète, tuant tout sur leur passage. Il ne restait plus qu'Eruvia, dernière cité bastion derrière laquelle tout un peuple s'était retranché. La faim, la maladie, avaient frappé à leur tour les survivants. Lianne était petite à l'époque, mais elle se souvenait parfaitement de la peur qui les habitait tous. Ses parents étaient morts, comme beaucoup. C'était là qu'elle avait rejoint le Refuge.

Dix-sept ans de survie. Puis les gardes royaux étaient arrivés. Elle se souvenait encore du jour où elle les avait vus pour la première fois, dans leur uniforme d'un blanc éclatant. La puissance qui émanait d'eux l'avait saisie.

La force des Syyrs, accrue par le Don, faisait d'eux de très bons guerriers. Ceux qui servaient le Royaume devenaient membres de la garde royale : la couleur de leur uniforme leur avait valu le nom de Syyrs blancs. Ceux qui rejoignaient l'Empire devenaient soldats au service de l'empereur : les Syyrs noirs.

Ce fut un tournant historique dans l'histoire de leur planète. Alors qu'ils sentaient leur mort arriver, les Piriens avaient vu les bêtes monstrueuses qui les harcelaient se mettre à reculer. Eruvia respirait, et un nouveau monde s'ouvrait à elle. Un Royaume, un Empire, des milliers de planètes. Pira allait renaître en tant que planète du roi Saï. L'alliance était la condition de leur survie. Mais il y avait un prix à payer : fournir des Syyrs, des porteurs du Don.

Un jeune garçon situé sur la droite de Lianne sautait d'un pied sur l'autre, inquiet. Il ne devait pas avoir plus de quinze ans.

— Tu as été dépisté où ? lui demanda-t-elle gentiment.

Il la regarda un instant avant de répondre nerveusement :

— Le quartier de l'astroport. Mais je viens de Berm. Je m'appelle Athyn, continua-t-il timidement. Tu crois qu'ils vont nous bannir ?

Lianne sourit.

— Non, ils ne se seraient pas donné autant de mal pour ça.

Les Piriens connaissaient déjà le Don avant l'arrivée des Syyrs blancs. Ils le craignaient sans le comprendre, voyant les Errants attirés par les porteurs comme des insectes autour d'une bougie. On ne comptait plus le nombre de personnes qui avaient été bannies, jetées de force loin d'Eruvia pour protéger la ville. La dernière ville.

Ce qui inquiétait Lianne à cet instant, ce n'était pas la peur d'être bannie. C'était surtout le fait que quinze bougies brillaient toutes au même endroit. Mais ils étaient près de l'académie, et cela la rassurait assez pour ne pas la pousser à s'enfuir en courant.

Le bâtiment avait été construit en bordure d'Eruvia pour accueillir la garde royale. Celle-ci assurait ainsi le double rôle d'attirer et d'exterminer les énormes monstres qui envahissaient la planète.

Mais les Errants étaient intelligents, et ils avaient appris à se méfier des Syyrs pour se tourner vers des proies plus accessibles. Les gardes avaient organisé des patrouilles partant de l'académie et couvrant les abords de la ville et de la campagne avoisinante. Ils soulageaient la milice de Pira qui se concentrait ainsi sur la protection de l'arrière-pays dont la production agricole était essentielle aux Piriens. Cela avait fonctionné un temps, la frontière de la zone infestée avait même encore été repoussée. Mais à présent, les Errants étaient affamés. Ils se pressaient toujours plus nombreux devant les gardes royaux, et ceux-ci peinaient à les contenir.

L'arrivée l'an dernier du prince Elio, le fils du roi Saï, avait surpris le cercle des sages, qui y avait vu une volonté de soutenir Pira face à la menace grandissante à laquelle elle était confrontée. Afin de plaire au prince, ils avaient instauré un dépistage systématique du Don parmi toute la population. Les habitants du Refuge avaient été les premiers à y passer. Et Lianne avait été déclarée porteuse du Don.

Une Syyr en habit blanc les fit entrer dans le hall de l'académie. En examinant la salle, la jeune femme se demanda si beaucoup de jeunes potentiels refusaient de venir. Que faisaient les Syyrs dans ce cas ? Au centre de la pièce, une fine structure de cristal était éclairée par un rayon de soleil. Celle-ci tintait, bougeant dans la lumière comme portée par une légère brise scintillante. Était-ce le soleil qui l'agitait ainsi ? La jeune femme se laissa aller à la contemplation, bercée par le son du carillon de verre. Un souvenir l'assaillit. Un champ dans la lumière du petit matin. Trois corps sans vie. Et le sang… Ceux du Refuge étaient toujours désignés pour les moissons les plus dangereuses. Pas de famille pour protester. Ce jour-là, elle avait eu de la chance de ne pas être dans l'équipe précédente. Elle frissonna et reporta son regard sur la salle. Arutha l'observait discrètement : elle lui fit signe que tout allait bien, agréablement surprise qu'il s'intéressât à elle.

Rapidement, ils virent revenir la femme qui les avait accueillis, accompagnée d'une personne que la jeune étudiante reconnut pour l'avoir déjà croisée.

— Bonjour à tous, je suis maître Gaal.

Le Syyr prit le temps de regarder chacun des jeunes gens face à lui avant de continuer :

— Vous êtes ici parce que vous avez été détectés comme porteurs.

Le mot semblait toujours incongru à la jeune femme, qui n'arrivait pas à s'y habituer. Pourtant, la crainte qu'elle avait ressentie lors de son dépistage commençait à se dissiper. Comme elle l'avait dit à Athyn, ils ne prendraient pas toute cette peine pour les mettre simplement dehors.

— À l'académie, nous vous montrerons comment mettre à profit cette nouvelle force, comment l'augmenter également. En échange, vous entrerez au service du roi pour défendre les valeurs du Royaume. C'est un engagement de toute une vie qui ne doit pas être pris à la légère, aussi vous devez être certains de votre choix. Si vous décidez de ne pas apprendre à vous servir du Don, personne ne vous en tiendra rigueur.

Aucun des jeunes adultes présents ne semblait vouloir décrocher un mot. Gaal les sentait sur la défensive, mais il comprenait ce que chacun d'eux redoutait. Sérieux, il voulut tout de suite mettre les choses au clair.

— Nous avons trop besoin de vous pour vous bannir inutilement. Alors, laissez vos mines d'enterrement ici, personne ne vous fera de mal. Allez, suivez-moi. Je vais vous faire faire le tour du propriétaire, annonça-t-il d'un ton plus léger en les entraînant dans les immenses couloirs de l'académie d'Eruvia.

L'école était située en bordure d'une forêt, lieu propice aux Errants car humide, sombre et regorgeant de vie. La présence massive de Syyrs dans cet endroit permettait toutefois aux élèves de parcourir une partie des bois sans danger. Ils se dirigeaient vers les jardins de l'académie lorsque quelqu'un osa prendre la parole :

— Monsieur… euh, maître. On nous a obli… dit qu'il fallait venir, parce qu'on a trop de Don. Mais si on s'entraîne chez vous, on en aura encore plus… on sera encore plus dangereux, non ? demanda un grand costaud aux cheveux noirs, du nom d'Espérion.

Le Syyr ne se formalisa pas de la question, et répondit en choisissant soigneusement ses mots :

— Vous portez en vous plus de Don que la moyenne, c'est vrai. Et vous pourriez en porter encore plus en vous exerçant. Que vous utilisiez ce Don ou pas, vous êtes une lumière dans la nuit. Cependant, les Errants ont une conscience unique. Ce que l'un d'eux expérimente, les autres le ressentent également. Ils ont appris à se méfier – à raison – de tout ce qui porte un uniforme blanc. En groupe, un Syyr a peu de risques d'être attaqué par un Errant ; ce n'est pas toujours le cas s'il est isolé. Vous serez en sécurité à l'académie. Et on peut aussi, avec de la pratique, rendre son Don moins visible. À ceux qui souhaitent rester, nous apprendrons à cacher cette lumière en concentrant profondément le Don en eux-mêmes.

En entendant l'explication du maître, Lianne réagit aussitôt :

— Et pour les autres ?

— Même si vous décidez de ne pas nous rejoindre, nous veillerons à ce que vous ne représentiez aucun danger, la rassura-t-il.

— Comment ? demanda Arutha, l'air préoccupé.

— Imaginez votre corps comme un récipient, une coupe par exemple, plus large et plus profonde que la normale. Il suffit de rétrécir la taille de cette coupe pour diminuer la quantité de Don qu'elle peut contenir. La procédure est parfaitement maîtrisée et sans danger. Elle consiste à rendre une partie du corps impropre au Don.

Le maître eut un grand sourire, cherchant à dédramatiser ses propos, mais Arutha reprit la parole, presque timidement :

— S'il est possible pour un débutant d'être moins voyant sans diminuer la quantité de son Don, alors pourquoi faire subir ce traitement à ceux qui ne veulent pas devenir Syyrs quand il suffirait de leur enseigner comment faire ?

Gaal ne sembla pas un instant troublé par la question, et expliqua posément son point de vue :

— La plupart des personnes qui n'envisagent pas de devenir Syyrs ont peur du Don. Elles veulent en être débarrassées, et non le contrôler. Bien entendu, si vous souhaitez seulement apprendre à contrôler votre Don sans l'exploiter, il serait possible d'en parler au prince Elio.

Le maître Syyr les conduisit jusqu'à un long bâtiment bordant la forêt. Lorsque Gaal s'approcha, les portes ovales coulissèrent pour les laisser entrer. Il appuya sur le bouton d'ouverture d'une petite porte située sur sa droite. Celle-ci glissa silencieusement dans le mur, révélant une pièce longue dans laquelle s'alignaient face à un tableau des coussins couleur crème. À la vue de la salle de cours, Lianne eut un soupir de déception, mais ils ne s'attardèrent pas dans le bâtiment. Passant par les jardins intérieurs, où les jeunes gens purent observer de loin quelques Syyrs en train de manier les armes, ils arrivèrent ensuite aux dortoirs communs. La grande salle abritait deux rangées de lits sommaires, attribués indifféremment aux garçons comme aux filles, et séparés par des armoires de bois clair. Malgré la simplicité de l'ameublement, le lieu leur sembla exceptionnel.

— Les élèves restent ici uniquement les premiers temps de leur enseignement. Une fois leur maître choisi, ils rejoignent la chambre contiguë à celle du Syyr qui les instruira.

— C'est l'élève qui choisit le maître ? s'étonna un garçon aux taches de rousseur.

— Bien entendu. Mais il faut que celui-ci accepte également d'enseigner à l'élève qui le lui demande.

Dans le bâtiment suivant, Gaal leur fit visiter sa propre chambre, constituée d'une pièce principale où il dormait, contiguë à une salle d'eau sur la gauche et à une chambre plus petite sur la droite. Celle-ci était vide, le Syyr n'ayant pas encore d'élève à sa charge.

— Venez, nous allons continuer par quelque chose qui plaît en général beaucoup, dit-il avec un clin d'œil vers les jeunes qui le suivaient.

Le dernier bâtiment était situé à l'arrière de l'accueil. À moitié enfoncé dans le sol, l'immense hangar renfermait une unique salle d'entraînement. Devant la porte, un grand escalier de béton permettait de descendre dans la pièce proprement dite, et tout autour, une balustrade offrait la possibilité d'observer d'en haut chaque coin de la scène.

En bas, un groupe de gardes s'entraînait dans l'arène encore à moitié vide. Au grand étonnement des jeunes gens, ils pratiquaient le tir sur cibles. Intriguée, Lianne observa les armes de poing.

— Je croyais que les gardes n'utilisaient que des armes blanches.

— Les Syyrs n'utilisent généralement pas de lasers. Mais vous savez que les gardes ne sont pas tous des Syyrs.

Plusieurs personnes acquiescèrent, et Gaal continua ses explications pour les autres :

— Certaines personnes ne possédant pas le Don décident tout de même de s'engager au service du roi. Par envie ou par conviction, elles sont alors gardes du Royaume, et pour leur permettre de se battre aux côtés des Syyrs, nous leur apprenons à manier le laser. Nous sommes une cinquantaine de Syyrs à l'académie. C'est trop peu pour protéger efficacement la population d'Eruvia et toute l'arrière-zone. Avec le début de la campagne de détection, vous êtes les premiers apprentis à nous rejoindre. Quarante gardes ocre nous aident quotidiennement, en prenant en charge notamment les canons lasers qui nous servent contre les Errants.

Pointant du doigt les tenues d'un jaune tirant sur le brun des hommes qui s'entraînaient, il ajouta :

— Vous pouvez les reconnaître à la couleur de leurs uniformes, qui sont d'ailleurs légèrement différents des nôtres.

Portant un œil plus attentif à la scène, Lianne comprit ce que le maître voulait dire. La ceinture de tissu des Syyrs était remplacée ici par un ceinturon permettant d'attacher un pistolet laser et ses recharges, tandis que la veste était pourvue d'un haut renforcé, protégeant un peu mieux le tireur mais laissant une moins bonne liberté de mouvement. Maître Gaal se tourna vers le groupe.

— Les élèves apprennent d'abord à manier la plupart des armes basiques, comme le bâton, l'épée ou le sabre. Ensuite, lorsque vous commencerez à vous faire à chacune de ces techniques, vous pourrez vous spécialiser en fonction de vos goûts, de vos préférences. Si vous décidez de suivre l'entraînement, bien sûr.

Apercevant le groupe en haut des marches, un des gardes fit un signe au Syyr, qui répondit d'un grand geste de la main.

— Excusez-moi une minute, jeunes gens.

Lianne regarda l'homme descendre l'escalier, sautant les dernières marches pour rejoindre le chef du petit détachement.

Maître Gaal l'avait agréablement surprise, répondant sans hésitation à chacune de leurs questions. Elle comprenait mieux à présent ce que voulait dire être Syyr. La vie qu'il décrivait fascinait la jeune femme, mais l'engagement que cela représentait restait toujours aussi flou. Elle ne savait que si peu de choses sur le roi auquel elle devrait prêter allégeance. Elle aimait l'idée de développer son Don, mais elle ne voulait pas combattre d'autres êtres humains. Lianne ne s'imaginait pas pouvoir tuer un jour de sang-froid. Que se passerait-il lorsqu'elle se retrouverait sur le front de la Longue Guerre, face aux soldats de l'Empire ?

La menace de l'Empire grossissait, colportée par les rares Piriens qui avaient eu l'occasion de visiter le Royaume. Les élus du conseil des sages voulaient placer Pira sous la protection du roi. Ce furent eux, les plus sages parmi leur peuple, qui construisirent la première académie, assurant ainsi leur soutien au Royaume. Eux qui prêtèrent allégeance au roi pour la sécurité de tout un peuple, même si cela signifiait participer à une guerre qu'ils ne comprenaient qu'à peine.

Lianne ne mettait pas en doute la décision des élus, mais eux n'auraient jamais à se battre à l'autre bout de l'univers contre un ennemi dont ils ne connaissaient rien, pour défendre un roi qu'ils ne verraient sans doute jamais. Pourtant, sans ce roi inconnu qui avait transformé les esprits, que serait-elle devenue si son Don s'était un jour manifesté ? Une paria, au mieux rejetée par les siens, au pire bannie de l'autre côté de la frontière. Son espérance de vie n'aurait alors pas été très longue.

Les porteurs du Don peuplaient les contes de son enfance, croque-mitaines à l'allure décatie. Porteurs de mort. Cela ne ressemblait en rien à ce qu'elle avait pu voir. Ils avaient tous l'air si sûrs d'eux-mêmes, certains de contribuer à quelque chose d'important. La jeune femme enviait leur confiance, leur harmonie, alors que la peur l'habitait. Ils agissaient, elle subissait. Impuissante. L'image des trois moissonneurs morts s'imposa de nouveau à elle. Si elle avait été à leur place, elle n'aurait rien pu faire. Elle serait morte. Elle pouvait pourtant changer ça. Il lui suffisait d'accepter de faire partie de cette nouvelle minorité sur Pira. Les gens auraient peur d'elle. Ses amis... Ceux qu'elle connaissait la fuiraient. Cependant, même si elle était « vidée » de son Don, ils la craindraient quand même.

Elle était ce qu'elle était.

La jeune femme secoua la tête et sortit de ses pensées. Un petit sourire apparut sur son visage, et elle s'accouda à la balustrade, observant l'entraînement des gardes tout en savourant le fait d'être enfin débarrassée d'un poids. Sa décision était prise.

2

Elio relisait un à un les rapports que lui avaient remis les dernières patrouilles. Lorsqu'il se résigna enfin à les poser, ce fut pour se passer une main soucieuse sur le menton.

— Leur nombre a encore augmenté, constata-t-il.

Debout à côté de son prince, Astre acquiesça silencieusement. Il accompagnait le fils du roi Saï depuis son plus jeune âge, et les deux hommes avaient besoin de peu de mots pour se comprendre. Il connaissait les soucis de son prince : le manque de ressources de l'académie, la situation politique qui se détériorait dans la capitale en même temps que la santé du roi. Ce même roi qui avait envoyé son fils unique et héritier dans une chasse impossible à l'autre bout du Royaume sans pour autant lui fournir les moyens nécessaires pour réussir sa mission. Depuis plus d'un an que le prince était sur Pira, il n'y avait pas eu une seule preuve de l'existence de l'Enfant, pas un seul indice pour les guider. Et les Errants qui devenaient plus nombreux, plus téméraires, chaque jour qui passait.

— Votre père a-t-il approuvé votre demande ?

Elio ne répondit pas. Il ne comptait plus le nombre de fois où il avait demandé plus d'hommes à son père, s'appuyant sur les rapports alarmants qu'il recevait tous les jours pour lui faire comprendre l'urgence de la situation, mais le roi avait systématiquement refusé ses requêtes. La trop rapide entrevue qu'il lui avait accordée avant son départ pour Pira ne lui avait apporté aucune réponse. Saï s'était contenté de répéter à son fils les paroles de l'Oracle : « ... car devant Lui s'effondrera l'ordre établi. Au croisement des destinées, l'Enfant sera révélé... » C'était tout.

— Et l'Enfant ? demanda-t-il.

— Rien de nouveau, mon prince. Si nous en savions un peu plus...

— Il n'y a rien de plus, Astre. L'Enfant est forcément ici, à Eruvia, ou autre part sur Pira. Il nous faut attendre et guetter.

— Oui, mon prince, répondit patiemment le chef de la garde.

Depuis un an, il n'avait jamais obtenu d'autre réponse. Sentant l'humeur sombre de son prince dont le regard soucieux était perdu dans les papiers étalés devant lui, il le salua et sortit, le laissant à ses réflexions.

Elio était confronté à deux problèmes. Le premier concernait les Errants : ils étaient bien plus hargneux ici qu'ils l'avaient anticipé, comme s'ils ne craignaient pas autant les uniformes blancs qu'ailleurs. Les attaques s'enhardissaient, et chaque Syyr de l'académie était mis à rude épreuve. L'arrivée imminente des jeunes apprentis n'allait pas améliorer, dans un premier temps, la situation. Elio s'attendait à ce que les attaques redoublent très prochainement. Pourtant, ils avaient besoin de ces enfants : pour que leur mission ici reste discrète, son père ne lui avait octroyé qu'un minimum d'hommes, et même si ceux-ci étaient pour la plupart d'excellents combattants, ils s'étaient révélés trop peu nombreux pour faire reculer significativement l'ennemi.

Le second problème était plus grave : ils n'avaient pas trouvé l'Enfant. Pas encore. Mais l'Empire avait découvert sa trace. Comment expliquer autrement la présence du chasseur qui s'était écrasé ? D'après la description de la jeune femme qui l'avait vu, le pilote portait le foulard des assassins impériaux et chasseurs de primes aux ordres de l'empereur. L'homme prenait des risques en s'aventurant dans les territoires royaux, ce qui n'était certainement pas sans raison. De là à en déduire qu'il venait pour l'Enfant, il n'y avait qu'un pas, que le prince n'avait pas hésité à franchir. Pourtant, malgré tous leurs efforts, l'espion leur échappait toujours. Cela faisait presque deux mois déjà.

Bien qu'inquiétant, cet événement était aussi la confirmation qu'ils ne faisaient pas fausse route à Eruvia, et Elio puisait dans cette certitude un certain soulagement à son éloignement imposé.

Le prince ne croyait pas en la prophétie, mais il ne pouvait nier la force que représentait l'Enfant : l'espoir. Des milliards de vies peuplaient le Royaume, autant habitaient l'Empire, et tous ou presque avaient cru avec conviction en la première prophétie. Ils croiraient en la seconde avec autant de force. L'espoir qu'un sauveur mettrait fin à la Longue Guerre. La rumeur se propageait déjà entre les mondes : « ... car devant Lui s'effondrera l'ordre établi... ». Son rôle en tant que prince était de s'assurer que ce fût en leur faveur.

Pour cela, il devait convaincre son père de lui envoyer plus d'hommes.

***

Lianne et Arutha arrivèrent juste à temps dans la salle, et maître Edin referma la porte derrière eux. Ils allèrent s'asseoir rapidement parmi la vingtaine d'élèves à côté d'Ubio, un jeune homme frêle au visage empreint de gentillesse, et d'Espérion, un grand gaillard aux cheveux bouclés et aux manières brusques. Les deux garçons étaient aussi différents qu'inséparables, et tous les quatre étaient rapidement devenus bons amis.

— Merci, chuchota-t-elle, s'attirant un regard réprobateur de leur professeur.

La jeune femme saisit un coussin aussi crème que son uniforme, et s'installa confortablement sur le sol agréablement frais où Arutha s'empressa de la rejoindre en s'asseyant devant elle. Cela faisait plusieurs semaines maintenant qu'ils avaient tous intégré l'académie d'Eruvia, partageant avec les autres apprentis la vie bien réglée des Syyrs de la garnison.

Chaque matin, ils se levaient de bonne heure, faisaient leurs lits côte à côte dans le grand dortoir commun, enfilaient leur nouvel uniforme d'apprenti, et rejoignaient la salle commune pour le petit déjeuner. La journée était ensuite découpée entre cours théoriques et pratiques dont les sujets les étonnaient un peu plus chaque jour.

Ils avaient d'abord parlé du Don, de ce qu'étaient ces particules vivant à l'intérieur d'eux, habitant leur organisme et le renforçant en échange, mais ils avaient également discuté de politique Universelle ou encore de l'origine de la Longue Guerre. Le point culminant avait été la rencontre avec le prince Elio, qui les avait félicités de leur choix, et leur avait brièvement rappelé ce que leur engagement impliquait. Ils avaient prêté allégeance au roi Saï et au Royaume et renouvelleraient leur serment à la fin de leur formation. Ils deviendraient alors des Syyrs royaux et arboreraient l'uniforme blanc, symbole de leur nouvelle condition. Tout cela était nouveau pour les jeunes Piriens qui, il y a un mois encore, ne connaissaient rien d'autre que leur planète.

— Hé, vous avez entendu parler du chasseur impérial qui s'est écrasé ? chuchota Espérion.

Courbé pour paraître discret mais trop grand pour y arriver, l'apprenti s'était penché vers ses camarades. Le gaillard prit un air contrit tant que le Syyr qui enseignait regarda vers eux, puis il se tourna de nouveau vers sa voisine dès que la voie fut libre.

— Qui n'en a pas entendu parler ? maugréa Lianne.

La nouvelle circulait partout depuis deux mois. Un chasseur impérial s'était écrasé dans la zone infestée en bordure d'Eruvia, et le pilote n'avait pas été trouvé. L'homme était armé et dangereux. Cela avait fait grand bruit, car l'Empire n'avait plus envoyé de raids sur Pira depuis plusieurs mois, et tout le monde commençait à penser que l'empereur s'était désintéressé de la planète. Un couvre-feu avait même été décrété pendant quelque temps, avant que les autorités décident, devant l'absence de manifestations du soldat impérial, que cela ne valait pas le dérangement. Les gardes royaux avaient bien sûr protesté, en vain. La nuit dernière, ils avaient cru retrouver sa trace, mais cela n'avait mené à rien.

Lianne regarda par la fenêtre un morceau de ciel bleu parsemé de nuages couleur crème. Empire et Royaume paraissaient si lointains, inatteignables. Elle reporta son attention sur la classe. Devant, Arutha se tenait le dos bien droit tandis qu'il écoutait maître Edin. Lianne ne pouvait s'empêcher de jalouser un peu les cheveux dorés du garçon. Ils n'avaient rien de commun avec le banal châtain des siens. Comme s'il sentait son regard, Arutha tourna la tête pour la considérer d'un œil interrogateur.

— Qui peut me rappeler ce que nous avons vu hier ? interrogea maître Edin. Ester ?

Une jeune femme aux boucles brunes et à l'allure décidée prit la parole :

— Le garde Param a fait sédition, et s'est proclamé empereur sur la région de l'Univers allant de Faal à Segari. Il a pris le nom d'empereur Param et imposé le parse, la langue de sa planète d'origine, comme langage officiel du nouvel empire.

Maître Edin hocha la tête.

— Très bien. Et après ? Espérion.

Le garçon à la haute stature baissa son bras musclé. Ses cheveux noirs et épais étaient attachés en un catogan serré, retenant les boucles sauvages qui encadraient son visage basané. Il répondit avec assurance :

— Le Royaume prit les armes contre Param et envoya l'élite des Syyrs l'éliminer, mais l'attaque échoua, car l'empereur projeta son Don. C'était la première fois, et les gardes n'y étaient pas préparés. Il fallut ensuite lever l'armée entière contre l'Empire : ce fut le début de la Longue Guerre.

Lianne connaissait le cours aussi bien que tous ses camarades. À quoi servait-il de les interroger quand aucun d'eux ne se trompait plus depuis longtemps ? Elle laissa vagabonder son esprit, la tête confortablement posée sur ses deux mains. Son regard se perdit par les larges portes-fenêtres à sa droite, contemplant sans les voir les magnifiques jardins qu'elles révélaient.

— Il y a combien de temps, Athyn ?

— Presque sept cents ans.

Athyn était le plus jeune des potentiels. Quinze ans. Depuis qu'il avait pris conscience du Don qui l'habitait, celui-ci se développait en lui comme dans chacun des élèves. Tous se sentaient un peu plus forts chaque jour, et retenaient sans difficulté ce qu'on leur enseignait. Ils mangeaient moins, se contentant souvent de deux repas, et se réveillaient toujours reposés malgré la fatigue des exercices auxquels ils étaient soumis. À croire que le Don comprenait ce dont ils avaient besoin. C'était d'ailleurs sans doute le cas.

Quelque chose attira le regard de Lianne. Un petit éclat doré scintilla sous un des grands arbres qui se dressaient près de la fenêtre. La jeune femme scruta le parterre végétal à leurs pieds sans rien remarquer. Elle pensait avoir rêvé lorsqu'un mouvement fit trembler le buisson d'à côté. L'apprentie fixa la tache dorée qu'elle pouvait entrevoir entre les feuilles vertes. Son esprit passa en revue le type d'animal qui pourrait se trouver là. Chien ? Féron ?

— Très bien. Vous avez compris comment est né l'Empire. Avez-vous retenu comment il s'est développé depuis ? Lianne.

La jeune femme sursauta. Ramenant en vitesse son regard sur le Syyr qui se tenait à quelques pas, elle répondit automatiquement à la question :

— L'empereur colonise une planète pour ses ressources, l'exploite au maximum.

— Et les habitants ?

— Ils sont soumis ou exterminés, et fournissent esclaves et soldats à l'Empire.

Edin hocha la tête, apparemment satisfait, et se tourna vers la classe sans remarquer la mine sceptique de son élève. Arutha se recula légèrement pour se mettre au même niveau que Lianne.

— Un problème ? lui demanda-t-il discrètement.

Elle se tourna légèrement vers son camarade, hésitant à risquer une réprimande si elle était surprise à discuter en cours. Elle chuchota :

— Ça ne te paraît pas caricatural ? Les méchants d'un côté, les gentils de l'autre ?

Arutha haussa légèrement les épaules pour signifier qu'il n'en savait pas plus qu'elle. Lianne soupira et porta de nouveau son regard vers la fenêtre, mais l'éclat doré avait disparu. Autour d'eux, la leçon continuait.

— Que pouvez-vous me dire d'autre, Ubio ?

À côté d'Espérion, le garçon semblait encore plus mince qu'il l'était réellement. Ses fins cheveux d'un blond très clair étaient coupés court, dégageant son visage au teint pâle. Au-dessus de ses fines lèvres à peine dessinées ressortaient ses larges pupilles noires, telles deux fenêtres sur un monde insolite. Il avait fallu du temps à Lianne pour voir le jeune homme sensible et sympathique qui se cachait derrière cet air absent.

Elle se souvint de la première rencontre d'Arutha avec le timide apprenti : les deux garçons s'étaient mutuellement observés sans décrocher un mot. Cette pensée la fit rire sous cape, déclenchant le regard interrogateur de son voisin et ami. Ses cheveux dorés s'agitèrent tandis qu'il secouait lentement la tête en lâchant un léger soupir, échouant à comprendre d'où venait cette hilarité. Le sourire de Lianne se fit plus grand à la vue de la mine dépitée d'Arutha. Elle ne désespérait pas de le sociabiliser un jour.

— On sait que les fils de l'empereur peuvent aussi projeter leur Don, ce qui fait d'eux des Syyrs puissants qui forment les piliers de l'Empire.

— Exact. Ils ont hérité cela de leur père en même temps que de ses yeux de ce bleu si particulier. Ils sont puissants, certes, mais malgré tout, ils peuvent mourir. Ayra fut longtemps un des favoris de l'empereur. C'était un soldat réputé invaincu. Sa projection – quatre ailes d'oiseaux, chacune de la taille d'un homme – était synonyme de mort pour ceux qui l'apercevaient. Son nom était révéré dans l'Empire, et craint dans tout le Royaume.

Edin s'arrêta, contemplant sa classe. Il appréciait d'enseigner aux jeunes élèves, leur soif de savoir était un perpétuel moteur. Une main timide se leva, et une jeune femme du nom de Lullana posa la question évidente :

— Que s'est-il passé ?

— L'empereur l'a envoyé sur le front infesté, où des nuées d'Errants tentent aujourd'hui encore de franchir les lignes. Six mois plus tard, il était mort, et l'Empire perdait trois planètes sur la frontière.

Il pouvait voir sur chacun des jeunes visages les questions s'agiter : était-ce vrai ? Suffisait-il de quelques Errants pour tuer un fils impérial ?

— Et ce n'était pas le premier des princes impériaux à périr. En près de sept cents ans de règne, l'empereur a eu pas moins de cent cinquante fils. Douze seulement ont atteint l'âge adulte et survécu à l'éclosion. Parmi ces douze, huit sont encore en vie. Ce sont ces huit soldats d'élite qui constituent les piliers de l'Empire de Param.

Huit sur cent cinquante. Lianne et Espérion échangèrent un regard. La vie des fils impériaux ne devait pas être facile. Sans compter que faire éclore son Don était dangereux. Mais quel spectacle cela devait être lorsque, pour la première fois, son Don se déployait autour de soi, plié à sa volonté.

— Parmi ceux encore en vie, c'est un des plus âgés, Einar, qui occupe à présent la place officielle de successeur de l'empereur.

Le maître se retourna vers la classe, suspendant un instant ses explications. Les étudiants avaient beau n'avoir aucun mal à retenir les cours du Syyr, il leur était encore fatigant de trouver les réponses dans la masse d'informations qu'ils emmagasinaient chaque jour.

— Bien. Je sais que tout cela doit vous sembler loin de l'apprentissage que vous attendiez, mais en tant que Syyrs, vous défendrez un jour le Royaume, et il est important que vous sachiez ce que vous aurez à affronter.

Edin contemplait ses élèves. Il constatait avec satisfaction que leurs capacités de réflexion s'amélioraient à mesure que le Don se développait en eux. Ils progressaient rapidement, et cela rassurait son prince car ils auraient bientôt beaucoup à faire. L'Enfant leur échappait toujours, et l'Empire était sur ses traces. Leur avance se réduisait.

Le maître Syyr s'empressa de conclure son cours avant qu'une autre question fît irruption. Il engloba du regard les élèves de sa classe, puis conclut :

— La prochaine fois, nous aborderons la répartition des ressources dans l'Univers connu et les zones de conflit s'y rapportant.

Un concert de soupirs et d'exclamations déçues accueillit sa déclaration. Rechignant à cette idée peu enthousiasmante, les jeunes apprentis Syyrs se levèrent et saluèrent leur professeur avant de sortir. Maître Edin fut le dernier à partir, laissant aux deux élèves désignés le soin de ranger la salle de cours.

C'était au tour de Lianne et d'Arutha de s'en occuper. Ils commencèrent par empiler les coussins, puis passèrent le balai par terre. Ils travaillaient sans parler, Arutha sifflotant doucement un air devenu familier à Lianne. Le garçon blond s'arrêta soudain, demandant sur le ton de la conversation :

— Alors, tu ne crois pas ce que dit maître Edin ?

Surprise, la jeune femme protesta :

— Non, ce n'est pas ça...

Elle tenta de s'expliquer, cherchant ses mots :

— Tout ce que l'on sait du Royaume ou de l'Empire, ce sont nos professeurs qui nous l'ont raconté. On ne sait rien de ce qui se passe réellement là-haut, et comment savoir, d'ailleurs ? Si l'on quitte un jour cette planète, ce sera certainement pour combattre l'Empire, et j'aimerais savoir à quoi m'en tenir avant.

Arutha haussa un sourcil, accueillant la tirade avec son flegme habituel :

— Rien n'est jamais tout noir ou tout blanc.

Avec un clin d'œil complice, il agita son balai en direction de son amie, tentant de maculer le bel uniforme crème qu'ils portaient tous. Lianne éclata de rire en saisissant l'arme improvisée. Le cœur plus léger, elle entreprit à son tour de balayer la salle.

— Bah, nous n'aurons sans doute jamais à nous poser la question, espéra-t-elle tout haut.

Le jeune homme se pencha sur le dernier coussin à ranger, l'air égaré dans ses pensées. Il murmura comme pour lui-même :

— Oui, sans doute.

Après avoir rapidement vérifié que plus rien ne traînait, ils se dépêchèrent de rejoindre le cours suivant, traversant les corridors déserts vers l'espace vert que maître Gaal leur avait présenté le jour de leur première visite à l'académie. Au détour d'un couloir, ils aperçurent Astre, le chef de la garde, en pleine discussion avec la chef médecin de l'académie, Ozalee. Tous deux arboraient un air grave.

— … Plaies nettes sur les deux Errants… Tués par sabre… entendirent-ils faiblement.

Les apprentis ralentirent et se firent discrets, sentant qu'ils ne devaient sans doute pas entendre ce genre de conversation.

— Embouchure de la rivière jaune… Perdu sa trace.

Happée par la curiosité, la jeune femme s'arrêta. Elle connaissait cet endroit. Arutha la tira doucement par le bras, mais elle résista, écoutant encore les maîtres absorbés par leur discussion :

— Reste à savoir ce qu'il faisait là-bas. Si cet espion...

Apercevant les deux apprentis, Astre s'interrompit, l'œil sombre. Avant qu'il ait eu le temps de les réprimander, le garçon blond poussa son amie en avant.

— Bonjour, maître Astre, maître Ozalee. On a fini de nettoyer la salle, mais on est en retard pour le cours de maître Gaal, excusez-nous, au revoir ! lança-t-il à toute vitesse en passant devant eux.

Ils eurent à peine le temps d'entrevoir l'air agacé du chef de la garde avant de tourner au coin du mur, s'en allant en vitesse vers le cours qui les attendait.

— Lianne, Arutha, on se dépêche ! leur cria le maître Syyr en les voyant arriver.

Les séances de pratique du Don avec maître Gaal étaient toujours musclées. L'homme partait du principe que le Don s'exprimait toujours mieux dans un corps épuisé, et s'évertuait à trouver à chaque fois de nouveaux moyens de fatiguer ses élèves.

Les deux jeunes gens rejoignirent en courant leurs équipes respectives, se dépêchant de s'aligner avec les autres élèves sur les marques tracées au sol. Lorsque le signal du départ fut donné, chaque groupe s'élança vers la ligne suivante, tâchant d'y arriver le plus vite possible. Les premiers à avoir atteint les marques visées étaient réunis ensemble, puis les deuxièmes, et ainsi de suite, formant de nouveaux groupes plus équilibrés. L'exercice recommença jusqu'à ce que tous les élèves soient regroupés selon leur niveau. Si Lianne s'en sortait assez honorablement avec Ubio, Espérion et Arutha étaient au coude à coude pour la première place, et il fallut décider d'une manche supplémentaire pour les départager. Lorsque le jeune homme blond aux yeux bleus franchit en premier la ligne d'arrivée, son rival poussa un cri rageur. Maître Gaal rejoignit les finalistes.

— C'est bien, Arutha, mais tu te reposes toujours trop sur ton physique. Si tu ne te sers pas plus du Don, Espérion ne tardera pas à te rattraper.

Puis il s'adressa au garçon brun qui se tenait à côté :

— Belle progression, Espérion. Tu as très bien compris comment le Don pouvait améliorer la tonicité de tes muscles, continue comme ça.

Alors que leur maître s'éloignait, le jeune colosse s'adressa à celui qui l'avait encore battu, un petit sourire aux lèvres :

— Faut t'y faire mon vieux, tu es mauvais.

Sans se laisser démonter par les remontrances du maître Syyr, Arutha répondit du tac au tac :

— En attendant, le mauvais te bat toujours. Ça fait de toi un très mauvais ça, non ?

Une tonne de muscles s'abattit instantanément sur l'insolent, qui s'écarta heureusement juste à temps. Si le jeune garçon pouvait encore rivaliser à la course avec le colosse au regard sombre, cela faisait longtemps que personne n'osait plus se mesurer à sa force physique. Espérion dut renoncer à attraper Arutha lorsque maître Gaal annonça la suite de la leçon :

— Même exercice que la dernière fois, jeunes gens. Ramassez une pierre, et asseyez-vous confortablement.

Après avoir effacé les marques qui avaient servi pour le travail précédent, les élèves s'exécutèrent un à un, choisissant un caillou allant de la taille d'une noix à celle d'un poing, et le plaçant devant eux.

— Souvenez-vous : un doigt sur la pierre, vous devez résonner avec le Don qui l'habite, et alors seulement vous pourrez la soulever.

Tous se concentrèrent, les uns en fermant les yeux, les autres en les fixant sur leur morceau de roche dans un silence religieux. Chacun d'eux appréciait les cours de maître Gaal, au cours desquels ils apprenaient à sentir le Don et à le manipuler pour finalement le plier à leur volonté. C'était une expérience extraordinaire pour ces jeunes gens jusque-là comme les autres de réaliser un peu plus à chaque leçon ce dont ils étaient capables.

À quelques mètres d'eux, le vent agitait gentiment les feuilles des arbres, la brise venant ensuite coucher les brins d'herbe déjà malmenés par la vingtaine d'élèves présents. La plupart parvenaient maintenant à élever rapidement leur pierre au-dessus du sol, plissant le front sous l'effet de la concentration, mais certains éprouvaient encore des difficultés. Arutha, le front perlé de sueur, élevait à grand-peine un caillou plus petit que son pouce, tandis qu'à côté de lui, Ubio soulevait sans grand effort une masse d'un bon kilo.

Derrière ses paupières closes, Lianne concentrait toute son attention sur le morceau d'un gris verdâtre qu'elle avait choisi, cherchant la pulsation d'énergie. Elle ne parvenait pas à ordonner ce qu'elle ressentait, mais la clarté se fit petit à petit dans son esprit : elle capta l'énergie faible et vacillante de la pierre, son rythme rapide. Elle la ressentit plus nettement au bout de son index, et tendit son esprit. Lentement, elle modifia la fréquence de ses propres pulsations, les accélérant assez pour rejoindre le rythme. L'exercice était difficile, et la différence énorme.

Lorsqu'elle réussit enfin à entrer en résonnance avec le Don de la pierre, elle la décolla du sol, levant avec précaution son bras pour l'amener à l'horizontale. À peine eut-elle entamé le mouvement qu'elle sentit soudain son contrôle faiblir. Brutalement, le Don en elle ralentit, éjectant dans le caillou son trop-plein d'énergie.

Sous le choc, un son aigu se fit entendre lorsque la petite structure décolla brusquement et fila droit devant elle. Elle manqua de peu Ubio, qui lâcha sa lourde pierre sous l'effet de la surprise, celle-ci s'écrasant sur le sol humide dans un bruit étouffé.

— Lianne, concentre-toi un peu plus, s'il te plaît, dit maître Gaal. Une fois que tu as établi le lien entre un objet et toi, tu ne dois pas le relâcher inconsidérément, tu dois t'y prendre doucement, par étapes.

La jeune femme baissa la tête, confuse.

— Désolée, marmonna-t-elle.

Puisque son Don ne semblait pas encore stable, le maître Syyr lui tendit un deuxième caillou, encore plus petit que le précédent. La tâche devrait en être simplifiée.

— Recommence.

Rouge de honte, la jeune femme le saisit à deux doigts, et le posa devant elle. Reprenant l'exercice à zéro, elle tenta à nouveau de synchroniser sa pulsation à celle de la roche, mais elle lui échappait constamment, refusant de se fixer au rythme faiblard du gravillon. Frustrant, chaque échec rendait la tentative suivante plus difficile, et Lianne sentait son rythme intérieur se dérégler sous l'effet de l'irritation. Pourtant, elle se refusa à abandonner, et ce ne fut que lorsque maître Gaal prit la parole que l'élève releva la tête, se massant les tempes douloureuses.

— C'est fini pour aujourd'hui. Vous disposez du reste de l'après-midi pour revoir ce que vous avez appris ces derniers jours. Si vous en sentez le besoin, n'hésitez pas à vous entraîner. Les techniques d'aujourd'hui seront nécessaires pour maîtriser le sujet de la prochaine leçon.

Le regard appuyé en direction de Lianne, assise devant son ridicule bout de roche disparaissant au milieu des brins d'herbe, fit clairement comprendre à qui s'adressait la dernière remarque.

Ankylosés d'être restés assis sans bouger, les élèves se levèrent un à un, et se dirigèrent vers les bâtiments blancs de l'académie. La pratique aidant, ils avaient maintenant le réflexe de s'imposer quelques étirements avant d'aller manger. Les courbatures des séances précédentes étaient encore fraîches dans les mémoires. Toujours assise, Lianne contempla en soupirant la pierre grisâtre, et tendit avec réticence une nouvelle fois la main vers celle-ci.

Un raclement de gorge l'interrompit.

La jeune femme se retourna, surprise, pour voir Arutha qui se tenait debout derrière elle, portant à grand-peine un morceau de roche dans ses bras. Elle sourit à son ami, ravie qu'il soit resté lui aussi, puis haussa un sourcil devant la lourde pierre. Sans plus de cérémonie, le garçon aux cheveux dorés déposa celle-ci devant la jeune femme, faisant disparaître sous la masse moussue le déplaisant gravillon gris. Lianne était maintenant agacée, Arutha cherchait-il à se moquer d'elle ? Avant qu'elle ait eu le temps de protester, il lui prit le poignet et plaqua sa main sur la roche imposante.

— Sens.

L'apprentie renonça à comprendre, et obéit à son ami. Fermant les yeux, elle se concentra sur ce qu'elle percevait sous sa paume. Sa tête s'inclina légèrement sur le côté, comme si elle cherchait inconsciemment à entendre la pierre, son battement vif et chaotique. Elle tressaillit lorsque, atteignant le Don, elle rencontra une pulsation lente et régulière ronronnant sous sa main comme un féron sous une caresse. Elle rouvrit les yeux, encore sous le coup de l'étonnement.

— Plus la pierre est grosse, et plus son rythme est lent, s'étonna-t-elle.

Accroupi à côté d'elle, Arutha hocha la tête.

— J'ai une théorie.

Il hésita comme s'il avait peur que la jeune femme se moquât de lui, mais Lianne n'en avait pas envie.

— On nous dit que plus l'objet que l'on veut soulever est gros, et plus il faut de Don pour y arriver. C'est sans doute vrai, mais je ne pense pas que ça joue vraiment sur des roches aussi petites que celles qu'on utilise.

La jeune femme se taisait toujours, écoutant avec surprise son ami continuer ses explications, pesant ses mots, ses yeux azur rivés sur le sol.

— Ils nous font travailler sur des petites pierres parce qu'un Syyr débutant n'est censé posséder qu'une quantité de Don limitée.

Lianne acquiesça lentement, se demandant où son ami voulait en venir avec cette remarque évidente.

— Ce qui est dur, c'est de synchroniser le rythme de la pierre sur celui de son Don. Tu l'as bien vu, il est très difficile de baisser le rythme des petites pierres au niveau de notre rythme intérieur. Quand le Don de l'apprenti n'est pas trop développé, ça ne pose pas de problème, mais quand l'élève possède trop de Don encore à l'état brut, ça devient un exercice impossible.

Toujours silencieuse, la jeune élève fixait Arutha de son regard vert plein d'attention, écoutant le plus long discours qu'elle l'ait jamais entendu prononcer. Elle voyait se dessiner le raisonnement du garçon, pourtant si simple.

— En fait, il faut trouver le juste équilibre entre la taille de la pierre et la pulsation que l'on arrive à conserver. Commencer par des pierres au rythme proche du sien, et s'entraîner ensuite avec des pierres plus éloignées… Bien sûr, il y a sans doute des limites, je pense. On ne doit pas pouvoir soulever plus d'une certaine masse en fonction de la quantité de Don qu'on possède, un truc du genre.

Lianne baissa les yeux sur la grosse pierre à quelques centimètres de ses jambes croisées. C'était là, évident. Il suffisait d'y penser : la taille et le poids n'importaient pas autant que la quantité de Don contenu dans l'objet que l'on voulait soulever. Elle caressa de nouveau la roche, testant doucement son rythme apaisant. S'asseyant à son tour dans l'herbe, Arutha l'encouragea d'un mouvement de la tête :

— Essaie.

Bien qu'impressionnée par la taille de la roche, elle ferma les yeux et tenta de l'oublier, se concentrant uniquement sur le ronronnement qu'elle pouvait sentir devant elle. Effleurant la surface recouverte de mousse, Lianne inclina inconsciemment sa tête vers la pierre, faisant tomber devant son visage quelques mèches sauvages échappées de la queue-de-cheval qui maintenait ses cheveux châtains dans son dos durant les exercices. La pierre se souleva si facilement que la jeune femme faillit l'envoyer dans les arbres. Elle la ramena précautionneusement à une distance plus respectable du sol avant de la reposer comme une fleur, juste après qu'Arutha eut récupéré dessous le ridicule caillou gris qui fit grimacer la débutante.

Après ce brillant succès, Lianne s'essaya sur plusieurs pierres, petites et grosses, déterminant avec son ami ses limites actuelles. Elle pouvait ainsi soulever des roches de la taille d'un poing à celle d'une chaise, mais elle ne pouvait lever cette dernière que de quelques centimètres, et pendant quelques secondes seulement. Épuisée, la jeune femme se laissa tomber auprès du garçon blond s'efforçant de faire flotter son petit bout de caillou, le front plissé sous l'effort. Elle secoua la tête.

— Comment est-ce que tu peux comprendre aussi bien le Don et ne pas réussir à l'utiliser mieux que ça ?

Le regard braqué vers le sol, le jeune homme haussa les épaules. Elle regretta tout de suite sa question, réalisant qu'Arutha avait choisi un morceau de roche à la mesure de la concentration de Don qui l'habitait. Elle savait depuis le début que son ami n'avait pas autant de potentiel que certains ici, mais voir la différence lui sauter ainsi aux yeux la peinait vraiment pour lui.

— Bon, on rentre ?

Le ton se voulait détaché, mais la jeune femme imaginait sans mal la gêne qu'il devait ressentir, sachant que le fossé entre lui et les autres élèves ne ferait que s'agrandir au cours du temps. Arutha s'était déjà levé, envoyant d'un geste le petit caillou qu'il tenait se perdre dans les herbes.

— OK, dit-elle d'une voix qu'elle aurait voulu plus enjouée. Si on se dépêche, on aura peut-être encore de l'eau chaude.

De toute façon, il était trop tard pour manger. Ils se dirigèrent tous deux vers les bâtiments d'un blanc scintillant sous la lune qui éclairait de sa lumière pâle leur chemin, laissant tout loisir à leurs pensées de vagabonder.

Pourquoi le Don imprégnait-il plus certaines personnes que d'autres ?

Alors qu'ils s'éloignaient de l'aire d'entraînement, Lianne aperçut du coin de l'œil un mouvement. Stupéfaite, elle saisit Arutha par la manche.

— Tu as vu ?

Comme le jeune homme, étonné, répondait par la négative, elle s'arrêta pour observer à nouveau la lisière de la forêt. Déçue de ne rien discerner, elle souffla comme pour elle-même :

— J'aurais juré voir un féron.

Elle soupira brièvement, déçue de ne pas avoir mieux vu le gracieux animal :

— Il faut croire que les Errants ne les ont pas tous fait fuir.

Arutha resta un moment à scruter l'horizon, fronçant les sourcils et s'efforçant d'apercevoir ce que la jeune femme avait pu observer puis, baissant les bras, il se remit en chemin :

— Viens, on ferait mieux de rentrer.

3

En arrivant dans le dortoir, la plupart des élèves dormaient déjà. Lianne salua discrètement Ubio qui chuchotait, assis sur son lit, aidant Espérion à réviser le cours que le maître Yiaru leur avait donné la veille.

— Parle-moi du…

Le garçon ferma les yeux, et fit tomber son doigt sur l'écran tactile qu'il tenait. Un petit signe s'illumina, et une fiche descriptive apparut.

— … blossom, termina-t-il en se tournant vers son acolyte allongé sur le lit voisin.

Espérion prit une grande inspiration, et débita d'une traite ce qu'il avait retenu :

— Créature de type carbone, en forme de boule. Grosse comme une tête. Sept pattes.

— Pourquoi sept ?

— Il se déplace sur six de ses pattes. La septième ressemble à une queue, mais articulée vers le bas et capable de supporter son poids.

Le colosse se frottait les tempes, hésitant.

— Et ? insista son ami.

— Quand il pleut, le blossom bascule sur sa septième patte, ce qui surélève l'évent au-dessus de sa tête. De l'évent se déploie une membrane fine comme une corolle de fleur et servant d'entonnoir. On dit que le blossom fleurit.

Ubio hocha la tête d'un air satisfait, reportant son regard sur l'écran qu'il tenait.

— L'altera ?

Fermant les yeux, le garçon aux cheveux ébène se remémora vaguement :

— Type inconnu. Forme inconnue. Taille inconnue. Il prend l'aspect de l'animal de son choix.

— N'importe quel animal ?

Espérion enfonça sa tête dans son oreiller en grognant, puis se releva sur ses coudes.

— À base de carbone, comme lui sans doute, mais on n'est pas sûr. Et il faut qu'il ait déjà rencontré l'animal.

Il posa sa tête entre ses mains, l'esprit égaré sur une planète lointaine.

— Je me demande à quoi ça ressemble à la naissance…

Sans remarquer l'air perdu de son camarade, Ubio continua à poser ses questions :

— Cite-moi une créature à base de silicone.

— La plume, répondit Espérion après un soupir. La forme d'une plume. Taille inférieure à…

Il hésita un moment, tâchant de se rappeler le chiffre exact.

— Quatre centimètres, ajouta-t-il, satisfait, avant de poursuivre. Traverse l'espace en se laissant porter par les courants solaires.

Lianne laissa ses amis travailler en paix, et se prépara à aller se coucher. Quelques heures plus tard, allongée dans le dortoir devenu silencieux, la jeune femme ne dormait toujours pas. Elle ne pouvait fermer les yeux sans repenser à la conversation saisie plus tôt dans la journée. Le Syyr noir courait toujours, insaisissable. Elle pouvait encore sentir l'odeur de brûlé et la chaleur sur sa peau lorsqu'elle avait escaladé le chasseur en feu. La peur qu'elle avait ressentie à cet instant n'était rien comparée à celle qui s'était emparée d'elle en apprenant qui elle avait libéré. L'homme était une menace qui pesait sur Pira et sur le Royaume. Par sa faute. Aucun de ses camarades n'avait conscience du poids qu'elle portait sur ses épaules. Était-il venu pour la prophétie ?

Un mauvais pressentiment l'avait saisie depuis qu'elle avait entendu les rumeurs qui couraient à ce sujet. Ce serait la raison de la présence du prince sur Pira, il chercherait l'Enfant. L'empereur voulait-il l'enlever avant que le Royaume ait pu le trouver ? Cela expliquerait la présence du pilote. Tant bien que mal, Lianne essayait d'oublier les images qui défilaient devant ses yeux grands ouverts, les terribles scènes sorties de son imagination où le Royaume perdait la Longue Guerre par sa faute.

Elle tenta de se concentrer sur son ventre gargouillant, sur ses cheveux encore humides au sortir de la douche, mouillant son oreiller de gouttes glacées qui n'étaient pourtant pas responsables des frissons qui la parcouraient. Elle pouvait entendre sur sa droite la respiration régulière d'Arutha, qui dormait comme une souche depuis leur retour. N'y tenant plus, la jeune élève se leva doucement, et saisit ses vêtements posés à côté de son lit. Elle sortit sans bruit du dortoir endormi et parcourut les couloirs glacés sur la pointe des pieds.

Lianne attendit de s'être éloignée de l'académie avant d'enfiler sa tenue d'apprentie, plus voyante que son pyjama foncé. C'était un des derniers vêtements civils qu'il lui restait depuis qu'elle était entrée à l'académie. Elle cacha celui-ci sous une pierre près du sentier, afin que les patrouilles passant par là ne découvrent pas sa fugue inopinément. Une fois sa ceinture nouée et ses bottes enfilées, elle se mit en route sans tarder.

L'endroit qu'avait cité maître Astre se trouvait à deux bonnes heures de marche. En coupant au plus court et si elle se dépêchait, elle devrait être de retour avant le réveil. À mesure que Lianne s'en rapprochait, son pressentiment se faisait de plus en plus fort, si bien qu'elle se mit à courir lorsqu'elle arriva à proximité du sentier qui menait à la rivière jaune.

Sous la lumière blafarde des étoiles, elle fit le tour de l'embouchure, cherchant dans la boue les empreintes qu'aurait pu laisser un homme… ou un féron. Après tout, cela faisait déjà deux fois qu'elle croyait entrevoir le petit félin.

Devant l'absence totale de traces, la jeune élève se traita d'idiote. L'énormité de son action de ce soir la frappait maintenant, et elle s'inquiéta de ce qui lui arriverait si son escapade venait à être découverte. Pouvait-elle être renvoyée de l'académie ? La jeune femme n'avait encore jamais entendu parler d'une telle punition mais à dire vrai, elle n'avait jamais non plus entendu parler d'un apprenti faisant le mur. Ils étaient tous si... obéissants. Dociles. Il suffisait qu'une personne se réveillât pour trahir son absence. L'urgence de rentrer au dortoir au plus vite lui apparut soudain.

Coupant légèrement dans les terres abandonnées en lisière du bois, Lianne repartit en courant sur les petits sentiers qu'elle connaissait bien. Après quelques centaines de mètres et malgré la lune qui l'éclairait, elle manqua de peu de trébucher, se rattrapant de justesse à grands mouvements de bras. Il ne fallait surtout pas qu'elle se cassât quelque chose avant son retour à l'académie.

Ralentissant, elle continua cependant à avancer à un rythme soutenu tout en regardant avec attention où elle posait les pieds. Concentrée sur ses pas, elle ne vit que trop tard les deux formes sombres qui s'étaient glissées devant elle, massives et inquiétantes.

Lorsque l'obscurité les recouvrait entièrement, les Errants s'enhardissaient parfois jusqu'aux portes des villes. Ce soir, ravis de découvrir une proie appétissante aussi près de chez eux, ils n'avaient pas hésité à franchir les quelques mètres de terrain à découvert qui séparaient la jeune femme de la zone infestée.

Ce fut le silence soudain de la forêt qui attira l'attention de Lianne. Redressant la tête, ce qu'elle vit la cloua sur place. Deux monstres aux crocs d'acier se tenaient à quelques pas, immobiles, en travers du chemin. Sentant la peur s'insinuer en elle, elle lutta pour garder la tête claire. La jeune femme recensa rapidement les armes à sa disposition : un bâton à ses pieds. Dérisoire, il se briserait dès qu'elle essaierait de porter un coup aux puissants animaux. Des pierres. Elles n'égratigneraient même pas leur peau durcie. La panique monta un instant, paralysant la jeune femme. Elle se ressaisit. Ne pas s'enfuir !

Elle se souvint de ses leçons : tourner le dos était la dernière chose à faire face à un animal en position d'attaque. Sentant le désespoir monter, Lianne chercha ce qu'elle pourrait faire avec le Don. Courir vite, lever une pierre, rien de ce qu'ils avaient appris jusque-là ne lui était utile. Elle se rappela soudain la manière dont la petite pierre avait échappé à son contrôle, s'envolant à une vitesse folle. Si elle visait les yeux, peut-être pourrait-elle distraire les Errants assez longtemps pour pouvoir s'enfuir.

La peur vrillait les tempes de l'apprentie, la glaçant plus sûrement que le vent qui s'était levé. Mais elle ne pouvait pas faillir. Avec prudence, la jeune femme s'accroupit au sol, concentrant le Don dans les paumes de ses mains. Le caillou qu'elle saisit n'était pas bien gros, de la taille d'un œuf. Sa surface rocailleuse la rassura. S'armant de son courage, Lianne fit face, levant le regard pour affronter l'ennemi. Puis elle l'aperçut.

Sur le paysage éclairé par la lune se découpait la silhouette noire de l'homme, debout devant les deux bêtes menaçantes. Tournant le dos à la jeune femme, il attaqua. Tout alla si vite qu'elle ne distingua qu'une masse floue dansant devant ses yeux. Un coup suffit à abattre le premier monstre, lui sectionnant la tête, qui se détacha et heurta avec un bruit sourd le sol humide. Alors que le second animal chargeait, le pilote sauta. Il planta son arme dans l'œil rougeoyant. Un cri déchira l'air, puis l'homme arracha son sabre. Un flot de sang noir s'écoula dans l'herbe. L'odeur qui s'en dégageait manqua de faire défaillir Lianne. En quelques secondes, tout était fini.

Devant elle, l'assassin rengaina ses deux sabres courts d'un geste souple, son foulard s'agitant doucement sous la brise légère, puis disparut en un battement de paupières.

Figée, l'élève cligna des yeux un instant sans comprendre ce qu'il venait de se passer. Elle chercha sans le trouver l'homme qui venait de lui sauver la vie, mais il ne restait devant elle que les deux carcasses immobiles et l'odeur atroce qui s'en dégageait.

Le restant du trajet passa en un éclair pour la jeune femme plongée dans ses pensées, jusqu'à ce qu'une patrouille tombât soudain sur elle à l'entrée de l'académie. Il était déjà 5 heures du matin quand elle se retrouva devant le responsable, lui racontant en détail pour la troisième fois les événements auxquels elle venait d'assister. Les gardes avaient retrouvé les deux corps d'Errants qui corroboraient ses dires. Pourtant, l'intervention du pilote laissait le Syyr en face d'elle sceptique.

Assise sur sa chaise, Lianne réalisait encore à peine ce à quoi elle venait d'échapper. Un seul fait s'imposa à elle dans son cerveau embrumé par la fatigue et par l'émotion : le Syyr noir était reparti avant qu'elle ait pu lui poser une seule des mille questions qui la taraudaient.

Astre, réveillé en urgence, était parti avec le groupe d'alerte à la poursuite du pilote. La piste était encore chaude, et il avait bon espoir de réussir à l'attraper avant le lever du soleil.

Toute la garnison était maintenant en alerte, excitée à l'idée d'appréhender enfin l'espion qui lui échappait jusque-là. Apitoyés par l'état de fatigue de la jeune élève qu'ils avaient récupérée, les Syyrs de l'équipe rentrante finirent par l'envoyer dormir quelques heures après lui avoir rendu son pyjama retrouvé près des portes de l'académie. Elle aurait besoin de toutes ses forces lors de l'entretien que ne manquerait pas de réclamer le chef de la garde à son retour.

Rejoignant sur la pointe des pieds le dortoir encore assoupi, Lianne se glissa entre les draps tout habillée, incapable de faire un geste de plus. Assommée par la fatigue, elle se serait endormie sur-le-champ si son esprit avait cessé de tourbillonner un instant. Elle attendit quelques minutes, espérant que le torrent de pensées se tarirait de lui-même puis, se rendant à l'évidence, elle se releva en soupirant.

— Arutha.

Elle secoua l'épaule de son ami, le tirant de force hors du pays des rêves. Enfin réveillé, le garçon aux cheveux blonds se redressa sur son lit, contemplant, hébété, l'accoutrement de son amie. La marque rouge de l'oreiller imprimée sur la joue, il bâilla à s'en décrocher la mâchoire.

— Tu ne devineras jamais d'où je viens, lui chuchota-t-elle.

— À voir ta tête, j'en ai une petite idée.

Le regard suspicieux d'Arutha la fit hésiter un instant. Elle baissa encore la voix, murmurant tout bas en se penchant vers lui :

— Je l'ai vu.

Le jeune homme se redressa, se frottant la tête pour tenter de chasser le sommeil.

— Qui ? L'assassin ?

Lianne s'agaça, impatiente.

— Bien sûr, de qui d'autre veux-tu que je parle ?

Arutha réprima un nouveau bâillement.

— Attends. Tu es sortie ? s'exclama-t-il, soudain tout à fait réveillé.

La jeune femme recula, légèrement sur la défensive.

— Tu sais, l'endroit dont parlait maître Astre, je le connais bien. Je m'étais dit que je trouverais peut-être un truc qui aurait échappé aux patrouilles.

Formulée ainsi, son entreprise lui paraissait terriblement prétentieuse. Lianne ferma un instant les paupières pour chasser ce sentiment désagréable et ne plus voir la réprobation dans les yeux de son ami.

— Sur le chemin du retour, deux Errants me sont rentrés dedans.

— En ville ?

Arutha s'était presque levé sous l'effet de la surprise. Lianne s'énerva devant les incessantes questions qui l'empêchaient d'arriver à la fin de son histoire. Le regard de la jeune femme se fit évasif, se fixant sur la couchette déjà vide d'Espérion. Comme à son habitude, le garçon devait s'être levé plus tôt pour aller s'exercer.

— Non... J'ai un peu coupé par les terres en lisière, bougonna-t-elle enfin.

— Tu as quoi ? Tu es folle, ma parole !

— Ça va, je sais. J'étais pressée, je n'aurais pas dû. Bon, j'allais essayer de les attaquer quand...

— Tu allais quoi ?

D'ahuri, le ton se fit sarcastique.

— Comment ? Tu espérais qu'ils prennent peur face à l'immensité de ton idiotie ?

La jeune femme se rembrunit. Elle commençait à regretter d'avoir voulu raconter son histoire à un garçon qu'elle ne connaissait que depuis quelques semaines. Elle croyait qu'il aurait pu la comprendre. Mais comment pouvait-elle savoir ce que pensait quelqu'un qui ne discutait jamais avec les autres ?

— Pas besoin d'être méchant. Je voulais leur lancer des pierres dans les yeux pour m'enfuir. Tu as fini de m'interrompre tout le temps ? Donc, les deux bestioles étaient là, et puis il est venu et les a tuées, termina-t-elle abruptement, pressée d'en finir.

Arutha hocha gravement la tête, se prenant le visage entre les mains.

— Tu es folle, Lianne. D'un, tu n'aurais jamais dû sortir, et certainement pas seule en pleine nuit en bordure de la zone infestée. De deux, tu pensais à quoi en essayant d'attaquer deux Errants ? Et après tout ça, la seule chose que tu retiens de l'affaire, c'est que tu l'as aperçu. Parce que je suppose qu'il n'est pas resté taper la discute, si ?

Cette fois, l'apprentie ne retint pas la remarque acerbe qui lui brûlait les lèvres.

— Pour une fois que tu te mets à parler, Arutha, j'aurais préféré que tu te taises.

Vexés, les deux jeunes gens se couchèrent dos à dos sans plus échanger un mot.

Lianne n'eut pas le temps de fermer les yeux que déjà retentissait la sonnerie du réveil. Dans un grognement de fatigue, elle se résigna à affronter la journée qui l'attendait. Alors qu'elle se levait pour aller prendre sa douche, entourée du brouhaha coutumier du dortoir, elle regretta les paroles échangées avec son ami quelques minutes plus tôt. Mais lorsqu'elle se retourna pour s'excuser, le lit était déjà vide. En soupirant, la jeune femme saisit sa serviette et se dirigea vers les salles de bains.

***

Le cours de maître Edin n'en finissait pas. Le thème de « la répartition des ressources dans l'Univers connu et les zones de conflit s'y rapprochant » était aussi passionnant que le titre le laissait présager. Lianne observait Arutha écouter studieusement la liste interminable des planètes et de leurs ressources principales.

Invisible toute la matinée, le jeune homme était entré en classe à la dernière minute, évitant la place que lui avait réservée Espérion pour aller s'asseoir directement devant le professeur.

Luttant pour garder les yeux ouverts, la jeune femme s'agaçait du comportement de son ami, qui ne lui laissait même pas l'opportunité d'aller s'excuser. Ses deux voisins se relayaient pour la tenir éveillée plus ou moins discrètement. Après la nuit blanche qu'elle venait de passer, les coussins confortables et la douce chaleur des rayons du soleil à travers la baie vitrée ne lui facilitaient pas la tâche. Entre deux coups de coude, elle se demanda si Arutha avait été vexé qu'elle ne l'associât pas à son escapade nocturne, ou s'il la punissait pour l'inconscience dont elle avait fait preuve. Plongeant une nouvelle fois dans un état semi-comateux, elle fut réveillée en sursaut cette fois par l'entrée dans la salle de maître Evyyt. Après s'être excusée auprès d'Edin pour avoir interrompu son cours, la Syyr se tourna vers la classe.

— Lianne, suis-moi, s'il te plaît.

Se doutant de ce qui l'attendait, la jeune femme se hâta. Elle ne voulait pas irriter plus que nécessaire le chef de la garde qui devait déjà s'impatienter. Suivant la maître Syyr dans les couloirs clairs de l'académie, elle évita tant qu'elle le pouvait de penser à ce qu'elle allait bien pouvoir dire pour expliquer son comportement, car elle était incapable de trouver une réponse satisfaisante.

Quand elle pénétra dans la salle de réunion, elle crut que maître Evyyt s'était trompée. Sans doute voulait-elle glisser un mot à maître Astre pour lui signaler qu'elle était arrivée. Lorsque la femme soldat la fit entrer dans la pièce à son tour, l'apprentie comprit qu'elle s'était mise dans un pétrin encore plus grand qu'elle ne le croyait.

Autour de la grande table blanche était assis le chef de la garde, entouré d'Ozalee, la chef médecin, et de cinq autres Syyrs que la jeune femme ne connaissait pas. Saluant Astre, maître Evyyt abandonna l'apprentie face à son sort, refermant la porte derrière elle.

Le guerrier au regard d'acier tendit la main vers un siège.

— Assieds-toi, s'il te plaît.

L'apprentie obtempéra, s'installant devant les deux plus importants Syyrs que Pira ait portés, à l'exception du prince Elio. Face aux regards sombres posés sur elle, elle s'imagina un instant devoir quitter l'académie. Que ferait-elle ? Pourrait-elle encore retourner au Refuge ? Les arrivées et départs y étaient sans doute fréquents, mais la pensée de revenir dans les quartiers serrés et sombres lui répugnait. La jeune femme en était à ce stade de ses réflexions quand la voix grave du chef de la garde s'éleva :

— Lianne, sais-tu pourquoi tu es ici ?

Le ton se voulait rassurant, mais elle se recroquevilla sur son siège à l'énoncé de son nom.

— Parce que je suis sortie cette nuit sans autorisation ?

— Tu as commis une erreur, Lianne, et tu seras punie comme n'importe quel élève. Tu as agi de façon stupide et dangereuse, mais ce n'est pas pour ça que tu es là.

Elle avait du mal à saisir. Si ce n'était pas pour ses actions de la veille, pourquoi voulaient-ils la voir ?

— Jeune femme, tu devrais être morte ce matin.

Un frisson la parcourut en entendant ces mots. Astre avait raison, et elle le savait. Sans le Syyr noir… Quelque chose dans l'attitude des gardes attira son attention.

— Vous ne l'avez pas rattrapé, dit-elle soudain.

La mine sombre des cinq autres Syyrs présents confirma sa déduction. Se grattant la gorge, Astre reprit la parole :

— Lianne, sais-tu pourquoi cet espion s'est découvert pour te protéger ?

Croyaient-ils qu'elle ne s'était pas déjà posé la question ? Cela l'agaça.

— Parce que j'ai un charme fou ? marmonna-t-elle tout bas.

— Pardon ?

Le regard noir du chef de la garde la dissuada de répéter tout haut ce qu'elle venait de dire.

— Parce que je lui ai sauvé la vie ?

— C'est vrai. Il a eu de la chance que tu sois intervenue, ce jour-là. Mais les soldats impériaux ne sont pas connus pour leur sens de l'honneur.

L'apprentie s'étonna de la réponse. Pensaient-ils qu'elle leur cachait quelque chose ? Elle attendit qu'Astre continuât :

— Jeune femme, es-tu à un moment quelconque entrée de quelque manière que ce soit en contact avec le Syyr que nous recherchons ?

C'était donc ça : elle était soupçonnée d'espionnage. Se levant brusquement de sa chaise, elle s'indigna :

— Non ! Je ne sais même pas à quoi il ressemble.

Astre soupira, l'air soudain plus fatigué, et lui fit signe de se rasseoir. Il semblait vraiment désespérer de saisir cet espion. Sans savoir pourquoi, Lianne en était plutôt contente. Elle fut rapidement ramenée à la réalité.

— Très bien. Pour ta punition, tu t'occuperas de l'entretien des jardins de l'académie. Pendant un mois.

La jeune femme eut un sursaut de révolte. Les jardins étaient immenses, et des Syyrs bénévoles s'en occupaient déjà constamment pour les conserver en état. C'était une tâche sans fin. Mais devant l'air que lui jeta le maître Syyr, elle se tassa sur sa chaise sans prononcer un mot. À bien y réfléchir, elle s'en sortait plutôt bien.

— Merci, Lianne, tu peux retourner en classe maintenant.

L'apprentie ne se fit pas prier, et déguerpit aussi vite que le protocole le lui permettait de cette salle des tortures. Une fois dehors, elle tomba nez à nez avec maître Evyyt, qui l'attendait.

— Eh bien, c'était plus rapide que je ne le pensais.

La grande femme athlétique se pencha vers elle, l'examinant avec attention.

— Mmm, tu as l'air en un seul morceau. Allez, viens, je te raccompagne.

Lianne se laissa guider sur le chemin du retour – qu'elle aurait tout à fait pu retrouver seule. Repassant dans sa tête l'entretien précédent, un soupçon lui vint à l'esprit :

— Excusez-moi, maître, mais avez-vous eu pour consigne de ne plus me laisser aller toute seule ?

Maître Evyyt éclata d'un rire franc, ravie par la perspicacité de ce petit bout de femme.

— C'est exact.

La jeune élève médita cette information, espérant qu'elle n'empêcherait pas la Syyr de répondre à sa deuxième question.

— Puis-je vous demander quelque chose ?

— Vas-y.

— Près de la rivière jaune, comment avez-vous perdu la trace de l'espion ?

La femme réfléchit un instant, évaluant l'intérêt que pourraient avoir ses mots si l'étudiante était en effet une espionne. Elle haussa les épaules : ce n'était rien que le pilote ne sût déjà.

— Nous avions circonscrit la zone où devait se situer le Syyr. On resserrait l'étau, et on allait presque l'avoir. Puis il a réussi à nous échapper.

— Que s'est-il passé ?

Un sourire contrit sur les lèvres, maître Evyyt expliqua :

— Un animal est sorti en courant d'un fourré, et nous a distraits l'espace d'un instant. Ça lui a suffi.

Elles continuèrent à marcher quelques secondes, observant avec délice les jardins par les baies entrouvertes des couloirs avant que Lianne posât sa dernière question :

— Maître ?

— Mmm ?

Humant l'agréable odeur de fleurs qui imprégnait l'atmosphère, la femme reporta son attention sur celle qu'elle escortait.

— Savez-vous quel genre d'animal c'était ?

— Un féron, je crois.

***

La communication s'éteignit sans que le prince ait eu le temps de faire un geste. Il tapa d'un poing rageur sur la table avant de respirer profondément. Réagir violemment n'apportait jamais rien de bon. Elio s'assit et se passa la main sur le visage.

Malgré les quintes de toux incessantes, son père avait été clair : il ne l'aiderait pas. Le roi était très vieux. Et le Royaume encore plus. Pendant des millénaires, ils avaient exploité les ressources des nombreuses planètes qu'ils avaient conquises. À l'époque, l'Empire n'existait pas, et le Royaume pouvait encore s'étendre quand le besoin s'en faisait sentir. Puis un jour, Param s'était rebellé. Il avait fait sédition, et avait rallié à sa cause de nombreux soldats. L'ancien garde avait créé l'Empire en annexant les planètes les plus récentes du Royaume, situées en périphérie. Elles étaient moins ancrées dans le Royaume, moins peuplées et plus éloignées de la capitale et du centre du pouvoir. Mais surtout, elles étaient les plus riches en nouvelles ressources. Plus jeune, plus dynamique, plus vindicatif, l'empereur s'était emparé petit à petit des planètes stratégiques. Sa projection du Don fascinait et exaltait les cœurs. Il gouvernait un peuple de soldats qui s'étaient petit à petit transformés en des guerriers impitoyables, unis sous la férule d'un seul homme, craint et vénéré.

A contrario, Elio était réaliste : la population du Royaume était vieillissante, trop engoncée dans son confort. Hommes et femmes avaient grandi depuis des siècles dans la peur de l'Empire qui ne faisait que s'étendre. Ils résistaient toujours, mais il n'y avait pas eu de victoires depuis longtemps, ce qui minait le moral. Et le roi était mourant. C'était aussi ce qui expliquait que l'Enfant fût plus important pour le Royaume que pour l'Empire. Le Royaume avait besoin d'un espoir, d'une figure fédératrice.

Bien qu'il ne l'ait jamais clamé haut et fort, le roi Saï avait toujours semblé déçu de son fils unique, comme s'il attendait plus de lui. Elio soupçonnait Saï d'être jaloux de l'empereur, de sa force et de celle de ses huit enfants. Ce que l'on racontait sur eux glaçait le sang. La seule fois où Elio en avait rencontré un avait suffi pour le marquer à vie. Le roi paraissait parfois lui reprocher de n'avoir jamais essayé de les égaler, de tenter l'éclosion. Oubliait-il que tous ceux qui s'y étaient risqués jusque-là avaient fini vidés de tout leur Don avant de succomber ? Comment seuls les membres de la famille impériale réussissaient cet exploit était un mystère. D'aucuns murmuraient que le secret était dans leur sang, dans leurs gènes, comme leurs yeux trop bleus.

Mais aussi forts qu'ils pouvaient être, cela n'avait pas suffi à aider l'Enfant de la première prophétie.

À présent, l'Empire étouffait le Royaume, et le réduisait peu à peu tout en luttant contre les Errants. L'empereur y parvenait grâce à son extraordinaire capacité à projeter son Don, capacité qu'il avait transmise à ses fils. Coincé entre deux ennemis, sa position était plus périlleuse, mais il possédait une puissance bien plus grande, et continuait à s'étendre.

Le Royaume savait combien il était vital d'éclater les frontières qui l'emprisonnaient, c'est pourquoi toutes ses forces s'étaient concentrées sur le front. La garnison de Bellion était son meilleur espoir d'effectuer une percée et d'accéder à de nouvelles ressources. Mais après sept siècles de guerre, même la garde commençait à désespérer. Les ressources se raréfiaient, les métaux lourds commençaient à manquer, et donc les armes, de même que les hommes pour les manier.

Il ne fallait pas se voiler la face : le Royaume était en train de perdre la guerre, ses armées rendues exsangues par des siècles de conflit. Les fils de l'empereur formaient un noyau dur que nul au sein du Royaume ne pouvait égaler.

Il était fondamental de trouver l'Enfant, ou l'Empire gagnerait. Pourtant, son père ne voulait rien entendre.

***

Les jours passèrent. La surveillance constante dont Lianne faisait l'objet ne dura pas, au grand soulagement de celle-ci. Astre jugeait sans doute peu probable qu'un espion impérial se reposât sur une apprentie novice pour découvrir l'identité de l'Enfant. Toutefois, la jeune femme n'avait pas osé faire part de ses hypothèses, craignant, au cas où elles seraient fausses, d'être à nouveau accusée d'aider le Syyr noir.

Après s'être réconciliée tant bien que mal avec Arutha, elle avait tenté de persuader le jeune garçon d'en parler à sa place, mais celui-ci n'avait rien voulu entendre.

— Allez, Arutha, j'en suis certaine. L'espion utilise un féron pour connaître nos mouvements. Discret, efficace, c'est pour ça qu'il ne se fait jamais avoir.

— Tu es trop curieuse, Lianne. Laisse Astre s'occuper de ça.

Espérion et Ubio lui avaient fait la même réponse. Pendant ce temps, l'espion impérial faisait profil bas, ce qui inquiétait le chef de la garde. Quel que fût le coup qu'il préparait, ce ne pouvait qu'être mauvais pour eux. Pourtant, Astre avait beau remuer ciel et terre pour attraper le Syyr noir, impossible de retrouver la moindre trace de sa présence. Le maître Syyr commençait à croire qu'il était parvenu à quitter Pira.

La fugue de Lianne avait eu comme contrepartie positive que les Syyrs s'étaient empressés d'apprendre à leurs étudiants des manières de se défendre en cas de confrontation avec des Errants.

Les élèves étaient ravis de ce changement de programme, qui leur permettait d'abandonner le cours sur la répartition des ressources dans l'Univers. À la place, Edin leur enseignait maintenant la biologie interne de leurs nouveaux adversaires et leurs comportements sociaux. Le titre ennuyeux cachait cette fois un cours qui passionna la plupart des étudiants. Excepté Lianne, pas un seul d'entre eux n'avait encore eu l'occasion de rencontrer de près un de ces monstres.

— Sous son épaisse peau cuirassée, l'Errant mâle cache des organes sensiblement identiques aux nôtres. Deux poumons, un cœur… expliquait leur professeur.

La projection d'un Errant grandeur nature en trois dimensions remplissait la moitié de la salle. Il avait fallu pousser les coussins contre le mur pour pouvoir se masser autour de l'immense silhouette qui atteignait les deux mètres de haut pour quatre mètres de long. De sa commande, maître Edin naviguait entre les couches de l'animal aux dents proéminentes, montrant tantôt son squelette massif, tantôt ses muscles tendus, tantôt ses organes.

— Il est cependant très difficile de les atteindre, protégés à la fois par les muscles et la peau. Le sabre n'est pas toujours assez long pour pénétrer jusqu'au cœur. Vous devrez vous concentrer sur les zones plus sensibles, comme les yeux.

Le maître pointa sur la silhouette les petits globes rouges du carnivore.

— Les Errants n'ont pas une très bonne vue, ils se dirigent surtout à l'odorat. Lorsque vous vous trouvez face à l'un d'eux, ne courez pas. Les mouvements les attirent, et ils vous rattraperaient de toute façon en un rien de temps.

Le regard des apprentis se fixa sur les pattes puissantes de l'animal. Toutes étaient munies de griffes, mais celles de derrière étaient plus massives que celles de devant. La puissance à l'arrière, la dextérité à l'avant.

— Restez immobiles tant qu'il ne vous attaque pas. Après les yeux, essayez de viser le cou. La peau est légèrement plus souple à cet endroit, donc plus facile à trancher. Il faut tailler d'un coup net, de là…

Le maître illustra son propos sur la silhouette à présent recouverte de sa peau.

— … à là. Il est possible de tuer un Errant au laser si celui-ci est assez puissant. Je vous déconseille les lasers portatifs. Il faut de préférence une puissance de feu au moins trois fois égale à celle des armes de poing couramment utilisées. Le canon laser est un bon compromis entre la portabilité et la puissance, mais il faut trois gardes pour le manipuler.

L'image bascula pour représenter maintenant un groupe d'Errants à échelle réduite.

— Les Errants vivent en nid. Une femelle, un bataillon de mâles. La femelle commence par pondre uniquement des œufs mâles. Une fois le nid bien établi, elle pond entre un et trois œufs femelles et presque huit fois plus de mâles dits omégas. À leur éclosion, mâles omégas et femelles sont munis d'ailes, leur permettant d'essaimer vers de nouvelles planètes.

Le minuscule groupe d'Errants déploya ses ailes et s'envola vers une planète qui aurait pu être Pira.

— Une fois le nouveau nid installé, la femelle mange ses ailes ainsi que celles des mâles qui l'accompagnent, et commence à pondre à son tour.

Les petites silhouettes étaient à présent réunies dans une sorte de trou à peine creusé. Dans le bourbier apparaissaient des œufs de la taille d'un homme adulte, ogiformes et noirâtres. Une fois éclos, ils laissaient place à de minuscules bestioles qui grossissaient rapidement.

— Leur conscience collective enseigne aux jeunes tout ce qu'il leur faut savoir. Un Errant atteint sa taille adulte en moins de trente jours. Durant ce temps, il est nourri par les mâles et ne quitte pas le nid. Vous ne verrez donc jamais de jeunes Errants, sans doute jamais de femelles non plus. Si cela vous arrivait, éloignez-vous aussi loin que possible d'elles.

Les silhouettes disparurent pour ne laisser que la minuscule femelle, qui se mit à grossir jusqu'à remplir la salle.

— La femelle Errant est en moyenne deux fois plus grosse que le mâle. C'est un monstre de quatre mètres de haut et six mètres de long, qui possède également une carapace que seul un laser à très forte puissance du type canon est capable de percer en certains endroits bien précis. Oubliez les épées ou les sabres, seuls ses yeux sont vulnérables, mais encore faut-il pouvoir les atteindre. Entre-temps, griffes et crocs ne vous laisseront aucun répit.

Le maître laissa encore un moment aux élèves pour contempler la bête écrasante de hauteur.

— On ne part à l'attaque d'une femelle qu'en nombre et lourdement armé.

Les cours de maître Edin n'étaient pas les seuls à être brusquement devenus plus populaires. Ceux de maître Gaal changèrent également du tout au tout, passant du lever de caillou à la rencontre avec le plus dangereux prédateur de l'Univers connu. Le maître avait commencé par demander à une patrouille de ramener un cadavre de Bestiole de leur prochaine expédition.

À la nuit tombante, il les avait tous réunis autour, et les avait laissés examiner la bête à loisir. Les plus hardis étaient allés jusqu'à toucher la peau rugueuse et épaisse, d'autres s'étaient bornés à examiner de loin la plaie béante du laser qui avait presque coupé la carcasse en deux, mais tous avaient été impressionnés par la longueur des crocs, l'épaisseur des pattes. C'était un tueur qui gisait devant eux, voilà en quoi consistait leur première leçon.

Les fois suivantes, les étudiants s'entraînèrent sur un hologramme en trois dimensions projeté dans la salle d'armes. Reliés à un système de capteurs, les projecteurs réagissaient aux mouvements des élèves en blessant ou non la silhouette et en gérant les attaques. Pendant plusieurs jours, aucun des élèves ne parvint à blesser la bête. Les meilleurs résistaient trois minutes tandis qu'Arutha ne tenait que quelques secondes.

Finalement, ce fut Espérion qui porta le premier coup, décapitant l'Errant d'un coup sec de bas en haut. Après cela, les apprentis réussirent un à un à abattre l'hologramme. Même le dernier de la classe, guidé par les conseils avisés de ses amis qui l'observaient d'en haut. Lorsque le garçon blond remonta de l'arène, trempé et à bout de souffle, maître Gaal annonça au groupe réuni :

— Vous connaissez maintenant les techniques de base pour venir à bout d'un Errant. Mais n'oubliez jamais que c'est une chose de venir à bout d'une projection, c'en est une autre de se retrouver face à la véritable bête.

Les paroles résonnaient dans la grande salle vide, revenant en écho se graver dans les esprits attentifs. Face à ses jeunes élèves, le Syyr croisa les bras sur sa poitrine, l'air sévère :

— C'est pourquoi à partir de demain, ce cours sera remplacé.

Les visages déçus firent sourire maître Gaal. Des cris de protestation s'élevèrent avant qu'il n'ait eu le temps de continuer. Le garde haussa la voix pour se faire entendre :

— À la place, vous participerez aux patrouilles.

Le ton des protestations changea du tout au tout. Le maître Syyr imposa le silence avant de continuer :

— Vous serez répartis par deux, nous vous attribuerons un groupe. Vous commencerez au rythme d'une patrouille par semaine, pour arriver progressivement à celui d'une par jour. Durant vos patrouilles, vous serez sous les ordres du chef de groupe. Vous devrez lui obéir en tous points. Tout manquement sera sévèrement sanctionné.

Il prit un moment pour contempler les yeux pétillants de ses petits gardes en uniforme crème. Les envoyait-il trop tôt sur le terrain ? Son regard parcourut les rangs. Certains d'entre eux avaient du mal à abattre un hologramme : ne seraient-ils pas un fardeau de trop pour les gardes ?

Il chassa d'un mouvement de tête les pensées funestes qui suivaient. Bientôt, ces jeunes gens devraient partir au combat. Mieux valait que leur première expérience se fît de manière contrôlée.

— En acceptant de vous prendre avec elles, les patrouilles prennent un risque supplémentaire, vous devenez leur responsabilité. Ne leur faites pas regretter leur décision. Regardez, apprenez. Allez !

D'un geste, il dispersa la petite troupe, qui s'égailla en direction des douches. Espérion rattrapa Lianne et Arutha à l'entrée du dortoir. Saisissant la jeune femme par le bras, le colosse s'exclama :

— Tu te rends compte, on va patrouiller !

— Génial ! ironisa Arutha.

Si le ton du garçon blond surprit l'apprenti, il n'en montra rien. Le jeune homme avait effectivement de quoi s'inquiéter, son faible Don le plaçant bien en deçà des autres quand il s'agissait de combat.

Même si elle était aussi excitée qu'Espérion, Lianne redoutait de se retrouver une nouvelle fois nez à nez avec les créatures qui peuplaient encore parfois ses cauchemars. D'ailleurs, Ubio, qui arrivait discrètement derrière ses amis, n'avait pas non plus l'air très enthousiaste. Lui qui aimait la tranquillité et la solitude s'adaptait mal aux travaux de groupe et à l'animation ambiante. La jeune femme s'était toujours demandé ce qui avait bien pu pousser ce doux rêveur à choisir l'enseignement des Syyrs.

À côté d'elle, Arutha ôta la veste de son uniforme, saisit sa serviette, et se dirigea vers la dernière cabine de douche encore libre.

— Ça va, tu ne veux pas des jumelles aussi ? demanda Ubio à Lianne avec un air ironique.

La jeune femme détourna prestement le regard du dos musclé qu'elle fixait depuis quelques secondes.

— Ce n'est pas ce que tu crois.

— Oui, bien sûr, dit Ubio avec une moue dubitative.

— Que se passe-t-il ? demanda Espérion, qui n'avait pas suivi.

— Elle fantasme encore sur Arutha.

— Arrête, le réprimanda la jeune femme.

Elle jeta un coup d'œil angoissé à la cabine de douche, mais Arutha était trop loin pour pouvoir entendre.

— C'est n'importe quoi.

— C'est ça, reprit Ubio. Au lieu de regarder, tu n'as qu'à lui parler.

— Ou mieux encore. Ne parle pas, renchérit Espérion avec un air salace.

Elle s'apprêtait à taper le grand colosse quand la douche devant elle se libéra. Bondissant en avant, l'apprentie saisit la porte au vol sous le nez de ses deux camarades.

— Hé !

— Trop tard.

Elle ferma le verrou, posa sa serviette, et se déshabilla avant d'entrer avec délice sous le filet d'eau chaude.

Espérion suivait du regard les formes harmonieusement courbes de la jeune femme qui refermait la porte quand Ubio lui tapa sur la tête du plat de sa main.

— Tu veux des jumelles aussi ? chuchota-t-il à son camarade, l'air agacé.

Le jeune colosse répondit en frappant du poing l'épaule de son ami, doucement toutefois pour ne pas le blesser. Il devait souvent faire attention à sa force à présent.

— Qu'est-ce qu'elle lui trouve ? grommela Espérion.

Ubio soupira.

— Il est mignon sans doute. Mais imagine sa conversation.

À ces mots, le visage renfrogné du garçon aux boucles brunes se détendit. Les deux complices rirent à gorge déployée sous le regard surpris des apprentis qui attendaient derrière eux.

***

— Lianne, on est dans le groupe d'Evyyt ! Ubio et moi allons chasser l'espion dans les terres infestées ce soir, s'écria Espérion.

La jeune femme posa son plateau sur la table de ses amis. Leurs plats étaient déjà presque vides, et la plupart commençaient le dessert. Elle s'assit avec soulagement, massant son dos endolori.

Comme tous les soirs depuis trois semaines, son temps libre était consacré à l'entretien des espaces verts de l'académie. Elle rentrait fourbue, couverte de terre et les mains abîmées à force de tailler, planter, dégager. Elle contempla ses ongles encore noirs malgré la douche, soupira, et saisit sa fourchette.

— Les groupes ont déjà été appelés ?

— Oui, mais ne t'en fais pas, Arutha s'est présenté pour vous deux en expliquant pourquoi tu ne pouvais pas être là.

Non pas qu'un seul Syyr à l'académie pût ignorer son escapade et la punition qui en découlait. Le temps passait, mais elle pouvait toujours voir les expressions chargées de reproches sur son passage. Elle regrettait de plus en plus son geste précipité.

— Tant mieux, c'était vraiment inconscient de ta part.

Lianne sursauta : elle n'avait pas eu conscience d'avoir parlé tout haut. Arutha s'assit à sa droite et entama son plateau.

— On est avec Edin.

La jeune femme se renfrogna. Il était le plus ennuyeux de tous leurs professeurs.

— Arrête de râler, on devait être avec Astre au départ.

Un frisson la parcourut à l'évocation du sévère chef de la garde. Edin était peut-être lassant, mais au moins, elle ne sentait pas des glaçons la traverser à chaque fois qu'il lui jetait un regard. Astre n'avait pas l'air de beaucoup l'apprécier, surtout depuis son escapade.

— Pourquoi ont-ils changé ?

Arutha haussa les épaules et avala sa bouchée. Parler et manger en même temps n'avait jamais été son fort : il préférait se taire et savourer.

— Edin ne voulait pas que tu te sentes tout le temps sous surveillance. Ils devaient te faire confiance pour que tu progresses, quelque chose comme ça.

À ces mots, Lianne sentit une vague de reconnaissance envers le professeur. Surprise par sa prévenance, elle se promit d'être plus indulgente avec lui dorénavant.

Ce fut le moment que choisirent les maîtres Syyrs pour entrer à leur tour dans le réfectoire avant de s'asseoir à la table qui leur était réservée. Le prince était là, ainsi qu'Astre, Ozalee et quelques autres. Maître Evyyt s'installa également, adressant au passage un rapide sourire à

Ubio. Lianne apprécia le geste, sachant comme son ami redoutait sa première expédition.

Les élèves saluèrent respectueusement leurs aînés, le bras droit contre leur poitrine et le gauche replié dans le dos à la manière des Syyrs, avant de se rasseoir à table, reprenant leur conversation tout en jetant un œil curieux à la nouvelle tablée. Elio mangeait toujours parmi ses hommes, mais il était rare de voir les trois grands réunis : le prince, le chef de la garde et la chef médecin. La discussion devait être sérieuse, et celui qui en surprendrait un bout serait le centre d'attention ce soir au dortoir.

— Ubio, arrête. Tu vas réussir à l'agacer si tu continues à la fixer comme ça, s'impatienta Espérion.

Le colosse donna un coup de coude au jeune homme, qui finit par lâcher maître Evyyt du regard.

— Désolé, murmura-t-il.

— Ça va bien se passer, ne t'inquiète pas. Les maîtres savent ce qu'ils font. Ils ne nous laisseraient pas partir comme ça si on n'était pas prêts.

Le garçon se renfrogna, détaillant les muscles saillants de son camarade, et maugréa :

— Parle pour toi. Je ne fends pas un tronc d'arbre à mains nues, moi.

Le rire tonitruant du grand gaillard retentit dans tout le réfectoire, attirant l'attention vers leur table.

— Allez, tu fais aussi bien que la plupart d'entre nous.

Il eut un regard en coin pour Arutha, le nez toujours plongé dans son assiette.

— De toute façon, il faut qu'on y aille : le rendez-vous pour la patrouille est dans dix minutes.

Les deux jeunes gens quittèrent précipitamment la table, emmenant avec eux les restes de leur dîner. Avant de sortir, Ubio lança un dernier regard désabusé en direction de la table où Evyyt finissait son repas. Il espérait que sa gentillesse ne laissait pas présager d'ennuis sur le terrain. Lianne suivit les garçons du regard jusqu'à leur disparition par la porte du réfectoire.

— Pauvre Ubio, il n'a vraiment pas l'air enthousiaste. Pourtant, Espérion est avec lui, ça devrait le rassurer.

Arutha abandonna un instant son assiette et eut une moue dubitative.

— La tête brûlée ? Il ne pense qu'au combat, déclara-t-il tout en continuant à fouiller son plat du bout de sa fourchette.

La jeune femme leva un regard étonné sur son ami. Ce n'était pas souvent qu'il émettait des jugements aussi tranchés. Elle réfléchit un instant, puis eut un bref soupir.

— Tu as peut-être raison. Et quand sera notre tour ? demanda-t-elle, redoutant la réponse.

— Demain.

Arutha repoussa l'assiette qu'il avait à peine entamée et se leva, suivi de près par la jeune femme. Demain. Déjà.

Cette nuit-là, les créatures cauchemardesques revinrent hanter les rêves de Lianne.

4

Le lendemain eut lieu à l'académie un événement qui devait marquer les esprits de tous les apprentis : un premier élève trouva son maître.

La journée avait commencé comme toutes les autres. Le matin, ils avaient eu l'occasion de parler avec leurs deux camarades qui revenaient de patrouille. Leurs yeux fatigués brillaient encore de ce qu'ils avaient pu voir durant la nuit. Même Ubio semblait enthousiaste à l'idée de retourner dehors la fois suivante. Lorsqu'ils en avaient parlé, les deux garçons s'étaient emballés, décrivant une rencontre avec les Errants et le combat qui s'en était suivi. Arutha et Lianne n'avaient pas compris grand-chose. Ils avaient haussé les épaules, laissant leurs amis s'extasier à demi-mot, incompréhensibles :

— Et tu as vu comme maître Evyyt avait…

— Oui ! Et comment elle…

— Et les autres ! Quand ils avaient…

Ce fut à cet instant-là qu'un maître Syyr s'avança vers les apprentis pour leur annoncer la nouvelle, interrompant leur discussion. Ils furent tous rassemblés à la hâte dans une des salles de cours pour une leçon improvisée.

— Bonjour à tous.

Maître Gaal entra à grandes enjambées, l'air satisfait.

— Nous ne pensions pas vous faire ce cours aussi tôt dans votre cursus.

Des murmures parcoururent la salle. Entre les leçons de combat contre les Errants et les premières patrouilles, ces dernières semaines avaient été pleines d'enseignements pour les apprentis. Et voilà que l'un d'entre eux venait de trouver son maître.

— Lullana, veux-tu me rejoindre, s'il te plaît ?

La jeune femme aux allures timides se leva pour aller se placer aux côtés du maître. Ses longs cheveux blonds attachés en une natte serrée battaient son dos à chaque pas. De larges mèches retombaient sur ses yeux, cachant l'anxiété que provoquaient les regards scrutateurs de ses camarades.

— Lullana a choisi son maître hier. À partir de demain, elle quittera donc cette classe pour commencer à étudier avec lui.

Pressant gentiment sa main dans le dos de la jeune femme, Gaal l'invita à retourner à sa place. Lullana ne se fit pas prier, rejoignant son siège avec un air de soulagement. Le maître observa les jeunes gens qui se tenaient devant lui. Tous se posaient la même question : comment choisir ? Comment savoir qui serait le maître qui leur conviendrait ? Il se souvenait de ses propres incertitudes à cet âge. Certains pensaient qu'il suffisait de bien s'entendre avec un Syyr et que lui vous apprécie. D'autres croyaient qu'il fallait plus que cela, qu'un seul maître convenait à chaque élève. Mais comment le reconnaître ?

— Tôt ou tard, chacun d'entre vous choisira son maître, c'est pourquoi je vais maintenant essayer de vous y préparer.

La tension était palpable dans la pièce, et le silence s'établit. Gaal s'arrêta, tâchant de se rappeler le jour où il avait choisi. Qu'avait-il ressenti ?

— On dit d'un apprenti Syyr qu'il a trouvé son maître lorsqu'il sent un lien particulier avec lui. Ce peut être une grande compréhension, une façon identique de penser, une attirance commune… C'est un sentiment difficile à formuler. Pour mieux l'exprimer, disons que vous ne pouvez soudain plus envisager votre apprentissage sans lui. Vous savez.

Les visages étaient perplexes. C'était tout ? Le Syyr secoua la tête, impuissant à mieux décrire le contentement qui accompagnait la découverte de son maître.

— Une fois votre maître choisi, il vous faut alors faire votre demande. Pour cela, vous vous placez devant lui, et vous posez un genou à terre avant de prononcer la phrase traditionnelle : « Maître, enseignez-moi », en baissant la tête. Si le Syyr accepte, il prend l'engagement de s'occuper de vous jusqu'à la fin de votre apprentissage.

Une main se leva. Gaal fit signe à l'élève de parler.

— Maître, peut-on demander à n'importe quel Syyr, ou est-ce réservé aux maîtres ?

Lianne ne saisissait que vaguement la différence entre Syyrs et maîtres Syyrs. Était-ce là leur principale distinction ? Elle réalisa qu'elle ne s'était jamais posé la question.

— Lorsqu'un apprenti termine son apprentissage auprès de son maître, il devient Syyr, c'est-à-dire qu'il a acquis le contrôle de son Don. Un Syyr devient maître le jour où il accepte à son tour de prendre en charge un apprenti, qu'il formera. C'est un engagement important qui n'est pas pris à la légère, expliqua Gaal.

Une ombre de déception passa sur le visage du garçon qui avait posé la question. Maître Gaal se demanda quel était le Syyr que le jeune homme avait en vue. L'homme avait cru que Lullana était un cas isolé, mais il lui semblait maintenant devoir s'attendre à d'autres demandes dans les jours à venir.

— Un maître a donc déjà accepté d'enseigner, un Syyr ne le souhaite pas encore. Toutefois, si vous sentez devoir faire votre demande à un Syyr, celui-ci pourra s'il le souhaite accepter et devenir maître, continua-t-il.

Soulagé, le garçon se rassit.

Une autre main se leva :

— Peut-on demander à un maître de nous prendre comme apprenti s'il en a déjà un ?

— Prendre deux apprentis en même temps n'est pas recommandé, mais ce n'est pas interdit. Cela dit, il est rare de voir deux élèves jeter leur dévolu sur le même maître.

Le cours se termina lorsqu'il n'y eut plus de questions. Curieux, Ubio rattrapa la jeune Lullana en sortant. Étonnés par la hardiesse inaccoutumée de leur camarade, Espérion et Lianne s'attardèrent un moment.

— Lulla, attends.

Le garçon la rejoignit.

— Je me demandais... Qui est-ce que tu as choisi ?

La main qui se posa sur son épaule surprit le jeune blondinet : celui-ci se retourna, et se retrouva nez à nez avec maître Gaal qui se tenait derrière lui.

— Moi.

Le garçon resta bouche bée face au couple improbable, le regard passant du maître assuré à la timide élève. Il se ressaisit enfin, inclinant légèrement le buste en direction du Syyr avant de se tourner vers la jeune apprentie.

— Merci, maître. Salut, Lulla, ajouta-t-il avec un petit sourire.

Faisant un dernier signe de la main en sa direction, il partit en courant rejoindre ses amis.

***

Le scénario était rodé. Trois patrouilles partaient chaque nuit de l'académie. Chacune, comprenant entre quatre et six Syyrs sans compter les apprentis, rencontrait une dizaine d'Errants en moyenne. Si la bête était seule, les Syyrs attaquaient. Si les Errants étaient plus nombreux, le groupe attendait sur place qu'une équipe d'intervention composée de gardes ocre munis de puissants lasers vînt pour l'appuyer.

L'éradication était systématique. On pouvait donc compter chaque matin en moyenne trente corps massifs, ramenés par les gardes et brûlés à distance des bâtiments. Les fumées étaient contrôlées par des Syyrs du mouvement, spécialisés dans la maîtrise des vents et des courants. Ils ramenaient les cendres au sol avant que celles-ci ne se dispersent, et alimentaient le feu en oxygène pour augmenter sa température. À la fin, il ne restait des corps qu'un tas de poussière, dispersé en bordure de la zone infestée.

Ce soir-là, c'était au tour de Lianne et d'Arutha de se retrouver dehors, patrouillant pour la première fois dans la nuit. Lianne regretta de n'avoir pas prêté une oreille plus attentive aux caquetages matinaux de ses deux camarades.

Le groupe progressait en silence, en file indienne. Edin ouvrait la marche, puis venaient Syla, Bayer, Arutha, Lianne, Kayle et enfin Saaj en dernier. Chaque garde avait sa propre arme. Traditionnellement, celle-ci devait ne pas excéder la hauteur d'un homme et demi et être transportable sur de longues distances.

Edin et Kayle portaient une longue épée à leur côté, battant contre leur cuisse au rythme de leurs pas. Bayer portait également une épée qu'il faisait passer, quant à lui, en travers de son dos, la garde au niveau de l'épaule, prête à être saisie de la main droite. Saaj arborait un sabre long fixé à sa ceinture du côté gauche. Contrairement aux épées, le sabre ne possédait pas de garde protégeant la main de celui qui le tenait, et sa lame suivait une courbe légère et harmonieuse.

Syla tenait dans sa main droite une framée, qu'elle utilisait comme un bâton de marche. Le long javelot servait à merveille la femme élancée, ajoutant à son allonge déjà grande. À l'extrémité de la framée scintillait une lame courte et aiguisée, en forme de flèche qui étincelait sous la lumière pâle des étoiles. La pointe était ornée à sa base de trois rubans de couleur sombre qui s'agitaient sans bruit tandis qu'ils avançaient, à peine visibles dans la nuit. Les apprentis avaient été dotés pour leur part d'un sabre court chacun, plus facile à manier et tout à fait adapté aux débutants car léger et peu encombrant.

Maître Edin s'arrêta, le poing levé pour signifier à son groupe de faire de même. Les deux apprentis suivirent à la hâte le mouvement, manquant de rentrer dans le dos de Bayer. Les Syyrs se regroupèrent, accroupis dans le creux d'un monticule.

— Arutha, range ton sabre, demanda Edin.

Le garçon examinait d'un air dubitatif la courte lame qui leur avait été confiée. Légère et peu encombrante certes, mais diablement petite également. Les apprentis perdaient en allonge ce qu'ils gagnaient en agilité. Suivant l'ordre d'Edin, il repassa l'arme à sa ceinture.

— Lianne, Arutha. Le rôle des patrouilles est de balayer la frontière pour empêcher les Errants de s'approcher des habitations. S'il y en a plus d'un, nous n'engageons pas le combat avant l'arrivée des renforts. Compris ?

Les deux élèves acquiescèrent, sérieux. Ils comprenaient l'importance des consignes. Le maître hocha la tête en signe d'assentiment avant d'ajouter :

— En cas de danger, ne faites pas les fiers. Vous restez derrière.

La troupe repartit. Il lui fallut trois heures pour rencontrer plusieurs Bestioles, vadrouillant dans une plaine caillouteuse. Leurs larges silhouettes avançaient lentement, prédateurs à l'affût presque invisibles parmi les ombres. Saisissant le communicateur qu'il portait à la ceinture, Edin signala leur situation.

Ils attendirent un quart d'heure, gardant sur leur droite les trois Errants qui traversaient la plaine rocheuse. Cachés derrière la crête qui surplombait la plaine, les Syyrs progressaient doucement à la lueur de la lune. Lianne posait ses pieds l'un après l'autre, attentive à ne pas faire de bruit, suivant les traces d'Arutha à mesure qu'il avançait. Un pied, puis l'autre.

Parfois, les yeux écarlates se tournaient vers eux, joyaux brillants dans le noir, qui les survolaient sans les voir. Avaient-ils senti leur présence ? La jeune femme ferma un instant les paupières, s'assurant que rien ne la trahissait.

Un bref contrôle lui confirma qu'elle avait correctement camouflé son Don : il était impossible que les Errants les aient détectés.

Soudain, son pied buta, délogeant un caillou. Le bruit de la pierre dévalant la pente résonna comme un grondement d'orage dans le silence, figeant instantanément les deux groupes sur place. Six braises rouges se tournèrent simultanément vers la gauche, scrutant vers le haut le noir de la pente abrupte.

Le cœur de Lianne se mit à battre à tout rompre tandis que l'angoisse l'étreignit. Retenant sa respiration, elle vit Edin leur faire signe de rester immobiles. Les minutes passèrent : ils attendirent, tête baissée, redoutant d'entendre approcher la respiration profonde des Errants. Puis Edin leva légèrement les yeux et jeta un regard de l'autre côté de la crête. Un soupir de soulagement franchit silencieusement ses lèvres lorsqu'il vit les trois bêtes reprendre leur chemin.

Soudain, un sifflement aigu fit tourner la tête des mastodontes, qui interrompirent leur progression. Un trait rouge zébra la nuit et tua net le plus gros de la meute, qui s'effondra en grésillant. Les Errants restants, fous de la douleur qu'ils avaient ressentie dans leur conscience collective, chargèrent le groupe d'intervention qui s'était embusqué devant eux.

Avant que le premier cadavre eût touché le sol, Edin avait lancé l'assaut. Ils dévalèrent la pente abrupte qui les séparait des deux Errants restants, tombant sur ceux-ci alors qu'ils se rapprochaient dangereusement de la première équipe.

Le laser de l'équipe qui venait d'arriver était puissant, mais nécessitait un certain temps pour se recharger. Devant la menace, les hommes passèrent immédiatement au laser portatif. L'arme était bien moins puissante, mais elle traversait tout de même la peau épaisse des créatures, leur causant de douloureuses brûlures.

Laissant derrière eux de larges traînées de sang noir, les Errants tentaient à tout prix d'atteindre la source de leur souffrance. La patrouille d'Edin immobilisa l'une des bêtes en l'encerclant tandis que le maître Syyr sauta sur son dos d'un bond gracieux et planta sans hésiter son épée à la base du cou de l'animal. Un éclat de lune se refléta dans la lame étincelante alors que celle-ci pénétrait la peau épaisse. Le monstre rua. Rugissant, il propulsa d'un coup de reins puissant l'homme sur le sol.

Prestement, Bayer et Kayle s'élancèrent à leur tour pour enfoncer leur épée dans le ventre exposé, perçant la peau plus tendre à la jonction des pattes avant jusqu'à atteindre le cœur. La bête s'effondra lourdement dans un dernier hurlement, manquant d'écraser les deux hommes sous son poids.

Le laser principal enfin rechargé, un second tir illumina la nuit, tranchant net le dernier Errant déjà brûlé par les décharges des lasers de poing.

Avant qu'Arutha et Lianne aient eu le temps de réagir, tout était terminé. Les gardes conduisirent jusqu'à eux un transporteur, sorte de gros véhicule sans roues glissant au-dessus du sol et qu'ils avaient laissé en arrière pour ne pas alerter les Errants. Ils traînèrent une à une les carcasses brûlées sur la plateforme arrière, celle de l'avant servant à déposer les lasers et permettant de recharger ceux-ci entre chaque utilisation. L'équipe d'intervention passerait à l'académie déposer les cadavres, et se tiendrait prête à intervenir en cas de nouvelle alerte.

Dès le départ du transporteur, la patrouille redémarra. Lianne reprit hâtivement sa place, l'esprit encore plein de ce qui venait de se passer. Tout était allé si vite. Elle avait à peine eu le temps de se précipiter vers les autres, déjà autour de l'Errant, que celui-ci s'écroulait. La saisissante efficacité de la manœuvre n'en finissait pas de l'étonner.

L'apprentie regarda maître Edin avec un œil nouveau, impressionnée. Et que dire des Syyrs Bayer et Kayle ?

Elle comprenait mieux à présent les réactions de ses deux amis, leurs regards émerveillés et leur nouveau respect pour ces hommes qu'ils croisaient tous les jours. C'était une chose d'apprendre à combattre dans une arène sécurisée face à un hologramme, c'en était une autre d'assister à ces scènes en direct.

Le groupe s'arrêta sur l'ordre d'Edin. D'un mouvement de la tête, il ordonna à Bayle de surveiller leur flanc tandis que Syla protégeait leurs arrières.

— Saaj ? interrogea le maître.

Le Syyr s'avança jusqu'à un espace dégagé de rochers, et s'agenouilla sur le sol d'un geste élégant. Posant son sabre devant lui, il ramena ses mains sur ses cuisses, et ferma les yeux. Laissant l'homme se concentrer, le chef de la patrouille se tourna vers les deux apprentis.

— Il est important de ne jamais rester sur les lieux après un combat. Les Errants sentent la mort des leurs. D'autres pourraient être assez proches pour venir nous attaquer.

Le maître Syyr s'adressait à eux en chuchotant. Ils s'étaient éloignés de la zone, mais une Bestiole pouvait toujours traîner dans les parages, attirée par les plaintes de ses congénères.

— La discrétion est la clé des patrouilles. Vous dissimulez tous les deux assez bien votre Don, mais tu dois faire plus attention à tes pieds, dit-il en fixant la jeune femme.

Son erreur aurait pu être tragique. Heureusement, rien ne s'était produit. Ce ne serait pas toujours le cas. Edin se tourna vers Arutha, qui se tenait silencieux à côté de sa camarade.

— Arutha, pense à ta respiration. Concentre-toi et respire plus lentement, tu feras moins de bruit.

Le maître vit le jeune homme froncer les sourcils. Concentré sur ses pas, il ne devait pas avoir réalisé le sifflement qui s'échappait de ses poumons.

Ayant mis les choses au point avec ses apprentis, le chef de la patrouille se rapprocha de Saaj :

— Tu perçois quelque chose ?

Saaj était un sondeur. En se concentrant suffisamment, il pouvait sentir en détail le Don autour de lui, chose difficile pour tout autre Syyr qui ne percevait que les grandes variables. Les particules se retrouvaient en toute chose, sauf chez les Errants. C'était à leur connaissance les seuls animaux imperméables à l'organisme symbiotique.

Derrière ses paupières fermées, la terre et les arbres se transformaient en un tapis bleuté à l'intensité mouvante. Une ligne plus foncée traversait l'étendue azur. Celle-ci s'effaçait en cet endroit, jusqu'à se fondre dans le noir pour dessiner la zone infestée – où les Bestioles éradiquaient toute trace de Don. Sur le tapis céruléen, les Syyrs apparaissaient comme des petites lumières d'un bleu plus riche. À l'inverse, les Errants marquaient l'espace de taches noires, tels des trous dans un canevas finement brodé.

Ouvrant les yeux, Saaj regarda son chef.

— Environ six kilomètres au nord. Un, peut-être deux. Ils se déplacent vers la zone infestée, leur apprit-il.

Edin réfléchit rapidement. Il observa la lune dans le ciel : la nuit était déjà bien avancée.

— Peut-on les atteindre avant ?

— Pas sans courir.

Courir dans la nuit sur une telle distance ne posait pas de problèmes d'ordinaire, mais le chef de la patrouille devait penser à ses élèves. Ses deux apprentis s'étaient correctement conduits jusqu'à présent. Ils étaient restés en retrait sans s'exposer, même s'il soupçonnait Arutha de s'être assuré de ne pas s'éloigner de la jeune femme. Edin espérait que ses faibles performances ne le paralyseraient pas lorsqu'il devrait combattre. Il lui faudrait trouver du temps pour en discuter avec le garçon, mais en attendant, mieux valait éviter les ennuis.

— On se contentera de vérifier qu'ils pénètrent dans la zone. Puis on rentre, décida-t-il.

Guidé par Saaj, le groupe reprit sa progression dans la nuit. La fatigue se faisait sentir à présent. Les pas des apprentis devenaient lourds. Lianne reporta son attention sur les pieds du garçon qui progressait devant elle, tâchant en vain de se concentrer sur le terrain accidenté. Elle repensait à son cœur, battant la chamade à la vue des silhouettes hantant ses cauchemars. Et si l'une des bêtes les avait flairés ? L'odeur de chair brûlée qui flottait après l'attaque restait ancrée dans ses narines.

Lianne était restée tétanisée alors qu'Edin lançait la charge, n'arrivant que lorsque l'Errant s'était écroulé. Arutha non plus n'avait pas bougé. Le garçon avait-il lui aussi été paralysé ? Elle tenta vainement d'interpréter la démarche du jeune homme devant elle et soupira. Les dos étaient tout de même moins expressifs que les têtes.

Soudain, le communicateur d'Edin sonna. Tout en marchant, le Syyr porta la main à son oreille et activa l'appareil.

— Très bien. On arrive.

Préoccupé, le maître mit fin à la patrouille, et emmena le groupe sur le chemin du retour.

L'académie était en effervescence. Quatre Errants avaient chargé une patrouille plus au sud de la zone infestée, et il avait fallu envoyer des renforts en urgence pour rapatrier les membres de l'équipe, blessés et épuisés. Un des blessés, maître Yiaru, était dans un état critique. Il était entré en chrysalie dès son arrivée à l'infirmerie. Une autre équipe avait également dû rejoindre d'urgence la zone que le groupe venait de quitter, ce qui diminuait d'autant le nombre de personnes restant à l'académie pour gérer la situation.

Rapidement sollicité, Edin envoya ses deux apprentis se coucher pour avoir le champ libre. Épuisés, les deux élèves ne se firent pas prier et s'empressèrent de rejoindre le dortoir. Ils trouvèrent avec surprise les lumières allumées et tous les apprentis réunis en son centre, l'air affligé. Les voyant arriver, Ubio se dirigea vers eux. Ses yeux brillaient, et sa voix était mal assurée.

— C'est Athyn. Les Errants...

Un frisson glacé parcourut le dos de Lianne. Elle aurait voulu ne pas entendre la fin de la phrase.

— Il est mort.

5

Athyn avait été le plus jeune des apprentis, et sa mort affectait le moral de tous. Il était originaire de Berm, un village situé au nord-ouest d'Eruvia et protégé par les hautes falaises qui ceignaient l'ouest de la ville. Son corps devait y être transporté sans attendre afin que ses parents pussent organiser le bûcher funéraire. Une cérémonie belle et simple avait eu lieu le matin en l'honneur du garçon, mais tous s'inquiétaient encore trop de l'état de Yiaru pour avoir vraiment pu l'apprécier et se laisser aller au deuil.

Les traces du désordre de la veille avaient disparu, gommées par les Syyrs qui s'étaient affairés jusqu'au matin. Peu d'entre eux semblaient fatigués, habitués à bien pire sur les champs de bataille. On racontait que les plus endurants pouvaient rester quatre jours debout sans manquer de sommeil, mais la plupart devaient tout de même dormir une nuit sur deux, et ne pouvaient tenir ce rythme que sur de courtes périodes.

Dès l'après-midi et pour ne pas laisser les apprentis désœuvrés, les cours avaient repris. Lianne rejoignit sa place par terre au milieu des coussins étalés sur le sol tandis que commençait la leçon. Leur professeur était un jeune Syyr nommé Lio qui leur faisait cours pour la première fois. Debout en face d'eux, il souriait nerveusement, plus habitué à manier une épée que les mots. L'homme se gratta légèrement la gorge, et s'adressa à la classe d'un air qui se voulait assuré :

— Quelqu'un peut-il me rappeler comment agit le Don sur notre organisme ?

Espérion leva la main et s'empressa de répondre :

— Il circule dans notre système sanguin, et entretient notre corps en échange d'un lieu où se propager.

La réponse était trop concise pour le professeur, qui attendait plus de précisions.

— Que se passe-t-il en cas de blessure grave ? demanda-t-il.

L'apprenti aux boucles d'ébène récita sa leçon sans hésiter :

— Les particules de Don se concentrent sur la blessure, et accélèrent le processus de guérison.

Un rayon de soleil fusa dans la pièce par la fenêtre entrouverte, et une brise légère y apporta l'odeur des fleurs du jardin. Espérion vit Ubio se tourner pour contempler le ciel bleu.

— Et à votre avis, que se passerait-il si l'on maintenait cette blessure ouverte ? insista Lio.

Ramenant rapidement son attention vers le centre de la classe, Espérion fut décontenancé par la question incongrue.

— Le Don continuerait à s'accumuler pour tenter de la soigner ? tenta-t-il sans en voir l'intérêt.

Devant lui, le professeur hocha la tête.

— Exact…

Le jeune homme fronça les sourcils, mal à l'aise à l'idée d'empêcher une lésion de se refermer. La torture semblait peu correspondre aux idéaux de la garde royale. À côté de lui, Ubio sursauta en sortant de la rêverie qu'il avait entamée. Il voyait où le professeur voulait les emmener. Croisant le regard de Lianne, le garçon saisit qu'elle aussi avait compris. Avec un peu d'appréhension, Ubio raisonna à haute voix :

— Cela aurait pour conséquence de nous empêcher d'utiliser le Don pour autre chose.

Des murmures jaillirent. Plusieurs apprentis se penchèrent entre les coussins pour chuchoter à l'oreille de leur voisin. Peu d'entre eux s'étaient déjà demandé s'il était possible de supprimer l'influence du Don sur un porteur. Le professeur se déplaça légèrement, ramenant sur lui les regards intrigués et inquiets.

— Maintenant, l'un d'entre vous peut-il imaginer un moyen d'entraver le Don d'un Syyr, un soldat prisonnier par exemple ?

Lianne leva ses yeux verts sur Lio, demandant la parole :

— Selon les lois du Royaume, on ne peut pas blesser volontairement un prisonnier de guerre, récita-t-elle.

L'idée la révulsait : ce ne pouvait être la solution adoptée par la garde royale. L'homme debout devant elle hocha la tête, l'encourageant à continuer. Lianne hésita, gênée par l'idée qui lui traversait l'esprit :

— La maladie ?

Moins terrible. Une maladie n'était pas forcément douloureuse, et l'on pouvait sans doute supprimer les risques de contagion. Mais tout de même, l'idée d'infecter sciemment quelqu'un de sain ne correspondait pas à l'image qu'elle se faisait des Syyrs du Royaume. Lio secoua doucement la tête.

Le silence qui s'établit le mit mal à l'aise. Le début du cours s'était plutôt bien déroulé, mais l'attention de ses élèves était ailleurs. Leur chagrin les engluait dans une mélancolie qu'il peinait à dissiper. Il se tourna vers ceux qui n'avaient pas encore parlé, espérant que l'un d'eux se déciderait :

— Personne ?

Déçu, Lio posa sur une table deux larges bracelets de métal doré. Insérant une carte magnétique sur le côté d'un des deux objets, il ouvrit celui-ci, dévoilant une pointe argentée.

— Ceci est une entrave. L'aiguille que vous pouvez voir est creuse. Elle contient un poison, le carrere. Ce poison induit une paralysie rapide du corps s'il se diffuse dans l'organisme. Les entraves vont par deux. On place les bracelets de force sur les poignets du prisonnier. Le poison se répand, obligeant son Don à se concentrer au niveau des aiguilles et empêchant le Syyr de l'utiliser autrement. Lorsque vous devez libérer le prisonnier, il suffit de lui retirer les entraves, et l'homme repart en pleine possession de ses moyens.

La classe contempla les deux bracelets dorés que leur tendait à présent le professeur avec une appréhension mêlée de curiosité et Lio sourit. Enfin, ils réagissaient. La brune Ester leva la main.

— Est-ce douloureux ? demanda-t-elle sans hésiter.

— Le processus est parfaitement indolore, Ester.

Le Syyr étudia un instant la classe, essayant de déterminer s'ils étaient prêts à participer.

— Le meilleur moyen de vous en rendre compte serait d'essayer. Y a-t-il un volontaire ?

Avec un petit sourire, Lio vit la plupart des élèves hésiter. Il se tourna vers la jeune femme qui avait levé la main.

— Ester ?

La plantureuse apprentie se leva d'un geste décidé et s'avança vers le professeur. Doucement, celui-ci saisit le poignet droit de la jeune femme et y plaça la première entrave. Soutenant le regard du Syyr, elle ne cilla pas lorsque le bracelet se referma, enfonçant l'aiguille empoisonnée dans la chair délicate de son bras.

— Comment te sens-tu ?

L'apprentie prit quelques instants pour examiner son état. Elle ferma les yeux, analysant ses sensations. La chaleur du soleil sur sa peau lui paraissait un peu plus froide qu'avant, le son des oiseaux que l'on pouvait entendre par la fenêtre s'était évanoui. Se concentrant sur son cœur, elle découvrit un organe en bonne santé mais battant d'un rythme légèrement plus rapide à présent. Une autre pulsation lui faisait écho, comme une vague bleutée au niveau des aiguilles qui avaient pénétré sa peau.

Elle rouvrit les yeux, et le monde lui apparut moins net qu'il l'était auparavant. Le Don n'aiguisait plus ses sens, ne soutenait plus son corps. Ses réflexes devaient également être diminués, anticipa-t-elle. La classe l'observait, attendant sa réponse à la question du professeur.

— Fatiguée. Un peu, hésita-t-elle.

Gentiment, il la guida un peu à l'écart.

— Quel est ton partenaire à l'entraînement ?

Ester se tourna vers ses camarades.

— Bele.

Un garçon assez trapu se leva à l'énoncé de son nom, et le Syyr fit un geste de la main.

— Bele, si tu veux bien venir ici.

Une fois que l'apprenti les eut rejoints, Lio s'adressa aux deux élèves :

— Quel est le dernier exercice que vous ayez pratiqué ?

— Le combat à mains nues, hier avec le Syyr Lubéon, répondit Bele.

— Parfait. Y a-t-il une prise particulière que tu as des difficultés à bloquer ? demanda-t-il au garçon.

Hésitant, Bele regarda Ester, puis hocha la tête. Il savait quelle était la prise que sa partenaire affectionnait, celle au terme de laquelle lui finissait le plus souvent par terre, le souffle coupé, un genou sur le ventre et le bras tordu.

— Bien. Ester, je veux que tu te concentres et que tu essaies d'attaquer Bele avec cette prise. Bele, vas-y doucement.

Sur ce dernier conseil, le Syyr recula, laissant les jeunes gens face à face.

— Ester, quand tu veux.

La jeune femme fit quelques pas d'échauffement, cherchant à définir ce qu'il restait de ses réflexes une fois les entraves posées. Elle ne se sentait pas si différente, et pourtant, quelque chose la gênait. Après un moment d'hésitation, elle s'élança, tendant le bras droit vers son compagnon comme pour le saisir au col, tout en faisant passer tout son poids sur la jambe droite.

Alors que le garçon évitait la prise en se jetant vers l'arrière, elle pivota sur sa jambe, envoyant le tranchant de sa main gauche vers la gorge exposée de son adversaire. Celui-ci se raidit, tentant vainement de parer le coup qui arrivait. À sa grande surprise, il saisit la main de sa partenaire avant que celle-ci l'atteignît. D'un geste rendu mécanique par les heures d'entraînement, il tourna sur lui-même, emportant Ester qui trébucha, prise par son élan, et s'étala par terre avec un cri de surprise. Elle se releva d'un bond et jeta un regard vexé au jeune homme, qui se mit en garde, peu rassuré. Posant une main sur son épaule, Lio mit fin à la démonstration.

— C'est bon, Bele, merci.

Le garçon salua le Syyr et retourna à sa place, jetant un regard d'excuse à la jeune femme qui l'observait d'un œil noir.

— Merci, Ester.

S'avançant vers l'apprentie, le professeur lui retira les entraves et la laissa retourner s'asseoir parmi ses camarades. Reprenant sa place sur le coussin moelleux, Ester gratifia Bele au passage d'un coup de poing à l'épaule. Le jeune homme massa son bras sans broncher : il savait qu'il regretterait au prochain entraînement d'avoir battu la jeune femme aujourd'hui.

Frappant dans ses mains pour retrouver l'attention perdue, Lio désigna les bracelets de force qui pendaient à leur place à sa ceinture.

— Des questions ?

Aucun élève ne se manifesta, au grand soulagement du Syyr.

— Bien, alors…

Ubio leva la main, et le professeur s'interrompit :

— Oui ?

— Maître, qu'est-ce que la chrysalie ?

La question décontenança Lio. Ce n'était pas à cela qu'il s'attendait. Il n'était pas certain que ce fût à lui de répondre, mais puisqu'il était professeur, il se devait sans doute d'essayer.

Prenant son temps, le Syyr tâcha de trouver une manière simple d'exprimer le processus complexe et après tout non sans rapport avec le cours qu'il venait de donner.

— Puisque le Don colonise votre corps, il a tout intérêt à ce que celui-ci soit en forme. C'est pourquoi un porteur du Don tombe rarement malade et se rétablit très vite. En cas de blessure grave, ou lorsque vos fonctions vitales sont menacées, le Don réagit en vous mettant dans un état de stase, au cours duquel il va s'employer à guérir ce qui pourrait vous être fatal : maladie, poison, blessure…

Incertain, Lio guettait les réactions des jeunes apprentis. Comme ils semblaient suivre, il continua, un peu plus sûr de lui :

— Vous restez dans un état catatonique jusqu'à ce que votre corps soit de nouveau capable de fonctionner seul. Alors, vous vous réveillez, faible mais vivant. Si vous êtes trop gravement atteint, le Don s'épuisera avant de pouvoir vous soigner, et vos fonctions vitales s'arrêteront d'elles-mêmes.

Le jeune professeur vit les mines inquiètes se dresser vers lui. Un garçon leva nerveusement la main :

— Maître Yiaru va-t-il s'en sortir ?

Lio se traita mentalement d'idiot. Il aurait dû s'attendre à une telle réaction. Le Syyr tranquillisa les jeunes apprentis du mieux qu'il put :

— Ozalee et son équipe s'occupent de lui. Avec leurs soins, il est fort probable que maître Yiaru se remette rapidement.

Un murmure de soulagement accueillit la nouvelle. Le maître était apprécié des jeunes Piriens, qui se souvenaient avec émerveillement de son cours sur les espèces animales extra-terrestres. Ils quittèrent le cours plus rassurés sur le sort du blessé, laissant un professeur pour sa part soulagé de s'en être assez bien tiré.

Les quatre apprentis se retrouvèrent à errer dans les couloirs de l'académie, trop fatigués pour avoir le courage de s'entraîner et trop attristés pour aller méditer. Espérion proposa soudain d'aller faire un tour en ville. Cela faisait plusieurs semaines qu'ils n'avaient pas eu un moment à eux, et ils avaient tous besoin de se changer les idées. Ubio eut un grand sourire, et se tourna vers Lianne et Arutha.

— Pourquoi pas ? Vous venez ?

La jeune femme ne savait pas s'ils étaient autorisés à sortir de l'académie tout seuls, mais après tout, personne ne le leur avait formellement interdit. Elle consulta Arutha du regard, qui haussa les épaules :

— OK.

Les quatre jeunes gens auraient voulu changer leur uniforme pour se fondre dans la foule, mais tous avaient abandonné leurs effets civils en entrant à l'académie.

Dans le hall d'entrée, la femme qui s'occupait de l'accueil leur adressa un sourire. Ils lui répondirent d'un signe de la main, quelque part soulagés de voir qu'il leur était bien permis d'aller en ville. Le carillon de cristal scintillant tinta sur leur passage, comme pour leur souhaiter de bien s'amuser.

Ils se baladèrent un moment dans les rues, profitant de leur toute nouvelle liberté, flânant au gré des allées et observant les gens autour d'eux. Cela faisait longtemps qu'ils n'avaient pas eu l'occasion de se mêler à la population, et ils appréciaient ce moment, même s'ils ne passaient pas inaperçus dans leurs tenues crème. Les têtes se tournaient sur leur passage, les regards se faisaient insistants. Une certaine appréhension émanait des gens qui les regardaient, émaillée d'une rancœur qui remua le cœur de Lianne. On les craignait.

Ils passèrent non loin du Refuge où elle avait habité seule pendant plus de huit ans, sans avoir pourtant aucune envie d'y aller. Le Refuge abritait tous les enfants et jeunes adultes d'Eruvia qui n'avaient nulle part où aller. S'y mêlaient des expulsés, poussés par les Errants hors de chez eux, des orphelins, des sans-foyer... La liste était longue. Il n'y avait pas beaucoup de personnes âgées, ni là ni dans le reste de la population. Un endroit sombre et étriqué, à l'opposé des larges espaces immaculés de l'académie. Son monde avait changé en l'espace de quelques mois. À ses côtés, ses amis semblaient partager les mêmes pensées en silence.

Les odeurs de la rue leur rappelèrent qu'ils avaient faim. Alors qu'ils dégustaient une fouée, une sorte de galette fourrée aux légumes et cuite au feu de bois, Ubio eut une idée :

— Dis, Espérion, tu ne voudrais pas en profiter pour aller voir tes parents ?

Le garçon déglutit, avalant un énorme morceau en une bouchée. Il était un des rares élèves à avoir encore ses deux parents vivants. L'espérance de vie des Piriens avait âprement baissé ces dernières décennies.

— Merci, mais ils ne sont pas là en ce moment. Et puis, je les ai vus la semaine dernière. Ils avaient aperçu un Errant près de chez eux, et ils étaient venus à l'académie en avertir la garde.

— Vous ne trouvez pas ça inquiétant, vous ? demanda Ubio, la voix grave.

— Quoi ?

— Il y a de plus en plus d'Errants signalés en périphérie de la zone infestée. Et l'attaque d'hier ? Ils sont plus nombreux qu'avant, non ?

Le colosse aux cheveux d'ébène haussa les épaules.

— Bah, on les a quand même battus.

— Oui, mais c'était plus difficile que d'habitude... Et il y a Athyn et maître Yiaru.

La voix du timide garçon s'était faite angoissée sur la dernière phrase. Les autres regardaient le sol gris. Tous étaient attristés par le sort de leur camarade, et l'état de santé du maître Syyr les inquiétait profondément. Finalement, Ubio soupira, incapable de dissiper son appréhension, et le petit groupe reprit le chemin de l'académie en silence.

À leur arrivée, ils furent tout de suite alpagués par maître Edin, qui cherchait partout ses deux apprentis.

— Où étiez-vous ?

Les jeunes gens se regardèrent, se demandant ce qui mettait le Syyr de si mauvaise humeur. Espérion osa répondre le premier :

— Euh, partis manger un morceau en ville.

Le maître tiqua, agacé.

— Vous ne devriez pas partir sans prévenir. Surtout toi, Lianne.

Le ton du maître incita les élèves à garder le silence, attendant la suite. Se tournant vers deux d'entre eux, l'homme continua :

— Lianne, Arutha. Demain a lieu le grand marché. Je suis de garde. Vous m'accompagnerez.

Les deux amis haussèrent un sourcil, surpris. Un petit astroport proche de l'académie servait aux Syyrs pour entreposer leurs vaisseaux. Quelques transporteurs assez courageux pour faire le trajet jusqu'à Pira venaient de temps en temps pour vendre et acheter ce que la petite planète pouvait offrir : herbes, plantes et art local contre technologies et métaux précieux. Accolé à l'astroport, le grand marché était un espace où les échanges pouvaient avoir lieu en sécurité, car tout y était strictement régulé par les Syyrs. S'ils y portaient un regard aussi attentif, c'était surtout par peur des trafics en tout genre qui pouvaient fleurir dans de tels contextes : bien que l'esclavage fût interdit dans le Royaume, il y avait déjà eu des précédents sur d'autres planètes. Les drogues étaient un autre sujet de préoccupation. Les Piriens avaient déjà assez de problèmes comme ça. Enfin, et même si cela faisait plus de huit mois que l'Empire n'avait lancé aucun raid sur la planète, l'éventualité de l'arrivée d'un petit groupe armé n'était pas non plus à exclure, surtout avec l'espion toujours en liberté.

Le maître eut un raclement de gorge irrité.

— Vu l'agitation des Errants en ce moment, le prince a décidé de placer une patrouille en surveillance de la zone infestée mais aussi plusieurs personnes sur le site même.

À ces mots, Ubio fronça les sourcils, mais il s'abstint d'interrompre le Syyr. La situation était donc déjà si préoccupante.

— Vous serez avec moi aux contrôles. Le reste de l'équipe, Bayer, Kayle et les autres, ira renforcer le groupe qui surveillera les environs.

Les deux jeunes gens étaient plutôt chanceux d'entrer dans l'astroport un jour de marché. Ils continrent leur excitation pour ne pas fâcher un peu plus maître Edin, mais ils savouraient à l'avance l'une des rares occasions pour des Piriens d'apercevoir des personnes issues d'autres planètes, appartenant peut-être même à d'autres espèces que la leur.

— Qui le dirigera ? demanda Arutha.

— Astre.

Ester et Bele seraient donc là-bas aussi. Lianne appréciait le caractère direct de la jeune femme qui lui rappelait celui d'Espérion par certains côtés. Elle se demanda un instant si elle pourrait croiser quelques-uns de ses anciens amis pour l'occasion. Les chances étaient minces. Les trop grands rassemblements étaient évités par peur des Errants ; du coup, seules les personnes ayant affaire au grand marché oseraient s'y rendre. Le mélange d'excitation et d'émotions était irrésistible pour les Bestioles.

— Vous m'attendrez demain dans le hall.

— Oui, maître, répondirent en chœur les deux apprentis.

6

Le lendemain matin, Lianne et Arutha se dirigèrent vers le nord-ouest de l'académie. Il faisait déjà chaud, et l'absence de vent n'arrangeait rien. Devant eux, maître Edin avançait d'un pas rapide aux côtés d'Astre. Kayle, Bayer et Saaj se mêlaient à l'équipe du chef de la garde et prenaient de l'avance pour se poster entre l'astroport et les terres infestées. Leur présence devait suffire à décourager une attaque d'Errants, mais par précaution, deux gros canons lasers les accompagnaient.

L'astroport était encerclé d'un mur gris haut de trois mètres. Deux portes permettaient d'entrer et sortir. L'une était réservée aux Syyrs royaux et les vérifications y étaient minimales. Edin et les deux apprentis pénétrèrent aujourd'hui par l'autre entrée. Une grande porte à double battant ouvrait sur une cour longue d'environ vingt mètres et large de dix. Les hauts murs et le sol de pierre blanche emprisonnaient l'atmosphère étouffante. Malgré l'attrait des Syyrs pour tout ce qui était vivant, il n'y avait pas de végétation ici, un sacrifice nécessaire pour la sécurité du lieu. À l'autre extrémité de la cour se situait une porte qui permettait d'entrer dans le poste de contrôle à l'intérieur de l'astroport.

— C'est ici que nous allons travailler aujourd'hui, leur annonça Edin. Mais avant, je dois faire le point avec le responsable de la sécurité à l'intérieur. Par ici.

Lianne et Arutha pénétrèrent à la suite du maître Syyr dans le bâtiment, et le traversèrent jusqu'à la piste d'envol. L'air était brûlant et l'odeur de métal prenait à la gorge.

Pourtant, la jeune femme oublia très vite son inconfort lorsqu'elle vit les larges vaisseaux qui s'y alignaient. La majorité datait de la venue de la flotte royale sur Pira. Trois autres s'étaient ajoutés à l'arrivée du prince Elio. Enfin, huit vaisseaux étaient bien différents en style et en taille : les transporteurs marchands.

Toute personne qui voulait faire commerce sur la planète devait montrer patte blanche avant d'être autorisée à accéder au marché. Chacun était ensuite libre de s'installer et de mener ses transactions de manière légale. Il était toutefois défendu de quitter l'enceinte de l'astroport et du marché. Deux Syyrs étaient postés à l'entrée de la cour : ils ne laissaient entrer et sortir que les Piriens.

Maître Edin discuta avec les gardes présents sur les lieux, puis retourna avec ses apprentis vers le poste-frontière entre la cour et l'astroport. Leur travail commença avec trois délégations de six personnes, toutes humaines, représentant plusieurs compagnies marchandes du Royaume. Il fallut lire le manifeste, contrôler les quarante-huit caisses de cargaison, vérifier les identités de chacun des membres ainsi que leurs autorisations de transport. Enfin, ils purent passer au groupe suivant.

La matinée s'égrena au rythme lent et répétitif des contrôles. Passé la première surprise de voir des gens – tous humains à la grande déception de Lianne – et des objets d'un autre monde, les formalités devinrent vite ennuyeuses pour les deux apprentis. Finalement, un dernier groupe de cinq hommes se présenta. Plutôt grands, ils portaient les amples habits colorés de la compagnie Eole, une des plus prospères du Royaume. Leur cargaison tenait dans une petite boîte que l'un d'entre eux portait précautionneusement.

Les cinq hommes s'inclinèrent dans un ensemble parfait, et le premier tendit la carte qui recensait toutes les informations dont Edin avait besoin. Le Syyr se servit d'une tablette pour les lire. Le contenu de la cargaison lui fit hausser un sourcil, mais il n'émit aucun commentaire, demandant simplement à celui qui portait la boîte de bien vouloir l'ouvrir afin qu'il en contrôlât le contenu.

Dans un écrin de velours vert, six sphères argentées étincelèrent l'espace d'un instant, puis le couvercle se referma. Intriguée, Lianne aurait voulu poser des questions à Edin, mais il était occupé à terminer le contrôle. Elle jeta un coup d'œil à Arutha pour voir si lui aussi se demandait ce que cela pouvait être, mais le jeune homme s'était approché du sas et regardait vers la cour bondée d'un air absent. Soupirant discrètement, elle reporta son attention sur les personnes qui se tenaient devant elle.

À l'aide de sa tablette, le maître Syyr scanna la paume de main de chacun des marchands afin de confirmer leur identité, puis il leur posa individuellement plusieurs questions. Satisfait des réponses, il salua les hommes qui, lui rendant son salut, passèrent à côté d'Arutha avant de sortir. Edin referma le sas derrière eux et commença à rassembler les cartes qui lui avaient été données lors des contrôles.

— Maître, que transportaient-ils ? demanda Lianne.

— Du tanitol à l'état brut. C'est un métal noble et plutôt rare. Un des plus solides qui soit.

Le maître Syyr ramassa sa tablette et la dernière carte d'enregistrement qui lui avait été donnée. D'un geste, il fit apparaître les informations du transporteur, puis le plan de vol.

— On l'extrait des mines de Tarare, tu vois. Ici. Arutha.

Edin appela le jeune homme qui était toujours en train de regarder dehors d'un air absent. Il attendit que celui-ci s'approchât avant de reprendre :

— C'est un des points les plus reculés du Royaume. Les mines y sont profondes, mais l'exploitation est facile. Ce qui l'est moins, c'est de ramener ce minerai jusqu'ici. La route est dangereuse. Et il faut au minimum dix jours pour atteindre Nui, puis trois bonnes semaines pour faire le reste du trajet. Salmer... Escale... Kalima.

Edin arrêta son doigt qui passait de planète en planète sur l'écran. Il rebroussa chemin, agrandit un détail, revint en arrière.

— Ce n'est pas logique…

Le maître Syyr fronça les sourcils.

— On ne peut pas faire le trajet d'Escale à Kalima en trois jours.

D'un geste, il consulta les données qu'il avait.

— Encore moins avec un vaisseau pareil.

Edin regarda vers l'intérieur de l'astroport, mais l'équipe de garde était occupée à déménager une caisse vide qui était tombée en travers du chemin. Il s'approcha du sas et chercha les cinq marchands qu'il venait de faire passer. Ceux-ci s'étaient installés de l'autre côté de la cour, près de l'entrée du marché, et disposaient leur marchandise avec soin.

Suivi de ses deux apprentis, le Syyr sortit et traversa l'espace désormais encombré par les étals qui se multipliaient. La chaleur, déjà forte en début de journée, devenait étouffante, et le bruit des dizaines de marchands agressait les oreilles de Lianne alors qu'ils progressaient derrière le maître Syyr. La foule d'acheteurs qui se massait pour entrer rendait la progression difficile, mais il finit par atteindre son but, suivi de ses deux apprentis.

— Excusez-moi, messieurs, mais il semble y avoir une erreur sur votre plan de vol. Pourriez-vous le vérifier ?

Le plus proche des cinq hommes se tourna vers Edin.

— Mais bien entendu, dit-il avec un large sourire commerçant.

Avançant son bras pour prendre la tablette, il saisit brusquement la main du maître et le tira vers lui avant de le pousser avec force sur l'étal qui s'effondra, renversant son contenu avec un fracas métallique. Au même moment, deux de ses compagnons saisirent les armes à la ceinture des apprentis qui, pris par surprise, réagirent juste à temps. Arutha empoigna Lianne par le bras, et l'entraîna en roulant au sol, évitant de justesse le coup que lui portait un des deux hommes avec sa propre lame. L'odeur de poussière et de sueur étouffa la jeune femme en même temps que la peur s'emparait d'elle.

L'altercation avait été remarquée. Les gens proches d'eux se mirent à crier. Edin se releva et sortit son épée, mais les cinq hommes tournèrent brusquement les talons et s'enfuirent vers la porte, se frayant un chemin à travers la foule à coups de sabres. Le Syyr intima aux deux apprentis l'ordre de rester sur place avant de s'élancer à la poursuite des marchands, criant dans son communicateur pour donner l'alerte.

Déjà, les soldats impériaux déguisés franchissaient la porte. Avant qu'ils aient pu réagir, les deux hommes postés à l'entrée furent tués. Leurs hurlements de douleur retentirent, s'ajoutant aux cris d'effroi qui s'élevaient de partout, avant de s'éteindre aussitôt. Deux des faux marchands s'arrêtèrent le temps de prendre les armes tombées à terre, puis se remirent aussitôt à courir, Edin sur leurs talons.

La panique avait envahi la foule, qui se ruait maintenant vers les deux seules sorties possibles, renversant marchandises et étals, piétinant sans distinction tout ce qui se trouvait sur son passage. Une dizaine de Syyrs essayaient de sortir du poste de contrôle pour rejoindre Edin et lui prêter main-forte, mais la masse hurlante, prise de folie, les empêchait de progresser. Proches de l'autre porte, Lianne et Arutha pouvaient encore l'atteindre. La jeune femme n'hésita pas :

— On ne peut pas le laisser seul !

Abandonnant sa position, elle se précipita dans la foule, bousculant et poussant dans l'espoir d'atteindre l'autre côté. Encore une fois, ce fut Arutha qui la sortit de là. Voyant son amie plonger dans la marée humaine, il n'avait pas hésité un instant, s'élançant derrière elle et la rattrapant en quelques secondes. Ses bras puissants dégagèrent un passage jusqu'à ce qu'ils jaillissent hors de la masse effrayée. L'espace d'un instant, ses yeux bleus se fixèrent aux siens.

— Lianne, attends !

Mais la jeune femme ne voulut pas l'entendre, et s'élança sur les traces du maître Syyr. Laissant échapper un juron, Arutha se précipita à sa poursuite au travers des ruelles mal entretenues qui menaient aux entrepôts de débarquement. Tout en courant, il analysa la direction prise par les soldats impériaux : en coupant par les entrepôts, ils cherchaient à atteindre la zone infestée. S'ils y parvenaient, les gardes royaux n'auraient d'autre choix que d'abandonner la poursuite. Il était trop dangereux d'y entrer en nombre sans y être préparé. À cinq et en se faisant discrets, des soldats impériaux entraînés auraient une chance d'y passer inaperçus un certain temps. Edin n'allait pas vouloir lâcher leur trace. Il comptait sur les renforts qu'il savait proches.

Les pavés défilaient sous ses pieds. Le garçon tourna souplement entre deux entrepôts, et s'arrêta net avant de percuter Lianne. Accroupie derrière le renfoncement que faisait un des bâtiments à cet endroit, la jeune femme l'agrippa par le bras et le fit se baisser. Plaquant un doigt sur ses lèvres, elle lui indiqua un trou dans le métal qui les protégeait.

Edin s'était arrêté à seulement quelques mètres d'eux. Remarquant l'absence de renforts, les Syyrs noirs avaient décidé d'en finir avec leur unique poursuivant, et s'avançaient vers lui. Sabre long à la main, l'homme qui semblait être le chef du groupe se dirigea droit sur son opposant, qui l'attendait, épée dressée.

De leur cachette, Lianne et Arutha distinguaient à peine leur maître et les soldats qui s'en approchaient. L'un d'eux s'était glissé derrière lui. Cinq spectres noirs convergeaient sur le maître Syyr, inconscient du piège qui se refermait sur lui.

Lianne cria. Tournant la tête dans sa direction, Edin vit les gestes désespérés de la jeune femme lui intimant l'ordre de se retourner. Avant qu'il ait pu amorcer un mouvement, le Syyr noir attaqua. Semant derrière lui des gouttes de sang écarlate, son sabre fendit l'air, paré de justesse par le garde. Au même instant, le soldat couvrant l'arrière s'avança subrepticement jusqu'à Edin, une fine dague brillant dans sa main.

Affolée, la jeune femme voulut se précipiter vers eux, mais Arutha la retint, voulant l'éloigner d'un danger contre lequel ils n'étaient pas de taille à lutter. Ses larges yeux olive s'agrandirent quand la lame s'enfonça dans la cuisse du Syyr royal. Lâchant un cri, le maître s'écroula à terre. Une large tache rouge s'élargissait sur le tissu blanc, à l'endroit où la dague s'était enfoncée jusqu'à la garde. Malgré la douleur, il roula sur le sol pour s'éloigner du sabre toujours dressé au-dessus de lui. Son geste le rapprocha davantage de la position périlleuse où se tenaient les deux apprentis.

Un bruit sec détourna un instant l'attention d'Arutha, qui laissa s'échapper la jeune femme enfermée dans ses bras.

Lianne s'élança en avant. Elle entendit un juron, signe que le garçon blond la poursuivait à nouveau. La jeune apprentie n'en avait cure. Edin rampait à présent sur le sol, fuyant les soldats qui s'étaient regroupés. L'homme de tête progressait vers le blessé, balançant légèrement son arme. Voyant les deux gamins se ruer vers leur maître, il lâcha un petit rire ironique. Quels renforts ! Il y aurait trois morts au lieu d'un.

Rejoignant le blessé, Lianne le saisit à bras-le-corps et l'aida à se relever.

— Venez !

Edin regardait ses apprentis sans comprendre, s'appuyant sur la jeune femme comme sur une béquille. Ils étaient fous d'être venus. Une folie qui leur coûterait bientôt la vie. Arutha s'agenouilla pour récupérer sur le sol le sabre que venait d'abandonner leur maître. Lorsqu'il se releva en position de défense, un rire de mépris parcourut les rangs ennemis.

L'arme tremblante dressée devant lui, les jambes trop écartées et la position mal assurée, le jeune garçon n'avait rien d'impressionnant. Deux soldats s'avancèrent la lame au clair, dépassant celui qui était visiblement le chef du groupe. Ce serait vite terminé, ils ne laisseraient aucune chance au gamin et repartiraient au plus vite. Armes baissées, les autres attendaient impatiemment. L'un d'eux tenait toujours le sabre court qu'il avait arraché à l'un des apprentis. Arutha frissonna, et raffermit sa prise. Il jeta un coup d'œil en arrière pour voir Lianne et Edin se relever.

Le maître Syyr était trop lourd pour la jeune femme. Les pavés glissants sous leurs pieds les faisaient sans cesse chuter, arrachant à chaque fois un cri de douleur au blessé. Arutha reporta son attention sur les hommes progressant vers lui. Un sur la gauche, un sur la droite, ils attaquèrent simultanément. Par miracle, le jeune homme dévia le premier coup, et seul un réflexe inouï lui permit d'éviter le deuxième. Hébété, il se remit immédiatement en position de garde, s'interposant de son mieux entre ses deux compagnons et les lames acérées brandies devant lui.

Le silence tomba sur la scène, et Lianne réalisa qu'ils étaient seuls. Elle ferma les yeux et repoussa sa peur. Elle devait rester concentrée. La jeune femme continuait à soutenir le blessé, tout en jetant des coups d'œil désespérés au coin de la rue. Que faisait Astre ? Elle observa de nouveau Arutha, tremblant devant les soldats impériaux. Le garçon ne tiendrait pas longtemps.

Furieux de leur échec, les deux Syyrs noirs n'attendirent pas pour charger à nouveau, et s'abattirent à pleine force sur l'apprenti encore chancelant. Déjà, le chef reportait son regard sur la proie suivante. Écrasée sous le poids de son maître blessé, Lianne vit la mort s'abattre sur son ami.

Seul un sourire trahit Arutha lorsqu'il consolida sa prise sur la lame. Opposant son dos au premier assaillant, il l'envoya au sol d'un coup de garde dans l'estomac. Dans un mouvement fluide, il embrocha ensuite le deuxième sans lui laisser le temps d'abattre son arme, et récupéra celle-ci avant même qu'elle touchât le sol. Se retournant en même temps qu'il dégageait la lame du corps inanimé, il termina en décapitant d'un coup sec le Syyr qui se relevait derrière lui.

Stupéfaits, les soldats virent se redresser l'homme qui venait de tuer deux des leurs, si semblable et si différent de l'apprenti qui se tenait devant eux juste avant. La carrure imposante et le regard fier, il les défia, fixant de ses yeux bleus celui qui mènerait le prochain assaut. L'attaque reprit.

Abasourdie, Lianne regarda se mouvoir un homme qu'elle ne connaissait pas. Rapide. Efficace. Létal. Chacun de ses mouvements était fait pour tuer. Ses cheveux à présent parsemés de tresses aux motifs compliqués virevoltaient tandis qu'il frappait à nouveau, tranchant la gorge d'un soldat proche de lui. Prudents, les deux derniers s'écartèrent légèrement des lames meurtrières, tournant autour d'Arutha et réévaluant l'adversaire.

Le chef du groupe observa celui qui venait de tuer si facilement trois de ses soldats. Ses habits d'apprenti l'avaient induit en erreur. Ce garçon était plus fort qu'il en avait l'air. Et il savait tuer, ce n'était pas sa première fois. Il plissa les yeux. Devant lui, le jeune élève avait changé, révélant un homme à la carrure plus prononcée. Une dissimulation. Le Syyr devait être expert dans le domaine, car son assaillant n'avait rien vu venir.

Le soldat frissonna lorsque son regard rencontra le bleu glacé des yeux qui l'observaient. Son bras trembla imperceptiblement tandis qu'il se préparait pour l'assaut suivant. Il ne devait pas décevoir l'empereur.

L'effet de surprise ne jouait plus en faveur d'Arutha, qui se retrouvait bloqué entre deux combattants chevronnés cherchant une faille dans sa garde. Pour l'avoir sous-estimé, trois soldats étaient déjà morts. Les deux derniers prenaient leur temps et jaugeaient les réactions du Syyr en enchaînant feintes et parades. Un assassin agissait dans l'ombre, et n'était pas un habitué des champs de bataille.

Tentant de le prendre en tenaille, les derniers des faux marchands fondirent sur lui. Passant sans effort sous l'attaque de taille du premier, Arutha lui assena un coup de sabre dans l'échine, tranchant net la moelle épinière. Il se retourna face au dernier soldat, faisant un pas en avant alors que celui-ci reculait. Lorsqu'il lâcha son arme et leva les mains en l'air, la jeune femme crut le combat terminé. Soudain, le Syyr noir tourna les talons et s'enfuit en courant. Arutha planta d'un coup sec ses deux armes dans le sol. Tirant une dague cachée tout ce temps dans son dos, il visa l'homme en fuite. Lianne ferma les yeux. Elle entendit le sifflement de la lame fendant l'air, se fichant entre les omoplates du fuyard. Le bruit mat du choc la fit sursauter. Lorsqu'elle rouvrit les yeux, celui qu'elle pensait connaître était penché sur le corps et arrachait son arme à la plaie béante. L'homme était mort sur le coup.

Tournant la tête pour ne pas voir la lame jaillir dans une gerbe de sang, la jeune femme aperçut Astre et son groupe qui se tenaient à l'entrée de la ruelle, prêts à intervenir.

Depuis quand étaient-ils là ? Elle remarqua qu'il manquait plusieurs gardes, et supposa que certains s'occupaient des personnes restées sur place et soignaient les blessés. Lentement, le groupe de Syyrs royaux progressa vers eux. Le chef de la garde ne quittait pas du regard l'assassin qui essuyait à présent son poignard sur le pan de la veste du mort, serein.

Arutha se releva enfin, cala la courte lame contre ses reins, et rabattit le haut de son uniforme crème pardessus. Il ressemblait de nouveau au jeune homme calme et timide qui étudiait à l'académie. Astre se tenait entre lui et les deux derniers rescapés. Bayer et Kayle aidèrent

Lianne et maître Edin à se mettre debout, soutenant le blessé par les deux bras et la jeune femme par une main. Les autres Syyrs maintinrent leur attention tournée vers l'homme qui se tenait à quelques mètres de là.

Arutha était sur ses gardes. Étudiant avec minutie la position du chef de la garnison, il était prêt à faire jaillir la dague qu'il venait de ranger. L'épée et le sabre dont il s'était servi durant le combat se dressaient à mi-chemin entre les deux hommes, poisseux du sang déjà versé. Ce qu'il se passa entre eux, Lianne ne put le deviner malgré tous ses efforts. Elle pouvait voir qu'Astre fulminait de s'être ainsi laissé berner. Pourtant, lorsqu'un des gardes fit mine de faire un pas vers Arutha, il l'arrêta d'un bras tendu.

Ce fut tout ce qu'il fallait à l'assassin. Un petit sourire en coin, il ramena sa main contre sa cuisse, abandonnant la position défensive pour une attitude plus détendue. Après un dernier regard vers le maître Syyr, Arutha tourna le dos au groupe armé et se dirigea nonchalamment dans la direction opposée.

— Astre !

Le cri choqué du garde n'eut aucun effet sur son chef. Stoïquement, il regarda s'éloigner Arutha avant de se retourner vers ses hommes aux regards indignés.

— Contrôlez les corps. Si l'un d'entre eux est encore vivant, je veux qu'on le soigne au plus vite.

Au ton de sa voix, il était évident qu'il ne croyait pas un instant trouver un survivant. Les Syyrs s'exécutèrent tandis qu'Edin et Lianne étaient doucement transportés hors de la sombre ruelle. La jeune femme avait retrouvé l'usage de ses jambes et marchait toute seule, escortée par un Kayle attentionné.

Le maître blessé la précédait de quelques pas, épaulé par deux solides gaillards qui le maintenaient debout. Sa jambe avait été garrottée, mais le Syyr avait perdu beaucoup de sang. Pâle, il manquait à chaque pas de s'évanouir. Lianne n'en menait pas large non plus. Encore sous le choc, elle ne cessait de se retourner vers l'endroit où avait disparu Arutha. C'était lui. Tout du long, il était là, à quelques pas d'elle, partageant ses repas et dormant à ses côtés. La nausée la prit par surprise. Lorsqu'elle eut rendu le contenu entier de son estomac, elle sentit sa tête tourner. Kayle l'empêcha de tomber.

— Il aurait pu nous tuer n'importe quand.

Sa voix fluette n'atteignit pas d'autres oreilles que les siennes. La jeune femme se retourna encore, observant cette fois les cinq cadavres étalés sur le sol. Elle repoussa les questions qui se formaient dans son esprit, les réservant pour plus tard. La fatigue l'envahissait, et l'apprentie ne se sentait pas le courage de réfléchir maintenant.

S'abandonnant aux mains qui la soutenaient, elle se laissa guider jusqu'à la cour où un camp provisoire avait été établi par ceux de la garnison restés en arrière. Les étals brisés et les marchandises piétinées avaient été entassés le long des murs pour faire de la place. Ester et Bele vinrent la voir, mais Lianne ne sut quoi leur dire. Ils finirent par retourner à leur poste, aux côtés du chef de la garde. Elle regarda un médecin traiter par le Don une éraflure un peu profonde sur le bras d'Edin. Le maître avait rapidement été pris en charge par l'équipe médicale de l'astroport. Étendu sur une civière, il dormait d'un sommeil réparateur et sans rêves, induit par les Syyrs spécialistes du soin.

Autour de l'homme endormi se pressaient une multitude d'autres blessés, pour la plupart des cas bénins, chevilles foulées ou coupures diverses. Astre contempla tout cela d'un air pensif. C'était un miracle qu'ils s'en soient sortis à si bon compte. Trois morts étaient à déplorer, en plus des cinq Syyrs noirs assassinés, et tous avaient été tués par les soldats impériaux.

Quant à l'assassin, il ne savait quoi en penser. Arutha avait très certainement sauvé la vie d'Edin aujourd'hui, sans doute celles de Lianne et de nombreux civils également. Mais dans quel but ? Il s'était joué d'eux avec une facilité déconcertante. Cherchait-il l'Enfant ? Le regard du chef de la garde se posa sur la jeune femme à côté de lui. L'avait-il trouvé ?

Astre soupira. Cela n'avait aucun sens. Peut-être aurait-il dû tout compte fait laisser ses troupes attaquer l'assassin tant qu'elles le pouvaient. Tous l'avaient vu poignarder un homme dans le dos sans sourciller. Sans doute auraient-ils pu l'avoir, mais pas sans perdre plusieurs hommes dans le combat. Et le chef de la garde en avait trop besoin avec les Errants massés à quelques pas de là.

Il sortit de la cour pour fixer son regard nerveux sur la lisière des bois que l'on devinait au loin. Leur patrouille avait abandonné son poste pour porter secours à Edin. Le Syyr pouvait percevoir les Errants se rassembler là-bas, sentant le sang, la peur et le Don mélangés. Ils devaient être appétissants. Ils étaient trop nombreux ici, les Bestioles finiraient par attaquer. Et les renforts n'étaient toujours pas arrivés.

7

L'attaque se produisit peu après le retour d'Astre. Affamés, les Errants avaient fini par surmonter leur peur des Syyrs, et chargèrent en masse le campement de fortune. La porte du marché avait été fermée et barricadée, mais les Errants prirent d'assaut les hauts murs de pierre qui les entouraient. Ils sautèrent les uns par-dessus les autres dans une frénésie assourdissante.

Leurs efforts acharnés finirent par payer lorsque certains d'entre eux réussirent à atteindre le sommet. Ils furent tout de suite pris pour cibles par trois Syyrs du mouvement qui envoyèrent des bourrasques de vent les faire chuter sur leurs semblables massés au pied.

Lianne avait récupéré un sabre. Elle se tenait en retrait comme les autres Syyrs, attendant les ordres d'Astre. Ses bras semblaient faits de plomb. Elle tremblait à chaque cri que poussaient les monstres qui les attaquaient. Était-ce ce qu'Athyn avait ressenti avant de mourir ? Une terreur sans nom et l'impression glacée qu'ils ne s'en sortiraient pas ? Au milieu de la place, la jeune femme regarda avec fascination Syla s'aider de sa framée dans sa maîtrise des éléments, la balançant en grands cercles qui semblaient donner naissance aux vagues d'air allant se fracasser sur leurs assaillants. Des hurlements leur apprirent que certaines des bêtes étaient mal retombées.

Les marchands qui n'avaient pas encore pu se mettre à l'abri criaient, cherchant à se cacher derrière ce qui restait de leurs étals, alors que de nouveaux monstres prenaient la place laissée libre. Les médecins les évacuèrent avec les blessés vers le refuge relatif que représentait l'astroport. Les portes en verre qui fermaient le poste-frontière ne résisteraient jamais à un assaut musclé, mais cela était ce qu'ils avaient de mieux. Sur les ordres d'Astre, Ester et Bele avaient rejoint le petit groupe chargé de protéger le passage.

Les Errants semblaient monter de plus en plus facilement sur le rempart de pierre, et Astre comprit que les corps de ceux qui avaient chuté facilitaient l'escalade des autres. D'un geste, il indiqua à plusieurs Syyrs de s'installer à la base du mur, puis il fit signe à Syla et à ses deux compagnons de faire tomber les grands monstres de leur côté. Ce fut le début d'une boucherie sans nom. Les cris des Errants à l'agonie se mêlaient à ceux, rageurs, de leurs semblables coincés à l'extérieur. Les bourrasques des Syyrs du mouvement se faisaient de moins en moins fortes à mesure qu'ils faiblissaient. Lianne pouvait voir le bras de Syla trembler, ses jambes ne la tenant plus que par miracle. Malgré sa blessure, Edin restait à ses côtés, et la jeune apprentie comprit qu'il essayait de puiser dans son Don pour soutenir la guerrière.

La situation en bas du mur n'était guère plus reluisante. Les gardes fatiguaient, assaillis par un ennemi de plus en plus nombreux. Les Errants leur donnaient du fil à retordre malgré le plongeon de plusieurs mètres qui les expédiait à leurs pieds. Les cadavres des grands monstres s'amoncelaient, formant un tapis qui amortissait la chute des suivants. Astre avait rejoint le combat. Il essayait d'épargner deux des plus jeunes Syyrs qui semblaient au bord de l'évanouissement. L'odeur du sang et des entrailles emplissait l'air de la cour renfermée, donnant des haut-le-cœur aux plus sensibles.

Soudain, six Errants prirent appui sur le sommet du rempart. Vidés, Syla et ses compagnons ne réussirent pas à les déstabiliser, et les monstres sautèrent avec agilité, attaquant sans tarder. Les Syyrs déjà épuisés peinèrent à contenir l'assaut, blessant leurs assaillants plus souvent qu'ils ne les tuaient. Même à l'agonie, les énormes bêtes continuaient à griffer ou à mordre tout ce qui passait à leur portée. L'un d'eux manqua d'arracher la jambe d'un des guerriers. Muselant sa peur, Lianne se jeta dans la mêlée.

Elle ne pouvait pas tenir tête à un Errant, mais au moins pouvait-elle aider en achevant les bêtes blessées. Même mourantes, elles restaient un danger pour la jeune apprentie, et il lui fallait user de toute sa concentration pour ne pas se faire atteindre. Elle n'aurait su dire combien de temps elle se battit. Le sang des monstres lui giclait au visage. Ses pieds glissaient sans cesse sur les entrailles encore chaudes qui inondaient le sol. L'odeur de la mort l'entourait. Les cris des hommes et des bêtes résonnaient à ses oreilles, l'emplissant jusqu'au fond de son âme. La peur, le dégoût, la colère bouillaient en elle sans vouloir s'éteindre et, dans sa rage, elle abattait son sabre, encore et encore.

Soudain, une main lui saisit le bras, stoppant son geste en pleine course. Épuisée, elle leva les yeux pour voir Astre, le visage couvert de sang noir. Le chef de la garde la retint alors qu'elle manquait de s'effondrer, vidée. Sa fureur l'avait abandonnée et plus rien ne la soutenait. Elle parvint tant bien que mal à rester debout. Autour d'eux, le carnage s'était arrêté.

Alertés par Astre dès le début de l'attaque, des renforts venant de l'académie avaient rejoint les Syyrs bloqués à l'astroport, prenant en tenaille les Errants qui s'étaient enfuis dans les bois sans attendre. Les armes retombèrent, et chacun put souffler tandis que le péril s'éloignait. Astre décida qu'il était trop dangereux d'envoyer maintenant une équipe à la poursuite de l'assassin. De plus, le Syyr noir avait trop d'avance sur eux, et il avait déjà prouvé avec brio qu'il maîtrisait l'art du camouflage.

Le groupe de guerriers rejoignit péniblement l'académie, où l'infirmerie prit en charge les blessés les plus graves. Lianne fut conduite à l'écart par un jeune médecin qui, après l'avoir brièvement examinée, l'amena jusqu'à Astre.

— Viens avec moi.

Le regard d'acier qui se posa sur elle lui glaça le sang. Sale et épuisée, l'apprentie suivit le chef de la garde jusqu'à la même petite salle dans laquelle elle avait été convoquée après sa dernière sortie nocturne. Cette fois, elle était seule avec le maître Syyr.

— Assieds-toi.

Elle prit place sur la chaise qui lui était indiquée. Astre contourna la petite table de bois. Il dédaigna les sièges surélevés placés contre le mur et s'installa en face de Lianne. Le chef de la garde était lui aussi en piteux état, son uniforme blanc maculé de sang séché. Une longue estafilade lui barrait la joue, là où un Errant avait manqué de lui emporter la moitié du visage. Un profond soupir lui échappa tandis qu'il la fixait. Il se passa une main sur le visage, laissant transparaître son épuisement.

— Tu me poses un souci, Lianne.

Encore tremblante, la jeune femme ne réalisait toujours pas ce qui venait de se passer. Qu'avait-elle fait ?

— Excus...

— Tais-toi.

Le ton n'était pas méchant, juste résolu.

— Après ton escapade de l'autre fois, nous t'avions avertie. Et maintenant, Arutha, ton ami, est l'espion que nous cherchions partout. Et à qui tu as sauvé la vie. Cela fait beaucoup de coïncidences, tu ne trouves pas ?

Lui, l'espion. C'était vrai. Elle ferma les yeux un instant, rassemblant ses forces.

— Maître, je vous jure que...

— Silence.

De résolu, le ton devenait agacé. L'apprentie se recula sur sa chaise, voulant montrer à l'homme assis en face d'elle sa bonne volonté.

— Je ne pense pas que tu aies su un instant qui était vraiment Arutha. J'ose croire que tu aurais été assez intelligente pour nous prévenir. La question est : que cherchait-il en venant ici ? Je veux que tu réfléchisses à tout ce qu'il a pu dire ou faire qui te paraisse étrange, même la chose la plus anodine, et que tu me dises tout. Tu as compris ?

Lianne hocha la tête, doucement.

— Bien.

Quand Astre se cala dans son siège, les bras croisés sur la poitrine, Lianne comprit qu'il voulait qu'elle commençât maintenant. Elle tâcha de réfléchir une minute.

— Je ne l'avais vu que très peu de fois avant d'entrer à l'académie. Peut-être trois ou quatre. Il… Il ne parlait jamais de lui, ou de sa famille.

Le silence l'encouragea à continuer.

— Il ne parlait pas beaucoup d'ailleurs. Toujours pour dire le minimum. Mais il savait très bien écouter.

Les idées venaient toutes seules à présent, formant dans sa tête un canevas lumineux.

— On lui racontait facilement des choses. Nos soucis, une rumeur.

Elle secoua la tête. Comment avait-elle pu être aussi stupide ? Un autre souvenir lui revint, et la jeune femme jeta un œil en direction du chef de la garde, hésitant à continuer. Astre l'encouragea d'un léger hochement.

— Le grand jeu entre apprentis, c'est d'entendre vos conversations à la table des Syyrs.

Elle guetta un geste d'agacement de la part du maître Syyr, mais il n'en fit aucun.

— Arutha n'entendait jamais rien. Ou il ne disait jamais ce qu'il avait entendu, corrigea-t-elle pensivement. Mais nous, on racontait toujours tout. Une fois, on parlait du prince et de la rumeur qui disait qu'il cherchait l'Enfant sur Pira.

Dieux tout-puissants, ils avaient mis l'Empire sur la piste de l'Enfant ! Lianne pâlit à cette idée, mais Astre ne la laissa pas s'appesantir dessus. Il savait que l'empereur connaissait déjà bien avant la véritable mission du prince.

— Continue.

Lianne secoua encore la tête, mais ses pensées s'embrouillaient sous le coup de l'émotion.

— Je ne sais pas. Il se lavait, il mangeait. Il était le moins doué d'entre nous au maniement du Don. Je suppose que cela faisait partie de son rôle, ajouta-t-elle aigrement.

Puis elle se rappela ses séances d'entraînement avec Arutha, et le chagrin l'envahit à nouveau.

— Il… Il m'a aidée, plusieurs fois. À comprendre le Don, à savoir comment l'utiliser. Je trouvais injuste qu'il y arrive aussi mal alors qu'il le comprenait aussi bien… Il m'a toujours aidée. Rien ne l'y obligeait. Pourquoi ?

Cela faisait-il aussi partie du jeu ? Un jeu cruel consistant à lui donner l'illusion d'une amitié ?

Il avait tué cinq hommes sans sourciller. C'était un assassin. Pour la première fois depuis qu'elle avait vu le chef de la garde, la jeune femme surprit un éclair de pitié au fond de ses yeux habituellement glacés.

— Je ne sais pas.

Sa voix avait pris une intonation douce, qui étonna l'apprentie plus que tout ce qui s'était passé ces dernières heures. Astre décroisa les bras et se pencha gentiment vers elle :

— C'est tout ?

Lianne hocha la tête. L'image fugace d'un féron lui traversa l'esprit avant de disparaître aussi vite que l'animal lui-même. La gorge toujours nouée par l'émotion, elle déglutit avant de pouvoir de nouveau parler.

— Oui.

Le maître Syyr s'adossa au dossier de son siège, une expression lasse sur son visage. Il était clair qu'il attendait plus de la jeune femme. Pourtant, elle semblait avoir fait de son mieux. Mais les motivations de l'espion lui restaient toujours obscures, et cela n'était pas bon signe. Astre soupira, le regard levé vers le plafond, puis se cala dans son fauteuil et fit un geste de la main pour la congédier.

— Allez, va te reposer. Tu t'es bien battue.

Le compliment la cueillit par surprise. Ne sachant pas quoi répondre, elle se leva et se dirigea vers la porte. Alors qu'elle se retournait pour saluer Astre, celui-ci reprit la parole, le visage grave :

— Et, Lianne, ne cherche pas à le revoir. Tu t'attirerais de graves ennuis.

Prenant note de l'avertissement, elle s'inclina légèrement en avant et sortit de la salle, refermant la porte sur le maître Syyr à la mine préoccupée.

Pourquoi n'avait-elle rien dit ?

***

Tout en travaillant la terre au pied d'un plant de lune de miel, l'apprentie se repassait en boucle son entretien avec le chef de la garde. Tout son corps lui rappelait le combat de la veille, mais elle choisit d'ignorer ses muscles douloureux. Pourquoi n'avait-elle rien dit sur le féron ? Elle avait beau se persuader que ce n'était que suppositions et qu'elle n'était sûre de rien, Lianne ne pouvait s'empêcher de se sentir coupable. Elle avait caché des informations qui pouvaient être déterminantes. Mais à quoi pensait-elle ?

La jeune femme remua encore la terre, aérant les racines de cette plante à la floraison délicate, appelée lune de miel car la couleur de ses fleurs évoquait la douceur du nectar sucré. En colère contre elle-même, elle manqua d'arracher d'un coup un peu brusque une partie du plant. Ses cheveux bruns luisants dans le soleil de fin d'après-midi lui tombaient dans les yeux. Elle les ramassa d'un geste rapide et les noua à la hâte dans une queue-de-cheval approximative. Ceci fait, elle revint sur la plante.

Les dégâts n'étaient pas irréparables, et elle s'employa à redresser une fleur légèrement abîmée. Ce n'était pas son coup qui avait mis la corolle dorée dans cet état. Lianne se pencha un peu plus sur la plante, et remarqua des traces de brûlures aux extrémités des pétales. La pauvre avait été arrosée en plein soleil, ce qui avait causé les dommages qu'elle pouvait voir à présent sur chacune des fleurs du massif. Certaines feuilles avaient également roussi. La jeune femme soupira face au gâchis. Elle était désolée que cette plante si délicate eût à souffrir d'une négligence idiote.

Se rappelant le médecin qui avait soigné maître Edin, elle posa délicatement un doigt sur le pétale bruni par les rayons. Après tout, éraflure ou brûlure, tout était question de régénérescence des cellules. Et ça, le Don savait le faire. Sous son doigt, elle sentit bientôt la pulsation de la fleur, papillonnante et rayonnante, rien à voir avec le faible battement des pierres. Là où la fleur était brûlée, la pulsation était différente, comme dénaturée.

Lianne se concentra. Tout était question de sensation. Elle pouvait sentir sa propre vibration au fond d'elle, celle de la plante qui rayonnait à travers la membrane de sa main. Lentement, comme on modifierait des clapotis à la surface de l'eau en y plongeant le doigt, elle finit par raccommoder la pulsation défaillante.

Lorsqu'elle rouvrit les yeux, le petit bout de pétale sur lequel était posé son doigt brillait d'un nouvel éclat, et il en était de même pour chacune des fleurs et des feuilles de la lune de miel.

— Superbe.

La jeune apprentie sursauta, manquant d'écraser la fleur encore sous ses doigts. Elle écarta précautionneusement la main, contemplant le massif floral. Superbe, en effet. Elle se retourna vers la femme qui s'était approchée.

— Maître Evyyt.

De ses yeux pétillants, la Syyr observait avec attention l'étudiante accroupie dans la terre. Le travail qu'elle venait de réaliser sur la lune de miel était impressionnant. Lianne ne devait pas encore s'en rendre compte, mais elle avait dû beaucoup puiser en elle pour soigner cette plante. Plus encore, c'était la manière dont la jeune femme s'y était prise qui surprenait Evyyt. Personne ne lui avait appris cette technique.

— Puisque tu sembles avoir la main verte, demain, j'aimerais que tu soignes le palavier du jardin ouest. Ses branches perdent leur écorce.

Lianne se leva précipitamment, oubliant d'épousseter son pantalon dont le beige disparaissait sous le noir de la terre grasse qu'elle avait remuée.

— Maître, mais je...

D'un signe de la main, la femme l'arrêta.

— Et tu en profiteras pour nettoyer les plates-bandes alentour. Edin t'attend. Je te reverrai demain.

Dissimulant un soupir, Lianne s'inclina rapidement devant la maître Syyr et courut rejoindre son équipe.

La décision de la laisser patrouiller malgré la présence d'Arutha en liberté dans les parages en avait surpris plus d'un, Lianne la première. Heureusement pour elle, Edin comme Astre ne croyaient pas un instant qu'elle ait pu connaître la véritable identité de l'assassin, sans quoi la jeune femme serait déjà à mi-chemin entre Pira et Nui. Le roi aimait interroger les espions lui-même, disait-on.

Et l'attaque de la veille montrait que les Errants étaient affamés. Ils avaient besoin de toutes les lames disponibles.

Elle frissonna en se dirigeant vers le bâtiment blanc du hall d'entrée. Arutha s'était-il douté une seconde des ennuis qu'il lui causerait ? Y avait-il seulement songé ? Elle préférait ne pas y réfléchir.

Lorsque la jeune femme rejoignit le groupe, il ne manquait plus que Revers, son nouveau partenaire. Elle n'était pas enchantée par l'idée, mais le chef de la garde ne lui avait pas vraiment laissé le choix. Le jeune garçon arriva en courant, luttant pour attacher son sabre en même temps. Il se présenta devant Edin, essoufflé. Le maître le regarda, légèrement agacé.

— Bien, puisque nous sommes au complet, allons-y.

L'équipe se mit en marche dans le soleil faiblissant de fin de journée. Saaj semblait fatigué ce soir. Ses dons de sondeur étaient réquisitionnés pour traquer Arutha, ce qui l'épuisait et laissait leur équipe plus vulnérable qu'à l'accoutumée. Une légère brise se leva, faisant frissonner le dernier arrivé.

— Brrr, pourquoi est-ce qu'ils nous font toujours patrouiller la nuit ?

Lianne leva les yeux au ciel. Comme Revers se retournait pour répéter sa question, elle s'obligea à répondre en tâchant de dissimuler l'ironie dans sa voix :

— Parce qu'on est en cours toute la journée ? Et que les Errants sont bien plus actifs la nuit ?

Le garçon se rembrunit et reporta son regard sur le sol devant lui. Ils avaient quitté la route principale et progressaient à présent sur les chemins de patrouille aux abords de la zone infestée.

— Pfff, les cours.

La jeune femme s'efforça d'être aimable avec son nouvel équipier. Si elle s'intéressait à lui, peut-être arrêterait-il un moment de râler.

— Tu n'as pas encore pu faire ta demande ?

Revers était l'ancien partenaire de Lullana. Il s'était retrouvé seul lorsque celle-ci avait fait sa demande à Gaal. Dès son arrivée dans leur groupe, il n'avait cessé de chercher son propre maître. Hier, il lui avait avoué l'avoir trouvé.

Malgré l'insistance de Lianne, le jeune homme avait refusé de lui donner son nom, arguant qu'elle le saurait en même temps que les autres quand il viendrait le chercher. Elle scruta la mine sombre du garçon, se demandant ce qui avait bien pu se passer.

— Il a refusé.

La jeune femme fut choquée par cette pensée. Pourquoi un maître refuserait-il la supplique d'un élève ? Avait-il demandé à un Syyr ? Avant qu'elle ait pu faire le tour de la question, son camarade continua :

— Il dit que je ne veux pas de lui pour maître. Que tout ce que je veux, c'est un maître, peu importe qui, et qu'il faut que j'attende.

Que répondre à cela ? Lianne n'avait pas la moindre idée de la manière dont on reconnaissait son maître. Était-ce seulement réciproque ? À bien y réfléchir, la jeune femme ne croyait pas qu'un seul des maîtres ou Syyrs de l'académie accepterait de la prendre pour élève. Arutha lui collait à la peau malgré son absence.

L'assassin n'avait pas été repéré depuis l'accident à l'astroport, et les patrouilles ne savaient plus où chercher. Astre supposait que le Syyr noir s'était réfugié en pleine zone infestée. Si c'était le cas, il était peu probable qu'il y restât longtemps. Les Errants étaient attirés par le Don comme par une drogue. Cela les rendait fous et intrépides, comme l'avait montré l'attaque de la veille. Ils pourchasseraient l'espion à chaque fois qu'il baisserait sa garde. Astre avait donc intensifié les contrôles à la frontière, espérant le surprendre alors qu'il tenterait de sortir.

— Moi, je sais que c'est lui, mon maître.

La voix geignarde de son camarade sortit Lianne de ses pensées. Elle se concentra à nouveau sur le dos du garçon qui progressait devant elle, tentant de fixer son esprit sur la patrouille.

Le parcours lui était depuis longtemps familier, même si chaque sortie avait ses variantes. Elle n'avait plus à se focaliser sur le chemin, évitant instinctivement les creux et les bosses. Sa vue s'était aussi accommodée au fil des patrouilles, lui laissant voir plus de détails à présent à la clarté du quartier de lune. Les bois paraissaient moins sombres, et elle percevait mieux les formes qui s'y mouvaient. Ce n'étaient heureusement pas des Errants. Les immenses animaux n'étaient pas les seuls à peupler la forêt. Certains, assez agiles pour échapper aux monstres, continuaient à vivre dans les terres infestées.

Revers trébucha, ce qui rappela à la jeune femme que ce n'était plus Arutha qui l'accompagnait. Il lui manquait, avec son allure imperturbable qu'elle avait eu tant de fois l'occasion d'observer. À présent que Lianne s'était faite à l'idée qu'Arutha et le pilote ne faisaient qu'un, la curiosité la rongeait plus que la rancœur. Que faisait-il ici ?

Devant elle, le jeune garçon vacillait au gré du terrain accidenté. Soudain, Edin leva le poing, et tous s'arrêtèrent. Le regard braqué sur un point qu'elle ne pouvait voir, le Syyr était aux aguets. Discrètement, Lianne se déplaça pour distinguer ce qu'il avait aperçu. Son cœur se mit à battre la chamade. Elle aurait reconnu la silhouette entre mille. Immense, elle battait l'air de sa queue épaisse. Ses deux yeux rouges, luisants comme deux charbons ardents dans la nuit, surplombaient la plaine comme une promesse de mort.

Plus haut qu'un homme, l'Errant n'était pas pour autant lent. Il se déplaçait avec agilité le long des arbres, cherchant une proie à tuer. La patrouille arrivait derrière lui. Edin consulta le vent, qui leur était heureusement favorable. La Bestiole continuait à progresser, et s'éloignait du groupe sans l'avoir repéré.

Ils avancèrent précautionneusement sur l'ordre de leur chef, restant dans l'angle mort de l'animal. Comme tout chasseur, il se reposait bien plus sur son ouïe que sur sa vue, et chaque craquement de feuille leur faisait craindre le pire. Mais l'Errant ne se retourna pas.

Depuis sa mésaventure nocturne, Lianne avait appris qu'ils ne chassaient que rarement seuls ; aussi gardait-elle un œil sur sa droite, scrutant le couvert des arbres menaçants. S'il y avait d'autres monstres dans le coin, chaque seconde gagnée leur serait essentielle. Mais si l'animal était seul, les ordres étaient de l'abattre. Un frisson glacé la parcourut.

Ce fut Bayer qui donna l'alerte lorsqu'un second Errant se précipita sur eux par l'arrière. Le cri du garde alerta le premier monstre, qui se retourna soudain pour foncer sur le groupe. Pris en tenaille, les Syyrs se répartirent sur deux fronts : Edin et trois autres Syyrs protégeant l'avant, Bayer et Kayle l'arrière avec les apprentis.

En face d'eux, deux yeux rouges luisaient comme des braises ardentes leur fonçant dessus dans un bruit de tonnerre. Plus rien n'existait, ni le vent, ni les arbres, hormis ces braises et le souffle du monstre. Profond. Puissant. Il sauta, visant Kayle, qui eut à peine le temps de rouler sur le côté tandis que l'épée de Bayer s'abattait sur l'échine de l'animal, n'entaillant que légèrement la peau d'un noir foncé.

L'Errant jeta sa tête vers la droite, tentant d'atteindre l'homme, qui recula prestement. Les mâchoires claquèrent à quelques centimètres de son bras tendu. Un filet de bave projeté par la respiration titanesque manqua de peu son visage, l'aveuglant un instant. Lorsqu'il rouvrit les yeux, l'Errant s'était retourné. La gueule grande ouverte prête à lui arracher la tête, il chargea. Surpris, le Syyr leva fébrilement son épée. Lianne cria, impuissante. Un coup venu de la droite lui coupa le souffle et l'envoya rouler sur le sol humide tandis que la Bestiole passait au-dessus de lui. Kayle se releva, libérant Bayer qu'il avait plaqué juste à temps. Mais déjà, l'Errant revenait à l'attaque.

Cette fois, la Bestiole visa les deux apprentis. Voyant l'énorme tête se tourner vers lui, Revers glapit, lâcha son arme et tomba à terre, ses jambes incapables de le supporter. Tremblante de peur, Lianne tendit sa lame en avant, face à la bête. Hier, elle n'avait eu qu'à abattre son sabre pour faucher des Errants déjà mourants. Ce soir, elle n'avait pas le même avantage. Elle se glissa progressivement sur la droite, se plaçant ainsi entre le monstre et le garçon. Paralysé par l'effroi, celui-ci s'était recroquevillé sur lui-même et hurlait. L'animal chargea.

Lianne crut sa dernière heure arrivée. Elle pouvait sentir l'haleine fétide du monstre, à présent. Toutes les leçons apprises en cours avaient disparu, effacées par l'horreur de la situation. Que faire ? Le temps lui manquait, tout se précipitait.

Ses griffes labourant la terre, la mort se jeta sur eux. Face à l'assaut, la jeune femme ferma les yeux, tâchant d'oublier les crocs qui déchireraient bientôt ses chairs. Elle frémit, mais ne bougea pas. Pour quoi faire ? Des gouttelettes de boue aspergèrent son visage, et le bruit d'une masse énorme s'écrasant remplit brutalement l'atmosphère. À travers ses paupières entrouvertes, elle contempla la forme sombre immobile à ses pieds, ses crocs étincelants dans la nuit.

Bayer dégagea son épée du flanc du monstre. Il avait réussi à faire pénétrer la lame dans le creux entre le membre antérieur et le corps de la bête. Celle-ci s'était effondrée, permettant ainsi à Kayle d'enfoncer son arme dans l'œil jusqu'à la garde, la tuant sur le coup. Un rugissement de colère jaillit derrière eux. Aux prises avec le second Errant, Edin fatiguait, et ses trois compagnons peinaient à maîtriser l'animal.

Rendu fou de rage par la mort de son acolyte, il se jeta en avant pour atteindre Revers, encore recroquevillé au sol. Profitant de la diversion, les quatre hommes enfoncèrent de toutes parts leurs lames dans le corps de l'animal, qui s'écroula à son tour, terrassé. Dans le silence qui suivit, Lianne vit le maître Syyr trancher d'un coup net la tête aux yeux éteints pour s'assurer que l'Errant ne bougerait plus, puis se diriger vers le garçon prostré et le relever d'un geste brusque. Sa voix retentit dans la nuit, sonnant étrangement :

— On y va.

Le temps pressait. La conscience collective des Errants avait alerté la meute de la mort de deux des leurs. Leur patrouille n'était pas assez équipée pour affronter un groupe plus nombreux. Ils devaient rentrer. Edin grimaça tandis que Revers se relevait en s'appuyant sur sa jambe. Il déclencha le communicateur à sa ceinture.

— Astre, ici Edin. Deux Errants tués. Envoie deux équipes ocre sur notre position actuelle, ça ne devrait pas tarder à grouiller.

C'était tout ce qu'ils pouvaient faire. Les Errants avaient senti leur épuisement, et d'autres seraient bientôt là pour achever le travail. Il était bien trop dangereux pour eux de rester là. Leur rôle était de surveiller, pas d'engager seuls le combat. Le groupe suivant arriverait sur place dans quelques minutes, en nombre et armé de canons lasers aux coups dévastateurs. Une trop grosse puissance de feu faisait toujours reculer les Errants, ils étaient loin d'être idiots.

De retour à l'académie, Edin dispersa le groupe, ordonnant à Revers et Lianne d'aller se coucher. Les jeunes étaient épuisés. Ils ne savaient pas encore utiliser le Don à bon escient, et se fatiguaient vite.

Le maître se gratta la tête en regardant partir ses deux apprentis clopin-clopant. Revers semblait s'être fait mal au pied. Il haussa les épaules : ils s'habitueraient. La vie d'un garde était éprouvante et Edin était en accord avec Astre sur ce point : mieux valait qu'ils commencent tôt. Le Syyr alla s'asseoir dans un fauteuil de la salle de repos, soulageant sa jambe qui le faisait de nouveau souffrir. Il saisit un verre que lui tendait Saaj.

La salle était spacieuse, aménagée avec soin pour la détente. De larges fauteuils étaient répartis autour de tables basses, et des coussins étaient à disposition de ceux qui souhaitaient s'asseoir par terre. Une petite fontaine apportait un peu de fraîcheur au lieu, remplissant la pièce du clapotis de son eau.

Deux grandes baies vitrées s'ouvraient sur l'extérieur, permettant aux Syyrs d'admirer les jardins ouest qui donnaient à l'opposé de la zone infestée. Edin sirota la boisson sucrée, jetant un œil à la salle presque vide à cette heure. Bayer et Kayle étaient repartis s'entraîner à l'épée. Seule Syla s'était assise en tailleur dans un coin pour méditer.

— Arrête ça.

Le maître Syyr tourna la tête vers Saaj, étonné.

— Quoi ?

— Tu culpabilises.

Il eut un sourire amer. Son partenaire le connaissait bien. Depuis combien de temps patrouillaient-ils ensemble ? Saaj lui tapa sur la main comme on punit un enfant désobéissant.

— Tu ne pouvais pas savoir que l'autre était là. Personne ne le pouvait. D'ailleurs, personne ne l'a senti, pas même moi.

L'homme but une gorgée avant de continuer.

— Et tu ne devrais pas patrouiller si tôt après une telle blessure.

Edin baissa la tête, l'air grave. Il était touché par la réaction de son ami, mais cela ne changeait rien.

— Je suis responsable, Saaj. Pas vous. Si quelqu'un avait encore été blessé… ou pire…

Son compagnon eut une moue de dépit.

— Ça ne sert à rien de parler avec toi. Tout va bien, alors détends-toi.

Il se renversa dans son fauteuil, et porta à ses lèvres sa boisson d'un orange doré.

— Tu es un peu borné parfois, tu sais.

Edin ne releva pas la remarque, préférant plonger son regard dans les massifs aux couleurs effacées sous la lumière diffuse de la lune. Il finit par reprendre la conversation en changeant radicalement de sujet :

— Qu'est-ce que tu penses du nouveau ?

— Revers ?

Saaj haussa les épaules.

— Que veux-tu que je te dise ? Il est fanfaron, trouillard, mais pas plus mauvais qu'un autre. Par contre, la petite Lianne ne s'est pas mal débrouillée. Elle a du cran, la gamine.

Edin hocha la tête, le regard dans le vague. Il se rappelait la jeune femme refusant de le lâcher, le traînant de toutes ses forces sur le sol, puis achevant les Errants à tour de bras à l'astroport. Il y avait quelque chose chez elle qui forçait le respect malgré son âge.

— Yiaru est sorti de chrysalie tout à l'heure.

Son compagnon leva son verre et trinqua avec lui. Enfin une bonne nouvelle.

***

Dès qu'ils furent libérés, les deux apprentis rejoignirent le dortoir. Lianne se laissa tomber sur son lit tandis que Revers continua jusqu'au sien, situé vers le fond de la longue salle. Sans y penser, elle tourna sa tête vers la couchette à sa droite où aurait dû se trouver Arutha. Alors qu'elle contemplait avec morosité les draps impeccablement pliés, Espérion et Ubio surgirent à ses côtés. Ils s'installèrent de part et d'autre de son lit, obligeant la jeune femme à se redresser sur ses coudes pour leur parler. Face aux regards inquiets de ses deux amis, elle grogna et répéta pour la énième fois :

— Je vais bien !

Espérion la considéra, l'air dubitatif.

— Ben, on ne dirait pas.

Les yeux cernés par le manque de sommeil, la jeune femme n'était pas très convaincante.

— Ça va mieux maintenant.

Elle disait vrai en un sens. Les patrouilles lui vidaient la tête, et après elle pouvait s'endormir.

— Qu'est-ce qu'on a comme cours demain ?

Le regard qui passa entre les deux garçons n'échappa pas à l'œil acéré de leur amie. Elle se redressa totalement, manquant de faire basculer ses camarades.

— Quoi ? Qu'est-ce qu'il y a ?

Tandis que le plus timide des deux regardait par terre, la tête brûlée qui l'accompagnait expliqua :

— Ubio a trouvé son maître, il quitte le cours en fin de semaine.

— C'est super, Ubio !

La jeune femme était sincèrement heureuse pour son ami.

— Qui est-ce ?

— Maître Evyyt.

Elle sourit en repensant à l'empressement nouveau que mettait le jeune homme à partir en patrouille ces derniers temps. Personne ne s'était douté de rien.

— Elle est très gentille, tu as fait le bon choix.

— Je sais.

Le ton étonna Lianne, comme si le garçon n'avait aucun doute. Elle se demanda encore comment ceux qui choisissaient étaient aussi profondément persuadés de prendre la bonne décision. Sans doute le saurait-elle le moment venu… Si cela lui arrivait un jour.

— Et toi, Espérion ? Tu as une idée de qui tu pourrais choisir ?

Le jeune colosse jonglait avec une balle d'entraînement. Ces balles lisses et rouges leur servaient principalement à pratiquer leur lancer et leur sens de la profondeur. L'apprenti maniait la sienne avec une dextérité née d'un intense travail.

— Non.

La réponse était nette et concise, comme souvent avec Espérion. Lianne aimait la simplicité du jeune homme. Elle attendit qu'il voulût bien développer. Rattrapant une dernière fois la balle, il haussa les épaules.

— Je ne suis pas pressé. Les cours me plaisent bien.

Un sourire s'étala sur son visage.

— Je suis le premier partout.

Le souvenir d'Arutha surgit sans prévenir. C'était lui le meilleur à la course. La jeune femme se rallongea dans le lit, l'esprit ailleurs. Elle ne savait plus ce qui était vrai ou faux. Où était-il maintenant ? Qu'avait-il prévu de faire ?

Ses deux camarades se penchèrent sur elle, l'air inquiet. Ils avaient rapidement compris d'où venait le problème. Lianne ferma les yeux, soudain très fatiguée.

— Ce n'est rien. C'est juste…

Quelle idiote elle faisait. Elle regrettait quelqu'un qui n'existait pas. Pourtant, l'illusion était tenace.

— Je ne comprends pas. Pourquoi ?

Ubio se pencha doucement vers elle, et la serra délicatement dans ses bras.

— Ils le retrouveront, Lianne. Et tu sauras pourquoi.

La jeune femme baissa les yeux. Voulait-elle vraiment qu'Arutha fût pris ? Encore une question dont elle ne connaissait pas la réponse.

8

Elio faisait les cent pas dans les jardins de l'académie. Une large haie dissimulait sa démarche tendue et son visage furieux. Il avait espéré retrouver son calme au contact de l'air frais du soir, mais peine perdue. Tout ce temps, l'espion s'était caché sous leur nez. Lorsqu'il avait dû annoncer la nouvelle à son père, le roi avait manqué de s'étrangler tant il lui avait hurlé dessus. Seule une quinte de toux plus importante avait fini par l'arrêter, le laissant pantelant et plié en deux.

Elio avait enduré les remontrances, sachant qu'elles étaient méritées. Pourtant, jamais son père ne lui avait posé les questions qui auraient dû l'assaillir. Pourquoi un espion impérial irait-il tuer les siens ? Il était clair que, sans son intervention, les cinq faux marchands auraient réussi à disparaître dans la zone infestée. L'espion n'avait eu aucun intérêt à sauver un membre de la garde royale et une jeune apprentie. S'il avait souhaité gagner leur confiance, alors pourquoi s'être enfui par la suite ? Elio n'avait aucune réponse à ces questions. Mais son père ne s'était même pas interrogé sur les motivations de l'homme qu'ils recherchaient. C'était un assassin. Il travaillait seul, et aimait tuer. Et peut-être ses actions n'étaient-elles régies par rien de plus, se dit encore une fois le prince. Pourtant, cela lui avait coûté sa couverture au sein de l'académie. C'était cher payé pour une envie de tuer.

Fatigué, il décida de prendre ses armes et de rejoindre Astre dans la cour centrale. L'entraînement l'aidait toujours à éclaircir ses idées.

***

À son arrivée dans la classe, Lianne fut étonnée par le nombre réduit d'apprentis restants. Six, sur les quinze de départ. Deux avaient abandonné en cours de route. Il y en avait donc sept à avoir trouvé un maître. C'était plus qu'elle n'aurait cru. Cela ne faisait que quelques semaines que Lullana avait osé faire sa demande. Il fallait croire que beaucoup se retenaient, soit par crainte de ne pas faire les choses correctement, soit par timidité. Mais tout de même, tout cela en si peu de temps ?

Maître Evyyt entra dans la salle. Elle avait commencé l'entraînement d'Ubio, mais avait accepté de venir enseigner une dernière fois à la classe. La jeune apprentie remarqua avec une pointe d'amusement qu'Ubio, qui s'était joint à eux pour l'occasion, ne quittait pas la femme des yeux.

— Vous savez qu'il existe plusieurs spécialités dans la maîtrise du Don. Vous devez déjà en connaître plusieurs. Qui peut m'en citer quelques-unes ?

Espérion leva la main, sûr de lui.

— Guerrier, interrogateur, oracle, soigneur, stratège, sondeur, espion…

La Syyr l'arrêta.

— Tu mélanges métiers et spécialités, Espérion.

Le jeune homme se renfrogna et se rassit dans son siège, bougon. Il n'aimait pas perdre, encore moins avoir tort. Le maître d'Ubio reprit ses explications :

— Les métiers sont les fonctions que vous occuperez plus tard au sein de la garnison. Votre spécialité est votre manière personnelle d'aborder le Don, ce que vous faites avec le plus de facilité.

La femme laissa planer un instant le silence, le temps que ses élèves assimilent les informations.

— On les regroupe en différentes catégories. Prenons les améliorations physiques : ce peut être une augmentation de la force, de la vitesse, de la souplesse… voire dans certains cas un regroupement de plusieurs améliorations. Le but de ce cours sera de déterminer dans un premier temps la spécialité qui vous correspond, puis de vous apprendre à cultiver cet aspect du Don chez vous. Chez certains, la spécialisation est tellement évidente qu'elle saute aux yeux. Chez d'autres, il est nécessaire de mieux écouter pour la déceler.

Le regard d'Evyyt se posa sur le jeune colosse à la mine maussade.

— Commençons par Espérion par exemple. Vous aurez tous compris qu'il fait partie de la catégorie physique par sa force impressionnante. Cela le mènera sans doute à devenir guerrier d'élite à la fin de son apprentissage.

Comme il était facile de faire réapparaître un sourire sur son visage aquilin. Lianne aurait aimé être aussi insouciante.

— Qui d'autre pense savoir à quelle catégorie il appartient ?

Plusieurs mains se tendirent, impatientes.

— Ester ?

La jeune femme brune se leva, sûre d'elle.

— Manipulation des énergies. J'aimerais être soigneuse.

Maître Evyyt acquiesça. La Syyr avait suivi l'apprentie dans certains de ses exercices, mais elle n'avait pas besoin de cela pour savoir qu'elle ne se trompait pas. Les énergies qui l'entouraient étaient à la fois équilibrées et rayonnantes.

— Ubio ?

— Clairvoyance.

Lianne haussa un sourcil. La clairvoyance était la spécialité qui menait à la fonction d'oracle. Mais comme leur professeur hochait la tête d'un air entendu, elle n'osa pas lever la main.

— Lianne ?

— Je… je ne sais pas. Pas vraiment.

Cinq spécialisations du Don s'ouvraient aux apprentis : physique, mouvement, perception des énergies, manipulation des énergies, et enfin clairvoyance. C'étaient sa personnalité, son affinité avec le Don qui définissaient la spécialité d'un Syyr. Le choix du métier exercé plus tard en dépendait en partie.

La spécialisation physique aboutissait à une amélioration des compétences du corps : force, vitesse, vue, ouïe... De là venaient les guerriers d'élite. Les spécialistes du mouvement pouvaient manier les éléments autour d'eux. Cela en faisait d'excellents bâtisseurs ou jardiniers. La perception des énergies menait au métier de sondeur ou bien de stratège. En manipulant les énergies, il était possible de devenir soigneur mais aussi parfois inquisiteur, une profession bien plus sombre. Un guerrier pouvait être issu de toutes les spécialisations, excepté la clairvoyance. Un clairvoyant devenait stratège, ou bien oracle.

Lianne réfléchit avant de répondre, repoussant chaque spécialité qui lui passait par la tête, mais n'en retenant aucune.

— Manipulation des énergies peut-être ?

Evyyt se souvenait de la plante que la jeune femme avait soignée l'autre jour, et sourit. La Syyr s'approcha et lui saisit doucement les mains, rappelant à Lianne le jour où elle avait appris ce qu'elle était. Un frisson parcourut le corps de l'apprentie, et se propagea jusqu'au professeur. Celle-ci leva les yeux, rencontrant le regard franc qui la contemplait.

— Tu manipules très bien les énergies qui t'entourent, Lianne, mais ta perception est beaucoup plus développée. Tu sais d'instinct capter le Don autour de toi et l'interpréter.

Evyyt sonda les élèves un par un, puis les exercices débutèrent. Après avoir donné des consignes particulières à chacun, elle les envoya s'entraîner.

— Je vous laisse libres de choisir l'endroit où vous travaillerez. Préférez un lieu où vous vous sentez bien, où vous vous retrouvez. Si le lieu vous correspond, l'exercice que je vous demande n'en sera que plus facile.

La classe s'éparpilla, tandis que chacun rejoignait l'endroit qu'il avait choisi. Certains partirent en direction des jardins, d'autres vers la lisière des bois environnants, d'autres enfin vers les chambres ou les salles de bains.

Lianne s'arrêta dans la prairie qui bordait les bâtiments des salles de classe. Le coin paraissait assez calme pour qu'elle pût s'exercer. Le vent courant dans l'herbe la fit frissonner, alors que plus loin, la cime des arbres se balançait tout doucement aux abords de la zone infestée.

Dans le ciel, les nuages entamaient un ballet de formes étonnantes tandis que le soleil apparaissait par intermittence, la réchauffant de ses rayons. La jeune femme aimait cet endroit. Elle y venait souvent quand elle avait besoin de se concentrer. Ou de s'isoler. C'était ici qu'elle s'entraînait avant avec Arutha. La séance d'entraînement du jour s'avérait particulièrement difficile, et elle pensait que cette prairie où elle aimait venir se détendre lui faciliterait la tâche.

La perception des énergies était sa spécialité, avait dit maître Evyyt. Elle devait donc s'exercer à sentir et interpréter le Don qui l'entourait. Elle s'assit dans l'herbe verte et ferma les yeux. Une douce fraîcheur émanait de la terre. Sous elle, l'humus palpitait, semblait vivant, et elle laissa courir avec délice sa main dans le tapis verdoyant. La chaleur était agréable. Au loin, elle entendait les voix de ses camarades qui cherchaient eux aussi une place, un endroit où pratiquer les exercices demandés.

Elle sentit Evyyt qui surveillait les élèves de loin, s'assurant qu'aucun ne profitait de cette magnifique journée pour aller s'amuser. Avec elle, Ubio entamait une formation complexe : celle de percevoir l'avenir. La clairvoyance était une des spécialités les plus difficiles. Lui aussi aimait la lisière de la forêt pour sa tranquille beauté, mais il avait eu la gentillesse de s'installer un peu plus loin pour ne pas la déranger.

Elle appréciait le jeune homme, sa bonne humeur et sa gentillesse. Souvent dans son monde, il avait du mal à s'exprimer, et passait pour un garçon introverti et peu intelligent. Mais son regard brillait en écoutant les merveilles qui existaient au-dessus de leurs têtes. Il s'imaginait les mondes que les maîtres décrivaient, il y vivait déjà ses propres aventures.

L'histoire du Royaume passionnait Ubio, et il pouvait en deviner les grandes lignes. Il voyait déjà ce que serait la Royauté dans les siècles à venir, envisageait différentes possibilités. À chaque cours, il affinait ses théories, en développait de nouvelles, et tissait progressivement la trame des futurs envisageables.

Mais plus il assimilait, plus il s'enlisait dans le nombre infini des possibilités. Il devait apprendre à différencier les prophéties, à identifier les plus probables, mais sans négliger pour autant celles qui paraissaient invraisemblables. La peur le saisissait en pensant à l'immensité de la tâche qui l'attendait.

Depuis toujours, il fuyait la réalité par son imagination et échappait à ses responsabilités, mais pour la première fois de sa vie, le monde réel lui semblait plus attrayant, moins risqué que son imaginaire.

Il se focalisait sur les autres élèves, leur acharnement à la tâche l'encourageait. L'étude de l'avenir n'était pas facile. À force de vivre cent ans plus tard, il devenait difficile de réintégrer le présent. Les amis d'Ubio étaient ses points de repère, ses balises : avec eux à côté, il savait où il revenait, il en était dépendant. Petit à petit, il parviendrait à évoluer seul dans les possibles futurs, mais cela demanderait une longue pratique.

Si Lianne avait ouvert les yeux, elle aurait sans doute pu l'apercevoir dans le coin, mais elle ne bougea pas d'un cil et commença l'exercice. Se concentrant sur l'herbe, elle s'efforça de saisir la pulsation qui s'y agitait doucement, tentant d'en saisir toutes les variables. Quand elle eut l'impression de les connaître par cœur, elle s'enfonça un peu plus loin dans le sol. Elle ne put retenir une exclamation lorsque, en réponse, la terre sous sa main se mit à grouiller de vie : vers, insectes et petits mammifères s'y agitaient, invisibles. Un sourire ravi s'épanouit sur son visage. Evyyt avait raison : son instinct la guidait. Elle resta un moment à observer le doux ballet qui se jouait en sous-sol puis, doucement, elle resserra sa perception jusqu'à ne plus sentir que son corps. L'exercice l'avait légèrement fatiguée, mais pas assez pour que la jeune femme voulût s'arrêter là. Elle ferma de nouveau les yeux.

***

Il filait comme le vent. Était-il déjà trop tard ? L'homme se maudit. Comment avait-il pu ne pas voir les traces ? Son cœur battait à tout rompre tandis que son souffle faiblissait. Il pesta contre lui-même, inquiet de voir la distance qu'il lui restait à parcourir. Les sens aux aguets, il espérait et à la fois redoutait d'entendre la voix qu'il cherchait. Où était-elle ?

***

À force d'enchaîner les exercices, l'esprit de Lianne avait de plus en plus de mal à se concentrer sur sa tâche. Extasiée par ce qu'elle arrivait à faire, la jeune femme refusait de s'arrêter avant un dernier essai. Pourtant, ses pensées vagabondaient.

Elle se concentra à nouveau sur l'herbe entre ses doigts, sur le soleil qui tapait sur sa tête. Ses sens fatigués étaient envahis par l'odeur de pin, par la tiédeur des rayons filtrés par les nuages. Ses pensées déviaient sans cesse. La perte de sa brosse à cheveux. Son entretien avec Astre. L'abandon d'Arutha.

Elle inspira longuement et cligna des yeux, juste le temps d'apercevoir Espérion. Le jeune homme était déjà fort pour son âge. Sa musculature parfaitement dessinée faisait de lui le point de mire de beaucoup de regards. Fier de lui, tête brûlée et un peu m'as-tu-vu, ce n'était pas pour autant un mauvais garçon. Il s'appliquait à ce qu'il faisait, respectait l'autorité, et était toujours volontaire.

Depuis ses débuts en tant qu'élève Syyr, il progressait si facilement que lui-même n'en revenait pas. Chaque jour, il pouvait soulever plus, sauter plus loin, courir plus vite. Lianne savait qu'il aimait ça et avait hâte de voir jusqu'où il arriverait. L'ambition d'Espérion n'allait pas beaucoup plus loin : toujours s'améliorer, dépasser ses limites, et servir le Royaume. Il rêvait parfois de devenir un Syyr exceptionnel, mais sa force physique seule ne pouvant y suffire, il n'y croyait pas vraiment. C'était un jeune homme simple, droit et honnête bien qu'un peu fanfaron.

Penser à son ami était rafraîchissant. Pas un avis qu'il ne dît à voix haute, rien de sombre, rien de compliqué. Juste une volonté de profiter de ce qui venait. C'était agréable, et elle s'y attarda un peu, oubliant un instant pourquoi elle était assise là, les yeux fermés.

Voir ses pensées dériver sans cesse lui faisait prendre conscience de sa fatigue. Elle n'arrivait plus à se concentrer, et savait que pousser plus loin l'entraînement serait sans doute une erreur. Elle devait s'arrêter.

La jeune femme reprit lentement pied dans la réalité, ramenant son attention sur ses sens. Elle sentit de nouveau l'odeur de pin, la chaleur du soleil, l'herbe entre ses doigts. Elle entendit la voix d'Ubio. Forte, apeurée, criant son nom. Lianne ouvrit les yeux. Les nuages avaient disparu, et le soleil l'aveugla un instant. Une tache noire dansait devant ses yeux, se rapprochant rapidement. La voix d'Ubio continuait de hurler derrière elle. D'autres voix criaient également dans sa direction. Lianne saisit enfin le sens des paroles et se dressa d'un bond, brutalement consciente de la situation. Avec effroi, elle vit foncer vers elle une créature sombre à l'allure menaçante.

Arrivé face à sa proie, l'épineux s'apprêta à bondir. Il frémit d'excitation. La crinière d'épines vénéneuses qui ceignait son cou et son torse s'agita dangereusement tandis que ses petits yeux étaient fixés sur sa cible. Il ramassa son corps d'un brun terreux sur ses massives pattes arrière tandis qu'un sifflement s'échappait de ses crocs effilés. Le venin afflua dans sa bouche, et sa longue queue fouetta l'air.

Tétanisée, Lianne ne pensa même pas à s'enfuir. Comme au ralenti, la jeune femme vit Ubio pétrifié de peur et maître Evyyt se précipiter vers elle, criant quelque chose sans qu'elle pût en saisir le sens, quand soudain quelqu'un surgit devant l'animal. Jaillissant de la lisière de la forêt à quelques mètres de là, Arutha s'était interposé entre elle et la bête.

Les cheveux en bataille, son foulard autour du cou, il tendit une main en avant et d'un timbre rauque légèrement essoufflé, il donna un ordre à l'animal. Le langage était inconnu de Lianne, mais la tension contenue dans les mots ne lui échappa pas.

L'épineux sembla réagir à la voix de l'homme et, emporté par son élan, se contorsionna pour l'éviter. La chute ne fut pas plaisante. Il se releva d'un bond, griffes en avant, et se retourna vers l'intrus, menaçant.

D'une voix plus assurée, Arutha répéta son ordre puis, tout en gardant le regard fixé sur l'épineux, il s'adressa à la jeune femme derrière elle :

— Recule lentement, ne lui tourne pas le dos.

Le cœur battant, Lianne s'exécuta et, pas à pas, s'éloigna de l'animal. Après quelques mètres, l'épineux s'agita, et un grondement sourd jaillit de sa poitrine puissante tandis qu'il tentait de passer à côté d'Arutha. Celui-ci ne quittait pas la bête du regard, et d'un ton sec, il s'adressa de nouveau à l'animal. Ce dernier semblait comprendre l'ordre donné, mais il n'avait pas l'air de vouloir obtempérer. Il tournait en rond devant le Syyr noir, ses épines agitées de soubresauts et sa longue queue fouettant l'air, faisant mine d'attaquer pour s'arrêter aussitôt.

Lianne n'osait plus bouger, mais sur un signe d'Arutha, elle recula de nouveau. Maître Evyyt, qui s'était progressivement approchée par-derrière, saisit le bras de la jeune femme en mauvaise posture. Cette fois-ci, l'épineux n'y tint plus. D'un bond, il attaqua celui qui se dressait devant sa cible. Le Syyr sortit rapidement son couteau, mais le large animal était déjà sur lui, l'entraînant par terre. Ses crocs s'enfoncèrent dans l'épaule d'Arutha, répandant leur venin.

La courte lame trancha la gorge de l'épineux d'un coup sec, mais le mal était fait : la plaie béante suintait de sang et venin mélangés. Le jeune homme se dégagea de sous la carcasse inerte, tentant d'éviter le liquide noir qui se vidait tandis qu'il retirait sa lame et que se répandait déjà une odeur à soulever le cœur.

Rampant, le Syyr s'éloigna de quelques mètres pour se tenir hors d'atteinte du fluide gluant. Ses mouvements devenaient saccadés, douloureux, et un juron lui échappa dans cette langue si particulière qu'il avait déjà employée. Rapidement pourtant, il s'immobilisa tandis qu'un grand froid envahissait Lianne en voyant l'homme inanimé.

— Non !

Elle voulut se précipiter vers lui, mais la maître la retint fermement, l'empêchant de s'approcher de la mare de sang qui les séparait d'Arutha.

— Attention ! Tu vas t'empoisonner aussi ! dit Evyyt d'une voix pressante.

Le regard fixé sur le visage blême de l'homme qui gisait à quelques pas de là, Lianne ne voulait rien entendre et essaya d'échapper aux bras qui la tenaient. Evyyt raffermit sa prise, immobilisant sans peine l'élève épuisée et bouleversée tandis que l'équipe médicale arrivait en courant, matériel en main, alertée par un apprenti. Leurs mines effrayées ne présageaient rien de bon.

Avant d'approcher Arutha, ils s'équipèrent de combinaisons couvrantes mais aussi de gants et de masques d'un blanc éclatant, contrastant furieusement avec le noir du sang répandu.

Maître Ozalee s'avança la première, et examina le corps étendu. Elle avait été prévenue de la nature de la blessure, pourtant elle ne put s'empêcher de blêmir à sa vue. La plaie était nette et propre : on pouvait clairement voir la marque des deux crocs enfoncés profondément dans la chair, ce qui signifiait que l'homme avait reçu une dose entière de venin.

Doucement, elle approcha la main de son cœur. Il battait toujours, ce qui tenait du miracle. Sans plus tarder, elle planta une seringue dans le bras de l'espion, puis ordonna aux brancardiers d'approcher. En deux temps trois mouvements, Arutha fut transporté vers l'infirmerie de la garnison.

Encore sous le choc, Lianne regarda s'éloigner le brancard et la chef médecin. À moitié consciente de ce qu'il se disait autour d'elle, elle comprit qu'une attaque d'épineux n'était pas courante, encore moins sur une planète n'appartenant encore ni au Royaume ni même à l'Empire. La jeune élève se laissa entraîner vers la garnison, le regard dans le vide et l'esprit confus. Arutha. Était-il vivant ? Pour combien de temps ? Avait-il une chance de s'en sortir ? L'homme venait à nouveau de lui sauver la vie sans qu'elle en comprît la raison. La gratitude ne pouvait expliquer un tel risque, l'espion l'ayant déjà secourue par le passé.

Et s'il mourait ? Lianne sentit la panique l'envahir. Elle trébucha sur une pierre, regarda où elle mettait les pieds et réalisa que la maître Syyr ne l'emmenait pas vers la salle commune. Ils traversaient la grande cour, celle qui servait entre autres aux entraînements extérieurs, et se dirigeaient vers les appartements du prince.

Les regards se tournaient sur leur passage, interrogatifs. Les chuchotements se répandaient comme une traînée de poudre parmi les élèves qui assistaient à la scène. Lianne pouvait imaginer sans difficulté les histoires qui ne manqueraient pas de circuler, mais elle ne s'en donna pas la peine. Une seule chose lui importait maintenant : l'état du Syyr noir.

La porte de la chambre s'ouvrit à leur arrivée. L'appartement était grand, lumineux et dégagé, tandis que les meubles étaient réduits au strict nécessaire, simples et fonctionnels comme dans toutes les chambres de la garnison. C'était tout le contraire de ce que Lianne avait imaginé. Le prince se tenait debout au milieu de la pièce, les muscles bien prononcés et le port droit, son sabre d'entraînement à la taille. Ses cheveux d'un brun clair encore humides de transpiration et son uniforme blanc taché de poussière n'enlevaient rien de l'autorité qui émanait de lui. D'un air grave, il fixait le chef de la garde parvenu ici deux minutes auparavant et qui lui avait appris la nouvelle de l'attaque. Il se tourna vers les nouveaux arrivants, salua le maître de la main et examina Lianne :

— Tu ne sembles pas blessée.

Il lui posa la main sur l'épaule et la conduisit vers un siège.

— Assieds-toi. Raconte-moi ce qui s'est passé.

Lianne obtempéra et s'assit dans le fauteuil, plus confortable qu'il y paraissait à première vue. Dans le cadre réconfortant de la chambre, la jeune femme ferma les yeux un moment, revivant sans vraiment le vouloir la scène à laquelle elle venait d'assister. Derrière le noir de ses paupières, elle revit l'épineux foncer. Ses crocs. Ses griffes. Arutha à terre dans une mare de sang noir, immobile. L'odeur insupportable de chair pourrie qui empestait l'atmosphère. Elle se pencha en avant, prise de nausée, et saisit sa tête entre ses mains tremblantes.

Parcourue de frissons, elle aurait été bien incapable de se tenir debout, toute force l'ayant abandonnée. La voix rassurante du prince la ramena à la réalité.

— Lianne, tu vas bien ? demanda-t-il calmement. As-tu mal quelque part ?

Lentement, elle se redressa, puis secoua la tête, tentant de retrouver ses esprits. Elle pouvait voir que le prince, malgré son calme apparent, attendait avec impatience qu'elle se ressaisît ; aussi commença-t-elle à raconter.

Le prince Elio s'était penché sur l'élève, masquant son inquiétude derrière un masque de sollicitude. Il était rassuré que la jeune apprentie fût saine et sauve, mais il devait très vite comprendre comment une telle bête avait pu se retrouver ici. Les épineux n'étaient pas des animaux communs. Ils vivaient sur une planète boueuse quelque part à la frontière nord de l'Empire. Leur venin était l'un des plus puissants de l'Univers connu, et c'est pourquoi l'empereur en avait fait l'élevage. Il avait poussé le vice jusqu'à dresser les épineux, d'un caractère déjà malveillant, à traquer et à tuer des cibles choisies. Ils étaient devenus les armes de prédilection lors d'assassinats « musclés » au service de leur maître. Hormis la famille impériale, seuls les assassins pouvaient dresser un épineux. Arutha avait déjà dû travailler avec l'un d'eux, c'est pourquoi il connaissait les ordres, mais une hiérarchie existait entre les dresseurs. Si deux instructions étaient contradictoires, la plus « prioritaire » devait l'emporter, et c'était ce qui s'était passé ici. L'épineux avait donc été dressé par quelqu'un d'un rang plus élevé que celui du Syyr noir.

Mais pourquoi l'animal avait-il attaqué une apprentie ? Était-il possible qu'il fût visé et que l'animal se fût trompé de cible ? Le prince ne croyait pas vraiment à cette hypothèse : l'épineux serait venu directement dans la cour centrale où il s'entraînait au moment de l'attaque. Alors, pourquoi la jeune femme ? Une possibilité lui traversa l'esprit, et ses implications lui donnèrent le tournis, l'obligeant à s'agenouiller près de Lianne. « … car devant Lui s'effondrera l'ordre établi. Au croisement des destinées, l'Enfant sera révélé… » La deuxième partie de la prophétie tournait en boucle dans sa tête. Lianne semblait toujours être là où il ne fallait pas. Le prince ne pouvait plus nier l'intérêt que l'Empire semblait porter à la jeune femme. L'empereur pouvait-il en savoir plus qu'eux ? Elio se massa le front d'une main. Il devait en parler à son père, mais il y avait plus urgent. Assise devant lui, Lianne était blanche comme la craie et fixait le mur devant elle, ne réalisant toujours pas ce qu'il venait de se produire. Elio se décida rapidement.

— Evyyt, réunis tous les Syyrs dans la grande salle, et explique-leur la situation. Je vous y rejoins.

Il prit Lianne par le bras, et sortit avec elle. La première chose qu'il devait savoir était l'état du blessé. Maintenant qu'ils l'avaient récupéré, il ne fallait pas que celui-ci mourût avant d'avoir parlé. Arutha était pour l'instant la meilleure source d'information à sa disposition et il devait en apprendre très vite le plus possible.

9

Elio arriva rapidement à l'infirmerie, où tout le personnel s'était mobilisé pour construire en peu de temps un espace sécurisé où seule la chef médecin et son assistant avaient le droit de pénétrer.

Au milieu de la zone gisait le Syyr noir, allongé sur une table d'opération. Penchée sur son cou, la chef médecin finissait de nettoyer la plaie. À ses pieds, les habits du jeune homme reposaient déjà dans un sac fermé, prêts à être jetés.

Autour d'eux, l'espace était totalement dégagé. Seul s'y tenait l'assistant, portant un plateau où reposaient les compresses, fils et bandages nécessaires à l'opération. Concentrée sur son travail, la médecin n'eut pas un regard pour le prince et la jeune femme qui s'étaient placés dans un coin de la pièce.

Lianne était impressionnée par le silence qui régnait dans le bloc opératoire et le corps allongé sur la table, cireux sous la lumière puissante. Ozalee se releva un instant et essuya du revers de sa manche la sueur qui coulait sur son front. Ses gants étaient rouges de sang, car elle avait ouvert la plaie, tentant d'extraire un maximum de poison possible avant que celui-ci se répandît plus encore. Son diagnostic ne tarda pas.

— La blessure est saine. Je dois encore la recoudre, annonça-t-elle.

Elle avait fait tout ce qu'elle pouvait. Elle reposa à sa droite sur le plateau tenu par son assistant le scalpel qu'elle avait en main, avant de se saisir d'une aiguille et de se pencher à nouveau.

Soudain, Arutha ouvrit les yeux. Il empoigna d'une main la lame abandonnée, et repoussa de l'autre la femme penchée au-dessus de lui. Surpris, l'assistant perdit l'équilibre, répandant au sol le contenu du plateau dans un bruit fracassant de métal entrechoqué, tandis qu'Ozalee se recevait brutalement sur le sol.

L'assassin bascula derrière la table d'opération et, trébuchant, se raccrocha au mur, l'arme improvisée toujours dressée devant lui. Premiers à réagir, les gardes présents dans la salle s'étaient précipités pour immobiliser le jeune homme, mais s'arrêtèrent soudain à quelques mètres de lui. Les yeux saphir d'Arutha brillaient d'une rage contenue, reflets d'une puissance menaçante, une allégeance incontestée à l'empereur. Un fils impérial. Elio jura tout bas : il ne s'attendait pas à cela. S'il savait projeter son Don, l'homme ferait des dégâts avant de tomber.

Positionnés en arc de cercle autour du Syyr noir et hors de portée du scalpel brandi, les gardes ne purent s'empêcher de trembler un instant sous le regard glacial des ennemis jurés du Royaume. Le prince resserra sa main sur l'épaule de Lianne, qui étouffa un cri. Surveillant attentivement la lame brandie devant eux, les Syyrs convergeaient lentement vers le blessé qui, malgré sa vaillance affichée, peinait à garder l'équilibre. Une voix furieuse s'éleva, calmant d'un coup l'assistance :

— Ça suffit !

Pas le moins du monde perturbée par la couleur de ses pupilles, maître Ozalee s'adressa à Arutha :

— Personne ne vous fera de mal ici.

Comme le Syyr ne bougeait toujours pas, elle ordonna aux gardes :

— Reculez !

Après un instant d'hésitation, les gardes obtempérèrent à contrecœur, s'éloignant à reculons de l'assassin toujours menaçant.

— Maintenant, rendez-moi ça et revenez ici.

Arutha hésita, fixant de son regard glacé le médecin, puis il aperçut Lianne dans le fond de la pièce, toujours tenue de près par le prince. La femme insista doucement :

— Allez.

Il regarda de nouveau Ozalee, soupira un instant, puis baissa le bras, ferma les yeux, et lâcha le scalpel. Le Syyr n'arrivait plus à tenir sur ses jambes. Il glissa à terre, rattrapé de justesse par deux infirmiers qui le raccompagnèrent avec méfiance jusqu'à la table d'opération.

Lianne inspira longuement. Elle ne s'était pas rendu compte qu'elle avait retenu sa respiration tout ce temps. En quelques instants, la blessure fut recousue, une compresse et un bandage furent mis en place, puis une équipe installa le blessé inconscient dans un brancard roulant et l'emmena hors de la pièce.

Fatiguée, la médecin attrapa un verre d'eau et s'assit à une table. Elio se tourna vers la jeune élève.

— Ne bouge pas. Je reviens, lui commanda-t-il, avant de rejoindre Ozalee en slalomant entre les aides-soignants qui nettoyaient déjà l'endroit de fond en comble.

Au passage, le prince avisa le sac contenant les vêtements d'Arutha.

— Ne jetez pas ça. Nettoyez-les, et gardez-les de côté, ordonna-t-il.

Il espérait peut-être ainsi amadouer leur propriétaire.

Perdue, Lianne se rapprocha discrètement des deux Syyrs.

Le prince s'était assis face à la femme médecin, qui avait enlevé le haut de sa combinaison et son masque pour être plus à l'aise. Il entama la discussion sans tarder :

— Il est en chrysalie ?

Ozalee hocha la tête, prit une gorgée, puis posa son verre d'eau. Elio continua :

— Comment va-t-il ?

— Étonnamment bien pour quelqu'un dans sa situation.

— Peut-on l'interroger ?

La médecin eut une moue agacée.

— J'ai dit qu'il allait bien compte tenu de sa situation, pas qu'il était sorti d'affaire. J'ai traité la blessure, pas l'empoisonnement.

— Et le sérum ?

— Peu efficace, inadapté au venin de l'épineux, mais c'est le mieux que je puisse faire.

— Et maintenant ?

Elle soupira profondément avant de lui répondre :

— Il devrait être mort, c'est déjà un miracle qu'il respire encore. Avec de la chance, il arrivera à purifier son organisme, s'il ne lâche pas avant.

— As-tu une idée de ce qui expliquerait sa résistance ?

La femme haussa les épaules.

— Son héritage génétique. Ou son travail. En tant qu'assassin, il a dû se désensibiliser progressivement au venin de l'épineux. Par injections successives sans doute. Son corps combat l'empoisonnement, mais il fatigue. Si la dose de venin injectée est trop importante, il n'y arrivera pas, et son cœur lâchera.

Le prince semblait de plus en plus préoccupé. Il avait besoin que cet homme restât en vie.

— Que peut-on faire ?

— Le garder dans un endroit tranquille, au chaud, le nourrir par intraveineuse si besoin. À part ça, rien, il sortira de chrysalie tout seul. Ou il mourra.

Elio se leva, et Ozalee l'imita instinctivement. D'une voix ferme, le prince donna ses ordres :

— Fais au mieux. Ne le quitte pas des yeux, et préviens-moi dès que son état évolue.

La femme acquiesça avant de demander d'une voix préoccupée :

— Elio, que se passe-t-il ? Se pourrait-il que…

Le prince l'arrêta de la main, ne souhaitant pas en parler ici.

— Je te tiendrai au courant dès la fin de la réunion, dit-il d'une voix rassurante.

Elle hésita un instant à ajouter quelque chose.

— Ce n'est pas tout, mon prince. Vous avez vu ses yeux. Ce n'est pas un patient ordinaire. Mes infirmiers feront correctement leur travail mais… vous avez vu sa réaction tout à l'heure, et il était dans un sale état. S'il se rétablit, il faudra penser à une solution, je ne veux pas prendre le risque qu'il attaque un de mes hommes.

— Je comprends. Lorsqu'il sera stabilisé, passe-lui des entraves et attache-le au lit. Interdis l'accès à toute personne sans mon autorisation.

Lianne, qui s'était doucement rapprochée, tressaillit. Il était donc si dangereux ?

— J'aimerais le voir avant de rejoindre les autres. Est-ce possible ? demanda Elio.

La médecin hésita et soupira à nouveau, se passant une main sur le visage.

— Vraiment rapidement, alors.

Le prince jeta un coup d'œil à la jeune élève qu'il avait vue sursauter. Puisqu'elle ne semblait pas capable de rester en place un instant, elle devrait les accompagner. Après tout, le prince avait vu le regard que l'assassin lui avait porté avant de lâcher son arme.

Ozalee les mena au bout d'un large couloir baignant dans la lumière naturelle, jusqu'à la chambre où avait été installé Arutha. Les volets fermés plongeaient la pièce dans la pénombre, ne laissant entrevoir que le lit dans lequel se reposait le jeune homme.

À côté du lit était assis un garde, silencieux. Il se leva à leur arrivée et sortit de la pièce, ravi de quitter un moment le chevet du rejeton de l'empereur. La médecin se pencha sur le malade, vérifia son pouls et sa respiration, puis se tourna vers Lianne restée sur le pas de la porte. La jeune élève était frappée par les ombres du lieu, et elle crut voir un instant du coin de l'œil l'une d'entre elles se déplacer d'un mouvement vif.

Elle entra doucement, s'approchant sans bruit d'Arutha, qui s'agitait dans son sommeil tandis que ses mains se crispaient sur les draps. Hésitante, elle posa sa paume sur le poing de l'homme. Lianne se pencha un peu plus, détaillant pour la première fois la véritable apparence du Syyr. Il y avait des similitudes avec celle qu'il s'était fabriquée pour entrer à l'académie, mais il était plus grand, légèrement plus âgé aussi. Les traits étaient les mêmes, mais comme adoucis à l'époque. Le vrai visage d'Arutha semblait davantage marqué, elle n'arrivait pas à définir la subtilité qui la travaillait. Même endormi, le Syyr noir était plutôt intimidant. Ses cheveux, d'un blond éclatant même au fond des ténèbres, étaient maintenant plus longs, parsemés de quelques tresses légères aux motifs compliqués. Trois petits anneaux dorés scintillaient à son oreille gauche. Des ombres semblaient également danser sur ses traits, comme si un cauchemar le hantait, mais ce devait être le manque de lumière qui donnait cette impression.

La jeune élève approcha timidement la main comme pour faire s'enfuir les mauvais rêves, puis s'arrêta sans toucher le visage du Syyr endormi, de peur de le réveiller.

— Je veux rester avec lui, dit-elle en se tournant vers le prince.

Elio secoua la tête. Il n'allait pas laisser la jeune femme seule avec un enfant de l'empereur, pas après l'attaque qu'ils venaient de vivre.

— Tu viens avec moi.

— Non.

Le prince se retourna vivement, et observa froidement la jeune femme, qui soutint son regard.

— Il m'a sauvé la vie. Deux fois. Je veux rester avec lui.

— Je crois que tu n'as pas bien compris ta position, jeune fille. Tu n'as pas le choix. Tu vas venir avec moi.

La menace comprise dans ses paroles n'échappa pas à Lianne. Pourtant, elle continua à tenir tête au prince. Sans en comprendre complètement la raison, elle avait besoin de rester auprès d'Arutha.

— Et que penseront les Syyrs qui vous attendent dans la grande salle lorsqu'ils vous verront y traîner de force une pauvre apprentie sans défense ?

Sans le savoir, Lianne avait visé juste. Même si la plupart des Syyrs présents sur Pira étaient loyaux au prince, ce n'était pas le cas de tous. Son père avait des yeux et des oreilles dans l'académie. Elio avait besoin de paraître fort, surtout après ses derniers échecs.

— Passons un marché, toi et moi, jeune fille. Tu m'accompagnes à cette réunion, tu m'obéis en tout point, et tu pourras retourner voir l'espion ensuite.

Sans hésiter une seconde, Lianne acquiesça. Le prince se rapprocha, jusqu'à ce que son visage surplombât presque le sien.

— Mais ne te méprends pas, continua-t-il à voix basse. Si tu me causes le moindre souci, tu retourneras immédiatement d'où tu viens.

Le dos bien droit, Lianne ne donna pas l'impression de fléchir ; pourtant, elle frémit intérieurement tandis que l'image du Refuge s'invitait dans son esprit. Elle avait risqué sa place à l'académie. Silencieusement, elle espéra qu'elle n'aurait pas à regretter son coup d'éclat.

***

La salle était bondée et bruyante. De part et d'autre d'une allée centrale se tenaient cinq gradins comprenant chacun huit rangées de sièges bleu nuit. Au bout, rehaussé par une légère estrade, siégeait le fauteuil du prince, dont la teinte suivait les nuances d'un ciel orageux. Au centre de l'allée, une longue table métallique était entourée de chaises. C'était là que les principaux orateurs s'installaient au cours de la séance, face au prince. Tous les maîtres étaient réunis, assis sur les gradins ou debout en train de discuter, quand Elio et Lianne firent leur entrée. Les conversations se turent un instant. Les Syyrs se levèrent et saluèrent le prince, les regards interrogateurs fixés sur la jeune élève. Intimidée, les yeux baissés et les joues en feu, celle-ci se plaça dans un coin et s'appliqua vainement à échapper à l'attention générale. Le prince traversa la salle d'un pas rapide, monta les trois marches qui menaient à l'estrade et s'installa dans son fauteuil, l'air grave. Le chef de la garde, Astre, se plaça debout à sa droite, tandis qu'Elio prenait la parole d'une voix calme :

— Ce matin, un épineux s'est introduit à l'académie et a attaqué une de nos élèves.

Il attendit un instant que le tumulte déclenché par ses paroles s'apaisât avant de continuer :

— Cette jeune femme a failli être tuée pendant l'attaque. Seule l'intervention d'Arutha lui a sauvé la vie.

Le prince fit une pause, anticipant les réactions que ses prochains mots allaient déclencher.

— Arutha est un membre de la famille impériale.

Des exclamations jaillirent, mais le prince n'en tint pas compte.

— À quel degré, nous l'ignorons pour l'instant. Il pourrait tout aussi bien être un fils de l'empereur lui-même ou un petit-fils illégitime, pour ce que nous en savons. Il est blessé mais vivant, et actuellement pris en charge par Ozalee à l'infirmerie. Nous en saurons plus à son réveil. S'il se réveille… Lianne, approche-toi, s'il te plaît.

La jeune femme avança, les mains pressées l'une contre l'autre. Le prince parla d'une voix douce pour rassurer la jeune fille, et lui fit signe de se retourner vers l'audience.

— Je veux que tu nous racontes en détail l'attaque, comme tu l'as fait tout à l'heure. Vas-y doucement, n'omets aucun détail.

Lianne se tourna vers l'assemblée, essayant d'oublier qu'elle avait en face d'elle les plus importants Syyrs de l'académie de Pira. Près de cinquante personnes la dévisageaient, avec intérêt pour la plupart, inquiétude pour d'autres. Elle prit une inspiration et commença son récit.

Elle détailla à la demande de l'auditoire le comportement de son sauveur, et raconta pour eux les fois où elle était entrée en contact avec lui. Au départ hésitante, sa voix se fit plus assurée au fur et à mesure qu'elle décrivait les événements tels qu'elle les avait vécus. À la fin de son histoire, elle se tut, essoufflée, et la salle resta un moment silencieuse.

— Merci, Lianne, tu peux retourner aux côtés d'Arutha pour le moment. Astre va t'accompagner, je viendrai te voir plus tard.

Soulagée d'en avoir fini et de pouvoir rejoindre le blessé, Lianne s'inclina brièvement avant de sortir, escortée de près par le chef de la garde. Une fois les portes refermées sur eux, Elio reprit la parole :

— Nous ne savons pas encore d'où venait l'épineux ni les raisons de sa présence ici. En attendant d'en savoir plus, l'animal n'ayant pas rempli sa mission, de nouvelles attaques sont à envisager. Les élèves ne pourront plus s'entraîner à l'extérieur des bâtiments. Personne ne sortira seul et sans prévenir. Des patrouilles supplémentaires seront organisées pour quadriller la région.

Vughi, un pilote, s'adressa à Elio :

— Mon prince, est-il possible que vous soyez la cible de l'attaque ?

— Il y a peu de chances. J'étais dans la cour intérieure au moment de l'attaque, loin de la prairie.

Le maître s'assit, mais un autre enchaîna aussitôt :

— Quel intérêt y a-t-il à tuer une élève ?

Le prince laissa planer un instant la question.

— Je ne vois qu'une possibilité : qu'elle soit l'Enfant que nous cherchons.

Le tollé dans la salle fut indescriptible, tous voulant prendre la parole à présent. Était-il possible que l'Enfant fût parmi eux ? Ils ne pouvaient pas se permettre de se tromper. Peut-être était-ce seulement une diversion de l'empereur. Et qui était vraiment Arutha ? Des réactions de stupeur, de scepticisme, d'étonnement et même de frayeur s'entendaient à travers la pièce. Ils manquaient d'éléments pour compléter le puzzle. Maître Vughi éleva à nouveau la voix par-dessus le brouhaha.

— Quelles preuves a-t-on qu'elle soit l'Enfant ?

Elio eut une hésitation. Il ne pouvait révéler la suite de la prophétie à quiconque à part Astre, son père avait été formel.

— Aucune. Pour l'instant.

Des exclamations se firent entendre.

— Mon prince, si cette jeune femme est l'Enfant, il faut nous attendre à une nouvelle attaque très rapidement.

Elio se cala plus confortablement dans son siège. L'idée faisait son chemin dans la tête de ses hommes. Lianne pouvait être l'Enfant. Après une année sans aucun signe, le prince lui-même avait du mal à y croire, mais derrière son scepticisme se cachait un véritable pragmatisme : il lui fallait un Enfant, et la jeune apprentie faisait magnifiquement l'affaire.

— À partir de maintenant, un Syyr demeurera en permanence avec Lianne. Elle ne restera plus toute seule, et ne sortira plus de l'académie. Nous continuerons tout de même à chercher l'Enfant tant que nous n'aurons pas la certitude qu'elle est celle de la prophétie. Aucune piste ne doit être négligée. Nous ne pouvons nous permettre de faire fausse route, pas cette fois !

Elio laissa à son auditoire le temps de s'imprégner de ses paroles.

— La réunion est terminée. Maîtres, vous expliquerez en douceur la situation aux élèves. Ne les alarmez pas. Il y a peu de chances que nous subissions une attaque d'envergure à l'académie. Toutefois, il en va autrement dehors. Ils doivent être conscients du danger et rester à l'intérieur des murs.

Sur ces derniers mots impérieux, le prince se leva et quitta la salle d'un pas vif. Il y avait encore beaucoup à faire.

10

Enfin au calme, Lianne avançait lentement dans les couloirs de l'académie tandis qu'Astre se tenait silencieusement à ses côtés. Elle avait besoin de réfléchir. Les choses s'enchaînaient si vite depuis ce matin qu'elle ne savait plus trop où elle en était. Pouvait-elle être l'Enfant ? C'était la seule explication cohérente à l'attaque de l'épineux, en tout cas la seule qu'elle pût entrevoir. Pourtant, elle ne se sentait pas plus forte qu'un autre : comment aurait-elle pu avec ses maigres connaissances faire tomber un empire ? Sentant son trouble, le chef de la garde lui posa une main rassurante sur l'épaule, et lui glissa à l'oreille :

— Ça ira, tu verras.

Lianne répondit au sourire de l'homme de confiance du prince, étonnée par sa sollicitude, puis secoua la tête et tenta de dissiper ses sombres pensées. Elle n'y pouvait rien à présent, et si elle était vraiment l'Enfant de la prophétie, elle trouverait un moyen d'accomplir son destin. Et sinon, tout ce qu'elle pourrait faire ne changerait rien à ce qui allait arriver. Lianne se força à sourire à nouveau et releva la tête : Arutha était vivant et l'épineux mort, le reste pouvait attendre.

Le garde qui veillait à la porte de la chambre s'écarta à la vue de son chef, et laissa entrer la jeune femme. Astre lui ordonna d'aller chercher maître Ozalee, puis pénétra à son tour à l'intérieur et referma la porte. La lumière du soleil baignait la pièce, maintenant que les rideaux avaient été écartés, mais le parfum des fleurs posées sur la table basse ne parvenait pas à faire disparaître l'odeur âcre qui régnait.

Astre alla jusqu'à la fenêtre et l'entrouvrit doucement tandis que Lianne s'approchait d'Arutha. Elle remarqua tristement les entraves déjà posées au blessé, ainsi que les liens attachant ses poignets au lit. Pourtant, la jeune femme comprenait. Malgré toute l'affection qu'elle portait encore à son ancien camarade, elle ne pouvait s'empêcher de se rappeler qu'elle l'avait vu tuer cinq hommes sans sourciller, le dernier poignardé dans le dos. Ses yeux le désignaient comme un des fils de l'empereur, ce qui justifiait les précautions prises. La pâleur immobile du blessé l'inquiéta cependant.

Une légère angoisse au ventre, elle se pencha vers son visage. Celui-ci était calme et détendu, les ombres qui agitaient ses traits avaient disparu, et ses couleurs étaient revenues. La jeune femme se ressaisit, coupable d'avoir pensé un instant que la chef médecin ait pu entraver Arutha avant que celui-ci soit en état de le supporter. Elle écouta un instant la respiration tranquille de l'homme endormi, puis se redressa. Cette fois-ci, c'était son tour de veiller sur lui. D'un air décidé, l'élève tira une chaise jusqu'au lit et s'assit dessus, le dos calé et les bras croisés, prête à attendre. Astre, toujours à la fenêtre, sourit à la vue de ce bout de femme, l'air si déterminé. Heureusement, personne ne s'en aperçut.

Lorsque le prince retourna voir le blessé, il faisait déjà nuit. Il trouva Lianne endormie sur la chaise, la tête posée sur l'extrémité du lit. L'infirmière, qui était revenue avec la chef médecin, avait posé une couverture sur ses épaules avant de partir se coucher. Quand il entra dans la pièce, maître Ozalee et Astre parlaient à voix basse. Le prince se rapprocha :

— Alors ?

La chef médecin se tourna vers lui :

— Il allait mieux, mais il a recommencé à s'agiter il y a quelques heures.

Le prince s'approcha et regarda la femme droit dans les yeux :

— Est-ce qu'il va s'en sortir, Ozalee ?

— Je pense que oui. Il est plus solide qu'il en a l'air.

— Il n'a pas l'air si bien que ça, dit Elio d'un air de doute en regardant s'agiter la silhouette allongée.

Ce fut Astre qui répondit :

— Des cauchemars, je pense. Il parle même en dormant.

Le prince fut étonné.

— Ça, c'est intéressant. Que dit-il ?

— Il parle parse… « mort », « poursuivi », des mots du même genre. J'ai pris quelques notes, mais ce n'est pas précis. Un nom est revenu : « Kara », je crois.

— Très bien. Je veux qu'un Syyr comprenant le parse reste en permanence ici. Nous avons jusqu'à son réveil pour trouver qui il est et ce qu'il sait sur la prophétie. Après, je devrai l'envoyer auprès de mon père.

— Il part pour Nui ? ne put s'empêcher de s'étonner le chef de la garde.

— Oui. Lianne aussi.

Le regard consterné d'Astre n'échappa pas au prince.

— Je sais. Prépare un vaisseau, tu les accompagnes. Vous vous en irez dès qu'il aura repris connaissance.

— Oui, mon prince.

— Et envoie quelqu'un pour venir passer la nuit ici.

Astre salua et sortit de la chambre. Elio s'adressa de nouveau à la chef médecin :

— Je vais rester jusqu'à l'arrivée du garde.

— Oui. Bonne nuit, mon prince, reposez-vous un peu ce soir.

— Bonne nuit, Ozalee.

La femme quitta la pièce, refermant la porte derrière elle avec précaution afin de ne pas réveiller Lianne. Elio soupira et s'assit sur l'un des fauteuils, face au lit dans lequel Arutha s'agitait toujours. La journée s'achevait enfin.

À la fin de la réunion, il avait tout d'abord dû contacter son père, et la discussion avec celui-ci avait été longue. Tous deux s'étaient accordés sur le fait que Lianne et l'espion devaient être envoyés à Nui. La jeune femme serait confiée à la garnison de la capitale, et le soldat impérial serait interrogé. Le roi voulait un départ dès que possible. Même s'ils n'avaient aucune garantie d'avoir véritablement trouvé l'Enfant, ils ne pouvaient pas se permettre d'attendre que l'Empire agît. Elio avait insisté pour attendre qu'Arutha se réveille. Il pensait que le soldat pouvait encore leur apprendre des choses et, peut-être, leur éviter un voyage dangereux pour rien.

Il observa le visage de la jeune femme endormie au bord du lit. Il avait été étonné par sa détermination à rester auprès du blessé. Certes, ce dernier lui avait sauvé la vie, mais cela ne justifiait pas une telle dévotion. Malgré ses menaces, elle n'avait pas fléchi. Son courage l'avait impressionné.

Il était désolé de devoir confronter une si jeune femme à la capitale et à ses intrigues, mais Saï restait le roi, et il se devait de lui obéir. En outre, Lianne avait montré qu'elle n'était pas désarmée. Il espérait pour elle que cela suffirait.

***

Arutha ouvrit les yeux, s'habituant doucement à la lumière du petit jour qui filtrait à travers les rideaux. Il cligna des paupières, reprenant lentement conscience de son corps. La douleur de son épaule avait diminué. Il bougea précautionneusement la tête. Un poids anormal pesait sur sa main droite. Il tourna la tête, et aperçut la jeune femme endormie. Il voulut s'aider de l'autre main pour dégager son bras, mais quelque chose le retint. Des liens. Il était attaché au lit. Des bracelets de force étaient également fixés à ses poignets. Arutha soupira. Dans quel pétrin s'était-il fourré ?

Il essaya tout de même de se relever. Les sangles tirèrent sur ses poignets, et le Syyr tordit légèrement la tête, provoquant une grimace de douleur quand la plaie fut sollicitée. Le prince choisit ce moment pour intervenir :

— Cela a l'air douloureux.

Arutha sursauta. Une nouvelle grimace de douleur apparut furtivement sur son visage, puis il aperçut le prince. Sans un mot, le fils impérial se recoucha précautionneusement et fixa le plafond. Même s'il s'y attendait, Elio fut de nouveau frappé par les yeux couleur saphir de l'assassin et frissonna, se demandant encore une fois quels étaient les liens qui unissaient cet homme à l'empereur.

Il avait demandé à Astre de comparer le visage du blessé avec ceux des membres connus de la famille impériale, mais le recoupement ne leur avait rien appris. Le Syyr noir pouvait être un des jeunes fils de l'empereur, mais cela n'expliquait pas sa présence ici : tant qu'ils n'avaient pas éclos, les jeunes princes impériaux ne sortaient jamais de l'Empire.

Elio se demandait en son for intérieur si un des princes noirs n'aurait pas pu dissimuler un enfant. C'était un jeu dangereux, mais qui pouvait s'avérer payant si l'on souhaitait garder un atout puissant dans sa manche. Était-ce cela ? Un coup d'État se préparait-il dans l'Empire ?

Mais le temps pressait : Arutha était enfin réveillé, et le prince n'allait pas laisser passer une telle occasion.

Il approcha une chaise du lit et s'assit, essayant de deviner de quelle manière commencer l'interrogatoire. Il avisa les vêtements posés tout près, et dit avec un sourire :

— J'avais demandé qu'ils soient nettoyés, mais ils s'en sont très bien sortis tout seuls.

Face au silence devant lui, il ne se découragea pas, et reprit d'un ton enjoué :

— Ce tissu végétal est superbe. Deux heures après l'assaut, il était comme neuf.

Aucune réaction, aussi Elio décida de changer d'angle d'attaque, et désigna la jeune femme endormie :

— Elle ne t'a pas quitté une minute, tu sais. Cela fait trois jours que tu es là, et elle est restée tout ce temps ici.

Toujours rien.

— Il faudra que tu parles, Arutha. Tu as parlé en dormant, ce qui était très aimable de ta part.

Les yeux océan s'étrécirent. Satisfait d'avoir obtenu une réaction, Elio continua :

— Mais j'ai encore besoin que tu répondes à mes questions. Si tu le fais, je pourrai t'aider.

Le Syyr l'écoutait toujours sans bouger, regardant le plafond, ce qu'Elio considéra comme un assentiment.

— Qui es-tu ? Quel est ton lien avec l'empereur ?

Pas de réponse.

— Pourquoi avoir sauvé Lianne ?

Rien.

Il inspira profondément avant de lancer sa dernière carte :

— Est-elle l'Enfant ?

À ces mots, Arutha frémit, ce qu'Elio interpréta comme de la surprise. Le prince soupira, désolé : c'était ce qu'il avait craint. L'homme ne savait rien, ou ne voulait rien lui dire. Il eut un regard pour la femme endormie et, malgré son tempérament agaçant, il regretta de ne pouvoir lui épargner une épreuve supplémentaire. Enfin, il espérait surtout ne pas se tromper. Pourquoi cet assassin s'était-il acharné à la sauver s'il ne savait même pas qui elle était ? Il quitta la chambre et le prisonnier silencieux avec plus de questions que lorsqu'il y était entré. Pour l'heure, le Syyr noir gardait tous ses secrets.

***

Astre avait choisi lui-même l'équipage restreint qui les accompagnerait jusqu'à Nui. Il n'avait pas voulu d'un gros vaisseau, trop voyant à son goût, et avait misé sur la discrétion d'un petit cargo banalisé et amélioré selon ses directives.

Le jour du départ, il alla lui-même chercher le prisonnier sur son lit d'hôpital pour l'amener jusqu'à la cellule aménagée. Depuis son réveil, le Syyr n'avait pas dit un mot, et seule Lianne avait réussi à lui faire avaler quelque chose. Lorsque le chef de la garde lui détacha un poignet et lui ordonna de se mettre debout, il obtempéra sans résister, puis un garde lui tendit ses vêtements, et il les enfila tant bien que mal, essayant de conserver la tête droite pour ne pas tirer sur les points de suture. Le garde lui remit également un petit pendentif en nacre, qui venait curieusement compléter sa tenue. Arutha le glissa précautionneusement sous sa veste, puis Astre lui attacha les mains dans le dos. Le bandage blanc de son cou contrastait avec le noir profond de sa tenue.

Le prince entra dans la pièce en tenant un lourd sac contenant les derniers effets d'Arutha : son foulard, sa large ceinture à poches, ses deux sabres et son impressionnant lot de poignards, dix-huit en tout. Il s'adressa au prisonnier, et lui donna encore une chance de parler :

— Une dernière fois, Arutha. Tu t'éviterais bien des désagréments.

Le silence de l'homme arracha à Elio un soupir, au son duquel le regard de l'assassin impérial se tourna vers lui. Ses yeux saphir le fixaient sans ciller, et le prince sentit un frisson parcourir son échine comme sous l'effet d'une brise glaciale. L'homme n'aimait pas sa situation. Pourtant, il ne faisait pas mine de vouloir résister. Elio se demanda un instant pourquoi, puis il tendit les effets qu'il avait en main à Astre. Le foulard et les armes du Syyr noir resteraient sous sa garde jusqu'à l'arrivée sur Nui. Le fils du roi fit le tour de la salle du regard.

— Bien, allons-y.

La phrase surprit tout le monde. Astre s'alarma :

— Mon prince…

— Il suffit.

Elio comprenait les inquiétudes de son bras droit, mais il n'était pas question qu'il restât ici. Il avait volontairement tenu secret son embarquement jusqu'à la fin, par mesure de sécurité, mais rien ne l'empêcherait de monter à bord du petit vaisseau. L'enjeu était trop grand.

— Ozalee, tu es en charge de la garnison jusqu'à notre retour.

La femme s'inclina, comprenant bien qu'il n'y avait rien de plus à ajouter.

— Oui, mon prince. Revenez-nous vite.

Lorsqu'elle se redressa, il donna le signal du départ. Elio en tête, ils se dirigèrent à travers les couloirs de l'infirmerie jusqu'à la sortie donnant sur la cour principale. La jeune élève les y attendait depuis un moment. Debout face à eux, un sac à ses pieds, elle était entourée de ses deux amis venus lui dire au revoir. Arutha s'arrêta un instant sur le pas de la porte, la tête levée vers le ciel et les yeux fermés, semblant accueillir comme une caresse les rayons du soleil, puis Astre le poussa doucement en avant. Le port droit, altier, le Syyr passa à côté de Lianne.

Cela faisait trois jours que la jeune femme apprenait le parse avec le Syyr de garde. Comme ses amis n'avaient pas eu le droit de venir la voir et qu'elle n'avait rien eu d'autre à faire à part quelques exercices sur le Don, elle avait eu tout le temps nécessaire pour faire des progrès. Prenant son courage à deux mains, la jeune femme se pencha en avant dans un salut approximatif :

— *Bonjour.*

Elle s'était attendue à une réaction du Syyr, mais rien ne vint. L'homme continua son chemin, imperturbable, et seuls les gardes qui l'encadraient lui jetèrent un regard consterné. Lianne ressentit une pointe de déception, comme à chaque fois qu'Arutha l'évitait depuis son réveil. Balayant d'un sourire ce sentiment, elle laissa passer la petite troupe et se tourna vers ses deux camarades qui l'attendaient. Maussade, Espérion la contemplait en silence. Quant à Ubio, le jeune homme observait sa camarade avec insistance.

— Je n'en reviens toujours pas. Ce serait toi, l'Enfant ! finit-il par lâcher.

Gênée, Lianne regarda par terre.

— Ils n'en sont pas certains encore. Ils attendent toujours quelque chose, je crois, minimisa-t-elle en haussant les épaules.

— Et tu vas voir le roi ?

Lianne hocha la tête. Les yeux du garçon blond étaient pleins d'étincelles. Il était excité pour elle. Ce n'était pas ce que ressentait la jeune femme, morte d'inquiétude à l'idée de rencontrer le dirigeant de milliers de planètes. Percevant son trouble, Ubio prit un air contrit.

— Bon courage, lui souhaita-t-il gentiment, avant de se reculer pour laisser passer son taciturne ami.

Insensible à l'attention qui pesait sur lui, le garçon aux cheveux d'ébène refusait à présent de croiser le regard de Lianne. Celle-ci s'approcha, et posa timidement une main sur son avant-bras.

— Au revoir, Espérion.

Finalement, le garçon s'avança. Il posa la paume de sa main sur celle de Lianne et se pencha gentiment vers elle. Doucement, il l'embrassa. Avant que la jeune femme pût réagir, il se recula. L'air inhabituellement triste qu'il affichait surprit Lianne, plus encore que le baiser qu'il venait de lui offrir.

— Tu reviendras ? demanda-t-il enfin.

La gorge nouée par une soudaine émotion, elle ne put forcer un mot à franchir ses lèvres. Elle se résigna à hocher imperceptiblement la tête. Elle comprit soudain qu'elle pourrait ne plus jamais les voir, et qu'ils allaient lui manquer tous les deux. La gentillesse d'Ubio et la bonne humeur d'Espérion. Le colosse brun avait toujours su interpréter ses humeurs, et la faire rire lorsqu'elle en avait eu besoin. Il avait toujours été attentionné, et elle n'en avait jamais compris la véritable raison. Il était trop tard à présent.

Se retournant pour cacher son trouble et ne plus voir le visage accablé de chagrin du jeune homme, elle s'empressa de rejoindre la zone d'embarquement. Pour ce vol, ils partaient directement de la petite piste située à l'arrière de la chambre d'Elio. Le prince ne voulait prendre aucun risque.

Le petit vaisseau apparut devant elle, coque de noix grise posée sur son support métallique. Les deux lasers ajoutés selon les ordres du chef de la garde, l'un à l'avant et l'autre à l'arrière, semblaient disproportionnés par rapport à la frêle silhouette. Une arme conventionnelle à projectiles aurait été plus efficace, mais trop lourde et trop voyante sur la petite embarcation.

La jeune femme était impressionnée. C'était la première fois qu'elle quittait sa planète. Le prince lui avait expliqué depuis un moment pourquoi elle devait partir, mais la perspective de rencontrer le roi n'avait rien de rassurant. Si elle n'était pas l'Enfant, elle ferait perdre un temps précieux à son souverain. Elio lui avait affirmé que la recherche de l'Enfant continuerait tant qu'ils n'auraient pas la certitude qu'elle était celle qui accomplirait la prophétie. Cependant, cette expédition privait Pira de plusieurs Syyrs talentueux, dont le prince lui-même.

Devant elle, les cinq hommes qui encadraient Arutha progressaient sur le tarmac : Elio en avant, suivi d'Astre qui piloterait. Gaal et Lubéon constituaient le bras armé de leur expédition, et tenaient le prisonnier sous bonne garde. Zari le médecin se trouvait plus en retrait, surveillant d'un œil critique le traitement infligé à son patient.

Lianne était soulagée qu'Arutha fût du voyage. Même s'il n'avait pas prononcé un mot depuis son réveil, le soldat impérial restait la personne qu'elle connaissait le plus à bord du petit cargo. Elle savait qu'elle finirait par briser la barrière qui s'était dressée entre eux depuis que le Syyr avait cessé de jouer à l'élève peu talentueux. Déjà, elle avait surpris hier un regard en coin dans sa direction, et tenait pour une petite victoire le fait qu'il eût ôté un instant les yeux du plafond.

Elle ne lui en voulait pas de les avoir trompés comme il l'avait fait. À voir la manière dont on le traitait maintenant, elle pouvait comprendre pourquoi. La jeune femme serra les dents : elle ne devait pas raisonner ainsi. Malgré tout ce qu'il avait fait, Arutha était au service de l'empereur. Et cela ne pouvait rien signifier de bon, pour elle comme pour le roi. Elle se remémora un court instant les yeux saphir de l'intimidant soldat, et la lame dans le dos du Syyr noir étendu. Cela lui suffit pour se rappeler, s'il lui restait encore le moindre doute, qu'elle ne connaissait rien de celui qui l'accompagnait voir le roi.

11

Lianne fouilla un moment dans les caisses entreposées en vrac faute de place, et finit par trouver ce qu'elle cherchait. Elle sortit délicatement la petite trousse, ferma la malle, et reposa par-dessus celles qu'elle avait dû déplacer, rouvrant ainsi un passage vers la sortie de la soute. Elle se faufila dans le couloir au fond. De chaque côté, des portes donnaient accès à de petites cabines, six en tout. Lianne passa un instant dans la sienne pour se laver les mains et le visage de la crasse impressionnante dont elle s'était maculée en furetant dans les recoins du petit vaisseau.

Astre avait fait de son mieux dans le bref laps de temps qui lui avait été imparti, mais la coque de noix recrachait encore de la poussière de suie par tous ses pores, sauf dans les pièces de vie sur lesquelles le chef de la garde avait été intraitable.

Arrivée au bout de la coursive, elle entra dans le poste de pilotage. Spacieux, il servait également de salle commune au minuscule vaisseau. Astre avait fait aménager un espace séparé dans lequel ceux qui étaient de repos pouvaient se détendre tout en restant à portée de main si besoin. Le nombre de cabines étant limité et la cale déjà surchargée, une cellule avait également été montée dans un coin éloigné. Le prisonnier s'y reposait sur un lit sommaire arrimé aux parois.

Sur l'avant de la pièce s'étalait le pupitre de pilotage. Un seul homme pouvait suffire, mais la plupart du temps, une ou deux personnes prêtaient main-forte au pilote.

Lianne se dirigea vers Gaal, et tendit sa trouvaille au bras qui dépassait d'une des trappes d'accès au moteur.

— Merci, demoiselle, lui dit le Syyr, de bonne humeur.

La jeune femme s'assit, les jambes ballottant dans le trou.

— De rien. Quel bazar en bas ! J'ai mis un moment avant de trouver la bonne caisse.

Gaal haussa les épaules.

— Bah, que veux-tu ? C'est un petit vaisseau, on fait avec.

Elle hésita un instant avant de critiquer la coque de noix qui les abritait.

— Oui… C'est juste qu'il n'a pas l'air très résistant, osa-t-elle.

L'homme releva la tête et posa un moment ses outils, s'essuyant les mains sur un morceau de chiffon déjà presque noir.

— Tu rigoles ! C'est un vrai petit bijou, solide comme un roc ! Attends un peu que je fignole tout ça, et cette demoiselle ronronnera comme un charme.

La remarque arracha un sourire à la jeune femme. Le vaisseau était en parfait état, mais Gaal aimait la mécanique et avait pris sur lui de finir les réglages qui avaient été négligés faute de temps avant le départ. Il avait donc plongé droit dans le cambouis sans une hésitation, et y barbotait allègrement dès qu'il en avait l'occasion. L'odeur ne le quittait plus et, à vrai dire, ne l'avait jamais quitté, mais l'équipage ne lui en tenait pas rigueur. Ils ne seraient tous que trop heureux d'avoir un vaisseau en bon état s'ils venaient par malchance à être attaqués. Lianne eut un petit sourire triste. C'était Lullana qui devait être déçue de devoir se passer de son maître le temps de la mission. Astre n'avait pas jugé sage d'emmener la frêle apprentie avec eux, et Gaal avait été d'accord.

Ils traversaient en ce moment un système abandonné. Pira faisait partie des dernières planètes repérées par le

Royaume, et était par conséquent située en bordure de l'Univers exploré. Il leur fallait à présent franchir un large système inhabité aux frontières de l'Empire avant de rejoindre le Royaume. Pendant tout ce temps, ils ne devraient rencontrer personne. Pas âme qui vive ne croisait dans les parages et, moins de deux jours seulement après leur départ, ils devaient déjà faire face à l'ennui.

Lianne avait eu le temps de penser à beaucoup de choses. Bizarrement, de tout ce qui devait la préoccuper, c'était Espérion qui monopolisait son esprit. Il lui manquait, et elle se rendait compte qu'elle l'appréciait beaucoup. Ce qu'il pensait, il le disait sans détour. C'était agréable, et un vrai repos pour l'esprit. Elle s'en voulait de ne pas avoir prêté plus attention à ses sentiments.

Pour se changer les idées, la jeune femme avait fait le tour des installations du vaisseau. Astre lui avait montré le poste de pilotage, Gaal les moteurs, et Lubéon l'avait initiée au laser. Les deux gros canons d'énergie étaient les seules armes que le chef de la garde avait osé installer à bord. Davantage dans une aussi petite carcasse aurait paru trop suspect.

La plateforme ronde sur laquelle il fallait se placer dépassait légèrement du sol, formant une petite marche. Une fois dessus, des écrans circulaires s'enroulaient autour de l'opérateur au niveau du visage mais également en dôme au-dessus de lui, offrant ainsi une vision périphérique des environs de l'arme. Des capteurs de mouvement venaient automatiquement s'accrocher au niveau des bras et des mains. Ils permettaient de faire évoluer aisément le canon sur chacun de ses axes, et il suffisait de refermer les doigts pour déclencher le tir. Le maniement était assez intuitif pour une arme aussi grosse. Il fallait cependant un minimum de dextérité et d'entraînement pour l'utiliser avec efficacité. Proprement employés, les deux canons formaient une très bonne couverture contre toute attaque.

Après avoir essayé l'arme sans trop de succès, la jeune femme laissa sa place à Lubéon. L'homme vaporisa rapidement les cibles qu'ils avaient dispersées, et ils retournèrent s'asseoir près des autres membres de l'équipage. La conversation tournait, comme souvent, autour du prisonnier qu'ils transportaient.

— Il est enfermé, et il se tient tranquille, ce qui me va parfaitement. Je ne veux voir personne le provoquer, commentait Elio avec un regard appuyé vers le garde qui s'installait pour nettoyer les armes de poing.

Lubéon maugréa. Il regrettait déjà d'être venu participer à la conversation.

— Oui, mon prince. Je n'aime pas sa façon de nous regarder, c'est tout. Il se marre, et il tourne la tête. Il se fiche de nous, oui !

Lianne regarda Arutha dans sa cage, allongé sur le lit, les mains posées sur le ventre et les yeux fermés. Une de ses jambes était relevée tandis que l'autre battait la mesure par terre : l'homme se reposait. Astre tempéra le Syyr prompt à s'énerver, mais il pouvait le comprendre. L'espace confiné du petit cargo et le manque d'activité pesaient sur ses hommes, peu habitués à rester assis à ne rien faire, et cela commençait à se ressentir. Lubéon vérifia que le petit laser qu'il tenait était bien sur la position éteinte, et reposa l'arme de poing en écoutant les remontrances de son commandant.

— Arrête. Personne à part toi ne l'a vu sourire. Et même s'il se moque, c'est lui qui est derrière les barreaux. Calme-toi, lui ordonna Astre.

— N'empêche, il prépare quelque chose, j'en suis certain.

Le prince dissimula un soupir. Le garde était têtu et borné. Mais son chef savait gérer ses hommes, aussi le laissa-t-il faire. L'esprit d'Elio vagabonda jusqu'à sa dernière conversation avec son père. Orballon avait participé à toute la discussion, glissant à plusieurs reprises un mot à l'oreille de son souverain. La soif de pouvoir du conseiller principal et de ses sbires avait toujours été forte. Pourtant, Saï avait jusqu'à présent réussi à les maintenir sous contrôle. Elio était inquiet de voir l'emprise grandissante que le gros homme exerçait sur le roi. Il était éloigné depuis trop longtemps de la capitale. Si l'esprit de son père faiblissait, il n'y aurait personne pour empêcher le Haut Conseil de poursuivre ses manigances. L'inquiétude le tenaillait. Il n'avait pas prévenu la capitale de leur départ, pour éviter une fuite, mais aussi afin de laisser le moins de temps possible à Orballon pour se préparer à son retour. Tandis qu'il réfléchissait à ce qui pouvait se tramer en son absence, la conversation se poursuivait à côté de lui.

— D'accord, Lubéon, je le surveillerai de plus près, concéda Astre pour le calmer. Mais ne t'approche pas de lui, compris ?

De mauvaise grâce, le Syyr acquiesça avant de jeter un œil assassin sur celui qui était étendu derrière eux.

— Qui a faim ? demanda le médecin pour détendre l'atmosphère.

Des réponses enthousiastes fusèrent de partout à la fois, car si le vaisseau était vétuste, ils avaient embarqué un des meilleurs cuisibots de la flotte. Zari se leva, et Lianne s'empressa de le suivre jusqu'à la machine. Elle l'aida à remplir les plateaux des assiettes délicieusement chaudes que la bouche de métal leur servait, et un fumet de viande grillée envahit la salle tandis qu'elle les disposait sur la grande table. Lorsque tous furent servis, elle remplit un dernier plateau et, toujours accompagnée de Zari, elle alla servir son repas à Arutha. Un cri de dégoût la fit sursauter et elle faillit renverser son chargement.

— Yak ! Un morpin.

Lubéon se leva brusquement, et tenta d'écraser le petit rongeur à ses pieds.

— Sale bête, je l'ai ratée.

Le médecin entra le premier dans la cellule ouverte par Elio, qui surveillait comme à chaque fois l'opération, et s'approcha du soldat qui s'était redressé sur son lit. Stoïque, Arutha gardait les yeux fixés sur le prince qui soutenait son regard.

Ce qui se passait à chaque fois entre les deux hommes était un mystère. Sans doute chacun d'eux jaugeait-il la force de l'autre, ou essayait-il de tester sa volonté. Lianne aimait regarder les prunelles saphir qui semblaient fouiller l'âme du fils du roi. Si ses compagnons étaient intérieurement glacés par le regard de l'assassin, Lianne ne ressentait aucune menace, plutôt une indifférence moqueuse. Zari s'adressa à son patient :

— C'est presque guéri. Encore un ou deux jours, et on pourra retirer ce bandage.

Comme à son habitude, Arutha ne répondit pas, et le médecin quitta la cellule. Lianne s'avança et posa le plateau fumant sur le lit. Arutha mangeait peu. Il fallait dire que se nourrir avec les mains attachées n'était pas facile, mais il avait systématiquement refusé toutes les tentatives de Lianne pour l'aider. Elle se contentait depuis de le regarder et d'attendre qu'il ait fini pour remporter les plats, admirant ses gestes mesurés et précis.

Tandis qu'elle reprenait le bol à moitié plein, Lianne ne put s'empêcher de lever un instant les yeux, cherchant ce regard qu'elle ne reconnaissait plus. Il était là, posé sur elle, quand son propriétaire était adossé à la carlingue, une jambe repliée sur son lit et les bras derrière sa tête, emmêlant ses cheveux d'un blond lumineux. Toujours cette interrogation dans le regard moqueur. Elle n'était pas surprise que Lubéon l'ait effectivement vu sourire un instant. Elle essaya un moment de s'imaginer à sa place, prisonnier et ayant sauvé la vie de celle qui détruirait tout ce à quoi il tenait, ce pourquoi il vivait. Le regard se fit plus curieux encore, comme s'il pouvait percevoir le travail qu'elle essayait de faire, ce qui déconcentra la jeune femme. Elle se leva brusquement, et quitta la cellule pour rejoindre l'équipage attablé.

Les pensées de la jeune élève s'égarèrent un instant. Dans une certaine mesure, elle pouvait imaginer ce que ressentait le prisonnier. Il espérait certainement qu'elle n'était pas celle qui accomplirait la prophétie et que lui n'avait pas condamné son empereur, son Empire. Sans doute s'en voulait-il aussi. Il aurait dû comprendre, quand l'épineux avait surgi, et il regrettait maintenant de s'être interposé. Il essayait de peser la menace qu'elle représentait, et se demandait s'il devait se résoudre à tuer celle qui lui avait sauvé la vie cette fois-là. Si elle était l'Enfant, il la tuerait pour se faire pardonner. Après tout, c'était ce qu'il faisait.

Lianne sursauta quand une main se posa sur son épaule. Astre était assis à côté d'elle, et la regardait étrangement, comme toute la table qui avait arrêté de manger.

— Tu vas bien, Lianne ? Tu as l'air un peu… tendue.

La jeune femme avisa sa main gauche serrant sa fourchette à en faire pâlir ses jointures, et n'osa imaginer l'expression qu'elle arborait quelques instants auparavant. Elle relâcha sa prise et se concentra sur son assiette, gênée.

— Ça va, merci.

Les conversations reprirent doucement, et Lianne fixa le plat encore fumant devant elle, voulant oublier ses dernières réflexions. Celles-ci l'avaient troublée par leur violence. L'apprentie jeta un œil à l'assassin endormi, et se promit de ne pas réessayer de sitôt de se mettre à sa place : c'était bien trop inconfortable.

Le médecin rejoignit Lianne après le repas, s'inquiétant du trouble de la jeune femme. Il essaya de deviner si c'était la possibilité d'une attaque qui l'effrayait. Ne voulant pas révéler à son compagnon bienveillant la véritable raison pour laquelle elle s'était sentie mal, elle acquiesça, et supporta le discours qui se voulait rassurant sur les capacités défensives de la vieille carcasse qui les abritait.

— Mais ne t'inquiète pas, nous ne serons sans doute pas attaqués.

Lianne sourit au médecin et ne le contredit pas. Il suffisait pourtant de regarder le comportement du prince et du chef de la garde pour se persuader du contraire.

À quelques pas de là, les deux hommes profitaient un moment du pilotage automatique pour consulter ensemble une énième fois le plan de vol qui s'affichait dans une sphère lumineuse au centre de la pièce. Elio agrandit le système où ils se trouvaient à cet instant ainsi que les deux prochains. L'absence de communications l'inquiétait légèrement, et il serait plus rassuré une fois de retour dans des zones plus civilisées. Il se répéta encore une fois que personne ne savait ce que transportait vraiment le petit cargo à part les Syyrs de l'académie d'Eruvia. Et personne ne prendrait la peine d'attaquer une coque de noix pareille sans savoir ce qu'elle transportait ; du moins, tel était là son plan.

Il espéra encore une fois ne pas s'être trompé.

***

Arutha était confortablement allongé sur sa couchette, les bras derrière la tête. Les grincements de la coque du cargo le berçaient doucement. Le son métallique était familier. Il se laissa aller à fermer les yeux, écoutant le corps plein de rhumatismes du petit vaisseau.

Un cri vint percer sa concentration. Sans ouvrir les paupières, il sut que c'était Lubéon, un peu trop démonstratif comme à son habitude. Le Syyr avait le sang chaud et s'enflammait facilement. Nul besoin d'être fin psychologue pour le voir. Une autre voix perça, et il identifia Gaal, toujours calme et posé. Cet homme ne faisait jamais rien qu'il n'eût réfléchi avant, tout le contraire de celui qu'il tentait à présent de raisonner. Toujours aux commandes, Astre leur ordonna de se taire, et l'espace d'un instant, un agréable silence envahit l'habitacle.

Avant qu'il ait eu le temps d'en profiter à son aise, Zari reprit la parole sur sa droite. L'homme devait être assis à table d'après ses estimations. Le médecin n'était pas un mauvais bougre ; légèrement naïf, nota-t-il toutefois. Il fit lentement jouer les muscles de son cou. Au moins, il semblait compétent. Sa blessure guérissait. Il s'était mis dans une position délicate, il en était conscient. Elle l'avait échappé belle, et lui aussi.

Arutha n'avait pas été étonné par la décision du prince. Voir le roi ne l'inquiétait pas outre mesure, d'autant que le trajet était long jusqu'à Nui. Il avait été plutôt rassuré de savoir que Lianne l'accompagnait également. Il prenait son mal en patience, se reposait, et attendait la bonne occasion.

Le Syyr avait été étonné d'entendre la jeune femme parler parse sur le tarmac. Cela l'avait surpris, ce qui était rare.

La voix grave qui se fit entendre capta toute son attention. Elio, le fils unique du roi Saï. Le prince était plus rusé qu'Arutha ne l'avait cru au premier abord. Il avait beaucoup déduit du peu qu'Arutha lui avait fourni. Son embarquement tenu secret jusqu'à la dernière minute démontrait également une détermination sans faille. Et il savait s'entourer : Astre, le chef de la garde, était un homme dont il serait difficile d'abuser. Il devrait jouer serré. Des pas résonnèrent dans la carlingue métallique, et Arutha sut qu'elle approchait.

Il ouvrit les yeux pour la trouver devant sa cellule, un verre d'eau à la main. Ses yeux verts le scrutèrent comme à chaque fois, inquisiteurs. Elle ne comprenait pas. Aucun d'eux non plus, d'ailleurs. Feignant le désintérêt, il fixa le plafond. Déçue, la jeune femme laissa échapper un léger soupir. Elle passa le verre à travers les barreaux, et le posa sur le sol avant de s'en aller. Elle semblait si fragile. Arutha ferma les paupières. S'étaient-ils trompés ?

La soirée s'étirait à bord du vaisseau, et Astre avait laissé le pilote automatique quelques heures de plus afin de prendre du repos. Gaal et Lubéon, qui s'entendaient à merveille malgré leur caractère opposé, étaient chargés de surveiller les commandes et discutaient à voix basse, assis derrière les consoles.

Soudain, un choc brutal fit trembler le vaisseau, fracassant sur le sol les reliefs du repas encore sur la table, et entraînant par terre la moitié de l'équipage dans un vacarme assourdissant. La sirène d'alarme se mit en marche, succédant au bruit de l'explosion qui avait secoué le cargo et ajoutant à la pagaille qui s'était installée. Elio releva Gaal, qui saisit les commandes et repassa en pilotage manuel, tandis que Lubéon et lui-même armèrent les lasers. Lianne et le médecin se redressèrent tant bien que mal et rejoignirent leur siège où ils sanglèrent leur ceinture. Astre arriva dans la minute, en pantalon et les pieds nus, une énorme bosse prenant déjà une belle couleur bleue sur son front :

— Bon sang, c'était quoi, ça ?!

Une odeur de brûlé emplissait déjà la pièce quand le pilote rejoignit les commandes au milieu du bruit des alarmes et des lasers ouvrant le feu. Libéré de la console, Gaal rejoignit le prince, restant debout à grand-peine sous les coups répétés que subissait la coque de noix qui les abritait, et prit place sur la plateforme de tir. Le prince perdit l'équilibre sous un choc un peu plus violent, et se rattrapa de justesse aux barreaux de la cellule d'Arutha, avant de pouvoir atteindre l'écran central. Il put enfin évaluer la situation : trois petits chasseurs mitraillaient les flancs du cargo sous la protection d'un vaisseau plus important qui gardait ses distances. Elio ne reconnut pas les armoiries sur la carlingue, ce qui l'inquiéta encore un peu plus, car les moyens déployés étaient impressionnants, les armes puissantes et les boucliers efficaces à en juger par le peu d'effets des tirs nourris qui partaient du petit vaisseau. Les lasers atteignaient les chasseurs sans toucher de points vitaux alors qu'eux accusaient déjà des dégâts importants sur certaines parties de la carlingue.

Le cri de Zari déconcentra un instant le prince, et il détourna les yeux des images qu'il avait à l'écran pour voir Gaal s'étaler de tout son long à côté du laser. Elio maudit un instant l'intrépidité de l'homme qui n'avait pas pris le temps d'activer les protections, puis avisa la silhouette qui avait pris place sur la plateforme et jura. Comment Arutha était-il sorti de sa cellule ? En pestant, il vit la clé pendre à la porte encore ouverte. Elle avait dû lui échapper tout à l'heure, et l'assassin en avait profité pour réduire en un instant leur force de frappe de moitié et leurs chances de survie à zéro. Il commençait à tirer sans plus se préoccuper de Gaal, qui attaquait maintenant l'écran de protection de la plateforme sans parvenir à l'égratigner.

Un doute assaillit Elio, qui se retourna un instant vers l'écran de contrôle pour constater ce qui n'avait aucun sens : le Syyr noir visait les chasseurs ennemis. Le prince n'eut pas le temps d'hésiter. Gaal, inquiet de voir l'assassin aux commandes d'un de leurs lasers, essayait toujours de l'atteindre lorsqu'un nouveau coup fit sauter le bouclier droit du vaisseau, laissant un angle d'attaque non négligeable à l'adversaire.

Elio se rua sur le panneau atteint tout en criant au mécanicien de le rejoindre et aux tireurs lasers de protéger la zone sans défense. À son grand soulagement, le feu des deux armes convergeait déjà vers la zone découverte pour le protéger tandis qu'ils s'affairaient à réparer les circuits endommagés. Les doigts d'or de Gaal eurent rapidement raison des morceaux défectueux, et tandis qu'il réamorçait le bouclier, un premier chasseur explosa près d'eux. Lubéon ne fut pas long à comprendre où

Arutha avait visé, et suivit son exemple. Il concentra toute son attention sur les cibles rapides, le Don aiguisant ses réflexes et sa vision. Rapidement, un autre vaisseau subit le même sort. Personne n'aurait su dire lequel des deux lasers atteignit finalement le troisième.

Le court répit prit fin au premier grésillement de la radio du bord.

— Cargo *La Cale*, cessez le feu, et rendez-vous, ou nous tirons.

Un silence assourdissant s'abattit sur le cockpit à la fin de la transmission. Bien plus imposant que la petite coque de noix qui les transportait depuis Pira, le navire de guerre n'avait rien d'un jouet, et possédait sans le moindre doute de quoi mettre sa menace à exécution. Elio se pencha sur son écran pour vérifier ce qu'il savait déjà : l'ennemi armait son laser, incomparablement puissant et qui transpercerait sans mal leurs simples boucliers tandis qu'il commençait à se rapprocher. Une nouvelle communication retentit dans la pièce glacée, ordonnant au petit vaisseau de se préparer à l'abordage. Elio se retourna :

— Gaal, les lasers ?

— Le blindage est trop puissant, on ne lui fera rien.

— Même avec les deux ?

— On ne croise pas deux lasers, mon prince. À moins de vouloir mourir.

Lubéon explosa :

— C'est ce qui nous attend si on ne bouge pas !

— Merci, mais je ne suis pas suicidaire.

— On ne va pas rester les bras croisés à les attendre !

Gaal répondit, agacé, tandis que le médecin se rapprochait pour se placer entre les deux hommes :

— Et tu veux faire quoi ? On n'est pas assez rapide pour les semer, et pas assez fort pour les endommager.

Pendant toute la bataille, Lianne était restée accrochée à son siège. Elle avait vu Arutha s'emparer du laser, et elle l'observait maintenant s'activer sans bruit. Le jeune homme était agenouillé au pied de l'arme qu'il avait empruntée tout à l'heure, déplaçant une plaque du sol et farfouillant dans le trou ainsi dégagé. Lorsqu'il déconnecta le câble d'alimentation d'un geste sec, un bruit mat résonna dans la pièce, faisant bondir Lubéon, qui se précipita sur le prisonnier, un peu trop libre à son goût. Tandis que son ami menaçait Arutha de son arme, Gaal réfléchit à voix haute :

— Leur laser est puissant, mais peu maniable.

Astre médita :

— Ça ne sert à rien si on ne peut pas transpercer leurs défenses.

— Il nous faut un laser plus puissant, et savoir où frapper.

Le regard de Gaal tomba sur le câble qu'Arutha avait tenté de dérouler jusqu'au second laser. Une étincelle de compréhension apparut dans le regard du mécanicien :

— Évidemment !

Devant le regard étonné d'Elio et de Zari, il s'expliqua :

— Il faut coupler les deux sources de courant au même laser, le tir sera deux fois plus puissant. Par contre, ça va griller tout le reste.

Le prince apostropha Lubéon, qui traînait l'assassin jusqu'à sa cellule :

— Lubéon, attends !

Le garde s'immobilisa, déconcerté, tenant fermement le Syyr noir, qui leva les yeux au ciel. La conversation reprit :

— Et ?

— On n'aura qu'un coup.

— Ça me va. Combien de temps ?

Gaal haussa les épaules, incertain.

— Dix minutes.

— Cinq.

La voix d'Arutha les surprit tous, aussi tranquille que si rien ne les menaçait. Le jeune homme s'était dégagé, et lança une clé au mécanicien, qui l'attrapa au vol. Celui-ci retroussa ses manches avant de s'élancer.

— C'est parti, dit-il d'un ton plein d'espoir.

L'outil en main, Gaal se dirigea promptement vers la console qu'il devait démonter alors qu'Arutha s'attelait de nouveau à brancher le câble massif qui traînait sur le sol, sous la supervision constante de Lubéon. Elio secoua la tête, et prit une grande inspiration pour chasser le malaise qu'il ressentait à la vue de l'assassin farfouillant dans les entrailles du cargo. Il devait maintenant gagner du temps.

— Ici Banne, capitaine du vaisseau *La Cale*. Nous sommes de simples marchands en route pour Varino. Nous ne possédons qu'une cargaison de suif industriel, pourquoi cette attaque ?

En attendant la réponse, Astre s'inquiéta de la suite de la manœuvre, car il avait beau étudier les plans du vaisseau ennemi, il ne voyait pas par où attaquer.

— Où est-ce qu'on tire ?

Arutha repoussa un panneau qu'il avait démonté. Il s'approcha du chef de la garde sous l'œil mauvais de Lubéon, accroché à ses basques. Se penchant au-dessus du poste de commande, il lui désigna un point :

— Tu avances là, et tu vires ici. Je tirerai là.

Astre siffla entre ses dents devant l'audace de la manœuvre puis, avisant le regard méfiant de l'assassin posé sur lui, il ajouta :

— Pas de souci.

L'idée lui plaisait, et elle avait des chances de marcher. La réponse du vaisseau ennemi résonna de nouveau dans le cockpit :

— Prince Elio, ici Tebor, commandant de *L'Épopée*. Vous êtes maintenant, vous et votre équipage, sous la surveillance de l'Empire. Vous allez être transférés à bord, et placés sous notre garde jusqu'à nouvel ordre. Refusez de coopérer, et vous serez détruits.

L'équipage fut assommé par la nouvelle. Il n'y avait plus aucun doute : le vaisseau impérial savait ce qu'il cherchait et où le trouver. Ils se demandèrent un instant qui était le traître qui les avait vendus, et tous les regards se tournèrent vers l'assassin qui trafiquait encore sous le second laser.

Lubéon, rouge de rage, se jeta sur lui, et fut heureusement retenu par Zari et Lianne avant qu'il ait atteint le seul qui pouvait maintenant les sortir de cette situation. Comme s'il avait senti le regain d'animosité envers lui, Arutha sortit la tête, et s'adressa à Elio, toujours accroché au micro :

— Rendez-vous, gagnez du temps. Parlez-lui des moteurs de *L'Épopée*.

— Mais c'est qu'il veut qu'on se rende en plus !

Lubéon réussit presque à échapper à Zari, mais il fut plaqué à terre. Elio consulta un instant les données du vaisseau et comprit où l'homme voulait en venir. Il reprit la conversation, tentant d'obtenir quelques précieuses minutes.

— C'est un beau vaisseau que vous avez là, commandant Tebor, surtout les moteurs. Je n'en avais jamais vu de pareil.

Un rire méprisant jaillit dans la cabine.

— Vous cherchez à gagner du temps, prince. Préparez-vous à l'accostage.

La voix s'était faite moins hargneuse sur cette dernière phrase, ce qui redonna espoir à Elio :

— Je voudrais être certain qu'aucun mal ne sera fait à mon équipage ou à ma… cargaison, commandant Tabor. Alors, j'accepterai de vous remettre *La Cale*.

Le ton se durcit à nouveau, et les haut-parleurs aboyèrent :

— L'Empire ne négocie pas. Préparez-vous !

La communication fut coupée, et cette fois, *L'Épopée* s'avança franchement vers le petit vaisseau. Mais le laser n'était toujours pas prêt. Arutha s'adressa au pilote avant même qu'Elio ait reposé son micro :

— Tant pis, vas-y.

Après avoir obtenu d'un coup d'œil l'accord de son prince, Astre prit les commandes en main.

— Accrochez-vous.

Le chef de la garde fit ronfler les moteurs et accéléra d'un coup, envoyant valser les outils en liberté et voler les plaques dévissées, tandis que les autres membres de l'équipage manquaient de se faire assommer. Le Syyr noir rejoignit Gaal au pied du laser, et l'aida à remettre en place un câble débranché, puis il s'installa aux commandes alors que le mécanicien finissait d'installer l'accumulateur supplémentaire nécessaire dans la trappe d'accès. Les tirs de laser ennemi frôlaient l'habitacle en faisant siffler le métal, mais ce que le petit vaisseau n'avait pas en puissance de feu, il le gagnait en maniabilité, et Astre connaissait bien son affaire. Les tirs manquaient inéluctablement leur cible, même si celle-ci était condamnée à bondir à droite et à gauche.

Enfin, Gaal dégagea son bras du trou, et l'arme fut sous tension. Arutha attendit qu'elle chargeât, les mains crispées sur les commandes, alors que seul le bruit des moteurs et des lasers pouvait encore s'entendre dans la pièce.

Lianne et le médecin s'étaient de nouveau sanglés sur leur siège respectif tandis que Lubéon et Gaal s'agrippaient aux consoles. Droit devant l'écran de contrôle, Elio voyait le vaisseau ennemi se rapprocher à chaque instant, et les faisceaux d'énergie toujours plus proches. Les tireurs anticipaient maintenant les mouvements de *La Cale* et ne seraient plus longs à le toucher enfin. Soudain, Arutha cria au pilote :

— Maintenant !

Et tandis que la coque de noix prenait un virage impossible en grinçant, le Syyr tira sur les moteurs à découvert devant lui. L'explosion, qui se ressentit alors aussi bien dehors que dedans, secoua la carlingue et envoya à terre tous ceux qui se tenaient encore debout. Des morceaux de laser encore fumants s'éparpillèrent dans l'habitacle.

Le petit vaisseau partit en vrille sans qu'il fût possible de l'arrêter alors que plusieurs incendies se déclaraient un peu partout. La fumée commençait à épaissir quand Astre reprit la maîtrise du vaisseau. Gaal et Lubéon se précipitèrent sur les flammes pour les éteindre tandis que Lianne et Zari se dirigèrent vers le laser qui avait explosé.

Arutha était assis à quelques mètres de là, projeté par l'explosion et recouvert d'une cendre fine. Il secoua la tête, et un nuage de poussière grise se déploya autour de lui tandis qu'il se relevait. Elio recensa les dégâts avec Astre, puis alla consulter l'écran de contrôle : *L'Épopée* gisait éventré devant eux, la plaie béante ne laissant aucun doute quant à la possibilité de trouver des survivants.

***

Le prince se retourna sur le désordre qui régnait à l'intérieur du petit vaisseau où l'explosion du laser en surcharge avait donné des airs de fin du monde. Malgré tout, rien ne semblait avoir percé la solide carlingue, et tous les feux avaient été éteints. Il restait à savoir si les moteurs avaient supporté le choc.

Arutha s'était assis sur le sol, et fermait les yeux. Une tache noire apparut sur le bandage entourant son cou, ce qui attira l'attention du médecin. Lorsqu'il changea le pansement, le Syyr noir se laissa faire de bonne grâce, sans doute toujours sonné par l'explosion. Après avoir jeté des menottes à Zari pour qu'il attachât le blessé, Lubéon se mit à fourrager dans les débris qui jonchaient le sol, récupérant ce qui pouvait encore servir et jetant de côté le reste, tandis que Gaal examinait en détail un circuit d'alimentation. Préoccupé, il se tourna vers Astre, et discuta un instant avec lui, avant de se pencher de nouveau sur la pièce incriminée puis, soupirant, il alla trouver Elio :

— Mon prince, le régulateur a pris un sacré coup. On ne pourra pas aller bien loin, annonça-t-il, lugubre.

— Tu peux le réparer ?

Gaal hocha la tête, l'air dépité.

— Non, il nous faut une pièce de rechange.

Elio soupira, las.

— Nous n'en avons pas.

Et ce n'était pas une question.

— Non.

La voix du mécanicien faiblit : il n'avait aucune solution.

— Combien de temps a-t-on ?

Gaal haussa les épaules, incertain.

— Pas longtemps. On peut peut-être avancer quelques heures, un jour au plus. Et il vaudrait mieux qu'on soit posé avant qu'il lâche définitivement.

Elio se massa d'une main les tempes, tâchant de réfléchir calmement malgré l'urgence de la situation.

— Il n'y a pas une planète civilisée à la ronde. Il nous faudrait pousser plus de deux jours avant d'atteindre les avant-postes du Royaume.

Le mécanicien l'interrompit :

— Impossible. Il n'y a pas une colonie, une enclave ? N'importe quoi ?

Elio soupira, et Gaal reprit :

— Il ne reste plus qu'à se poser et à attendre des secours. La radio fonctionne encore, on pourra prévenir Pira.

— L'empereur va guetter des nouvelles de *L'Épopée*. Comme il n'en aura pas, il enverra une nouvelle expédition nous chercher. On ne peut pas émettre, Gaal.

Ce dernier pinça les lèvres. Malgré l'explosion du vaisseau ennemi, ils n'étaient pas encore sortis d'affaire. Tandis que l'équipage cherchait encore désespérément une solution à cette délicate situation, Elio fit défiler la carte interstellaire, et examina les planètes qui les entouraient.

Alors que le prince s'attardait sur une petite planète brillante orbitant autour d'une étoile proche, Arutha se leva. Se tenant de ses deux mains liées à la poutrelle sur laquelle il s'était adossé, il contempla brièvement avec dépit ses habits devenus gris, puis il désigna un point à la surface du globe verdâtre.

— Posez-vous là.

Elio en avait assez de voir ce prisonnier se comporter aussi librement.

— Et pourquoi t'écouter ? s'agaça-t-il soudain.

Arutha le regarda franchement.

— Si je vous trouve une pièce de rechange, qu'ai-je à y gagner ?

Tout le monde l'observa en silence.

— Tu sais où nous sommes ? interrogea sceptiquement le prince. Il n'y a rien alentour.

Arutha répéta sa question :

— Qu'est-ce que j'y gagne ?

Le fils du roi étudia l'homme avec attention.

— Que veux-tu ? lui demanda-t-il enfin.

— Les clés des menottes tout de suite, et celles des bracelets de force après le décollage. Vous me laisserez partir quand bon me semblera.

Elio réfléchissait intensément. Il n'y avait rien sur la planète que le soldat indiquait. Le prince ne comprenait pas en quoi les faire atterrir à cet endroit pouvait tant intéresser le prisonnier. Il tenta une autre approche :

— T'enlever les menottes, pourquoi pas. Mais pour les bracelets de force, non. Ensuite, pour ce qui est de te laisser partir, c'est tout bonnement hors de question.

Sans se départir de son calme, l'assassin proposa un compromis :

— Et pourquoi pas si vous avez l'Enfant ? Je m'occupe du régulateur. Simplement, vous me laisserez partir à notre retour à l'académie.

C'en fut trop pour le prince, qui explosa. Il n'en revenait pas du culot de l'homme, comme s'il allait prendre pour argent comptant tout ce qu'il disait.

— Bon sang, mais pour qui te prends-tu, au juste ? Lubéon, raccompagne-le dans sa cellule.

Arutha retourna dans son cachot tandis que le garde récupérait la clé subtilisée à Elio pendant l'attaque. Quand les deux hommes se furent éloignés, le fils du roi se tourna vers Zari :

— Bon, la planète paraît viable, qu'en penses-tu ?

Le médecin hocha la tête en comparant les données qui lui arrivaient.

— C'est la seule dont l'atmosphère soit respirable.

— Des Errants ?

— Non. Mais la planète grouille de vie.

Astre hocha la tête et soupira.

— On n'a pas trop le choix.

Il se tourna vers le chef de la garde.

— Astre, pose ce vaisseau, mais à l'écart de la position qu'il t'a indiquée. S'il y a un régulateur, on devrait pouvoir le trouver nous-mêmes. Fais un scan de la planète quand tu te poseras. Recherche tout alliage composite répertorié.

Le prince reprenait la situation en main, et retrouva son calme.

— Zari, consulte la base de données sur cette planète. Je veux savoir ce qui nous y attend. Lubéon, sors les armes, et prépare le matériel nécessaire à l'expédition. Lianne, travaille avec Zari, vois si tu peux l'aider. Gaal, je veux que tout le reste soit réparé au plus vite, on ne s'éternisera pas là-bas. Astre, coupe les transmissions, je ne veux plus rien émettre. Et largue-moi tous les containers de la soute dans le champ de débris. Lubéon, aide-le, et tu tireras dessus pour faire bonne mesure. Je veux que l'Empire pense que *La Cale* a explosé en même temps que *L'Épopée*.

Elio reporta son regard sur la sphère vert et marron qui flottait devant ses yeux, murmurant un encouragement pour lui-même :

— Ça va aller.

Lianne rejoignit le médecin qui consultait déjà la base de données du vaisseau. Elle était impressionnée par le sang-froid d'Elio et par la rapidité de réaction des membres de l'équipage. Chacun avait sa place et son rôle à jouer.

L'astuce du prince était audacieuse. Il restait à prier pour que les soldats impériaux soient dupés et les croient perdus corps et biens en tombant sur les quelques caisses qu'ils avaient abandonnées. S'ils venaient à se douter qu'ils avaient réchappé à l'explosion, il ne leur faudrait pas longtemps pour retrouver le vaisseau et son équipage.

12

Le vaisseau gisait sur le sol boueux du marécage, le nez enfoncé de plusieurs dizaines de centimètres dans la vase. L'atterrissage avait été plus rude que prévu, et le moteur avait bien failli les abandonner avant l'arrivée, quand les perturbations atmosphériques étaient venues gêner leur trajectoire déjà chaotique. Le choc avec le sol avait été brutal, encore une chance que celui-ci eût été plutôt mou, ou les dégâts auraient été au-delà des compétences de Gaal. Ce qui était certain, c'était qu'ils étaient maintenant coincés sur la planète tant qu'ils n'auraient pas trouvé de quoi réparer le vaisseau. Le scan de la surface n'avait indiqué nulle trace d'alliage pouvant servir à la construction de pièces comme celle qu'ils cherchaient désespérément, et aucun signe de civilisation. Mais Elio n'avait eu d'autre choix que de poser l'engin avant que celui-ci se retrouvât à errer sans propulsion.

Maintenant, le dilemme du prince était de savoir s'il fallait risquer une transmission codée vers de possibles alliés, ou si les chances de tomber sur des soldats impériaux étaient encore trop élevées. En attendant de prendre sa décision, il organisa l'équipage en trois groupes de deux, qui se partageraient les différentes tâches nécessaires.

Zari et Lubéon se chargeaient de l'exploration des environs, essayant d'identifier les ressources en eau et nourriture avoisinantes. Ignorant combien de temps ils devraient rester ici, Elio tenait à rationner la nourriture disponible à bord. Ils distribuaient le minimum depuis que Gaal n'avait pu réparer la cantinière endommagée pendant la bataille. Le mécanicien et Lianne travaillaient sur la réparation du cargo, tandis que le prince et le chef de la garde effectuaient des scans réguliers de la planète et de ses environs, tout en discutant de la conduite à adopter.

La première journée fut éprouvante pour tous. Lianne tendait ses outils à Gaal, qui s'activait du mieux qu'il le pouvait alors que le petit vaisseau s'enfonçait progressivement dans la boue. Elle eut tout le temps de penser à ses amis. Et à Espérion. Si leur plan avait fonctionné comme prévu, tous devaient les croire morts à présent. Elle oublia la tristesse que le garçon devait ressentir pour se concentrer sur sa surprise lorsqu'ils reviendraient, bien vivants. Car maintenant, avec un vaisseau endommagé et des soldats impériaux dans la zone, plus question d'aller jusqu'à Nui, et cette pensée la mettait d'excellente humeur malgré la situation.

Pendant ce temps, l'équipe chargée de l'exploration revint, sans eau et avec seulement quelques fruits qui semblaient comestibles – Lubéon avait vu un drôle de petit rat en manger. Le médecin avait examiné avec soin les formes rondes et juteuses, puis avait analysé un peu de jus. Les résultats montraient des composés inconnus. Zari demanda en riant jaune si quelqu'un souhaitait se porter volontaire en tant que goûteur.

Arutha, qui s'était fait discret depuis qu'il avait essayé de passer un marché avec le prince, éleva soudain la voix :

— Je ne mangerais pas ça à votre place.

Elio reporta son regard sur le fruit rebondi et écarlate qu'on lui tendait et soupira :

— Je ne pense pas que cela soit raisonnable, de toute façon.

Mais Lubéon avait déjà mordu dans l'un d'eux sans hésiter. Le fruit semblait d'autant plus délectable au Syyr qu'il lui permettait de contrarier le prisonnier toujours trop à son aise. Le jus goûteux coula le long de sa gorge sèche, et une douce chaleur s'installa au creux de son estomac avant de se propager délicatement jusqu'au bout de ses doigts, tandis que d'agréables frissons parcouraient son corps. Puis sa chair devint soudain brasier, et ses membres s'agitèrent sous les convulsions. Le garde s'écroula alors par terre, comme pris d'une crise d'épilepsie. Zari se pencha sur le malade avec Astre, et Elio se précipita, furieux, sur la cellule d'Arutha. Avant qu'il ait pu placer un mot, le Syyr noir soupira :

— Je vous avais prévenus.

— Tu sais ce qu'il a, gronda le prince.

C'était une affirmation. L'homme ne se laissa pas démonter.

— Le fruit gonfle dans son estomac et va bientôt germer. Sa gorge enfle pour l'empêcher de vomir. Vous avez cinq minutes avant qu'il s'asphyxie.

— Tu peux le sauver ?

L'inquiétude du prince se voyait autant dans ses yeux que dans sa voix, ce qui n'échappa pas à l'assassin.

— Si vous me laissez sortir d'ici.

Le fils du roi n'hésita qu'un instant avant d'ouvrir la porte, sans toutefois détacher les mains du prisonnier. Il jeta un dernier coup d'œil au Syyr devenu rouge malgré les soins du médecin, et dégagea le passage.

— Dépêche-toi, ordonna-t-il au prisonnier. Gaal !

Le garde se précipita dehors à la suite d'Arutha. Lorsqu'il vit l'assassin impérial franchir la porte du vaisseau en courant, Elio douta de le voir revenir.

L'homme se dirigea droit sur un petit arbre proche, chargé des mêmes fruits que celui qui avait empoisonné Lubéon, et s'agenouilla pour creuser au pied. Il sortit de la terre trois tubercules, chacun de la grosseur d'une petite patate, et avant que Gaal ait pu le rejoindre, il les détacha de ce qui semblait une racine. Un instant plus tard, il enfourna un patatoïde terreux dans la bouche du Syyr étendu et le força à mordre dedans.

Lorsque le jus du tubercule pressé coula dans sa gorge, celle-ci désenfla rapidement, rendant à Lubéon un teint plus clair en même temps que de l'air. Le Syyr noir se releva, laissant le jeune homme la bouche pleine aux bons soins du médecin, mais ne s'en retourna pas comme le pensait Lianne vers la liberté qu'il avait négociée. Il s'installa de nouveau sur la couchette de sa cellule, mains derrière la tête, et ferma les yeux sans plus se préoccuper des gens qui l'entouraient.

Lubéon se rétablit rapidement et retourna bientôt à son poste, seules des aigreurs à l'estomac lui rappelant les derniers événements. Le lendemain, il fallut se rendre à l'évidence : le vaisseau s'enfonçait toujours. Le prince fit vider le cargo de tout ce qui était transportable pour l'alléger un maximum et installer un campement pour la nuit. Pendant que le reste de l'équipe montait le camp sur un terrain plus stable, le médecin ôtait le dernier bandage d'Arutha à l'ombre du vaisseau :

— Et voilà. Plus besoin de le recouvrir maintenant.

Comme à son habitude, le Syyr restait silencieux. Volontaire, Zari essaya de faire la conversation :

— Si je peux me permettre, comment as-tu découvert les propriétés de ces tubercules ?

Arutha se permit un sourire en regardant le médecin, qui fut satisfait de le voir sortir de son mutisme.

— Tout poison contient aussi son antidote, docteur.

Elio observait l'échange à quelques mètres de là. Préoccupé, il ne pouvait détacher son regard des yeux trop bleus de leur prisonnier. Malgré les derniers événements, ils ne savaient toujours rien sur lui. S'il était un des fils de l'empereur, l'homme aurait dû depuis longtemps faire appel à une projection pour se libérer. Et s'il n'avait rien à voir avec la famille impériale ? Il étudia un long moment le soldat, cherchant à déceler chez lui quelque chose qui pourrait le mettre sur la voie. Son maintien était droit, presque fier ; pourtant, rien dans son intonation n'était condescendant ou méprisant. Abandonnant temporairement l'idée de trouver la clé du mystère, il profita des bonnes dispositions de l'espion pour l'approcher et poser la question qui lui brûlait les lèvres depuis le sauvetage de Lubéon :

— Arutha, sais-tu vraiment où trouver un réducteur ici ? En état de marche ?

Le Syyr noir se redressa légèrement, et regarda l'homme en face de lui sans parler. Le prince ferma les yeux un instant, se demandant s'il ne faisait pas une grosse bêtise.

— Peux-tu nous y conduire ? souffla-t-il.

La réponse tomba comme une pierre :

— Pas six personnes. J'emmène Lianne, vous, si vous y tenez. Les autres attendent ici.

Elio jura. Il était hors de question qu'il laissât la jeune femme partir seule avec l'assassin, et il le lui fit savoir. Il ne semblait pas non plus judicieux de séparer le groupe dans un environnement visiblement hostile.

— Tout le monde part, ou tu y vas tout seul. À toi de choisir.

Le Syyr jugea sans doute que les chances de parvenir à un compromis avec le prince étaient inexistantes, car il rétorqua avant de s'installer à l'écart :

— Départ demain à l'aube. N'emmenez que le nécessaire.

Elio fit un signe, et Astre suivit Arutha jusqu'à un arbre isolé. Il le laissa s'asseoir, lui délia les poignets, et les attacha dans son dos autour de l'arbre. Ainsi, il s'assurait que l'homme ne leur fausserait pas compagnie durant la nuit. Une fois sa tâche terminée, il retourna s'installer au campement situé un peu plus loin, à l'abri d'un arbre en forme de parasol à la ramure fournie qui les protégerait en cas d'intempérie. À défaut de nourriture et d'eau, au moins, ils seraient au sec.

Le prince et le chef de la garde s'assirent sur le sol, près de Gaal, qui servait maintenant à manger depuis un récipient fumant, posé à même le faible feu qu'il avait réussi à allumer tant bien que mal malgré l'humidité ambiante.

Lianne regardait les flammes danser devant elle alors qu'elle mangeait le gruau chaud et épais. Les gardes avaient essayé de stabiliser la carcasse du vaisseau à l'aide de branches, mais ils ne savaient pas combien de temps l'édifice tiendrait. Elle ne comprenait pas pourquoi Arutha avait agi comme il l'avait fait. Quel intérêt avait-il à sauver la vie de Lubéon ? Il n'avait pas gagné grand-chose à l'affaire puisqu'il aurait fallu le sortir de sa cellule de toute façon, avec le cargo qui s'enfonçait.

Plus elle réfléchissait, et moins elle comprenait les actions du Syyr noir qui les accompagnait. La jeune femme avait beau s'efforcer de déchiffrer les raisons qui le poussaient à agir, l'homme la surprenait chaque fois un peu plus. Il n'avait même pas profité du moment d'agitation pour tenter quelque chose. Et voilà qu'il se proposait de les aider plutôt que d'attendre tranquillement qu'ils fussent trop faibles pour lui poser problème.

Décidée à satisfaire sa curiosité, elle prit un bol fumant et se dirigea vers le Syyr assis à l'écart. Puisqu'il avait les mains attachées dans le dos, il ne pourrait pas refuser son aide, cette fois.

Arutha regarda la jeune femme approcher et continua à la fixer lorsqu'elle s'assit près de lui, effrayant un petit animal ressemblant à une grosse boule à la fourrure rouge orangé. Elle contempla les yeux fascinants qui la regardaient comme deux océans profonds tourbillonnant sous le cours des pensées qui agitaient l'homme assis devant elle. Comme à chaque fois que son regard se faisait scrutateur, elle remarqua un éclair ironique au fond de ses pupilles, à la surface plutôt calme aujourd'hui. Le Syyr noir avait l'esprit tranquille. Leur situation ne l'inquiétait donc pas ? Lianne se saisit d'une cuillerée de gruau et la tendit à Arutha, qui fit une moue polie :

— Non, merci.

Lianne prit son courage à deux mains et insista d'une voix ferme :

— Ce n'est pas très bon, mais vous n'allez pas en mourir.

Le soldat la fixa un instant, une lueur amusée au fond de ses yeux aux reflets azur. La jeune femme se demanda ce qu'il pouvait bien trouver de drôle, et continua d'une voix légèrement plus douce :

— S'il vous plaît, mangez.

L'assassin avança la tête sans la quitter des yeux, et avala la cuillerée tendue. Pendant qu'il mangeait, Lianne reprit du gruau et se fit interrogative :

— Pourquoi nous aidez-vous ?

Devant les sourcils froncés d'Arutha, elle tenta de justifier sa question, mais garda une voix assurée. Après tout, elle pouvait bien se demander pourquoi un assassin hésitait à tuer, surtout quand il ne risquait rien à le faire. Elle haussa les épaules :

— Lubéon ne vous aime pas, et vous le lui rendez bien. Pourtant, vous l'avez sauvé quand même.

— Et ne pas l'apprécier suffirait à le condamner ?

La réponse la surprit encore une fois, et le ton détaché, presque froid, la fit douter un moment.

Moins à l'aise, elle continua, en espérant que le Syyr ne s'arrêterait pas de parler.

— Non, mais vous n'avez pas l'air de quelqu'un qui fait du sentiment.

Le Syyr refusa la dernière cuillerée tendue, et s'adossa de nouveau au tronc en soupirant. Les yeux fermés, puis il ne bougea plus. Déçue de n'avoir pu en obtenir plus, la jeune femme se releva et s'éloigna doucement quand sa voix la retint :

— Lianne, peux-tu faire quelque chose pour moi, s'il te plaît ?

Elle se retourna, cherchant un piège dans la question plus étrange encore que le personnage. Comme elle ne trouvait rien, elle hocha la tête, résolue à voir ce qui allait arriver.

— Ce soir, couche-toi au pied du petit arbre roux, là-bas.

Lianne leva un sourcil, surprise de la simplicité de la demande. Elle regarda l'arbre en question, à quelques mètres du camp établi, en bordure du feuillage qui les abritait. Après tout, elle ne voyait pas pourquoi elle ne pourrait pas y passer une bonne nuit, et en cas de soucis, elle ne serait pas très éloignée des autres membres de l'équipage.

Elle soupira, agacée de ne toujours rien comprendre au Syyr assis devant elle, et décida de l'ennuyer un peu à son tour. Elle tourna le dos à l'homme et partit sans un mot vers le camp d'un pas décidé. Lorsqu'elle jeta un œil derrière elle, elle vit le soldat adossé à l'arbre en train de dormir, la boule de poils de couleur rousse de retour à côté de lui. Distraite, elle tapa du pied dans un tas de terre, et se fit mal quand elle rencontra une branche enfouie en dessous. Lianne jura tout bas et donna un nouveau coup qui envoya le morceau de bois un peu plus loin. Lorsque la jeune femme s'assit près du feu, les regards moqueurs des Syyrs et le petit rire de Lubéon lui confirmèrent qu'ils avaient assisté à sa dernière déconvenue.

Fatiguée, elle attrapa sa couverture et partit s'installer plus loin. Ce fut quand elle leva les yeux au-dessus d'elle avant de s'endormir qu'elle remarqua le feuillage roux de l'arbre sous lequel elle se trouvait. L'apprentie enfonça sa tête sous le duvet, et s'endormit.

Elle fut réveillée par des cris affolés. Lorsqu'elle ouvrit les yeux, le spectacle qui se déroulait devant elle était si comique qu'elle eut du mal à ne pas rire. À la lumière du feu encore rouge, les Syyrs qui avaient dormi sous le grand arbre dansaient en criant, arrachant de gros cloportes noirs à leurs vêtements, leurs bras ou leurs jambes. Les petites bêtes nichaient dans le feuillage dense à l'aplomb du camp, et se laissaient tomber sur les têtes assez imprudentes pour rester en dessous.

Ces sangsues suçaient le sang de leurs victimes avant de remonter se nicher dans l'arbre pour digérer. Elle regarda un instant aux alentours, mais le feuillage au-dessus d'elle avait dévié la course des petites bestioles, et le seul autre à être à l'abri était celui d'Arutha, trop loin pour être inquiété.

L'homme observait avec intérêt les contorsions du groupe malchanceux, et elle réalisa qu'il savait depuis le départ ce qui allait se passer. Tandis que les Syyrs écrasaient au sol les dernières sangsues et finissaient de déplacer les affaires hors de la zone de bombardement, Lianne contempla le visage impassible de l'assassin, agacée d'être incapable d'imaginer ce qu'il pouvait penser.

L'aube était levée. Elio se dirigea vers le prisonnier, encore fâché qu'il ne lui ait rien dit sur les insectes qui nichaient à l'étage supérieur. Il avait été ennuyé que Lianne s'isolât la veille au soir, mais au vu de l'air préoccupé de la jeune femme, il avait jugé préférable de la laisser dormir à l'écart puisqu'elle n'était pas trop éloignée. Le prince s'en félicitait ce matin, car au moins l'un d'entre eux n'aurait pas à subir les démangeaisons de ces satanées bestioles.

Elio aurait voulu avoir le plaisir de réveiller Arutha, mais le soldat était déjà assis, attendant d'être détaché. À son arrivée, un petit rongeur s'enfuit en courant, et grimpa agilement dans un arbre, agitant sa fourrure rousse et soyeuse. Elio décrocha le prisonnier de l'arbre, et lia de nouveau ses poignets devant lui. Le Syyr noir le regarda faire, et annonça en jetant un œil à la mangrove environnante :

— Je n'entre pas là-dedans comme ça.

Elio était fatigué, et certainement pas d'humeur à discuter après sa courte nuit.

— Tu feras ce qu'on te dit.

Arutha s'immobilisa, soudain hargneux.

— Alors, débrouillez-vous tout seuls.

Il se rendit compte de son erreur, et reprit d'un ton plus posé :

— Je connais l'endroit, vous non. Je sais ce que je dis. Je n'entre pas là-dedans sans pouvoir me défendre.

Elio devait bien avouer que le Syyr semblait s'y connaître. Et s'il n'avait rien fait pour les aider cette nuit, il ne les avait pas abandonnés quand Lubéon s'était trouvé mal en point, sans parler de l'épisode du laser. Il décida que quelles que fussent ses origines, le prisonnier avait prouvé qu'il était digne d'une certaine confiance, et lui détacha les mains. Le prince laissa cependant les entraves en place, empêchant toujours l'homme de faire appel au Don. Cela sembla lui suffire puisqu'il se mit aussitôt en mouvement.

— N'emportez ni nourriture ni eau, on en aura besoin au retour. Laissez-les dans le vaisseau, bien fermé pour que rien ne puisse entrer et tout saccager.

Il récupéra un sac et s'adressa à Gaal, qui se dirigeait vers l'échafaudage retenant le cargo :

— Le marécage n'est pas très profond, il ne s'enfoncera plus beaucoup.

Comme Zari ramenait les provisions à l'intérieur du vaisseau, il l'apostropha :

— Et attention à la bestiole qui est montée tout à l'heure. Faites-la sortir avant de tout fermer.

Un cri de surprise suivit sa déclaration, et le médecin détala en courant sous le rire de ses camarades, suivi de près par une sorte de petit phacochère, un papier d'emballage accroché à ses défenses : il était clair qu'il avait été dérangé en plein repas. Astre referma la soute du petit cargo tandis que Lubéon aidait le médecin à se relever. Après s'être un peu éloigné, Arutha se dirigea vers le chef de la garde, et tendit la main.

— Mes armes.

À quelques pas des deux hommes, Lubéon ricana et glissa à Gaal :

— Il est fou s'il pense qu'il va les lui rendre.

Astre jeta un regard à son prince, qui considéra un moment la main tendue, puis hocha légèrement la tête. Le chef de la garde alla chercher un paquet oblong au milieu de ses affaires. Ils n'avaient pas le choix, et allaient devoir faire confiance à l'assassin. Quand il rendit au soldat ses deux sabres, sa panoplie de poignards ainsi que son foulard, Gaal sourit et glissa quelque chose à l'oreille de son compagnon qui observait la scène d'un regard furieux.

Le Syyr noir remercia Astre d'un mouvement de tête, et lui tendit son sac en échange. Sous le regard interrogateur du garde, il précisa :

— Un tubercule pour trois fruits.

Astre ouvrit la toile et ne put s'empêcher de sourire. Il lança le sac au mécanicien qui, après un coup d'œil, éclata de rire en le tendant à son ami. Lubéon ouvrit à son tour le paquet puis, rageur, le jeta dans les bras de son voisin avant de partir d'un pas brusque s'occuper des dernières affaires. Arutha précisa au chef de la garde :

— Les tubercules ont mauvais goût, mais mangez-les complètement.

Puis, après une hésitation, il conseilla :

— Gardez-les à portée de main, on ne s'arrêtera pas avant ce soir.

Après avoir passé ses armes dans son dos, sa large ceinture à la taille et un léger sac en bandoulière, il se tourna vers la troupe fin prête pour ordonner :

— C'est parti. En colonne et sans bruit. Lianne, derrière moi.

Elio arrêta la jeune femme par l'épaule, les sourcils froncés. Il n'aimait pas le ton de commandement que son prisonnier avait pris, aussi il reprit fermement en s'adressant tout d'abord à la jeune élève, puis au Syyr :

— Lianne, derrière moi. Je serai derrière toi.

Le prince se tourna ensuite vers le reste de l'équipe :

— Astre, Gaal, Zari. Lubéon, tu fermes la marche.

Quand tous furent prêts, il s'adressa à Arutha :

— On y va.

L'homme s'inclina légèrement, une lueur amusée au fond de ses yeux bleutés, puis pénétra dans la mangrove.

13

Ils avaient très vite quitté le terrain marécageux pour s'enfoncer dans une forêt sombre, aux relents de moisissure. Le sous-bois n'étant pas très dense, ils pouvaient avancer sans trop de difficulté. Arutha se glissait souplement entre les branches, les lianes et autres plantes. Il sortait parfois son couteau, si vraiment le groupe ne pouvait pas passer.

La première fois qu'il avait brandi son arme, Elio avait senti la tension monter d'un cran dans la colonne, mais très vite, l'allure imposée par le Syyr noir ne leur laissa plus le loisir de s'inquiéter d'autre chose que de l'endroit où ils posaient les pieds. Si le prince devait s'avouer perdu, cela ne semblait pas être le cas de l'assassin qui, depuis une brève consultation du point de chute du vaisseau, avançait sans hésiter entre les grands arbres qui les entouraient à présent.

Lianne contempla le dos du prince devant elle, la tête dressée vers les cimes loin au-dessus d'eux. Elle essayait plutôt de regarder par terre où se posaient ses pieds, entre deux racines, évitant un trou ou une motte de terre. Le rythme de marche imposé la fatiguait, mais comme personne ne se plaignait et qu'elle ne voulait pas ralentir le groupe, elle essaya d'appliquer au mieux les techniques apprises il y a quelques semaines à l'académie et appela le Don dans ses jambes déjà lourdes. Le temps où elle était sur Pira en train d'étudier aux côtés d'Arutha lui paraissait loin. Il avait l'air si gentil à l'époque. Elle soupira.

La vie qu'il avait pu goûter à l'académie devait être bien différente de celle qu'il avait menée au sein de l'Empire. Avait-elle imaginé le voile qui tombait fugitivement sur ses yeux saphir lorsqu'il les regardait du coin de l'œil rire ou discuter ? Un regret peut-être ? Elle n'arrivait pas à se décider tant l'assassin s'appliquait à étouffer tout ce qui ressemblait à une émotion. Par certains côtés, le Syyr noir rappelait beaucoup le prince. S'il se laissait un peu aller, il pourrait même sans doute s'entendre très bien avec Lubéon. Elle réprima un sourire à cette idée.

La journée avançait, et Lianne continuait à penser à Arutha pour oublier sa fatigue, sa soif aussi, car ils n'avaient pas emporté d'eau et n'avaient rien bu depuis leur départ. Le Syyr noir ne semblait pas incommodé, mais l'état du groupe fit réagir Elio, qui arrêta leur guide et lui demanda de remédier au problème puisqu'il avait refusé d'emporter de l'eau.

Arutha eut l'air étonné un instant, comme surpris du peu de résistance des gardes, ce qui agaça leur chef, puis il leur demanda de ne pas bouger et partit vers l'avant. Le groupe en profita pour se reposer un peu. Lubéon s'affala même dans un tapis de feuilles et de mousse, croisant les bras derrière la tête avant de fermer les yeux en soufflant. Lianne n'osait pas s'asseoir de peur de ne pas réussir à se relever, et les autres membres du groupe choisirent aussi cette option. Seul le médecin se posa précautionneusement sur une mousse duveteuse recouvrant un rocher. Soigner ne requérait pas une grande force physique, et il semblait souffrir autant que Lianne, ce qui rassura un peu cette dernière. Elle eut très vite des remords à cette pensée égoïste, et décida de supporter ses douleurs sans se plaindre à Zari.

La jeune femme se tourna vers le reste de la troupe qui s'était égaillée sur quelques mètres. Elio et Astre scrutaient les alentours, attentifs aux bruits inhabituels qui les entouraient, essayant de repérer Arutha parmi les arbres, tandis que Gaal profitait de cet instant de répit pour manger un tubercule en grimaçant. Le goût était vraiment exécrable, et il mordit rapidement dans un fruit rouge pour le faire passer.

Ils avaient tout d'abord hésité à suivre les conseils de l'assassin depuis la mésaventure de la veille, mais après avoir vu celui-ci mordre dans un fruit, ils s'étaient tous décidés tour à tour. Seul Lubéon résistait tant bien que mal, refusant d'en manger à nouveau, mais la faim et l'exercice physique auraient sans doute raison de lui.

Quand Arutha revint, il portait sept pieds d'une plante allongée, dont la racine gonflée ressemblait à une outre. Il en conserva un, et tendit le reste à Astre qui fit la distribution. Puis il leur montra l'exemple en tranchant le pied d'un coup sec juste au-dessus de la démarcation terreuse, pour ensuite boire directement à la plante. Elio coupa le pied que tenait Lianne, la seule à ne pas posséder de couteau, avant de s'attaquer au sien.

Quand elle but le liquide frais et sucré que contenait le bulbe, elle sentit ses forces revenir et en savoura jusqu'aux dernières gorgées. La voix angoissée de Zari alerta le groupe. Assis sur son rocher, il avait voulu se lever pour saisir son couteau, mais une mince plante retenait ses jambes, s'enroulant autour et le clouant à la roche.

Arutha réagit immédiatement, s'agenouillant au pied du caillou et fouillant la terre de son couteau, tandis qu'Astre se rapprochait pour attaquer les filaments qui enserraient les jambes du malheureux et remontaient maintenant le long de son torse. Le soldat l'en empêcha d'un geste :

— Elle va se resserrer si tu la touches.

Il trouva enfin ce qu'il cherchait et arracha du sol une racine lisse, épaisse comme le doigt. Lorsqu'il la trancha, les filaments libérèrent le médecin de son rocher, et celui-ci s'écarta en tremblant de la plante tentaculaire. Lubéon, qui s'était relevé prestement en entendant les cris de Zari, attrapa son compagnon par les épaules, et le conduisit à l'écart. Arutha ramassa la gourde tombée à terre, l'ouvrit, rengaina son couteau, et la tendit au Syyr encore flageolant.

Une marque rouge zébrait son cou, là où la plante avait pu grimper avant de le lâcher. Lubéon confia le médecin à Gaal, et se rapprocha d'Astre pour lui murmurer, ironique :

— C'est plus un assassin, ça, c'est un botaniste.

Entendant lui aussi la remarque, le prince n'eut pas le cœur à sourire. Il se demandait combien de mauvaises surprises leur réservait encore cette fichue planète. Il ne pouvait s'empêcher d'admirer le sang-froid du Syyr noir, mais s'étonnait également qu'il connût si bien l'endroit. Et surtout, où diable comptait-il trouver un régulateur dans un monde pareil ? Ne s'étant pas rendu compte qu'il avait maugréé tout bas, il fut surpris d'entendre une petite voix lui répondre timidement :

— Dans un vaisseau.

Elio se retourna vers la jeune femme qui rougissait d'avoir osé aborder ainsi son prince, mais elle était assez sûre d'elle.

— C'est un vaisseau qu'on cherche, un chasseur qui s'est écrasé ici, la seule planète respirable du système... Mon prince, ajouta-t-elle avec appréhension.

Elio fut intéressé par le raisonnement de la jeune élève, qui se sentit rassurée. Si son hypothèse se tenait, cela transformait presque en habitude la manière qu'Arutha avait d'arriver sur une planète en s'écrasant. La pensée fit rire le prince et la jeune femme, ce qui leur valut un regard noir de l'assassin, qui se sentait visé. La troupe reprit la route, ils s'étaient déjà trop attardés.

Lorsqu'ils s'arrêtèrent à nouveau, le soir tombait à peine sur la forêt, mais déjà, les ombres s'élargissaient à grande vitesse. Leur guide posa son sac dans une large clairière où le soleil lançait ses derniers rayons, et ramassa quelques branches mortes qu'il posa en tas. Le petit feu qu'il alluma d'une main experte prit rapidement de l'ampleur. Arutha demanda aux autres de ramasser du bois pour la nuit avant de s'éclipser de nouveau au milieu des troncs élancés.

Lorsqu'il revint, le Syyr entreprit de ratisser le sol aux alentours du foyer en cercles concentriques. Plusieurs fois, il se baissa pour arracher un plant qu'il jetait dans les flammes. Zari reconnut une mousse comme celle qui avait manqué de l'étouffer, et se rapprocha un peu plus du feu. Quand il fut satisfait de son travail, l'assassin repartit sans un bruit dans la forêt. L'odeur rassurante du bois brûlé et le crépitement des flammes attirèrent les compagnons restants autour du foyer.

Gaal et Lubéon avaient fait le tour de la clairière et ramené une provision de bois non négligeable, sans doute suffisante pour la nuit à venir. Ils s'assirent à leur tour près de la chaude lumière. Leur discussion parvint à Lianne, qui rêvait en regardant les flammes :

— Une potée aux marrons, ça, c'est un repas qui tient bien au corps.

— Humm, un steak bien saignant, et un gratin de pommes de terre.

Le soir tombait toujours, et il devenait difficile de voir dans le bois. La jeune femme arrêta d'écouter les deux hommes, car leur conversation réveillait son ventre gargouillant. Lubéon n'avait toujours pas touché à ses fruits, et Lianne se demanda comment il pouvait encore résister à la chair certes peu appétissante des tubercules mais qui remplissait l'estomac. Puis elle se remémora l'empoisonnement qui avait bien failli le tuer. À côté d'elle, Astre et Zari entamaient une autre discussion :

— S'il décidait de nous laisser en plan ici, tu saurais retrouver le vaisseau, toi ?

— Difficilement.

— Mince. À ton avis, il est parti faire quoi encore ?

Elle abandonna à nouveau la conversation et se replongea dans ses pensées. Elle pensait tenir quelque chose avec l'hypothèse du crash, et le prince avait l'air d'accord avec elle. La jeune femme se demanda si, en cherchant dans cette direction, elle ne pourrait pas comprendre un peu plus leur guide. Par exemple, que pouvait-il faire dans une région aussi reculée de l'espace ? De l'exploration ? Une mission ? Et pourquoi un crash ? Accident ou attaque ? La carcasse du chasseur lui en dirait sans doute plus, mais elle devrait attendre, trop d'éléments manquaient. Elle soupira.

Le prince regardait le visage concentré de la jeune élève qui contemplait le feu, songeant à ce qu'elle lui avait dit plus tôt. Il avait été étonné de la perspicacité de ce bout de femme et de son propre aveuglement. Il devait reconsidérer l'image qu'il s'était faite de Lianne. Depuis l'attaque, elle semblait s'affirmer et développer son Don, sans nul doute motivée par la situation. Était-elle réellement l'Enfant ? Elio avait beau douter de la véracité de la prophétie, il ne pouvait s'empêcher de se demander : et si ? Dans un cas comme dans l'autre, elle ferait une Enfant très acceptable. Le tout était de rendre espoir au peuple. Si tout se déroulait comme ils l'espéraient, ils pourraient prochainement reprendre la route, et ils atteindraient bientôt Nui. Là, Lianne serait présentée au roi, qui déciderait. Quant à Arutha… Elio espérait que l'homme coopérerait et s'épargnerait des traitements trop douloureux. Mais il en doutait. Il jeta un œil alentour pour tenter de l'apercevoir.

Alors que le prince commençait à s'inquiéter de la disparition d'Arutha, celui-ci réintégra la clairière, portant sur ses épaules un phacochère comme celui qui s'était introduit dans le cargo, mais adulte cette fois. Il déposa la belle bête au pied d'un arbre, et creusa le sol de son couteau. Tandis que Lianne approchait de nouveau, espérant pouvoir l'aider, il retira sa chemise et sa large ceinture, et lui demanda de lui trouver une branche solide et droite pour embrocher l'animal.

Pendant qu'elle s'exécutait, le Syyr suspendit le corps sans vie à une branche au-dessus du trou qu'il venait de creuser. Il avait le dos musclé. Les entraves brillaient d'un éclat doré à ses poignets, contrastant avec le large bracelet de fils et de perles aux couleurs blanches et argent qui ceignait son biceps. Cela était nouveau. La jeune femme se demanda d'où sortait le bijou et pourquoi arborer un tel ornement au milieu des bois. Sur son torse nu pendait toujours la fine cordelette au bout de laquelle se balançait un léger pendentif à la forme délicate, indéfinissable tant les traits s'entrelaçaient sur la surface nacrée.

Quand Arutha dépeça la bête, l'odeur était telle autour de lui que même les insectes, pourtant abondants, refusaient de s'approcher. La jeune femme comprit rapidement pourquoi il avait pris la peine d'ôter son habit quand le sang se mit à gicler. Une fois la bête dépouillée et vidée, il la décrocha de son arbre et l'emporta près du feu ranimé par Lubéon, jetant au passage un œil à la réserve de bois derrière ce dernier.

Lianne approcha la pique improvisée, et Astre aida l'assassin à faire glisser le repas le long du bois. Une fois en place, ils posèrent la broche au-dessus du feu, à cheval sur deux piquets ingénieusement placés par Lubéon. La jeune femme se demanda pourquoi le garde faisait soudainement preuve de tant de sollicitude envers Arutha, puis elle avisa le regard appuyé qu'il jetait à la viande en train de griller : il était mort de faim ! Elle se retint de sourire, et chercha le chasseur tout ensanglanté.

Le Syyr noir était en train de reboucher soigneusement le trou dans lequel il avait vidé la bête, puis il récupéra sa chemise et retourna dans la forêt, sombre à présent. Elle fut tentée un moment de le suivre par curiosité, mais y renonça pour se rapprocher de la lumière du feu. La viande rôtissait toujours sous l'œil attentif du Syyr affamé quand l'homme revint, propre et trempé, quelques gourdes à la main. Il déposa les racines gorgées d'eau, surveilla un instant la cuisson, puis chercha quelque chose en bordure de la clairière. La faible lumière qui parvenait jusqu'à lui devait à peine éclairer ses pieds, mais il finit par trouver plusieurs plantes aux feuilles odorantes qu'il frotta contre le corps de la bête. L'odeur douceâtre mêlée à celle de la viande cuite flottait autour d'eux tandis qu'ils attendaient de pouvoir manger, leur mettant l'eau à la bouche.

Arutha s'était assis à côté de Lianne, qui n'osait plus bouger, intimidée par sa présence. Sa résolution à déchiffrer l'assassin s'était soudain envolée. Elio rejoignit les deux jeunes gens, et s'adressa au soldat :

— Alors, il est encore loin, ton chasseur ?

Le jeune homme coula un regard à l'élève qui rougissait à côté de lui.

— C'était donc ça que vous complotiez tout bas.

Après un instant de réflexion, il fronça les sourcils.

— Je ne vois pas ce qu'il y avait de drôle.

Elio éclaira sa lanterne de bonne grâce tandis que Lianne se préparait à l'orage. Allaient-ils vexer le Syyr ?

— La manière que tu as de toujours t'écraser sur une planète que tu visites.

Un semblant de sourire naquit sur les lèvres d'Arutha.

— C'est assez vrai ces derniers temps, je dois l'admettre.

Dévorée par la curiosité, Lianne osa poser la question qui la taraudait :

— Comment avez-vous atterri ici, la première fois ?

Comme l'assassin ne réagissait pas, toute bonne humeur envolée, elle crut qu'il allait refuser de lui répondre.

— Je cherchais un endroit tranquille, dit-il enfin.

Lubéon, qui avait entendu la dernière phrase, ne put s'empêcher de demander, ironique :

— Et ici correspond à ta description de la tranquillité ?

Arutha se leva et répondit sèchement, s'adressant aussi bien au garde qu'au prince pendant qu'il s'installait à l'écart :

— Atterrissez donc où on vous le dit avant de critiquer.

Elio sourit au comportement chatouilleux. La coquille se fendillait, et il découvrait un homme au tempérament épicé, mais plus droit qu'il le pensait. Il fit le bilan des derniers jours, et le fait que le Syyr avait un sens de l'honneur très développé était indéniable. Surtout, il s'en était toujours tenu à sa parole. C'était bien loin de l'image qu'il avait d'un assassin, un membre de la famille impériale qui plus est. Il se sentit soudain rassuré pour la première fois depuis ce qui lui paraissait déjà une éternité, et il accepta avec gaieté le morceau de viande que lui tendait Astre.

Pendant que chacun savourait le goût juteux du phacochère, délicieux après leur régime de tubercules, le silence se fit autour du feu.

***

Le deuxième jour passa comme le premier, à marcher sous l'ombre des branches sur un sol sans relief, si ce n'était celui imposé par la végétation. Pendant la nuit, ils s'étaient relayés pour monter la garde autour du campement, mais seules les bêtes venues se nourrir du sang du phacochère vinrent les ennuyer. On les entendait fouiller la terre pour déterrer les viscères, faisant ripaille du repas qui leur était ainsi offert sans chercher à s'approcher plus près du campement.

Arutha n'avait pas dormi, veillant constamment d'un œil. Il ne semblait pourtant pas le moins du monde fatigué. Comme le Syyr noir était toujours entravé, ils ne pouvaient expliquer sa résistance autrement que par une grande habitude de ces expéditions en forêt, ce qui étayait la thèse d'un séjour prolongé sur cette planète. Ils continuaient à progresser derrière leur guide, suivant ses pas en silence et se concentrant sur la marche quand celui-ci stoppa net, se retourna vers le chef des gardes, et posa soudain un ultimatum :

— À partir de maintenant, tout ce que vous verrez restera entre nous. Vous n'en parlerez à personne, pas même au roi.

Elio, qui s'attendait à ce que le Syyr renégociât sa liberté, ne voyait pas vraiment où celui-ci voulait en venir. Il fronça les sourcils, et fut très clair :

— Je ne m'engagerai pas sur une promesse pareille sans savoir exactement ce que je devrai taire.

Le jeune homme le jaugea du regard un moment avant de céder :

— Très bien, vous verrez, et vous déciderez. Mais nous ne partirons pas sans votre promesse.

Puis il se retourna et continua sa route. Les gardes regardaient leur prince, se demandant comment réagir. Elio soupira. Décidément, cet homme allait lui donner des rides avant l'âge.

— Allons-y, nous n'avons pas vraiment le choix.

La troupe continua à progresser, tendue maintenant qu'elle se savait proche du but. Arutha avait de nouveau enlevé sa chemise, et progressait torse nu entre les arbres, le sac en bandoulière. Lianne observa avec curiosité le pendentif en pierre blanche qui pendait au cou de leur guide. La forme ronde et plate aux gravures insaisissables était esthétique et intrigante. Tout en avançant, l'assassin replaça légèrement sur son biceps gauche le large bracelet de fils blancs. Soudain, il s'immobilisa à nouveau et murmura :

— Pas un geste, ne dites rien.

Elio sortit son sabre, tandis que Lubéon armait son laser. Les autres étaient sur le qui-vive, prêts à réagir à la menace invisible. La voix de l'assassin se fit pressante :

— Baissez vos armes, doucement.

Peu rassuré, le prince obtempéra quand même, et tous l'imitèrent. Une forme élancée apparut, sortie de derrière un tronc. Sa couleur vert et brun se confondait avec celle des arbres et, tandis que ses longs doigts palmés s'agitaient comme une ramure, ses cheveux fins paraissaient s'animer d'une vie propre.

Lianne crut au départ que l'être était nu, mais il portait un vêtement aux formes droites, sorte de tabar couvrant son torse et tombant au niveau du sol, qui formait un pagne entre ses jambes et donnait à l'ensemble l'apparence d'un tronc. Son allure était sobre, et son port fier, avec pour seule parure un large bracelet rouge aux motifs compliqués soulignant la musculature de son bras.

Un petit écureuil roux aux larges pattes et au corps élancé vint se frotter contre ses jambes. L'humanoïde ne fit pas un geste. Arutha avança d'un pas dans sa direction, et porta sa main gauche à son épaule droite en s'inclinant. La créature élargit ses grands yeux verts puis, dans un élan gracieux, disparut en effrayant l'écureuil, qui partit se réfugier dans l'arbre le plus proche.

— On avance.

Le Syyr reprit sa progression sans hésiter. C'était à se demander comment il se repérait parmi tous ces arbres. Si la tension était toujours là, la curiosité l'emportait maintenant au sein du groupe. Astre glissa à l'oreille de Zari :

— Il y a des espèces intelligentes sur cette planète ?

Le médecin lui répondit tout bas, cachant mal son excitation :

— Aucune déclarée, en tout cas.

La peur fit place au soulagement, alors qu'ils sortaient enfin de l'immense forêt pour contempler une étendue d'eau. C'était une mer intérieure, la planète ne possédant aucune surface liquide plus grande. La plupart des terres, désespérément plates, étaient recouvertes de marécages ou de forêts, et cette oasis inespérée servait de refuge à tout un clan.

Des cahutes de branches étaient montées sur la petite plage de galets qui bordait l'étendue d'eau, tandis que d'autres étaient perchées aux cimes des arbres avoisinants. On accédait à ces dernières par des échelles fixées à même l'écorce des plus majestueux, un système de passerelles reliant ensuite les arbres entre eux.

La brise marine et son odeur salée accueillirent les Syyrs tandis qu'un groupe de créatures s'avançait vers eux. D'autres villageois s'étaient regroupés sur la plage, au centre des cahutes, et observaient attentivement les étranges visiteurs.

On pouvait distinguer des femmes, plus élancées encore que l'homme qu'ils avaient aperçu, ainsi que des petites silhouettes cachées derrière leurs jambes : les enfants. Ces derniers avaient une couleur plus claire, proche du gris des galets qui les entouraient. Des nuances apparaissaient entre les êtres : certains plutôt bruns portaient le même habit que celui qu'ils avaient vu, tandis que d'autres dans les tons bleutés n'avaient qu'un court pagne s'arrêtant au-dessus du genou. Tous arboraient le même ornement autour du bras, fait de fils et de perles dont les couleurs variaient selon un code particulier. Le groupe qui s'avançait était composé d'hommes et de femmes des deux couleurs. Une créature visiblement plus âgée ouvrait la marche en s'appuyant sur un bâton.

Ils s'arrêtèrent à une certaine distance des Syyrs, attentifs, et Arutha fit quelques pas vers eux. L'assassin s'exprimait maintenant dans une langue faite de sons chantants et de sifflements, rappelant le bruit des oiseaux et le murmure de l'océan. La vieille femme au bâton, la seule à posséder un habit d'un rouge éclatant, vint examiner de plus près Arutha, touchant du bout de ses doigts palmés le bracelet blanc brodé d'argent qui ceignait son biceps, puis elle s'inclina devant lui et se retourna vers son peuple.

Après qu'elle eut pris la parole, des cris de joie jaillirent du groupe de villageois qui s'éparpillèrent dans toutes les directions. Certains plongèrent dans la mer tandis que d'autres grimpaient aux arbres, ou venaient examiner les visiteurs. La délégation les conduisit vers une case en haut de la plage, légèrement à l'écart du village, où elle leur proposa d'entrer. Le Syyr noir leur demanda d'y entreposer leurs affaires et de le rejoindre ensuite au centre du hameau.

La cahute était spacieuse et aérée. De grandes ouvertures laissaient entrer la lumière, mais une mince toile filtrait l'air des particules ou des insectes. Huit lits faits de feuillages et de tissus à même le sol se faisaient face dans la grande pièce, tandis que sur une table basse, des fruits et de l'eau fraîche les attendaient. L'équipage se répartit les paillasses, déposa ses affaires, et prit un moment pour se reposer. Assis par terre autour du buffet, ils discutèrent en appréciant les mets locaux.

Astre, Gaal et Lubéon étaient bouche bée face au spectacle de ces hommes d'un autre monde, bien plus étonnés par le fait qu'ils aient pu passer inaperçus tout ce temps que par leur aspect, somme toute pas plus extraordinaire que celui de certaines races qui peuplaient l'Univers connu. Elio était impressionné par la beauté du lieu, et se demandait également comment une telle espèce avait pu être occultée lors de l'exploration de ce territoire.

S'ils restaient sur la théorie de l'accident, Arutha était vraisemblablement tombé par hasard sur eux lors de son séjour forcé sur la planète, mais cela n'expliquait pas pourquoi il n'en avait pas fait part après avoir réintégré l'Empire. Si l'empereur avait eu connaissance de l'existence de ce peuple, il ne l'aurait pas laissé vivre libre. Le puissant homme ne supportait pas l'idée que l'on échappât à son emprise.

Elio se massa les tempes. Il n'aurait pas dû négliger si longtemps son entraînement et prendre pour acquises ses capacités de stratège, l'exercice lui était fastidieux à présent. Il se promit de remédier à cela plus tard. En attendant, Lianne semblait éprouver moins de difficultés à saisir le soldat, ce qui lui donna une idée. Le prince se tourna vers l'élève :

— Lianne, je voudrais que tu réfléchisses à tout ce qui se passe. Il y a beaucoup à comprendre sur notre ami, ici. Tu as un œil plus neuf sur la situation, et tu as montré que tu en étais capable.

La jeune femme hocha la tête, prenant avec gravité sa première mission. Elio se releva.

— Bien. En attendant, messieurs, nous sommes attendus.

La place centrale était en fait un espace plus large, aménagé au milieu des cases, où chacun apportait morceau de bois ou tapis pour s'installer en cercle. Au centre des villageois attroupés dans un joyeux bazar se tenaient Arutha et la vieille femme ridée qui parlait au public, interrompue par les rires et les acclamations de l'assistance.

Contre toute attente, l'homme souriait, heureux d'être parmi eux, comme quelqu'un retrouvant sa famille après une longue séparation. Il eut beau essayer de se recomposer un visage plus sérieux lorsqu'il vit ses nouveaux compagnons arriver, ses yeux trahissaient sa joie contenue.

Ils rejoignirent le soldat au centre du cercle. Leurs habits, en piteux état après leur passage obligé dans les marais puis dans la forêt, paraissaient plus bruns que blancs, tandis qu'Arutha arborait maintenant un pagne bleu nuit semblable à ceux portés par une moitié de la population. Il était étrange de le contempler ainsi, à sa place parmi ce peuple mystérieux, presque nu et le sourire aux lèvres.

La vieille femme accueillit les visiteurs au centre du cercle, et les présenta au peuple. L'équipage aurait été bien en peine de traduire ce qui se disait, mais cela sembla plaire aux autochtones, qui les saluèrent.

Imitant l'assassin, Elio posa sa main gauche sur son épaule droite et s'inclina légèrement, suivi par le reste des gardes, déclenchant un mouvement de bras parmi la foule. Le sourire satisfait d'Arutha finit de rassurer le prince, qui craignait de commettre un impair. L'homme prit la parole, et présenta chaque Syyr en une brève phrase.

Lorsqu'il arriva à Lianne, l'ovation que lui fit la foule fut telle qu'elle recula d'un pas, mais Arutha la retint, une main dans son dos. Il lui murmura quelque chose à l'oreille.

— Excuse-moi.

La jeune femme se tourna vers le Syyr noir qui saluait une jeune adolescente à l'air boudeur se tenant debout en bordure du cercle.

— Pourquoi ?

Il tourna un instant vers elle ses yeux saphir dont le sérieux soudain la surprit.

— J'ai dit que tu étais ma compagne.

Lianne se redressa d'un bond.

— Pardon ?

Arutha lui passa un bras autour des épaules et se rapprocha d'elle, cachant sa réaction aux yeux du public. La jeune femme ne savait comment réagir à l'étreinte. La peau d'Arutha sentait bon le soleil. Elle évita de croiser le regard furieux de Lubéon qu'Astre retenait discrètement par le bras tandis qu'Elio les regardait, les sourcils froncés. Le chef de la garde glissa quelques mots à son subordonné, et le Syyr se calma, fusillant du regard l'assassin qui le contemplait, moqueur. L'homme se pencha vers le cou de Lianne.

— Tu vois la jeune femme debout en face de toi ?

Elle hocha la tête, avisant par-dessus son épaule celle qu'il avait saluée quelques minutes auparavant. L'enfant était belle et élancée, presque adulte. Elle aussi fusillait le couple du regard. La jeune élève détourna prestement les yeux.

— C'est la fille de l'ancêtre. La tribu me l'offre pour fêter mon retour. Tu es la seule excuse que j'ai pu trouver pour ne pas l'offenser.

Lianne s'efforça de ne pas croiser le regard de l'adolescente éconduite et pour le moins mécontente qui s'éloignait, accompagnée d'un garçon à la peau aussi brune qu'elle.

— Oh...

Elle essaya d'oublier les bras qui l'entouraient et de se concentrer sur le nouveau développement, mais il lui était plutôt difficile de réfléchir. Elle abandonna l'exercice, et le remit à plus tard.

— Il y a autre chose ? demanda-t-elle, tâchant de rassembler un semblant de dignité.

— Il faudrait que tu dormes avec moi, ce soir.

Sentant sa gêne, Arutha s'éloigna lentement.

— Tu n'as rien à craindre, lui murmura-t-il avant de s'écarter.

L'instant d'après, il rejoignait la vieille femme, la laissant seule avec ses questions.

14

Finalement, les villageois se dispersèrent, et l'ancêtre ne les garda pas plus longtemps. Lianne se demandait comment elle allait pouvoir expliquer la situation aux Syyrs qui l'attendaient à quelques mètres. Elle n'osait pas imaginer la tête qu'ils feraient en apprenant qu'elle devait déménager. Elle n'avait pas le choix, c'était certain, et elle en voulut à Arutha de l'avoir mise dans cette situation.

Avant qu'elle ait pu affronter le prince, les créatures entraînèrent à nouveau les hommes vers la case qui était la leur, puis leur offrirent à chacun des tuniques brunes et les aidèrent à les passer pour ensuite les abandonner sans plus de cérémonie.

Lianne les rejoignit tandis qu'elles partaient en courant, émettant un son de crécelle ressemblant à un rire. Elio tirait sur son habit sans vraiment y penser. Le prince n'avait pas à rougir de son corps, mais il se sentait vulnérable aussi peu vêtu. Oubliant son inconfort, il appela le groupe à lui, et tous s'assirent à nouveau autour de la table basse qui avait été débarrassée entre-temps. De l'eau fraîche et des fleurs chatoyantes y étaient déposées. Lianne y passa les doigts, attendant que l'un d'eux prît la parole sans oser les regarder. Le fils du roi la rappela à l'ordre :

— Explique-nous ce qui s'est passé là-bas.

Lianne balbutia, tête baissée :

— L'ancêtre… la vieille de la tribu, elle voulait offrir sa fille à Arutha, et il a dit que j'étais sa compagne pour ne pas les vexer.

Elle jeta un coup d'œil au Syyr assis en face d'elle, mais baissa aussitôt les yeux en voyant le regard qu'il lui lançait. Il était furieux, comme elle s'y attendait. Il devait pourtant se rendre compte que les raisons d'Arutha étaient charitables – elle-même les comprenait, même si elle n'appréciait pas le résultat –, mais il devait s'inquiéter pour sa sécurité. Elle n'osa pas continuer avant qu'il ne se fût calmé.

— Quoi d'autre ?

La jeune femme prit son courage à deux mains :

— Je dois aller dormir dans sa case.

Lubéon explosa, soutenu par Gaal :

— Hors de question !

Elio tendit une main vers lui sans quitter Lianne des yeux. Elle n'avait pas l'air de s'inquiéter. Il décida de faire confiance à son instinct. Après tout, si elle était l'Enfant, elle rencontrerait des dangers bien plus grands. Autant qu'elle s'y fasse dès à présent.

— Qu'en penses-tu, Lianne ?

Elle se redressa et prit une grande inspiration. Il avait digéré la nouvelle et essayait de relativiser. L'assassin n'était pas une menace immédiate, et la jeune femme pourrait peut-être profiter de la situation. Mais il était tendu, il n'aimait pas la mettre dans une position risquée. Elle devait le rassurer.

— J'étais… énervée au début. Mais ensuite, il s'est excusé. Je crois que je ne risque rien. Et puis, c'est un geste plutôt noble de sa part, je crois qu'il mérite…

L'arrivée du Syyr noir dans l'embrasure de la porte interrompit la conversation, et Elio se demanda ce qu'il avait entendu.

— Puis-je entrer ?

Le prince inclina la tête.

— Je t'en prie.

Arutha entra dans la cahute et se tint debout à côté d'eux, légèrement à l'écart du groupe.

— La maison est-elle à votre goût ? Une autre est disponible dans un arbre, si vous préférez.

Le prince eut une moue facile à interpréter. Il préférait garder les deux pieds sur le sol, ce qui offrait plus de possibilités de retraite. Et puis, ils en avaient assez soupé de la forêt.

— C'est très bien comme ça, merci.

L'homme acquiesça : il avait anticipé la réaction du Syyr.

— Les vêtements vous vont ? J'ai préféré vous donner l'habit de la forêt plutôt que celui de l'eau. Je craignais qu'il ne soit trop court pour vous. Mais vous pourrez changer si vous le souhaitez.

Elio ajusta spontanément le pagne qui recouvrait ses jambes et contempla celui d'Arutha, bien plus court, et qui ne semblait pourtant pas le gêner. Si l'homme le portait avec une élégance née d'une longue pratique, il doutait de se sentir à l'aise à moitié nu en territoire inconnu. Le pagne le ramena à l'étrange population qu'ils avaient découverte ici.

— Qui sont ces gens ?

— Les Valands, le peuple de cette planète. Il n'existe qu'un clan, réuni autour de cette mer. Deux tribus distinctes se partagent la plage et la forêt : les chasseurs et les pêcheurs.

Gaal hocha la tête.

— Les verts et les bleus ?

Arutha acquiesçait, puis Zari demanda :

— Et les gris ?

— En grandissant, les enfants choisissent la vie qu'ils souhaitent. Leur peau s'adapte par la suite à leur activité.

— Et la vieille peau ? s'enquit Lubéon.

Le Syyr noir fronça les sourcils à l'évocation du surnom peu flatteur.

— L'ancêtre du village. Elle est respectée pour son jugement.

Elio l'interrogea :

— C'est elle qui dirige la communauté ?

— Non, elle se borne à donner des conseils.

— Il n'y a aucun chef ?

— Ils n'en ont pas besoin.

— Qui gère les conflits ?

— Il y en a peu, ils se gèrent tout seuls. Vous vous en rendrez vite compte.

Aucun d'entre eux n'était convaincu par les explications.

— Ton bracelet, c'est d'ici qu'il vient, n'est-ce pas ?

Arutha hocha la tête.

— Pourquoi blanc ?

— La couleur du heikan dépend de la famille à laquelle vous appartenez. On peut retracer les origines de chacun, ce qui permet d'éviter une trop grande consanguinité. Je ne suis pas d'ici.

Zari acquiesça et expliqua aux autres :

— La consanguinité est le premier facteur de dégénérescence dans les petites tribus isolées.

Une jeune femme entra sans frapper, interrompant la discussion, et se dirigea vers Lianne dont elle saisit la main. Comme celle-ci résistait, ne voulant pas partir alors qu'elle en apprenait tant, l'assassin lui expliqua :

— Suis-la, elle veut t'emmener te changer.

Peu rassurée, Lianne se leva et se laissa entraîner vers la sortie où plusieurs autres créatures attendaient. Avant qu'elle s'en aille, Arutha précisa :

— Ne sois pas surprise si elles en profitent pour jeter un œil, elles sont très curieuses.

Lianne rougit et disparut en leur faisant un petit signe de la main :

— À tout à l'heure.

L'assassin se retourna vers les Syyrs assis devant lui. Son ton se fit plus sérieux :

— Quelques règles pendant votre séjour. Ne criez pas, ne vous énervez pas. Ces gens ignorent la violence, et je vous demande de ne pas leur donner le mauvais exemple.

L'ironie de ces paroles dans la bouche d'un assassin n'échappa à personne. Lubéon ne put s'empêcher de la relever :

— J'ai pourtant une furieuse envie de taper quelqu'un en ce moment.

Devant son regard mi-étonné, Elio s'agaça lui aussi de la mauvaise foi évidente de leur guide :

— Je n'apprécie pas que tu t'impliques avec une de mes élèves sans m'avertir.

Le visage d'Arutha se fit plus grave.

— Croyez-moi, si j'avais pu éviter de la mettre dans cette situation délicate, je l'aurais fait. L'ancêtre est compréhensive, mais sa fille est encore jeune et un peu bornée.

La moue sérieuse d'Arutha fit retomber la colère du prince aussi vite qu'elle était apparue. Curieusement, il le croyait. Il ajouta tout de même pour la forme :

— Si tu souhaites que nous restions calmes, tu seras assez intelligent pour ne pas la toucher.

Avec un petit rire suffisant, le soldat tenta de rassurer le chef du groupe :

— Lianne est bien plus capable de se défendre que vous le pensez, mais dormez tranquilles, je ne lui ferai rien quoi qu'il en soit.

Elio savait qu'il devrait s'en contenter, et pour le moment, l'homme avait tenu toutes ses promesses.

— Et ensuite ?

— Nous sommes invités ce soir à un banquet en notre honneur. Après quoi, une grande chasse et une grande pêche seront organisées, puis nous partirons avec deux guides chercher la pièce qu'il nous manque.

La surprise transparut dans la voix d'Elio :

— Tu as besoin de guides ?

Il semblait pourtant connaître le coin.

— Je ne suis pas venu depuis un moment. Les choses ont changé, les arbres ont poussé. Nous n'avons pas pris le chemin le plus court pour venir jusqu'ici, mais c'est le seul que je reconnaissais encore. Et nous avons déjà perdu assez de temps.

Le prince devait bien se rendre à ses raisons : ils avaient disparu depuis trop longtemps. Les recherches de l'Empire devaient avoir conclu à leur explosion, sinon la planète grouillerait déjà de soldats. C'était plutôt une pensée consolante. Quant à Ozalee, elle devait être morte d'inquiétude, sans parler du roi. Un détail le titilla soudainement :

— Depuis combien de temps n'es-tu pas venu exactement ?

La réponse se fit évasive :

— Longtemps.

— Et combien de temps es-tu resté ici ?

Arutha soupira, se remémorant sans doute des souvenirs de son premier passage sur la planète :

— Trop longtemps.

Il se leva et salua les Syyrs encore assis.

— On viendra vous chercher ce soir. En attendant, reposez-vous. La nuit sera longue.

***

Quand ils arrivèrent au milieu de la place, de grands feux avaient été allumés un peu partout, répandant une odeur douce et sauvage rappelant vaguement l'encens. La fête battait déjà son plein, et les villageois dansaient et chantaient autour des flammes, au son des instruments de musique.

Ces derniers ressemblaient à des tambours et des flûtes faits de bois et de peaux. Cependant, l'un d'eux sortait du lot tant il était long, car taillé dans un tronc entier et vidé d'une seule pièce. Il était si grand que deux personnes auraient pu tenir dedans. Des hommes et des femmes le tapaient de toutes parts, à la main ou à l'aide d'un bâton, et chaque coup rendait un son différent, créant une mélodie aux accords uniques. Étonnamment, peu de nourriture circulait. Seuls quelques plateaux de fruits et des gourdes d'eau au goût sucré passaient ici et là de main en main.

Lianne remettait constamment son habit en place. Elle ne s'habituait pas aux ouvertures situées sur les côtés qui dévoilaient trop ses jambes et sa poitrine à son goût. Les Valandes ne portaient pas de sous-vêtements, mais elle avait réussi à garder les siens malgré l'insistance de celles qui l'avaient habillée. Son habit était plus cintré que celui des hommes. Toutefois, une bande passant sous la poitrine empêchait celle-ci de s'échapper à chacun de ses mouvements.

Elle était encore entourée de ses nouvelles amies quand elle avisa ses compagnons debout devant un feu, mêlés à la foule massée à cet endroit. Lorsqu'elle les rejoignit, elle comprit ce qui les captivait ainsi, et fut à son tour séduite par le spectacle qu'elle se promit de graver dans sa mémoire : autour d'une flamme plus légère dansaient des membres du clan des pêcheurs. L'un d'entre eux portait un masque étrange, tandis que les autres tournaient autour dans un tourbillon effréné aux gestes précis, le harpon à la main.

En regardant de plus près, on distinguait Arutha qui dansait et chantait parmi eux, s'intégrant parfaitement au ballet mûrement préparé. Son corps était entièrement recouvert d'une peinture bleue, ce qui lui permettait de se fondre totalement parmi les autres acteurs.

Lorsque l'homme au masque fut touché par la lame du Syyr noir, la danse s'arrêta soudainement, et le silence se fit sur la plage de galets que l'obscurité disputait aux flammes. L'ancêtre apparut près des acteurs et prononça quelques mots puis, à l'aide d'une lame fine, elle entailla le bras tendu d'Arutha, et récolta quelques gouttes de son sang dans un bol avant de disparaître.

Le grand tambour reprit lentement sa musique, mais le reste des instruments était aussi silencieux que les villageois qui attendaient. La vieille femme revint et leva le bol en bois en psalmodiant avant de le tendre à l'homme étendu à terre. Celui-ci but une gorgée à travers son masque, et se releva sous les applaudissements de la foule, qui s'égailla en tous sens lorsque la musique reprit, laissant l'assassin et les Syyrs face à face.

— Jolie danse.

Le chef de la garde était sincère, et Arutha sembla apprécier le compliment. Son allure étrange lui donnant un air encore plus sauvage qu'à l'habitude.

— Merci.

— Qu'est-ce que c'était ?

— Une chasse ancestrale, durant laquelle la bête des profondeurs fut tuée.

Devant le regard interrogateur de l'homme, il précisa :

— Un gros poisson carnivore qui faisait des ravages chez les pêcheurs.

Zari demanda :

— Et le sang ?

Arutha soupira, sans doute agacé de devoir tout expliquer et de ne ressentir que méfiance en retour.

— Prendre une vie est un acte grave chez les Valands. On ne le fait que pour nourrir sa famille ou se défendre, et on remercie l'animal pour son sacrifice.

Le médecin hocha la tête.

— C'est une pratique courante chez certains peuples, proches de la terre.

— Tout à fait. Ici, le sang du pêcheur qui a tué la bête est offert à son esprit pour qu'il parte en paix.

Lubéon s'indigna :

— Il n'a pas vraiment bu ton sang ?

Le regard énigmatique du soldat laissa planer le doute. Sous la lumière du feu, ses yeux saphir avaient des reflets violacés, et Lianne frissonna lorsqu'ils se posèrent sur elle. Elle soutint son regard, se demandant encore qui il était vraiment, et vit à nouveau apparaître cette lueur ironique dans les pupilles intrigantes soumises à son examen.

Elio se décida à rompre le silence qui s'était installé :

— Quelle est la suite des réjouissances ?

Le Syyr décrocha son regard de la jeune femme et le reporta sur le prince, qui attendait, les mains sur les hanches.

— Suivez-moi.

Les danses avaient repris autour d'un autre feu. Cette fois s'y joignaient ceux qui le souhaitaient, et rares étaient les Valands encore immobiles. L'ambiance joyeuse qui régnait gagnait petit à petit l'équipage du cargo, et lorsque les plus téméraires commencèrent à bondir par-dessus les flammes d'un autre foyer plus petit, Lubéon s'écria avant de rejoindre les sauteurs :

— C'est pour moi, ça !

Gaal rit et rejoignit son compagnon, sautant et criant avec le reste des Valands. Elio hésita un instant à les retenir, puis il décida que se détendre un peu ne leur ferait pas de mal. Il demanda à Astre de garder toutefois un œil sur eux au cas où.

À chaque saut au-dessus du feu, celui-ci était ravivé et du bois nouveau rajouté pour bientôt dépasser le mètre cinquante. Tous les sauteurs avaient abandonné petit à petit, et seuls restaient trois hommes : deux créatures mâles impressionnantes par leur taille dépassant les deux mètres, et Lubéon. Gaal restait debout, tapant dans ses mains et observant les derniers concurrents. La musique s'accéléra, et les spectateurs se positionnèrent en cercle autour d'eux, dansant, tourbillonnant et frappant du pied en rythme.

Quand les flammes léchèrent la peau du garde d'un peu trop près, celui-ci abandonna à son tour, laissant les deux géants bleus se mesurer, au grand soulagement d'Astre, qui se voyait déjà ramener un brûlé au vaisseau. L'instant d'après, une des créatures eut moins de chance que Lubéon, et se brûla la jambe à la chaleur du feu. Tandis qu'il était calmement amené à l'écart, les villageois reprirent place autour des flammes.

Zari suivit avec intérêt le jeune Valand qu'il voulait proposer de soigner, mais constata que celui qui s'occupait de la blessure connaissait son affaire. Il resta observer la procédure, puis suivit le médecin dans l'espoir d'en apprendre un peu plus sur les remèdes de ce singulier endroit.

Lianne n'eut pas l'occasion d'admirer les sauts de Lubéon. Elle s'était déjà tournée vers un groupe de danseurs situés plus à l'écart et dont les gestes fluides et les poses lascives mimaient une forêt à travers les saisons, s'agitant sous le vent ou se courbant sous le soleil. La scène était d'une telle grâce, d'un tel réalisme dû à la peau vert-brun des danseurs et à leurs costumes que l'apprentie ne pouvait en détacher le regard.

Une des jeunes femmes qui avaient habillé Lianne l'entraîna dans la danse sans qu'elle eût le temps de refuser. Suivant ses pas au milieu de la foule et se laissant porter par le rythme, elle oublia un instant Arutha et la prophétie pour ne plus être qu'un arbre au milieu de la forêt. C'était une expérience fascinante qui la laissa épuisée et un peu perdue. Lorsqu'elle sortit du bois vivant, la tête lui tournait, et elle s'assit pour reprendre ses esprits. Lianne remarqua un instant un visage et reconnut la fille de l'ancêtre. Son regard étrange la fixait au milieu de la foule, et Lianne tourna aussitôt la tête.

Lorsqu'elle jeta de nouveau un coup d'œil, elle n'était plus là. Son jeune voisin lui sourit, et elle répondit par un petit geste de la main. La jeune femme regarda les doigts élégants se lever dans un salut maladroit, et éclata de rire. Elle se sentait étonnamment bien, détendue.

Elio regardait Arutha qui dansait au milieu de la foule. Il n'aurait jamais imaginé voir un jour le Syyr noir aussi insouciant, lui qui semblait toujours si grave. Lui aussi se sentait heureux, détendu, trop peut-être. Sa tête était si légère que ses soucis lui paraissaient d'anciens cauchemars. Il se serait lui aussi mis à danser si Lubéon avait été capable de tenir debout. L'andouille s'était épuisée à sauter en tous sens. Astre était parti jeter un œil sur Lianne, et le prince, qui connaissait le tempérament de son subordonné, ne voulait pas le laisser sans surveillance.

Il huma la fumée à l'odeur douce qui baignait maintenant la plage et laissa un instant son compagnon, bien en vue près d'un plateau de fruits, pour se diriger vers l'assassin. Voyant le fils du roi s'avancer, l'homme s'arrêta un instant et l'attendit. Elio n'hésita pas :

— Qu'y a-t-il dans la fumée, Arutha ?

Le Syyr noir eut un sourire en coin face à la perspicacité du prince.

— Une drogue douce, l'Oofa.

Au regard horrifié de son interlocuteur, il reprit :

— Détendez-vous, cela signifie « l'éphémère ». Les effets ne sont pas bien méchants et se seront dissipés au matin. Il n'y a pas un endroit sur cette plage où vous seriez épargné, et je vous déconseille d'aller vous balader seul en forêt. Alors, puisque vous n'y pouvez rien, profitez de la nuit.

Elio s'éloigna du brasier à côté duquel Arutha s'était remis à danser et chercha des yeux les Syyrs dont il avait la charge. À côté de Lubéon, Gaal était étendu dans un coin. Le mécanicien semblait s'être endormi, et les ronflements qui parvinrent à l'oreille du prince confirmèrent son jugement. Astre contemplait un groupe de créatures à quelques pas de Lianne qui, assise par terre, tentait de discuter avec un jeune garçon brun.

Quant à Zari, il s'était perdu dans la foule à la suite du soigneur Valand. Inquiet, Elio partit à la recherche de son médecin, espérant que celui-ci saurait ce qu'il convenait de faire.

Lianne était fascinée par le visage qu'elle contemplait sans se lasser. Les Valands étaient les premiers humanoïdes qu'elle rencontrait. Les traits fins du jeune homme ressemblaient en beaucoup de points à ceux d'un garçon « normal », si ce n'était d'abord la couleur de sa peau, d'un brun tirant sur l'acajou dans la lueur du feu avec des nuances vert foncé se fondant harmonieusement dans l'ensemble, puis ses grands yeux presque entièrement noirs qu'une deuxième paupière protégeait efficacement des moustiques qui abondaient dans les bois, ou de la fumée du feu sur la plage.

Son nez et sa bouche étaient fins. Ils paraissaient encore plus effacés comparés aux yeux sombres comme la nuit qui la dévisageaient. Les doigts délicatement ciselés se levèrent doucement, comme craignant de l'effrayer, pour aller caresser ses cheveux ondulés et relativement soyeux malgré son séjour en forêt. Elle toucha de la paume de sa main les siens, épais mais doux, et sentit un frisson agiter la masse capillaire. Lianne sourit à nouveau avant de s'écarter doucement tandis que son regard s'arrêtait sur les excroissances poussant sur les avant-bras du Valand. Remarquant son intérêt, il tendit le bras, et elle put effleurer l'appendice en forme de feuilles. À son tour, il chatouilla son coude et émit le gazouillis qu'elle interprétait maintenant comme leur rire.

La fête continua toute la nuit entre chants et danses, jusqu'à ce que les feux se consument en un tas de braises rougeoyantes et laissent la lumière du petit matin reprendre ses droits. Elio n'avait pu retrouver le médecin parmi la foule, et s'était résigné à attendre, éloignant les compagnons qu'il avait réunis des fumerolles qui s'élevaient encore.

Seuls Lubéon, Astre et Gaal se reposaient avec lui loin des cendres fumantes. Lianne s'était éloignée avec la créature brune, et Zari devait s'être endormi dans un coin. Arutha et les villageois s'apprêtaient à aller se coucher. Bâillant, le prince donna l'ordre aux autres de faire de même et de profiter de quelques heures de sommeil tant qu'ils le pouvaient encore. Il jeta un dernier coup d'œil vers les deux silhouettes assises près du rivage, puis rejoignit sa cahute.

Lianne avait vu partir Arutha et les Valands. Elle avait aperçu une dernière fois la fille de l'ancêtre, puis ses compagnons étaient également rentrés se coucher, et elle soupira. Il lui fallait aussi y aller. Elle voulut se lever quand le garçon la retint par la main.

Gentiment, il glissa de nouveau la main dans ses cheveux et, avant qu'elle ait pu faire un geste, il lui plaqua un baiser sur les lèvres. Elle recula d'un bond et se dressa sur ses pieds, imitée par le garçon qui avait l'air bouleversé. Dans son dos, une ombre fila vers le village, mais la jeune femme ne put rien distinguer.

Comme le Valand ne tentait pas de la retenir à nouveau, elle se ressaisit, et lui dit au revoir de la main avant de se diriger vers la case où Arutha était entré. Il la suivit en silence, penaud, et malgré les gestes de Lianne essayant de lui faire comprendre qu'il fallait qu'il s'en aille, il était toujours derrière elle à son arrivée devant la cahute.

Elle entrouvrit doucement le voile qui cachait l'entrée et contempla un instant le visage du Syyr noir endormi, pour une fois paisible et libre de tout cauchemar. Il était allongé sur la partie gauche d'une large paillasse au matelas fin garni d'herbes sauvages qui embaumaient la pièce, et recouvert d'une légère couverture. Les moustiquaires situées aux entrées de la case tenaient les intrus à l'écart tout en laissant passer l'air frais du petit matin.

L'assassin s'agita légèrement, et une forme se glissa sous la couverture qui le recouvrait, puis l'homme gémit avant de se redresser, les yeux grands ouverts. D'une voix choquée, il souleva le drap :

— Lianne ?!

Lorsque la frimousse brune de son ex-promise émergea, il se laissa retomber sur le lit et s'adressa à elle d'une voix lasse. Boudeuse, la jeune femme répondit en désignant le couple qui se tenait à la porte. Quand Arutha vit l'apprentie Syyr, il ne put s'empêcher de rougir, ce qui la satisfit intérieurement après le choc qu'elle avait eu à l'entendre prononcer son nom.

Revancharde, elle le regarda sans broncher, les bras croisés. Il soupira à la nouvelle tirade du petit bout de femme assise à califourchon sur son torse, qui entreprenait à nouveau de glisser sous la couverture. D'une main, il la retint pendant qu'il demandait calmement à la jeune élève :

— Lianne, qu'as-tu fait exactement avec ce garçon ?

Ce fut à son tour de rougir. Gênée, elle bafouilla légèrement :

— Il m'a embrassée. C'est tout.

Il laissa échapper un léger soupir de soulagement et répondit à la Valande qui le surplombait, les mains baladeuses. Cette dernière se figea, mécontente, et Arutha posa une question au compagnon de soirée de la jeune femme. Celui-ci dit d'un ton neutre quelques mots qui agacèrent la fille de l'ancêtre, jusqu'à ce que le Syyr ajoute quelque chose en se redressant sur son lit. Le visage à quelques centimètres du sien, il saisit délicatement son menton et se pencha pour l'embrasser.

La jalousie prit Lianne par surprise. Elle ne savait plus où se mettre, et n'appréciait pas que la Valande fût si près du jeune homme, encore moins qu'il l'embrassât. Alors qu'elle s'apprêtait à tourner les talons pour rejoindre l'équipage du cargo, Arutha lâcha la créature brune. Celle-ci, se décollant à regret, quitta la paillasse pour disparaître par la porte, jetant au passage un regard curieux à la jeune élève. Quand ils furent de nouveau seuls, l'homme se rallongea dans le lit et soupira longuement en fermant les yeux. Il expliqua à Lianne, toujours debout à l'entrée de la cahute, ce qui venait de se passer :

— Le garçon que tu as embrassé était le compagnon de Suria, son Étoile.

Devant le regard choqué de la jeune femme, il se redressa pour s'excuser :

— Pardonne-moi, j'aurais dû t'expliquer avant. Les Valands sont un peuple de couples. Ils vivent par deux, et ne se quittent plus de leur union à leur mort. Par contre, leur relation n'est pas exclusive. Si un Valand souhaite partager le lit d'un autre et si son Étoile est d'accord, ils changent de partenaire le temps qu'il faut. Suria, la fille de l'ancêtre, me voulait et a demandé à son compagnon s'il souhaitait t'avoir. En t'embrassant, il t'a demandé ton accord. Tu as refusé, cela s'arrête là.

Lianne crut percevoir une note de soulagement dans sa voix. Elle décroisa les bras et passa une main dans ses cheveux, tentant de dissiper la fatigue qui s'emparait d'elle. Elle raisonna :

— Suria n'a vu que le baiser, et a accouru ici.

Le soldat acquiesça et ferma les yeux. Elle hésita un instant, puis se dirigea vers la paillasse, s'installa à côté de lui et murmura :

— Bonne nuit.

Déjà presque de retour au pays des rêves, l'homme roula sur le côté pour laisser à Lianne la place de s'installer. Elle pouvait sentir son souffle chaud et régulier dans sa nuque. Il s'était déjà rendormi.

15

Elio se réveilla en sursaut tandis que les souvenirs de la soirée lui revenaient rapidement en mémoire. Comment avait-il pu aller se coucher sans savoir où était Zari et en laissant Lianne toute seule ? Il pesta un instant contre la drogue qui avait embrouillé son esprit, et réveilla les autres. Au passage, il remarqua avec soulagement que le médecin avait réintégré sa paillasse, le corps couvert de peintures bariolées.

Pendant qu'ils se levaient, Elio fit un bilan rapide : il n'avait mal nulle part, avait retrouvé ses esprits, et se sentait plutôt en forme, bien reposé malgré le peu d'heures de sommeil.

Par contre, il avait faim, vraiment faim. Il convint avec le docteur que « l'éphémère » portait bien son nom et qu'elle ne devrait pas avoir d'effets indésirables persistants s'ils trouvaient de quoi manger. Après avoir lutté un moment pour se rhabiller sans assistance, le groupe se dirigea vers la cahute d'Arutha, voulant s'assurer que la jeune élève allait bien.

Le prince contempla un instant le soleil qui se levait à peine, et avança vers le centre de la plage. Il aurait cru que la journée serait plus avancée. Tandis qu'il progressait, il aperçut l'assassin qui sortait de l'eau en compagnie d'autres pêcheurs.

La grève était de nouveau calme ce matin. Partout les feux déjà froids disparaissaient sous les galets à mesure que le vent dispersait les cendres. Elio ordonna aux autres de rester là, et rejoignit le jeune homme, qui discutait avec ses compagnons au bord de l'eau. Le voyant arriver, l'assassin se tourna vers lui :

— Bien dormi ?

Le prince, encore en colère contre Arutha, répondit d'une voix sèche :

— Très bien. Où est Lianne ?

— Elle se repose encore.

Ils marchèrent vers le reste de l'équipage. Arutha s'adressa aux Syyrs tout en ébouriffant ses cheveux dégoulinant d'eau de mer :

— Prêts pour la chasse ?

Lubéon évita les gouttelettes qui voletaient dans sa direction.

— Dès qu'on aura mangé quelque chose.

Arutha pencha la tête à la remarque du garde.

— Les estomacs vides motivent le chasseur.

Lubéon se retourna vers Zari et lui chuchota :

— Les estomacs ?

— Deux.

Le Syyr noir acquiesça aux propos du médecin.

— C'est exact. Je vois que vous avez pu discuter avec Rutaku.

Le médecin chercha ses mots pour décrire son échange avec le soigneur Valand.

— Dessiner serait plus juste.

Astre reprit la parole :

— À propos d'hier soir…

— Avant-hier.

— Pardon ?

Arutha le regarda, amusé :

— Vous avez dormi tout un jour, Elio.

Après avoir pris le temps de digérer l'information, le prince se ressaisit :

— Bref, ne me cache plus jamais ce genre d'information.

L'assassin ne releva pas la remarque glacée du prince, et fit un signe de tête en direction de la forêt, à la lisière de laquelle se tenait un groupe de Valands.

— Les chasseurs vous attendent.

— Ça veut dire qu'on ne mange pas ? gémit Lubéon.

Astre fit taire le garde pendant qu'Elio continuait :

— Et si on veut pêcher ?

Le jeune homme eut un rire légèrement suffisant.

— À votre guise. J'espère que vous avez une bonne apnée.

Il sembla hésiter, puis ajouta sans plus aucune trace d'ironie dans sa voix :

— Si vous tuez quelque chose, essayez de ne pas sauter de joie. Agenouillez-vous près du corps, et dites quelques mots une main dessus. Peu importe ce que vous direz, ayez juste l'air de le remercier.

Les propos du Syyr noir parurent étranges aux gardes, puis ils se rappelèrent la danse de l'avant-veille.

— Et Lianne ?

Arutha, qui s'éloignait déjà, ne prit pas la peine de se retourner, et désigna de la main une direction avant de rejoindre la grève où son groupe l'attendait toujours.

Dans la direction indiquée, la jeune élève courait vers eux en tentant de remettre correctement sa tenue.

— Il m'agace, s'énerva Lubéon.

Zari se retourna vers le garde.

— Il n'a pas tort. Je les ai vus hier, enfin avant-hier soir. Ils n'ont pas de branchies, mais restent sous l'eau plusieurs dizaines de minutes.

— Et lui alors ? Il est toujours entravé que je sache.

Zari haussa les épaules. Un gargouillement de ventre se fit entendre, et Elio n'eut plus le choix. S'ils voulaient manger, il leur faudrait chasser. Il donna le signal du départ après que la jeune femme les eut rejoints.

***

Lianne s'était réveillée seule dans la cahute. Elle avait mis un moment à s'habiller, car il n'y avait personne pour l'aider cette fois puis, ayant avisé un plateau sur la table basse, elle avait mangé un peu de poisson grillé pour calmer son estomac qui criait famine.

La lumière ayant éclairé la pièce d'un jour nouveau, elle n'était pas parvenue à comprendre comment elle avait osé dormir sur la même paillasse qu'Arutha, et s'était demandé si le Syyr noir ne s'était pas moqué d'elle en réagissant aussi… humainement. C'était bien la première fois qu'elle croyait avoir compris quelque chose avec lui, et voilà qu'elle s'était même mise à en douter… Elle n'était pas près de réussir à déchiffrer le soldat. C'était Elio qui allait être déçu, ce qui l'avait fait penser que tous devaient s'inquiéter pour elle. Elle avait noué à la va-vite la bande pectorale qui traînait encore sur la paillasse, et était sortie en courant.

Lorsqu'elle rejoignit le groupe à la lisière de la forêt, la jeune femme remarqua le Syyr noir qui s'éloignait vers la grève et ne put s'empêcher d'admirer son assurance. Pendant que l'équipage se dirigeait vers les chasseurs qui attendaient toujours, Lianne fut mise au courant des derniers événements. Lorsqu'elle entendit parler de l'Oofa, elle soupçonna tenir la raison pour laquelle Arutha lui avait semblé si bizarre la veille – et celle qui l'avait amenée à se laisser embrasser par ce garçon brun –, mais elle se garda bien de faire part de ses réflexions aux autres. Elle cacha sa gêne en toussant lorsque le garçon en question apparut entre deux arbres aux côtés de la jeune Suria.

Toute la tribu participait à la chasse, y compris les enfants. Seules les personnes incapables de se déplacer ou ayant des tâches essentielles à effectuer restaient dans les maisons suspendues qui se balançaient au-dessus de leurs têtes. La jeune Valande se rapprocha de Lianne en gloussant, et lui glissa un léger baiser sur la joue avant de prendre sa main pour l'entraîner vers le groupe qui s'éloignait déjà dans les profondeurs de la forêt.

Les Syyrs n'étaient pas très rassurés de pénétrer à nouveau dans les bois, mais ils se rendirent vite compte que chacun avait un guide attitré qui ne le quittait pas d'une semelle, sans doute sur les conseils d'Arutha. Pour une fois, Elio était content de l'initiative qu'avait prise le jeune homme, et il se promit de lui en faire la remarque lorsqu'il le reverrait. À vrai dire, il ne se sentait pas vraiment envie de chasser, mais il espérait au moins ne pas gêner.

Les Valands leur confièrent à tous une besace en cuir et un bâton aux deux bouts effilés, puis le groupe se divisa en paires qui s'égaillèrent. Chaque Syyr suivit son guide, tous étant légèrement inquiets de se voir séparés. Elio se demanda un instant si ce pouvait être une ruse de l'assassin, mais celui-ci avait déjà eu bien d'autres occasions de les isoler, ou bien aurait encore pu profiter des effets de « l'éphémère » ; aussi le prince se contenta-t-il de marcher en silence à la suite de la créature brune qui ouvrait le chemin. Ils progressèrent un moment dans le sous-bois touffu, suivant des traces que seul le Valand pouvait voir. Les pieds d'Elio faisaient un bruit de tonnerre quand il écrasait les branches sèches sous le tapis de feuilles, et il enviait son compagnon qui se glissait silencieusement parmi les arbres.

Soudain, il le vit : un large phacochère fouillait tranquillement le sol du sous-bois. En face, tapis sous un buisson, Lubéon et son guide attendaient. Lorsqu'un grognement sortit de son estomac affamé, Elio posa une main dessus, tentant inutilement d'en étouffer le son. Mais le phacochère les aperçut, et s'enfuit en courant.

Ce ne fut que lorsqu'il vit le Valand foncer après la créature qu'il comprit qu'il devait courir. Déjà, Lubéon avait surgi du buisson, et barrait la route à la bête énervée, brandissant une sorte de massue devant lui. Au dernier moment, il fit un pas de côté, évita les défenses aiguisées, et abattit son bâton dans un hurlement.

L'animal tomba, inanimé. Lubéon se redressa fièrement puis, au regard consterné que lui lançaient leurs deux guides, il se souvint des paroles d'Arutha, et s'agenouilla près du corps étendu. Il posa une main sur le museau humide de terre, et murmura d'un air contrit :

— Je te jure, qu'est-ce qu'il ne faut pas faire pour manger.

Elio réprima un sourire pour jeter un œil réprobateur au garde, qui insista pour porter seul sa prise. Sur le chemin du retour, ils croisèrent le groupe d'Astre et de Gaal qui ramenait également un phacochère, les pattes attachées à un bout de bois que les Syyrs portaient, puis ils aperçurent Lianne qui venait vers eux accompagnée de plusieurs jeunes enfants Valands portant des sacs pleins à craquer de fruits de toutes sortes et de farandoles de petits animaux, attachés par leurs longues queues à des brindilles.

Zari la suivait de loin, en pleine discussion avec une créature qu'Elio reconnut comme le soigneur. Ils communiquaient à l'aide de dessins faits sur des feuilles avec du charbon de bois récupéré sur la plage, et agitaient les mains et les bras en tous sens pour se faire comprendre. Ces deux-là n'avaient pas l'air d'avoir beaucoup chassé.

Arrivés au village, ils retrouvèrent sur la grève les pêcheurs de retour de leur expédition. Là aussi, différents groupes avaient été formés. Certains ramenaient d'impressionnants squales oblongs, alors que les enfants se baladaient avec des petits filets faits de lianes fines, emprisonnant une ribambelle de petits poissons multicolores ou des coquillages d'une taille admirable. Enfin, Arutha sortit de l'eau accompagné des deux Valands à la carrure impressionnante qui avaient sauté autour du feu l'autre soir. Ils ne ramenaient pas grand-chose, à peine trois sacs dégoulinants et une petite créature serpentine, mais quand l'être à la gauche du Syyr noir la brandit dans les airs, une ovation parcourut la foule qui se massait autour d'eux.

***

Quelques heures plus tard, tout le village avait l'estomac plein. Arutha et Elio étaient d'accord sur le fait qu'ils avaient déjà assez traîné ; aussi le groupe repartit le jour même, mené par deux Valands. Le sommeil qui les gagnait déjà fut rapidement dissipé par une marche active, et il ne leur fallut pas longtemps pour atteindre une partie moins dense de la forêt, légèrement surélevée, ce qui au regard de la topographie définitivement plate de la planète définissait une montagne.

À ce moment-là, le soldat et les deux guides s'arrêtèrent et entamèrent une danse étrange. Chacun à un pas de l'autre, ils se baissaient, posaient les mains à terre, puis avançaient d'un pas avant de recommencer, suivant une forme de spirale allant en s'élargissant. Soudain, l'assassin dit un mot à ses compagnons : tous deux stoppèrent, mirent un genou à terre, puis saisirent le tapis de feuilles devant eux. Au signal d'Arutha, ils se redressèrent, arrachant du sol la toile de camouflage. Faisant s'envoler les feuilles qui retombèrent en pluie, ils dévoilèrent un trou dans l'espace vide devant eux. L'homme retira un peu plus la bâche, dégageant un passage sous le chasseur qui était apparu, puis s'adressa à Gaal :

— Prends ce qu'il te faut, et on s'en va.

Il se retourna vers les deux Valands qui attendaient et les remercia de quelques mots avant de les laisser s'en aller, abandonnant l'équipage seul au milieu des bois. Elio regardait le Syyr qui caressait doucement le nez de l'appareil, le regard nostalgique et se demanda un instant ce que lui rappelait le vaisseau. L'Empire ? Il admira un instant le camouflage du chasseur qu'ils n'auraient jamais pu détecter, même maintenant qu'il était légèrement découvert, et passa à son tour sous la toile où Gaal et Lubéon s'affairaient déjà. Ils avaient ouvert une trappe d'accès au moteur et en retiraient maintenant plusieurs pièces, dont un régulateur en état de marche, mais ancien. Le mécanicien fit la grimace, et jura tout bas.

Astre fit discrètement signe à Elio de le rejoindre un peu plus loin sous l'appareil, et lui montra des impacts sur la carlingue : le vaisseau avait été attaqué. Le prince les examina rapidement, et rejoignit Lianne et Zari qui attendaient dehors pendant qu'Arutha se changeait pour abandonner le pagne qu'il portait ces derniers jours. Les autres membres de l'équipage avaient repris leurs anciens vêtements avant de partir. Lorsque le mécanicien eut récupéré tout ce qu'il pouvait sur l'épave et après que l'assassin eut remis en place la bâche qui cachait l'appareil, le petit groupe reprit sa route.

Arutha avait sans doute demandé son chemin aux Valands avant qu'ils partent, car il se dirigea sans hésiter en direction du sud et ne s'arrêta plus de la journée. Les Syyrs avaient appris à suivre sans discuter leur guide à travers les bois. Ils marchèrent à un rythme soutenu jusqu'au soir, mangeant en route quelques fruits, et gardant pour le dîner la viande qui leur avait été offerte à leur départ.

Lorsqu'ils s'arrêtèrent pour trouver un passage dans un massif d'épineux particulièrement dense, Lubéon en profita pour se soulager contre un buisson. Un rat massif de la taille d'un chien jaillit soudain du taillis. Jappant, le dos encore humide, l'animal fila tout droit et atterrit dans les jambes de Lianne, qu'il mordit dans sa panique. La jeune femme poussa un cri de douleur et essaya de décrocher l'animal qui ne voulait pas lâcher. Ses mains glissèrent sur le dos mouillé. Le rat en profita pour assurer sa prise, enfonçant ses crocs plus profondément dans la chair meurtrie.

Quand Arutha arriva près d'eux, Lubéon tenait la bête toujours agrippée à la jambe de la jeune élève, qui était tombée à terre, et Gaal s'approchait le couteau à la main. Le soldat repoussa le mécanicien d'un geste, s'agenouilla, et prit la mâchoire puissante à deux mains, glissant son pouce et son index à la base de celle-ci. Petit à petit, les doigts s'inséraient entre les dents, forçant lentement le rat à ouvrir la gueule. Enfin, l'animal lâcha prise, et se dégagea d'un saut suivi d'un claquement de mâchoire. Ses griffes acérées plongèrent dans le mollet tendre et arrachèrent un nouveau cri à la jeune femme, puis le rat disparut dans les buissons aussi soudainement qu'il était apparu.

Lubéon massa ses doigts endoloris.

— Sale bête !

Sans un regard pour le râleur qui s'essuyait tant bien que mal, Zari se pencha sur la blessée :

— Ça va, Lianne ?

La jeune femme n'avait pas l'air vaillante, et elle tourna de l'œil avant de pouvoir répondre. Le médecin se tourna vers Arutha :

— Elle s'est évanouie ?

L'homme hocha la tête, frottant ses mains dans la terre.

— Endormie. La salive du gooku sert de somnifère aux Valands.

Un éclair de compréhension traversa le regard du docteur.

— Ah, c'est donc ça. Elle en a pour un moment alors.

Le Syyr noir hocha de nouveau la tête, l'air dans le vague, et se leva lentement.

— Je reviens.

La démarche incertaine, l'assassin disparut dans la forêt sous les yeux étonnés du reste du groupe. Elio et Astre se levèrent et partirent à sa suite, l'observant tituber dans les sous-bois, penché sur le sol à la recherche de quelque chose. Un instant, l'homme perdit l'équilibre et trébucha sur une racine, s'affalant par terre dans un juron incompréhensible. Le prince se rapprocha prudemment.

— Ça va ?

Arutha s'assit contre un tronc sans chercher à se relever et regarda le Syyr blanc s'avancer vers lui, puis ferma les yeux.

— La salive n'a pas besoin d'une blessure pour traverser la peau, n'est-ce pas ?

La silhouette à moitié endormie contemplait maintenant l'extrémité de ses doigts tendus, puis releva ses yeux bleus avant de les fermer à nouveau. Elio reprit :

— Que fait-on maintenant ?

L'homme réagit enfin, cherchant ses mots.

— On ne peut pas rester ici. Le coin n'est pas… bon.

Le prince écoutait, attentif au combat que menait l'assassin contre le sommeil. Il n'avait pas trouvé le remède qu'il cherchait pour dissiper les effets du somnifère. Elio tenta de masquer sa surprise lorsque le Syyr noir saisit lentement son couteau, et s'entailla la paume de la main sans broncher. Après cela, il sembla retrouver un semblant de vigueur tandis que la douleur se propageait jusqu'à son cerveau. Il s'ébroua, chassant la fatigue.

— On avance encore. Je porterai Lianne.

Elio eut un sourire contrit.

— Ça m'ennuie de te le dire, mais tu n'as pas l'air capable de te porter toi-même, alors une personne de plus…

L'homme tiqua et se leva pour le contredire, avant de glisser de nouveau contre le tronc de l'arbre jusqu'au sol.

— Dans cinq minutes.

Le prince regarda avec curiosité celui qui les avait guidés jusque-là.

— Pourquoi nous aides-tu ?

Un soupir s'échappa de la poitrine fatiguée, et il murmura comme pour lui-même :

— Je ne sais pas.

Elio, qui s'était accroupi à côté du jeune homme, se redressa à son tour. Cela faisait un moment que l'idée le taraudait : pourquoi Arutha ne réclamait-il pas la clé des bracelets de force à ses poignets ? Il pourrait tout à fait marchander sa liberté maintenant qu'ils étaient perdus au milieu de nulle part. Il ne semblait même plus remarquer les anneaux de métal qui distillaient leur poison dans son corps.

S'ils voulaient avancer, ils avaient besoin d'Arutha. Le Syyr préférait ne pas s'arrêter ici, et le prince en avait assez vu sur cette forêt pour ne pas souhaiter discuter ce point avec lui. Depuis l'attaque, il n'avait cessé d'être surpris par le comportement de l'assassin. Les marques de tir sur la carlingue du chasseur provenaient de lasers identiques à ceux des forces impériales : c'était donc l'Empire qui poursuivait le Syyr lorsqu'il s'était échoué sur cette planète.

Elio avait le sentiment que l'assassin ne tenait pas à voir Lianne tomber dans les mains de ses maîtres, et que c'était la raison pour laquelle il s'ingéniait à les garder tous en vie. Pourtant, il n'oubliait pas qu'il avait également poignardé un homme dans le dos. Savait-il vraiment de quoi Arutha était capable ?

Le prince fit glisser la chaîne qui pendait à son cou, et la laissa tomber aux pieds du Syyr, qui contempla la carte de métal gisant dans les feuilles mortes. Il la fixait encore sans bouger quand Elio se décida à partir, entraînant Astre avec lui. L'hésitation du soldat lui avait appris ce qu'il souhaitait : il ne tenait pas à retrouver son Don. Il frémit un instant, imaginant l'usage qu'il avait sûrement dû en faire dans sa profession.

Elio et Astre se raidirent quand ils entendirent des pas les rattraper, puis ils échangèrent un sourire du coin des lèvres lorsque le soldat les dépassa d'un air déterminé, parfaitement réveillé et les poignets plus légers.

16

L'endurance du soldat habitué à la forêt lui permettait de porter Lianne sans ralentir l'allure du groupe. La jeune femme dormait d'un sommeil heureux, le visage détendu, un bras autour du cou et la tête contre l'épaule de son porteur qui avançait avec soin.

Zari avait traité la blessure du mieux qu'il pouvait, mais quelques points de suture faisaient défaut pour la refermer correctement. Si la morsure était profonde, c'était surtout la griffure qui inquiétait le médecin, car celle-ci avait pu infecter les deux plaies qui se recoupaient. Avant de recouvrir le mollet, le médecin attendit que le prince l'ait rejoint. Elio fronça les sourcils en contemplant la plaie nette que morsure et griffure avaient imprimée dans la chair de la jeune femme. Une croix rouge marquait à présent la peau blanche juste au-dessus de la cheville. Quelques centimètres plus bas, et cela aurait été beaucoup plus grave.

Peu avant la tombée de la nuit, l'apprentie s'éveilla enfin. Elle tenta d'enfoncer la tête dans son oreiller comme après la sonnerie du réveil quand Arutha, jusque-là si précautionneux, la posa brutalement à terre.

— Bien. Puisque tu es réveillée, tu vas pouvoir marcher.

Désorientée par la brutalité du réveil et par la dureté du ton, Lianne mit un instant avant de comprendre ce qui lui était arrivé. Rouge de confusion à l'idée de s'être évanouie tout ce temps, elle se laissa entraîner par Astre tandis que le médecin l'auscultait à nouveau. Lianne blêmit à la vue de la croix sanglante qui décorait sa cheville.

Zari n'eut pas grand-chose à faire. La plaie semblait saine et, avec l'exercice, la forme revint rapidement à la jeune femme, qui marcha jusqu'au soir. Cette nuit-là, alors qu'ils se reposaient autour du feu, le Syyr noir apporta un breuvage à base de plantes à Lianne. D'un ton autoritaire, il lui dit de tout boire, puis il en proposa aux autres membres du groupe.

— Vu votre état, ça n'est pas du luxe.

Après avoir dormi toute la journée, la jeune femme se sentait plutôt en forme, et le comportement distant du Syyr commençait à lui porter sur les nerfs, à tel point qu'à nouveau, elle ne savait plus si ce qu'elle avait vu dans le village était le vrai Arutha ou une autre illusion.

À côté d'elle, Elio et Gaal affichaient un air grave tout en discutant. Le régulateur était certes en état de marche, mais son ancienneté et le fait qu'il avait été conçu pour un vaisseau aussi petit qu'un chasseur faisaient craindre des complications : une fois en place, la pièce ne tiendrait pas longtemps. Elio devait se rendre à l'évidence : ils n'atteindraient pas Nui. Leur seule option était de rebrousser chemin et de rejoindre l'académie de Pira.

Le prince conservait devant les autres le masque parfait de la tranquillité, mais à l'intérieur, colère et frustration l'habitaient. C'était un échec que son père et le Haut Conseil ne manqueraient pas de lui faire payer. Sans compter que si un espion était effectivement présent à l'académie, ils mettraient Lianne en danger en y retournant. Pourtant, il n'avait pas le choix.

À son retour, il lui faudrait calmer le roi et réaffirmer sa position de digne héritier. Mais il savait déjà comment s'y prendre. Son regard s'arrêta sur la jambe de Lianne, dont le pantalon avait été retroussé pour permettre les soins. Il savait ce qui se cachait sous les bandages. « Au croisement des destinées, l'Enfant sera révélé. » La croix rouge qui ornait la cheville de la jeune femme avait fini de le convaincre. Elle serait l'Enfant qu'ils attendaient.

Ayant terminé de distribuer la boisson fumante, Arutha se posa devant le prince, le fixant de son regard saphir, et parla :

— Je veux votre promesse.

Elio, qui n'avait rien oublié de ce que l'assassin leur avait demandé avant leur rencontre avec les créatures, demanda :

— Explique-moi. Les Valands sont des êtres intelligents, le Royaume pourrait leur apporter beaucoup : technologie, médecine… Pourquoi ne veux-tu pas qu'on parle d'eux ?

— Pour quoi faire ? Ils sont heureux, plus heureux que vous ou moi. Ils vivènt en paix, ne connaissent ni la cruauté ni le meurtre. Ils subviennent à leurs besoins en harmonie avec la terre qui les nourrit. Ils n'ont pas besoin de quoi que ce soit qu'on puisse leur apporter. Mettez-les en contact avec le monde extérieur, et ce sont l'envie, la haine et la jalousie qu'ils retiendront. Cela les tuerait.

Le prince était impressionné par le discours d'Arutha, de loin le plus virulent qu'il ait jamais prononcé devant eux. Il se demanda un instant s'il n'avait pas libéré le génie de sa bouteille en rendant au Syyr sa liberté.

L'assassin pouvait les forcer à lui promettre ce qu'il voulait : il lui suffisait pour ça de les menacer de les abandonner ici, et il leur serait impossible de retrouver leur chemin jusqu'au cargo. Apparemment, le soldat voulait pourtant les convaincre et les rallier à son point de vue. Le fils du roi ne cessait de s'étonner du comportement de l'assassin et, encore une fois, il devait revoir l'image qu'il avait de lui.

Il comprenait l'envie d'Arutha de préserver le havre de paix qui les avait accueillis ces derniers jours, si cela était son véritable objectif. Pouvait-il tout de même cacher l'existence des Valands à son père ? Ils ne seraient pas particulièrement utiles au Royaume, qui comportait déjà des espèces amphibies, et l'Empire ne tirerait aucun bénéfice de cette race dont il n'avait pas connaissance.

Bien qu'il pût prendre seul cette décision, il consulta le reste de l'équipage. Au soulagement d'Elio, le soldat accepta de s'éloigner un instant pour les laisser discuter, et il contempla ses compagnons rassemblés avant de leur expliquer ce qui se passait. Lorsqu'il demanda leur avis à chacun, Zari fut le premier à répondre, sans une hésitation :

— Bien sûr qu'il a raison ! Ce serait une folie de les déclarer. Ils ne survivraient pas deux ans à notre civilisation.

La hâte du médecin d'ordinaire si tranquille à défendre la position d'Arutha étonna Lianne, puis elle se rappela sa complicité avec le soigneur du village et son émerveillement face à ses connaissances. C'étaient surtout les Valands qu'il protégeait. Astre, songeur, prit la parole :

— Je ne sais pas si nous avons vraiment le choix.

Il se souvenait de la disparition des bracelets de force aux poignets de l'assassin et, bien qu'il n'eût jamais critiqué une décision de son prince, il ne pouvait s'empêcher depuis de surveiller plus étroitement le comportement du Syyr noir.

— Mais même si j'apprécie ce peuple, il me serait très difficile de mentir au roi. Peut-être pourrait-il comprendre les arguments d'Arutha et ne pas intervenir auprès des Valands ?

Une expression dubitative planait sur les visages : jamais le roi ne les laisserait tranquilles. Lubéon rebondit aux propos du chef de la garde :

— Je n'aime pas non plus l'idée de mentir au roi, mais on ne ferait que taire une partie du récit, ce qui n'est pas vraiment mentir tant qu'on ne nuit pas au Royaume, énonça-t-il avant de glisser un regard en coin vers son prince, qui lui fit signe de continuer. Et puis, Astre l'a dit, si on veut partir d'ici, il faudra promettre de ne rien dire.

Pendant le silence qui suivit les paroles du garde, chacun sentit qu'il avait visé juste. Il continua, réfléchissant à haute voix et fixant l'assassin qui leur tournait le dos :

— Sinon, on pourrait…

Elio suivit son regard et le vit venir à trois lieues :

— Non.

Lubéon se rembrunit et grommela tout bas :

— Bien sûr que non. C'était juste pour explorer toutes les pistes.

Le prince ne tint pas compte de ce dernier commentaire. Il savait que Lubéon ne le pensait pas vraiment. Plus maintenant. Il se tourna vers le mécanicien.

— Gaal ?

Celui-ci haussa les épaules : il suivrait la décision du groupe.

— Lianne ?

Elio observa avec attention la jeune femme. Il voulait savoir ce qu'elle pensait de la situation. Lianne resta un instant plongée dans ses pensées, se demandant pourquoi Arutha tenait tant à protéger ce peuple. Qu'avait-il trouvé chez eux ? Il semblait y avoir créé des liens puissants, faisant partie du clan au même titre que ses autres membres.

Depuis leur départ, le sourire qu'ils avaient aperçu sur les lèvres du Syyr noir s'était effacé, et son regard saphir était redevenu aussi froid que l'océan. Pourquoi était-il parti la première fois ? Un vaisseau venu le secourir ? Non, il aurait pu se cacher.

Tandis qu'elle le regardait s'affairer près des sacs, tentant de réfréner son impatience alors que l'équipage délibérait, elle saisit soudain ce qui l'avait fait fuir : ses émotions. La colère, la jalousie, la haine étaient peu répandues dans le village, et il avait eu peur de ne pouvoir toujours se contenir. Elle se souvint de son agacement face aux avances insistantes de Suria, de sa crainte que Lubéon ou l'un d'entre eux se mît en colère. Oui, c'était pour eux qu'il était parti, et elle trouvait cela touchant.

Cependant, cela n'expliquait pas qui avait bien pu descendre son appareil. Elle ne s'y connaissait pas assez en armes pour identifier les marques sur la carlingue, mais peut-être pourrait-elle en glisser un mot à un de ses compagnons. En attendant, elle savait ce qu'elle devait faire :

— Je crois que je vais promettre. Nous ne ferons pas de tort au Royaume, il me semble. Et puis, je trouve qu'on lui doit bien ça.

Il n'y avait rien à redire après cela, tous en convinrent. Elio rappela Arutha, qui revint lentement vers eux, comme redoutant ce qu'il devrait faire si la réponse qui lui était donnée n'était pas celle qu'il attendait.

Lianne pouvait sentir la détermination de sa démarche, et elle savait que s'il le devait, il n'hésiterait pas à les abandonner au milieu de la forêt. Peut-être viendrait-il les voir de temps à autre, espérant qu'ils aient changé d'avis ?

— Nous sommes d'accord. Nous ne dirons pas un mot à propos des Valands.

L'assassin hocha lentement la tête, et tendit la main au prince, qui la serra avant de demander :

— Et maintenant ?

Le soldat répondit de la voix froide qu'il avait retrouvée depuis leur départ de la plage de galets :

— On dort. Et demain, on marche.

Puis il alla s'installer à l'écart du petit groupe, pendant que celui-ci mangeait un morceau de viande tiré des provisions que leur avaient fournies leurs hôtes des derniers jours, avant de s'installer pour la nuit. Comme à son habitude, Arutha veillerait aussi, mais un tour de garde fut tout de même instauré, et Zari prit place à côté du feu.

Dans la pénombre grandissante, les pensées de Lianne se tournèrent vers Espérion. Le jeune garçon devait la croire morte, comme tous ceux de l'expédition. Elle avait soudain hâte de rentrer. Voir les Valands lui avait fait prendre conscience du nombre infini et de la diversité des peuples dont le sort était lié à l'Enfant de la prophétie. La peur la paralysa un instant lorsqu'elle pensa aux conséquences que pouvaient avoir ses actions, si elle était bel et bien cet Enfant. Personne ne devrait avoir ce genre de pouvoir. Mais si celui-ci lui avait réellement été octroyé, alors il était inutile de vouloir lutter contre. Ne pas agir était aussi agir en soi. Continuer de se comporter comme elle l'avait toujours fait semblait la seule solution acceptable. Au moins n'aurait-elle rien à regretter. La fatigue du jour lui tomba enfin dessus, aussi durement que venait de le faire son destin, et elle sombra dans un sommeil sans rêves, courte trêve avant son réveil et sa nouvelle vie.

Bientôt, les souffles réguliers des dormeurs montèrent vers les branches des arbres, celui du médecin encore plus fort que les autres, assommés par le somnifère qu'Arutha leur avait fait boire. Une silhouette noire se rapprocha de l'Enfant, et se pencha sur la jeune femme endormie, où elle se figea un moment.

Le courage de Lianne ne cessait d'étonner Arutha. Pas une plainte ne franchissait ses lèvres. Elle supportait la faim et la fatigue sans un bruit. Plus les jours passaient, et plus sa certitude qu'elle était l'Enfant grandissait. La jeune femme prenait aussi la mesure de l'importance de sa situation. Elle portait sur ses épaules le destin de milliers de vies, et pourtant, elle n'avait pas tremblé. Il fallait avoir une foi immense ou être totalement inconsciente. Il ne savait pas encore dans quelle catégorie il devait la placer. Peut-être la deuxième. Malgré tout, elle l'impressionnait. Après avoir contemplé un moment la silhouette endormie, le Syyr noir poussa un soupir, et retourna s'asseoir près des flammes.

La journée du lendemain passa lentement. La fatigue se ressentait chez les marcheurs, malgré la nuit de sommeil sans rêves qu'ils attribuèrent aux efforts intenses qu'il leur avait fallu fournir ces deux derniers jours. Celle-ci leur avait tout de même rendu une partie de leurs forces. Ayant pitié de leurs mines épuisées, leur guide s'arrêta plus tôt que la veille. Le lendemain matin, ils atteindraient le vaisseau, puis il faudrait quelques heures à Gaal pour installer le réducteur, et ils pourraient décoller.

Les gardes montèrent le camp pour la nuit, nettoyèrent la zone des mousses tentaculaires, et allumèrent un feu, puis ils se regroupèrent autour des flammes. Comme à son habitude, le Syyr noir s'installa un peu en retrait à la fin du repas, et se mit à tailler un roseau assez large qu'il avait ramassé près du chasseur écrasé. Sa lame allait et venait, travaillant le bois et lui arrachant copeau après copeau au rythme lent qu'il avait adopté. De temps en temps, il levait ses yeux saphir vers eux avant de les reposer sur son ouvrage. Lorsqu'il eut fini, une douce musique envahit le sous-bois, rappelant celle des instruments dont jouaient les créatures brunes et bleues qui vivaient à la lisière de la forêt.

Au chaud près du feu, la fatigue envahit de nouveau Lianne, et elle se laissa emporter par ses pensées vagabondant au son de la flûte. Elle se demanda si c'était vraiment pour eux qu'ils s'étaient arrêtés si tôt, ou si le Syyr voulait passer une dernière nuit sur cette planète avant de retourner vers le monde auquel il appartenait. La chanson continuait, mélancolique, et la jeune femme se surprit à regretter de quitter cet endroit où elle pouvait encore oublier quelque temps ce qui l'attendait en dehors.

Lorsque la musique s'arrêta, Arutha avait dit adieu à son peuple d'adoption, et Lianne dormait profondément.

***

Le retour au vaisseau fut rapide, quelques heures à peine qu'ils auraient sans nul doute pu franchir la veille au soir, mais personne n'en voulut au soldat, qui semblait maintenant plus impassible que jamais. Ils retrouvèrent le cargo qui, comme l'avait promis Arutha, ne s'était pas plus enfoncé dans la tourbière. Les réparations furent effectuées tout aussi vite, et le circuit fut adapté au nouveau régulateur. Après une brève vérification aux scanners qu'aucun navire impérial ne traînait encore dans les parages, le vaisseau s'extirpa de la surface boueuse et décolla vers Pira.

Le voyage du retour se passa sans heurts, confirmant que leur stratégie pour faire croire à l'explosion de leur coque de noix avait fonctionné. Rapidement, la même routine qu'à l'aller s'installa, à ceci près que la cellule d'Arutha restait maintenant ouverte. La porte avait été attachée par Gaal de manière à ce qu'elle ne claquât plus intempestivement à chaque fois que le vaisseau tanguait. Tout en travaillant, le garde sifflotait. Il était content de rentrer. Il allait pouvoir reprendre l'entraînement de son élève.

De retour dans l'habitacle, Arutha s'était étendu sur sa couchette, et n'en avait plus bougé. Il frissonna dans son sommeil. C'était la deuxième fois qu'il dormait depuis leur arrivée sur la planète. Lianne, qui l'observait, pénétra dans la cellule pour relever un peu la couverture qui avait glissé, ne voyant pas les yeux bleutés se poser un instant sur elle avant de se refermer. Elle contempla son visage qui, au repos, perdait la froideur que s'imposait le soldat. Les trois anneaux à son oreille droite brillaient sous la lumière artificielle de la cabine, et elle détailla les délicates gravures qui sillonnaient le métal doré. Le pendentif blanc avait de nouveau disparu sous sa veste. Arutha bougea dans son sommeil, faisant sursauter Lianne. Elle se leva doucement pour laisser l'homme tranquille, et retourna auprès de Zari. Le médecin s'occupait des diverses coupures et autres blessures légères qu'ils avaient tous ramenées de leur expédition. Pendant qu'il désinfectait la plaie à sa cheville, la jeune femme fit le bilan de ce qu'elle venait d'apprendre par Lubéon.

Leur guide avait été attaqué par des soldats impériaux, cela ne faisait aucun doute, et s'il n'aimait pas le montrer, il souhaitait les aider, ou tout du moins l'aider, elle, l'Enfant de la prophétie. Elle secoua la tête comme pour y imprégner l'idée. Elle était l'Enfant de la prophétie. Sans savoir pourquoi, Lianne n'en doutait plus. Sur elle reposaient le destin du Royaume, ainsi que celui de l'Empire. Deux peuples, des milliards de vies. La jeune femme prit une grande respiration et refusa de paniquer, elle n'en avait plus le droit. Après tout, ils étaient de nouveau en route pour Pira, et elle rejoindrait ses amis dans quelques heures maintenant. Elle retrouverait Espérion, un large sourire sur son visage basané, et en profiterait pour prêter plus d'attention au jeune homme.

Un léger picotement dans sa nuque la ramena à la réalité tandis que le médecin soignait une autre coupure. Lianne le remercia, se leva, et resta un moment à contempler les étoiles à travers la baie de commande. Elle n'avait plus peur. La jeune femme n'était pas prétentieuse au point de remettre en cause la décision des forces qui l'avaient élue et, puisque c'était son destin, elle trouverait un moyen d'y arriver.

Le vaisseau se posa doucement sur la petite piste d'atterrissage de l'académie. Mise au courant seulement quelques minutes auparavant, Ozalee attendait avec inquiétude dehors, accompagnée de la garde au grand complet. Lorsque la porte de la soute s'ouvrit, la chef médecin accueillit avec un immense soulagement le retour anticipé de son prince et de l'équipage.

Si certains furent surpris de voir Arutha sortir libre du vaisseau, ils ne le montrèrent pas. Cependant, lorsque le Syyr noir voulut s'éclipser discrètement, les gardes qui accompagnaient Ozalee s'empressèrent de lui barrer la route. Encerclé, Arutha s'immobilisa, mais ne fit pas mine de reculer, et glissa une main dans son dos, là où Elio savait qu'il gardait une de ses lames.

La tension déjà palpable monta encore d'un cran lorsque Lubéon, furieux, se plaça entre l'assassin et les attaquants, leur demandant de baisser leurs armes. Elio se tourna vers les gardes, et leur ordonna de ranger leurs sabres. Incrédules, ils s'exécutèrent finalement, gardant tout de même la main sur le fourreau. Prêts à réagir, ils ne quittaient pas des yeux leur opposant, qui les fixait de son regard saphir où la lueur menaçante laissait maintenant place à une étincelle d'amusement.

Elio s'adressa à celui sans qui ils ne seraient pas là :

— S'il te plaît, Arutha, attends un moment.

L'homme quitta sa position défensive pour croiser les bras. Personne sur le tarmac ne s'attendait à la réaction de l'équipage lorsque la garde avait encerclé l'assassin. Ils avaient vu Lianne s'élancer vers le groupe, retenue par Zari. Astre et Gaal s'étaient raidis, la paume posée sur la garde de leurs sabres comme si le fait de ne pas intervenir leur demandait un effort particulier.

Attentif à l'ambiance qui régnait chez ses hommes, Elio prit la parole :

— C'est grâce à Arutha que nous sommes de retour ici. Sans lui, Lianne serait maintenant aux mains de l'empereur. Je lui ai promis qu'une fois rentrés, il pourrait partir. En échange, il jure de ne pas s'en prendre à nous.

Le prince avait pris sa décision juste avant d'atterrir. Il savait que le Syyr noir voulait retrouver sa liberté. Garder Arutha en cellule mobiliserait des gardes, or le prince n'en avait déjà pas assez. Son vaisseau avait brûlé, et il ne possédait aucun moyen de communication. Il pouvait difficilement leur nuire, et ne semblait même pas en avoir l'intention. Ils avaient récupéré l'Enfant saine et sauve. Cela devrait contenter son père, après tout.

— Laissez-le partir.

Les gardes s'écartèrent pour laisser passer l'assassin. Lubéon croisa les bras, et le regarda s'en aller sans un signe d'adieu, sans même se retourner. Agacé par le manque de gratitude d'Arutha, il se tourna avec raideur vers Gaal.

À côté du mécanicien, Lianne contemplait l'homme en train de s'éloigner. Quelque chose se révolta en elle, et le malaise grandissant depuis son retour sur Pira devint soudain insoutenable. Il ne pouvait pas s'en aller, la laisser, et elle comprit. Elle rejoignit l'assassin en quelques secondes, et lui barra la route.

Arutha s'arrêta, les sourcils froncés, tandis qu'elle mettait un genou à terre. La surprise qu'elle aperçut à cet instant dans les prunelles profondes lui donna le courage qu'il lui fallait. Il savait ce qui allait se passer. Tête baissée et les mains en avant, comme le voulait la tradition, elle lui posa la question qui lui brûlait les lèvres :

— Maître, enseignez-moi.

La demande prit l'assassin de court. Il ne s'attendait pas à une telle audace de la part de la jeune femme. Sournoisement, l'idée de la prendre pour élève s'insinua dans son esprit. Mais il ne pouvait se justifier à lui-même cette décision. Ce n'était pas ce qui était prévu. L'instant de surprise passé, la réponse fusa tel un coup de fouet :

— Non.

La jeune femme hésita un moment, puis se reprit. Il lui avait fallu l'attaque d'un vaisseau impérial et une séance de survie dans une jungle extra-terrestre pour comprendre qu'il était celui qu'elle choisissait. Elle n'avait pas fait tout ce chemin pour s'arrêter ici, cela était hors de question. Lianne rattrapa le Syyr qui avait déjà repris sa route, et le stoppa à nouveau :

— Acceptez de faire de moi votre élève.

Elle était fière d'elle, car sa voix ne tremblait pas. Debout devant Arutha, elle soutenait son regard de glace avec toute la détermination dont elle était capable.

Le soldat s'était attendu à ce qu'elle renonçât. La jeune femme l'avait de nouveau surpris en réitérant sa demande. Elle était donc certaine de le vouloir en tant que professeur. Pourquoi ? Elle était l'Enfant, les destins de deux mondes reposaient sur ses épaules. Voulait-elle avoir un aperçu de son ennemi avant d'agir ? La curiosité le rongeait à nouveau, mais sa réponse ne changea pas :

— Non.

Lianne sentit l'incompréhension l'envahir. Que lui fallait-il ? C'était lui qui la poursuivait depuis le début, et maintenant, elle devait le supplier ? La jeune femme chercha des yeux ses compagnons tandis que celui qui avait été leur guide atteignait la lisière de la forêt. Un air d'excuse apparut sur le visage délicat de la jeune femme alors qu'elle contemplait les figures choquées des Syyrs qui l'entouraient.

— Désolée, chuchota-t-elle en fixant le prince.

Décidée, Lianne tourna les talons et partit en courant. Puisqu'elle était l'Enfant, elle ne s'avouerait pas vaincue si facilement. Après tout, le destin de l'Empire aussi pesait sur ses épaules.

Elio resta impassible malgré le choc. Il n'avait jamais envisagé ce qui venait de se produire. Il aurait pourtant dû. À présent, il n'avait plus le droit d'intervenir : la demande était un instant sacré. Pourtant, sa première réaction fut d'empêcher Lianne de suivre l'assassin. Il voulut se tourner vers Astre, mais un sentiment diffus s'empara de lui, et il ne put se résoudre à donner l'ordre. L'enchaînement des événements s'accélérait, il pouvait le sentir. L'épineux, cet assassin impérial aux yeux trop bleus, l'attaque, le Syyr noir qui leur offrait son aide, la cicatrice de Lianne et à présent sa demande. Elio pouvait entrevoir tout ce qu'un maître aussi peu conventionnel pourrait apporter à l'Enfant. Cependant, il pressentait aussi le danger que son influence pouvait représenter. Il en revenait toujours à la même question : qui était Arutha ?

Puis ce fut trop tard. Elle avait déjà disparu. Inquiet, le prince maudit un instant le destin qui avait fait choisir leur ennemi à la jeune femme. Il espéra que l'homme refuserait une dernière fois et ferait disparaître l'incertitude qui minait son cœur. Il héla le garde qui se tenait toujours près de la lisière :

— Lubéon, accompagne-les.

À sa grande surprise, le Syyr parti avec enthousiasme rattraper le duo.

— Rien que pour voir sa tête, ça vaut le coup.

Le prince le regarda disparaître. D'un air sombre, il fit signe à Astre et Ozalee.

— Suivez-moi, ordonna-t-il.

Congédiant d'un geste rapide le reste des gardes présents, Astre et Ozalee suivirent courageusement leur prince vers le bâtiment le plus proche. La réunion promettait d'être houleuse.

17

Lianne rejoignit rapidement le Syyr noir qui s'enfonçait dans la forêt, et se planta à nouveau devant lui, le cœur battant. Sa colère fusa.

— Pourquoi ?

Sans se départir de son calme, l'assassin la fixa de ses yeux océan qui l'intimidaient tant.

— Pourquoi voudrais-je de toi comme élève ?

La question désarçonna la jeune femme, qui perdit son assurance en cherchant une raison convaincante. Au moins ne lui avait-il pas dit non une nouvelle fois. Incertaine, elle répondit :

— Je suis l'Enfant.

Le ton de l'homme se fit à nouveau méprisant, tandis que ses yeux étaient durs et froids.

— Une Enfant persuadée que, puisque c'est son destin, tout se fera tout seul pour elle. Merci, je passe.

Le sarcasme l'atteignit d'autant plus qu'elle ne s'attendait pas à ce qu'il lût aussi bien en elle. Une autre idée, vite.

— Parce que vous vous sentez redevable. Je vous ai sauvé la vie, et vous ne pouvez l'accepter. Si vous faites de moi votre élève, nous serons quittes.

Le Syyr impérial songea avec ironie qu'elle n'avait pas tout à fait tort, mais il ne réagit pas. Après tout, il avait fait de même, et plus d'une fois.

— Un assassin qui ressentirait de la gratitude ?

L'ironie perçait au son de sa voix.

— Quand bien même, tu n'apprécierais pas d'être mon élève.

Lianne était désespérée. Alors qu'il commençait à repartir, elle décida de tenter sa chance une dernière fois. Elle proposa :

— Testez-moi.

Arutha ne bougeait plus. Lianne avait l'impression de marcher au bord d'un précipice.

— Mettez-moi à l'épreuve. Si j'échoue, j'arrêterai de vous ennuyer. Si je réussis, je deviendrai votre élève.

Elle s'arrêta enfin. Elle n'avait plus rien à dire. Retenant sa respiration, elle attendait que le Syyr réagisse. Un soupir s'échappa de sa poitrine, et la jeune femme sentit le soulagement l'envahir. Elle avait gagné. D'une voix lasse, Arutha parla :

— Très bien.

Lianne patienta, bouillant de savoir ce qu'il allait lui réserver. Elle regrettait déjà d'avoir proposé une telle idée, mais il était trop tard pour faire machine arrière. Elle tenait maintenant sa chance de faire ses preuves, et elle ne devait pas la laisser passer.

— Touche-moi.

La demande était si inattendue qu'elle ne réagit pas tout de suite, faisant apparaître un air agacé sur le visage de l'homme, qui crut nécessaire de développer :

— Un bras, un vêtement, un cheveu. Si tu peux me toucher, c'est d'accord. Tu seras mon élève.

Cela ne paraissait pas trop difficile. Lianne chercha en vain le piège.

— Eh bien ?

L'heure n'était plus aux questions, aussi se focalisa-t-elle sur le Syyr qui se tenait à trois mètres d'elle. Pas si loin finalement. Concentrée sur le but à atteindre, elle s'élança vers lui et referma la main, ne saisissant que du vent. Arutha était soudain plusieurs pas plus loin, et la jeune élève comprit que la tâche serait plus difficile que prévu. Elle aurait dû s'y attendre de la part d'un assassin.

Déterminée, elle fonça à nouveau sur la silhouette qui s'éloignait.

La course-poursuite continua. L'espion progressait toujours plus profondément dans la forêt silencieuse au fur et à mesure que la jeune femme l'approchait, tantôt disparaissant entre deux arbres et la laissant seule le chercher, tantôt restant à quelques mètres d'elle sans qu'elle pût l'approcher.

Malgré ses échecs répétés, Lianne n'en démordait pas et continuait à poursuivre le Syyr sans relâche, à l'affût du moindre bruit ou mouvement. La fatigue se faisait ressentir, et elle était totalement perdue, mais elle refusait d'abandonner. Le souffle court, elle sentait pourtant ses forces décliner et avec elles ses chances de pouvoir atteindre Arutha.

La lumière avait depuis longtemps déserté le ciel, et il lui semblait courir depuis des heures dans le noir. Si le soldat était toujours aussi alerte, la jeune femme avait pourtant l'impression de se rapprocher de lui un peu plus à chaque tentative. La tête lui tourna soudainement. Elle décida de tenter le tout pour le tout, et réunit dans un dernier élan les forces qui lui restaient pour bondir vers lui. Sa main frôla ses cheveux, puis le tissu de sa manche avant de retomber sur le sol à quelques centimètres de son talon, inerte. Arutha contempla un instant la silhouette évanouie sur le sol. Il se passa la main sur le front puis, dans un soupir inaudible, approcha sa botte des doigts tendus.

— Touché.

L'homme leva la tête pour contempler la voûte étoilée qui apparaissait entre les branches des arbres, puis s'adressa à un buisson :

— Tu peux rentrer, Lubéon. Je la ramènerai.

Le garde s'avança, penaud de s'être fait repérer. Il jeta un coup d'œil autour de lui, et se retourna vers Arutha, l'air contrarié :

— Je crois que je vais rentrer avec vous.

Le Syyr noir se pencha et prit dans ses bras la jeune femme endormie.

— Par ici.

La pluie se mit à tomber. À leur arrivée à l'académie, ils étaient trempés de la tête aux pieds, et Ubio les attendait. Il salua le garde qui rejoignit sa chambre en laissant derrière lui une traînée humide et, ayant eu la confirmation qu'Arutha avait accepté de prendre Lianne pour élève, conduisit l'assassin et son précieux chargement jusqu'aux nouveaux appartements de la jeune femme. Elio lui avait demandé de veiller au retour de son amie et, impressionné par le fils du roi, Ubio avait attendu jusqu'au milieu de la nuit.

Les ordres du prince étaient clairs, et il savait ce qu'il devait faire, mais face au Syyr noir à la haute stature et à la cape dégoulinante de pluie, le jeune homme n'en menait pas large. Il ouvrit la porte et laissa Arutha pénétrer dans la grande pièce au milieu de laquelle trônait un vaste lit entre d'étroites fenêtres. Sur la gauche, la salle de bains était ouverte, et sur la droite, une porte ouvrait sur une petite chambre un peu étroite mais confortable.

Ce fut vers ce second lit qu'Ubio dirigea l'assassin, qui y déposa la jeune femme épuisée. Protégée par la cape et le corps d'Arutha, elle n'était que peu mouillée. Il lui retira doucement ses chaussures et les posa au pied du lit, puis il rabattit la couverture avant de se relever et de se diriger vers la sortie. Bafouillant, Ubio barra le chemin au Syyr, qui fronça les sourcils.

Le garçon tint bon. Il contempla timidement le visage de l'homme en face de lui, cherchant vainement à y retrouver Arutha.

— Le prince a dit que si vous acceptiez la fille, vous deviez aussi accepter la chambre, bafouilla-t-il.

Arutha eut un soupir résigné, comme si la nouvelle ne le surprenait guère sans pour autant lui plaire. De guerre lasse, il tourna le dos au jeune élève, défit sa cape déjà presque sèche, et la jeta sur le lit puis, comme le jeune homme ne faisait pas mine de bouger, mal à l'aise et planté en travers de la porte en dansant d'un pied sur l'autre, il parla :

— Va te coucher, gamin.

Se faire traiter de gamin par quelqu'un qui avait mangé à sa table pendant plusieurs mois ne surprit pas le garçon. Arutha n'avait plus rien à voir avec son ancien camarade. Mais Ubio était sur des charbons ardents : il avait ordre de s'assurer que le Syyr dormirait ici cette nuit. S'il devenait le maître de Lianne, Elio voulait être sûr que la jeune femme resterait à l'académie. Pourtant, le regard sombre qui le fixait maintenant le dissuadait d'insister. Il fut soulagé lorsque, sans doute pris de pitié devant la tête qu'il faisait, l'assassin ajouta :

— Allez, va-t'en. Je resterai.

***

Le chef de la garde regardait son prince faire les cent pas devant lui. Il comprenait l'inquiétude qui le rongeait. Lui-même se prenait à douter maintenant qu'Arutha avait disparu avec l'Enfant.

— Astre, je veux que tu résumes la situation à Ozalee. Elle nous apportera un regard neuf sur ce qui s'est passé.

Astre inspira longuement en se remémorant leur départ de Pira. Cela lui semblait si lointain déjà.

— Tout s'est déroulé comme prévu jusqu'à ce que nous atteignions la queue de l'Empire. Un vaisseau impérial nous attendait en embuscade. Des chasseurs nous ont pris pour cibles, et nous ont immobilisés sans effort.

Le Syyr pesait chacun de ses mots, conscient de la gravité de la situation.

— Ils savaient qui nous transportions et où nous attendre.

La réaction qu'il guettait ne se fit pas attendre.

— Arutha, dit la femme médecin.

Le chef de la garde secoua la tête.

— Non, je ne crois pas. C'est lui qui nous a sortis de là.

Assimilant l'information, Ozalee demanda :

— Comment ?

— Il a réparé un de nos lasers avec Gaal, et a réussi à détruire le vaisseau ennemi.

Astre leva les yeux vers celui qu'il admirait.

— Il avait aussi peur que nous d'être capturé.

Le prince acquiesça.

— Continue.

— Le cargo était endommagé. Il nous fallait une pièce de rechange, mais nous ne pouvions atteindre aucun avant-poste avant de perdre le vaisseau. Arutha nous a indiqué où nous poser pour pouvoir réparer.

Ozalee sursauta.

— Et vous l'avez suivi ?

Vexé, le chef de la garde se défendit.

— Nous n'avions pas vraiment le choix. S'il était possible de réparer le vaisseau là-bas, il fallait tenter le coup. Nous avons enfermé Arutha, et nous nous sommes posés à bonne distance du point qu'il nous indiquait en espérant trouver nous-mêmes les pièces qu'il nous manquait.

— Que s'est-il passé ensuite ? reprit plus doucement la chef médecin.

— Nous n'avons rien pu détecter.

Astre hésita : c'était la partie de l'histoire qu'il ne savait comment présenter. Il jeta un œil à son prince, qui hocha imperceptiblement la tête.

— La planète était sauvage, reprit-il enfin. Arutha a soigné Lubéon d'un empoisonnement. Par la suite, il a trouvé de la nourriture, de l'eau. Il nous a guidés jusqu'à une épave. Un chasseur impérial. Il ne nous l'a jamais avoué, mais je pense que c'était le sien. Il n'y a que cela pour expliquer sa connaissance du terrain et le fait qu'il savait où trouver ce vaisseau. Le chasseur était abîmé, par des lasers impériaux si j'ai bien identifié les impacts.

Nous sommes retournés au cargo, avons monté la pièce, et sommes partis.

Le chef de la garde observa Ozalee, qui l'écoutait sans rien dire.

— Et Lianne ? demanda-t-elle enfin.

— Dans la forêt, une bête l'a attaquée. Zari l'a soignée. Sinon, elle va bien.

Ozalee ferma les yeux, adressant une prière silencieuse à Dao.

— L'Enfant.

Le doute était de moins en moins permis. Tandis qu'Ozalee analysait tout ce que cela impliquait, l'homme qui se tenait à ses côtés reprit doucement :

— Sans lui, nous serions toujours là-bas.

— Je sais, Astre, mais le fait est que quelqu'un a prévenu l'empereur que vous seriez là, avec Lianne.

Le Syyr tâcha d'expliquer son point de vue :

— Comment aurait-il fait ? Il est resté attaché à l'infirmerie tout le temps qu'il a passé ici, et sur le vaisseau, il était enfermé. J'ai longtemps réfléchi, et je ne crois pas qu'il y ait eu un moment où Arutha se soit retrouvé seul. Il y a plus que cela : Tebor savait que le prince se trouvait à bord. Arutha ne l'a pas su avant le départ.

Ozalee s'arrêta, ne sachant que répondre. Elio passa sa main dans les cheveux, soudain las. Il était arrivé à la même conclusion que le chef de la garde : il y avait un autre espion à l'académie.

18

Lianne avait l'impression que tout son corps criait tant ses muscles la faisaient souffrir. Elle aurait voulu rester là sans bouger, mais une main la secoua, et une vive lumière pénétra à travers ses paupières closes. Elle tendit l'oreille aux sons encore indistincts dans la brume du réveil, prenant conscience de son estomac qui criait famine. Elle finit par ouvrir les yeux pour découvrir un Ubio paniqué.

— Dépêche-toi, tu as dix minutes pour t'habiller et pour manger un morceau.

Le garçon la poussa hors du lit, et lui tendit un bout de pain en même temps qu'il sortait un tee-shirt propre de l'armoire. Lianne dévisagea le jeune homme, qui n'avait pas bonne mine. Il avait passé les dernières heures assis contre la porte de la chambre de peur qu'Arutha s'en allât en douce.

C'était en ouvrant ce matin que le Syyr noir l'avait réveillé. En fait, il s'était littéralement étalé à ses pieds, s'était fait enjamber sans un pardon, et ordonner de la réveiller immédiatement. Le jeune homme avait attrapé un morceau de pain, puis était venu ici ouvrir les rideaux et la secouer.

Arutha.

Avait-elle réussi ?

S'il l'attendait, c'était sans doute qu'elle avait passé le test. Les événements de la veille lui revinrent en mémoire, mais elle avait beau chercher, elle ne se rappelait pas avoir finalement atteint le Syyr avant de s'être évanouie. Son ami la ramena à la réalité :

— Il t'attend devant l'académie, face à la forêt. Grouille, il n'a pas l'air commode.

La jeune femme bondit. Elle n'avait pas intérêt à être en retard. Mordant dans le pain, elle partit en courant sans prendre le temps de se changer. Ses vêtements collaient encore de la crasse et de la transpiration de la nuit précédente, mais elle ne pouvait rien y faire. Elle se retourna vers Ubio avant de disparaître et le remercia la bouche pleine :

— Merci ! À tout à l'heure.

Tout en engloutissant le morceau qui lui restait, Lianne courut jusqu'à l'entrée. Le soleil bas du petit matin peinait à réchauffer l'atmosphère, et faisait étinceler l'herbe chargée de rosée.

Près de l'entrée, Astre et Elio discutaient à voix basse, fixant la lisière de la forêt où se tenait Arutha, adossé à un arbre, les bras croisés dans l'ombre. La jeune femme salua son prince et le chef de la garde sans s'attarder sur les mines sombres qu'ils arboraient, puis se pressa jusqu'à son nouveau maître avant que celui-ci finisse vraiment par s'impatienter.

En s'approchant du Syyr noir, son cœur battait à tout rompre. Il avait l'air si sévère, et l'on racontait tellement de choses sur les entraînements des élèves Syyrs dans l'Empire qu'elle se demanda soudain si elle avait fait le bon choix.

Il était trop tard pour reculer maintenant ; aussi, elle s'inclina devant lui et réussit à articuler un bonjour. Le regard glacial du soldat la paralysa plus sûrement que si elle avait été taillée dans la pierre, et déjà il lui tournait le dos.

— On y va.

Lianne était atterrée. Elle était arrivée en retard, et avait réussi à l'agacer dès son premier cours, ce qui, avec sa chance, laissait présager une séance d'entraînement plutôt musclée. L'apprentie massa son dos en soupirant, et se lança dans la forêt à la poursuite de son maître.

Elle ne vit pas la silhouette vêtue de beige qui la regarda disparaître d'un coin du parc. Dans un soupir, Espérion s'en retourna à ses exercices, saluant Elio au passage. Le prince se tourna vers Astre, qui avait réussi à le convaincre de la laisser repartir avec Arutha.

Les deux hommes avaient longuement discuté de la situation. Ils se connaissaient depuis si longtemps qu'ils pouvaient pour beaucoup deviner ce à quoi pensait l'autre. Si Elio restait sceptique quant à la prophétie, Astre avait accepté depuis longtemps le fait qu'aucun homme n'était totalement maître de son destin. Il admettait sans frémir qu'une jeune femme puisse déterminer le sort de milliers de mondes, comme il admettait que le Don qui coulait dans ses veines ait une volonté propre. En observant la calme certitude de son bras droit, Elio ne pouvait pas totalement écarter la possibilité que Nokomis ait pu dire vrai. Dans ce cas, il était évident que l'enseignement d'Arutha pouvait être une chance pour Lianne.

Cependant, le risque était grand. Le fils du roi craignait de ne plus jamais revoir l'Enfant et de perdre un atout précieux pour le moral du Royaume, voire plus s'il se trompait. Mais Arutha avait bien passé la nuit à l'académie comme il l'avait exigé. Après tout, il n'avait aucun moyen de quitter la planète puisque son chasseur avait été détruit à son arrivée. Au cas où l'idée lui serait venue de voler un vaisseau, Elio avait fait augmenter la surveillance de l'astroport. Pour lutter contre l'autre espion qu'ils supposaient présent à l'académie, il avait également fait installer un brouillage permanent des communications autour des bâtiments blancs. Cela lui avait coûté un vaisseau, mais le jeu en valait la chandelle. Finalement, Arutha ne pouvait vraisemblablement pas s'échapper avec Lianne ; aussi avait-il décidé de laisser la situation suivre son cours.

Un autre point le travaillait : apprenant la survie de son fils, le roi Saï lui avait ordonné de renvoyer l'espion et la jeune femme dans un convoi mieux armé. Mais s'il y avait bel et bien un espion à l'académie, alors le résultat serait le même. Malgré les nouvelles mesures de sécurité, Elio ne pouvait pas prendre ce risque.

Contemplant l'orée de la forêt, le prince soupira discrètement : l'Enfant avait disparu en compagnie d'un soldat impérial, et il ne voyait vraiment pas comment il allait pouvoir expliquer la situation à son père. Il ne restait plus qu'à espérer un miracle.

Le reste de la journée passa lentement, la pendule égrenant les heures jusqu'au soir, sans nouvelles de Lianne et de son maître. Astre observait les étoiles tout en gardant un œil sur les deux jeunes élèves qui faisaient les cent pas devant la porte depuis la fin de leur journée de cours.

Inquiet pour son amie, Ubio avait comme toujours le regard vague, sans doute perdu dans le nœud des possibilités qui se tissaient devant lui.

Lianne reviendrait-elle ?

Trahirait-elle le Royaume pour suivre son nouveau maître ?

Quant à Espérion, il passait le temps en jouant avec un sabre d'entraînement, révisant ses passes et faisant rouler ses muscles dans un calme olympien. Le garçon était également très préoccupé par la situation. En plus de ses sentiments pour Lianne, il s'inquiétait de la savoir avec un homme qui pouvait la tuer sans sourciller. Pour ne rien arranger, le prince leur avait interdit de trop s'approcher de l'assassin impérial. Seul Ubio avait reçu l'ordre de veiller sur Lianne. Espérion était un peu jaloux, mais il choisissait de ne pas le montrer de peur d'angoisser encore plus son compagnon déjà bien tendu.

Astre sourit de la complicité naissante entre les jeunes gens, et se demanda si Espérion avait finalement trouvé un maître. En l'envoyant vers Nui avec Lianne, son prince avait espéré que la jeune femme choisirait le chef de la garde. Le Syyr était le candidat idéal puisqu'il partageait la même spécialité dans sa pratique du Don, mais aussi parce qu'il était un modèle parfait de garde royal, aux dires de son prince. En fait, il n'avait jamais souhaité enseigner à une élève à la personnalité si complexe, et préférait de loin le pragmatisme de celui qui s'exerçait devant lui.

Un bruit attira son attention, mais ce n'était que Lubéon qui venait le rejoindre à la fin de sa séance d'entraînement. En pantalon léger et pieds nus, le garde encore humide de la douche qu'il venait de prendre jeta un œil sur Espérion :

— Déjà là, toi ? Tu n'es même pas changé ! Allez, ouste. Et toi aussi, Ubio, va donc avec lui.

Les deux jeunes hommes hésitèrent un instant, puis n'étant pas de taille à contredire un Syyr, ils le saluèrent avant de s'en aller, déçus.

— Ah, je vous jure ! Il est têtu, ce gosse. Quand il a une idée en tête, impossible de la changer... Tu le verrais en combat, une tuerie.

— Espérion ?

— Il n'y en a pas un qui lui résiste. Tu penses bien, avec tous ces muscles. Du coup, c'est moi qui suis obligé de me le coltiner.

Astre sourit en coin. Son ami avait beau râler, il savait qu'un combat au sabre avec un adversaire un peu résistant lui faisait toujours plaisir.

— Il est motivé, c'est bien.

— Ouais... Vivement qu'il trouve son maître. Il est têtu et borné, mais il ferait un très bon garde s'il pouvait être maté un peu.

Le Syyr eut un regard en coin vers son compagnon. Aurait-il pu deviner ce à quoi il réfléchissait ? Non, à sa tête, ce n'était qu'une remarque en l'air. Il décida tout de même de tâter le terrain :

— Et pourquoi ne t'en occupes-tu pas ?

Lubéon le regarda comme s'il venait des territoires infestés.

— La flemme ! Bien sûr, s'il me demandait, je ne dirais pas non parce qu'il a besoin de repères, ce petit gars.

Mais prendre un élève… Non, ça ne me tente vraiment pas. Pourquoi ? Tu t'y intéresses ?

Astre prit un moment avant de répondre :

— Je ne sais pas. Peut-être.

Le silence s'installa entre les deux amis qui contemplaient les étoiles, écoutant le calme de la nuit. Au bout de quelques minutes, le chef de la garde reprit la parole :

— Tu penses que Lianne a bien fait ?

Le Syyr essuya de sa main quelques gouttes qui perlaient sur son épaule, puis secoua ses cheveux, arrosant au passage copieusement son voisin.

— Elle l'a choisi, on n'y peut rien. Et lui a accepté, alors autant s'y faire, même si on n'aime pas ça. Je pense que s'il avait voulu la tuer ou la kidnapper, il aurait pu le faire bien des fois déjà…

Astre essuya du revers de la main l'eau qui avait atterri sur sa veste.

— Et cette histoire de test ?

Il haussa les épaules.

— Bah, il n'aurait jamais cédé, si elle n'avait pas proposé le test. Et puis, je crois qu'il voulait surtout voir si elle était vraiment motivée, parce que franchement, même moi, j'aurais eu du mal à le rattraper, ce gars. Il n'est pas aussi inoffensif qu'il aimerait bien nous le faire croire, si tu veux mon avis. Mais bon, il a vu qu'elle s'accrochait jusqu'au bout, et qu'elle n'abandonnait pas, et ça l'a sans doute décidé.

Le chef de la garde médita un moment sur ces paroles.

— Et aujourd'hui ?

— C'est sa première leçon. Il voudra certainement donner le ton de son entraînement. Et ça ne sera pas une partie de plaisir, vu le gars.

Inquiet, Astre soupira en guettant la lisière de la forêt.

— On est d'accord.

Comme souvent, le pragmatisme du garde l'avait aidé à faire le point sur la situation.

***

Lianne suivait à grand-peine son nouveau maître à travers les bois. L'homme se glissait entre les arbres sans un bruit, sans un mouvement superflu. Derrière lui, les racines semblaient surgir de nulle part, le sol cédait sous ses pas comme pour entraîner la jeune femme qui l'accompagnait. Les courbatures dues à la séance de la veille rattrapaient l'apprentie, ce qui rendait chaque mouvement assez douloureux. Elle s'efforçait de ne pas perdre de vue le Syyr tandis qu'elle regardait où elle posait ses pieds, mais il avait une fâcheuse tendance à disparaître entre deux arbres pour réapparaître à la limite de son champ de vision.

Une branche un peu plus basse que les autres lui heurta le tibia, et Lianne étouffa une exclamation douloureuse. Lorsqu'elle releva la tête, Arutha était devant elle, l'observant d'un air agacé. La jeune femme se redressa avec empressement, frottant sa jambe une dernière fois pour dissiper la douleur, et se tint droite, attendant l'orage qui promettait de s'abattre.

Arutha était atterré. Il se demandait encore quel coup de folie l'avait poussé à accepter pour élève celle qui se tenait devant lui. Maladroite, naïve… Il lui faudrait beaucoup de travail pour devenir un assassin compétent, si elle n'abandonnait pas avant. Le soldat réprima un grognement soucieux. Dans quoi s'était-il embarqué ? Elle n'avait pas l'étoffe.

Pourtant, elle était là, debout et sans trembler sous son regard scrutateur. L'Enfant. Tant de questions pourraient trouver une réponse. Que ferait-elle ?

Malgré son inexpérience, la jeune femme ne manquait pas de cran. Il fallait lui reconnaître cette qualité. Elle l'avait sorti de son chasseur en feu, il ne l'avait pas oublié. Chez les Valands, elle avait été endurante, patiente… Elle était perspicace aussi, en témoignaient ces yeux curieux qui cherchaient toujours à le déchiffrer, comme maintenant. Autant d'atouts qui la servaient bien. Oui. Peut-être pourrait-il faire quelque chose d'elle, après tout.

Laissant sa jeune apprentie s'interroger sur ce qu'il pouvait penser, Arutha s'enfonça à nouveau dans les bois. En soupirant, Lianne s'engagea dans les traces de son maître.

La clairière dans laquelle ils s'arrêtèrent était de forme allongée, suivant un petit cours d'eau qui se perdait dans les arbres en amont et en aval. Chauffé par le soleil d'automne, un rocher à la surface lisse formait une surface agréable à laquelle s'adosser, à deux pas de l'eau ruisselante. Un féron dormait sur la pierre tiède, roulé en une boule couleur d'or. Ses oreilles se dressèrent à leur arrivée, et il s'assit, déroulant sa longue queue gracieuse avant de l'enrouler autour de ses pattes délicatement musclées. Lorsque la jeune femme s'avança dans le sillage de son maître, l'animal pencha la tête de côté. Son regard curieux se posa sur elle un instant, puis l'animal disparut d'un bond gracile dans la forêt.

Sans s'étonner du comportement curieux du félin, Arutha se tourna vers son apprentie. Il croisa les bras, détaillant la jeune femme dont l'entraînement lui incombait à présent.

— Qu'as-tu appris ?

Lianne bafouilla. Depuis le départ du Syyr, les cours avaient surtout abordé la théorie, et elle ne voyait pas bien ce qu'elle pouvait lui présenter. Son maître dut s'en rendre compte, car il décroisa les bras et s'avança vers elle en soupirant, puis il tourna autour de la jeune femme.

— Où est ton sabre ?

Elle rougit, se rendant compte de son oubli.

— Dans la chambre.

Dégainant une de ses propres armes, il la lui tendit. Le reflet de la lame était argenté sous le soleil, suivant la courbure élégante du métal. Le sabre n'avait pas de garde, mais une excroissance en forme de demi-lune retournée ornait le bord inférieur, protégeant la main du porteur. C'était une très belle arme.

— Mets-toi en garde.

La jeune femme obtempéra, se plaçant un pied en avant et l'autre en retrait, sabre dressé. Saisissant le sabre qui lui restait, Arutha se positionna devant elle.

— Tends ton bras.

Elle obéit, portant l'arme à quelques centimètres de la poitrine de l'assassin. Allongeant son bras à son tour, il posa la sienne sur son épaule, la pointe dépassant de près d'une main la nuque de l'apprentie. Sentant l'acier froid contre sa joue, le cœur de la jeune femme s'accéléra, et elle prit conscience du lieu reculé dans lequel ils se trouvaient. Quelqu'un l'entendrait-elle si elle se mettait à crier ?

— Ton allonge est trop faible. À partir de maintenant, tu utiliseras un sabre long.

Le Syyr laissa retomber son arme, et baissa d'un geste celle de son élève.

— Veille à t'en procurer un.

Réfléchissant tout haut, il continua :

— Il te faut des dagues. C'est moi qui te les procurerai.

Surgi de nulle part, il lui tendit cette fois-ci un poignard.

— En attendant, prends ça. Nous allons voir ce que tu as appris hier.

Lianne leva des yeux étonnés vers lui.

— Maître ?

L'homme soupesait une courte lame extraite de sa manche gauche. Son ordre claqua tandis qu'il fixait toujours l'arme.

— Tu as trois minutes pour disparaître.

Elle hésita juste un instant, suffisant pour que la dague que tenait l'assassin se plantât à ses pieds, la faisant sursauter. La jeune femme s'élança dans la forêt, entamant une partie d'un jeu dont elle ne connaissait pas les règles.

Il fallut au Syyr moins de quelques minutes pour la retrouver la première fois. Lianne s'était glissée dans la souche creuse d'un arbre, recouvrant l'ouverture de branches éparses. À peine s'était-elle crue en sécurité qu'une main gantée de noir avait surgi du feuillage, l'agrippant par le col et la propulsant hors de son abri. L'apprentie tomba lourdement, son poignet heurtant une pierre sous le tapis de feuilles mortes.

De l'autre main, elle voulut saisir son poignard, mais déjà, un pied lui écrasait les doigts, la forçant à lâcher l'arme. Lentement, Arutha se pencha sur la jeune femme immobilisée jusqu'à ce qu'elle sente l'acier froid de sa lame contre sa gorge.

— Tu es morte.

Libérant brusquement la forme étendue à ses pieds, le Syyr se redressa. Encore sonnée par sa chute, Lianne s'empressa de ramasser son poignard et se releva. Massant sa main endolorie, elle guettait avec méfiance l'homme qui se tenait à quelques pas.

— Recommence.

Un mot de protestation se forma sur ses lèvres, mais l'œil sévère posé sur elle la dissuada de l'énoncer. Elle s'éloigna en courant de l'homme au regard glacé. Alors qu'elle détalait, la jeune femme commençait à douter du bien-fondé de sa décision. N'allait-elle pas très bientôt regretter qu'Arutha ait accepté de l'entraîner ?

La quatrième fois que le Syyr la retrouva, il ne la renvoya pas tout de suite se cacher. Tournant autour de la jeune femme qu'il avait autorisée à se reposer, son maître avait l'air déçu. Assise sur une pierre, Lianne reprenait son souffle en contemplant la silhouette noire qui ne semblait pas le moins du monde indisposée. Qu'attendait-il d'elle ? Comme pour répondre à sa question muette, le soldat se tourna vers elle :

— Pourquoi penses-tu que je te rattrape toujours ?

— Vous êtes plus rapide.

L'homme fut agacé par la banalité de la réponse.

— Pourquoi ?

Elle eut un geste las de la main, indiquant la silhouette élancée du Syyr devant elle.

— Vous êtes plus musclé.

L'homme secoua la tête avec désappointement.

— Espérion a plus de muscles que moi. Pourtant, je suis plus rapide que lui.

Craignant de le décevoir, la jeune femme osa une dernière réponse :

— Le Don ?

Son maître soupira.

— Depuis le début de la journée, as-tu seulement essayé de regarder ce que je faisais ?

Lianne ferma les yeux, concentrant tous ses sens sur le rythme qui palpitait dans ses veines. Élargissant sa vision, elle put voir la pierre qui vivait sous elle, la terre à la mesure tranquille. La jeune femme les laissa de côté, s'éloignant encore jusqu'à englober l'homme à ses côtés.

La pulsation était rapide, concentrée au niveau des muscles de ses jambes, les dessinant dans un bleu pailleté à mesure qu'ils se contractaient. C'était simple et efficace. Déjà, elle agitait le Don en elle, le forçant à se regrouper dans les nerfs et les ligaments. Elle pouvait sentir ses tissus se gonfler sous l'afflux des particules.

Soudain, elle fut debout. Son maître eut un hochement de tête approbateur et se remit à marcher tranquillement.

— Maintenant, comment devrais-tu faire pour qu'on ne te retrouve pas ?

La jeune femme ne savait que répondre, aussi se tut-elle. Les mains dans le dos, Arutha se pencha à son oreille pour y murmurer :

— Écoute.

Reprenant sa marche tranquille, il expliqua :

— Écoute le Don autour de toi. Pas seulement celui de l'arbre ou de la terre. Tout autour de toi. Sens comme leurs rythmes s'entrelacent.

Ses mains caressèrent un tronc, son regard s'accrochant à ses branches dégarnies. Le temps d'un moment, elle entrevit au-delà de la surface glacée de l'homme une tendresse que nul n'aurait soupçonnée. Puis le charme fut rompu.

Elle s'assit en tailleur, fermant les yeux pour écouter ce que son maître lui demandait. Les paupières closes, il lui était plus facile de se concentrer sur son Don. Le monde de couleurs bariolées faisait place à un flot de bleu scintillant, habité de pulsations enchevêtrées. Lianne avait toujours admiré les vagues azur qui palpitaient, mais elle n'avait jamais jusque-là fait attention aux sons qu'elles produisaient, formant une mélodie où plusieurs instruments s'entremêlaient harmonieusement. Celle des arbres était presque chantante, les pierres une basse apaisante. Trois oiseaux perchés étaient des instruments à la corde vibrante.

— Tu dois te fondre dans l'orchestre, n'y ajouter aucune note.

La jeune femme concentra son attention sur le courant qui agitait le Syyr noir, et soupira devant la beauté du spectacle. Devant elle, l'homme s'harmonisait avec le Don qui l'entourait, disparaissant à mesure qu'il s'accordait à la musique.

— Tu es un spectateur invisible du morceau qui se joue.

C'était vrai. Les vagues qui le traversaient poursuivaient leur course sans être perturbées, gommant ses contours. Imperceptible.

— Essaie à présent.

Lianne leva ses grands yeux étonnés vers l'assassin qui l'observait. Il souhaitait vraiment qu'elle le fît. Fermant à nouveau ses paupières, elle se concentra sur la cacophonie ambiante. Tellement de sons. Elle pouvait entendre leurs lames se fracasser sur le Don qui l'habitait. L'apprentie se demanda un instant comment elle avait pu manquer tous ces bruits. Ils étaient assourdissants.

Lentement, elle tenta de s'approprier une note, amenant sa pulsation au rythme de l'autre. Puis une deuxième.

Celle-ci était plus faible et plus rapide. Il lui fallut du temps pour intégrer la troisième mélodie, et elle manqua de perdre un battement. Rattrapant la note, elle put se maintenir sur quelques battements avant de trébucher à nouveau, cette fois pour de bon.

Ouvrant les paupières, elle rencontra le regard saphir de son maître, accroupi à quelques mètres. Du coin de l'œil, elle crut voir un éclair doré filer entre les arbres, soulevant le tapis de feuilles rouge et or. L'homme se leva.

— C'est un exercice difficile. Je veux que tu utilises chaque occasion pour t'entraîner. Teste-le dans ta chambre, à table ou sous la douche. La prochaine fois, j'attends de toi que tu aies progressé.

Elle acquiesça sans bruit après s'être mise debout, et Arutha croisa les bras.

— Bien, voyons voir ce que tu as retenu pour l'instant.

La journée continua ainsi, entre courses-poursuites, sévères dérouillées et cours magistraux. La nuit était tombée sans que son maître ait mis fin à l'entraînement. Lianne désespérait de l'entendre dire que cela suffisait pour la journée. Elle pouvait sentir chacun de ses muscles crier alors qu'elle tentait d'éviter un coup de poing au ventre. Le souffle coupé, la jeune femme s'accroupit. Des étoiles dansaient devant ses yeux fatigués. À son poignet endolori s'était ajoutée une jambe qui la faisait souffrir. Elle serrait les dents, devinant que toute plainte ne ferait que rallonger la séance.

Puis le jour se leva. La lumière du petit matin s'infiltra dans les bois, fusant entre les branches dépouillées des arbres d'automne.

Et ce fut enfin fini.

19

Le soleil était déjà haut dans le ciel lorsque la jeune femme reparut à l'académie, seule et exténuée. Elle monta directement à sa chambre, s'allongea sur le lit, et s'endormit la tête à peine posée sur l'oreiller, vaguement consciente des deux gardes qui l'avaient suivie de peur de la voir s'étaler dans l'escalier.

Lianne dormit toute la journée d'une traite, et ne fut réveillée qu'aux premières heures de l'aube suivante par une odeur de lard grillé qui fit gronder son estomac affamé. Elle se leva doucement, les muscles raidis par la fatigue comme ses vêtements par la boue sèche. Elle grimaça, et se promit de prendre le temps de s'étirer le soir avant de s'endormir. Sur la table de la chambre principale trônait un petit déjeuner copieux où pain, œufs sur le plat et charcuterie se partageaient un plateau qui fit long feu. Après s'être rassasiée, la jeune femme se dirigea vers la douche dont le jet délicieusement chaud acheva de la réveiller, lavant les dernières traces de fatigue.

Sous les volutes de vapeur, elle se remémora son premier entraînement – qu'elle avait eu raison de croire long et pénible –, et elle soupira de soulagement en se rappelant que c'était terminé.

— Chaque bleu est une leçon, lui avait-il dit la première fois qu'il l'avait frappée.

Arutha n'y avait pas été de main morte, ne lui laissant aucun répit, toujours en mouvement, toujours rude, l'emmenant au cœur du territoire infesté sans qu'elle pût protester.

Lorsqu'ils s'étaient retrouvés au milieu d'une meute d'Errants, elle avait cru voir sa fin venir tant elle était épuisée, incapable de se défendre, ce qui n'aurait servi de toute façon à rien étant donné leur nombre. Ils étaient pourtant passés au milieu d'eux, invisibles et silencieux comme lui enseignait son nouveau maître.

C'était quelque chose d'apprendre à ses côtés, et mieux valait comprendre vite, car après la théorie venait tout de suite la pratique. Elle sentait pourtant que malgré les airs sévères qu'il se donnait, il ne l'avait jamais exposée à un danger dont il n'aurait pu la protéger, et elle lui en était reconnaissante.

Avant de la laisser aux portes de l'académie, il lui avait exposé trois règles à respecter : ne jamais lui désobéir, ne jamais discuter de l'enseignement qu'il lui prodiguait – l'entraînement pour devenir assassin n'était transmis que de maître à élève, et il n'aurait su être question de divulguer ces connaissances –, et enfin, tout combat dont il n'avait pas donné l'autorisation était interdit.

Lianne soupira. Elle ne s'entraînerait plus avec les autres élèves… L'apprentie avait eu un moment de recul en comprenant qu'il l'entraînerait au même métier que lui, puis elle s'était moquée d'elle-même. Qu'avait-elle imaginé ? Pourtant, tuer un homme de sang-froid lui paraissait au-dessus de ses forces. Peut-être son maître accepterait-il qu'elle se contentât de devenir une espionne, mais elle en doutait.

Dans la lumière du matin, les événements de la journée passée paraissaient presque irréels, noyés dans un brouillard d'anxiété et de fatigue. La jeune élève sortit de la douche et secoua la tête, tâchant de remettre ses idées en place tout en égouttant ses cheveux, puis elle saisit une serviette. Elle était encore en train de s'habiller quand on frappa à la porte, ce qui l'obligea à enfiler en vitesse un tee-shirt avant de pouvoir ouvrir.

Ses amis étaient déjà entrés dans la chambre principale et, surpris de la voir déjà debout, ils l'assaillirent de questions sur son mystérieux maître. Ubio posa le plateau fumant qu'ils venaient lui apporter et regarda avec satisfaction les restes du petit déjeuner. Lianne le remercia en mordant à pleines dents dans le pilon doré qui trônait dans l'assiette. Elle avait encore assez faim pour avaler un bœuf entier.

Ils attendirent sagement qu'elle ait fini de manger avant de l'interroger à nouveau, malgré la curiosité qui les démangeait. Elle observa avec attention les yeux noisette d'Espérion, qui la dévoraient comme elle dévorait son assiette, et elle sentit un nœud qui n'avait rien à voir avec la quantité de nourriture qu'elle venait d'ingurgiter se former dans le creux de son estomac.

La jeune femme décida de ne pas faire patienter plus longtemps les deux garçons, et s'essuya les mains avec une serviette avant de se caler confortablement dans sa chaise.

— Bon, allez-y...

Ses amis parlèrent d'un seul coup, emmêlant leurs questions dans un imbroglio à peine compréhensible.

— Alors, qu'est-ce qu'il t'a fait faire, dis ?

— Il a l'air super sévère !

Lianne rit.

— Un à la fois ! Je n'ai pas le droit de parler de mon entraînement, Espérion. Et oui, Ubio, Arutha est assez sévère. Mais j'apprends beaucoup... je crois.

Ubio ne put s'empêcher de s'exclamer :

— Pourquoi tu l'as choisi ? Tu es folle ? C'est un membre de la famille impériale !

La jeune femme était un peu déçue que même eux lui fissent la remarque. Elle essaya de ne pas trop laisser paraître son amertume.

— Tu sais comme moi qu'on ne choisit pas son maître. Je savais juste que ce devait être lui, c'est tout. Et on ne sait même pas s'il en fait vraiment partie, ou même à quel degré. S'il était un des fils de l'empereur, nous ne serions jamais revenus.

Ce fut Espérion qui posa la question suivante :

— Qu'est-ce qui s'est passé en haut ? On sait juste que vous avez été attaqués par l'Empire. Les Syyrs refusent de nous en dire plus. Comment ont-ils su que vous seriez là ? C'est Arutha qui les avait prévenus ?

Elle soupira et dit d'une voix douce :

— Je sais que c'est ce que tout le monde pense. Mais alors, pourquoi nous aurait-il ensuite aidés ?

La réponse était si évidente qu'elle regretta immédiatement d'avoir posé la question.

— Pour gagner ta confiance, répliqua Ubio d'une voix sombre.

Et pourtant, elle n'y croyait pas. Elle était persuadée que l'assassin n'appréciait pas l'Empire et encore moins l'empereur. Si seulement elle pouvait savoir pourquoi. Il parlait si peu qu'elle ne savait rien de lui tandis qu'il avait accès à l'académie et à tout son monde. La jeune femme arrêta là ses pensées. Son raisonnement tournait en rond, comme toujours lorsqu'il s'agissait du Syyr noir.

Le regard d'Espérion pesait sur la jeune femme, plein de questions. Lianne avait été déçue de ne pas pouvoir le voir la veille au matin, ce qui l'avait étonnée. La joie de vivre du jeune homme, leurs échanges piquants lui manquaient. Lorsqu'elle l'avait vu entrer dans la pièce, elle avait été contente, rassurée. Elle aurait voulu qu'Ubio s'en allât pour qu'ils pussent parler, mais elle ne pouvait pas demander cela à leur ami. Leur discussion devrait attendre.

— Pour le moment, tout se passe bien. Et je suis toujours ici, non ?

La moue dubitative de ses amis contraria à nouveau la jeune femme, qui changea de sujet.

— Et toi, Ubio, comment se passe ton entraînement ?

Un sourire illumina le visage préoccupé.

— J'essaie de mieux m'ancrer dans la réalité avant d'explorer des futurs plus lointains. Maître Evyyt est très compréhensive. Elle veut être certaine que je ne me perde pas, et elle reste toujours à côté quand je voyage.

Lianne était ravie des progrès de son ami. Elle se tourna vers le garçon musclé qui se tenait près d'elle pour lui demander s'il avait enfin trouvé un maître, mais il devança sa question :

— Non, et je ne suis pas pressé. Je ne veux pas me retrouver avec un espion impérial, moi.

Lianne fronça les sourcils : la méchanceté n'était pas un trait de caractère habituel chez Espérion. Il devait vraiment être inquiet pour elle. Derrière son agacement, elle trouva cela touchant.

Un bruit à la porte interrompit la discussion, puis Astre apparut dans l'encadrement.

— Je peux entrer ?

— Bien sûr, maître.

— Vous n'allez pas être en retard, tous les deux ?

Ils regardèrent l'horloge.

— Yak !

Les garçons se levèrent précipitamment et sortirent en trombe de la chambre, s'arrêtant juste le temps de lancer à la jeune femme :

— On est contents que tu sois de retour, Lianne.

— À plus tard, on passera te voir après l'entraînement.

Cette dernière phrase était d'Espérion, et la bonne humeur éclaira à nouveau le visage de Lianne. Le Syyr referma doucement la porte.

— Ils tiennent beaucoup à toi.

Un petit sourire fleurit sur les lèvres de la jeune élève.

— Je sais.

Le chef de la garde reprit d'une voix tranquille :

— Après les derniers événements, ils ne vont pas te lâcher de sitôt.

Le soupir de Lianne attrista le garde. La jeune femme aimait ses amis, mais leur incompréhension face au choix qu'elle avait fait creusait entre eux un fossé qu'elle ne savait comment traverser.

L'apprentie aurait voulu qu'ils pussent voir Arutha tel qu'elle le voyait : sa force de caractère, et malgré les apparences, son souci des autres. Il était rude, renfrogné, mais ce n'était pas l'assassin fourbe et sans pitié qu'on pouvait deviner dans leurs questions.

La jeune femme se rembrunit un peu plus en tentant d'imaginer son maître à travers les yeux d'un autre : elle devait admettre que les apparences étaient trompeuses.

— Le prince aimerait te voir, si tu n'es pas trop fatiguée.

***

Elio se servit un verre d'eau, but une gorgée, et se rassit dans son fauteuil. Il contempla de nouveau la carte qui s'affichait sur le mur de sa chambre. Les contours de la zone interdite couraient sur la cloison, ligne noire barrant le nord-est de la ville, et courant jusqu'au sud-est. Des forêts principalement. De l'autre côté de la frontière, les points rouges symbolisaient les Errants qui s'y cachaient, si nombreux.

Le prince passa une main dans ses cheveux, soucieux. Leur nombre avait encore augmenté, ce qui indiquait qu'une femelle s'était remise à pondre. Malgré la présence de l'académie, les Bestioles ne pourraient résister encore longtemps à l'appel du Don. Les forêts étaient presque mortes. Bientôt, ils viendraient en ville, là où la vie et le Don abondaient.

Il soupira, baissant les yeux sur le message qu'il venait de recevoir. Comme si les Errants ne suffisaient pas, les espions du roi l'informaient du départ imminent d'un vaisseau impérial pour Pira. Bien que la mission fût tenue secrète, il y avait fort à parier qu'ils venaient pour l'Enfant.

Elio jeta un œil vers la porte. Astre ne devrait pas tarder à revenir avec la jeune femme. S'il lui apprenait ce qu'ils savaient, Arutha serait certainement mis au courant. C'était courir le risque de voir leur avantage disparaître.

Entendant toquer à la porte, il reposa son verre. Il n'était pas prêt à cela.

— Entre, Lianne.

Le Syyr se leva, éteignit la carte murale, et se tourna pour accueillir l'apprentie.

— Comment s'est passé ton premier entraînement avec Arutha ?

Il avait décidé qu'il n'aborderait pas le choix qu'elle avait fait. Le prince ne savait que trop bien que rien n'aurait pu prévenir ce qui s'était passé. On ne choisissait pas son maître.

— Bien... je crois.

— Je suis curieux. En quoi consistait ton cours aujourd'hui ?

— Il... je... j'apprends les bases. Je n'ai pas le droit de raconter en détail...

— Je comprends.

Il n'en était pas sûr. Elle devait obéir à son maître, certes. Mais que pouvait-il bien lui enseigner qu'elle n'était pas autorisée à leur dire ? Il n'aimait pas cela.

— Mais sache que je n'approuve pas, ajouta-t-il en fixant la jeune femme, qui baissa la tête.

Il laissa planer le silence quelques instants, appréciant l'attitude concernée de l'apprentie.

— Je vais te laisser continuer à étudier avec lui.

Elio cacha un rictus amer. En disant cela, il semblait faire une grande faveur à la jeune femme. La vérité était qu'il n'avait pas vraiment le choix. Lianne redressa brusquement la tête, l'air stupéfait, puis se reprit rapidement. Pliant un bras dans son dos et l'autre devant elle à la manière des Syyrs, elle s'inclina pour saluer.

— Merci, mon prince.

L'air radieux qu'elle tentait de dissimuler derrière sa courbette l'attrista. Les chances étaient grandes que son sourire s'effaçât bientôt. Lorsqu'ils arrêteraient Arutha ou que le soldat essaierait de l'enlever. Elio regarda pardessus l'épaule courbée, et vit Astre entrer discrètement dans la chambre. Le chef de la garde tenait dans la main ce qu'il lui avait demandé. Bien, il pouvait conclure.

Elio releva Lianne. Il la rassura d'un sourire, et lui saisit la main.

— En retour, je veux que tu fasses une chose pour moi, demanda-t-il d'une voix douce.

***

La jeune femme sortit de la chambre l'air songeur.

Quand elle était entrée, le prince paraissait inquiet. Le rapide coup d'œil qu'elle avait pu jeter à la carte avant qu'il l'éteignît montrait que les Errants s'étaient encore multipliés. Cependant, même si la nouvelle était alarmante, tout le monde serait bientôt au courant. Il y avait autre chose. Était-ce en rapport avec son nouveau maître ? L'apprentie se frotta les tempes, et tâcha de se détendre. Il n'y avait certainement rien d'étrange dans l'attitude du prince.

Oubliant ses suppositions idiotes, Lianne soupesa de la main le laser qu'on lui avait donné. C'était un petit modèle, de ceux que l'on pouvait attacher à la taille. La jeune femme s'empressa de passer l'étui dans la boucle de son ceinturon. Les ordres d'Elio étaient clairs : elle ne devait plus s'en séparer.

— Pourquoi ? avait-elle demandé.

Elle s'était tout de suite reprise, répondant d'elle-même à la question évidente :

— Je croyais qu'un laser ne pouvait pas blesser un Syyr.

La remarque intelligente arracha un sourire à Astre, qui se tenait à côté du prince. Celui-ci réprimanda son bras droit d'un regard et expliqua :

— Il y a peut-être une petite part d'exagération là-dedans. Si tu pointais sur un Syyr un des canons lasers que nous utilisons sur les Errants, il serait tué sur le coup. Un petit laser comme celui-ci ne tuerait pas un Syyr, mais utilisé à bout portant, il pourrait lui faire très mal. Et tout le Don que le Syyr utiliserait pour se protéger ne pourrait pas l'être pour autre chose.

Lianne avait accepté le laser. Elle ne pensait pas que cela arrêterait son maître si celui-ci avait l'intention de l'attaquer, mais si cela pouvait rassurer le prince, l'apprentie ne voyait aucun inconvénient à porter une arme. Elle espérait seulement qu'Arutha serait du même avis. Ses doigts s'attardèrent sur la poignée de la lame qui dépassait dans son dos. Au moins, elle avait obtenu un sabre long comme il le lui avait demandé.

Plus tard dans la journée, elle était assise contre un arbre à observer ses amis s'entraîner au maniement des armes. Comme elle l'avait promis à l'assassin, la jeune femme ne s'était pas jointe à eux, et travaillait seule à ses exercices. Elle posa son sabre contre le tronc d'un arbre.

Les deux dagues que son maître lui avait confiées frottaient contre ses reins de manière inconfortable, mais elle s'abstint de les retirer. Arutha avait insisté pour qu'elle les conservât en permanence sur elle. Elle ôta tout de même l'étui du laser et soupira. Quel attirail !

Inspirant profondément, elle ferma les yeux. Ses sens s'aiguisaient, et cette étape n'était plus vraiment nécessaire pour qu'elle pût sentir le Don, mais le spectacle des vagues bleutées apaisait la jeune femme. Elle s'accorda sans difficulté avec la trame de fond des battements qui l'entouraient, la chaude terre et les arbres chantants. Les formes inanimées avaient un rythme propre qu'il était facile de reconnaître. Toutefois, les êtres vivants étaient une autre paire de manches : pulsations en constante évolution, il était impossible de prévoir leur musique, et l'apprentie les suivait à grand-peine.

Alors qu'elle ouvrait les paupières, contemplant ses amis pour mieux anticiper leurs mouvements et ainsi les variations de leur Don, un scintillement dans l'océan pailleté attira son regard. Elle vit son maître l'observer depuis le couvert de la forêt. Un bref coup d'œil aux Syyrs qui encadraient la séance lui apprit que personne d'autre ne l'avait découvert.

Hésitant sur la conduite à tenir, la jeune femme se décida à aller à la rencontre de l'assassin. Elle se releva, dépliant douloureusement ses jambes – combien de temps avait-elle passé assise là ? –, et saisit ses armes abandonnées.

Quelques têtes se tournèrent parmi les élèves lorsqu'elle traversa le morceau de prairie pour rejoindre la lisière. Espérion baissa un instant son arme pour la saluer. Son épée aussi grande que lui faisait saillir les muscles du jeune colosse au sourire éclatant.

Les sourcils froncés par l'effort, Lianne s'agaça intérieurement du manque de résultat qu'elle obtenait – elle n'était pas invisible du tout. La jeune femme s'avança jusqu'au soldat impérial. La tête douloureuse, elle s'inclina en avant dans un salut à son maître, le bras droit replié contre son torse et l'autre dans le dos, récompensée par un regard approbateur. L'apprentie s'apprêta à terminer l'exercice, mais l'homme lui fit signe de continuer. Il fit quelques pas au soleil, puis se tourna vers elle :

— Quand as-tu appris le parse ?

Répondre sans perdre le fil de la musique qui l'entourait lui demanda un effort supplémentaire :

— Après l'attaque de l'épineux. Les gardes qui vous surveillaient m'ont donné quelques leçons.

Lui tournant toujours le dos, Arutha semblait perdu dans la contemplation des jeunes élèves maniant les armes au soleil.

— Qu'en pense le prince ?

Le silence éloquent de son apprentie lui apprit ce qu'il voulait. Se retournant vers elle, il posa une autre question :

— Que sais-tu dire ?

Lianne eut un petit haussement d'épaules.

— Quelques mots. *Bonjour, merci. Je m'appelle Lianne.*

Elle avait prononcé ces derniers mots dans la langue de l'Empire. L'assassin s'assit d'un mouvement gracieux dans l'herbe, et cala son dos contre un tronc avant de s'adresser de nouveau à elle :

— Bien, nous commencerons donc par les bases.

Ainsi commença sa deuxième séance d'entraînement avec son étrange maître. Ils passèrent la journée assis au bord de cette prairie, elle à l'écouter parler dans la langue rugueuse de l'Empire, et lui à la corriger à mesure qu'elle se trompait. Malgré le peu de résultat qu'elle obtenait, il tenait à ce qu'elle maintînt constamment sa concentration sur les harmonies du Don.

Lianne luttait pour se fondre dans le concert de battements qui l'entouraient. Les arbres, le vent, ses camarades. Seul son maître échappait à sa perception, presque invisible, pas tout à fait toutefois. Les contours fins de son visage s'illuminaient alors qu'il lui parlait, et elle pouvait l'apercevoir un bref instant.

Puis sa voix la ramenait à la réalité tandis qu'il lui parlait en parse. Le Syyr ne se répétait jamais deux fois, et il lui fallait utiliser son Don et toute sa concentration pour retenir chacun de ses mots. Sa mémoire s'était grandement améliorée depuis qu'elle était venue à l'académie, et il lui suffisait en général d'une fois pour retenir un mot qu'il lui enseignait, mais sa prononciation ne semblait jamais satisfaire son mentor. Malgré ses efforts, les subtilités des sons rauques qu'il lui fallait énoncer lui échappaient toujours.

Tandis qu'elle articulait les mots inhabituels, immanquablement, sa pulsation changeait. Alors, l'harmonie qu'elle avait précédemment atteinte lui échappait, l'obligeant à recommencer.

Agacée, elle eut soudain une idée amusante. Laissant tomber un moment les harmoniques trop nombreuses sur lesquelles elle peinait à s'accorder, elle se concentra rapidement sur ses oreilles, tentant d'y agiter son Don de la même manière que lorsqu'elle voulait pousser ses jambes à aller plus vite.

Alors qu'elle accélérait les pulsations, la jeune femme commença à discerner des distinctions entre les mots. Un accent subtil rehaussait certaines syllabes chuintantes, introduisant des variations qui suffisaient à changer le sens d'une phrase. Une fois qu'elle eut réalisé cela, elle s'empressa de se réaccorder sur les battements qui l'entouraient, perdant toujours l'un, puis l'autre.

Mais cela en valait la peine. Les huit mots suivants, Arutha n'eut pas à la reprendre une fois. La jeune femme eut un sourire de triomphe, vite dissipé lorsque son maître augmenta la difficulté des expressions.

Le soir, Espérion vint frapper doucement à sa porte. Ils sortirent ensemble dans les jardins de l'académie, déserts à cette heure. Appréciant le simple fait d'être ensemble, ils se baladèrent un moment sans parler. Enfin, le jeune homme prit doucement la parole :

— Ça va ?

Lianne tenta de ne pas être trop négative :

— Fatiguée, répondit-elle évasivement, omettant sciemment de lui détailler chaque muscle douloureux, mais la voix déçue d'Espérion lui apprit qu'il n'était pas dupe.

— Je croyais qu'il avait été moins dur, aujourd'hui.

Elle sourit et se voulut rassurante :

— Il me fait travailler le Don. C'est beaucoup de concentration. Tout le temps, en fait.

Sans parler du fait que rester assise toute la journée dans la même position était plus difficile qu'elle l'avait imaginé. Ses jambes avaient crié pendant des heures après qu'elle s'était relevée.

Se tournant vers elle, il lui prit doucement la main. Lianne se laissa faire, appréciant la douce chaleur qui émanait de la paume du jeune homme. Avec lui, il était facile d'oublier le destin qui pesait sur ses épaules. Il suffisait de se plonger dans ses yeux noisette, toujours rieurs. Enhardi, il l'embrassa. Elle ferma les yeux, et cessa de réfléchir. Elle se laissa porter par ses sens, ce qui était délicieusement agréable après la séance d'aujourd'hui. Insouciante. Lorsqu'il s'écarta pour la contempler, elle avait le sourire aux lèvres. Espérion sourit en retour, et la serra un peu plus fort contre lui.

— Je vais devoir te laisser rentrer, sinon tu ne survivras jamais à la séance de demain.

L'apprentie rit à l'air faussement chagriné de son ami. Même s'il exagérait, il n'avait pas tout à fait tort. Elle abandonna à regret la chaleur de ses bras pour retrouver, avec un soupir, celle de ses couvertures.

***

Les jours suivants, la température chuta brusquement, et un tapis de neige recouvrit Eruvia. L'hiver était enfin arrivé. Lianne se leva tôt ce matin-là, réveillée par son maître alors que la lune était encore haut dans le ciel.

Elle natta rapidement ses cheveux en une tresse serrée, coiffure plus pratique que sa queue-de-cheval qui ne cessait de se prendre dans les branches des arbres, puis saisit une orange dans le réfectoire désert avant de rejoindre Arutha à la lisière de la forêt.

Elle ne savait pas où dormait le Syyr noir. Après la nuit qui avait marqué le début de son apprentissage, son maître n'avait plus remis un pied dans les murs de l'académie. Son entraînement commençait aux aurores, alors que ses amis dormaient encore, et se terminait quand tous étaient déjà couchés. Il l'abandonnait toujours au même endroit, avant de s'enfoncer dans la forêt jusqu'au lendemain.

Parfois, il lui laissait un jour pour récupérer, puis le cycle recommençait. La jeune femme apprenait à ne dormir que d'un œil, toujours prête à répondre à l'appel du

Syyr noir. À force de travail, elle arrivait maintenant à dissimuler sa présence à condition qu'on ne l'approchât pas de trop près. Elle parvenait également à repérer son maître plus facilement. Mais il lui restait beaucoup à faire pour arriver à son niveau.

Il était difficile de courir dans la neige. Ses pieds s'enfonçaient dans la couche épaisse, crissant à chacun de ses pas sans qu'elle pût l'empêcher. La trace qu'elle laissait était si nette qu'un aveugle aurait pu la suivre, et cette constatation lui arracha un soupir silencieux. Lianne chercha un moyen de quitter le sol immaculé sans qu'il fût possible de la pister. Autour d'elle, le manteau blanc s'étalait dans le sous-bois, scintillant là où le soleil parvenait à trouer le feuillage et parsemé de taches sombres au pied des arbres, là où la neige n'avait pu se déposer.

Attrapant une branche basse, la jeune femme se hissa dans un sapin au tronc un peu plus large que les autres. De là, elle entreprit de passer d'arbre en arbre, s'éloignant autant que possible des traces qu'elle avait laissées. Seul son souffle brisait le silence de la forêt. Son souffle, et le vent qui jouait dans les branches dégarnies qu'elle agrippait. Lianne continua ainsi jusqu'à ce que ses bras n'en pussent plus et se jeta alors, brûlante, sur le sol glacé, entraînant avec elle une cascade d'aiguilles brisées. Cela suffirait-il ? Elle en doutait et se remit à courir. De nouveau, le bruit de la neige crissant sous ses pas lui sembla résonner dans le sous-bois, criant à qui voulait l'entendre où elle se trouvait.

Elle tomba. Le froid humide s'insinua sous son uniforme, rendant ses mains moins alertes, comme anesthésiées. Tout en continuant à courir, la jeune femme saisit un fin poignard qu'elle conservait accroché dans son dos. Elle avait perdu son sabre et sa première dague lors du dernier affrontement, le poignard était tout ce qui lui restait. Cela ne suffirait sans doute pas.

Il était trop rapide. Lianne ne l'entendait pas, mais elle pouvait le sentir approcher. C'était ce vague sentiment qui la saisissait toujours, entre tension et appréhension. Il pouvait surgir de nulle part, silencieux et mortel. Toujours. Son souffle se fit plus court, et sa vision commença à se brouiller. La jeune femme s'arrêta, sentant qu'elle ne pourrait aller plus loin si elle voulait combattre.

Son cœur battait à ses oreilles, sourd et insistant. Fort et vigoureux. Elle ne voulait pas mourir. Passant la dague de la main gauche à la main droite, Lianne tournait sur elle-même, attentive à ce qui s'approchait. Où était-il ? Un instant, elle crut voir une ombre bouger entre les arbres et se figea, l'arme brandie dans sa direction. Soudain, un coup de poing s'abattit sur sa tempe et l'envoya rouler à terre, étourdie.

— Trop lente.

La neige s'infiltra dans son col, lui arrachant un frisson glacé alors qu'elle se relevait pour faire face à son agresseur. Un autre coup manqua de l'assommer, mais la jeune femme réussit à rester debout. Il avait utilisé le manche de son arme cette fois, profitant de sa distraction pour la tirer hors de son fourreau. Elle regarda son propre sabre danser devant elle, guettant un angle d'attaque. Lianne raffermit sa prise sur sa dernière dague dont elle pouvait voir la sœur pendre à la ceinture de son adversaire.

Portant subitement tout son poids sur la jambe droite, elle donna l'impression de trébucher. Il attaqua de taille comme elle l'espérait, lui permettant de passer sous sa garde. Du revers de sa main, elle écarta le poing armé et visa de sa dague la jugulaire qui s'offrait à elle. Avant qu'elle ait pu atteindre le cou, l'homme saisit son poignet, alors qu'au même instant, elle sentait une piqûre dans son flanc gauche.

— *Tu es morte.*

Il s'était exprimé en parse, mais Lianne l'avait parfaitement compris. Elle baissa les yeux pour contempler le poignard que son maître pointait sur son ventre, et eut un râle d'agacement. Lâchant sa main, le Syyr noir libéra son apprentie, qui s'écroula sur le sol, épuisée. L'entraînement durait depuis le petit matin. Elle avait eu plusieurs heures pour se cacher et élaborer un moyen de lui échapper jusqu'au coucher du soleil, puis Arutha était parti à sa recherche, sans armes.

La jeune femme se remit péniblement debout, transie et vidée à présent que la course-poursuite était terminée. Elle avait échoué, comme toujours. Son maître se tenait devant elle, la regardant d'un air déçu. Le même air qu'il avait depuis son premier cours, quand elle n'avait pas su voir ce qu'il lui montrait. L'élève se concentra une nouvelle fois sur le Don de son maître, cherchant ce qu'elle avait échoué à voir jusque-là.

Elle soupira face au calme battement qui irriguait son maître, comme la surface d'un lac parcourue d'un frisson. Plus forte au niveau de la tête, la pulsation ralentie se transformait en un frémissement imperceptible au niveau des pieds. Lianne eut un sifflement surpris en constatant que celui-ci se propageait au manteau neigeux, enfonçant à peine la couche poudreuse. C'était ainsi que le Syyr procédait.

Inspirant calmement, la jeune femme tenta de ralentir son Don pour l'accorder à celui de son maître. L'exercice était plus ardu qu'elle l'aurait pensé, le froid la gagnant à mesure que son battement ralentissait. Quand elle commençait à trembler, celui-ci lui échappait immanquablement pour prendre un rythme effréné qui ramenait de la couleur à ses lèvres.

Les yeux fermés, l'apprentie ne remarqua pas le sourire fugace qui s'afficha sur le visage de son maître, satisfait de voir qu'elle avait enfin saisi. Tranquillement, le Syyr s'installa quelques pas plus loin pour observer les efforts de son élève. Un petit féron doré sortit sans bruit de la forêt pour se lover avec contentement contre la cuisse de l'homme, qui lui caressa le dos.

Il contempla le minois à l'air concentré qui se tenait devant lui, les yeux toujours fermés, et observa avec amusement l'allure guerrière que lui donnait sa nouvelle coiffure. Il pouvait voir la peau blanche parcourue de frissons, ses lèvres légèrement violacées qui luttaient pour ne pas trembler, et se permit une moue appréciatrice.

Bien qu'Arutha s'efforçât de rendre son entraînement moins pénible que celui qu'il aurait pratiqué dans l'Empire, il savait que celui-ci restait difficile, et devait avouer que Lianne ne s'en sortait pas mal.

Lors de leurs séances, pas une plainte ne franchissait ses lèvres. Elle effectuait tout ce qu'il lui imposait sans question. Elle ne s'économisait pas, faisait toujours de son mieux. Chaque jour, Arutha s'attendait à la voir s'effondrer, et chaque fois, elle se relevait pour continuer. Sa force de caractère s'affirmait à mesure que le temps passait, son esprit s'adaptait à toutes les situations, réagissait au quart de tour. La jeune femme percevait le Don de manière remarquable. Cela facilitait sa manipulation. Même si le processus n'était pas encore aisé, il ne doutait pas qu'elle le maîtriserait bientôt.

Arutha appréciait les progrès rapides de son élève, et les saluait silencieusement. Il savait que le temps lui était compté.

Ses doigts se perdirent dans la fourrure douce et dorée du féron qui ronronna, se retournant pour permettre à son maître de lui caresser le ventre. Le Syyr lui accorda un de ses rares sourires, et accéda à la requête muette.

Observant le blanc immaculé de la neige qui les entourait ainsi que le calme de la forêt, l'espion se laissa envahir par la quiétude du lieu. Une main grattant le pelage soyeux et l'autre jouant inconsciemment avec les trois anneaux d'or qui ornaient son oreille droite, il oublia un instant ce qui allait arriver.

20

Les semaines passaient, et Lianne s'entraînait toujours aux côtés de son maître. Espérion la rejoignait à chaque fois qu'il le pouvait, et ils passaient un moment serrés l'un contre l'autre à discuter à voix basse jusqu'à ce que le sommeil les obligeât à retourner chacun dans leurs quartiers. Lors de ces instants volés, elle retrouvait l'insouciance du temps où Empire et Royaume n'étaient pour elle que des mots vagues et lointains. Le moment arrivait toujours trop vite où ils devaient se séparer, mais malgré cela, elle était heureuse.

Même s'il ne la voyait presque plus, Ubio ne l'oubliait pas pour autant. Il lui déposait tous les soirs un repas froid qu'elle engloutissait quand elle ne se ruait pas sous la couette.

Une nuit, alors que l'entraînement avait duré plus tard que d'habitude, le soldat l'accompagna jusqu'à leur chambre et s'installa, au grand étonnement de Lianne, sur le grand lit qui meublait la première pièce. Discrètement, elle abandonna son repas intact, et s'enfuit dans son espace pour ne pas le déranger, ravie de le savoir là.

Cela devint alors une habitude. Arutha la raccompagnait et dormait dans la pièce attenante à la sienne, comme il sied à un maître. Le matin, il faisait un saut au réfectoire, attrapait une orange, et s'en allait, attendant que la jeune femme le rejoignît à la lisière de la forêt.

La première fois qu'il était entré dans la salle commune, les conversations s'étaient arrêtées. Elle avait pu voir le visage surpris de Lubéon et le sourire en coin d'Elio. La jeune femme ne s'était pas vraiment attendue à ce que son maître s'assît aux côtés des autres Syyrs ; aussi s'était-elle dépêchée de finir son petit déjeuner pour le rejoindre dehors. À présent, le passage matinal de l'espion n'étonnait plus personne, tout comme le fait de le croiser dans les couloirs entre les chambres et le réfectoire, ignorant tous ceux qu'il rencontrait.

Ce soir-là, alors qu'ils s'approchaient de l'académie, le prince vint à leur rencontre. D'un geste de la tête, Arutha indiqua à Lianne d'aller se coucher, laissant les deux hommes en tête à tête. La jeune femme obéit, jetant un œil inquiet sur la longue épée qui battait le flanc d'Elio.

Puisque son maître était occupé ailleurs, elle en profita pour rejoindre quelques instants Espérion. Après l'avoir retrouvé près des dortoirs des apprentis, la jeune femme se glissa avec délice dans les bras du garçon. Ses cheveux ébène encadraient son visage tandis qu'il se penchait pour déposer un baiser sur ses lèvres.

— Ça va ? demanda-t-elle devant son air soucieux.

Tout de suite, son visage se détendit en un sourire contrit.

— Bien sûr. C'est toi qui es à moitié morte tous les soirs. D'ailleurs, pourquoi tu n'es pas à l'entraînement ?

— Arutha est avec le prince.

Lianne avait arraché un brin d'herbe, et en mâchonnait pensivement le bout en contemplant son ami à la mine dépitée.

— Je croyais qu'il avait peut-être compris que tu avais une vie en dehors de ses exercices, railla-t-il.

— C'est pour ça que tu ne veux pas de maître ? rebondit la jeune femme.

— Je veux un maître, rétorqua-t-il, vexé. C'est juste que je n'ai pas encore trouvé le bon.

— Tu veux dire que sur tous les Syyrs de l'académie, pas un ne te convient ?

— Ça arrive. C'est Edin qui me l'a dit.

Le silence qui suivit eut raison des piètres excuses d'Espérion.

— Il y en a bien un qui est différent... Ne va pas t'amuser à le raconter ! prévint-il.

Lianne leva pompeusement la main droite en l'air.

— Promis, je ne dirai rien. Raconte-moi, le pressa-t-elle, curieuse.

Son compagnon haussa les épaules.

— De toute façon, il a déjà refusé de prendre un apprenti. Et puis, il est trop occupé pour avoir du temps à perdre avec moi.

Elle sourit et caressa doucement son visage.

— Ce n'est jamais une perte de temps d'être avec toi.

Touché, il lui posa amoureusement un doigt sur les lèvres.

— Tu dis des bêtises. Tu sais de qui je parle, n'est-ce pas ?

La jeune femme hocha la tête.

— Je sais aussi qu'il avait ses raisons de refuser Revers. Mais toi, c'est différent, affirma-t-elle. Tu devras choisir un jour ou l'autre. Alors, pourquoi attendre ?

— Tu as peut-être raison, concéda-t-il.

— J'ai toujours raison.

Espérion se mit à la chatouiller, et les deux apprentis roulèrent dans l'herbe jusqu'à ce que le souffle manquât à chacun. Les moments d'intimité étaient rares à l'académie, et l'entraînement intensif de Lianne leur interdisait toute sortie hors des scintillants murs blancs. Malgré toute leur bonne volonté, la situation commençait à peser aux jeunes gens, en particulier à Espérion, qui n'était pas aussi fatigué que la jeune femme.

Il était l'heure de rejoindre le réfectoire. Ils se relevèrent et époussetèrent leurs uniformes du mieux qu'ils purent, tentant de dissiper en vain la tension qui s'était soudain installée entre eux.

— Ça va parler, ce soir, constata le garçon à la vue de leurs uniformes froissés et des cheveux en désordre de Lianne.

Ils repartirent vers les bâtiments en se tenant la main.

— J'aime quand on peut passer un peu de temps ensemble, chuchota la jeune femme en inspirant l'air du soir.

— Si tu en parlais à Arutha, il accepterait peut-être de te laisser un peu plus de temps libre.

Lianne se renfrogna en imaginant oser pareille demande.

— Non, je ne pense pas.

— Tu pourrais essayer au moins, appuya le garçon.

— N'insiste pas, Espérion. Il est hors de question que je lui demande ça. Et il est temps que j'aille prendre une douche. Arutha ne devrait pas tarder.

— Je te raccompagne.

— Il ne vaut mieux pas.

Embrassant une dernière fois son compagnon, elle s'en alla, sans toutefois manquer la réponse acide d'Espérion :

— Qu'il reparte dans l'Empire, celui-là.

Sans se retourner, la jeune femme leva les yeux au ciel et gravit les escaliers, laissant l'apprenti maugréer en bas des marches.

***

Une fois Lianne éloignée, le fils du roi se dirigea tranquillement vers les jardins adjacents, vérifiant discrètement qu'Arutha le suivait, sa longue cape noire traînant légèrement sur le sol. Ils avancèrent quelque temps en silence, ce qui laissa au prince le temps d'observer l'assassin qui marchait à ses côtés. L'homme s'était renfermé depuis leur retour sur Pira.

— Qu'es-tu venu faire ici, Arutha ?

Le regard du maître Syyr était perdu dans les ombres grandissantes qui les entouraient. Elio contempla un instant l'uniforme d'un noir profond, puis les pupilles couleur azur.

— Tu es un soldat impérial, tenta Elio. *Un membre de la famille de l'empereur*, pensa-t-il tout bas.

L'homme porta la main à sa nuque, la massant un bref instant.

— Il fut un temps.

Était-ce de la nostalgie qu'il percevait dans sa voix ?

— Et maintenant ?

Un petit rire cynique lui répondit.

— Les ennemis de mes ennemis sont mes amis, c'est ça ? Non, votre roi est aussi stupide que celui qui était mon empereur.

Le prince était perplexe. Décidément, plus il essayait d'en apprendre sur le compte de leur mystérieux invité, et plus il se sentait perdu.

— Un renégat, alors ?

Les pirates qui peuplaient les frontières du Royaume et de l'Empire abritaient bon nombre de déserteurs des deux camps. Le regard énigmatique se tourna vers lui.

— J'avoue qu'ils me sont sympathiques, mais non.

Le prince abandonna. Il préféra orienter la conversation vers un sujet plus urgent :

— Et Lianne ? En l'entraînant, tu sers le roi… ou l'empereur ?

Arutha s'arrêta net. Sa réplique fut cinglante :

— Elle décidera.

Sans un salut pour le prince, l'assassin rebroussa chemin pour rejoindre les bâtiments blancs qui luisaient sous la lumière pâle de la lune. Satisfait, Elio comprit qu'il avait abordé un point sensible. Il continua à avancer seul dans les jardins, réfléchissant à ce qu'il avait appris. Arutha ne travaillait pas pour l'empereur, il en était de plus en plus certain. Mais ses liens avec la famille impériale restaient flous, et cela mettait Elio mal à l'aise. Quelles étaient les motivations du soldat ?

L'assassin rejoignit la chambre de mauvaise humeur. La vague tentative du prince pour se rapprocher de lui l'avait agacé. Il décida qu'il ne dormirait pas à l'académie, ce soir. D'ailleurs, il s'était déjà trop attardé ici. Cela devenait dangereux.

Alors qu'il entrait dans la pièce, il vit son apprentie se faufiler en courant jusqu'à sa chambre, laissant la porte de la salle de bains ouverte. La vapeur chaude qui en sortait le caressa doucement, et il prit conscience de la tension qui l'habitait. En soupirant, le Syyr noir fit tomber ses habits sur le lit et se glissa sous la douche. Après tout, ils ne savaient rien. Peut-être pouvait-il rester un peu plus.

***

Lianne marchait à la suite de son maître, attentive à ne pas faire de bruit. Le froid de la nuit pénétrait son mince uniforme. Elle aurait pu accélérer son Don pour se réchauffer, mais la jeune femme ne voulait pas rompre sa concentration déjà si difficile à maintenir. Ouvrant la marche, Arutha surveillait étroitement l'apprentie, s'assurant qu'elle cachait correctement sa présence. Derrière eux, aucune empreinte de pas ne venait perturber le manteau de neige, ce qui satisfaisait le Syyr. Ils avançaient silencieux comme des ombres, invisibles au cœur des terres infestées.

Lianne suivait son maître sans savoir où ils allaient. Sa longue cape ondulait au rythme de ses pas. Il n'avait pas rabattu la large capuche, et ses cheveux dorés flottaient légèrement sous une légère brise. La buée qui sortait de la bouche de la jeune femme à chaque fois qu'elle soufflait faisait des ronds dans l'atmosphère glacée. Elle observa l'allure d'Arutha. Son haleine ne fumait pas malgré le froid.

Tandis que le soldat se déplaçait sans un bruit, les feuilles bruissaient doucement sous les pas de la jeune femme. Il s'en dégageait une odeur entêtante d'humus et de terre humide. La terre était encore gorgée d'eau, et le printemps n'avait pas encore recouvert de vert le tapis brun et ocre de la forêt. L'hiver tardait à mourir.

On aurait pu croire les bois endormis par l'hiver, mais Lianne savait que ce silence immobile n'était pas dû qu'au froid et à la neige. La vie fuyait les territoires infestés. Tout ce qui pouvait marcher, ramper, voler, s'éloignait des zones où les Errants chassaient. Au bout d'un temps, même la végétation n'y poussait plus. Ce n'était pas encore le cas ici, car le nid était récent. Dans quelques années, si rien n'était fait, les grands épineux qui composaient ce coin de forêt seraient progressivement remplacés par une végétation éparse et malade qui se raréfierait petit à petit pour ne laisser finalement qu'une terre morte, vidée de la moindre particule de Don.

Elle frissonna lorsque la lueur de la lune révéla les larges traces dans lesquelles ils évoluaient, et se concentra un peu plus encore sur les battements de son Don. La neige écrasée gardait l'empreinte des monstrueuses bêtes qui avaient foulé le sol. Aucun Errant ne pourrait les prendre par surprise sur ce manteau poudreux. C'était le moment ou jamais de s'infiltrer dans leur territoire... quoi qu'ils pussent y faire.

Le silence qui planait sous le couvert des arbres donnait à l'apprentie l'impression de se déplacer dans un monde irréel. Aucun sifflement d'oiseau dans les arbres, pas un bruissement de pattes sur le sol ne dérangeait le sous-bois sans vie.

Ils marchèrent en silence jusqu'au lever du soleil sans rencontrer une seule Bestiole. Soudain, Arutha bifurqua vers un amas rocheux qui s'élevait à une centaine de mètres de la piste. La neige se faisait plus rare tandis qu'ils grimpaient. Lianne aperçut un morpin, puis une caille au milieu des cailloux. C'était la première fois depuis qu'ils s'étaient engagés dans les territoires infestés.

Était-ce l'aube qui les rassurait, ou bien l'endroit où ils se trouvaient ?

L'assassin grimpa jusqu'au sommet de ce qui formait une colline pierreuse, s'arrêtant parfois pour écouter. La jeune femme tendit l'oreille plusieurs fois sans entendre ce qui inquiétait son maître. Seuls lui parvenaient les sons réconfortants des animaux qui peuplaient les hauteurs.

Ils arrivèrent finalement dans un creux taillé à même la roche, une caverne de trois mètres de long sur deux de profondeur. Elle observa avec curiosité les traces d'un foyer et d'une couche. Découvrant un trou dans le sol, Arutha sortit une couverture et la lui tendit.

— On se repose ici. Je prends le premier tour de garde, je te réveillerai quand ce sera ton tour.

La jeune femme ne se le fit pas dire deux fois. Elle saisit le morceau de toile grossière et s'enroula dedans à même le sol, le dos contre la paroi de la grotte. La roche inégale lui rentrait dans les côtes, mais elle n'en avait que faire. Quelques minutes plus tard, l'apprentie dormait profondément.

Il lui sembla n'avoir fermé les yeux qu'un instant lorsque son maître la secoua par l'épaule. Pourtant, la position du soleil dans le ciel lui apprit que trois heures avaient passé. Elle avait dû avoir froid, car son maître l'avait recouverte de sa cape pendant son sommeil. Chaude et douce, elle donnait l'impression d'être vivante. La jeune femme savait que cela n'était pas tout à fait faux, car le vêtement était constitué d'un tissu végétal qui s'adaptait à toutes les situations.

Lianne fut gênée d'avoir dérangé le Syyr noir, et regretta de ne pas supporter aussi bien le froid que lui. Elle se leva péniblement, mesurant à quel point l'exercice de la veille l'avait fatiguée. Pourrait-elle maintenir le même camouflage une journée de plus ?

Sans se préoccuper de l'état de son élève, l'assassin récupéra son bien, s'enroula dans la pèlerine en rabattant la capuche sur son visage, et s'assoupit. Hésitante, la jeune femme se rapprocha timidement de la silhouette assise, le dos calé contre la paroi.

Même ainsi, l'homme ne quittait pas ses armes qu'il serrait contre lui. Il était différent, endormi. Son visage perdait les traits durs qu'il arborait, éveillé. Les trois boucles dorées qui habillaient son oreille disparaissaient sous les mèches de cheveux plaquées par la capuche. La large ceinture qui lui servait pour transporter ce qu'il voulait avoir sous la main semblait inconfortable ; pourtant, elle ne paraissait pas le gêner. Celle-ci contenait des onguents, une mince cordelette, de quoi faire du feu, des poisons et leurs antidotes. Il y avait d'autres poches, mais la jeune femme n'avait aucune idée de ce qui s'y trouvait. Elle secoua la tête, reportant son attention sur le paysage qui les entourait.

Le vent charriait des odeurs de neige, mais la colline était baignée de lumière, et elle pouvait voir sur la roche chauffée par le soleil – un bonheur par ce temps – un lézard paresser. L'apprentie tendit la main vers la petite bête à sang froid et celle-ci disparut en un éclair dans une crevasse. Lianne soupira, et ramena sa main sous son menton. Devant elle, rien ne bougeait. Même l'air était immobile.

Au pied des hauteurs s'étendait la dense forêt de la zone infestée. La cime des arbres était d'un blanc éclatant, illuminé par le soleil, mais le sous-bois demeurait en majeure partie dans l'ombre.

La jeune femme laissa un instant son regard vagabonder d'arbre en arbre, s'imaginant voler dans les branches inhabitées. Soudain, un mouvement attira son attention sous le couvert des bois : une forme sombre serpentait entre les troncs jouxtant la colline.

Ses prunelles s'attardèrent sur son maître, hésitant sur la conduite à tenir. Un coup d'œil au soleil lui apprit qu'une demi-heure s'était à peine écoulée depuis qu'elle avait pris sa garde.

L'ombre se rapprochait toujours, suivant sans s'en écarter le chemin que le Syyr et la jeune femme avaient pris pour grimper. Lorsqu'elle atteignit la bordure ensoleillée qui ceignait leur position, Lianne eut un soupir de soulagement. Elle avait reconnu le féron doré de son maître. L'animal bondit de pierre en pierre, escaladant avec agilité la pente caillouteuse jusqu'à la grotte.

Depuis le début de son entraînement, la jeune femme avait parfois eu l'occasion d'entrevoir le félin se glisser furtivement autour d'eux, mais elle ne l'avait encore jamais observé ainsi. Apercevant l'apprentie devant lui, celui-ci se figea puis, voyant qu'elle ne bougeait pas, il la contourna avec application pour rejoindre l'homme allongé. Jetant un dernier regard à la femme accroupie, il tourna sur lui-même pour venir se loger contre le flanc d'Arutha, et laissa s'échapper un soupir alors qu'il se couchait.

Lianne contempla avec ravissement la fourrure brillante du féron. L'animal était beau. Elle se demanda s'il dormait toujours à côté du Syyr noir, et passa les heures suivantes à observer tour à tour la forêt, le félin et son maître, la tête appuyée contre son poing, l'autre main caressant la pierre agréablement chaude à l'entrée de la grotte.

Lorsqu'il se réveilla, l'homme sembla étonné de trouver la bête dorée à ses côtés, mais il ne dit rien. Après un coup d'œil dehors, il plia la couverture qui traînait sur le sol, et tendit une pomme à son élève. Quelque chose dans la manière que celle-ci eut de saisir le fruit lui fit lever la tête.

La jeune femme était épuisée, mais elle redressa les épaules et chassa la fatigue de son visage. Arutha haussa un sourcil, puis se tourna pour saisir la sacoche qu'il transportait. Il n'était pas dupe. Lianne espérait que l'assassin ne ferait pas demi-tour par sa faute. Elle fut un peu rassurée lorsqu'il se posta à l'entrée de la grotte pour étudier la forêt d'en haut. D'où ils étaient, l'océan vert et blanc était parsemé de taches brunes ou émeraude signalant des clairières.

La descente fut plus périlleuse que la montée. L'assassin avait le pied sûr. Il avançait à une allure que l'apprentie peinait à suivre. Les cailloux roulaient sous ses pas, et la jeune femme manqua plusieurs fois de se retrouver le nez par terre. Elle enviait le féron qui trottinait au pied de son maître, sautillant parfois mais jamais déséquilibré. Après ce qui lui parut une éternité, ils atteignirent enfin le pied de la colline.

La fraîcheur du sous-bois l'envahit après la chaleur de la descente, puis le silence s'abattit à nouveau. Malgré le jour avancé, aucun son ne peuplait la forêt. Le Syyr noir rejoignit rapidement la trace qu'ils avaient laissée, et recommença à la suivre. Ils se dirigeaient toujours vers le cœur des territoires infestés.

Ils marchaient dans la neige sans parler, dans les pas des Errants qui les avaient précédés. La piste s'était élargie, rejointe en plusieurs endroits par d'autres. Le féron avait disparu depuis leur retour dans les bois. La respiration de Lianne résonnait à ses oreilles, et elle s'étonna que son maître ne lui en fît pas la remarque. Alors que le ventre de la jeune femme commençait à crier famine, Arutha s'arrêta soudain.

Rassurée, elle s'apprêtait à s'asseoir, mais son maître posa une main sur son épaule. Un frisson la parcourut en même temps que l'assassin accordait son Don au sien. Le soulagement fut instantané pour Lianne, qui relâcha sa concentration. Elle se détendit, laissant la pulsation étrangère s'infiltrer en elle.

D'un doigt sur ses lèvres, l'espion lui intima le silence. Elle sentit son ventre gargouiller, mais le son ne parvint pas jusqu'à ses oreilles. La résonnance était parfaite, ils étaient invisibles. Elle ne percevait rien autour d'eux, mais le Syyr noir lui indiqua d'un coup de tête la direction dans laquelle la piste se poursuivait. Ils s'écartèrent du chemin boueux, et progressèrent à partir de là en parallèle de la piste. La neige commençait à fondre au soleil, créant des flaques qu'il leur fallait constamment enjamber. L'assassin conservait une main sur l'épaule de son apprentie, contrôlant son Don alors qu'ils avançaient. Ils pouvaient entrevoir une clairière, à présent. Un courant d'air agitait les feuilles au-dessus d'eux, et le bruit rassurant du vent perça le silence persistant, charriant une forte odeur musquée qu'elle ne reconnut pas.

Le spectacle qui s'offrit à eux lorsqu'ils atteignirent la trouée des arbres était irréel. Sa beauté dangereuse coupa le souffle de la jeune femme, dont le cœur s'accéléra soudain face aux centaines d'Errants assoupis, amas de crocs et de griffes luisantes. Mais ce qui la fit frémir fut surtout l'immense masse endormie au milieu. Une femelle. La carapace scintillante du mastodonte s'élevait à chaque inspiration, puis redescendait dans un bruit de soufflerie puissante. C'étaient son souffle et celui des Bestioles l'entourant qui agitaient les feuilles des arbres, c'était leur odeur qu'elle avait sentie.

Arutha pointa du doigt un tas noir et gluant contre le flanc du monstre. Les œufs de la femelle étaient ogiformes, barrés de striures circulaires. Certains d'entre eux s'agitaient mollement contre leur mère. Le temps de l'éclosion était proche.

Une pression de la main de son maître sur son épaule fit sursauter Lianne. Lentement, elle recula sous le couvert des arbres sans quitter des yeux la scène surréaliste. Ce ne fut qu'une fois à bonne distance qu'ils se retournèrent pour rejoindre la trace des Errants. Le reste de la journée, Lianne se laissa guider à travers la forêt, l'esprit encore plein de la rencontre qu'ils venaient de faire.

L'apprentie s'interrogeait sur les raisons que l'assassin avait de lui montrer un tel spectacle. Voulait-il lui faire peur ? Lui montrer la puissance de la technique qu'il lui enseignait ? Dans tous les cas, c'était une réussite. Ils étaient entrés si facilement au cœur du territoire infesté et jusqu'à un nid. Pas une seule Bestiole ne les avait repérés.

Son envie d'améliorer sa maîtrise du camouflage n'avait jamais été aussi forte, puis elle repensa à la masse monstrueuse de la femelle Errant. Était-il seulement possible de tuer un tel monstre ?

La pluie commença à tomber. Fine d'abord, puis de plus en plus forte, rappelant à Lianne que la fin de l'hiver approchait. Arutha se mit à courir, entraînant avec lui son élève qui ne comprenait pas d'où venait le danger. Autour d'eux, la neige fondait à présent à vue d'œil. Alors qu'elle se concentrait sur le Don, sa tête s'emplit d'un vacarme immense. Les milliers de gouttes qui déferlaient autour d'eux étaient autant de perturbateurs. C'était une armée de crécelles qui les noyaient sous leurs crépitements, détruisant leur camouflage.

À travers le rideau de pluie, elle voyait son maître luire d'une lumière bleutée : nul doute qu'il en était de même pour elle. Un hurlement aigu déchira l'air derrière eux, et Arutha accéléra encore. Lianne sentit son poignet se tordre sous la poigne du Syyr. Les Errants les avaient sentis. La chasse était ouverte.

Un deuxième cri, plus proche. Lianne paniqua. Ils n'auraient jamais dû venir ici. Aucun Syyr sain d'esprit ne se risquait seul en territoire infesté. Son maître en était peut-être capable, mais pas elle. Elle n'était pas prête. Les hurlements se rapprochaient. Bientôt, ils les rattraperaient.

Faisant un saut de côté, l'assassin la plaqua brusquement contre un arbre à la ramure épaisse. Il colla une main sur sa bouche, tenant toujours son poignet de l'autre. Prise entre le tronc et l'homme, la jeune femme sentit la panique la gagner. Elle voulut se débattre, mais la poigne de son maître se fit plus ferme. Il rabattit d'une main la capuche sur son visage, et se pencha sur elle. Sa cape les enveloppait tous deux à présent.

— Chut.

Son murmure l'atteignit de plein fouet alors qu'elle prenait la mesure du calme de sa voix. Elle s'immobilisa, sa respiration haletante masquée par la main qui couvrait toujours ses lèvres. Voyant son élève se maîtriser, Arutha ferma les yeux.

L'abri que leur offrait l'arbre arrêtait la plupart des gouttes. L'apprentie pouvait voir celles qui arrivaient à passer scintiller le long de leur descente avant de s'écraser sur le sol autour d'eux. L'une d'elles s'échoua sur l'épaule du Syyr noir, explosant en une myriade de minuscules étoiles. Puis l'épaule disparut, et la goutte aussi. Au même moment, trois hautes silhouettes noires apparurent. Réprimant un sursaut, la jeune femme serra un peu plus fort le bras qui la tenait.

Les bêtes avançaient lentement, tournant leur lourde tête dans tous les sens. Leur respiration sifflante fit frémir Lianne, qui s'empressa de fermer à nouveau les yeux, se concentrant de toutes ses forces sur la pulsation de l'assassin. Bizarrement, celle-ci était lourde et lente, à l'opposé du concert qui agitait le Don alentour. La jeune femme réalisa que son maître ne cherchait plus à disparaître, mais elle fut bien en peine de comprendre ce qu'il faisait. Ne cherchant plus d'explication, elle se laissa envahir par le rythme pesant qu'il avait adopté. Derrière ses paupières closes, l'haleine fétide des Bestioles l'atteignit de plein fouet, et elle enfouit silencieusement son nez dans l'habit de son maître.

Puis, doucement, les pas s'éloignèrent.

Ils restèrent ainsi jusqu'à ce que la pluie cessât, puis rejoignirent la frontière de la zone infestée. Ils attendirent d'avoir mis une distance suffisante entre eux et les terres inhospitalières avant de se reposer.

Quand Arutha s'arrêta enfin, Lianne ne tenait plus debout. Elle se vautra contre le tronc d'un arbre et massa ses jambes endolories. Ses vêtements mouillés adhéraient à sa peau transie de froid, ses cheveux humides lui collaient au visage, et l'eau qui s'infiltrait par son col glissait lentement le long de sa colonne vertébrale, traçant sur son dos un sillon gelé qui lui arrachait des frissons glacés.

Le soldat commença par jeter un rapide coup d'œil à la ronde pour s'assurer que tout danger était écarté, puis se mit à chercher du bois. Après la pluie qui venait de tomber, toute la forêt était trempée, et chaque branche qu'il ramassait également. Au bout d'un moment, la jeune femme le rejoignit, et ils eurent vite constitué un tas assez grand pour satisfaire le Syyr. S'accroupissant, il creusa dans le sol un trou grossier et le remplit du bois humide tout en sélectionnant certains morceaux qu'il mit de côté. L'assassin posa ensuite ses mains sur le tas qu'il venait de créer et attendit. Rapidement, de la vapeur s'éleva, puis de la fumée. Enfin, des flammes jaillirent des branchages, et l'assassin se recula promptement.

Satisfait du feu qui brûlait, il se releva et saisit les quelques branches qu'il avait choisies, puis il alla s'asseoir un peu plus loin. Prenant le premier morceau en main, de la vapeur d'eau ne tarda pas à s'en élever, mais aucune flamme ne suivit. Arutha saisit son poignard et commença à entailler la branche sèche.

Intriguée par ce qu'elle venait de voir, Lianne saisit une brindille à ses pieds. N'ayant aucune idée de la manière dont s'y était pris son maître, elle sonda le bout de bois sans rien y trouver de particulier. La jeune femme réfléchit, tâtant dans ses mains la pulsation humide et tendant son esprit vers le feu. La chaleur du foyer était réconfortante après la pluie glacée, mais elle ne s'y attarda pas, concentrant son attention sur le Don qui s'élevait dans les flammes. Celui-ci frétillait, agité comme les battements d'ailes d'un minuscule oiseau. Ramenant son attention sur le rythme de la branche, elle l'accéléra.

À son grand étonnement, deux rythmes se détachèrent. Ne sachant comment réagir, l'apprentie continua à activer les battements de la brindille qui s'enflamma soudain avec un bruit de pétard mouillé. Surprise, elle lâcha la branche qui s'écrasa sur le sol en fumant.

Levant la tête un instant, Arutha eut un claquement de langue réprobateur, puis recommença à tailler la branche qu'il tenait. Longue de deux mètres environ, elle était plus épaisse au milieu et allait en s'affinant. Les copeaux de bois formaient un monticule entre les jambes du Syyr noir, qui avait déjà posé à côté de lui quatre branchettes plus courtes, taillées en pointes.

Suçant son doigt légèrement brûlé, son élève saisit une nouvelle brindille. Elle recommença à accélérer le Don jusqu'à ressentir de nouveau la pulsation se séparer en deux rythmes distincts. Pesant chacun des battements qui résonnaient entre ses mains, elle isola celui de l'eau qui imprégnait le bâtonnet, et l'accéléra sans toucher à celui du bois. Lentement, la vapeur s'éleva de la brindille. Fière d'avoir compris, la jeune femme fit s'évaporer jusqu'à la dernière particule d'eau. Elle leva le morceau de bois sec à la hauteur de ses yeux, mais celui-ci se désagrégea soudain entre ses doigts. Le troisième essai fut le bon, et elle réussit à conserver assez d'eau dans le bois pour qu'il restât intact.

Lianne n'eut pas le temps de se réjouir de son succès : son ventre se rappela à elle dans un grognement sonore. Elle regarda autour d'elle. Maintenant qu'ils étaient saufs, elle était affamée. L'apprentie doutait qu'une pomme ou une orange suffît à la rassasier cette fois.

La jeune femme jeta un œil vers son maître toujours absorbé dans son travail. Entre ses mains, un arc prenait forme. Ici, la forêt grouillait de vie, regorgeant de petits gibiers qu'elle pouvait sentir. Lianne saliva à l'idée d'un morceau de viande cuit au feu de bois. Comme s'il avait deviné les pensées de son élève, Arutha lui tendit l'arc et les flèches.

— On va chasser ? demanda-t-elle.

— Tu vas chasser.

L'apprentie saisit l'arme sans comprendre. L'arc droit était lourd, mais sa courbe régulière et son bois agréable au toucher.

— Avec ça ? Mais je...

Elle porta la main à sa ceinture, effleurant le laser que lui avait donné le prince. Puisqu'elle devait le porter, autant qu'il servît. Le regard sombre de son maître la dissuada de saisir la crosse métallique et elle soupira, attrapant la flèche qu'il lui présentait. Tandis que le soleil redescendait derrière les arbres, ils s'éloignèrent de la chaleur du feu.

Lianne savait depuis longtemps repérer un animal aux traces qu'il faisait : c'était un des avantages d'avoir grandi au Refuge. Elle pouvait souvent dire s'il était blessé ou en bonne santé. Il lui était même parfois arrivé de remonter la piste pour s'assurer qu'elle avait raison. Ainsi, la jeune femme avait ramené de temps en temps un oiseau ou un lapin pour améliorer l'ordinaire. Elle savait poser des pièges, mais elle n'avait encore jamais chassé à l'arc. Son ventre gémit à nouveau. La jeune femme posa une main dessus pour le faire taire, et remonta la première piste qui se dessinait devant elle jusqu'à apercevoir celui qui l'avait tracée.

Elle encocha une première flèche. L'empennage constitué de trois plumes grises lui chatouilla les doigts alors qu'elle tendait la corde. Inspirant lentement, Lianne s'accorda à la pointe acérée durcie au feu. Patiemment, elle attendit que le lapin se rapprochât un peu plus, puis tira. Au bruit que fit la corde, l'animal s'enfuit, et la flèche alla s'écraser mollement à quelques pas de l'endroit où il se tenait. Elle baissa son arc, déçue. Sans un mot, Arutha ramassa le trait, et le lui tendit. Il la laissa réessayer avant de lui faire sa première remarque.

— Tout est question de vitesse. Tu ne peux pas masquer la flèche une fois que tu l'as décochée. Mais tu peux l'accélérer avant qu'elle parte.

Pour lui montrer, il tira une flèche et cloua une feuille tombante au tronc d'un arbre.

À l'essai suivant, l'apprentie frôla une caille qui s'envola à tire-d'aile, semant sur son passage une pluie de plumes grises. La quatrième flèche fut la bonne, atteignant une poule faisane qui avait la malchance de passer par là.

Un délicieux fumet plana bientôt sur le camp improvisé. Enfin rassasiée, Lianne se sentit envahie par une bienfaisante quiétude. Son corps fatigué laissait son esprit libre. Elle avait abandonné un instant l'exercice fastidieux du camouflage, et s'en retrouvait soudain légère. À côté d'elle, Arutha taillait une nouvelle flèche, plus par habitude que par réel besoin, car ils n'en avaient perdu aucune aujourd'hui. Voyant qu'elle le regardait, il s'arrêta et posa le trait pour observer l'apprentie à son tour :

— Tu trouveras toujours de quoi te faire un arc ou une lance là où il y a du gibier.

Son regard se portait sur l'étui qui battait contre sa cuisse. Elle hocha la tête, comprenant la leçon. Après un silence, il s'adressa de nouveau à elle :

— Dors maintenant, dit-il.

Obéissante, la jeune femme se coucha près du feu. Son esprit et son corps fatigués s'unirent pour l'emmener vers une béate sensation de bien-être. Ses doutes étaient étouffés, de même que sa peur de l'arrivée imminente d'un vaisseau impérial. Alors qu'elle se recroquevillait pour conserver le plus de chaleur possible, son maître passa à côté d'elle, lui tendant sa large cape. Après avoir songé à la refuser, l'apprentie l'accepta dans un murmure gêné. La neige gelait encore le sol mouillé, et la nuit serait froide. La pèlerine était encore chaude et pleine de l'odeur d'Arutha, un mélange de notes boisées sous le soleil d'été. Tandis qu'il s'installait contre un arbre, Lianne sombra doucement dans le sommeil, bercée par les crépitements du feu et la douce chaleur qui l'enveloppait à présent.

Le Syyr noir observa la silhouette endormie, savourant ces minutes où il pouvait être lui-même. Hairi le rejoignit aussitôt, se roulant en boule contre son flanc. Il caressa l'animal dont la fourrure ondula, passant de l'or à l'argent pour manifester son plaisir. Arutha le réprimanda doucement dans la langue de l'Empire, lui rappelant la jeune femme qui dormait à côté, et la petite bête reprit sa couleur dorée, léchant sa main pour se faire pardonner.

***

Le jour suivant, ils restèrent dans le campement improvisé. L'assassin s'exerçait sous la lumière du petit matin, traçant de ses sabres des courbes lentes et complexes, décomposant chacun de ses mouvements, et maîtrisant chacun de ses muscles. Lianne étouffa un bâillement, et s'étira. Elle se leva, épousseta rapidement son uniforme plus gris que crème à présent, et but une gorgée d'eau à la gourde qu'ils avaient emportée. Glacé, le liquide se répandit dans son corps, et acheva de la réveiller. L'odeur de la forêt humide et froide l'envahit tandis qu'elle respirait à pleins poumons l'air chargé. La vessie pleine, elle se glissa derrière un buisson pour se soulager et revint.

Arutha s'était arrêté et rangeait à présent ses sabres. La crasse qui la recouvrait semblait ne pas avoir de prise sur la peau de son maître. Il ne portait pas ses fourreaux sur lui, mais les avait posés au pied d'un arbre. Le Syyr devait juger leur position sûre pour qu'il se défît ainsi de ses armes. Il se tourna vers l'apprentie qui grignotait les restes de la veille et croisa les bras.

Surprise, la jeune femme s'empressa de lâcher l'os, et s'essuya précipitamment les mains sur son pantalon.

— Comment penses-tu que nous ayons échappé aux Errants hier ?

Lianne se rappela l'incident et la manière dont son maître les avait fait s'évanouir à la barbe des Bestioles.

— Vous nous avez camouflés sous votre cape. Et vous avez fait appel au Don, mais pas pour disparaître. C'était… différent.

— En quoi était-ce différent ?

Elle réfléchit, se remémorant l'instant décisif. La peur lui avait fait perdre toute capacité d'analyse sur place, et elle s'était laissé guider par l'espion, mais à la lumière du petit matin, les événements lui apparaissaient plus clairement.

— Vous ne vous êtes pas accordé sur tous les Dons, vous avez juste ralenti votre rythme, comme pour vous synchroniser avec une pierre.

La comparaison la frappa soudain.

— Vous avez imité une pierre. Une grosse pierre.

Ainsi, les gouttes qui ricochaient sur eux semblaient ricocher sur la roche. Était-ce possible ? Le Syyr la laissa aller jusqu'au bout de sa réflexion.

— Si c'était aussi simple, lorsqu'un élève s'accorde à une pierre, il devrait logiquement en devenir une à son tour ?

Il hocha la tête à la question intelligente. Jusqu'ici, les déductions de la jeune femme l'avaient agréablement surpris. Elle savait décidément bien percevoir le Don. C'était un avantage certain pour l'entraînement qui l'attendait. Cachant sa satisfaction, il répondit à sa question :

— Quand un élève s'accorde, il se concentre sur sa main qui tient le caillou. Il modèle le rythme de ses doigts, parfois celui de son bras, mais il oublie le reste de son corps. Imiter un objet est encore plus difficile que se fondre dans la masse, car il ne s'agit plus de recopier une mélodie : il faut en créer une, l'ajouter au concert sans perturber celui-ci. C'est un travail difficile qui demande beaucoup d'observation.

La jeune femme acquiesça, appréhendant ce qu'elle sentait venir.

— Nous pratiquerons cette technique, mais tu dois d'abord perfectionner celle de l'effacement.

Lianne se permit un discret soupir de soulagement, rapidement suivi d'une vague de découragement quand son maître saisit ses dagues, lui enjoignant de le rejoindre. Prenant son courage à deux mains et ses lames par la même occasion, elle s'avança vers le Syyr au regard impassible.

Ce jour-là, elle travailla les dagues, puis le sabre, et encore les dagues avec Arutha. Tandis que l'assassin lui faisait répéter un coup de taille prenant l'adversaire en traître, elle s'arrêta. La passe lui rappelait avec malaise le jour où son maître avait abattu un homme d'un poignard dans le dos. Comprenant son hésitation, le soldat s'arrêta à son tour.

— Ce n'est pas très... moral, osa la jeune femme.

Un sifflement moqueur échappa au guerrier.

— Ce qui te paraît immoral ne l'est pas forcément pour ton ennemi.

Il se tut un instant, puis sa voix se fit sèche :

— Peu m'importe que tu utilises ou non cette technique. Connais-la si tu veux pouvoir t'en protéger.

Ce fut la fin de la discussion. L'apprentie exécuta les passes traîtresses encore un bon nombre de fois avant que le Syyr s'estimât satisfait. Lorsque la leçon fut finie, le soir arrivait déjà.

Lianne reprit son arc, et Arutha la laissa faire seule cette fois. Elle reparut alors que le soleil rougissait sur l'horizon, et tendit fièrement deux oiseaux bien gras à l'homme qui ravivait le feu. Le repas se passa en silence, chacun dégustant la viande grillée rehaussée d'herbes que l'assassin avait cuisinée à merveille. Une fois les volatiles réduits à deux carcasses brunes, l'espion se cala face au feu, le dos contre un tronc. Machinalement, ses mains se mirent à tailler méthodiquement une jeune branche qui traînait sur le sol.

— Maître, puis-je poser une question ?

Comme il restait silencieux, elle continua :

— Comment avez-vous connu les Valands ?

Arutha se taisait toujours tandis qu'il remuait les braises à l'aide du bout de bois. Des étincelles jaillirent, emportées par un courant d'air froid. Alors que la jeune femme ne s'attendait plus à ce qu'il répondît, sa voix grave s'éleva doucement :

— Par hasard… Par chance.

L'assassin attisa encore le feu.

— Je fuyais. J'ai atterri sur la planète sans savoir ce que j'y trouverais.

Les yeux perdus dans les flammes, il semblait contempler une scène sortie de sa mémoire.

— Il m'a retrouvé. Je l'ai tué. Mon chasseur était trop endommagé, mais le sien était encore réparable.

Son discours était dépouillé, comme si ce qu'il racontait était arrivé à un autre que lui. Puis sa voix se fit soudain plus douce :

— Et je suis tombé sur eux.

Lianne n'osait plus respirer de peur d'interrompre le Syyr. C'était la première fois que son maître lui parlait ainsi du passé. Quand il fut clair qu'il n'ajouterait rien de plus, elle posa la question qui lui brûlait les lèvres :

— Pourquoi vous poursuivait-on ?

À son grand étonnement, son maître parut las tout d'un coup, et soupira avant de se lever. Il balaya du revers de la main les copeaux qui s'accrochaient à son uniforme noir.

— Il est temps de rentrer.

21

Elio faisait les cent pas dans sa chambre, ressassant les dernières nouvelles qui venaient de lui parvenir. Le communiqué qu'il tenait dans sa main émanait des sentinelles qu'il avait postées sur le trajet du vaisseau impérial que leurs espions lui avaient signalé. Ses hommes avaient repéré l'appareil, qui se poserait dans deux jours à l'endroit indiqué. Le prince se tourna vers la carte murale, qu'il détailla une fois de plus. Le point écarlate minuscule qui indiquait la zone d'atterrissage était situé en plein milieu de la zone infestée.

Deux jours.

C'était trop tôt. Ils n'étaient pas prêts. Broyant dans son poing le papier porteur des sombres nouvelles, Elio savait qu'il lui faudrait pourtant attaquer. Il ne devait en aucun cas permettre à l'Empire de poser un pied sur Pira, si près de l'Enfant.

L'Enfant. C'était un pari risqué qu'il prenait en la laissant fréquenter le Syyr noir. Mais Elio était de plus en plus persuadé qu'il y avait beaucoup à gagner. S'il ne se trompait pas. Le prince se retourna brusquement vers le chef de la garde qui se tenait silencieusement dans un coin de la pièce.

— Est-elle rentrée ?

— Non, mon prince. Souhaitez-vous que j'envoie Lubéon les chercher ?

Elio hocha la tête. Depuis la disparition d'Arutha et de son élève, il faisait étroitement surveiller les airs dans l'éventualité où l'assassin chercherait à s'échapper. À sa connaissance, l'homme n'avait pas de moyens de décoller, mais il ne voulait prendre aucun risque. En même temps, il devait aussi guetter l'apparition du vaisseau ennemi. La surveillance continue épuisait ses hommes et sollicitait beaucoup trop leurs satellites et leurs appareils, peu nombreux. Et ils auraient très bientôt besoin de toutes les forces à leur disposition.

— Attends qu'il ait terminé avec Espérion, puis dis-lui de monter une équipe. Qu'il prenne Saaj. Et aucun risque.

Le prince fit une pause, autre chose le préoccupant.

— Que sais-tu sur l'apprentissage des Syyrs impériaux ?

— Pas grand-chose, mon prince. C'est réputé difficile. Les moins doués meurent avant d'avoir atteint l'âge adulte. Je crois qu'ils passent plusieurs épreuves, des tests sur des planètes isolées, entre apprentis. Je n'en sais pas plus.

Rien de tout cela n'était nouveau pour le fils du roi. Cependant, il ne s'en faisait pas trop pour Lianne. Arutha avait déjà montré qu'il savait s'adapter.

Elio jeta le papier qu'il tenait toujours dans sa main. La boule froissée roula sur la table où elle s'arrêta. Arutha connaissait mieux qu'eux la zone interdite. Il semblait s'y déplacer avec une facilité déconcertante, sans doute liée à sa capacité à se fondre dans le décor. Si la garde devait attaquer le vaisseau impérial, le Syyr noir constituerait un allié de poids. Pourtant, il était impossible de lui faire confiance dans une telle situation.

En attendant, il savait où étaient la jeune femme et son maître en ce moment. Là où l'espion impérial passait le plus clair de son temps à sa connaissance.

— Il l'a emmenée dans les territoires infestés. Ils seront de retour quand Arutha aura terminé sa leçon.

Astre leva un sourcil interloqué.

— Tuer un Errant ?

Cela semblait une tâche bien ardue pour une si jeune apprentie. La même pensée avait traversé l'esprit de l'homme qui s'était assis à son bureau, poussant du doigt le communiqué qu'il y avait jeté.

— Dès qu'elle sera prête, c'est certain. Mais pas tout de suite, je ne pense pas.

Le chef de la garde eut un sourire contrit.

— À voir les progrès de son apprentie, ça ne saurait tarder.

Elio lissa du plat de la main le papier qu'il venait de déplier, relisant une énième fois les quelques lignes inscrites avant de soupirer. Cet espion lui compliquait les choses. Et pourtant, s'il pouvait le convaincre de les aider, cela changerait tout.

— Je dois lui reconnaître une chose, les résultats qu'il obtient avec Lianne sont impressionnants. Il sait s'y prendre.

Mais le risque en valait-il la chandelle ? Le vaisseau ne venait-il pas chercher Arutha et l'Enfant ? Si c'était ce que le Syyr noir attendait pour kidnapper Lianne, il n'aurait pourtant pas dû disparaître aussi tôt. C'était idiot, stratégiquement parlant. Et Arutha était loin d'être idiot.

— Pensez-vous qu'il ait pu être instructeur ? demanda soudain Astre.

Elio reporta son regard sur l'homme qui se tenait toujours stoïque contre le mur de sa chambre.

— Espion, assassin, fils de l'empereur, instructeur. Pour ce que j'en sais, il pourrait tout aussi bien nous mener en bateau depuis le début, maugréa le prince.

Astre ne releva pas la remarque amère.

— Avez-vous réfléchi au sujet du vaisseau ? demanda-t-il.

— Les apprentis resteront ici. Les Errants devraient être excités par l'atterrissage. Il faudra prévoir des armes lourdes pour progresser jusqu'à eux.

— Et pour Arutha ?

La conversation tournait en rond, sans qu'Elio sût quoi répondre. Fatigué, il éprouva le besoin de prendre l'air. Il sortit, suivi par Astre, et tous deux se dirigèrent vers la prairie en bordure de la forêt. L'aube pointait à peine, mais l'on pouvait déjà entendre le bruit des armes d'entraînement résonner. La bataille s'annonçait.

***

Lubéon tendit au jeune garçon l'arme qu'il avait choisie pour la leçon d'aujourd'hui : un bâton droit. Espérion étouffa un soupir, qui se transforma en bâillement. Il avait mal dormi, inquiet de la longue absence de Lianne. De mauvaise humeur, il maugréa tout bas sur le manque de tranchant du morceau de bois poli.

La rosée mouillait les pieds des combattants alors qu'ils se plaçaient à mi-chemin entre la forêt et l'académie, dans la prairie que les apprentis affectionnaient particulièrement. Les rayons du petit matin couvraient d'une lumière dorée les grands bâtiments dont les contours se perdaient quelque peu dans la brume. Les sons de la grande bâtisse qui s'éveillait leur parvenaient étouffés, renforçant l'impression du jeune homme d'être encore à demi endormi. Il se frotta les yeux pour chasser la fatigue et, après un bref salut, commença l'entraînement.

La brume s'était dissipée lorsque Evyyt et Ubio arrivèrent dans la prairie. Le garçon blond s'installa près de son maître, qui s'était assise au soleil. Passant sa main dans l'herbe grasse et déjà chaude, il constata que celle-ci était presque sèche. Ce n'était pas le cas quelques mètres plus loin où, plus haut sur le versant, Espérion et Lubéon étaient toujours dans l'ombre. Le Syyr et l'élève n'avaient d'yeux que l'un pour l'autre. Ils n'avaient pas remarqué l'arrivée des autres groupes d'apprentis qui s'entraînaient à présent autour d'eux.

D'où il était, Ubio vit son ami glisser sur le sol humide et se rattraper de justesse. Son professeur profita du déséquilibre du jeune homme pour lui porter aux jambes un coup qui l'obligea à sauter à nouveau.

Le garçon blond réprima un bâillement en contemplant le combat. Espérion et lui avaient veillé tard la nuit dernière, espérant en vain voir rentrer Lianne et son maître. Cela faisait deux nuits que la jeune femme n'était pas revenue à l'académie, et ses amis s'inquiétaient.

— Humm.

Portant son poing devant sa bouche, son maître se gratta la gorge, attirant l'attention de son élève dissipé.

— Tu es prêt ?

Ramenant ses yeux sur la femme brune qui le regardait, le jeune homme hocha la tête.

— Oui, maître.

Elle lui sourit gentiment. Elle appréciait le garçon sensible qui était devenu son apprenti depuis quelques mois. Une brise légère vint lui caresser le visage, et elle savoura la douceur de celle-ci. L'hiver se terminait. Bientôt, la neige disparaîtrait des sous-bois, et les patrouilles plus nombreuses ces dernières semaines reprendraient leur cours normal, car avec le redoux, les Errants n'auraient plus à s'approcher si près de la frontière pour trouver de quoi manger, et l'académie pourrait enfin souffler.

La maître Syyr soupira doucement : c'était à son tour de laisser vagabonder ses pensées. À ses côtés, Ubio attendait sagement les consignes de la séance d'aujourd'hui.

— Ferme les yeux. On reprend là où tu t'es arrêté hier.

Lubéon para l'attaque d'Espérion, et contre-attaqua d'un coup d'épaule bien placé. Le garçon trébucha sous le choc, mais ne faiblit pas. Reprenant ses distances et son souffle, il se remit immédiatement en garde, empêchant le Syyr de lui coller un coup dans les côtes.

Les bras du garde commençaient à le faire souffrir. Cela ne lui faisait pas de mal de s'entraîner avant l'arrivée du vaisseau impérial. Il avait hâte d'en découdre. Enfin, des soldats de l'empereur sur lesquels il pourrait taper sans remords. Un bâton frôlant son œil ramena son attention sur le combat. Il appréciait la fougue d'Espérion, qui lui permettait de se montrer moins tendre qu'avec les autres élèves. Aucun ne lui donnait autant de fil à retordre dans les combats, mais c'était surtout grâce à sa force que le jeune colosse lui tenait tête. Ses attaques n'étaient en rien subtiles. Pas une once de stratégie dans l'enchaînement de coups brutaux qu'il assenait sans faiblir.

Prévisible.

Espérion porta son poids sur sa jambe droite et s'élança pour attaquer. Lubéon attendit le dernier instant, et roula sur le côté au lieu de parer l'assaut suivant. Déséquilibré, le garçon n'eut pas le temps de se protéger de la charge du Syyr qui, d'une frappe précise sur les omoplates de l'apprenti malchanceux, le fit tomber à terre.

Tandis que son élève se relevait, le garde mit à profit le temps qu'il avait pour reprendre son souffle sans que celui-ci le remarquât. Levant les yeux, il regarda rapidement autour de lui. Plusieurs élèves avaient rejoint la prairie pour la séance d'entraînement matinale. Ceux qui n'avaient pas encore de maître s'étaient rassemblés autour des Syyrs présents en fonction de ce qu'ils souhaitaient approfondir.

Lubéon jeta de nouveau un coup d'œil à la forêt sombre qu'il surveillait discrètement depuis ce matin. Il maugréa. Toujours aucun signe de l'assassin et de son élève.

Alors qu'il se retournait pour faire face au jeune colosse qu'il tentait d'initier à la subtilité des arts guerriers, les yeux de celui-ci se fixèrent par-dessus son épaule et s'arrondirent de surprise.

Arutha et Lianne surgirent de l'ombre de la forêt.

Un sourire amer fleurit sur les lèvres du garde. D'un geste sec, il planta son bâton dans le sol et regarda approcher les deux silhouettes.

— Regardez qui daigne enfin faire une apparition, ironisa-t-il.

Tout air fanfaron disparut de son visage lorsqu'il vit l'état pitoyable de l'apprentie qui se traînait épuisée derrière son maître.

— Dieux tout-puissants.

Sa colère explosa tandis qu'il se précipitait vers la jeune femme. Passant devant l'assassin, il saisit Lianne par le bras, et la força à s'arrêter. Elle protesta mollement, incapable de se dégager de la poigne de fer. La faiblesse de l'apprentie exaspéra d'autant plus Lubéon qui se tourna vers l'homme qui les observait, impassible. Les spectateurs de la scène s'approchèrent avec appréhension, mais il n'en avait cure.

— Tu as vu dans quel état tu l'as mise !

Il secouait le bras qu'il retenait, agitant l'élève qui se tenait au bout. Elle s'insurgea lorsque le Syyr royal manqua de la faire tomber, mais il la soutint solidement.

La froideur de l'espion irritait le garde. Il rêvait de lui faire perdre son calme. Parce qu'il leur avait sauvé la vie, pensait-il pouvoir disposer de la jeune femme comme bon lui semblait ?

— Espèce d'idiot inconscient !

L'ironie qu'il lut dans le regard saphir qui le toisait acheva de le faire sortir de ses gonds.

— Si c'est pour que tu la tues à petit feu, on ferait tout aussi bien de la donner à l'empereur ! Au moins, avec lui, on sait à quoi s'att...

Avant que quiconque ait eu le temps de réagir, Arutha saisit le bras de Lubéon, tandis que son autre main serrait sa gorge. Le garde lâcha Lianne. À demi étranglé, il chercha son air sous l'œil mauvais du Syyr noir. Ceux qui assistaient à la scène se précipitèrent pour séparer les deux hommes. Des mains les saisirent, tentant en vain de desserrer l'étau qui étouffait Lubéon. Alerté par le bruit, Elio surgit dans la prairie.

— Lâche-le.

Le Syyr fixa froidement le prince de ses yeux glacés. Il ne tenait à présent le garde que d'une main, la seconde lui servant pour tenir à l'écart ceux qui s'étaient approchés pour aider l'homme au bord de l'asphyxie. Tous s'étaient rapidement reculés à l'apparition du prince, le laissant affronter seul l'assassin aux cheveux dorés.

La respiration sifflante de Lubéon emplissait l'atmosphère. Face à Arutha, Elio ne bougea pas, lui rendant son regard avec la même détermination. Ils se scrutaient, se jaugeant mutuellement. Puis, sans quitter le prince des yeux, l'espion relâcha soudain son étreinte, laissant le garde s'écrouler sur le sol, haletant.

Tout de suite, deux hommes vinrent l'aider à se relever, tandis que quatre autres encerclaient Arutha. Toujours accroché à son regard saphir, Elio inclina imperceptiblement la tête en signe de reconnaissance. Son geste passa inaperçu des gardes qui conservaient les yeux rivés sur l'assassin.

— Je vais le tuer !

La voix rauque, Lubéon tenta de se jeter sur Arutha, retenu de justesse par ses camarades. Imperturbable, celui-ci le regardait avec un air de pitié qui le mit hors de lui.

— Lâchez-moi ! Je vais le tuer !

Aussi calme que possible, le prince ordonna :

— Tais-toi.

Les bras croisés contre sa poitrine, il fixa les deux belligérants.

— Expliquez-vous.

Comme aucun ne voulait répondre, l'un regardant dans le vide comme si toute l'affaire ne le concernait pas et l'autre luttant pour ne pas se jeter sur le premier devant son prince, ce fut un jeune apprenti ayant assisté à la scène qui prit maladroitement la parole :

— Lubéon a insulté Arutha, mon prince.

Le regard du dirigeant de l'académie se tourna vers l'accusé qui levait les yeux vers le ciel, sans un mot. Timidement, le garçon reprit :

— Mais c'est quand Lubéon a proposé de livrer Lianne à l'empereur qu'Arutha l'a attaqué.

Les yeux d'Elio s'étrécirent.

— Est-ce vrai ?

Comme Lubéon restait muet, il continua, sa froide colère sourdant dans sa voix aux accents royaux :

— Tu penses que nous devrions donner l'Enfant à l'empereur pour être tranquilles ?

Il se frappa le front du plat de la main, comme s'il s'adressait à un idiot.

— Que crois-tu qu'il se passera ensuite ?

Embarrassé de voir son prince sortir de ses gonds, le garde finit par mettre un terme à son mutisme :

— C'était juste pour… C'était ironique.

Le regard noir du Syyr l'incita à se taire.

— Ironique ?

Sa réflexion claqua comme un coup de fouet devant le visage rougissant du fautif, qui mit un genou à terre.

— Veuillez m'excuser, mon prince, ma remarque était inappropriée, énonça-t-il en baissant la tête.

Elio nota mentalement que ses excuses s'adressaient à lui, et non pas à l'espion qui se tenait impassible à quelques mètres. La réticence de ses gardes à accepter la présence du soldat au sein de l'académie était flagrante et bien compréhensible. Pourtant, Elio ne pouvait faire autrement s'il souhaitait continuer à pouvoir influencer l'Enfant. Se forçant à ne pas sourire à l'idée d'obliger l'homme à reformuler ses excuses à l'assassin, il reprit la parole en désignant Lianne de la main :

— Tu conviens donc avec moi de la nécessité de protéger cette jeune femme, ainsi que tout ce qu'elle représente, de la menace impériale ?

Le Syyr se mit au garde à vous, s'empressant de répondre :

— Oui, mon prince.

Un petit sourire rusé retroussa le coin des lèvres du fils du roi.

— Alors, tu te chargeras de sa protection dans deux jours, lorsque nous partirons.

— Mais…

L'air abasourdi du Syyr lui indiqua qu'il avait choisi la bonne punition. Lubéon était une tête brûlée qui aimait se retrouver au cœur de l'action et supporterait mal d'en être tenu éloigné à un moment critique. Il faisait coup double puisque quelqu'un devait bien rester garder l'académie durant l'opération. Il se tourna ensuite vers le soldat.

— Arutha.

Le prince prit un moment pour formuler ce qu'il s'apprêtait à dire. Il se devait de punir l'homme pour son action, mais il ne voulait pas perdre le peu de confiance qu'il avait réussi à instaurer entre eux.

— Je comprends ta réaction, mais cela ne veut pas dire que je l'approuve. Tu pouvais peut-être agir ainsi dans l'Empire, mais ce genre de comportement n'est pas toléré ici. Aussi longtemps que tu resteras avec nous, tu devras te conformer à nos règles.

Toujours impassible, l'homme semblait un bloc de glace. Elio pouvait apercevoir derrière son épaule la jeune Lianne qui tentait désespérément de s'approcher, repoussée par les gardes qui entouraient son maître.

Le prince n'avait pas compris pourquoi elle l'avait choisi, mais surtout pourquoi lui avait accepté. Qu'avait-il à gagner à agir ainsi ? Le regard acéré continuait de le fixer sans ciller, attendant la suite. Elio se gratta la gorge, face à un dilemme.

— Tu as mis en péril la vie d'un de mes hommes. Je suis désolé, mais tu iras en cellule. Trois jours.

Le prince eut une pointe d'appréhension à l'énoncé de son verdict. Cependant, il ne pouvait commencer à faire une exception pour le Syyr noir, sinon comment pourrait-il le contraindre à obéir à certaines règles par la suite ? Il sentit l'espion hésiter, se rebeller contre la sanction.

Puis son regard se posa sur son apprentie qui se démenait toujours pour s'approcher, tentant de contourner les gardes par la droite, et la résignation perça dans ses prunelles glacées. Lorsque les gardes approchèrent à nouveau, Arutha se laissa passer sans difficulté les bracelets de force qui inhibaient son Don.

Elio regarda le Syyr noir partir sous bonne escorte vers le bâtiment qui abritait les quelques cellules dont l'académie disposait. Il fut surpris de ne pas avoir à forcer Arutha à accepter sa punition. Encore une fois, le comportement du soldat le surprenait.

Le roi s'inquiétait du lien entre l'Enfant et le Syyr noir, mais Elio voyait plutôt la chose d'un bon œil. La destinée de l'Enfant était exceptionnelle. Qui sait, son entraînement devait sans doute l'être aussi. C'était peut-être grâce à cette maîtrise des techniques de leur ennemi que Lianne réaliserait l'exploit qui était attendu d'elle.

La fin de la Longue Guerre…

Cependant, même si la jeune femme était effectivement l'Enfant de la prophétie, le comportement d'Arutha n'avait pas de sens. Il semblait évident que l'homme avait trahi l'Empire. Pourtant, il s'obstinait à ne pas coopérer avec eux. Pourquoi persistait-il à garder ses distances ?

À l'annonce du verdict, Lianne avait tendu la main pour protester, s'attirant le regard courroucé du prince.

— Suffit ! Lianne, rentre te coucher. Je ne veux plus te voir avant demain.

La jeune femme se figea sur place, et comprit qu'elle ne pourrait pas venir en aide à son maître. Espérion en profita pour se glisser près d'elle et lui saisir la main pour l'entraîner à l'écart de la foule. Lorsque les gardes qui accompagnaient le Syyr noir passèrent devant elle, celui qui l'entraînait depuis maintenant plusieurs mois lui jeta un regard qu'elle ne sut interpréter, entre l'agacement et la contrariété, lui sembla-t-il. Il soupira légèrement avant de s'éloigner, emmené par quatre hommes peu rassurés d'avoir à escorter un tel prisonnier.

***

Dans les appartements d'Elio, le chef de la garde avait du mal à rester impassible.

— Mon prince, malgré tout le respect que je vous dois, vous nous privez de deux bras armés dont nous aurons peut-être besoin sur place.

Le fils du roi réprima un soupir agacé.

— Je sais que tu n'approuves pas ma décision, Astre, mais Arutha n'était pas fiable. Au moins n'est-il plus un souci à présent. Et il fallait bien que quelqu'un reste à l'académie avec les apprentis et Ozalee.

Face à la mine inquiète de son compagnon, il s'arrêta, lui posant une main rassurante sur l'épaule :

— Je sais que tu commences à lui faire confiance. Pour être franc, j'en suis presque là, moi aussi. Mais ce n'est pas le cas des hommes. Et nous sommes largement assez nombreux. Lubéon reste là, et Arutha aussi.

Mettant fin à la discussion, le prince se tourna vers la chef médecin :

— Zari est-il prêt à nous accompagner ?

La femme s'inclina doucement :

— Oui, mon prince.

Elio hocha la tête. Même s'il n'appréciait pas autant Zari qu'Ozalee, le jeune médecin avait prouvé qu'il était compétent.

— Et où en es-tu des préparatifs ?

— Tout sera prêt avant que vous ne reveniez.

Elio était satisfait. S'il y avait des blessés au cours de l'attaque, ils pourraient être soignés sans tarder.

— Bien. L'Empire a repris Bellion hier. La planète n'est plus qu'une mare de sang à l'heure qu'il est, mais c'était un point stratégique. Nous avons perdu l'occasion d'effectuer une percée au sein de l'Empire. Il nous faut une victoire. Nous devons protéger l'Enfant jusqu'à ce que l'on puisse la ramener à Nui. Qui surveille Lianne en ce moment ? demanda-t-il à Astre.

— C'est Lio. Ils sont aux cellules.

Le prince avait cédé aux incessantes suppliques de Lianne, et l'avait autorisée à aller visiter son maître. Une journée de sommeil avait remis d'aplomb l'apprentie, et au moins contrôlait-il ainsi où elle était.

Le sous-sol qui renfermait les cellules était vide, à l'exception d'un garde chargé de la surveillance des détenus. Les sanctions disciplinaires graves étaient rares, et Pira était bien éloignée des fronts de bataille : le Syyr était donc seul dans tout le niveau.

Des vantaux situés au plafond baignaient le couloir d'une lumière diffuse, reflétée par les murs blancs. Un grésillement à peine perceptible emplissait l'air d'un murmure agaçant. Les cellules étaient alignées de part et d'autre, petites surfaces carrées entourées de barres métalliques. Celles-ci, fines mais solides, étaient traversées d'un courant pouvant assommer un homme de bonne taille. L'intensité pouvait également être réglée selon les personnes à tenir enfermées.

Arutha était assis sur sa couchette, les yeux fermés et les jambes croisées. Il semblait méditer. Face au calme apparent de son maître, l'apprentie ne sut comment réagir. Elle s'attendait à le trouver tendu, sur le qui-vive. Cela n'aurait pas dû l'étonner : la jeune femme avait déjà eu la preuve de sa patience. À son arrivée, il ouvrit les yeux, s'adossa contre le mur, et décroisa les jambes.

Elle était toujours éblouie par cette couleur saphir, rappelant les profondeurs mystérieuses des lacs glacés qui couvraient le pôle sud de Pira. Le bouillonnement qui animait son regard contrastait avec la pose détendue de son corps. Son maître était furieux.

Sans un mot, Lianne tendit des deux mains l'orange qu'elle avait conservée pour lui, ce matin. Elle la passa précautionneusement à travers les barreaux, prenant garde à ne pas les toucher. Elle savait qu'il les aimait ainsi, encore un peu jaunes, légèrement acides. La jeune femme crut voir une once d'appréciation transparaître dans son regard, et elle en conçut une légère fierté. Le Syyr noir n'était pas un homme qui se laissait facilement surprendre. Il accueillit le fruit avec un léger plissement au coin des yeux qu'elle choisit d'interpréter comme un remerciement. Inspirant calmement, l'apprentie se lança :

— Maître, je suis désolée.

Arutha faisait rouler l'agrume à la peau granuleuse entre ses mains. Il eut un regard vers les barreaux qui l'entouraient.

— Tu n'es responsable ni des dires de l'autre idiot, ni des décisions de ton prince.

La capacité qu'avait son élève de se tenir constamment pour responsable du moindre problème l'amusait. L'assassin se demandait si c'était sa façon de réagir à la pression qui pesait sur ses épaules. Il éplucha l'orange, détachant efficacement la peau, puis contempla le visage détendu de son élève. Elle était rassurée, car il ne la blâmait pas pour sa situation. Arrachant un quartier du fruit, il demanda :

— Quand partent-ils ?

Lianne se gratta la gorge, mal à l'aise.

— Dans la journée. À cause des lasers.

Arutha sembla pensif un instant. Ne resteraient à l'académie que Lubéon et les quelques gardes chargés de leur protection, ainsi que le personnel non combattant. Son maître préleva un nouveau morceau du fruit juteux, prenant son temps avant de donner ses consignes :

— Puisque je suis coincé ici, tu t'entraîneras encore sur l'effacement. Je veux que lorsque nous reprendrons les cours, tu sois capable de te glisser dans l'ombre d'Astre sans qu'il s'en aperçoive.

La jeune femme hocha la tête. Elle savait qu'il lui faudrait encore de la pratique pour réussir à leurrer le chef de la garde lui-même, et connaissant son maître, il ne parlait pas métaphoriquement.

— Tu t'entraîneras avec tes camarades pour commencer.

Le soldat impérial se leva. Il s'approcha des barreaux jusqu'à sentir crépiter ceux-ci.

— Je veux que tu restes à côté de Lubéon. Entraîne-toi aussi sur lui. Compris ?

Le ton ne laissait pas de doute quant à la réponse attendue. Elle acquiesça, plus par habitude qu'autre chose. L'homme ne lui disait pas tout. Lianne hésita. Savait-il quelque chose ? Devait-elle avertir quelqu'un ? Elle devait obéissance à son maître et loyauté à son prince. Pour la plupart des élèves, ces deux consignes n'étaient pas contradictoires. Pour elle, c'était un dilemme permanent.

Elle secoua la tête : cela ne servirait à rien de prévenir Elio. Arutha refuserait de parler au prince, et l'on penserait tout simplement qu'il essayait de les empêcher d'attaquer le vaisseau. Quoi que son maître eût en tête, elle ne pouvait le deviner. Toujours pas.

Elle finit par s'en aller, se dirigeant vers la zone d'entraînement. La jeune femme savait que la solitude ne dérangeait pas le Syyr, mais elle sentait que l'emprisonnement lui pesait. Malgré l'air de façade qu'il se donnait, elle l'avait trouvé encore plus tendu que d'habitude, ce qu'elle n'eût pas cru possible. Il était aux aguets. Il attendait. Lianne soupira. En patientant, au moins pouvait-elle faire ce qu'il lui avait demandé.

22

Lubéon était seul pour superviser les quatorze apprentis. Il avait donc décidé que les séances se dérouleraient dans la salle d'armes, là où tous pouvaient tenir sous son œil attentif. Certains, comme Lianne, avaient des exercices imposés par leurs maîtres avant leur départ. Les autres, moins chanceux, suivaient les ordres du maître Syyr au caractère revêche. Agacé d'être bloqué là, il ne ménageait pas les pauvres élèves qui subissaient son humeur massacrante.

Ayant besoin de calme, Lianne s'était réfugiée dans un coin de la pièce. La jeune femme peinait à se concentrer sous les hurlements constants qui fusaient entre ses camarades. Assise sur ses talons, elle ferma de nouveau les yeux. Ses mains ouvertes, paumes contre ses cuisses, elle s'efforçait de lâcher prise, de se déconnecter de tout le reste qui l'entourait. La musique du monde l'envahit à nouveau, et elle s'y accorda. Note par note, instrument par instrument, elle se fondit dans la mélodie.

Transparente.

Elle vit avec étonnement ses battements qui se fondaient parfaitement dans ceux qui l'entouraient, et s'empêcha de sauter de joie. Un mouvement brusque ruinerait tous ses efforts. Elle garda cette idée en tête. Transparente. Les sons coulaient à travers elle, inaltérés.

Elle déplia une jambe avec soin, puis l'autre, et se leva lentement. Autour d'elle, personne ne prêtait attention à ses gestes. Un projectile rouge frôla sa joue, manquant de la faire basculer. Lianne cessa de respirer, immobile.

Espérion accourut récupérer la balle, passant devant elle sans lui jeter un regard. Elle souffla. Un léger mal de tête persistait, mais le processus lui était moins désagréable cette fois, nécessitant moins de concentration.

Devant elle, Espérion rejoignit le reste des étudiants, jetant des coups d'œil à droite et à gauche comme s'il cherchait quelque chose. Les autres élèves s'arrêtaient de travailler, rangeant à leur place le matériel d'entraînement tout en discutant. Était-il déjà l'heure de manger ? La jeune femme n'avait pas vu le temps passer.

Espérion avait à présent rejoint Ubio, et les deux compagnons discutaient en contemplant la salle. Lianne eut un petit sourire de triomphe lorsqu'elle comprit qu'ils la cherchaient sans la voir. Transparente. Elle fixait cette idée en progressant vers les portes de la salle derrière ses amis, invisible parmi la foule, lorsqu'un grand bruit se fit entendre.

Brutalement, les portes s'ouvrirent, laissant le passage à une horde de soldats impériaux. Les uniformes noirs entourèrent en un rien de temps les tenues ivoire des élèves, propulsant d'un coup Lubéon, qui s'était porté devant eux, au centre des apprentis. Atterrissant rudement sur le sol, celui-ci leva la tête pour tomber nez à nez avec Lianne, blanche comme la craie.

L'angoisse lui déforma une seconde le visage lorsqu'il vit la jeune femme. L'Enfant était avec eux ! Il ne l'avait pas vue pendant l'entraînement, et il en avait déduit qu'elle était de nouveau allée voir son maître. Le Syyr détourna rapidement les yeux, évaluant mentalement l'efficacité du processus de camouflage que l'apprentie utilisait. Si les soldats impériaux venaient à la remarquer, c'en était fini.

Les assaillants s'étaient immobilisés après avoir encerclé les élèves. Un homme s'avança lentement parmi les soldats, une longue pèlerine noire battant ses mollets à mesure qu'il progressait vers le groupe. Deux soldats jetèrent sans ménagement le corps inanimé d'Ozalee au milieu du cercle. Lubéon se précipita vers elle et tâta son cou, soulagé d'y sentir une pulsation. Apeurés, les étudiants s'étaient regroupés en une masse tremblante. Inconsciemment, Lianne s'était un peu plus rapprochée de ses amis. Quand Espérion la bouscula et réalisa sa présence, ses yeux s'écarquillèrent. La bouche ouverte, il fallut le coup de coude d'Ubio pour le ramener à l'ordre. À partir de cet instant, ses compagnons s'appliquèrent à l'ignorer tout en la protégeant de leurs corps.

Le Syyr à la cape s'arrêta, tapotant de sa main la garde de son épée. D'un geste, il désigna Lubéon. Celui-ci s'était relevé et se tenait maintenant entre les élèves et lui. Protection dérisoire. L'un des soldats le saisit par les cheveux, le forçant à s'agenouiller. Lentement, l'homme en noir s'approcha, amusé par les contorsions de celui qui était maintenu à ses pieds.

— Où est-il ?

Lubéon se figea et tenta de se ressaisir. L'apparition des Syyrs noirs l'avait pris par surprise, mais s'ils ne savaient pas qui était l'Enfant, alors tout n'était peut-être pas perdu. Devant le silence obstiné du garde, le chef du groupe ennemi lui saisit le menton, lui dévissant la tête jusqu'à ce qu'il pût observer les apprentis dans son dos.

— Lequel est l'Enfant ?

Le ton menaçant fit courir un frisson le long de sa colonne. À cet instant, il douta d'en sortir vivant.

— Il n'est pas là.

Sa voix étouffée n'était qu'un murmure. Le Syyr le relâcha avec mépris, un sourire aux lèvres.

— Tu mens.

Sa voix était pleine de morgue, de celui qui en sait plus qu'il le dit. Sa certitude ébranla Lubéon. Un bruit à l'entrée détourna l'attention du chef. Encadré par deux soldats impériaux, Arutha descendait tranquillement l'escalier qui menait à l'aire d'entraînement. Secoué d'un grand éclat de rire, le lieutenant leva les bras vers le nouvel arrivant.

— Regardez qui voilà !

À la vue de l'assassin, le garde entra dans une fureur noire.

— Traître !

Il tenta en vain de se jeter sur lui, fermement maintenu par ses gardiens.

— Yak ! Comment peux-tu lui faire ça ?

Une main l'étrangla, l'obligeant à se taire. Il sentit qu'on l'entravait. Les aiguilles empoisonnées des bracelets de force pénétrèrent sa peau, l'obligeant à concentrer son Don au niveau des poignets. On le ramena sans ménagement à l'intérieur du cercle, non sans lui avoir auparavant arraché la clé des entraves de l'espion impérial. Balançant celle-ci de sa main droite, le lieutenant s'approcha du Syyr aux yeux saphir, l'air ravi de la bonne surprise. Arutha inclina légèrement la tête en sa direction.

— Behru.

Prenant appui de tout son poids sur sa jambe gauche, le dénommé Behru frappa de toutes ses forces dans le ventre du Syyr, qui tomba à terre. Le souffle coupé par le coup, il n'eut pas le temps de se relever que déjà un autre l'atteignait à la tempe. Triomphant, le lieutenant s'approcha de la silhouette courbée au sol. Il s'accroupit à côté, le contemplant avec une expression satisfaite sur le visage.

— Traître, c'est le bon mot.

Le Syyr noir passa la clé autour de son cou. Il laissa l'assassin se relever, encadré par les deux soldats qui l'avaient escorté depuis sa cellule. Puis Behru se tourna vers un petit homme jusque-là caché derrière les soldats, et s'adressa à Arutha sans le regarder :

— Il semblerait que tu n'aies pas réussi à te faire de nouveaux amis.

Puis il marqua une pause, faisant signe à la petite personne d'avancer. Le bonhomme était assez âgé, soixante ans sans doute. Ses mains se croisaient nerveusement sur la bedaine qui tendait le tissu blanc de son tablier.

Lorsqu'il s'approcha, Lianne reconnut un des employés de cuisine. Elle crut un instant qu'il allait les rejoindre dans le cercle, mais il se contenta de tourner autour, promenant son regard sur eux.

À mesure qu'il cherchait, le cuisinier devenait de plus en plus anxieux. Ses mains tordaient nerveusement le devant de son habit tandis que ses yeux passaient avec inquiétude des apprentis au lieutenant impérial. La jeune femme réalisa avec effroi qu'il la cherchait, elle, parmi eux tous. Son cœur s'emballa, et elle lutta pour conserver sa concentration. Bien sûr, c'était pour elle qu'ils étaient tous ici. Elle se recroquevilla un peu plus contre Espérion, fermant les yeux. Transparente. L'homme l'avait-il vue ? Elle avait presque perdu le contrôle lorsque le lieutenant avait attrapé Lubéon, puis lorsque son maître était entré. C'était une lutte de tous les instants. Elle avait pu se reprendre à temps cette fois, de justesse, mais combien de temps tiendrait-elle encore ? Autour des élèves, les soldats à l'uniforme noir formaient un cercle infranchissable. Elle était coincée ici.

Le cuisinier termina son tour sous l'œil agacé du Syyr noir, qui tapait du doigt sur le pommeau de son épée. Incertain, il s'approcha du lieutenant, ouvrant la bouche pour parler. Le chef des soldats se détourna de l'assassin pour contempler le petit espion.

Celui-ci les avait bien servis jusqu'à présent. Il les avait prévenus de l'apparition du Syyr noir. La mèche de cheveux qu'il leur avait fournie avait été utilisée pour dresser l'épineux. Lorsque l'assassin avait tué l'animal pour sauver l'apprenti royal, il avait confirmé sa traîtrise. Le brouillage total des communications avait empêché leur espion de faire ses derniers rapports, mais Elio était tombé dans leur piège. Toute la garnison s'était déplacée pour attaquer le leurre qu'ils avaient créé, laissant les apprentis et l'Enfant sans protection. L'occasion était devenue une aubaine lorsqu'il avait appris que le traître était emprisonné. Quand Behru avait vu le prisonnier descendre les marches, il avait jubilé. Il aurait dû se douter que ce serait lui. Il ne lui manquait plus que le nom et le visage de l'Enfant. Et le cuisinier allait bientôt les lui donner.

Soudain, tirant de nulle part un léger poignard, Arutha bondit. Prenant ses gardiens par surprise, il saisit par-derrière le petit homme et coupa d'un geste sûr sa carotide. Avant que le corps s'écroulât, les soldats se ruaient déjà sur l'assassin. Sous les hurlements de colère du lieutenant, il fut plaqué au sol, face contre terre. Enragé, Behru le regarda se débattre une seconde. D'un geste brusque, le chef des soldats saisit le sabre de l'homme à sa droite, un de ceux dont aucune garde ne protégeait la main de son propriétaire, et l'enfonça d'un coup sec dans l'épaule de l'assassin.

Arutha étouffa un hurlement de douleur. Son sang coula sur le revêtement clair, se mélangeant à celui de l'homme qui gisait la gorge tranchée. Le lieutenant recula pour contempler avec satisfaction le Syyr cloué au sol. Sa respiration était rapide. Pourtant, aucun son ne sortait de sa bouche, ce qui gâcha son plaisir. Il se retourna vers le cadavre inerte du cuisinier, puis vers les apprentis tétanisés. Comment allait-il retrouver l'Enfant à présent ?

Allongé sur le ventre, Arutha ne pouvait retirer le sabre de son épaule. Sa main bougea. Déplaçant lentement son bras valide en dessous de lui, il poussa. Centimètre par centimètre, le sabre toujours planté dans le sol coulissait dans sa plaie à mesure qu'il forçait, et l'espion se retrouva finalement à genoux. Ses cheveux blond foncé tombaient devant ses yeux, cachant son visage aux soldats qui le contemplaient, écœurés. Seul un léger grognement jaillit de ses lèvres tandis que la poignée traversait la plaie, le libérant enfin.

Une fois debout, il leva les yeux sur le soldat impérial. Behru fut saisi par la froide détermination qui émanait des pupilles glacées. D'un geste mesuré, son adversaire saisit l'arme ensanglantée, sa main aussi rouge que le manche du sang qui se déversait de sa plaie. L'odeur flotta jusqu'à lui, faisant battre son cœur un peu plus vite. Il recula d'un pas. La peur qui sourdait à mesure que l'assassin le contemplait se transforma en fureur lorsqu'il se rendit compte de ce qu'il faisait.

— Arrêtez-le !

Le combat s'engagea.

Vif comme l'éclair, Arutha tua deux Syyrs noir d'un mouvement fluide, récupérant une de leurs épées au passage. Il se retourna brusquement, prenant de court ses adversaires. Les soldats avaient l'avantage du nombre, mais l'espion était rapide. Trois autres succombèrent alors qu'Arutha tournoyait toujours, insaisissable. Une voix surmonta le fracas des armes pour se faire entendre :

— Je le veux vivant !

La colère du lieutenant servait le Syyr, qui en profita pour tuer une nouvelle fois. Les soldats reculèrent, hésitants, formant un cercle autour de l'homme déchaîné. Ils le harcelèrent, tournant entre eux pour ne pas s'épuiser tandis qu'Arutha faiblissait. Les bracelets de force fixés à ses poignets l'empêchaient d'utiliser son Don. Le Syyr s'essoufflait, son bras l'élançait. Bientôt, il n'arriva plus à atteindre les assaillants, et para avec difficulté les coups qui continuaient de pleuvoir sur lui. Soudain, il trébucha. Se ruant sur lui, quatre hommes en profitèrent pour le plaquer au sol, et sans attendre, l'assommèrent d'un coup sec derrière la tête. L'assassin retomba, immobile dans le silence qui s'était abattu sur la salle.

Du centre de la pièce, Lubéon était en proie à des sentiments contradictoires. La scène à laquelle il venait d'assister ne laissait plus planer le moindre doute : Arutha était de leur côté. Malgré l'urgence de leur situation, il ne pouvait s'empêcher de se demander comment le soldat en était arrivé là. L'empereur n'était pas connu pour laisser partir ses hommes sans rien dire. Une chose était certaine : Arutha connaissait leur assaillant. Et ces deux-là ne s'appréciaient pas beaucoup.

Toujours assis par terre au milieu de ses élèves, une main posée sur le corps étendu d'Ozalee, le garde observa le lieutenant s'éloigner du corps inanimé. Même si sa colère était retombée, le chef des soldats semblait en proie à un dilemme. Lubéon jeta un œil sur le cadavre du cuisinier assassiné avant d'avoir eu le temps de parler. Behru comptait sur lui pour lui indiquer qui était l'Enfant. Il se retrouvait avec onze apprentis Syyrs, et chacun d'entre eux pouvait être celui qu'il recherchait.

Le garde jeta nerveusement un regard à côté de lui, jusqu'à apercevoir Espérion et Ubio juste derrière. Entre eux, il distingua vaguement la forme de Lianne, tétanisée. Elle était douée. Il lui fallait savoir ce qu'il cherchait pour réussir à la trouver. La jeune femme avait l'air de tenir le coup. Mais il savait ce qu'elle devait penser. L'homme lâcha la chef médecin, et tendit discrètement sa main jusqu'à atteindre la cheville de Lianne.

— Si tu te dénonces, nous sommes tous morts. Taistoi, et attends.

Espérant que ces quelques mots suffiraient à la faire tenir tranquille, il reporta son attention sur Behru. L'homme devait prendre rapidement une décision s'il ne voulait pas être surpris ici par le retour de la patrouille. Tout leur plan reposait sur l'effet de surprise et sa rapidité d'exécution. Il désigna d'un geste rageur les prisonniers massés au centre de la pièce.

— Embarquez-moi tout ça.

Impuissant, Lubéon se laissa emmener avec ses élèves, tentant de cacher son inquiétude alors qu'ils pénétraient dans le vaisseau ennemi. Les Syyrs noirs les encerclèrent sur tout le trajet, rendant toute fuite impossible. Devant eux, quatre soldats tiraient les corps inanimés de l'assassin impérial et d'Ozalee.

***

La pièce dans laquelle ils s'entassaient était sombre et froide. Située à l'arrière du vaisseau, c'était une geôle à l'ancienne, comportant sept cellules en tout, disposées contre les parois : trois de chaque côté et une contre le mur du fond, toutes collées les unes aux autres, toutes vides à l'exception de la leur, la plus grande, et de celle avoisinante dans laquelle gisait Arutha. Au centre se dressait une sorte de siège de métal sombre sur lequel venaient se greffer des appareils aux allures inquiétantes. À l'autre bout de la petite salle, une étroite porte métallique se fermait de l'extérieur, empêchant plus vraisemblablement les cris de sortir que les prisonniers.

De l'autre côté des barreaux, Arutha était inconscient. Il n'avait pas bougé depuis qu'on l'avait déposé dos à terre sur le plancher glacé. Son uniforme s'était déjà en partie régénéré, cachant la plaie que lui avait infligée Behru, mais le sang collait le tissu à l'épaule.

Ozalee reprenait lentement conscience. Elle gémit lorsqu'elle toucha sa tempe et le large hématome qui l'ornait, et resta allongée. Les élèves se tenaient tranquilles, apathiques. Tous n'avaient pas encore réalisé la présence de Lianne parmi eux. Lubéon discernait péniblement la silhouette de la jeune femme. Elle contemplait son maître immobile, et devait être terrorisée. Lui aussi était inquiet. Il pouvait voir la tache de sang s'étaler sous l'épaule du Syyr, coulant sur le sol métallique. Bien que le flot semblât s'être arrêté, la quantité qu'il avait perdue était trop importante. Le garde avait espéré que quelqu'un entrât s'occuper de lui, mais le temps passait, et personne n'était venu les voir. Puis ils avaient senti les vibrations du vaisseau lorsque celui-ci avait décollé. Ils avaient quitté Pira.

L'homme regarda encore la chaise trônant au milieu de la pièce. Elle ne possédait pas d'accoudoirs, ce qui permettait d'attacher les mains des prisonniers derrière le dossier. Celui-ci, incliné à 45 degrés, était maculé de taches sombres à l'aspect douteux. Un frisson le parcourut tandis qu'il s'imagina assis là.

Un léger bruit attira son attention. Arutha était réveillé. Le temps d'un battement de cœur, il ouvrit les yeux.

Lubéon retint l'apprentie d'une main, se tenant de l'autre aux barreaux les séparant du blessé.

— Arutha.

L'homme répondit d'un grognement. Sa poitrine se soulevait à intervalles plus réguliers à présent. Un second soupir lui échappa. Il rouvrit les paupières avec peine, son regard fixé sur le plafond. Alors que le garde s'apprêtait à héler de nouveau l'assassin, celui-ci ferma les yeux.

— Tais-toi.

Surpris, Lubéon obtempéra. Le Syyr fermait toujours les yeux. Sa peau aussi pâle que la craie se découpait sur le noir de son uniforme. La dureté de sa voix contrastait avec la faiblesse de celle-ci.

— Voilà les règles du jeu. Je ne vous connais pas, vous non plus. Behru va s'amuser un peu avec moi. Voir ce que je sais. Ne lui parlez pas. Ne me parlez pas.

Il déglutit difficilement, laissant aux prisonniers le temps de réaliser ce qu'il venait de dire.

— Je sais ce que je fais, Lubéon...

Le garde hocha la tête. Il veillerait à ce que les jeunes Syyrs obéissent. Soulagé, Arutha laissa retomber sa tête. Avant de s'endormir, il murmura une dernière fois :

— Je m'en occupe.

Le garde royal s'assit contre les barreaux de leur cellule. Les légères vibrations qui parcouraient le métal lui confirmèrent qu'ils étaient toujours en route. Mais pour aller où ? À quelques pas de lui, la plupart de ses élèves dormaient, entassés pour résister au froid qui progressait à mesure que le vaisseau évoluait dans l'espace.

Il alla contrôler l'état d'Ozalee. La chef médecin avait recouvré ses esprits, mais elle peinait encore à tenir assise.

— Je vais bien, lui affirma-t-elle, mais sa pâleur contredisait ses paroles. Ils m'ont eue près de la salle d'armes.

Elle tâta la bosse qui ornait son crâne.

— Ces idiots n'ont pas fait dans la dentelle.

Lubéon eut un sourire face à l'air bravache de la chef médecin, mais il n'était pas dupe. C'était un miracle que le coup ne l'ait pas tuée. Fatigué, il s'assit contre les barreaux et jeta un coup d'œil en direction de la cellule d'Arutha. Il était leur meilleure chance de s'en sortir pour l'instant.

Lianne s'approcha de lui. Elle profitait du répit forcé dans lequel ils étaient pour se reposer, et avait abandonné son camouflage. Lorsqu'il l'avait aperçue dans la salle, Lubéon en avait été bouche bée. Il n'aurait pas cru que la jeune femme fût déjà capable d'accomplir ce genre de technique. Bien qu'il ne l'avouerait jamais, il était admiratif du travail effectué par le Syyr noir avec son élève. Arutha était un meilleur maître qu'il ne le pensait.

La jeune femme jeta un œil inquiet à la silhouette étendue dans la cellule d'à côté. Le Syyr fronça les sourcils, lui intimant l'ordre silencieux de retourner avec les autres. Elle s'exécuta à regret, retournant s'asseoir entre ses amis sur le sol métallique. Mais l'acier glacé sous elle ne se réchauffait pas. Elle pouvait sentir le froid l'envahir par les pieds, pour monter progressivement jusqu'à son torse, sa tête. Elle frissonna. Dans son dos, la chaleur qui émanait d'Espérion la réchauffait malgré tout. Sa présence était réconfortante. À cet instant, elle aurait voulu se lover dans les bras musclés du garçon. Pourtant, elle ne bougea pas.

Sentant les tremblements qui secouaient la jeune femme, Espérion se retourna et la frictionna de ses mains pour lui communiquer un peu de chaleur, mais ce n'était pas le froid qui l'agitait ainsi. Elle était terrorisée. Cet homme, Behru, était à sa recherche. Et c'était à cause d'elle s'ils étaient ici, où que cela pût être. Ils avaient quitté Pira il y avait plusieurs heures de cela, et n'avaient aucune idée de leur destination. La jeune femme avait bien quelques suggestions, mais elle préféra ne pas y penser.

Son maître était blessé, mourant à quelques mètres d'elle, et sans qu'elle ne pût rien y faire. Si elle se dénonçait, ses amis seraient vraisemblablement tués. Mais que se passerait-il si elle ne faisait rien ? Arriverait-elle à tromper encore longtemps le lieutenant ? Espérion la serrait dans ses bras à présent, et elle sentit sa chaleur réconfortante se diffuser à travers elle. Elle voulait s'y perdre, tout oublier à nouveau, mais l'odeur de sang et les bruits du vaisseau en route lui rappelaient la précarité de leur situation. Lubéon la regardait toujours, suspicieux. Il craignait qu'elle fît une bêtise, qu'elle se dénonçât, ou qu'elle tentât d'aider son maître.

Soudain, Arutha bougea, se mettant difficilement debout. Lianne voulut se précipiter, lui dire de rester allongé, mais ses deux amis la tinrent fermement. Étonné, le garde observa d'un œil le Syyr, tentant de saisir ce qu'il cherchait à faire lorsque la porte de la cale s'ouvrit. Doucement, l'apprentie s'effaça à nouveau, tandis que Behru et trois autres hommes pénétrèrent dans la pièce sombre. Le regard du lieutenant s'assombrit lorsqu'il se posa sur Arutha, à présent nonchalamment appuyé contre les barreaux de sa cellule. Un sourire ironique se dessina sur ses lèvres pendant qu'il observait les soldats se mettre en place, déposant dans un coin le seau d'eau maintenant inutile qui devait servir à le réveiller.

— Sortez-le.

Déverrouillant la porte, deux des gardiens extirpèrent Arutha de sa cage, le tenant solidement devant leur supérieur qui, visiblement, goûtait chaque moment. Il saisit d'une main le visage du prisonnier, le tournant de force vers la cellule surpeuplée.

— Lequel est l'Enfant ?

Devant le silence obstiné du Syyr, un rictus sadique apparut sur les lèvres du gradé. Tranquillement, il se pencha vers l'oreille de l'espion, effleurant ses cheveux blonds.

— Merci. J'espérais vraiment que tu résisterais un peu.

Se redressant, il lâcha son visage, et s'adressa aux soldats qui le tenaient toujours :

— Attachez-le.

Encore faible, Arutha ne résista pas longtemps. Les trois molosses le maintinrent sur le siège, lui arrachant le haut de son habit tandis qu'ils lui liaient les mains, plaquant son torse nu contre le dossier. L'assassin se démenait, incapable de voir ce qu'il se passait derrière lui. Par miracle, la plaie de son épaule ne s'était pas encore rouverte.

Précautionneusement, les soldats accrochèrent une petite bonbonne métallique sur un rail coulissant situé audessus de la chaise. La bouteille était reliée à un système de compte-gouttes permettant d'en déverser le contenu à la demande.

— L'Enfant ?

Penché sur le visage furieux d'Arutha, Behru se délectait de l'impuissance de son prisonnier.

— Je sens que ça va me plaire. Allez.

Sur son ordre, une goutte d'un liquide argenté s'échappa de la bouteille, tombant sur la peau nue du maître Syyr. Arutha trembla, serrant les lèvres pour ne pas laisser échapper un son.

L'irion rongeait tous les tissus vivants. Versée sur de la chair, elle la grignotait, pénétrant toujours plus profondément. Lentement, la goutte grésilla dans le silence, traçant un sillon rouge dans la peau tendre à mesure qu'elle glissait sur le dos exposé.

Des murmures d'effroi parcoururent les apprentis forcés d'assister à la scène. Lubéon les calma d'un geste. Il réprima un sursaut écœuré. Le chef se mit à siffloter un air qui parut familier à Lianne. C'était celui qu'Arutha murmurait parfois, il y avait si longtemps de cela. Dans la trace écarlate, les résidus d'irion continuaient leur office, emplissant la pièce d'une odeur de viande brûlée. Arutha serrait les poings, les yeux fermés.

— Pourquoi t'entêtes-tu ?

La voix du lieutenant se faisait doucereuse à son oreille.

— Est-ce par solidarité avec ton successeur ?

Croisant l'expression perplexe de Lubéon, il eut un petit rire.

— Oh, tu ne leur avais pas dit que tu étais l'Enfant ? Le premier.

La phrase glaça le sang du garde royal. Il n'osa pas jeter un œil vers l'endroit où se trouvait Lianne pour jauger de sa réaction, et ne put qu'espérer que la jeune femme ne fît rien de stupide. Une deuxième goutte suivit le tracé de la première, marquant un peu plus le sillon, tandis que la haine perçait à nouveau dans la voix du Syyr.

— Lui qui a abandonné son peuple, qui a laissé passer la plus belle chance de notre histoire d'en finir avec ce Royaume pitoyable. Traître !

Les deux gouttes suivantes arrachèrent un gémissement au prisonnier. Le lieutenant fit un geste, et la torture cessa. Lentement, il se pencha sur Arutha, saisissant à pleines mains ses cheveux d'or, et relevant sa tête pour croiser son regard. Penché sur son prisonnier, Behru se délectait de la souffrance qu'il pouvait lire sur son visage.

— Tu vas me dire qui est l'Enfant.

Le crachat de l'assassin l'atteignit au visage. Une colère froide envahit le chef des soldats. Relâchant sa prise, il fit de nouveau signe aux bourreaux.

— Allez.

Lorsque la goutte suivante toucha sa peau, Arutha étouffa un nouveau gémissement. Le sillon rouge brillait à présent d'un éclat argenté. Alors que le prisonnier luttait pour ne pas hurler, la machine se décala légèrement vers la gauche. La brûlure le surprit là où il ne s'y attendait pas cette fois, et il ne put réprimer un cri pendant qu'un deuxième sillon se créait dans son dos, parallèle au premier. Arutha haletait de douleur. Les spasmes parcouraient son corps comme autant de vagues fracassantes, le secouant à chaque passage.

Lianne s'était tournée face au mur. La jeune femme avait plaqué les mains sur ses oreilles, mais elle pouvait toujours entendre les petits cris horrifiés de ses camarades à chaque fois qu'une nouvelle goutte tombait de l'appareil. Elle voulait leur hurler d'arrêter. Contre elle, Ubio tremblait à la vue du spectacle. Sa main dans la sienne se crispait au rythme des gouttes, la rendant chaque fois un peu plus malade.

Au choc de voir son maître torturé s'ajoutait celui de la révélation du lieutenant. Arutha était l'Enfant de la première prophétie ! Ses pensées tourbillonnaient si vite qu'elle ne pouvait en saisir une seule. Perdue dans son esprit, elle sursauta au cri de douleur du Syyr noir. Avant qu'elle ait pu réaliser ce qu'elle faisait, la jeune femme se tenait debout, bouleversée. Les têtes se tournèrent vers elle alors qu'elle bousculait les personnes sur son chemin. Réalisant soudain sa position périlleuse, elle se concentra sur sa technique, amplifiant les effets autant qu'elle le pouvait. Transparente. Un mal de tête lancinant lui saisit les tempes, et elle se rassit doucement. Qu'avait-elle fait ? L'avait-il remarquée ?

Behru plissa les yeux. Il avait cru apercevoir un mouvement dans la cellule des prisonniers. Cela n'avait duré qu'un instant. Un rictus mauvais apparut sur son visage. L'Enfant était là ! Quelque part dans cette masse grouillante d'apprentis, il le tenait. Il s'approcha tranquillement de la cage, parcourant des yeux chaque visage. La peur qu'il pouvait y lire lui plaisait. Sa main se posa sur la longue épée qui battait son côté.

— Je te trouverai, gamin. Tu ferais mieux de te montrer, tu sais.

Il désigna par-dessus son épaule le Syyr attaché au fauteuil.

— Je le relâcherai.

Le cœur de Lianne se serra. Elle savait que le Syyr noir n'en ferait rien. Il haïssait trop Arutha pour le laisser partir, c'était évident. D'autant qu'il les tenait déjà à sa merci. Le lieutenant était sûr qu'il finirait par avoir ce qu'il cherchait. Ce n'était qu'une question de temps. Mais Behru n'était pas un homme patient. Agacé par le silence de ses prisonniers, il saisit une veste blanche à travers la grille, et attira brutalement sa proie vers lui.

— Non !

Lubéon bondit en avant tandis que la tête d'Ozalee heurtait les barres de métal dans un bruit mat. Du sang se mit de nouveau à couler du front de la chef médecin, qui agrippa maladroitement le bras qui la tenait. La femme serra les dents, mais le garde savait qu'elle souffrait le martyre. Le poignard braqué sur sa gorge fit reculer Lubéon à contrecœur. Le regard cruel de Behru se tourna vers Arutha.

— Tiens-tu à elle ? demanda-t-il.

Les deux gardiens d'Arutha lui dévissèrent le cou pour qu'il pût observer la chef médecin. Le regard planté dans celui de Behru, Arutha ne cilla pas. Mis hors de lui par le mutisme de l'assassin, le lieutenant hurla.

— Veux-tu la voir mourir ? vociféra-t-il en écrasant un peu plus la tête gémissante.

— Arrêtez, je vous en prie, supplia Lubéon sans oser s'approcher. L'Enfant n'est pas avec nous.

La tête chafouine du lieutenant pivota pour regarder le garde.

— Non ?

Un sourire étira les lèvres de Behru en deux fines barres. D'un geste vif, il trancha la gorge d'Ozalee.

— Je ne te crois pas.

Des cris d'horreur parcoururent les jeunes prisonniers qui se recroquevillèrent un peu plus au fond de leur cage.

— Non ! cria Lubéon en s'élançant.

Le sang gicla, et le corps sans vie s'affala dans les bras du garde effondré. De son siège de torture, Arutha ferma les yeux, et baissa la tête avec consternation. Behru se retourna vers le traître qu'il méprisait.

— Rangez-moi ça.

Tandis qu'il observait ses soldats traîner l'homme dans sa cellule, le lieutenant sentit sa mauvaise humeur s'envoler. L'irion rongerait les chairs du Syyr toute la nuit.

Tôt ou tard, il aurait l'information qu'il recherchait. Et en attendant, il s'amusait bien.

— Il sera mûr demain.

Avant de s'en aller, Behru se tourna vers Lubéon.

— S'il ne parle pas, ce sera toi ensuite. Peut-être que ces charmantes têtes blondes seront plus loquaces si leur maître se tord de douleur.

Le ton mauvais fit frémir le garde tandis que le claquement de la porte résonnait dans la pièce à nouveau vide. Il serra le corps inanimé d'Ozalee. Le sang avait cessé de couler, et formait une mare poisseuse à ses pieds. Ses mains en étaient recouvertes. Il pouvait entendre les élèves gémir d'épouvante. Pourtant, le garde ne pouvait détacher ses yeux de l'éclaboussure rouge qui ornait le col blanc. Quelqu'un éclata en pleurs derrière lui, et Lubéon sursauta. Il n'avait pas le droit de paniquer maintenant. Le Syyr déposa avec précaution la chef médecin sur le sol, et chercha quelque chose pour recouvrir son visage. Ne trouvant rien, il lui ferma juste les yeux.

— Arutha, appela-t-il enfin.

Lubéon se tourna avec inquiétude vers la silhouette allongée. L'assassin était leur meilleur espoir de sortir d'ici, mais pour cela, encore devait-il être en vie. Malgré ses blessures, l'espion s'était retourné sur le dos. Lubéon comprit qu'il espérait ainsi faire sortir un maximum du liquide corrosif des plaies, atténuant vraisemblablement la brûlure. À l'appel de son nom, Arutha grogna :

— Je vais bien.

Le garde eut une moue sceptique. Blanc comme la craie, l'assassin n'était pas très convaincant. Péniblement, le blessé soupira.

— J'ai connu pire.

Lubéon secoua la tête. Il imaginait difficilement plus mauvaise situation.

— Vraiment ?

Ils ne demandaient qu'à le croire. Pourtant, la réalité les rattrapait. À chaque minute qui passait, ils s'éloignaient un peu plus de Pira. Un nouveau soupir souleva la poitrine fatiguée.

— Patience. Un ou deux jours.

— Et combien de morts ?

Le ton cinglant du garde alerta Arutha, qui fit l'effort d'ouvrir les yeux.

— Toi, peut-être, répondit-il franchement. Mais Behru n'osera pas tuer un apprenti. Il aura trop peur de tuer l'Enfant par erreur.

— Et si on lui donne le nom de l'Enfant ? demanda une petite voix cachée dans la foule.

— Alors, j'aurai cette pièce pour moi tout seul, trancha l'assassin à bout de patience en fermant à nouveau les yeux. Encore deux jours.

Arutha pouvait comprendre les doutes du garde. Il ne savait pas. Le Syyr espérait seulement qu'il réussirait à tenir sa langue encore deux jours, et les jeunes apprentis aussi. Oui, cela devrait suffire. Il décala légèrement son dos pour soulager ses blessures, et siffla lorsque l'irion déjà sorti entra en contact avec sa peau. Résigné, il se remit comme avant. Tiendrait-il deux jours de plus ? Il le faudrait bien.

23

La nuit fut longue. Les apprentis se serrèrent les uns aux autres dans l'espoir de réchauffer un peu leurs membres tremblants. La faim et le froid rendaient le sommeil difficile à trouver. La silhouette aux contours flous étendue dans la pénombre donnait des cauchemars aux plus jeunes qui réveillaient les autres en hurlant. Finalement, la lumière revint dans le vaisseau, et ce fut le matin.

Ce jour-là, deux nouveaux sillons vinrent s'ajouter sur le dos du prisonnier, lui arrachant des hurlements qui déchirèrent le cœur de Lianne. Pendant la séance de torture, un soldat leur servit un immonde brouet, et leur donna à boire. Lui et son collègue tirèrent hors de la cellule le corps raidi d'Ozalee. Voir cette femme que tous aimaient traînée au sol comme un vulgaire déchet arracha des lamentations aux apprentis encore sous le choc.

Arutha avait eu raison : Behru ne menaça pas les élèves. Malgré la faim qui les tenaillait, aucun d'eux ne put avaler une bouchée tant que l'assassin fut attaché sur la chaise. Quand enfin ils furent de nouveau seuls, les étudiants se partagèrent la maigre ration, prenant soin d'en mettre de côté pour l'homme qui gisait meurtri sur le sol de sa cellule. Celui-ci avait perdu connaissance dès lors qu'il avait réussi à se retourner sur le dos, arrachant au passage un gémissement à ses lèvres desséchées.

— Demain.

Lubéon se demandait si le Syyr ne commençait pas à délirer dans son état de faiblesse. Avait-il seulement conscience de leur situation ? À ce rythme, demain, il serait mort. L'espion s'était endormi bien trop loin pour qu'ils puissent lui donner à boire. Les élèves avaient passé à travers les barreaux un bol d'eau et un autre de nourriture. Ils ne pouvaient pas faire plus.

Le garde s'assit contre leur cage de fer. Il repoussa l'image d'Ozalee la gorge tranchée loin dans son esprit. Le chagrin viendrait plus tard. Il devait d'abord se préoccuper des vivants. Si le soldat mourait, ce serait son tour. Et il ne savait pas combien de temps il pourrait résister. Un jour ? Deux ? Cela suffirait-il à la garnison pour les retrouver ? Sur ces pensées peu rassurantes, il tâcha de trouver le sommeil. Quoi qu'il arrivât après cette nuit, ils auraient besoin de toutes leurs forces.

— Rangez les bols. Vite.

Ce fut la voix pressante d'Arutha qui les réveilla. Le Syyr se tenait péniblement debout, accroché aux barreaux. Son torse nu laissait apparaître au niveau de son épaule droite la blessure faite par Behru sur Pira. Celle-ci se refermait lentement. Lubéon préféra ne pas s'attarder sur son dos, dont les plaies rappelaient ce qui les attendait encore aujourd'hui. Il ramassa vivement les gamelles, les ramenant de leur côté des barres métalliques.

Le maître de Lianne inspira longuement, gonflant son torse et chassant tout air de fatigue de son visage. À cet instant, le lieutenant pénétra dans la cale. Seul un éclair de fureur dans ses yeux trahit sa surprise de voir Arutha debout. Par contre, les soldats qui l'accompagnaient ne se gênèrent pas pour le contempler, ébahis. De sa cellule, Lubéon observait la scène, lui-même impressionné. Il se demanda comment le Syyr sentait Behru arriver. Sa perception du Don devait être exceptionnelle. Les gardiens l'accompagnèrent jusqu'au siège, incrédules. Hier encore, ils avaient dû le traîner dans sa cellule, à moitié mort.

Le sourire aux lèvres, l'espion s'installa à sa place. Irrité par le comportement du Syyr, Behru déclencha le dispositif sans attendre. Il entra dans une colère froide lorsque son prisonnier accueillit sans sourciller les premières gouttes. Le frappant au visage, il détacha ses liens, retournant de force Arutha et l'obligeant à le regarder.

— Parle !

Les plaies béantes de l'assassin frottaient sur le dossier du siège, lui arrachant un sourire contrit. Froidement, le lieutenant déversa le liquide argent sur l'épaule droite du Syyr. Il surveilla avec gourmandise le visage de son ennemi lorsque l'irion pénétra dans la blessure, la traversant de part en part. Rien. Behru explosa.

— Tout le monde dehors !

Les soldats battirent en retraite devant la colère de leur maître, quittant la pièce avec précipitation. Seul face à celui qui avait trahi l'Empire, le lieutenant saisit le prisonnier à la gorge.

— Parle.

Déglutissant avec peine, Arutha soutint le regard chargé de haine. La main qui le tenait le plaqua brutalement contre les barreaux de sa cellule. Il pouvait entendre les cris des apprentis et, parmi eux, ceux de son élève. Ses doigts tentèrent de desserrer l'étreinte qui l'empêchait de respirer.

— Tu vas me le dire.

Encore un peu. Il devait tenir encore un peu. Sa vision se brouillait. Une voix glaciale parvint à ses oreilles :

— À ta guise.

La pression sur sa gorge diminua soudainement, transférée au niveau de sa mâchoire. Une seconde main se posa sur son front, le maintenant contre les barres métalliques.

— Regarde-moi !

Les yeux saphir du Syyr rencontrèrent ceux chargés de haine du lieutenant. Un éclair de triomphe traversa son regard.

— Je t'ai !

Lubéon se raidit quand il réalisa ce que Behru voulait faire. Un inquisiteur ! Le Syyr allait extraire du cerveau même d'Arutha les informations qu'il voulait lui cacher. C'était fini.

— Maintenant, dis-moi. Lequel est l'Enfant ?

Les contorsions de l'assassin pour échapper à son emprise n'eurent aucun effet. Le Syyr impérial raffermit son contrôle et plongea un peu plus dans les yeux d'Arutha. Il pouvait sentir ses barrières mentales se fissurer sous son attaque. Encore un peu. L'expression triomphante, le lieutenant poussa à nouveau avec son Don.

Maintenant !

D'un bloc, l'assassin lâcha prise, laissant fuser la douleur, la fureur qu'il contenait depuis trois jours. La vague assomma l'esprit grand ouvert de son tortionnaire, qui recula en hurlant. Libéré, l'espion saisit l'épée de l'homme qui se tenait le visage, et lui transperça le thorax sans hésiter. Stupéfait, Behru glissa à terre, entraînant Arutha dans sa chute. Allongé sur le sol, le maître Syyr poussa un long hurlement, évacuant la souffrance qu'il avait tant retenue, et retomba, pantelant. Il était à bout de forces.

Sa main tremblante saisit la clé qui pendait au cou du mort, et défit les bracelets de force qui l'entravaient depuis sa condamnation sur Pira. Un soulagement intense l'envahit lorsqu'il sentit à nouveau le Don circuler en lui, supportant son corps affaibli par les traitements des trois derniers jours. Un cri lui vrilla les tympans.

— Arutha !

Lubéon. Il entendit le garde enjoindre aux étudiants de rester calmes, puis l'appeler à nouveau.

— Arutha !

Tout son corps criait grâce. Pourtant, il devait se lever. Un gémissement s'échappa de ses lèvres puis, lentement, l'assassin se remit debout.

— Vite ! Ouvre-nous.

Il ignora la voix qui l'appelait. Raffermissant sa prise sur l'épée du mort, il se dirigea précautionneusement vers la sortie.

— Ouvre-nous. Arutha !

Sans se retourner, le Syyr ouvrit la porte et disparut.

— Arutha !

Lubéon regarda la lourde porte de métal se refermer silencieusement derrière le Syyr noir, impuissant. Il frappa les barreaux de métal en jurant.

— Yak !

Les minutes qui suivirent furent les plus longues de sa vie. Avec l'aide de deux étudiants, il ramena le corps du lieutenant contre les barreaux de leur cellule, seulement pour constater qu'il n'en possédait pas la clé, ni celle de ses entraves. Attrapant le poignard à sa ceinture, le garde tenta de forcer le mécanisme. Faisant levier avec la lame, il appuya d'un coup sec, manquant de s'ouvrir la main lorsque le couteau se tordit et glissa. Dépité, il jeta l'arme sur le sol. Il se mit à faire les cent pas, tentant de se maîtriser sous le regard inquiet des apprentis. Soutenue par Espérion, Lianne attendait calmement, le regard rivé sur la porte de la cale. Lubéon s'arrêta.

— Tu penses qu'il va revenir ?

Elle se tourna vers lui, confiante. Ses grands yeux verts le fixaient sans ciller.

— Il ne nous abandonnera pas.

Lubéon soupira.

— Oui, il reviendra pour toi.

L'attente angoissante continua, laissant à l'homme tout le loisir d'imaginer ce qui leur arriverait si l'assassinat de Behru était découvert avant qu'ils aient pu s'enfuir. D'ailleurs, le fait que personne n'ait encore franchi la porte pour s'enquérir du lieutenant l'inquiétait autant que la perspective du châtiment. Que se passait-il dehors ?

Dans une série de déclics, toutes les cellules se déverrouillèrent soudainement. Sans chercher à comprendre pourquoi, le maître Syyr profita de l'occasion, et fit sortir précipitamment tous les élèves, les réunissant derrière lui.

Après un regard au cadavre inanimé du commandant, Lubéon saisit la cape de Behru et recouvrit avec tristesse le corps étendu d'Ozalee. Il ne pouvait rien faire de plus.

Armé du seul poignard abîmé qu'il avait récupéré sur le cadavre, il se rapprocha de la porte, la peur au ventre, et l'entrouvrit. De l'autre côté se tenaient les trois soldats qui avaient torturé Arutha. Morts. Ils avaient visiblement été pris par surprise lors de la sortie du prisonnier, en témoignait l'absence de signes de lutte. Lubéon soupira de soulagement. Ils n'avaient pas eu le temps de crier.

Un par un, il fit sortir les élèves. La plupart marchaient difficilement, courbaturés par l'immobilité, affaiblis par le froid et les privations. Ils n'avaient eu qu'un repas en trois jours. Difficile pour de jeunes apprentis. Avançant en tête de la petite troupe, le garde s'arrêta à une intersection. Où était Arutha ? S'il les avait libérés, le Syyr devait sans doute avoir un plan. L'homme tendit l'oreille. Les couloirs vivement éclairés et le bruit que faisait le groupe en se déplaçant l'inquiétaient. Ils ne seraient pas longs à se faire repérer. Pourtant, aucun son ne parvenait jusqu'à lui. Pas un pas. Pas une conversation. Il tendit le cou, jetant un œil à ce qui les attendait.

Un carnage. Lubéon avançait entre les corps. Sept au total. Trois autres gisaient dans une salle adjacente. Tous des soldats, c'était un vaisseau de guerre. Certains n'avaient pas eu le temps de sortir leurs armes qu'ils tenaient encore accrochées à leur ceinture. D'autres s'étaient rués sur l'ennemi. Ceux-là étaient étendus dans l'allée, la gorge ouverte ou le cœur perforé. L'odeur du sang le frappa maintenant que la tension retombait. Y avait-il encore quelqu'un de vivant dans cet appareil ? Un des étudiants vomit. Le Syyr se retourna vers la colonne qui s'étendait derrière lui. Ils devaient bouger.

Prenant une direction au hasard, il mena ses jeunes élèves au travers des coursives. Régulièrement, ils trébuchaient sur un corps, surpris par la mort au milieu d'un travail quelconque. Avançant ainsi au rythme des cadavres, ils finirent par arriver à la passerelle. Le sol y était rouge du sang versé. Les corps affalés sur les consoles déclenchaient des signaux sonores d'erreurs à intervalles réguliers, formant un fond musical péniblement supportable.

Arutha se tenait devant la console principale. Assis sur le bord du fauteuil, il se penchait sur les écrans qui clignotaient. Sur sa tempe gauche était fixé le communicateur qui lui permettait de diriger le vaisseau. Ses yeux perdus dans le vague voyaient défiler en continu les données de pilotage. Ses mains parcouraient le tableau à mesure que les informations lui parvenaient, tirant, tournant, réglant les centaines de capteurs qui s'étalaient sur la surface en arc de cercle.

— Où sommes-nous ?

Le Syyr releva la tête, puis il éteignit un instant le communicateur et se leva.

— Je ne sais pas.

— Comment ça, tu ne sais pas ?

L'assassin se dirigea vers un petit trépied fixé au centre de la passerelle. Son dos arrachait des grimaces de douleur aux étudiants qui le regardaient. Son pas était anormalement lourd, presque mal assuré. Le Syyr accusait la fatigue. Derrière lui, les étoiles s'étaient immobilisées. Ils étaient à l'arrêt. L'espion aux cheveux blonds désigna d'un geste de la main un soldat écroulé à côté de la grande console.

— Celui-là a effacé toutes les données de navigation avant que j'aie eu le temps de m'occuper de lui.

Suivant l'espion jusqu'au projecteur central, Lubéon se passa la main dans les cheveux.

— Alors, nous sommes perdus.

Insensible à la déroute de celui qui se tenait à ses côtés, Arutha fouillait les poches des morts environnants.

— Là.

Il se releva, une sphère argentée à la main. Écœuré, le garde le regarda déposer la carte dans le support métallique.

— Tu les as tous tués.

Ce n'était pas une question. L'assassin lui jeta un regard agacé.

— Tu préférais ta cellule ?

— Certains auraient pu se rendre, nous aider.

Seul le silence lui répondit, tandis que celui qui les avait libérés manipulait la sphère, faisant tourner autour d'eux la carte des étoiles jusqu'à atteindre Pira.

— Est-ce que tu sais où ils nous emmenaient ?

Arutha navigua un instant, puis pointa du doigt une constellation.

— Faal.

Le nom glaça le garde royal.

— Ils nous conduisaient à l'empereur, comprit-il.

La constatation n'avait rien d'étonnant, elle n'en restait pas moins effrayante. Maniant toujours la bille argentée, le Syyr haussa les épaules.

— Ou à Einar.

— Einar ?

Lubéon tiqua. Que venait faire là-dedans l'héritier de l'empereur ?

— Behru était son bras droit.

Le garde sursauta.

— Et livrer l'Enfant à son père aurait raffermi sa place en tant que successeur du trône.

Arutha frémit. Cela était sans doute le but. Entre autres.

— On est ici.

Comparant avec la vue de la passerelle d'observation, il hocha la tête, pointant du doigt un ensemble d'étoiles. Lubéon se rapprocha.

— La Lige ?

Fait surprenant, la nouvelle était plutôt bonne. Le garde sentit l'espoir renaître chez les étudiants qui étaient encore en mesure de se rappeler leurs cours d'astronomie. Fatigués, terrorisés, les pauvres se tenaient au milieu du carnage sans savoir que faire.

À son grand étonnement, Espérion avait laissé Lianne, et avait pris l'initiative de déplacer les corps jusque dans un coin éloigné, aidé par Ester et Bele. D'autres s'étaient joints à eux, et la passerelle était presque nettoyée, rendant le lieu un peu moins oppressant. À la mention de la constellation, les têtes s'étaient dressées vers les deux Syyrs. Ceux qui avaient retenu les leçons de maître Edin la connaissaient bien. Un sourire apparut sur le visage du jeune Ubio, qui essuya son front du revers de la main.

— On est à une demi-journée de Pira.

L'assassin acquiesça.

— Six heures. En utilisant les boosters.

Le silence incrédule qui suivit fut rompu par Revers.

— Six heures. Ça fait trois jours qu'on est partis.

Les regards se tournèrent vers le Syyr qui affinait leur position. Lubéon eut un rire nerveux.

— Il faut croire qu'il n'était pas pressé de se séparer de toi.

Ignorant la remarque, Arutha se tourna vers lui. La lueur d'espoir qu'il surprit dans ses yeux étonna le garde.

— Sais-tu piloter ?

Lubéon secoua la tête, englobant de ses bras le vaisseau.

— Ça ? Non.

Cela ne dura qu'un instant, mais il jura voir trembler la main du maître Syyr.

— Tant pis.

Cachant sa déception, l'assassin ralluma d'un geste le communicateur et rejoignit la console principale. Lubéon plissa les yeux en le voyant trébucher légèrement. Son bras blessé restait plaqué contre son torse tandis qu'il avançait. Sous la lumière artificielle, il vit des reflets gris scintiller dans les longs sillons qui zébraient le dos de l'espion. Le garde comprit avec effroi que l'irion continuait son chemin dans la chair du Syyr. L'homme devait souffrir le martyre. Comment l'assassin avait réussi à prendre le contrôle du vaisseau dans cet état restait un mystère.

Arutha s'installa sur le bord du siège, prenant bien soin de ne pas s'appuyer sur le dossier, et ses mains recommencèrent immédiatement à pianoter sur le large clavier. Le vaisseau reprit sa route.

***

Le chemin du retour se passa sans surprise. Il faisait chaud dans la passerelle à présent nettoyée. Les apprentis avaient déniché la cuisine, et remonté de quoi nourrir un régiment. Environ une heure avant d'arriver sur Pira, le vaisseau fut rejoint par quatre patrouilleurs de la garnison qui l'escortèrent jusqu'au tarmac.

À peine furent-ils posés que tous se précipitèrent dehors, humant avec délice l'air libre. Jetant un œil en arrière, Lubéon descendit à son tour avec Espérion. Le garçon voulait rester aux côtés de Lianne, mais le garde le tira par le bras pour laisser l'apprentie seule avec son maître.

La jeune femme attendit, silencieuse, tandis qu'Arutha débranchait le communicateur. Elle tenait à la main la chemise qu'on lui avait enlevée dans la cale. Alors qu'il retirait la pastille circulaire de sa tempe, le Syyr ferma les yeux. C'était fini. Son dos le brûlait avec rage, mais il refusa de se laisser aller. L'assassin se leva, repoussant son élève qui s'avançait pour l'aider.

Sur la gauche de l'appareil, l'équipe médicale avait pris en charge les apprentis fatigués. Leurs visages blêmes indiquaient qu'ils avaient déjà appris la nouvelle de la mort de leur chef. Tous continuaient pourtant à faire leur travail sans hésiter. Ozalee les avait bien entraînés. Couvertures et boissons chaudes circulaient tandis qu'ils étaient examinés tour à tour par les médecins. Lubéon appela deux hommes et remonta dans le vaisseau. Il voulait ramener le corps.

En remontant, ils croisèrent Arutha et son élève qui descendaient. Zari venait à leur rencontre, suivi de deux infirmiers. Ignorant royalement le brancard qu'on lui présentait, l'assassin se dirigea directement vers les bâtiments qui se tenaient à quelques mètres de l'aire d'atterrissage. Le Syyr fendit la foule sans un regard pour ceux qui l'entouraient. Il avançait, sourd aux exclamations horrifiées qui jaillissaient dans son sillage. Les yeux rivés devant lui, il traversa ensuite la cour jusqu'aux dortoirs, et monta les escaliers.

Lianne suivait toujours. Elle courut vers lui lorsqu'il trébucha, se rattrapant tout juste au mur de la main gauche, celle qui ne sollicitait pas son bras blessé. La jeune femme s'arrêta avant d'atteindre son maître, consciente qu'il n'accepterait pas son aide. Elle le regarda, impuissante, monter les dernières marches jusqu'à la porte de leur chambre et entrer. Franchissant à son tour le seuil, elle entendit l'eau couler.

Arutha gémit. La douleur lui coupa les jambes, et il s'affala sous le jet glacé. Il sentit Lianne pénétrer dans la douche à son tour et en diminuer la puissance. Elle augmenta prudemment la température, versant délicatement l'eau sur les plaies brûlantes. Le Syyr émit un soupir de soulagement pendant que le flot chassait l'irion. Ses blessures se mirent à saigner, colorant le sol d'un rouge écarlate. La respiration haletante du blessé se mêlait au bruit des gouttes s'écrasant sur sa peau. La jeune femme caressa doucement les cheveux dorés qui ruisselaient à présent. Comme à un enfant, elle lui chuchota à l'oreille des paroles rassurantes. Lentement, il se laissa aller dans ses bras, bercé par la voix apaisante qui murmurait toujours.

Accroupie près de son maître, Lianne soutint d'une main l'homme épuisé tout en continuant à laver les plaies de l'autre. Elle posa doucement la tête du Syyr sur ses genoux et, s'aidant de ses dents, déchira le bas de son uniforme d'apprentie. Dirigeant toujours l'eau sur les plaies, elle entreprit de nettoyer celles-ci. Elle passa délicatement le morceau de tissu dans chacune d'elles, évacuant l'irion encore présent. Le cœur de la jeune femme saignait de le voir dans cet état. Une larme roula silencieusement sur sa joue, se mêlant à l'eau qui ruisselait. Arutha gémit, agrippant les habits de la jeune femme qui l'empêcha de bouger. Lorsque plus aucune trace argentée ne subsista dans les sillons écarlates ou dans le trou béant de son épaule, elle arrêta l'eau.

Lentement, Lianne aida son maître à se lever. Elle lui enleva le reste de ses habits trempés, laissant le Syyr en caleçon avant de passer une serviette sur son corps musclé. Quand elle dut essuyer son dos, l'apprentie sentit son cœur défaillir. Nettoyées, les plaies apparaissaient plus nettement. L'irion avait rongé la chair sur plus d'un centimètre de profondeur. La peau frémit pendant qu'elle la frottait légèrement avec la serviette, et Lianne n'osa pas insister.

Passant dans la pièce principale, la jeune femme remarqua une pile de bandages et un pot d'onguent déposés sur la petite table. Elle remercia silencieusement Zari, et saisit une compresse. Tenant Arutha par la main, elle l'aida à s'asseoir sur le lit.

Lianne commença par traiter l'épaule, appliquant la pâte à l'odeur douceâtre de part et d'autre de la blessure. Les yeux fermés, il serrait la mâchoire, sa main broyant la jambe de son élève. Enfin, elle posa le bandage, fixant comme elle le pouvait les compresses à l'aide d'une bande adhésive. Elle aida ensuite l'homme à s'allonger sur le ventre. À peine Arutha eut-il posé la tête sur l'oreiller qu'il poussa un léger soupir et perdit connaissance.

La jeune femme s'attaqua aux plaies qui zébraient son dos, faisant lentement pénétrer la crème avant d'appliquer les bandes une à une, recouvrant jusqu'à la dernière des marques que l'irion avait gravées dans la peau brunie par le soleil. Celle-ci était douce au toucher, étonnamment délicate. Lianne la parcourut du bout des doigts, effrayée de sa propre audace, mais le Syyr ne bougea pas. Elle écouta sa respiration tranquille. Une mèche de cheveux encore humide lui tombait sur les yeux et, du bout des doigts, elle dégagea son visage paisible.

Elle frissonna. La tension de ces derniers jours tomba d'un coup, la laissant vide et frigorifiée. Ses vêtements dégoulinaient sur le sol et sur le lit, mouillant le léger drap dont elle avait recouvert les jambes d'Arutha. Elle avait laissé son dos à l'air, redoutant que le tissu réveillât la douleur qui semblait finalement s'être apaisée.

Elle se traîna jusqu'à la petite pièce adjacente qui lui servait de chambre, et enfila difficilement quelques vêtements secs avant de rejoindre le chevet du blessé. Assise par terre, la tête posée au bord du lit, elle s'endormit doucement au bruit régulier de sa respiration.

***

Zari ferma doucement la porte. Après avoir déposé les compresses et l'onguent dans la chambre, il était revenu voir si Lianne avait besoin d'aide avec son patient. Le second d'Ozalee était tombé sur l'apprentie endormie au chevet du Syyr noir. Ses plaies avaient été correctement traitées et bandées, aussi laissa-t-il les deux jeunes gens se reposer. Il aurait aimé faire de même, et oublier tout de cette journée et du corps glacé qui attendait qu'on s'occupât de lui, mais il ne le pouvait pas encore. À pas pesants, il alla voir Elio pour lui rendre compte de l'état de l'assassin.

Il le trouva en pleine conversation avec Lubéon. Le garde était assis sur une chaise, le dos courbé par la tristesse et la fatigue. Il se tenait la tête dans une main tout en répondant aux questions du prince qui faisait les cent pas devant lui. Dans un coin de la pièce, Astre écoutait le récit d'un air préoccupé.

— Pourquoi allait-il aussi lentement ? Ce n'est pas logique, s'interrogea le fils du roi.

Voyant le médecin à la porte, il l'invita à les rejoindre d'un geste de la main. Zari se pencha sur le garde épuisé, et commença à l'examiner tandis qu'il répondait au prince :

— Deux possibilités. Soit il savait qu'une fois arrivés à destination, il ne pourrait plus s'amuser avec Arutha... Le gars semblait vraiment avoir une dent contre lui, expliqua-t-il. Soit... L'homme hésita un instant... il ne fallait pas trop s'éloigner pour qu'Arutha puisse nous ramener facilement. Mais sauf votre respect, mon prince, je ne crois pas qu'il soit humainement possible de simuler ça.

Sa voix se brisa, pleine d'une culpabilité non avouée.

— Et si je n'étais pas intervenu, Ozalee n'aurait pas...

Elio observa Lubéon. La nouvelle de la mort de la chef médecin avait accablé le prince, mais ce n'était rien comparé à ce que ressentait le garde.

— Ce n'est pas de ta faute, Lubéon. Personne n'aurait pu empêcher ce qui est arrivé.

Le fils du roi marchait de long en large dans la pièce. Il avait bien cru avoir perdu l'Enfant. Par miracle, il n'y avait qu'un mort dans cette histoire. Ozalee et lui se connaissaient depuis plus d'un siècle, et son trépas l'attristait profondément. C'était une femme forte qu'il appréciait beaucoup. Elle faisait un travail formidable, et c'était pour cela qu'il l'avait choisie pour l'accompagner ici. L'académie serait également déstabilisée pendant un moment. Mais ce n'était rien comparé au drame qui aurait pu se jouer. Sans Arutha... Le premier Enfant ! Le récit de Lubéon avait éclairé d'un jour nouveau l'implication du soldat dans toute cette affaire, mais bon nombre de zones d'ombre persistaient.

Devant lui, Zari lui fit un signe discret de laisser partir Lubéon. Blanc comme un linge, le garde se tenait vaille que vaille sur sa chaise, mais sa mine épuisée faisait pitié à voir. Puisqu'il n'avait plus de questions à lui poser, cela ne servait à rien de le retenir plus longtemps.

— Merci, Lubéon. Repose-toi maintenant.

L'homme se leva et, après un bref salut, se dirigea en chancelant vers la sortie. Alors qu'il disparaissait par la porte, Astre se redressa pour le suivre.

— Je vais voir s'il arrive jusqu'à son lit.

Le prince hocha la tête, et le chef de la garde partit à son tour. Lorsqu'il se retrouva seul avec le médecin, il prit place sur une chaise, et l'invita à s'asseoir à côté de lui. Fermant les yeux, Elio se massa les paupières du bout des doigts. La lassitude des derniers jours le rattrapait à présent que la pression des événements retombait.

— Comment est-il ?

Zari se pencha vers le Syyr, et tâcha d'être rassurant.

— Un bon repos, et Lubéon sera comme neuf, le tranquillisa-t-il. Par contre, Arutha semble gravement amoché. Lianne s'en occupe comme il faut, et je préfère ne pas intervenir tant que ce n'est pas nécessaire. De toute façon, il n'y a pas grand-chose que je puisse faire de plus, mais j'espère qu'il ne perdra pas l'usage de son bras droit. De ce que j'ai vu à son arrivée, la blessure traverse l'épaule de part en part, et elle a été rongée de l'intérieur par l'irion. Ce n'est pas encourageant.

Le médecin frissonna en repensant au dos zébré de rouge de l'assassin.

— Elio. La douleur devait être intolérable. Je suis d'accord avec Lubéon, personne n'est capable de supporter ça sciemment.

Le prince passa la main dans ses cheveux, tâtant son crâne empli de fatigue. Il n'avait pas dormi depuis la disparition des jeunes apprentis, et le manque de sommeil se faisait cruellement sentir. Pourtant, il avait besoin de réfléchir. Le premier Enfant. C'était il y a longtemps de cela.

La première prophétie avait été énoncée il y a plus de trois cents ans. Elio s'en souvenait sans mal : « Par lui, les deux seront de nouveau un. Par le sang viendra l'unité. » L'empereur avait trouvé l'Enfant le premier. Quelle ironie, Arutha était donc un des fils de l'empereur. Un enfant de son sang. Pourtant, rien n'avait changé. Il n'avait pas su modifier le cours de la guerre. Avait-il seulement éclos ? Elio en doutait. De ce qu'ils en savaient, l'empereur avait finalement perdu patience, et avait ordonné à l'Enfant – Arutha, se rappela mentalement le prince – de tuer le roi Saï, ou bien il mourrait.

Quelques semaines plus tard, un homme avait pénétré dans le palais, jusque dans la chambre du roi, et avait manqué de l'assassiner. Seul le réveil impromptu du souverain lui avait sauvé la vie. L'homme s'était enfui. Ils avaient présumé que l'empereur s'en était tenu à sa promesse, et l'avait tué.

Puis la seconde prophétie était arrivée, l'avènement d'un second Enfant avait semblé confirmer la mort du premier. Si Behru avait dit vrai, le fait qu'Arutha fût encore en vie était extrêmement troublant. Cherchait-il un retour en grâce ? Ou bien était-il aussi perdu qu'eux par la situation ?

Chose difficile, il allait devoir expliquer à son père que l'homme qui avait manqué de l'assassiner était à présent inséparable de la jeune femme qui devait sauver son Royaume.

Mais avant, il devait encore parler avec Zari.

24

Arutha se réveilla. La douleur de son dos le ramena très vite à la réalité. Le souffle régulier de son apprentie lui caressait le bras. Elle était assise par terre à côté de lui. Le souvenir d'un rêve lui revint en mémoire, et il secoua la tête pour faire s'évanouir les songes de la nuit. Lentement, il se leva et fit jouer ses muscles endoloris. Son bras droit n'était pas encore remis, mais il allait mieux, et la douleur restait supportable.

Il avait faim. Lianne dormait d'un sommeil paisible, et il n'eut pas le cœur de la réveiller. Sans vouloir se l'admettre, il était touché par la dévotion dont la jeune femme faisait preuve à son égard. Son regard s'attarda sur la silhouette endormie, et ce qu'il ressentit le troubla. Il se secoua, et refusa de se laisser aller. Ce n'était pas le moment.

Sans faire de bruit, le Syyr enfila une chemise. Le tissu appuya sur ses plaies, lui arrachant une grimace. Il renonça à la fermer, et prit la direction du réfectoire. La pièce était vide. Assis à une table, l'espion ingurgita plat sur plat avec un appétit débordant, sentant ses forces se reconstituer un peu plus à chaque bouchée.

Alors qu'il commençait à caler, les Syyrs pénétrèrent dans la salle commune. Le délicieux fumet qui emplissait la pièce leur fit lever la tête. Apercevant le blessé, le prince sourit, et vint s'asseoir à sa table. Arutha continua à manger sans ciller. Le prince l'intriguait. Souriant, affable, et pourtant, il inspirait le respect à ses hommes.

Les maîtres les avaient à présent rejoints, et la table devenait dangereusement surpeuplée. C'était la première fois qu'il se trouvait à manger avec eux, et il n'était pas très à l'aise de se sentir ainsi entouré.

— Ravi de voir que tu es en meilleure forme, Arutha.

L'espion ne répondit pas, gardant son nez plongé dans l'assiette qu'il regrettait d'avoir entamée. Respectant son mutisme, le prince détourna la conversation.

— Evyyt, comment s'est passée ta séance de ce matin avec Ubio ?

— Bien. Il avait moins de mal à se concentrer aujourd'hui. Je crois qu'il se remet bien de...

La femme brune jeta un œil vers Arutha, hésitante...

— ... l'incident. Lui et Espérion aimeraient aller voir Lianne.

— Pourquoi pas.

D'après ce qu'avait entendu Elio, Espérion s'était très bien comporté durant leur enlèvement. C'était dommage qu'un jeune garçon comme lui n'eût pas encore de maître. Il posa la même question à chacun des maîtres présents ce matin-là, leur demandant des détails sur les progrès de leurs apprentis. Quand chacun eut parlé, il se tourna vers le Syyr noir.

— Et comment se passe l'entraînement de Lianne ? Es-tu satisfait de ton élève ?

Arutha était pris au dépourvu. Ce n'était ni une attaque ni une question piège. Il décida de ne pas trop en dire.

— Elle progresse.

Elio ne chercha pas à en savoir plus, évitant intelligemment d'agacer le susceptible guerrier, et passa à un autre sujet.

— Où en sont les préparatifs de la cérémonie ? demanda-t-il à la ronde.

Ayant fini de manger, l'espion quitta la table, saisissant au passage un plateau qu'il garnit de ce qui lui tombait sous la main. Il ne s'attendait pas à voir Lubéon en profiter pour venir le rejoindre et lui parler en privé.

Le garde avait conservé la tête baissée pendant toute la durée du repas, évitant de croiser le regard saphir de l'homme assis non loin de lui. Son air de chien battu aurait dû mettre la puce à l'oreille du soldat, mais la fatigue devait encore se ressentir, car il ne vit pas ses excuses venir.

— Merci.

Le silence du Syyr accentua le sentiment de malaise du pauvre homme.

— Je suis désolé pour – il désigna d'un geste le dos d'Arutha – tout ça.

Arutha haussa les épaules, mettant fin à son calvaire.

— Les apprentis n'auraient jamais tenu leur langue, si tu n'avais pas été avec eux.

Le soulagement de Lubéon était visible. L'assassin inclina brièvement la tête, et se dirigea vers la porte. Il appréciait les remerciements du garde, mais il commençait à fatiguer.

L'espion posa le plateau sur la table ronde de la chambre. Lianne dormait toujours. Il se surprit à sourire, et se morigéna. Il la réveilla en se remettant brusquement au lit.

— Mange, et va donc t'entraîner plutôt que de perdre ton temps à me regarder dormir, lui dit-il d'un ton bourru.

Heureuse de le voir debout, la jeune femme s'exécuta sans discuter, et emporta le plateau pour laisser son maître se reposer en paix. Tandis qu'elle errait dans les couloirs pour trouver un endroit où s'asseoir, elle tomba nez à nez avec Espérion.

— Salut !

Le grand sourire et le ton enjoué du garçon étaient communicatifs.

— Salut…

Avant qu'elle ait eu le temps d'en dire plus, il la prit dans ses bras et l'embrassa, manquant de renverser son plateau.

— Je l'ai fait.

La jeune femme souriait à son tour face à l'enthousiasme de son ami.

— Quoi ? demanda-t-elle, curieuse.

— J'ai demandé à Astre. Il y a cinq minutes. Il a accepté !

— Espérion, c'est super !

Lianne posa son plateau et embrassa de nouveau le colosse. Elle hésita en voyant l'inquiétude poindre sur son visage.

— Enfin, je crois... Pourquoi fais-tu cette tête ?

— Il a dit qu'il allait en parler au prince. Pour voir si sa fonction pouvait être aménagée pour qu'il puisse m'entraîner.

Soulagée, elle glissa un baiser dans le cou d'Espérion. Les derniers événements l'avaient aidé à relativiser, et elle en était contente. Au moins une chose de bien était sortie de cette tragédie.

Une vague de tristesse l'envahit au souvenir d'Ozalee. Elle n'avait pas quitté le chevet de son maître pour assister à la cérémonie de crémation, et elle le regrettait à présent. La maître Syyr avait toujours été d'une incroyable gentillesse envers eux. Et pourtant, elle avait su tenir tête à Arutha et le sauver lors de l'attaque de l'épineux. C'était une femme extraordinaire, et Lianne se sentait responsable de sa mort. Si elle avait pu lui dire au revoir une dernière fois, peut-être son sentiment de culpabilité s'en serait-il trouvé un peu apaisé. Elle secoua la tête pour chasser les pensées négatives. Cela ne servait à rien de ressasser le passé.

— Le prince ne va pas refuser, reprit-elle avec entrain. C'est juste par politesse qu'il va le lui demander. De toute façon, le Choix est un lien sacré. Il m'a bien laissée choisir Arutha.

Un sourire espiègle revint sur le visage d'Espérion.

— Et on voit ce que ça a donné.

Feignant d'être vexée, elle fit mine de lui lancer son pain à la figure.

— Allez, file. On se retrouve à la salle d'entraînement ? Je mange, et j'arrive.

— Super. À tout de suite, lui lança le garçon.

Rassuré, il partit en courant retrouver son nouveau maître.

***

Encore fatigué, Arutha s'était tout de suite rendormi. Au réveil, il constata, déçu, que Lianne n'était pas dans la chambre, puis il se reprit, appréciant qu'elle ait obéi à son ordre.

Le Syyr se leva et testa doucement son bras blessé. Malheureusement, il ne se remettait pas aussi vite qu'il l'aurait souhaité. L'irion avait rongé la plaie faite par le sabre. Son épaule pouvait à peine bouger. Il faudrait un long moment avant qu'il puisse de nouveau combattre. L'assassin profita que tous fussent à l'entraînement pour manger tranquillement, puis partit vers la forêt.

Il s'installa dans une petite clairière, s'assit sur ses talons, les mains posées sur ses genoux, paumes vers le haut, et ferma les yeux. La méditation n'avait jamais été son fort, mais elle clarifiait l'esprit et ouvrait à de nouvelles idées. En tant qu'espion, il avait souvent recours à cette technique pour analyser les éléments glanés.

Il se calma et se focalisa sur la nouvelle prophétie. Lianne était sans nul doute l'Enfant, les événements qui se précipitaient autour d'elle en attestaient. Ses progrès, sa capacité d'adaptation et son intelligence en feraient un porteur redoutable avec le temps. Le chemin qu'elle prenait l'amènerait à se poser du côté du Royaume, à moins que l'empereur ne mît la main sur elle.

À cette idée, Arutha grimaça. Il se concentra à nouveau. Même en voulant aider le Royaume, rien ne garantissait que ses actions eussent bien l'effet escompté. C'était la malédiction de ce genre de prophétie. La laisserait-il seulement essayer ? Arutha secoua la tête. Il s'était promis de ne pas intervenir. Il n'était là que pour observer, mais pouvait-il encore se dire impartial alors qu'il l'avait acceptée en tant qu'apprentie ? Pourtant, si le prince venait à empêcher la jeune femme d'agir comme bon lui semblait, il s'y opposerait.

Lianne était de plus en plus déterminée. Elle s'était faite à son nouveau rôle sans trembler un seul instant. Arutha se demanda ce qu'elle pensait. Imaginait-elle des stratégies ? N'avait-elle pas peur des conséquences de ses actes ? Sous ses airs timides, elle était bien plus courageuse que lui.

Il sourit en revoyant la jeune femme et les Valands. Sa douceur avec les enfants, sa fascination face à leur culture. Ses grands yeux verts émerveillés. Arutha perçut son propre manque de concentration, ce qui l'agaça. Ce n'était pas pour cela qu'il était ici.

L'homme répéta lentement ces paroles, les imprégnant dans sa conscience, puis il se récita les mantras qu'il affectionnait pour détendre son esprit. Lorsqu'il rouvrit les yeux, le soleil était déjà bas sur l'horizon. Il se sentait vidé. Il soupira doucement, et retourna vers la chambre.

***

Arutha se rétablissait lentement. Il continuait à manger au réfectoire, en compagnie des autres Syyrs et du prince, puis il retournait se reposer dans sa chambre. Lorsqu'il fut assez fort, il reprit l'entraînement dans la salle d'armes de l'académie. Lianne ne pouvait s'empêcher de remarquer que ceux qui critiquaient son maître étaient à présent plus respectueux, assez impressionnés par le Syyr noir. Pas seulement par ce qu'il avait subi, mais par ce qu'il avait été aussi. Les événements avaient prouvé qu'il était sinon avec eux, du moins contre l'empereur.

Assise par terre, la jeune femme caressa doucement la cicatrice en forme de croix qui ornait sa cheville depuis leur passage chez les Valands, puis elle se leva pour rejoindre Arutha. Il avait été l'Enfant. Elle avait tant de questions à lui poser. Pourtant, elle savait pertinemment que le Syyr refuserait de répondre à chacune d'elles.

Son entraînement était plus calme depuis leur retour. Ils n'avaient pas encore repris le travail du sabre, et le Syyr évitait les efforts dans son bras droit. Zari, nouvellement promu chef médecin, avait voulu l'immobiliser dans une écharpe, mais il s'y était catégoriquement opposé. Heureusement, l'assassin était gaucher et aussi habile des deux côtés, ce qui lui permettait de la corriger lorsque sa position n'était pas la bonne.

— Fais attention !

Elle pesta discrètement lorsque la main de son maître frappa le bras qu'elle tenait un peu trop haut, et rectifia la position de la dague.

Depuis qu'ils avaient vu les résultats de l'entraînement du Syyr noir, les gens observaient d'un nouvel œil les exercices parfois étranges qu'il imposait à Lianne, et les regards curieux pesaient sur elle tandis qu'elle exécutait les passes que l'espion lui faisait enchaîner. La danse à deux lames qu'elle exécutait à présent comportait des enchaînements que nul n'avait encore jamais vus et qui intriguaient les maîtres Syyrs.

Arutha contemplait d'un air distant les efforts de son élève, la réprimandant plus que nécessaire alors que ses positions n'étaient pas loin d'être excellentes. Il apprécia le dur travail que la jeune femme avait exécuté pendant sa convalescence. Il claqua un ordre en parse, et elle prit sans difficulté la pose suivante.

Il était content de son apprentie. Sa manipulation du Don progressait plus vite qu'il l'avait espéré. Le soulagement qui l'envahissait lorsqu'il songeait au fait que la prophétie qui avait régi sa vie était arrivée à son terme n'était entaché que par un léger sentiment de culpabilité envers la jeune femme qui était devenue l'Enfant à sa place.

Après une longue réflexion, il avait considéré que l'entraînement qu'il lui fournissait l'acquittait de la dette qu'il aurait pu avoir, et ne s'était pas plus attardé sur la question. Ce qu'il aurait pu faire lorsqu'il était l'Enfant appartenait au passé. C'était le tour de son élève à présent.

Le prince Elio lui fit signe, et l'assassin s'éloigna de la jeune femme. Avant de s'en aller, le Syyr noir demanda à son élève de pratiquer avec Lubéon, puis il s'écarta pour discuter avec le prince.

Il écouta d'une oreille distraite ce qu'il lui disait, répondant rapidement et surveillant du coin de l'œil son apprentie. Leurs regards se croisèrent, et Lianne baissa la tête en rougissant. Soudain, l'assassin se tut et se renfrogna. Que venait-il de répondre ? L'air satisfait du prince était assez éloquent : il en avait beaucoup dit. Arutha se rappela vaguement avoir parlé d'Errants et de zones à défendre. De combats ? C'était ça, des techniques pour contrer l'invasion des Errants. Bien que banales, il était agacé d'avoir divulgué de telles informations.

Qu'est-ce qui ne tournait pas rond chez lui ?

Il n'était pas fait pour la foule et les relations humaines, il était temps pour lui de s'isoler un peu. Le prince continuait à lui parler. Arutha se concentra sur ses paroles. Il lui expliquait les stratégies utilisées par le Royaume. Arutha connaissait la plupart d'entre elles, mais certaines lui étaient nouvelles. Intéressé, il se calma, et continua quelque temps à parler avec le prince. C'était sans doute une des plus longues conversations qu'il avait eues avec ce dernier jusque-là. Elio lui était presque sympathique. Décidément, il était temps qu'il s'éloignât.

Il se dirigea vers l'infirmerie, et demanda au nouveau chef médecin de changer ses bandages. Zari fut étonné, mais il s'exécuta. Lianne serait déçue, mais le Syyr noir voulait éviter le contact de ses mains sur sa peau. Il avait déjà assez de difficultés à garder la tête claire en ce moment.

La fatigue sans doute.

Arutha sortit de l'académie, et respira à pleins poumons l'air frais du dehors. Il se passa une main – la gauche – sur le visage puis dans ses cheveux d'or. Personne n'était dans les jardins à ce moment-là, mais il s'enfonça tout de même un peu plus entre les arbres, jusqu'à un petit espace dégagé, caché derrière deux haies aussi larges qu'épaisses.

L'assassin s'assit sur ses talons, les deux mains posées sur ses cuisses, et s'efforça de prendre de larges inspirations. Lentement, il fit le vide dans son esprit, puis se releva. La tirade stridente d'un petit oiseau bleu se mêlait au murmure de la brise légère dans les branches. Calmement, Arutha saisit de son bras blessé la poignée de son sabre court à droite de son cou, et tira.

Ce fut comme si son épaule se déchirait. Ses muscles étaient écartelés, mais il tint bon et sortit la lame entièrement. En sueur, il prit le temps de faire descendre son rythme cardiaque avant de continuer. Sous son impulsion, le Don afflua dans son épaule pour apaiser les tissus enflammés. Sa blessure se refermait doucement malgré tous les soins qu'il lui prodiguait. Il l'irriguait de Don autant qu'il osait le faire sans se mettre en danger, mais la guérison était bien plus lente que pour une plaie ordinaire. Il le savait, ce n'était pas la première fois qu'il ressentait la brûlure de l'irion.

Pourtant, il ne pouvait pas se permettre d'être faible maintenant, alors qu'Einar devait hurler de rage et l'empereur préparer son prochain mouvement. Se doutait-il, en ce moment, de sa présence sur Pira ? Avait-il deviné ? Un frisson qui n'avait rien à voir avec la douleur parcourut le dos du Syyr.

Raffermissant sa prise sur son arme, il tendit le bras en position de combat. Le Don combattait l'inflammation, et il put tenir quelques secondes ainsi avant de relâcher ses muscles. Arutha sortit son autre sabre de son fourreau, et brandit les deux lames en avant. Inspirant un grand coup, il se lança dans un enchaînement relativement court. Le Syyr éprouvait ses forces depuis un moment déjà lorsqu'il lâcha un cri de douleur. Son arme s'échappa, tombant à terre en même temps qu'il trébuchait, y posant un genou.

Arutha jeta sa deuxième lame, empoignant rageusement l'épaule qui le lançait. Il resta ainsi plusieurs minutes, écoutant le sang battre à ses tempes tandis que la douleur refluait.

Un toussotement gêné lui fit relever la tête. Le chef de la garde se tenait à côté d'une des haies, visiblement embarrassé d'être là. Il partait rendre visite au prince lorsqu'il était tombé sur Arutha. Il n'avait pu s'empêcher de remarquer que la blessure du Syyr noir était plus grave que celui-ci voulait l'admettre.

Surpris, l'assassin se releva prestement sans parvenir à cacher son air agacé. Astre s'avança sans un mot et sortit son épée avant de se mettre en garde. Après un moment d'hésitation, le Syyr noir accepta avec gratitude l'aide qui lui était proposée.

Les deux hommes s'entraînèrent régulièrement ensemble par la suite. Arutha cachait le fait qu'il n'était pas tout à fait remis. Seul le chef de la garde avait connaissance des difficultés qu'éprouvait l'homme à tenir une arme. Le Syyr noir appréciait sa discrétion.

Il savait qu'Astre avait fait part à son prince de son état réel, mais il ne lui en voulait pas. D'ailleurs, Arutha discutait de plus en plus avec Elio, et passait moins de temps avec son élève, au grand bonheur d'Espérion.

Sur invitation du prince, l'assassin se mit à assister aux réunions portant sur l'élaboration de stratégies de défense en cas d'attaque d'un nombre important d'Errants. Ceux-ci étaient irascibles et affamés à la sortie de l'hiver. Les patrouilles aux abords de la zone infestée s'étaient intensifiées le mois précédent mais, alors que les attaques auraient dû diminuer avec le redoux de ces dernières semaines, les gardes constataient l'inverse.

La grande salle n'était pas entièrement remplie aujourd'hui. Quelques élèves s'entraînaient au maniement des armes tandis qu'un autre groupe s'évertuait à atteindre une cible au laser. Astre rejoignit Elio en haut de l'escalier, s'accoudant à la balustrade pour mieux voir les apprentis en contrebas. La mort d'Athyn puis d'Ozalee les avait affectés, mais ils étaient forts et se remettaient petit à petit.

Le prince regardait Arutha et son élève s'exercer légèrement à l'écart des autres. Il s'était demandé pendant longtemps en quoi pouvait bien consister l'entraînement du Syyr noir, et profitait de la séance pour jeter un œil curieux. La plupart des passes qu'ils exécutaient lui étaient connues, bien que certaines demandassent une certaine aisance dans le maniement des poignards. Lianne accomplissait celles-ci avec un incontestable brio, ce qui n'empêchait pas son maître de la reprendre, corrigeant imperceptiblement chaque mouvement.

Elio constatait que Lianne ne connaissait aucun répit. Elle était là avant les autres, et repartait quand tous étaient déjà couchés. Son sens de l'effort était admirable, et sa rigueur surprenait le prince.

Son regard glissa de l'élève au Syyr intransigeant. Arutha se remettait. Il mangeait à leur table à présent, ce qui rassurait Elio. Petit à petit, l'assassin s'apprivoisait, en attestaient ses entraînements qui s'étaient déplacés de la forêt à la salle d'armes. Son apprentie tenta pour la énième fois une figure compliquée, et chuta. Quelque chose dans le comportement de son maître titillait Elio, mais il n'arrivait pas à mettre le doigt dessus.

— Tu n'as rien remarqué chez Arutha ? demanda-t-il.

Astre observa l'homme avec attention un moment.

— Non.

Elio soupira. Il devait sans doute trop s'en faire. Il posa sa tête entre ses mains le temps d'un instant, puis se releva dans une attitude plus digne. À ses côtés, Astre se taisait, flegmatique, tandis que son prince observait le Syyr noir. Elio avait définitivement abandonné l'idée qu'Arutha était ici pour enlever l'apprentie. Ils étaient liés par un destin commun, l'Enfant passé et l'Enfant futur. Que le fils du roi crût ou pas en la prophétie, cela ne l'empêchait pas d'admettre le lien que celle-ci avait forgé entre les deux êtres.

— Cela ne plaît pas au roi, n'est-ce pas ? soupira Astre.

— Non, acquiesça le prince.

Il se retint de rire. C'était un euphémisme. Son père bouillonnait de savoir que l'Enfant avait choisi pour maître un soldat impérial, celui-là même qui avait attenté à sa vie. Seul le risque d'une nouvelle attaque impériale l'avait retenu jusqu'ici d'ordonner leur transfert immédiat à Nui. Et Elio avait dû peser de tout son poids pour lui faire admettre cela. Cependant, cela ne suffirait plus s'il devait arriver quoi que ce fût.

Le prince ne pensait pas qu'envoyer Lianne sur Nui déboucherait sur quelque chose de positif. L'élève était bien plus en sécurité ici, aux confins du Royaume, loin des intrigues et de la politique. Sans compter que son maître hors norme ne serait jamais accepté à la capitale. Lorsqu'elle serait Syyr… à voir le caractère de la jeune femme, ce serait alors une autre histoire.

Pour l'heure, le roi rongeait son frein, mais Elio savait qu'Orballon et le Haut Conseil ne laisseraient pas la situation s'éterniser ainsi. Son père était affaibli par l'âge et la maladie. Leur emprise sur lui se renforçait un peu plus chaque jour. Bientôt, ils le persuaderaient d'envoyer une escorte à Pira, quitte à dégarnir les frontières déjà trop peu protégées. Le risque que cela représentait fit frémir le prince. Si l'Empire en profitait pour enfoncer ses défenses, ils seraient submergés sans retour possible. Et si cela devait se produire, c'était lui que l'on tiendrait pour responsable.

Voyant plusieurs maîtres se rassembler au milieu de la salle, il descendit à son tour, suivi de près par Astre.

Lianne essuya du revers de sa main la sueur qui coulait de son front. La salle d'armes sentait le renfermé et la sueur. La chaleur qui y régnait rendait plus difficile sa concentration. L'odeur boisée de la forêt et le froid du dehors lui manquaient. La jeune femme jeta un œil discret à son maître, essayant de deviner quand il accepterait de l'emmener à nouveau dans les territoires infestés.

Elio s'approcha derrière la haute silhouette vêtue de noir. Arutha suspendit le cours pour se tourner vers le prince.

— Arutha, peux-tu venir un instant ?

Le Syyr hocha gravement la tête et s'écarta, indiquant d'un geste à son apprentie de reprendre l'entraînement. Déçue, Lianne obtempéra non sans lâcher un discret murmure de protestation. Son maître la laissait de plus en plus souvent seule pendant les cours, ce qui agaçait prodigieusement la jeune femme.

Les Syyrs qui s'étaient réunis discutaient à mi-voix. Les conversations s'arrêtèrent à l'arrivée du prince et de l'assassin.

— La situation devient préoccupante, annonça Elio. La population d'Errants atteint un nombre critique. Nous devons trouver une solution.

Il laissa planer un silence et observa discrètement le soldat impérial qui se tenait à ses côtés. Malgré ses efforts pour intégrer l'espion à l'académie, l'homme ne parlait pas beaucoup. Quand Elio arrivait à voir Arutha seul, il remarquait que celui-ci était plus enclin à discuter qu'en public. Normal pour un assassin, se disait-il, il n'aimait pas être au centre de l'attention.

À mesure qu'il le côtoyait, le prince appréciait de plus en plus le Syyr noir, qui lui semblait contre toute attente quelqu'un de droit. Lorsqu'il lui posait des questions simples – et surtout non personnelles – comme des généralités sur les Errants ou sur les coutumes de leurs deux peuples, Arutha acceptait parfois de répondre. Au fur et à mesure de leurs conversations, les réponses s'étaient allongées, et l'assassin semblait presque prendre plaisir – un bien grand mot – à ces discussions.

Reportant son attention sur la dizaine d'hommes qui l'entouraient, il donna la parole à Evyyt qui résuma les rapports alarmants qu'ils recevaient depuis plusieurs semaines à présent.

Lubéon rappela à l'ordre les élèves qui s'étaient tournés vers le centre de la salle. Ce qui s'y disait ne les concernait pas. Pas encore du moins. L'homme n'avait pas besoin d'écouter pour savoir de quoi parlait le prince. À voir la montée du nombre d'Errants dans la région, une campagne d'éradication ne tarderait pas. La chose était dangereuse, car cela impliquait de se rendre en plein cœur des territoires infestés. Les apprentis devraient rester à l'académie pendant que leurs maîtres s'enfonceraient dans la forêt.

Le garde héla Espérion, qui observait du coin de l'œil son amie s'entraîner toute seule. L'apprenti était déçu, car Astre ne pouvait pas s'occuper de lui aujourd'hui. Maintenant qu'il avait fait sa demande, il avait hâte de commencer à travailler avec son maître.

— Concentre-toi donc sur ta garde, gamin, dit Lubéon en assenant un coup sur l'épée du garçon.

Le jeune homme abaissa la pointe de son arme jusqu'à ce que celle-ci se posât sur le sol.

— Lubéon, Lianne pourrait peut-être s'entraîner avec nous, suggéra-t-il avec intérêt.

Le garde haussa les épaules, baissant à son tour le sabre qu'il tenait.

— Pourquoi pas ? Lianne ! ajouta-t-il en criant et en faisant un grand geste en direction de l'apprentie.

La jeune femme contempla l'air grave des maîtres qui s'étaient réunis, et essaya de saisir le sujet de leur conversation. Elle fut tentée de se dissimuler pour s'approcher, mais renonça tout de suite à cette idée – son maître la détecterait aussitôt – et retourna avec un soupir à ses exercices. Ses dagues pesaient dans ses mains, agaçantes. Elle brûlait de reprendre l'entraînement au sabre, mais Arutha ne voulait rien entendre. La jeune femme le soupçonnait de ne pas être aussi bien remis qu'il voulait le lui faire croire. Son cœur se serra à cette idée.

Elle vit Lubéon qui la hélait et s'avança vers lui, soulagée de pouvoir ranger un instant ses dagues. Elle secoua ses mains. À force d'utiliser les deux courtes lames, elle avait la désagréable impression que ces dernières s'ajoutaient à son bras, formant une extension dont elle ne pouvait se débarrasser. Lubéon lui désigna d'un geste de la tête Espérion qui attendait, l'épée à la main.

— Tu es prête ?

Comprenant ce qu'on attendait d'elle, la jeune femme secoua la tête avec déception.

— Désolée, je ne peux pas.

— Allez, juste une passe ou deux. Tu as peur ou quoi ?

Continuant à secouer la tête, elle jeta un œil vers son maître qui l'ignorait toujours.

— Allez, Lianne. Tu dois t'entraîner, non ?

La jeune femme sentait le fourreau de son sabre dans son dos, glacé et brûlant à la fois. Elle mourait d'envie de tirer son arme, mais recula d'un pas. Un petit attroupement d'élèves curieux commençait à se former autour d'eux. Lubéon et Espérion échangèrent un regard complice. Beaucoup de rumeurs circulaient sur l'entraînement de l'apprentie.

— Désolée.

Alors qu'elle s'apprêtait à faire demi-tour pour regagner son coin, Espérion lui barra le chemin, brandissant cette fois son épée en position haute. Réagissant instinctivement, Lianne avait dégainé sa lame avant même de s'en rendre compte.

Profitant de l'occasion, l'apprenti aux cheveux bouclés l'attaqua sans attendre. La force brute du garçon manqua de faire perdre l'équilibre à la jeune femme. Elle ne voulait pas désobéir à son maître, mais on ne lui laissait pas vraiment le choix.

L'élève agile para le coup de justesse et sauta en arrière pour mettre de la distance entre son adversaire et elle. Instinctivement, elle adopta une attitude défensive. Calmement, Lianne analysa la situation. Son adversaire utilisait une épée longue qui lui conférait une allonge bien supérieure à la sienne. Il attaqua de taille d'un coup brutal, qu'elle n'eut aucun mal à éviter en restant à une distance respectable. Elle para ainsi plusieurs coups, essayant tant qu'elle pouvait de ne pas les arrêter de front, car la force du garçon était bien trop grande et cela la fatiguait rapidement. Cependant, ses mouvements étaient plus amples et plutôt lents comparés à ceux de son maître.

Autour d'eux, le cercle de spectateurs s'était resserré. Elle entendait des commentaires fuser à droite et à gauche, mais n'aurait su dire s'ils parlaient d'elle ou d'Espérion. Tout son esprit était focalisé sur le combat.

Devant elle, le jeune homme souriait, ravi de l'attention qu'ils suscitaient. Il était toutefois un peu déçu du manque de combativité de son amie. Il s'était attendu à mieux. S'élançant une nouvelle fois, l'apprenti leva son épée pour viser la gorge. Déjà, son bras ralentissait pour s'arrêter avant d'atteindre le cou tendu de son adversaire.

Lianne sourit. Le mouvement était prévisible. Prestement, la jeune femme tourna sur elle-même et se glissa sous la lame en ramenant son bras vers elle. Avant qu'Espérion ait eu le temps de réagir, elle se colla contre lui dans un mouvement de pirouette basse. Propulsé par son élan, son sabre accourut triomphalement à la rencontre du corps transpirant de son adversaire. Le temps d'un battement de cœur, les yeux écarquillés du garçon rencontrèrent les siens.

La lame fendit les airs dans un sifflement.

***

Lianne fixa le visage blanc de son ami, puis le sang qui coulait. Les jambes de la jeune femme manquèrent de se dérober sous elle quand elle réalisa ce qu'il venait de se passer. Dans le silence qui l'entourait, l'apprentie pouvait sentir le regard noir de son maître peser sur elle. Sa main serrait la lame qu'il avait arrêtée juste à temps. Ses yeux furieux passèrent de l'Enfant au garçon qui était tombé par terre, effaré. Lâchant l'arme, il se tourna vers Espérion. Un bref examen lui apprit que celui-ci allait bien.

Aussi choquée que son ami, Lianne baissa le sabre, puis le laissa glisser au sol. Le bruit métallique attira l'attention d'Arutha, qui se retourna vers son élève. Sa voix s'éleva, froide et détachée :

— Ton apprentissage est terminé.

La sentence tomba sur elle comme une chape de plomb. Pétrifiée, la jeune femme ne réalisait pas encore ce qu'il venait de se passer. Lui avait-elle désobéi ? Oui, sans doute. Elle regardait Espérion se relever et ramasser son épée. Il la contemplait d'un air étrange. Devant lui se tenait l'assassin, plein d'une colère contenue.

— Maître… croassa-t-elle.

Le ton se fit cassant.

— Suffit. Que crois-tu que je t'apprenne ?

Lianne baissa la tête. Elle avait vu la lame de son adversaire ralentir. La jeune femme n'avait pas appris à retenir ses coups. Les siens étaient faits pour tuer. Si son maître n'avait pas été là, Espérion serait mort. L'homme se tourna vers elle. Il entoura une fine bande de tissu autour de sa main blessée sans quitter l'apprentie des yeux.

— Je n'enseignerai pas à quelqu'un qui ne sait pas obéir.

Le soldat lui tourna le dos et, sans plus se préoccuper de celle qui avait été son élève, il rejoignit le prince. Effondrée, la jeune femme le regarda s'éloigner d'un pas impassible. Profitant du mouvement de foule qui suivit le départ du Syyr noir, Lubéon dispersa les apprentis à grand renfort de mouvements de bras et de jurons. Finalement, le vide se fit autour des deux jeunes combattants.

Tandis que chacun retournait à ses occupations, le bourdonnement de la rumeur qui se propageait résonnait dans la tête de Lianne. Elle restait interdite à côté d'Espérion. Son ami s'était relevé et se massait le bras sur lequel il était tombé. Il se rapprocha de la jeune femme, gêné de ce qu'il venait de se passer.

— Euh... Désolé, Lianne. Je ne pensais pas que... Enfin, tu vois.

— C'est toi qui es désolé ?

Sa voix devint un souffle.

— J'aurais pu te tuer, Espérion.

— Ouais.

Un grand sourire fleurit sur son visage basané.

— C'était plutôt impressionnant, tu sais.

La jeune femme n'avait pas envie de rire. Elle regardait Arutha discuter comme si de rien n'était, et se révolta. Ce n'était pas juste. Elle se rua soudain vers l'homme en noir, surprenant le garçon qui se tenait à ses côtés.

Au milieu de la salle, Elio luttait pour garder l'air impassible. Les conversations s'étaient arrêtées au départ précipité de l'assassin, et ils avaient assisté, interdits, à son intervention. La catastrophe avait été évitée de justesse.

Le prince était au courant des règles que l'espion avait posées à la jeune femme, et avait tout de suite saisi ce que cela impliquait. Il cacha sa propre déception pour s'inquiéter de Lianne. Ce n'était pas de son ressort de critiquer les décisions d'un maître envers son élève, mais il ne pouvait s'empêcher d'être désolé pour elle. Elle ne lui avait pas désobéi mais avait été poussée par Espérion. Lubéon aurait également pu s'opposer au combat, mais il ne l'avait pas fait.

Le prince s'adressa d'un air absent aux Syyrs qui l'entouraient toujours :

— La réunion est terminée.

Les hommes s'éloignèrent lentement, curieux de ce qui allait suivre. Lorsque l'assassin revint vers le prince, son air sombre le dissuada de faire une remarque. Ils reprirent leur conversation là où ils l'avaient laissée le temps que l'attroupement se dissipât peu à peu.

— Maître !

Le regard froid qui l'accueillit fit frémir Lianne, mais elle tint bon. La jeune femme mit un genou à terre et leva la tête. Son cœur battait à tout rompre dans sa poitrine serrée par l'angoisse. Pourtant, les mots franchirent ses lèvres.

— Vous ne pouvez pas. Je vous en prie, réfléchissez. Laissez-moi une chance de vous prouver que je peux faire mieux, lança-t-elle hâtivement.

Seul son souffle précipité résonna dans le silence qui suivit. L'homme se tenait devant elle, l'air impassible. Intimidant. Alors qu'elle ne s'attendait plus à le voir répondre, il prit la parole.

— Très bien, déclara-t-il lentement.

Lianne, qui s'attendait à un refus, fut prise au dépourvu. Interloquée, elle patienta pour voir ce qui allait suivre. Les bras croisés, Arutha la fixait de son regard glacé.

— Surprends-moi.

Se décidant en une fraction de seconde, la jeune femme s'élança. Saisissant à toute vitesse une de ses dagues, elle visa la gorge de son maître. Une main de fer arrêta net son élan. Arutha mit l'apprentie par terre sans difficulté. Ses lèvres se froncèrent en une moue désappointée, puis le Syyr se détourna.

Tandis que l'assassin se dirigeait vers l'escalier menant à la sortie, Elio laissa à Astre la charge de remettre de l'ordre dans la salle et le suivit. Quittant l'atmosphère enfermée, l'homme se dirigea calmement vers les jardins luxuriants de l'académie. Il ne semblait pas surpris de voir le prince l'accompagner. Les deux Syyrs marchèrent en silence un moment, savourant l'air frais du dehors et l'odeur des fleurs.

Alors qu'ils passaient sous un arbre magnifique, le fils du roi parla le premier :

— Je sais que ce n'est pas mon rôle d'interférer entre un maître et son élève, mais n'as-tu pas été un peu dur avec Lianne ?

Arutha s'arrêta pour caresser une feuille du revers de la main.

— Si je ne pensais pas qu'elle allait désobéir, je ne serais déjà plus ici.

Elio ne savait comment interpréter ces paroles ambiguës. Voulait-il donc arrêter l'entraînement de la jeune femme ? Alors, pourquoi rester ? Tandis qu'il s'apprêtait à poser la question au soldat, la réponse vint d'elle-même. Ce n'était qu'un test, une manière de vérifier la motivation de son apprentie. Le prince trouva l'idée tordue, et supposa que l'assassin n'en était pas l'auteur.

— Comment as-tu surpris ton maître ? demanda-t-il habilement.

Arutha s'attendait à la question. Le prince était intelligent. Cependant, le Syyr noir doutait qu'il eût compris tout ce qui se cachait derrière l'épreuve qu'il imposait à son élève. La jeune femme avait manqué de tuer un homme aujourd'hui. Si elle continuait son apprentissage, c'était ce qui lui arriverait un jour ou l'autre, et il avait besoin qu'elle en fût consciente. Les yeux vert d'eau du fils du roi l'observaient toujours, et l'espion se décida à répondre. Après tout, il était ce qu'il était.

— J'ai tué sa femme et mutilé son fils.

Le ton détaché glaça Elio plus sûrement qu'une tempête de neige en plein cœur de l'hiver Segarien. Il déglutit, puis se reprit, cherchant à comprendre pareil geste.

— Tu aurais pu tuer les deux, hasarda-t-il.

L'assassin eut une moue désabusée face à la candeur du jeune prince.

— Ce n'était pas un geste de pitié, concéda-t-il froidement. Dans l'Empire, un enfant estropié est le pire des fardeaux. C'est son père qui a mis fin à ses jours.

Elio secoua la tête, incapable de concevoir un tel acte de sauvagerie. Pour les habitants du Royaume, la vie était sacrée, et celle de ses proches encore plus que toute autre.

— Et il a continué à t'enseigner après ça ?

La remarque agaça Arutha, car elle était le reflet de l'incompréhension du prince. Il ne savait rien de la vie des habitants vivant sous le règne de l'empereur, mais cela ne l'empêchait pas de les juger. Il traitait de barbares une nation de soldats. La force. L'endurance. La ruse. Le courage. L'audace. Autant de valeurs qui habitaient ces hommes. Ces guerriers. Sa bouche se tordit alors qu'il rétorquait :

— J'étais un très bon soldat.

Cela voulait tout dire. Mais l'homme qui lui faisait face ne comprit pas.

— Tu étais l'Enfant, répliqua-t-il.

L'assassin ne prit pas la peine de répondre. Rien ne pouvait faire s'écrouler le mur de préjugés que des siècles de propagande anti-impérialiste avaient gravé dans le crâne des habitants du Royaume. Prenant son silence pour un assentiment, le fils du roi reprit :

— Lianne ne tuera personne pour toi.

Pas encore du moins, pensa-t-il pour lui-même avant de reprendre :

— L'empereur sait qu'elle est l'Enfant, n'est-ce pas ?

Le regard fuyant du Syyr noir acquiesça à sa place, et Elio soupira. C'était ce qu'il craignait.

— Que penses-tu qu'il va arriver maintenant ?

Arutha s'adossa à un arbre plus épais que les autres, et contempla un instant le ciel azuré que le soir tombant colorait d'un bleu profond. Bientôt, les premières étoiles apparaîtraient.

— Ils savent que nous les attendons. Il y aura une autre expédition. Sans doute un groupe discret pour une opération coup-de-poing, expliqua-t-il, las.

C'étaient plus de renseignements que le prince n'en espérait. Ils pourraient préparer un comité de réception. Puisque l'espion était sorti de son mutisme, il tenta une nouvelle question :

— Nous aideras-tu ?

Seul le silence de la nuit qui s'installait lui répondit. Des bruits de pas venant vers eux leur firent lever la tête. Astre s'approchait, son air réjoui visible malgré la pénombre. Il s'inclina brièvement devant Elio.

— Mon prince, les dernières réponses viennent d'arriver. Les élus participeront également à la cérémonie en l'honneur de votre père. Nous aurons plus d'invités que nous n'osions l'espérer. C'est un très bon présage.

Elio eut un soupir de soulagement teinté d'amertume. Cela faisait au moins une bonne nouvelle à annoncer à son père. Selon la tradition, plus le nombre de personnes fêtant l'anniversaire du roi était élevé, et plus la vie de celui-ci serait longue et prospère.

— C'est une très bonne nouvelle, Astre. Le roi sera ravi de savoir que même aux confins de son Royaume, son peuple lui souhaite longue vie et santé.

Tandis que le chef de la garde saluait le prince, celui-ci en profita pour revenir à un sujet plus inquiétant :

— Arutha. Nous attaquerons le nid dans quatre semaines au plus, avant la cérémonie. D'ici là, je compte sur toi pour nous tenir au courant si les œufs venaient à éclore.

Le Syyr noir hocha gravement la tête. Dès leur naissance, les Errants étaient munis de griffes et de crocs aussi tranchants que ceux de leurs aînés, et possédaient la même aversion qu'eux envers tout ce qui portait le Don. Ce serait un désastre si l'expédition devait tomber sur une centaine de ces petits monstres hargneux.

25

Encore raté ! Dans sa chambre, Lianne se jeta sur son lit, et enfouit la tête dans son oreiller. Elle voulait s'enfoncer dans le coussin duveteux et ne jamais en ressortir. Elle avait longtemps souhaité avoir plus de temps pour elle-même, mais à présent, elle subissait sa liberté retrouvée comme un affront.

Cela faisait près de trois semaines qu'elle tentait de surprendre Arutha. La première fois, elle s'était dissimulée des heures durant dans le couloir menant à leur chambre, et l'avait attaqué, mais le Syyr noir avait aisément évité son coup avant de la projeter par terre d'un croc-en-jambe bien placé. Les tentatives suivantes s'étaient toutes soldées par des échecs plus cuisants les uns que les autres.

La jeune femme était tour à tour déçue, accablée et furieuse. Son maître avait-il donc si peu d'estime à son égard pour la jeter sans remords comme il l'avait fait ? N'avait-elle pas toujours accompli tout ce qu'il lui avait demandé, sans jamais se plaindre ? Ne lui avait-elle pas toujours obéi jusqu'à ce malheureux incident ? Il lui avait suffi d'une erreur.

Mais quelle erreur. L'angoisse la saisissait à chaque fois qu'elle repensait à cet instant, à son sabre fondant sur son adversaire, fondant pour tuer. L'apprentie se força à chasser la pensée du garçon transpercé par sa lame et gisant dans une mare de sang. Espérion allait bien.

Cependant, elle ne se faisait pas d'illusions : ce qui avait failli se produire ce jour-là n'était qu'un avant-goût de ce qui arriverait un jour si elle continuait son apprentissage.

Quand son maître le déciderait. Un frisson la parcourut lorsqu'elle se remémora la sensation de sa lame tranchant les chairs. Elle se demanda si elle avait profondément coupé la main de l'assassin, puis secoua la tête. Quelle différence cela faisait-il ? Il l'aurait punie même si sa main avait été en pierre. S'il avait pris le temps de lui expliquer, elle aurait compris pourquoi il ne voulait pas qu'elle se battît avec les autres apprentis. Et pourquoi lui avoir fait caresser l'espoir d'un pardon s'il savait la tâche impossible à accomplir ? Était-ce par cruauté ? Non, il devait la croire capable de réussir.

La jeune femme en était là de ses réflexions moroses quand Espérion et Ubio la rejoignirent dans sa chambre. Les deux garçons s'assirent de part et d'autre de leur amie et hésitèrent. L'apprenti aux cheveux blonds tripotait un morceau du drap ivoire tandis que le colosse se grattait la tête d'un air gêné. Que pouvaient-ils dire ? Ils avaient assisté à son dernier essai – désastreux –, et n'osaient lui rappeler l'humiliation encore brûlante.

— Je n'y arriverai jamais.

La voix qui sortait du coussin était étouffée et geignarde. Espérion eut un sourire contrit, et passa doucement sa main dans le dos de sa camarade.

— Ne dis pas ça.

Les deux élèves étaient attristés de la voir abandonner, et tentèrent de lui donner de nouvelles idées.

— Tu ne t'y prends peut-être pas de la bonne façon ? proposa le grand gaillard.

— Ce qu'il faut, c'est que tu le surprennes, exact ? demanda son frêle camarade. C'est un assassin professionnel. Tu n'arriveras jamais à l'approcher sans qu'il te sente venir, et il est bien plus fort que toi au sabre ou avec des dagues.

La jeune femme leva la tête de son oreiller, encourageant son camarade à continuer. L'air sérieux, celui-ci formula son idée avec soin.

— Ne cherche pas à le battre. Est-ce que tu as déjà vu Arutha surpris ? demanda-t-il, plein d'espoir. Tu pourrais réfléchir à ce qui le met mal à l'aise.

Dans le silence qui suivit, la voix d'Espérion s'éleva :

— Et puis, sinon, ce n'est peut-être pas plus mal comme ça, osa-t-il en passant ses doigts dans les longs cheveux châtains de la jeune femme.

— Qu'est-ce que tu veux dire ? demanda-t-elle en s'écartant sèchement.

Les mains ouvertes devant lui, le garçon ne savait plus s'il devait continuer ou se taire, mais il en avait déjà trop dit pour s'arrêter à présent.

— Maintenant, tu es libre de choisir un nouveau maître.

Elle se raidit, visiblement furieuse.

— Sors.

Le ton froid et le visage fermé de la jeune femme firent regretter à l'apprenti ses paroles. Doucement, il essaya de désamorcer la tension.

— Lianne, attends, implora-t-il d'une voix douce.

Mais le mal était fait. La trahison de son ami la touchait plus profondément qu'elle l'aurait cru. Ainsi, même lui se rangeait à l'avis des autres. Il ne lui faisait pas confiance. Ne comprenait-il pas qu'elle avait choisi ? C'était viscéral. Sans savoir pourquoi, elle ne pouvait renoncer au Syyr noir. Elle avait besoin de cet enseignement. Elle avait besoin de savoir. Elle avait besoin de lui…

— Dehors ! Je ne veux plus te voir, hurla la jeune femme hors d'elle.

La colère submergea Lianne par surprise.

Espérion recula devant l'obstination de sa camarade. Ne pouvait-elle réaliser comme eux le comportement de celui qui avait été son maître ? Toutes ces journées à attendre son retour, leur inquiétude en la voyant l'ombre d'elle-même après une séance plus longue que les autres remontèrent pour se déverser en un torrent de paroles amères.

— Lui non plus ne veut plus te voir ! Il t'a laissé tomber. Assume ! Pourquoi tu t'acharnes ? C'est un espion impérial. Il est mauvais, rude et méchant. Tu crois qu'on ne voit pas dans quel état tu reviens le soir ? Il te frappe, t'épuise, et tu lui dis merci !

— Arutha n'est rien de tout ça ! Tout ce qu'il fait a un but précis. Il m'endurcit, il me prépare à ce que je vais devoir faire.

— Tu parles déjà comme un soldat de l'Empire.

La remarque glaciale ne fit qu'alimenter la fureur de la jeune femme.

— C'est toi qui ne comprends rien. Arutha déteste l'Empire, je le sais.

— Comment ? Il refuse de prêter serment au roi.

Pris entre deux feux, Ubio se faisait tout petit. Il n'avait jamais vu ses amis se disputer aussi gravement. Bien qu'il partageât le point de vue d'Espérion, il comprenait la détresse de Lianne. Elle était perdue face à un destin qui les dépassait tous, et le seul qui semblait pouvoir l'aider était Arutha.

Lui seul avait vécu le même destin qu'elle. Et il avait survécu. Elle pouvait tout apprendre de lui, tant de ses échecs que de ses réussites, à condition de rester son apprentie. Car dans le cas contraire, il n'aurait plus aucune raison de demeurer ici. Et c'était ce qu'elle craignait : qu'il parte avant qu'elle puisse savoir. Qu'il parte…

La jeune femme passa devant lui en trombe, abandonnant sa chambre sous les cris irrités de son ami. Ubio jugea plus sage de ne pas la retenir, et soupira en la voyant s'éloigner par la porte qui se refermait. Le calme retomba dans la pièce où il ne restait plus que les deux garçons. Le frêle jeune homme se tourna vers celui qui s'était enfin tu après avoir déversé ce qu'il avait sur le cœur. Espérion se prit la tête entre les mains, triste et fatigué.

— Moi et ma grande gueule.

***

Arutha para le coup du chef de la garde, bloquant la lame courbe à quelques centimètres de son visage. Dans cette position délicate, il dut forcer sur son bras blessé, mais celui-ci tint bon. S'écartant brutalement, il déséquilibra son adversaire, qui se reprit de justesse et adopta une position défensive.

Les deux hommes étaient torse nu sous la chaleur des derniers jours de printemps. Ils se tournèrent autour un moment jusqu'à ce qu'Astre baissât les bras, mettant fin au combat qui durait depuis deux heures déjà. Essoufflés, ils rengainèrent leurs armes et se saluèrent d'un hochement de tête satisfait. L'épaule d'Arutha se remettait, et leurs séances se faisaient plus longues à chaque fois.

L'assassin appréciait la compagnie sobre d'Astre. C'était un homme d'action qui ne perdait pas son temps en vaines paroles. Fatigués et trempés de sueur, ils ramassèrent leurs chemises et quittèrent le couvert des arbres pour rejoindre l'académie.

Le prince les y attendait pour discuter des derniers détails de l'assaut contre les Errants. L'assassin s'était régulièrement rendu dans les territoires infestés pour surveiller le nid et ses occupants. Il devait y aller une dernière fois ce midi – lorsque les bêtes dormiraient –, et si rien n'avait changé, ils attaqueraient le lendemain.

Alors qu'ils traversaient l'étendue d'herbe verte qui menait à l'académie, les deux hommes virent Lianne s'avancer vers eux. La jeune femme s'était arrêtée dans la prairie pour guetter son maître. L'endroit avait toujours su lui éclaircir les idées. Tandis qu'elle attendait en observant le ballet des nuages, allongée dans l'herbe, elle avait ressassé le plan qui avait germé dans son esprit après la discussion qu'elle avait eue avec ses deux amis, avant que celle-ci se changeât en dispute.

Arutha avait bien plus d'expérience qu'elle dans le domaine du combat. Mais il en était un où il ne semblait pas aussi à l'aise. Là était sa chance. Elle n'avait pas dit à Espérion ce qu'elle comptait faire, et doutait de toute façon qu'il approuvât.

L'entreprise était risquée. Son cœur s'accélérait. Pourtant, elle le força à se calmer. Elle ne pouvait pas se permettre de paniquer maintenant. Elle était restée ainsi quelques minutes, à écouter le sifflement du vent répondre à celui des oiseaux jusqu'à ce qu'elle eût retrouvé son calme. L'odeur d'humus qui imprégnait l'air lui rappelait les longues heures passées en forêt avec Arutha. Cette pensée raffermit sa volonté vacillante, et elle se leva d'un mouvement déterminé lorsque son maître apparut.

L'allure assurée de la jeune femme intrigua l'assassin, qui se tint sur ses gardes. Il s'arrêta, laissant Astre s'écarter d'un pas rapide. Déjà, l'apprentie avait sorti son sabre et fondait sur le soldat. Étonné par la manœuvre sans finesse, il para le coup et recula le pied droit pour conserver son équilibre. Agacé d'avoir cédé du terrain, l'assassin repoussa avec force l'élève téméraire. Le temps qu'elle se remît en garde, il attendait de pied ferme sa prochaine attaque.

Autour d'eux, les Syyrs passaient en jetant un œil distrait aux deux belligérants. Les premières fois que Lianne avait défié son ancien maître, les curieux s'étaient massés pour assister au spectacle, mais au fil des tentatives, ils s'étaient lassés de voir la jeune femme perdre immanquablement. Cela ne devait pas être différent.

Elio retrouva le chef de la garde en train de contempler d'un air distrait le combat. L'homme tapotait du pied une touffe d'herbe plus épaisse que les autres en attendant poliment qu'Arutha ait fini ce qu'il avait à faire. Lorsqu'il vit son prince arriver, le garde s'excusa en faisant un geste vers les deux protagonistes. L'homme aux yeux émeraude eut un sourire paternaliste et amusé.

— Elle n'abandonnera pas.

Astre étouffa un bâillement et entreprit d'étirer ses bras douloureux.

— En effet, soupira-t-il. Ça peut durer longtemps.

Croisant les bras, Elio regarda Arutha parer une nouvelle attaque. L'homme en profita pour enfoncer son coude dans les côtes de son adversaire, l'envoyant au tapis. L'apprentie se remit péniblement en garde. À en juger par sa grimace, l'assassin avait tapé un peu fort. Le fils du roi étouffa un sifflement, pris de pitié pour la jeune femme.

— Laissons-leur encore cinq minutes, puis nous commencerons sans lui, décida-t-il.

De toute façon, il doutait que l'apprentie téméraire pût tenir encore bien longtemps. À côté de lui, Astre n'objecta pas.

— Comment avancent les préparatifs de la cérémonie ? demanda le prince.

— Lentement. Il y a encore beaucoup à faire. Ce n'est pas tous les jours que le roi fête ses mille ans.

Tout en discutant, les deux hommes regardaient distraitement le combat qui continuait devant eux. Lianne se tenait le côté d'une main et brandissait son sabre de l'autre. Son cœur battait à tout rompre, mais ce n'était pas tant dû à l'effort qu'elle fournissait qu'à ce qu'elle s'apprêtait à accomplir. Devant elle, Arutha semblait un bloc de glace impossible à abattre.

Le soldat était déçu. L'attaque frontale de l'élève n'aurait eu aucune chance de réussir, cela aurait dû lui être évident. De plus, elle le mettait en retard, et il avait horreur de cela. Il jeta un œil aux deux gardes qui observaient avec impatience le combat, puis reporta son attention sur la brune échevelée qui lui faisait face. Le bras fatigué de la jeune femme était légèrement descendu, créant un défaut dans sa garde.

Pressé d'en finir, l'assassin attaqua de taille en visant la gorge découverte. Son assaut fut à peine plus lent que d'habitude à cause de son bras fatigué, mais cela suffit. La douleur qui se lisait sur le visage de l'apprentie disparut soudainement. Elle esquiva aisément le coup et plongea. Arutha réalisa avec agacement qu'il avait été négligent. Il n'eut que le temps de parer le coup.

Leurs lames s'entrechoquèrent dans un bruit de fer. Leurs visages à quelques centimètres l'un de l'autre, il put voir une lueur de triomphe dans les yeux de celle qui l'immobilisait à présent. Sa main droite bloquait la lame de son adversaire. De la gauche, elle tenait fermement une de ses dagues contre le flanc de l'assassin, arrêtée de justesse par le poignard que le Syyr avait posé en bouclier.

Arutha était satisfait. Son bras ne l'avait pas trahi. Une étincelle déçue apparut dans ses pupilles saphir. Malgré un stratagème intéressant, l'attaque de son élève n'avait abouti à rien. Il était dépité. Il s'apprêtait à s'écarter lorsque Lianne s'élança. D'un geste décidé, elle embrassa les lèvres de l'homme qui lui faisait face.

D'un bond, l'assassin se recula comme s'il avait été mordu. L'expression outrée qui s'afficha l'espace d'un instant sur sa figure aurait fait sourire Lianne si elle n'avait pas été si effrayée par ce qu'elle avait osé faire. Elle se tint droite et attendit sans ciller la sentence qui ne tarderait pas à s'abattre sur elle.

Arutha était choqué, et le cachait sous un masque furieux. Son corps avait réagi instinctivement en s'écartant de la jeune femme. Il se recomposa à la hâte un visage impassible, mais le mal était fait.

Observant la scène avec amusement, le prince était heureux de ne pas avoir manqué pareil moment. Le soldat impérial se tenait droit, le visage fermé. Seul un imperceptible frissonnement de ses lèvres trahissait après coup son contentement, mais Elio doutait que quiconque à part lui l'ait remarqué. À dire vrai, il avait bien du mal à ne pas sourire lui-même devant l'air inquiet de l'apprentie.

— Qu'est-ce que tu fais encore là ? l'apostropha l'assassin. Va m'attendre dans la salle d'entraînement.

Lianne n'osait pas bouger. Était-ce fini ? À côté d'eux, elle vit Astre lever un sourcil étonné, et Elio lui faire signe de ne pas intervenir.

— Allez, file, répéta l'assassin en accompagnant ses paroles d'un geste de la main.

Réagissant enfin, l'élève s'inclina à la manière des Syyrs, et partit en courant avant que son maître changeât d'avis.

***

L'apprentie reposa la balle avec laquelle elle s'était entraînée plusieurs heures déjà. La salle d'armes s'était depuis longtemps vidée. Lianne avait vu la lumière du jour décroître au travers des larges fenêtres qui surplombaient la fosse où elle se situait. Il ne restait plus qu'elle et son ventre qui lui rappelait que l'heure du repas était depuis longtemps dépassée. La jeune femme s'inquiétait. Son maître n'arrivait pas. La réunion aurait dû se terminer il y a longtemps déjà. Ne souhaitait-il plus l'entraîner à nouveau ? Alors que Lianne guettait la porte d'entrée avec anxiété, la lumière s'alluma brusquement, révélant la haute silhouette d'un Errant devant elle. La jeune femme étouffa un cri et bondit en arrière. Elle s'apprêtait à sortir son sabre lorsque l'immobilité de l'animal la frappa. Un frisson lui parcourut l'échine. L'hologramme était comme toujours d'un réalisme saisissant. Elle quitta du regard les yeux rougeoyants, et se tourna vers son maître qui approchait.

Son air constamment sévère ne l'effrayait plus à présent. À genoux, tête baissée devant le Syyr, l'apprentie cachait mal son impatience de reprendre l'entraînement si longtemps interrompu, mais l'homme en noir ne semblait pas pressé. Son pas régulier résonnait dans la large fosse, jusqu'à s'arrêter devant la jeune femme. La nervosité s'emparait d'elle à présent. Elle attendit sans bouger. Enfin, son maître prit la parole.

— J'ai persuadé ton prince de te laisser venir avec nous demain.

Le cœur de Lianne bondit dans sa poitrine. Tous les apprentis savaient qu'une expédition était prévue, mais il était entendu qu'aucun d'entre eux ne devait y participer. Elle se demanda comment Arutha s'y était pris pour faire changer d'avis le prince. Elio devait pourtant répugner à exposer l'Enfant à un danger inutile. La voix de son maître la ramena à la réalité.

— Nous attaquerons le nid en début d'après-midi, lorsque les bêtes dormiront. Sur place, ne t'approche pas de la femelle. Tu te concentres sur les mâles.

Lianne s'était relevée et hocha la tête tandis que le Syyr marchait devant elle en continuant ses explications.

— Il y a trois coups efficaces pour tuer un Errant. Un coup de taille au niveau du cou. C'est le plus efficace. La bête est décapitée. Un coup d'estoc dans l'œil. Il faut y aller assez fort pour atteindre le cerveau. Un coup d'estoc aux articulations des jambes et du corps, là où la peau est plus tendre. Mais cela ne le tue pas toujours. Il faut atteindre un organe majeur, ce qui n'est pas toujours aisé.

L'assassin se tourna vers elle pour imprimer ses mots dans l'esprit de la jeune femme :

— Ne perds pas de temps à lui couper une patte, ta lame n'entaillerait que superficiellement sa peau. Tant que tu peux, vise la décapitation.

L'apprentie buvait les paroles de l'homme devant elle. Ce n'était rien qu'elle ne sût déjà, mais le fait que son maître prenne le temps de lui expliquer tout cela lui-même dénotait l'importance de la leçon. Et la dangerosité de la mission.

— Commence.

Le regard de la jeune femme alla de l'homme à l'hologramme qui se tenait toujours près d'eux. Elle se plaça de côté et dégaina son sabre. Après un dernier coup d'œil à son maître, elle abattit sa lame sur le cou de l'animal et le trancha net. La haute silhouette s'effondra sur le sol avant de se brouiller. L'image tressauta l'espace d'un instant, puis la bête se retrouva dans sa position de départ, debout la gueule entrouverte dans un rictus menaçant. Armant son bras, Lianne enfonça cette fois son sabre dans l'œil de braise.

Le hurlement de l'hologramme la surprit, et elle lâcha son arme qui tomba sur le sol lorsque l'image se réinitialisa une deuxième fois. La brune apprentie la ramassa honteusement, sous le regard impassible de l'assassin. Puis, elle se plaça devant la large masse et enfonça de toutes ses forces la lame jusqu'à la garde au creux d'une jambe. Le champ magnétique qui simulait la résistance de la peau noirâtre était ici beaucoup plus puissant, mais elle réussit tout de même. L'animal hurla, mais cette fois, la jeune femme tint bon. Pourtant, l'hologramme ne s'effondra pas.

Sans comprendre, elle se tourna vers Arutha, qui manipula une console discrète qu'il tenait à la main. La peau de l'Errant se fit transparente, et Lianne put voir son sabre, planté à plusieurs centimètres du cœur de la bête. Recommençant la manœuvre, elle ficha cette fois la lame à proximité du cœur sans pourtant l'atteindre. Le troisième essai fut le bon. L'animal s'écroula une nouvelle fois par terre, mais ne réapparut pas.

— Bien. Essayons en mouvement à présent.

La jeune femme n'eut pas le temps de se demander ce que son maître voulait dire par là qu'un grondement sourd répondait à sa question. Tapi dans un coin de la salle, l'Errant l'observait de ses yeux rougeoyants. Elle pouvait entendre la respiration du monstre, mais le réalisme s'arrêtait là puisque ni l'odeur ni le souffle de la bête ne lui parvenaient. Cette constatation faite, Lianne se força à calmer son cœur qui battait la chamade, et avança vers l'animal qui se mit à tourner autour d'elle. Cette fois-ci, il ne resterait pas immobile à attendre son coup. Elle raffermit sa poigne sur la garde de son arme, et s'élança. Lorsqu'elle sentit le champ magnétique se déchirer sous la pression de son sabre, elle sut qu'elle avait réussi. L'hologramme s'écrasa à ses pieds, la tête tranchée. La jeune femme n'eut pas le temps de se réjouir qu'un nouveau grondement la fit se retourner.

Elle affronta ainsi tour à tour les Errants que son maître lui envoyait. D'abord seuls, puis deux, puis trois à la fois lui tombèrent dessus de toutes parts à mesure que l'exercice progressait. Soudain, l'un des Errants qu'elle affrontait parvint à franchir sa garde. Ses griffes holographiques lacérèrent son bras et lui envoyèrent une décharge pour simuler une blessure. Les muscles engourdis, Lianne ne parvint pas à arrêter l'attaque suivante, et deux autres décharges lui percutèrent la poitrine, coupant sa respiration. Un genou à terre, elle regarda les trois silhouettes l'entourer et l'écraser de toute leur hauteur. Arutha baissa la console de commande, et les bêtes s'immobilisèrent autour de l'apprentie. Il s'approcha, lui laissant le temps de récupérer.

— Ne les laisse pas te blesser. Plus tu es touchée, et plus tu es facile à toucher.

Lianne ravala une remarque acerbe. C'était plus facile à dire qu'à faire. Comme elle se relevait, de nouveau capable de tenir debout, le Syyr réactiva les trois hologrammes qui retournèrent chacun dans un coin de l'arène.

— Recommence.

La séance reprit. Cette fois, la jeune femme ne se précipita plus au-devant des bêtes, redoutant le coup qui la mettrait à terre. À force de se protéger, les animaux l'encerclèrent sans qu'elle ne pût rien y faire. Arutha arrêta la simulation après le premier coup qu'elle reçut. Le scénario recommença, encore et encore, mais malgré l'effort de l'apprentie pour maintenir les Errants à distance, il se terminait toujours de la même façon. Agacé, son maître stoppa une fois de plus les hologrammes.

— Tu te protèges trop. Si tu restes statique, tu es une proie facile. Sois toujours en mouvement.

Au grand dam de Lianne, l'homme saisit son sabre, la laissant mains nues face aux trois monstres. Son cœur battait la chamade. Elle pouvait sentir le Don frémir en elle. Chaque parcelle de son corps frémissait avec lui. Sentant ce qui allait venir, elle concentra ses forces dans ses jambes et aiguisa sa vue comme on le lui avait appris.

— Évite leurs coups. Anticipe leurs mouvements, conseilla le Syyr noir avant de redémarrer l'exercice.

Les Errants étaient rapides. Ils l'attaquaient, et elle se dérobait, évitant de justesse les crocs et griffes qui l'éraflaient. À mesure qu'elle apprivoisait les réflexes des grands animaux, Lianne se mit à évoluer avec plus d'aisance parmi eux. Bientôt, la jeune femme et les monstres semblaient danser ensemble un étrange ballet. Quand Arutha arrêta l'exercice, elle était à bout de souffle, mais aucune des bêtes ne l'avait touchée. Satisfait, son maître lui rendit son arme.

— Maintenant que tu sais les éviter, attaque.

Le cours reprit comme à son début, mais cette fois, Lianne réussit l'exercice. Elle tua coup sur coup tous les Errants que son maître lui envoya, jusqu'à ce que celui-ci l'arrêtât à nouveau. Les membres de la jeune femme tremblaient d'épuisement, et elle manqua de faire tomber son sabre. Elle avait perdu le compte des heures, mais la nuit était déjà bien avancée. L'homme la regarda pensivement, et l'apprentie tenta de se redresser et de chasser son air fatigué.

— Que retiens-tu de l'exercice ?

Reprenant péniblement son souffle, elle se força à bien articuler sa réponse :

— Toujours bouger, ne pas se faire toucher. La meilleure défense est toujours l'attaque, récita-t-elle en inspirant profondément pour calmer son rythme cardiaque.

Arutha examina son élève. La jeune femme paraissait encore capable de s'exercer, mais il la soupçonnait de dissimuler sa fatigue pour l'impressionner. L'entraînement avait déjà été plus long que ce qu'il avait songé faire, aussi la laissa-t-il partir.

— C'est tout pour ce soir, lui annonça-t-il.

À son air soulagé, il sut qu'il avait vu juste. Elle était exténuée.

— Va te coucher, et ne sois pas en retard demain.

Lianne s'inclina et tourna les talons. Elle hésita à faire un détour par la chambre d'Astre et d'Espérion pour se réconcilier avec le garçon, mais l'heure tardive et la fatigue l'en dissuadèrent. Quelques minutes plus tard, la jeune femme se glissait entre ses draps avec un soupir de volupté.

26

La forêt se refermait sur eux, ombre oppressante les enveloppant à mesure qu'ils pénétraient dans les territoires infestés. L'atmosphère pesante se faisait sentir dans les rangs des Syyrs qui ne parlaient plus, ou qui discutaient à voix basse. Les craquements des brindilles et les respirations tendues résonnaient dans le silence de cathédrale qui régnait dans les bois inhabités.

En tête, Elio se retournait continuellement vers Saaj qui sondait le terrain avec application au-devant du petit groupe. La mine concentrée, l'homme ne quittait pas des yeux la carte invisible qui se dessinait devant lui. D'un signe de la main, il guidait le groupe vers la gauche ou vers la droite, le rapprochant immanquablement de la tache d'un noir d'encre qui indiquait le nid des Errants.

Une pression de la main de son maître sur son épaule signala à la jeune femme qu'elle devait se déplacer vers lui. Elle dissimula rapidement sa présence et suivit l'assassin qui partit vers la droite. Les Syyrs s'éloignaient les uns des autres. Ils s'étiraient selon une ligne courbe qui viendrait bientôt englober la clairière. Leur but était d'enfermer la meute afin de ne laisser aucune retraite possible aux Bestioles. Cela ne devrait pas être trop difficile, car leur instinct les poussait à protéger les œufs. Elles ne fuiraient pas.

C'était la femelle qui serait le plus gros danger. La forêt dense empêchait les gardes d'amener jusqu'au nid un laser assez puissant pour percer la carapace blindée. Il leur faudrait assaillir la bête de toutes parts pour tenter de percer les yeux ou les jointures des pattes, là où la peau était moins épaisse. Cela les obligerait à se mettre à portée des crocs et des griffes de l'immense animal.

Devant elle, Arutha s'arrêta soudain et s'allongea sur le ventre, tout de suite imité par la jeune femme. Elle rampa les quelques mètres qu'il lui restait pour rejoindre le Syyr, faisant attention à remuer le moins possible les feuilles mortes qui tapissaient le sol sec. L'odeur de fauve la frappa comme la première fois, forte et musquée, prenant à la gorge. Lianne entendit son maître siffler entre ses dents. Levant précautionneusement la tête, elle jeta un coup d'œil rapide à la clairière en bordure de laquelle ils se tenaient embusqués.

La lumière vive qui illuminait la scène l'éblouit le temps que ses yeux puissent s'accommoder. Les masses sombres des monstres endormis parsemaient la trouée au milieu de laquelle le tas gluant des œufs trônait dans un creux d'une taille impressionnante. À sa grande stupéfaction, la femelle n'était visible nulle part. C'était ce qui avait surpris l'assassin. Reprenant aussi silencieusement que possible sa place, elle se tourna vers lui pour savoir ce qu'ils devaient faire. L'homme lui fit signe de ne pas bouger.

D'ici, ils n'avaient aucun moyen de communiquer avec la tête du groupe. Saaj avait certainement déjà averti le prince de l'absence de la femelle. Si celle-ci était assez éloignée, ils attaqueraient bientôt. Sinon, ils ne se risqueraient pas à être pris à revers, et feraient demi-tour. L'attente commença. Le silence angoissant les enveloppait, et la chaleur ne tarda pas à s'abattre sur eux. Pas un seul courant d'air ne venait lever la chape de plomb qui les enserrait. Une goutte de sueur perlait sur le visage de la jeune femme, sans qu'elle osât l'essuyer. Elle la sentait glisser le long de son front jusqu'à sa tempe, agaçante et laissant en même temps un sillon délicieusement glacé.

À côté d'elle, Arutha attendait sans que la chaleur semblât l'incommoder. Ses pupilles saphir fixaient l'orée de la clairière sans ciller. Elle se demandait ce qu'avait été sa vie avant. Était-il vraiment fils de l'empereur ? Dans ce cas, pourquoi avoir abandonné l'Empire ?

La jeune femme manqua de sursauter quand Astre se glissa à côté d'elle. L'homme s'installa précautionneusement à l'écart de leur position, et Lianne tourna la tête pour le regarder. Un mouvement en périphérie de sa vision attira son attention. Des silhouettes se déplaçaient à l'autre bout de la clairière. Lentement, les gardes royaux se mirent en ligne, espacés de quelques mètres les uns des autres, et se glissèrent sans bruit jusqu'aux Bestioles endormies. Soudain, l'une d'elles releva la tête, sentant le danger. Ce fut le signal de l'attaque.

Les Syyrs se précipitèrent de toutes parts, fondant sur les formes encore assoupies qui se réveillèrent en sursaut. En un instant, lames et crocs découverts s'agitèrent dans le soleil éclatant. Arutha s'était élancé à son tour, et Lianne se précipita à sa suite. Avant qu'elle pût s'en rendre compte, elle se joignait au carnage qui faisait rage. Près d'elle, son maître tranchait de ses deux lames. Partout, les Errants s'effondraient dans des râles d'agonie. Les corps tombaient sous les coups répétés. Un sang violacé, presque noir et poisseux, sortait des plaies et se répandait sur le sol brûlé. Son odeur âcre lui emplit les narines. Les cris des hommes et des bêtes l'entouraient. Le sifflement des lames se mêlait aux hurlements de rage des Errants.

La jeune femme sortit de sa stupeur juste à temps. Elle esquiva un monstre noir qui se précipitait sur elle. L'apprentie plongea son sabre et trancha net la tête de l'Errant. Elle n'eut pas le temps de s'attarder qu'un deuxième animal s'avançait, mais déjà, il s'effondrait, transpercé sous l'épaule. Astre retira son sabre du cœur de la bête. Un flot de sang noir bouillonnant se répandit tandis qu'il faisait volte-face.

Tout en continuant d'abattre son arme sur tout ce qui l'approchait, le chef de la garde surveillait l'Enfant.

Elle semblait capable de se défendre. Il ne voyait pas son maître et chercha Arutha dans la cohue. Le Syyr ne cessait d'apparaître et de disparaître, toujours en mouvement. Lianne ne vit pas l'assassin s'approcher des œufs. L'homme posa sa main sur la masse visqueuse et annelée. Des flammes s'élevèrent rapidement, suivies des cris de douleur des Errants devenus fous. La confusion qui régnait sur le champ de bataille s'accentua soudain.

À nouveau seule, l'apprentie était aux prises avec un monstre. Elle lui faisait face. Ils se tournaient autour, s'examinaient. La petite femme était écrasée par la haute stature de l'animal, mais sa main restait ferme malgré les tremblements qui la parcouraient. Elle se força à respirer lentement. Son attention focalisée sur la bête qui la provoquait, elle ne vit que trop tard Arutha foncer sur elle.

Apparu en un éclair à ses côtés, le soldat abattit un Errant qui s'apprêtait à bondir sur son élève. Morte sur le coup, la bête manqua de peu d'embrocher de ses griffes la jeune femme. À quelques mètres de là, Astre resta interdit. Il n'avait pas vu venir l'attaque. Le premier animal profita de la distraction pour attaquer. Réagissant sur-le-champ, Lianne brandit son arme qui perça l'œil rougeoyant. Le corps imposant tomba à terre, inerte. Stupéfaite, l'apprentie tenait encore sa lame plantée dans l'énorme tête lorsque le Syyr noir l'attrapa par le bras pour la propulser vers lui.

— Reste en mouvement ! lui cria-t-il par-dessus le fracas des armes.

Suivant son propre conseil, l'homme disparut aussitôt. La jeune femme le perdit très vite de vue, et s'appliqua à obéir. Elle délaissa le sens de la vue pour se concentrer sur le Don qui faisait vibrer tout son corps. Comme à l'entraînement, elle virevoltait, évitant griffes et crocs. Tout se confondait dans une tornade de couleurs et de formes mouvantes, mais à l'inverse de la salle d'armes et de ses hologrammes, elle pouvait sentir le vent soulevé par les corps puissants qui la frôlaient. Les hurlements déçus des monstres succédaient aux claquements des mâchoires se refermant dans le vide.

Puis son sabre entra en jeu, tranchant, pénétrant les chairs noires qui s'offraient à lui. Le sang éclaboussa son visage. Chaud. Brûlant. Elle n'aurait su dire combien de temps dura le combat. Au bout d'un moment, ses coups portèrent moins souvent. Les Errants devenaient moins nombreux. Enfin, il n'y en eut plus un seul.

Ce fut la fin de l'hécatombe. Pas une chance n'avait été laissée à leurs ennemis. Aucun n'en avait réchappé. Du côté des gardes royaux, seules des blessures légères étaient à déplorer. Transpirants, couverts d'hémoglobine tachant de violet leurs uniformes blancs, les Syyrs parcouraient le champ de bataille pour achever les derniers survivants.

Sueur, chaleur, puanteur enveloppaient Lianne. Ses doigts étaient gourds d'avoir trop serré la garde de son sabre. Debout les bras ballants, elle contemplait les fumerolles qui s'élevaient au-dessus du trou qui avait abrité les œufs presque matures. Un des rares courants d'air porta jusqu'à l'apprentie l'odeur de chair brûlée, et elle réprima un haut-le-cœur. Elle se força à respirer par la bouche, ce qui eut pour effet immédiat d'atténuer son malaise.

Soudain, Saaj donna l'alerte. Il n'eut pas besoin de se répéter. Juste après, un hurlement trancha l'air, et un frisson glacé se répandit à travers les gardes. La femelle arrivait.

— On se dépêche. Brûlez les corps, ordonna Elio.

— Mon prince, si vous permettez, j'ai une autre idée.

Après avoir écouté la proposition du chef de la garde, le fils du roi hocha la tête.

— Saaj, a-t-on le temps ?

— Si on se dépêche, c'est faisable, acquiesça-t-il.

— Par où arrive-t-elle ?

Le garde indiqua le sud-est. On disposa rapidement les corps des Errants en arc de cercle autour du nid détruit en ménageant une brèche dans la direction indiquée. Les Syyrs travaillèrent vite et en silence. La tension était palpable. Une fois le piège terminé, ils se placèrent en embuscade tout autour.

Il était temps. La femelle arrivait, énorme. On l'entendit avant de la voir. Le gigantesque animal hurlait de douleur. Elle était aussi noire que la nuit, recouverte d'une peau si épaisse qu'il était impossible de la percer. La bête caparaçonnée pénétra dans le cercle de cadavres, et se pencha. Elle fouillait du nez l'amas noir qui avait été ses œufs. Ses cris devenus des gémissements résonnaient dans le silence lourd qui régnait sur le champ de bataille.

Le feu jaillit de toutes parts, embrasant les centaines de cadavres entassés. Entourée par les flammes, la femelle rugit. Sa haute taille l'empêchait de se retourner dans l'étroit corridor aménagé. Surgis de derrière, les gardes la harcelaient de leurs lames, piquant les parties plus tendres à la jointure des pattes arrière. Ils l'empêchaient de reculer. Attisée par les Syyrs maîtres des vents, la chaleur du brasier augmenta pour devenir infernale. Ceux-ci utilisaient le Don avec habileté pour créer une véritable fournaise, insupportable. Tous reculèrent de quelques pas tant l'air devenait irrespirable.

Les cris diminuèrent d'intensité jusqu'à s'éteindre. Enfin, plus rien ne bougea dans la fournaise rouge et or. Les hommes laissèrent les flammes réduire lentement en cendres les restes du massacre. La fatigue courbait leurs épaules à présent que tout était fini. Leurs visages graves étaient las, mais portaient également la satisfaction du devoir accompli.

Lianne contemplait la clairière ravagée, atterrée. Elio dirigeait les Syyrs du mouvement, qui attisaient à présent un feu à l'éclat bleuté. Les corps entassés brûlaient avec rage et crachaient vers les hommes des étincelles de colère. Le sang qui maculait le sol et couvrait les vêtements donnait une allure macabre à la scène tragique. La main qui se posa sur son bras fit sursauter la jeune femme.

— Ce n'est pas glorieux. Mais c'est utile, lui glissa son maître à l'oreille.

L'assassin la débarrassa du sabre qu'elle tenait toujours devant elle, et la prit par l'épaule.

— Viens.

Son regard croisa celui du prince, qui acquiesça silencieusement à quelques mètres de là.

— Ça suffit pour aujourd'hui.

D'une main ferme, il la conduisit loin du charnier à travers la forêt. Lorsque l'odeur infecte commença à s'estomper, l'apprentie recommença à respirer normalement. Si elle avait été plus attentive, elle aurait remarqué qu'Arutha ne l'emmenait pas vers l'académie, mais son esprit était encore trop imprégné du combat. Le Syyr la guida jusqu'à un petit lac caché au cœur des bois.

À cet endroit, la roche affleurait sous la terre, et les arbres étaient moins nombreux et plus rabougris. Une petite source coulait doucement le long des pierres pour se déverser dans une large cavité naturelle, dont le trop-plein était évacué par une anfractuosité et arrosait une étendue d'herbe verte et grasse. Avec le temps, l'eau avait poli les parois de ce qui était devenu un bassin naturel, assez grand pour que l'on pût se plonger à plusieurs dans l'eau jusqu'au torse.

Le soldat impérial posa contre un rocher ses armes ainsi que celle de son apprentie. La roche était chaude au toucher, ce qui était agréable à présent que le soleil commençait à décliner. Assise à côté, son élève respirait à pleins poumons. Le vent s'était enfin levé, et lui apportait l'odeur humide de l'herbe et de la terre en même temps qu'il dispersait la chape de plomb qui avait tant pesé sur les gardes aujourd'hui.

Le soldat ôta ses bottes et encouragea la jeune femme à faire de même. D'un geste mécanique, celle-ci enleva les chaussures souples, puis se glissa à la suite de son maître dans l'eau glacée. Arutha avait repris les lames qu'il avait auparavant posées. Il laissa ses deux sabres courts au bord du bassin, et tendit à son élève l'arme qu'elle avait portée.

Immobile, l'apprentie regardait le sang de ses mains se diluer dans le liquide transparent. Ses vêtements trempés lui collaient pesamment au corps. Les images des piles de cadavres la poursuivaient sans qu'elle pût s'y soustraire. Un carnage. Lianne frotta rageusement ses mains l'une contre l'autre, tentant de faire disparaître toute trace de la journée.

— Est-ce que c'est fini ? demanda-t-elle sans lever les yeux.

— Il y a d'autres nids, concéda l'homme. Celui-là était juste le plus proche d'Eruvia.

Il saisit les mains de la jeune femme et les referma sur le sabre qu'elle avait utilisé.

— Quand on tue, il faut nettoyer ses armes.

Il arracha une touffe d'herbe aux abords du bassin, et entreprit de frotter la lame. Le sang coagulé noircit rapidement l'éponge improvisée, et Arutha en préleva une nouvelle qu'il tendit à Lianne. L'apprentie s'en saisit, mais ne bougea pas.

— Nettoie ton sabre.

Le ton était ferme. Elle s'exécuta. Il lui tendit une autre touffe lorsque la sienne fut noire. La lame brillait à présent.

— Il faut nettoyer son corps.

L'assassin retroussa les manches maculées et versa de l'eau sur les bras de son élève. Il lui reprit l'arme le temps qu'elle effaçât toute trace de sang sur sa peau nue, puis il la lui rendit.

— Et nettoyer son esprit.

Il posa ses deux mains sur les tempes de la jeune femme, qui ferma les yeux.

— Rappelle-toi pourquoi tu as tué.

Derrière ses paupières closes, Lianne revit les silhouettes sombres qui l'avaient attaquée. La peur qu'elle avait ressentie alors. Les Errants menaçaient Eruvia, terrorisaient ses habitants. Les doigts sur sa figure étaient plus doux qu'elle l'aurait cru. Et lui, pourquoi tuait-il ?

— Inspire, et plonge ta tête dans l'eau. Reste au fond jusqu'à ce que tes poumons brûlent, puis remonte.

Docile, elle s'immergea. Dans l'eau, ses habits flottaient autour d'elle, et leur lourdeur ne se faisait plus sentir. Le poids de son sabre l'aidait à se maintenir au fond sans trop d'efforts. La lame était dure et froide dans ses paumes refermées. Le froid envahissait son corps puis sa tête bouillonnante. Malgré ses efforts, le tourbillon qui remuait son esprit continuait de s'agiter. Elle revoyait sa rencontre avec les deux monstres un soir de lune, puis ses patrouilles avec maître Edin et Arutha. Leur premier combat. Elle était tellement certaine, alors. Faire face à l'ennemi était tout ce qui lui importait. Les Errants étaient des créatures de cauchemar, dangereuses et belliqueuses. Leur devoir était de protéger la population d'Eruvia.

Avec le manque d'oxygène, ses pensées ralentirent. Avait-elle protégé Eruvia aujourd'hui ? Sans doute, puisqu'il n'y avait plus un Errant dans les environs à présent. Son sabre avait tranché les chairs de l'ennemi. Elle avait tué, mais à cela, elle s'était préparée depuis longtemps. Plus troublant, elle avait entrevu une nouvelle face de ces monstres redoutés, une que l'on n'enseignait pas à l'académie.

Ses poumons criant pour de l'air la forcèrent à refaire surface. Elle inspira goulûment, remplissant d'oxygène sa cage thoracique affamée.

— Recommence.

La jeune femme plongea à nouveau la tête sous l'eau. Le calme lui vint plus facilement cette fois, comme si son cerveau appréhendait le manque qui ne tarderait pas à le saisir.

Dans la clairière baignée par le soleil, elle avait découvert des animaux qui vivaient en meute et protégeaient leur famille. Pas un n'avait tenté de fuir le nid malgré le carnage que les Syyrs avaient fait dans leurs rangs. Le cri de douleur qu'ils avaient poussé lorsque les œufs avaient brûlé avait remué l'apprentie jusqu'au fond d'elle-même. C'étaient des parents pleurant leurs petits. Ils avaient piégé la femelle en utilisant les cadavres de la meute. Elle avait vu une mère folle de douleur devant le massacre de ses enfants. Ils l'avaient brûlée vive.

Les horreurs de la journée passaient devant ses yeux fermés. Pour protéger les leurs, ils avaient fait aux Errants pire que ce que les bêtes pourraient jamais leur faire. Quelque chose se cassa en elle lorsque la jeune femme réalisa que les gardes royaux aussi pouvaient se comporter comme des monstres.

Blanc d'un côté, noir de l'autre. Les bons et les méchants. Toutes ces notions dépendaient du point de vue avec lequel on les abordait. Finalement, le bien et le mal s'effaçaient pour se fondre dans un gris imparfait. Ce n'était que la lutte de deux espèces l'une contre l'autre. L'instinct de survie était ce qui faisait tourner le monde. Elle avait fait ce qu'il fallait pour survivre. Lianne émergea lentement, et reprit sa respiration. Avant qu'Arutha lui dise de recommencer l'exercice, elle parla :

— J'ai compris, maître.

Le Syyr leva un sourcil étonné puis, devant le calme de la jeune femme, accepta la réponse d'un hochement de tête imperceptible.

— Bien. Va te sécher alors.

Lorsqu'elle sortit de l'eau, ses vêtements firent jaillir des cascades qui arrosèrent un peu plus l'herbe grasse. La terre déjà imprégnée restait spongieuse sous ses pas. La jeune femme s'éloigna du bassin jusqu'à trouver un tapis plus sec. Le soleil bas sur l'horizon perdait de son ardeur, mais il faisait encore assez doux pour qu'elle n'eût pas froid. Avant de s'allonger sur l'herbe douce, elle s'appliqua à sécher chaque parcelle de son uniforme en utilisant le Don. Bientôt, la jeune femme était entourée d'un nuage de vapeur d'eau qui s'élevait au-dessus d'elle en panache. Elle regretta alors de ne pas avoir d'abord enlevé ses habits, car ceux-ci lui chauffaient la peau et la mettaient en sueur. Elle hésita à se replonger encore une fois dans l'eau glacée du bassin, mais se décida à ne rien en faire pour ne pas déranger son maître.

D'où elle était, elle pouvait observer l'assassin qui se baignait toujours. L'homme avait repris les sabres qu'il avait posés, et les nettoyait délicatement. Il fit courir son doigt sur la lame lavée de sang qui miroitait doucement. Le métal de ses sabres, un alliage léger et résistant fait principalement de tanitol, ne craignait pas l'eau. C'était aussi le cas du sabre de Lianne, même si le métal qui le composait était moins noble, obtenu à partir de la fusion de deux minerais et de la purification du produit qui en résultait. Cela le rendait légèrement plus lourd et moins résistant.

L'épaule du soldat semblait encore le faire souffrir, et il la sollicitait avec précaution. Le Syyr plongea sous l'eau. Lianne savait qu'il était capable de rester plusieurs minutes en apnée ; aussi n'attendit-elle pas de le voir refaire surface pour s'allonger à même le sol. La fraîcheur qui commençait à tomber l'enveloppa. Les bras derrière la tête, elle envisagea de faire un feu, mais cela aurait gâché le spectacle qui commençait à apparaître. Au-dessus d'elle, la voûte céleste se teintait d'un bleu plus foncé, et il ne serait pas long avant qu'y scintillassent les premières étoiles. Dormir dehors lui avait manqué.

La jeune femme réfléchissait. Elle avait accepté ce qu'elle avait fait aujourd'hui. Mais la survie pouvait-elle se faire à n'importe quel prix ? Jusqu'où était-elle prête à aller ? Ils ne lui avaient pas demandé de brûler vive la femelle Errant. Pas cette fois-ci. Aurait-elle pu ?

Quand Arutha sortit de l'eau, le ciel était constellé de myriades de points lumineux, et la lune s'était levée, belle et blanche mais pas tout à fait ronde ce soir. L'homme avait enlevé ses habits, qu'il sécha d'une main, bras tendu, avant de les enfiler. Il s'assit et leva les yeux vers le ciel. Une boule de poils dorés surgit de nulle part pour venir se blottir contre le flanc du soldat. Celui-ci caressa un instant le féron, puis se désintéressa de l'animal et ferma les yeux.

Lianne reconnut la position que son maître adoptait lorsqu'il souhaitait méditer. Assis sur les talons, il avait posé les mains sur ses genoux, et se tenait le dos droit. La clarté de la lune se reflétait sur les trois anneaux dorés qui ornaient son oreille droite, et les habillait d'un halo argenté. Des gouttes scintillantes perlaient de ses cheveux pour aller s'écraser sur ses épaules. Son visage était serein, comme souvent lorsqu'il réfléchissait ainsi. Elle sourit en l'observant, rêveuse, puis elle reporta son regard sur le ciel étoilé.

Les bruits de la nuit l'enveloppaient à présent. Hululements, stridulations et crissements se mêlaient à la brise qui se glissait entre les branches des arbres voisins. Quelles étaient les raisons qui poussaient Arutha à les aider ? En commençant son apprentissage avec lui, la jeune femme avait espéré comprendre un peu mieux les motivations de l'assassin. Mais elle était forcée de reconnaître que plusieurs mois plus tard, elle n'était pas plus avancée. Le soldat était l'ancien Enfant, mais cela ne faisait que renforcer son incompréhension. Était-ce par curiosité, envie, pitié, malice, ruse ou cruauté ? La palette de sentiments qu'elle octroyait successivement à son maître n'en finissait plus. Les attaques d'Espérion l'avaient d'autant plus blessée qu'en son for intérieur, elle n'était pas certaine qu'il eût tort. Elle refusait de croire qu'Arutha travaillait toujours pour l'empereur, mais l'incertitude la rongeait toujours. Elle aurait aimé que son maître se confiât à elle, mais elle savait qu'il était vain de l'espérer.

Voyant que le soldat ne s'occuperait plus de lui avant un moment, le féron se redressa et se gratta l'oreille. Il s'étira ensuite de tout son long, et lâcha un bâillement qui laissait voir deux rangées de dents aiguisées, ainsi qu'une longue langue rose. Il regarda autour de lui d'un œil ennuyé, puis se dirigea d'un pas résolu vers l'apprentie toujours allongée. Il s'arrêta, s'assit et pencha la tête. Surprise, elle n'osait pas bouger de peur de faire fuir le félin. Celui-ci, impatient, s'avança soudain, et poussa de son front le bras le plus proche. Doucement pour ne pas l'effrayer, la jeune femme ramena sa main vers la bête, et passa ses doigts dans la fourrure dorée. Elle était douce et chaude. Un ronronnement sourd sortit de la petite poitrine. Le féron s'allongea et ferma les yeux, heureux comme les animaux savaient l'être.

27

Elio se leva tard ce jour-là, comme tous les Syyrs qui avaient participé à l'assaut. Après l'éradication du nid, il avait fallu finir de brûler les corps, disperser l'amas de cendres, et s'assurer qu'aucun feu ne se déclarerait après leur départ. Les hommes étaient rentrés tard dans la nuit, sales et fourbus.

La matinée était déjà avancée. Les élèves s'entraînaient sous l'œil avisé des maîtres restés sur place tandis que les gardes émergeaient un à un d'un sommeil réparateur. Le prince sortit profiter du soleil qui brillait, et inspira à pleins poumons l'air parfumé de la prairie. À côté de lui, Astre s'étirait en étouffant un bâillement. Le soulagement était palpable, visible dans les mines réjouies des apprentis et dans les sourires satisfaits des Syyrs. Seul Lubéon semblait de mauvaise humeur lorsqu'il passa près du prince.

— Yak !

Le fils du roi sourit à l'interjection agacée.

— Qu'est-ce qu'il t'arrive ? demanda-t-il.

Le garde s'arrêta à son niveau, la mine renfrognée. Il reniflait son bras avec insistance.

— Je me suis lavé trois fois, je sens toujours la charogne cramée, s'énerva-t-il en laissant tomber son bras. Impossible de faire partir l'odeur.

Elio allait répondre quand Arutha et Lianne s'avancèrent à travers la prairie. Il examina avec intérêt l'apprentie, préoccupé par son état après le combat de la veille. Toujours d'humeur exécrable, Lubéon regarda avec dégoût l'assassin qui s'approchait.

— Y en a que l'on n'a pas vu nettoyer hier, s'insurgea-t-il.

Exaspéré par son caractère, le prince lui assena une claque sur l'épaule.

— Arrête de râler, et regarde plutôt Lianne.

Il laissa au garde le temps d'examiner l'Enfant.

— Elle a l'air en forme, tu ne trouves pas ?

— C'est vrai. Elle s'endurcit, la gamine, dut en convenir Lubéon.

Un air grave se dessina sur son visage.

— On devrait être tranquille un moment, tu ne crois pas ?

— Au moins quelques mois, acquiesça pensivement Elio.

— Ça nous laissera le temps de préparer une cérémonie digne du millième anniversaire de notre roi, relativisa le Syyr royal. Avec un peu de chance, j'aurais réussi à me débarrasser de l'odeur d'ici là, maugréa-t-il en partant.

À peine Lubéon s'était-il éloigné qu'Arutha s'avança vers le chef de la garde, seul. Lianne disparaissait déjà, visiblement contrariée. La jeune femme se rendit directement à la salle d'armes. La pièce était bondée, que ce fût sur les rambardes ou dans la fosse.

Tandis qu'elle descendait l'escalier, elle aperçut Ubio et maître Evyyt qui dissertaient assis dans un angle. La conversation semblait porter sur une carte que la maître Syyr étalait devant son élève. Celui-ci pointa du doigt un espace et ferma les yeux, en proie à une grande concentration. Lianne soupira et chercha du regard Espérion. Elle n'avait pas repensé à leur dispute depuis que les événements s'étaient précipités. Son combat avec Arutha, son entraînement puis la mission et le carnage qui s'en était suivi avaient monopolisé son esprit. Elle regrettait de s'être autant emportée. Et il devait lui en vouloir de ne pas l'avoir prévenu de ce qu'elle allait essayer. Peut-être pourrait-elle travailler avec lui aujourd'hui et lui donner des explications ?

Ses espoirs furent déçus lorsqu'elle distingua le garçon près des râteliers chargés d'armes. Il s'exerçait avec maître Yiaru. Un large cercle s'était vidé autour des combattants dont les lames tournoyaient. L'homme s'arrêta soudain, et parla à l'apprenti. Il lui saisit l'épaule et tendit son bras en modifiant l'angle d'attaque. Concentré, Espérion hocha la tête. La jeune femme haussa un sourcil étonné. Pourquoi Astre ne s'occupait-il pas de son élève ?

Elle avisa un coin isolé, et s'y rendit. Puisque son maître ne lui avait pas donné de consignes avant de l'abandonner, elle décida de travailler sur l'effacement. Cela faisait plusieurs semaines qu'elle n'avait pas pris le temps de s'entraîner, et elle redoutait le moment où Arutha lui demanderait de lui montrer les progrès qu'elle avait réalisés.

Il était difficile de se concentrer dans le brouhaha qui agitait la salle. Un concert de voix et de bruits de métal qui s'entrechoquaient résonnait sur les parois de la fosse, après quoi tout se mêlait dans une cacophonie peu supportable. La jeune femme décida de diminuer la sensibilité de ses oreilles, et dirigea son Don vers elles. Après l'avoir modelé sur un rythme très lent, elle en répartit une grande quantité autour et dans ses tympans, espérant ainsi étouffer les sons. Très vite, elle eut l'impression de plonger dans du coton. Lianne soupira d'aise et retourna à son exercice.

Le manque d'entraînement et l'agitation ambiante rendaient la tâche ardue, mais elle finit par réussir à se synchroniser avec la pièce. Ce ne fut que lorsqu'elle déplia ses jambes douloureuses d'être restées immobiles qu'elle se rendit compte du temps qui s'était écoulé depuis son arrivée. Plusieurs élèves étaient partis, et d'autres les avaient remplacés, mais dans l'ensemble, la salle s'était vidée. Elle ne voyait plus Ubio, et elle crut qu'Espérion aussi était parti jusqu'à ce qu'elle l'aperçoive assis avec Astre. Rongée par la curiosité, elle décida de mettre sa technique à l'épreuve, et s'avança doucement vers les deux hommes. Il lui fallait slalomer entre apprentis et élèves et prendre garde à ne pas renverser la multitude d'objets et d'armes qui jonchaient le sol. La salle était un vrai chantier. Elle parvint enfin près du râtelier, où elle se dissimula. Derrière toutes ces armes, les risques étaient moindres de se faire piétiner par un étourdi qu'elle n'aurait pas vu arriver.

D'où elle était, elle pouvait observer les lèvres de son ami s'animer tandis qu'il discutait avec le maître Syyr dont elle ne voyait que le dos. Pourtant, aucun son ne lui parvenait. La jeune femme se traita d'idiote à voix basse. Elle vit un garde qui passait par là tourner la tête vers la collection de sabres et de haches l'air étonné, avant de repartir en haussant les épaules.

Délicatement, pour ne pas rompre l'équilibre léger qui la maintenait invisible, elle déboucha ses oreilles. Elle dégagea tout d'abord le tour, assimilant à mesure qu'elle le libérait le Don qui y était concentré, puis elle s'attaqua au tympan. Soudain, le conduit auditif se déboucha. Le bruit qui la frappa n'était pas aussi fort que ce à quoi elle s'attendait. Elle se laissa un moment pour s'y habituer, avant de reporter son attention sur la conversation qui l'intéressait.

— Tu te reposes trop sur ta force. Il faut que tu fasses plus attention à ta balance.

Astre essuya du revers de sa manche la sueur qui le gênait. Il avait dû arriver un peu plus tôt et remplacer Yiaru.

— Je ne vais pas pouvoir rester très longtemps, mais j'aimerais que nous retravaillions le dernier mouvement que je t'ai montré. Il marqua une hésitation. Je suis désolé de ne pas être plus disponible. Ça ne devrait pas tarder à être plus facile, à présent que nous avons rasé le nid.

Une lueur d'espoir s'alluma dans les yeux d'Espérion. Lianne se pencha un peu plus pour observer l'expression du garçon. Quelque chose l'interpellait.

— As-tu appris ce que tu voulais savoir ? lui chuchota une voix à son oreille.

Elle sursauta, et Arutha posa une main sur son épaule pour l'aider à conserver le contrôle de son Don. La surprise passée, il la libéra.

— Suis-moi.

L'apprentie le suivit à travers la salle. Son maître se déplaçait sans une hésitation, comme s'il anticipait les mouvements de chacune des personnes présentes. Même sa cape, flottant dans son sillage, semblait animée d'une volonté propre et ne heurtait aucun obstacle. En quelques instants, ils rejoignirent le coin isolé où elle s'était installée tout à l'heure. Ester et Bele s'entraînaient à quelques pas de là. À voir l'air de Bele, sa partenaire lui faisait toujours payer cher sa déconvenue lors du cours de maître Lio.

L'assassin quitta son état de concentration, et la jeune femme en fit autant. Les deux élèves ouvrirent de grands yeux ronds en les voyant surgir à côté d'eux. Ils s'éloignèrent prudemment en leur jetant des regards suspicieux.

Lianne n'était pas encore habituée à la peur qu'engendrait généralement son maître, et par extension elle-même. Elle réalisa avec déception que les seuls élèves qui lui parlaient toujours étaient son petit ami, s'il l'était encore, et Ubio. La mort d'Ozalee n'avait en rien amélioré les choses. Le pincement de culpabilité qui la frappa était devenu familier à présent, et elle le repoussa profondément pour se concentrer sur son maître.

Insensible aux manifestations de crainte des étudiants, Arutha dégagea de sous sa cape une forme allongée entourée d'un tissu beige. Intriguée, elle attendit, attentive, qu'il dénouât la toile, mais le Syyr s'arrêta avant de dévoiler ce que contenait le paquet, comme s'il n'était pas certain que ce fût une bonne idée. Enfin, il extirpa de l'étoffe deux sabres courts dans leurs étuis brillants.

— Tu t'es assez bien débrouillée hier.

Il laissa planer un instant de silence pour que la jeune femme pût savourer un de ses rares compliments.

— Mais quand tu te bats, tu n'utilises jamais à fond l'allonge que ton sabre long pourrait te donner. Tu es souple et rapide. Tu te positionnes toujours plus près que nécessaire pour frapper. Du coup, tes muscles fatiguent trop vite, le poids de ton sabre te ralentit inutilement. Tu vas essayer ça.

Il lui tendit les deux armes, que Lianne saisit maladroitement. Elle les soupesa un moment, tâchant de s'y habituer. Son maître reprit la parole.

— Ton bras droit est déjà entraîné à manier un sabre. Il faudra seulement qu'il s'habitue à l'équilibre de ta nouvelle arme. C'est sur ton bras gauche que tu devras concentrer tes efforts au départ. Tu commenceras par travailler seulement ce bras-là.

Le Syyr lui reprit une des lames.

— Tu vas reprendre les quatre-vingt-dix mouvements du Heissa.

Le sabre était léger dans la main de la jeune femme. Elle entama la première figure, mais déjà, la paume d'Arutha claquait sur son bras et rectifiait sa position. Ses muscles n'étaient pas autant exercés de ce côté-ci, et ne répondaient pas aussi bien qu'à droite. Elle se fatiguait également plus vite. Elle ressentit bientôt dans la main gauche des crampes, qui se propagèrent jusqu'à son épaule. Pourtant, elle ne disait rien, savourant l'entraînement qu'elle avait cru ne plus jamais subir.

La journée passa à travailler les mouvements essentiels qu'elle connaissait déjà et qui formaient la base de toutes les techniques propres aux assassins. Après son repos forcé, Lianne bénissait presque le retour des courbatures et des bleus.

Elle fut pourtant soulagée lorsque Astre interrompit leur séance : il s'avança pour parler à Arutha, Espérion sur ses talons. Le jeune homme ne quittait plus son maître d'une semelle. Il gardait les yeux baissés, fixant le sol pour ne pas croiser le regard de Lianne, et semblait contrarié.

— Arutha, puis-je te demander un service ? sollicita poliment le chef de la garde.

L'homme haussa un sourcil, et croisa les mains dans le dos, attentif.

— Je dois m'absenter. Pourrais-tu faire travailler Espérion jusqu'à ce que je revienne ? Je voudrais qu'il progresse en finesse dans le maniement du sabre, et je crois que tu pourrais l'aider.

L'assassin regarda rapidement l'apprenti qui se tenait à quelques pas avant de reporter son regard sur le maître.

— Combien de temps ? demanda-t-il enfin.

— Peut-être une heure ou deux, guère plus. Il se fait déjà tard.

Le Syyr noir hocha finalement la tête.

— Très bien.

— Merci. À tout à l'heure. Espérion, travaille bien.

Alors qu'Astre tournait les talons pour se diriger vers le grand escalier qui menait à la sortie, Arutha s'adressa aux deux apprentis :

— Lianne, reprends l'enchaînement du début, ordonna-t-il, avant de pivoter vers le garçon qui le dévisageait d'un air mauvais. Bien, voyons ce que ton maître veut dire par manque de finesse. Attaque, lui lança-t-il.

Le jeune homme le regardait avec méfiance. Dans un soupir agacé, le Syyr noir porta une courte attaque visant à faire réagir l'élève incertain, qui para maladroitement. Vexé, il riposta sans attendre, et sa lame vint frapper celle de son adversaire.

— Prévisible.

D'un revers du poignet, Arutha se dégagea et déséquilibra son adversaire. Furieux, celui-ci attaqua violemment de taille, mais le soldat évita sans peine le coup. Sa cape noire virevoltait sans entraver les mouvements gracieux de l'assassin. Ses commentaires railleurs à chaque essai raté mettaient Espérion hors de lui.

— Grossier. Approximatif.

En face de lui, le jeune homme s'épuisait en vain. Finalement, l'homme en noir mit fin au combat.

— Arrête.

D'une frappe du plat de son sabre sur la main d'Espérion, il désarma le fougueux garçon. Furibond, celui-ci se massa la main en jetant un regard noir à son adversaire.

— Tu vas reprendre ton dernier mouvement, ordonna Arutha. Allez.

C'était une attaque d'estoc. Rageur, Espérion saisit sa lourde épée tombée à terre et s'exécuta. Les critiques fusèrent sans attendre, chacune sanctionnée par le Syyr noir d'une tape du plat de la main.

— L'épaule plus en arrière. Tourne ta main. Redresse le dos. La tête droite. La main. L'épaule... récitait-il alors qu'il tournait autour de sa victime.

Blessé dans son orgueil plus que par les tapes du maître, l'apprenti se redressa, immobile. Il voulait refuser de poursuivre l'exercice qui lui était imposé. Pourtant, lorsque l'assassin parla, il obéit.

— Continue, lui ordonna l'homme en noir.

L'exercice reprit. Cela dura longtemps. Les bras du garçon étaient en feu, sa peau le brûlait là où le maître ne cessait de le réprimander. Ses mouvements étaient devenus automatiques. S'il avait au départ passé chaque seconde à maudire le Syyr impérial, son cerveau était trop vide à présent pour penser à quoi que ce fût. Finalement, Astre réapparut accompagné du prince, et Arutha mit fin au supplice.

— Merci, Arutha, apprécia le chef de la garde.

Il contempla avec étonnement l'état de son apprenti, et réprima un sourire à la vue de son air d'animal blessé. Le ton du prince fut plus sérieux lorsqu'il s'adressa à l'assassin :

— Pouvons-nous te parler ?

Intrigué, le soldat acquiesça.

— Lianne, tu peux rentrer. Nous recommencerons demain, informa-t-il son élève.

La jeune femme qui massait son bras gauche endolori par les dernières heures de travail hocha la tête et se dirigea avec soulagement vers la sortie. Elle s'arrêta au bout de quelques mètres, attendant de voir si son ami pourrait également s'enfuir.

— Espérion, tu peux y aller aussi, le rassura Astre. À demain.

— À demain, maître. Mon Prince.

Sans un regard pour le Syyr noir, le garçon s'inclina avec raideur, et se retourna.

Une fois les deux jeunes sortis, Astre pivota vers Arutha.

— Comment trouves-tu mon élève ? interrogea-t-il, l'air de rien.

— Il y a du travail, grogna le Syyr noir. Mais il a du potentiel, s'il arrive à se maîtriser un peu.

Le chef de la garde acquiesça. Il était d'accord avec le jugement de l'assassin : Espérion était trop impulsif.

— Et comment se passe l'entraînement avec ton apprentie ? demanda-t-il, une lueur malicieuse au fond des yeux.

— Elle progresse, articula-t-il sans sourciller.

Les deux gardes échangèrent un sourire complice. La réponse était invariablement la même.

— Arutha, se lança le prince, dans un mois aura lieu une grande cérémonie.

— Je suis au courant, coupa sèchement le soldat.

— Tu n'es pas obligé d'y participer, le rassura Elio. Je comprendrais tout à fait que tu n'en aies pas envie. Mais sache que tu es invité, si tu souhaites venir.

Il s'interrompit, hésitant devant le mutisme de son interlocuteur.

— Lianne aimerait sans doute y aller, tenta-t-il. Et cela rassurerait le roi. Je sais que cela t'importe peu, se pressa-t-il d'ajouter. Cependant, si mon père est trop inquiet, il demandera que l'Enfant soit rapatrié sur Nui, et ce, malgré les risques.

— Et puis, ce peut être intéressant, même pour toi, intervint Astre. As-tu déjà vu Lubéon avec un verre de trop ?

Il crut voir un éclair amusé passer furtivement dans le regard du Syyr, mais n'aurait pu en être certain. Reprenant son sérieux, il poursuivit :

— Sincèrement, penses-y, Arutha.

Regardant tour à tour son prince et le soldat, Astre s'excusa :

— Je vous laisse. Je dois encore aller voir Edin ce soir. Bonne soirée.

— Bonne soirée, Astre, salua Elio, avant de se tourner à nouveau vers l'assassin. Arutha, je voudrais te parler d'un autre sujet, si tu le veux bien.

Prenant cette fois le silence de son interlocuteur pour un assentiment, il continua :

— Cela fait un moment que nous n'avons pas eu de nouvelles de l'Empire, expliqua-t-il. L'empereur sait que l'Enfant est ici, alors qu'attend-il ?

Devant la question, le visage du soldat se fit plus grave. Ses épaules s'affaissèrent légèrement, et il croisa les bras pour masquer son inconfort. Il observa un instant l'air concerné du prince, puis se décida à parler :

— La mort de Behru est un coup dur pour Einar. Et pour l'empereur.

Le Syyr marqua une pause avant de continuer :

— Leur espion est mort. Cela ne veut pas dire qu'il n'y en avait pas d'autres, le mit-il en garde, mais ils s'assureront cette fois de connaître l'identité de l'Enfant avant d'attaquer. Ils savent que je me trouve sur cette planète… et que je me dresserai contre eux, soupira finalement Arutha, las.

À cet instant, le prince dressa l'oreille. L'aveu était-il intentionnel ? Le soldat semblait perdu dans ses pensées. Il poursuivit :

— Mais ils n'ont pas encore compris qui j'étais.

Gentiment, Elio se rapprocha de lui et posa la main sur son épaule. À son grand soulagement, le Syyr ne réagit pas.

— Arutha n'est pas ton vrai nom, n'est-ce pas ? demanda-t-il doucement.

— J'ai plusieurs noms, concéda le soldat d'un ton las. Arutha n'est pas le plus connu, mais c'est celui que j'apprécie le plus.

Le prince était touché par la confidence. Il s'écarta pour ne pas incommoder l'homme peu habitué aux contacts humains.

— Tant qu'ils ne savent pas que tu es le premier Enfant, ils n'auront aucune idée de qui tu es, affirma-t-il.

Arutha hocha la tête, le regard perdu dans le vide.

— Jusqu'à ce qu'ils voient mon visage, ajouta-t-il sur un ton funeste.

Elio réprima un frisson et se reprit. Il ne devait pas oublier de quoi était capable l'homme qui se tenait devant lui.

— Nous avons demandé aux apprentis de tenir leur langue. À part eux, peu de Syyrs sont au courant, assura le fils du roi. Et cela restera ainsi.

— Merci.

— De rien, lâcha-t-il sur un ton plus léger. Je vais rentrer à présent. J'ai une longue journée demain. Bonne soirée, Arutha. Merci de tes conseils.

L'assassin hocha gravement la tête puis, après une hésitation, serra la main que lui tendait le prince.

***

Une fois sorti de la salle d'entraînement, Espérion se dirigea sans un mot vers les chambres de l'académie. Il marchait si vite que cela obligea Lianne à courir pour le rattraper.

— Espérion, attends. Qu'est-ce que tu as ?

Elle le saisit par le bras, mais le garçon se dégagea d'un geste brusque. Furieux, il s'arrêta pour faire face à la jeune femme.

— Tu l'as embrassé ! ragea-t-il.

— Je suis désolée...

— Lui. Tu l'as embrassé, lui !

Devant la colère de son ami, elle tenta de se justifier.

— C'était le seul moyen.

— Tu ne m'en as même pas parlé.

Le ton peiné du garçon frappa la jeune femme.

— Je suis désolée, reprit-elle dans un murmure.

Que pouvait-elle dire de plus ?

— Tu sais comment je l'ai appris ? C'est Bele qui m'a demandé le lendemain si ça m'avait dérangé.

— Espérion...

— Est-ce que tu lui as au moins demandé ? interrogea-t-il sèchement.

— Demandé quoi ?

La surprise dans sa voix acheva d'agacer l'apprenti.

— De te laisser plus de temps libre maintenant ?

— Espérion, tu sais qu'il est hors de question que je lui demande ça, implora Lianne d'un ton chagriné.

— Bien entendu, ironisa le garçon.

Il leva les yeux au ciel.

— Je ne sais pas comment tu peux le supporter ! Il est arrogant, vicieux, détestable. Que tu préfères passer plus de temps avec lui qu'avec moi, ça me sidère. Tu n'as même pas essayé de lui demander une fois. Une seule.

La colère retomba pour faire place à la tristesse dans sa voix.

— On ne se voit jamais, Lianne. Je me fiche de savoir que tu es l'Enfant. Que ton maître soit un soldat impérial, je peux vivre avec, continua-t-il en montrant d'un geste du bras la salle d'entraînement à quelques pas. Mais comment veux-tu être avec quelqu'un si tu ne passes pas un minimum de temps avec cette personne ?

Il s'arrêta. Soudain, la fureur reprit le dessus.

— Et lui ! Tu refuses de passer une heure de moins avec lui pour être avec moi.

Sa voix se brisa sur ces derniers mots. Il jeta à la jeune femme un regard qui lui fendit le cœur.

— C'est stupide, s'insurgea-t-elle, gênée de voir Espérion ainsi. Grandis un peu.

— JE suis stupide ?

Il éclata d'un rire amer. Touchée, Lianne eut du mal à contenir son irritation. C'était injuste de la part d'Espérion de lui reprocher ce qu'elle avait fait, et elle lui en voulait. Il connaissait ses raisons. Il aurait aussi dû comprendre qu'elle voulait passer plus de temps avec lui, mais que son entraînement était plus important. Elle était l'Enfant. Et s'il ne voulait pas voir les responsabilités qu'elle devait endosser, alors il ne comprendrait jamais qu'elle devait donner le meilleur d'elle-même pour progresser. Arutha savait. Il la poussait au-delà de ses limites, et elle progressait au-delà de ses espérances.

À côté d'elle, Espérion soupira, sa colère retombée à présent qu'il avait pu l'exprimer.

— Allez, viens, je te raccompagne à ta chambre, proposa-t-il enfin.

Le trajet se passa en silence. Les deux jeunes gens étaient encore sous le choc des paroles échangées. Lorsqu'ils furent arrivés devant la porte qui menait aux appartements de Lianne, Espérion se reprit un peu.

— Et si tu me laissais entrer ? tenta-t-il en se penchant vers la jeune femme.

Malgré toute son envie d'accepter la demande du garçon, Lianne ne pouvait pas céder.

— Tu sais bien qu'Arutha peut revenir à tout moment.

Le jeune homme grimaça au nom du soldat, mais ne se laissa pas démonter.

— Allez, juste cette fois. Il est avec le prince, nous avons le temps.

— Pourquoi n'irions-nous pas dans ta chambre ?

Espérion fut mis mal à l'aise par la proposition. Si Arutha avait l'habitude de rentrer tard ou à des heures imprévues, ce n'était pas le cas du chef de la garde, qui menait une vie très réglée. Le jeune garçon savait que son maître ne tarderait plus, et doutait qu'il appréciât de trouver Lianne avec son apprenti. Il se pencha pour embrasser la jeune femme, mais le baiser avait un goût amer. Il baissa la tête, déçu. Quelque chose s'était brisé.

— Tu n'as pas encore compris, n'est-ce pas ? murmura-t-il comme pour lui-même.

— Compris quoi ?

Le regard triste de son camarade répondit pour lui-même.

— Alors, c'est fini ? demanda Lianne, une épine dans le cœur tandis qu'elle posait la question.

— Ça n'a jamais vraiment commencé, remarqua Espérion.

Tristement, il s'éloigna de Lianne avant de s'en aller. Le silence frappa soudain la jeune femme, restée seule. Elle rejoignit sa chambre le cœur gros, s'adossant à la porte une fois celle-ci refermée. La tristesse l'envahit soudain. Enveloppée par l'obscurité de la pièce, elle allait se laisser glisser jusqu'au sol lorsqu'elle aperçut son maître.

Assis en face d'elle, il se tenait immobile dans sa chaise, la tête posée sur ses mains, les coudes sur ses genoux. Son regard de glace la transperçait avec application tandis qu'elle se redressait rapidement. Tout en ravalant sa tristesse, Lianne essaya de ne pas penser à ce que l'homme avait pu entendre au travers de la porte. Une minute passa, et les yeux profonds de son maître ne la quittaient pas, impossibles à déchiffrer. Enfin, il se leva, et tourna son regard vers les larges fenêtres. Le Syyr saisit les sabres qu'il avait posés sur le lit, et les passa dans son dos, puis il accrocha sa cape.

— Prépare-toi. Nous y allons.

Sans perdre de temps à demander plus de précisions, Lianne courut dans sa chambre chercher les dagues qui lui manquaient. Elle avait déjà le premier de ses sabres courts, et elle savait qu'Arutha possédait encore le second. Un frisson d'excitation parcourut son dos alors qu'elle enfilait une veste propre et attrapait un sac. Son regard tomba sur le pistolet laser que le prince lui avait confié il y avait plusieurs mois déjà. L'arme gisait à l'abandon dans un coin de la chambre, totalement oubliée. Elle devrait la rendre à Astre lorsqu'elle le pourrait, mais cela pouvait encore attendre. Bouclant son sac, elle se précipita dans la chambre où son maître l'attendait. Elle avait hâte de repartir.

***

Sa dispute avec Espérion s'était révélée plus grave qu'elle l'avait pensé. Le lendemain, le garçon s'était assis avec Ester et Bele au réfectoire, et l'avait soigneusement évitée dans les couloirs. Un mois plus tard, les deux amis se parlaient à nouveau, mais rien n'était plus comme avant. Espérion s'était mis à fréquenter Ester et Bele. Il s'éloignait d'elle et d'Ubio, laissant celui-ci dans une situation délicate. C'était un ami fidèle, qui essayait tant bien que mal de continuer à voir régulièrement Lianne, mais ce n'était pas évident.

Lianne n'avait aucun repos. Arutha l'emmenait à nouveau dehors, et lui imposait toute une série de nouveaux exercices qui la mettaient immanquablement sur les rotules. Elle parvenait malgré tout à voir ses anciens camarades de temps à autre, en général à l'heure du petit déjeuner, si elle n'était pas déjà partie aux aurores avec son maître.

Après sa réconciliation avec Espérion, Ubio et lui l'avaient bombardée de questions sur la bataille et sur le nid. Ce fut une des rares fois où les autres apprentis s'approchèrent pour l'écouter avec attention. Elle leur avait raconté les souvenirs embrouillés qu'elle avait, la confusion qui régnait dans la clairière, le bruit des crocs, des sabres, des griffes, l'odeur du sang et de la sueur. La peur et la tension omniprésente.

Depuis leur attaque, les patrouilles avaient cessé par manque d'Errants à chasser. Cependant, l'académie ne se reposait pas pour autant. Les rapports faisaient état d'une nichée située plus profondément dans les terres infestées, et qui s'étendait dramatiquement depuis l'éradication du nid le plus proche. Ce qui ne profitait plus aux Errants abattus bénéficiait à ceux qui prenaient leur place. Bientôt, ils seraient trop nombreux, et une nouvelle femelle ferait son apparition parmi les œufs. La garnison n'avait gagné que quelques mois de répit.

Au réfectoire ce jour-là, elle vit ses camarades frémir d'excitation lorsqu'elle leur narra le piège tendu à la femelle.

— Astre est quand même très fort, siffla le jeune homme aux cheveux d'ébène en lâchant la main d'Ester un instant.

Ubio hocha vigoureusement la tête pour signifier son accord. Lianne regarda les deux complices mimer la scène comme deux enfants, et avala une bouchée en contemplant les tables pleines. Un pincement de jalousie l'avait saisie quand elle avait vu Espérion se rapprocher de la brune au fort caractère, puis elle s'en était tout de suite voulu. Elle n'avait aucun droit de critiquer le comportement de son ami.

Parmi les élèves qui écoutaient la jeune femme, quelques têtes attirèrent son attention. Elle avait été surprise d'apprendre que de nouveaux apprentis avaient investi leur ancien dortoir. Espérion avait été le dernier de leur groupe à le quitter.

Lianne avait entendu Espérion inviter Ester à la cérémonie en l'honneur du roi. Elle savait que Bele, Ubio et Lullana se joindraient à eux. Tous les apprentis se réjouissaient de l'événement. Ce serait la première fois pour eux tous qu'ils verraient le roi, même si ce n'était qu'en hologramme. La prochaine fois, ce serait lorsqu'ils seraient devenus Syyrs et devraient prêter serment de servir le Royaume. En attendant, beaucoup parlaient de la tenue qu'ils mettraient pour l'occasion. Cela faisait bien longtemps qu'ils n'avaient pas eu l'autorisation de porter autre chose que l'uniforme des apprentis, et chacun y allait de ses suggestions.

Pour Lianne, l'entraînement continuait. Arutha ne semblait pas s'intéresser à la cérémonie, et la jeune femme se doutait qu'elle n'y mettrait pas les pieds. La perspective de passer la soirée à s'entraîner tandis que les autres s'amusaient ne l'enchantait guère, mais elle ne voulait pas le montrer à son maître. Elle soupira, et quitta discrètement la table.

28

Le soleil se couchait. La réception devait déjà avoir débuté maintenant. Lianne dissimula un soupir. Elle enviait ses amis qui participaient à l'événement réunissant la quasi-totalité des Syyrs de Pira.

La jeune femme comprenait que son maître n'eût pas envie d'y paraître. Même s'il était de leur côté à présent, ou au moins du sien, il était toujours un soldat impérial. Et assassin. Loin de dissiper les doutes, le fait qu'il était l'Enfant de la première prophétie avait effrayé le roi. Ils l'avaient cru mort si longtemps. N'était-ce pas pour cela que la seconde prophétie était apparue ? L'intérêt qu'il portait à Lianne inquiétait également le souverain. Elle-même se demandait parfois pourquoi le Syyr s'embêtait avec elle.

À côté, Arutha regardait la jeune femme se concentrer sur son geste, répétant sans se lasser la feinte en avant qu'il lui enseignait. Ses bras étaient encore trop tendus, mais la position semblait rentrer. Elle se servait maintenant de ses deux sabres courts avec dextérité. La sueur coulait sur le front de l'apprentie, y collant des mèches brunes. Le reste de ses longs cheveux était ramassé derrière sa nuque en une queue haute, qui balayait ses épaules au rythme des coups portés. Il ne la ménageait pas, mais elle ne se plaignait jamais. Cela l'avait étonné au début, puis il avait appris à estimer la force de caractère de sa jeune élève. Il se prenait même à apprécier les heures passées à la regarder progresser sous ses conseils.

Un imperceptible soupir abaissa la garde de Lianne tandis qu'elle jetait un rapide coup d'œil vers les fenêtres où les rayons du soleil disparaissaient. Elle enviait ses camarades. Il attendit, mais pas un son ne franchit ses lèvres délicates. Derrière elle, Arutha s'en amusa. Reprenant un air sérieux, il s'approcha de la jeune femme, détaillant sa position d'un œil critique. Pas trop mal.

— Arrête.

L'apprentie obtempéra, reposant avec soulagement son sabre devant elle. Le bruit métallique de l'arme sur le sol résonna dans la grande pièce vide. Cela faisait longtemps qu'il ne restait plus qu'eux dans la salle d'entraînement. La jeune femme essuya son front d'un revers de la main. Ses muscles brûlaient de l'effort qu'ils avaient soutenu. Debout devant son maître, elle attendit.

— Va prendre une douche.

Surprise, elle ne réagit pas tout de suite. D'habitude, l'entraînement durait tant qu'elle pouvait tenir debout. Perplexe, Lianne observa son maître faire une moue agacée. Indiquant d'un geste la grande porte, il la houspilla.

— Allez !

La jeune femme n'en demanda pas plus. Elle s'élança vers le grand escalier qui menait hors de la fosse, apercevant au passage une étincelle amusée dans les yeux de son professeur. Elle sourit. La voix sévère la rattrapa en haut des marches.

— Sois prête dans un quart d'heure.

Lianne se précipita dans la douche, et effaça en un éclair toute trace des exercices de la journée. Elle pouvait sentir ses muscles se délier sous le jet d'eau chaude. La jeune femme lava avec application ses longs cheveux mis à mal par les coiffures strictes que l'entraînement lui imposait, et finit en appliquant une crème sur ses mains devenues calleuses, maltraitées par le travail des armes. S'enroulant dans une serviette, elle saisit les affaires jetées en vrac sur le sol, et osa un rapide coup d'œil dans la chambre. Son maître n'était pas là.

Elle traversa la salle en courant, contourna rapidement le grand lit, puis se précipita dans la petite pièce qui était la sienne. Face à son maigre placard, l'excitation de pouvoir participer à la réception de ce soir retomba soudainement. Qu'allait-elle mettre ? Une robe longue aurait été appropriée pour ce genre d'occasion, mais la jeune femme n'en possédait aucune. Indécise, elle contempla un instant son armoire, remplie de tenues crème, et soupira. Alors qu'elle se retournait pour poser ses affaires, elle aperçut ce qui trônait sur son lit.

D'un blanc éclatant, longue et vaporeuse, une robe s'étalait sur les couvertures. Les manches, longues elles aussi, étaient évasées à la manière des tenues anciennes. Le dos, dégagé, était fermé par un laçage complexe aux motifs harmonieux. Osant à peine la toucher, elle la souleva délicatement. La toilette était légère et fluide. Lorsqu'elle l'enfila, elle sentit la douceur du tissu sur sa peau. L'habit lui allait parfaitement. La matière, qu'elle n'avait pu identifier, donnait à l'ensemble des reflets irisés et mouvants qui ajoutaient à la beauté de l'ensemble.

Un bruit de pas dans la chambre d'à côté la fit se presser. Arutha attendait. Séchant rapidement ses cheveux, elle les ramassa au-dessus de sa tête, laissant échapper quelques mèches savamment disposées. L'ensemble encadrait son visage tout en laissant son cou dégagé, ce qui laissait admirer les lacets de la robe. Elle enfila les délicats escarpins posés au pied du lit, et rejoignit son maître.

Le Syyr se tenait debout près de la fenêtre. Il était vêtu de son éternel habit noir qui lui donnait toujours fière allure, auquel il avait ajouté une longue cape de la même couleur, fixée sur chaque épaule à l'aide d'une broche dorée aux motifs élégants de simplicité. Lianne apprécia brièvement la manière qu'avait Arutha de modeler son costume au gré de ses envies.

Lorsqu'il se retourna, un éclair d'appréciation traversa son regard bleu intense, la couleur du saphir. Ce soir, la froideur de la pierre disparaissait de son regard. On aurait presque pu le voir sourire. À cette idée, la jeune femme baissa les yeux et rougit.

— Merci.

Les bras croisés, Arutha déclara d'un ton détaché.

— Il fallait bien que tu t'habilles.

Comme la jeune femme attendait, mise mal à l'aise par la remarque, il soupira et s'avança pour lui tendre le bras. Gentiment, il l'entraîna vers la sortie.

— Allez, viens. Ne faisons pas plus attendre ton prince.

***

La réception organisée en l'honneur du dixième centenaire du roi Saï se tenait dans la grande salle commune de l'académie, qui avait été ouverte au public pour l'occasion. C'était pour les Syyrs l'opportunité de faire découvrir leur travail et de démystifier les pouvoirs attribués aux porteurs du Don. Toute la journée, des groupes de Piriens curieux avaient déambulé dans les jardins, accompagnés par les malchanceux apprentis désignés volontaires.

Partout dans le Royaume, des fêtes semblables étaient organisées, rassemblant les habitants de centaines de mondes différents autour de leur souverain. La croyance populaire affirmait que plus les participants étaient nombreux ce jour-là, et plus la vie de leur roi serait longue, soutenue par les vœux de bonheur de tous ses sujets. Cette croyance participait sans doute à l'immense succès que la fête recevait sur chacune des quatre cent trente-trois planètes que le souverain gouvernait, car il était aimé de son peuple. Mais malgré tout, l'homme vieillissait. On n'accusait pas mille ans d'âge sans sentir le poids du temps sur son corps. Même les Syyrs avaient leurs limites.

La fête était jusqu'ici une réussite. Les allocutions du roi, puis du prince avaient été suivies par les interventions de plusieurs personnalités aux quatre coins du Royaume. Pour finir, les élus de la ville avaient pris la parole, le temps de remercier l'académie pour son travail. Depuis leur arrivée, les attaques d'Errants avaient largement diminué, jusqu'à avoir disparu le mois dernier.

Quand Arutha et son élève arrivèrent à la réception, le repas venait de se terminer. Les tables avaient été repoussées, et les danseurs s'étaient regroupés au milieu de la salle. L'orchestre qui jusque-là jouait en sourdine avait entamé des airs plus entraînants. Ceux qui ne dansaient pas s'étaient répartis en petits groupes autour de la salle, discutant un verre à la main, alors que des plateaux circulaient entre eux, proposant desserts et boissons.

Au grand désarroi de Lianne, Arutha l'abandonna à l'entrée, et lui ordonna d'aller rejoindre ses camarades tandis qu'il se plaçait dans un coin. Elle laissa son maître à regret, et partit rejoindre ses amis. Autour d'elle, les tenues crème des apprentis avaient fait place à des costumes et des robes aux couleurs chamarrées qui parsemaient le blanc omniprésent des uniformes d'apparat des gardes royaux. Celui-ci n'était pas très différent de leur habit journalier, si ce n'était la finition légèrement plus soignée, une broderie dorée sur la poitrine et, pour certains, l'ajout d'une cape élégante qui tombait sur leurs épaules. Celle du prince, enjolivée par de fines broderies assorties à celles de l'uniforme, était assez longue pour traîner légèrement au sol, comme cela se devait.

La salle était magnifique. De larges fenêtres, aussi hautes que le bâtiment lui-même, s'étalaient sur les quatre façades. Du côté des jardins, une porte faite de verre également laissait entrer et sortir le flot d'invités.

Malgré leur hauteur, les fenêtres s'ouvraient pour laisser circuler un délicieux courant d'air dans la salle, surchauffée par les centaines de corps qui s'y égaillaient. On pouvait également choisir de n'ouvrir qu'une partie du battant, ce qui laissait alors un passage de la hauteur d'un homme. Les invités avaient rapidement profité de ces ouvertures providentielles pour prendre l'air sans avoir à traverser la longue salle bondée.

Sur le côté du bâtiment, un des battants dont la fermeture avait été endommagée par des mains indélicates oscillait doucement au gré des passages et de l'air qui s'y introduisait. La bise fraîche atteignit Lianne, et elle ne put s'empêcher de frissonner sous l'agréable caresse. Abandonnant sa contemplation, elle se dirigea d'un pas décidé vers ses amis.

Promenant son regard sur la foule réunie, Elio découvrit avec étonnement Arutha qui se tenait seul et observait la scène d'un œil distant. Faisant un signe au chef de la garde qui l'accompagnait, ils se dirigèrent vers lui, traversant un groupe de jeunes élèves qui s'empressèrent de s'écarter pour les laisser passer. Avant qu'ils aient atteint l'assassin, Lubéon avait déjà surgi à ses côtés, assenant une grande claque dans le dos du Syyr, imperturbable.

— Je ne pensais plus que tu viendrais, plaisanta-t-il.

L'espion salua brièvement le garde, ainsi que les deux hommes qui les avaient rejoints. Elio inclina légèrement la tête.

— Merci d'être venu.

À dire vrai, le prince ne savait pas trop comment interpréter le comportement du soldat impérial. Son arrivée tardive lui avait fait rater l'allocution du roi, mais Elio ne pouvait pas vraiment lui en vouloir.

— Comment s'est passée la journée ?

Face au silence d'Arutha à qui la question était destinée, Lubéon vint au secours d'Elio :

— Les petits monstres commencent à me donner du fil à retordre. Heureusement que je n'ai plus à m'occuper d'Espérion, ou je serais au lit à l'heure qu'il est.

Il appuya sa dernière remarque d'un clin d'œil en direction d'Astre. Le chef de la garde eut une grimace au rappel de sa dernière séance d'entraînement avec le fougueux colosse. Il devait avoir au moins autant de bleus et de bosses que son jeune élève. Cherchant un autre sujet de conversation, Astre se tourna vers l'assassin toujours silencieux.

— Je n'ai pas encore eu l'occasion de te remercier. Je ne sais pas ce que tu as fait à Espérion la dernière fois, mais si tu veux recommencer, c'est quand tu le souhaites.

Le chef de la garde n'avait jamais vu son élève aussi studieux qu'après être passé entre les mains du Syyr noir. Il se demandait s'il traitait de la même manière son apprentie.

— Où est Lianne ? interrogea-t-il soudain.

Arutha lui répondit d'un signe de tête qui secoua ses cheveux blonds. Astre suivit la direction du mouvement vers le centre de la salle. De nombreux couples dansaient à présent sur la piste surpeuplée. À en juger par ce qu'il voyait, certains apprentis s'en tiraient plutôt bien. Il sourit à la vue de Gaal qui apprenait quelques pas à sa jeune élève. Malgré le manque de place, Lullana suivait avec grâce les mouvements de son maître. Astre aperçut ensuite Ester et Espérion, qui évoluaient en riant au milieu de la foule compacte. Ils virevoltaient en rythme, avec une énergie qui faisait plaisir à voir. Le chef de la garde fronça légèrement les sourcils en voyant Espérion jouer des coudes pour se frayer sans ménagement un chemin quand leurs pas faisaient tourner les deux jeunes gens. Il se promit d'en toucher un mot au garçon le lendemain. Enfin, Lianne était au bras d'Ubio.

Les deux apprentis tentaient de suivre la musique, assez maladroitement dut en convenir Astre. Alors qu'ils tournaient, le jeune garçon trébucha, manquant de les faire tomber tous les deux sur un couple qui passait par là. Lubéon rit.

— On ferait peut-être bien d'inscrire la danse au programme des cours.

La soirée passa. Les Syyrs royaux continuaient de discuter autour d'Arutha. Elio et Astre allaient et venaient au rythme des discussions diplomatiques que le prince se devait d'avoir. Malgré l'attitude glaciale d'Arutha, Lubéon se refusait à le quitter alors qu'il semblait si peu à sa place. Le Syyr noir n'était pas mal à l'aise à proprement parler, mais il ne semblait pas savoir comment agir dans ce genre de situation, et avait donc pris le parti de ne rien faire. Cela suffisait à Lubéon pour s'amuser à titiller le soldat guindé. Le manque d'effet flagrant de chacune de ses remarques n'empêchait pas le garde de continuer à essayer de faire sortir Arutha de ses gonds. Stoïquement, l'assassin endurait la présence du Syyr à ses côtés, et balayait l'assemblée de son regard saphir.

Elio et Astre les avaient de nouveau rejoints. Sur la piste, Lianne avait maintenant changé de cavalier et évoluait dans les bras de Bele. Le grand costaud faisait des pas immenses, obligeant la jeune femme à sauter d'une manière peu gracieuse et épuisante.

— C'est peut-être à elle qu'il faudrait apprendre à danser ? s'amusa à nouveau le garde.

Il se pencha, l'air compatissant, sur l'épaule vêtue de noir.

— Mais bon, on ne peut pas être doué en tout.

Un soupir agacé franchit les lèvres jusque-là silencieuses. Sous le regard rieur des trois autres Syyrs, Arutha se dirigea vers la piste de danse.

— Il est chatouilleux, plaisanta le garde.

— Tu exagères, Lubéon, rouspéta Astre.

— Arrête, ça t'amuse autant que moi quand il se vexe comme ça.

Le sourire en coin du chef de la garde ne le contredit pas.

Concentrée sur ses pas, Lianne ne vit pas son maître arriver. Lorsque celui-ci interrompit Bele pour réclamer son élève, elle cacha mal sa surprise. À leur arrivée, il lui avait pourtant semblé clair que le Syyr ne souhaitait pas danser. Posant sa main dans celle qu'il lui tendait, la jeune femme décida de profiter de l'expérience. Elle savait qu'elle n'était pas très bonne dans cet exercice, mais elle ne s'attendait pas vraiment à ce que lui sût danser. Se penchant à son oreille, Arutha prit les choses en main :

— C'est comme à l'entraînement. À chaque mouvement sa parade.

Tenant fermement sa taille, il avança d'un pas.

— J'attaque. Recule ton pied.

Un peu étonnée, elle obéit.

— Tu pares. Je guide, et tu réponds.

Il enchaîna sur un nouveau pas, expliquant chaque mouvement à celle qu'il menait.

— Le corps en arrière, tu te penches. Avance ta main.

Lianne s'exécuta. Elle sourit. C'était curieusement facile.

— Tourne et avance.

Sa longue cape noire ondulait doucement au rythme de leurs pas, se mêlant par à-coups au blanc de sa robe. Il lui enseigna plusieurs mouvements, puis le morceau s'arrêta. Ignorant le regard hilare des trois gardes, il demanda :

— Tu as compris ?

Alors que la musique reprenait, il lui saisit à nouveau la main. L'assassin démarra soudain, l'entraînant sur l'air mélodieux qu'avait entamé l'orchestre. Il aimait danser, mais la dernière fois qu'il avait eu à le faire remontait à si longtemps qu'il s'en souvenait à peine. Lianne buta.

— Ne réfléchis pas, lui ordonna-t-il.

Elle obéit et pivota sans effort dans les bras qui l'enserraient. Avancer, feinter, elle avait appris à le faire. Elle suivit les pas de son maître, appréciant son aisance et la beauté de ses mouvements. Il était séduisant. Son cœur s'emballe à cette pensée. La jeune femme ferma les yeux, se laissant emporter, inconsciente des murmures qui s'élevaient autour d'eux.

À plusieurs mètres de là, Lubéon se mordait la langue. Il avait bien ri en voyant Arutha saisir l'apprentie et enchaîner péniblement quelques pas. Puis ils avaient commencé à danser. Le couple virevoltait au milieu de la foule, tornade gracieuse noire et blanche. À mesure qu'ils tournoyaient, les danseurs s'écartaient, s'arrêtant pour admirer le spectacle.

Dans sa robe échancrée, la jeune femme était une magnifique réplique à la beauté sauvage de son maître. Lianne apprenait à danser à la même vitesse qui avait déjà étonné le Syyr noir à l'entraînement. Elle était douée.

Avec plaisir, il la mena dans un enchaînement de pas plus complexes qu'elle suivit sans hésiter. Autour d'eux, la piste était déserte, leur laissant à loisir la place d'évoluer. Sa partenaire avait le souffle court. Le monde autour d'elle se résumait à un tourbillon de formes et de couleurs. Elle se renversa en arrière, soutenue par les bras qui l'enveloppaient, une main contre ses reins et l'autre dans ses cheveux. L'espace d'un instant, elle se perdit dans le regard profond qui la contemplait. Il la releva lentement, attirant son corps contre le sien sans qu'elle pût résister.

La musique les enveloppait. La main sur son épaule glissa doucement vers son bras, anticipant la figure suivante. Il la mena avec délicatesse jusqu'à sa taille avant de faire pivoter la jeune femme, la plaquant contre lui. Lianne frémit, sentant son souffle dans sa nuque, la chaleur de son corps contre son dos nu. D'un mouvement savamment étudié, il la fit tournoyer, la ramenant face à lui. Ses doigts frôlèrent sa peau dans un frisson pour la guider tandis que ses lèvres se penchaient sur elle dans une énième figure.

Elle trébucha, et se rattrapa au corps musclé qui la soutenait. Le Syyr se raidit soudainement. Il s'arrêta. Son regard si profond se fit alors inexpressif, presque dur, et il s'éloigna brusquement. Avec une brève révérence, le soldat lâcha la main qu'il tenait toujours, puis tourna les talons, disparaissant dans la foule.

Seule, debout au milieu de la pièce, Lianne était perdue. Elle aperçut ses amis qui s'avançaient vers elle en jouant des coudes au milieu des couples arrêtés. Arutha s'évanouissait dans la direction opposée. Il semblait furieux. Ou bien avait-il peur ? De quoi ? D'elle ? Cette pensée l'aurait fait sourire si elle n'avait pas croisé plus tôt le regard qu'il lui avait lancé. Elle pouvait encore sentir la brûlure de ses yeux sur sa peau. Ignorant l'appel de ses amis, la jeune femme frémit, et s'élança vers la sortie, le cœur battant.

Derrière elle, la musique continuait toujours.

29

Lianne avança jusqu'à sa chambre. Après cela, elle ne savait plus où aller. Elle avait perdu Arutha avant même qu'elle sortît de la grande salle. La jeune femme l'avait vainement cherché dans les jardins, allant jusqu'à la lisière de la forêt sans toutefois oser s'y aventurer dans sa tenue légère. Soudain, elle s'était arrêtée à la vue d'une lumière brillant au premier étage du bâtiment qu'elle longeait.

La porte coulissa pour la laisser entrer. Il était là, debout, à contempler la forêt par la fenêtre. Une serviette blanche posée sur ses épaules nues essuyait les gouttes qui tombaient de ses cheveux humides, contrastant avec le noir de son pantalon. Sur le lit gisaient la cape, le haut de l'uniforme ainsi que la large bande de tissu qui le ceinturait d'ordinaire. On pouvait encore voir les traces de ses pieds nus sur le sol moelleux, allant de la salle de bains à l'endroit où il se tenait maintenant. Lianne fulminait.

— Pourquoi ?

Arutha la regarda sans ciller. Son maître saisit la serviette, et finit de sécher ses cheveux avant de la laisser tomber sur le lit. La jeune femme hésita. Avait-elle tout imaginé ?

Une pensée la frappa. Il n'y avait pas de vapeur sortant de la douche. Consciente de sa propre audace, elle avança une main jusqu'au torse nu du Syyr. Sa peau était glacée. Elle en aurait presque ri. Il avait pris une douche froide.

— Vous aviez chaud ?

Un coup de vent ébranla la fenêtre, comme pour appuyer l'ironie de ses propos. Ses yeux s'étrécirent. Qu'avait-elle manqué d'autre ? Il évita son regard. Intéressant.

— Va te coucher, Lianne, il est tard.

Oh non, elle n'allait pas laisser passer une telle occasion. Elle n'avait jamais vu Arutha troublé auparavant, et il n'était pas certain que l'occasion se représentât un jour. Puisqu'il était mal à l'aise, elle enfonça un peu plus le clou.

— C'est pour ça que vous m'avez offert cette robe ?

Elle tournoya, consciente pour la première fois de l'effet qu'elle faisait à son maître. Son cœur s'accéléra. Était-ce possible ?

— Pour me planter là-bas ?

Lianne s'arrêta devant l'homme impassible, un air de défi au visage.

— Ou vouliez-vous juste rappeler au roi qui possède l'Enfant ?

— Tu n'appartiens à personne.

Arutha contrôlait mal les grondements de sa voix. Il était furieux à présent. La jeune femme fixa le regard d'un bleu profond qui la contemplait. C'était maintenant ou jamais. Elle devait le lui dire, et elle s'entendit le faire dans un souffle.

— J'appartiens à qui je veux.

La voix sèche du Syyr la fit sursauter.

— Ne fais pas l'enfant.

Ses yeux. Dans ses pupilles saphir perçait le même agacement que dans sa voix. Et autre chose. Sans se démonter, la jeune femme répondit sur le même ton :

— Très bien.

Elle se leva sur la pointe des pieds et l'embrassa. Elle pouvait sentir sous sa main le torse puissant du Syyr, qui frémit. Il la laissa faire un court instant – un instant de trop – avant de la repousser d'une main qui se voulait ferme.

— Va-t'en.

Sa voix n'était plus qu'un murmure. Lianne se mit en colère.

— De quoi avez-vous peur ? De moi ? D'une prophétie ?

Elle s'arrêta, et prit soudain conscience de ce qu'elle avait perçu dans la profondeur de ses pupilles océan.

— De vous.

Le Syyr tiqua et se ressaisit. Elle reprit plus fort, certaine à présent.

— C'est vous-même que vous craignez.

Arutha gronda. Sa voix se fit agressive tandis que ses yeux fixaient la fenêtre.

— Tu ne sais rien de moi.

— Non ? Une lueur de défi brûlait dans les yeux de la jeune femme. Qui est Kara ?

La violence de l'assassin la surprit plus qu'elle l'aurait cru. Il la plaqua contre le mur, une main sur son bras, l'autre posée sur sa gorge. Son visage n'était plus qu'à quelques centimètres du sien. Sa haute carrure l'écrasait, mais la jeune femme ne cilla pas. Elle avait pris sa décision.

— Je n'ai pas peur.

— Tu devrais.

Le Syyr resserra un peu plus sa prise. Son expression furieuse se fit menaçante.

— Tu ne sais pas qui je suis.

Elle sourit malgré la pression qui la gênait pour respirer.

— J'en sais suffisamment.

Ses doigts glissèrent le long de la mâchoire de son maître. Elle glissa sa main sur les muscles contractés avant de se perdre dans les cheveux d'or. La jeune femme s'arrêta un instant, plongée dans la contemplation de celui qu'elle avait appris à aimer. Arutha détourna les yeux. C'était la première fois qu'il déviait son regard devant elle.

— Tu es quelqu'un de bien, Arutha. Il serait temps que tu t'en rendes compte.

L'assassin tourna péniblement la tête. Le jeu des ombres sur son visage aurait pu le rendre effrayant, mais il semblait seulement blessé. Fragile. Quelque chose se brisa en lui, et le Syyr cessa de lutter. Doucement, ses lèvres se posèrent sur celles de la jeune femme qu'il tenait toujours. Il ferma les yeux. Le parfum de sa peau enivra l'apprentie, la faisant chavirer.

Lorsqu'il se recula finalement, ce fut pour soupirer. D'une main, il saisit le menton de son apprentie, appréciant la délicatesse de ses traits. L'inquiétude saisit Lianne. Regrettait-il son geste ?

— Tu devrais aller te coucher, maintenant.

— Non.

Si elle le laissait là, demain, il serait redevenu aussi glacial que d'habitude. Arutha la repoussa doucement, déguisant subtilement une hésitation. Elle caressa encore sa joue. L'homme ferma de nouveau les yeux, juste un bref instant. Elle eut un pincement au cœur. Ne pouvait-il arrêter de lutter ?

— Tu pourrais être heureux, tu sais, si tu acceptais parfois de lâcher prise.

La jeune femme l'embrassa à nouveau. Elle le sentit faiblir, puis la repousser encore une fois.

— Va te coucher.

Le murmure à son oreille la fit frissonner. Elle capitula dans un soupir.

— Très bien.

Levant ses yeux candides vers l'homme devant elle, Lianne prit un air ennuyé.

— Peux-tu m'aider à défaire ma robe avant ?

Dans l'atmosphère sombre de la chambre, elle put voir une moue résignée apparaître sur ses lèvres si douces. Le Syyr se pencha légèrement. Ses mains posées sur sa taille glissèrent jusqu'au lacet et entreprirent doucement de défaire le ruban. Elle pouvait sentir les doigts tâtonner pour trouver le nœud savant qui retenait le tout. Ils détendirent ensuite délicatement le lien, qui glissa sur sa peau douce et lui arracha un frisson.

La jeune femme se blottit contre son torse, suivant de son doigt le tracé de ses pectoraux. Elle y déposa un baiser, puis un autre à la base de son cou. Le lacet était depuis longtemps défait. Pourtant, les mains ne la quittaient pas, se faisant un peu plus pressantes à chaque fois que ses lèvres se posaient sur sa peau. Elle caressa lentement son dos. Un soupir parcourut le Syyr, qui la serra plus fort, embrassant à son tour l'épaule nue qui s'offrait à lui. Elle sut qu'elle avait gagné lorsqu'il s'abandonna dans ses bras.

30

Arutha regardait la jeune femme dormir paisiblement dans la lumière du petit matin. Les draps défaits laissaient deviner le galbe de ses hanches. Il ne put s'empêcher d'en suivre la courbe du bout des doigts. Sa robe gisait par terre, défaite, à côté des affaires qu'il avait balayées d'un geste pendant la nuit. Il leva la tête au souvenir de celle-ci. Il ne revenait toujours pas de la manière dont ce petit bout de femme l'avait manipulé, poussé à bout. Il retiendrait la leçon. Elle était bien plus adroite qu'il ne l'aurait cru. Cela lui plaisait encore plus. Quelle ironie, alors que ce moment de faiblesse pouvait la tuer.

La peur se mêlait au sentiment de plénitude qu'il ressentait. Avait-il fait le bon choix ?

Lianne ouvrit les yeux.

— Bonjour.

La voix grave du Syyr était douce et tranquille. La jeune femme effleura ses lèvres, encore étonnée de celui qu'elle avait découvert cette nuit.

— Bonjour. Je me demandais si tu serais encore là.

Il posa un baiser sur son front délicat. Elle soupira doucement, se laissant bercer par sa présence rassurante. Ils restèrent ainsi un moment, allongés sur le dos, à se remplir de la présence de l'autre puis, se penchant sur son oreille, son maître murmura :

— Jure-moi que tu ne mourras pas.

La jeune femme fut émue par le ton de sa voix.

— Elle est morte, n'est-ce pas, Kara ? demanda-t-elle doucement.

Ce nom, qu'il avait prononcé dans son sommeil lorsqu'il avait été empoisonné par l'épineux, sembla ranimer des souvenirs.

Il hocha imperceptiblement la tête.

— Tu l'aimais ?

La réponse était évidente. Elle se reprit.

— Comment... est-ce arrivé ? osa-t-elle timidement.

Le regard d'Arutha se perdit au loin tandis que sa voix s'emplissait d'une infinie tristesse.

— Je l'ai tuée.

Lianne sursauta.

— Pourquoi ?

Il s'écarta légèrement, blessé par la réaction de la jeune femme, mais ne répondit pas. Il ne lui disait pas tout, elle le savait. Enfin, c'était déjà beaucoup plus que ce à quoi elle s'attendait. Le Syyr se retourna vers la jeune femme :

— Jure-le-moi.

Elle se pencha sur lui.

— C'est promis. Je ne mourrai pas avant d'être vieille et ridée, jura-t-elle en riant. Mais toi, ne me laisse pas, demanda-t-elle en retour, l'air soudain grave.

Il arbora un de ses rares sourires, beau et doux à la fois. C'était un spectacle dont elle ne se lassait pas. Quel dommage qu'il n'apparaisse plus souvent.

— C'est d'accord.

Se levant brusquement, Arutha tira les draps.

— Allez, c'est l'heure de se lever.

Lianne l'empêcha de partir, et l'attrapa en riant.

— Pour quoi faire ?

Il se pencha vers elle, et la jeune femme crut qu'il allait l'embrasser, mais le Syyr s'arrêta, à nouveau sérieux.

— Ton entraînement.

L'apprentie se renversa dans le lit en poussant un soupir tandis que son maître partait sous la douche. Elle rit doucement. Pensait-elle vraiment avoir un jour de repos ? À pas de loup, elle partit le rejoindre dans la salle de bains.

***

Lorsque le couple entra dans le réfectoire, celui-ci était déjà plein. Le prince et quelques Syyrs déjeunaient tranquillement à leur table, tandis que les étudiants discutaient avec animation autour d'eux.

Les yeux encore embués de fatigue, Ubio n'aperçut pas tout de suite Lianne, qui se dirigea vers eux. Espérion le poussa d'un coup de coude pour faire une place à la jeune femme, manquant de renverser au passage le bol qui traînait sur la table. Lui aussi aurait bien dormi davantage. Les garçons jetèrent un coup d'œil anxieux au maître Syyr qui traversait la salle pour s'asseoir à la table du prince.

— Il n'a pas l'air trop en colère ?

— Non, ça va.

Lianne attrapa un bol de flocons avec un grand verre d'eau. Puis comme elle avait faim, elle ajouta une tranche du pain délicieusement moelleux que savaient faire les cuisiniers de l'académie. La jeune femme s'empressa alors de combler son estomac gargouillant. Ses deux amis la regardèrent manger quelques minutes, eux ayant déjà fini, puis Espérion n'y tint plus :

— Allez, raconte ! Qu'est-ce qui s'est passé ?

D'un geste, Lianne indiqua sa bouche pleine qui l'empêchait de s'exprimer. Le garçon aux cheveux d'ébène leva les yeux au ciel.

— Allez, dis-nous. Qu'est-ce que tu lui as fait pour qu'il parte comme ça ? Tu lui as marché sur les pieds ?

Ubio posa sa tête dans ses mains, contemplant d'un air malicieux l'apprentie qui engloutissait à présent son pain.

— Je suis sûr qu'elle l'a dragué.

Lianne manqua de s'étrangler, et but une gorgée d'eau. Elle était encore en train de chercher comment répondre quand Espérion la devança, éclatant d'un rire franc et communicatif :

— J'imagine bien sa tête.

Les deux garçons s'esclaffèrent, tandis que Lianne s'efforçait de rester impassible. Elle ne voulait pas mentir à ses amis, mais elle ne savait pas ce qu'Arutha avait prévu de dire sur ce qu'il s'était passé entre eux hier soir. Du coup, elle ne savait pas comment réagir, et elle n'osait pas tourner la tête vers la table des maîtres. Mal à l'aise, elle replongea la tête dans son bol de céréales en espérant que ce sujet de conversation s'épuiserait vite. Sinon, le repas risquait d'être long.

***

Le prince avait observé le maître et son élève entrer dans le réfectoire, se demandant ce qui avait changé depuis hier. Un détail le chiffonnait, mais il n'arrivait pas à mettre le doigt dessus. Il avait remarqué un geste quand Arutha s'était penché à l'oreille de la jeune femme pour lui murmurer quelque chose. N'avait-elle pas légèrement laissé traîner sa main sur le bras de son maître avant de s'installer à la table de ses camarades ?

Le Syyr les avait rejoints, s'asseyant près d'Elio sans toutefois trop s'approcher. Il prit au centre de la table un petit déjeuner plutôt simple, mais ne commença pas tout de suite à manger. Son comportement titilla le prince. Voulait-il discuter ? Silencieux, l'assassin jouait avec la sphère orange à la peau granuleuse qu'il tenait dans sa main. Son regard passa nerveusement de la jeune apprentie à Elio, avant de retourner sur le fruit qu'il tenait toujours. Il entreprit de le faire tourner sur la table comme une toupie, ignorant les regards interloqués que lui lançaient les gardes royaux attablés. Habitués à voir passer Arutha sans que le Syyr s'assît jamais avec eux, ces derniers étaient plutôt mal à l'aise. Certains ne tardèrent pas à quitter la table, prétextant un travail ou un rendez-vous.

Le fils du roi attendit. Lorsqu'il ne resta plus que le chef de la garde entre eux, Elio décida qu'il avait suffisamment patienté, et quand Arutha regarda à nouveau en direction de sa jeune élève, il commença :

— C'est une très jolie jeune femme.

Le Syyr se raidit sur son siège, mais garda les yeux fixés sur le fruit à présent immobile. Il s'exprima à contrecœur :

— Si vous souhaitez que quelqu'un d'autre s'occupe d'elle, je comprendrai.

Elio apprécia les qualités orales de l'homme assis en face de lui. En quelques mots, il avait confirmé ses doutes sans admettre quoi que ce fût. De plus, il le laissait juger de la situation et acceptait implicitement de s'en remettre à sa décision. Le prince se doutait qu'il n'était pas facile pour l'espion de s'asseoir ainsi sur sa fierté. Il apprécia d'autant plus le geste, mais n'en laissa rien paraître.

— Et qui proposerais-tu ?

La mâchoire serrée, il lui en coûta de répondre. Pourtant, aucune hésitation ne perça dans sa voix. Il avait vraiment décidé de se plier au protocole. Cette fois-ci.

— Astre. Ou Lubéon.

— Humm. Astre a Espérion, ce qui est déjà beaucoup pour un seul homme. Et Lubéon ne souhaite pas encore être maître.

Le regard sombre de l'espion ne quittait pas la table. Cela lui coûtait de demander quoi que ce fût au prince.

— Vous pourriez le convaincre.

Elio pencha la tête sur le côté. Arutha tenait vraiment à la jeune femme. Il détailla le visage fermé qui ne l'avait pas une fois regardé depuis le début de la conversation.

— Je pourrais. Lubéon serait sans doute un bon maître, même s'il ne le sait pas encore.

Il marqua une pause, amusé de voir le poing du Syyr se serrer sur la table. Il ne voulait pas laisser son élève à un autre, mais se plierait à sa décision. Doucement, le prince reprit :

— Mais je ne pense pas qu'il serait aussi bon que toi dans ce cas.

Pour une fois, l'assassin le regarda, surpris. Le soldat se recomposa rapidement une expression neutre. Elio soupira.

— Cela nuira-t-il à son entraînement ?

L'air outré du Syyr le fit sourire.

— Non, je ne le pense pas non plus. Alors, il n'y a pas de raison pour que Lianne change de maître.

Arutha se leva, et le soulagement se lut sur son visage l'espace d'une seconde.

— Merci.

Il était sincère. L'assassin tourna les talons, et s'en alla. Il n'avait pas touché à la nourriture. Elio était perplexe. Pour que le soldat prenne sur lui et lui demande l'autorisation d'enseigner à la jeune femme, il devait vraiment tenir à elle. Et cela soulevait de nouvelles questions. En regardant partir Arutha, suivi par son apprentie, le prince se demanda si elle était pleinement consciente des sentiments de son maître à son égard. Et de tout ce que cela impliquait.

Un bref coup d'œil au reste de la salle lui confirma que personne ne se doutait encore de rien. Cela lui simplifierait les choses. Il décida pour l'instant de taire les dernières évolutions de la situation à son père. Il ne savait que trop bien ce que celui-ci lui ordonnerait s'il venait à découvrir qu'un soldat couchait maintenant avec l'Enfant qui devait sauver le Royaume.

***

Le soleil rayonnait déjà fort quand Arutha et Lianne rejoignirent la forêt. Le féron sautait de joie tout autour de l'élève, heureux de la voir.

— Arrête ! lui ordonna-t-elle, en vain.

L'animal sauta si près d'elle qu'elle manqua de trébucher. Agacé, Arutha le rappela à ses côtés. Le petit félin obéit et vint se ranger au pied de son maître, puis il n'en bougea plus. La jeune femme était étonnée par le contrôle que le Syyr exerçait sur le féron, et elle oublia un moment ses préoccupations.

— Comment fais-tu pour qu'il t'obéisse ? demanda-t-elle avec curiosité.

L'homme écarta une branche et continua d'avancer.

— Hairi n'est pas un animal domestique, expliqua-t-il. Il obéit parce qu'il le veut bien.

— Tu n'utilises pas le Don ?

Il s'arrêta le temps qu'elle le rejoignît.

— Il est possible d'influencer le comportement d'un animal avec le Don. Cependant, plus l'esprit est complexe, et plus la tâche est difficile. Hairi est un esprit très complexe. Et je n'ai jamais eu besoin d'essayer de le contrôler, termina le Syyr.

— Alors, pourquoi te suit-il ?

— Parce qu'il en a envie, répondit l'assassin en haussant les épaules. Je crois que depuis que je le connais, il ne m'a jamais quitté.

Lianne fut amusée par l'impossibilité de la chose. Était-ce une trace d'humour chez son maître ? Le sourire énigmatique d'Arutha la fit tiquer, et elle regarda avec suspicion l'animal sans rien trouver qui sortît de l'ordinaire. Ils étaient arrivés dans une petite clairière. Le Syyr noir se retourna pour contempler son élève. Elle frissonna lorsqu'il la détailla de haut en bas comme pour l'évaluer.

— Tu as montré que tu savais utiliser l'effacement. C'est une technique très efficace, mais dans certaines circonstances, l'utiliser devient parfois impossible. Peux-tu trouver un exemple ?

La jeune femme sourit au ton sérieux de son maître. Elle avait vite compris que leur relation n'adoucirait en rien ses séances d'entraînement. Elle n'avait pas eu droit à un baiser depuis le matin. Elle se concentra sur la question qu'il lui avait posée.

— La pluie. Lorsque nous avons visité le nid la première fois, la pluie est tombée, et il était impossible de maintenir l'effacement. Les Errants nous ont poursuivis, et tu nous as cachés… dissimulés, se reprit-elle en se rappelant le terme que son maître avait employé.

Arutha acquiesça.

— La dissimulation est la prochaine technique que nous allons voir. Comment imiter un objet ou un être inanimé. Mais avant cela, je veux que tu travailles sur tes sens.

— Mes sens ?

— C'est un exercice qui devrait te servir à la fois dans ta maîtrise du Don et dans celle du combat.

Le Syyr se laissa aller à passer une main dans les cheveux châtains de son élève.

— Et qui t'apprendra à rester immobile un certain temps… Assieds-toi, et mets ça.

Il lui tendit des bracelets de force. Lianne hésita un moment. Comment pouvait-elle travailler le Don si elle ne pouvait l'utiliser ? Renonçant à comprendre, elle obtempéra. Les aiguilles du premier bracelet s'enfoncèrent dans sa chair, et un frémissement la parcourut. Elle pouvait sentir son Don affluer vers la pointe empoisonnée. Arutha s'agenouilla auprès d'elle, et saisit le second bracelet. Délicatement, il mit celui-ci en place sur le poignet de la jeune femme. Elle sourit. Était-ce parce qu'ils étaient seuls qu'elle avait droit à cette marque d'affection ? Non pas qu'elle s'en plaignît. Debout, son maître avait déjà repris tout son sérieux.

— Installe-toi confortablement, lui ordonna-t-il. Ne bouge pas avant que je te le demande.

Comme elle obtempérait, il continua :

— À présent, ferme les yeux. Oublie tout ce qui se passe autour de toi.

Elle n'aurait su dire combien de temps elle attendit ainsi, essayant en vain de se fermer au monde extérieur. Chaque bruissement de feuille, chaque pépiement d'oiseau la ramenait immanquablement à la douloureuse réalité. À force d'attendre, son corps entier lui faisait mal. Ses muscles engourdis par l'immobilité n'étaient que fourmis et crampes. Elle sursauta quand Arutha se pencha vers elle pour lui murmurer à l'oreille :

— Fais le vide. Cela t'aidera.

Lianne maugréa tout bas, ce qui lui valut une tape sur la tête.

— Concentre-toi, lui rappela-t-il.

Elle réprima un soupir agacé, et tenta à nouveau de se calmer. Elle canalisa toute son attention sur une pièce vide. Au départ, des objets apparaissaient dans la pièce, des personnes y passaient au fil de ses pensées. Puis petit à petit, il n'y eut plus que les quatre cloisons blanches. Quand enfin elle s'en sentit assez forte, elle rassembla ses forces, et d'un coup, elle fit tomber les murs. Inspirant doucement, elle contempla le vide.

— Je veux que tu te concentres sur le toucher. Seulement lui. Décris-moi ce que tu sens, murmura le Syyr à son oreille.

Doucement, le vide se mit à palpiter autour d'elle.

— Je sens le sol sous moi, commença l'apprentie. Il est chaud, vivant. Et l'herbe. Douce. Mes sabres dans mon dos, durs et froids. Mes dagues dans le creux de mes reins.

Lianne grimaça et se reprit avant que son maître la réprimandât :

— Mes vêtements, tièdes et souples. Ils pèsent. Ils bougent quand je respire. Je sens la brise sur ma peau. Elle frissonne. Elle... démange. Elle... un moustique !

La jeune femme ouvrit brusquement les yeux, et écrasa l'insecte posé sur sa main. D'un regard embarrassé, elle guetta son maître. Arutha s'assit en face d'elle avec résignation. Cela allait prendre du temps.

— On recommence, dit-il, laconique.

Lorsque Lianne eut fini de lui décrire une nouvelle fois ce qu'elle touchait, Arutha prit la parole :

— Bien. À présent, je veux que tu te concentres sur ton odorat. Décris-moi ce que tu sens.

— Je sens l'odeur de la terre et de l'herbe, l'odeur chargée du bois, commença la jeune femme. C'est un mélange d'humus et de feuilles en décomposition.

Lianne s'arrêta un instant pour identifier l'odeur qui parvenait à ses narines.

— Je sens Hairi, reprit-elle. Sa fourrure et... son haleine ? continua-t-elle en fronçant le nez. Ce n'est pas très agréable. Je sens... toi ? Ta peau.

L'apprentie ne put dissimuler sa surprise de se voir capable de percevoir une fragrance aussi ténue.

— Elle sent...

— Ça suffit.

La brusque interruption de son maître fit sursauter Lianne, qui ouvrit les yeux. Arutha était embarrassé.

— C'est tout pour aujourd'hui, rattrapa-t-il maladroitement. Nous reprendrons cet exercice demain. Tu peux te lever.

Lianne sourit à la légère gaucherie de son maître, et obéit avec grâce. Elle déplia avec soin ses jambes ankylosées. Elle attendit plusieurs minutes le retour des sensations dans ses membres avant de se mettre debout. Chancelante, elle se rattrapa à Arutha, et inspira doucement. L'odeur de sa peau l'atteignit encore une fois. Elle sentait le soleil, comme dans son souvenir.

Les yeux saphir de l'assassin la contemplaient avec suspicion tandis qu'il essayait d'évaluer l'état de son élève. Cela ne dura que quelques secondes, puis il l'écarta d'un bras, et de l'autre, il lui tendit ses armes. Avant de les saisir, elle fit mine de retirer les entraves à ses poignets.

— Non, lui ordonna le soldat.

Elle avait remarqué qu'il essayait de ne plus lui donner d'ordres, mais ce n'était pas évident.

— J'aimerais que tu les gardes jusqu'à ce que tu maîtrises cet exercice, se reprit-il.

— Combien de temps ? demanda-t-elle en grattant le métal peu confortable.

— Le temps que cela prendra.

Il se rendit compte du ton autoritaire de sa voix, et s'en irrita. C'était décidément plus difficile que dans son souvenir. La lueur d'agacement qui passa dans les yeux d'Arutha amusa Lianne, mais elle ne rit pas longtemps.

Le Syyr noir enfila à son tour une paire de bracelets de force, puis chargea la jeune femme encore branlante sur ses jambes en coton. Il frappait sans ménagement, mais son apprentie s'était habituée aux attaques de son maître. Elle para le premier coup, et bondit en avant en une riposte rapide que l'assassin dévia à son tour. Les deux adversaires s'écartèrent et tournèrent l'un autour de l'autre. Lianne savait qu'Arutha lui laissait délibérément le temps de chercher une faille dans sa garde. Elle fit tournoyer ses lames dans un mouvement habile. L'assassin avait eu raison de lui enlever son sabre long : elle était plus à l'aise avec ses nouvelles armes. Plus rapide, plus vive. Les deux sabres courts étaient comme des extensions d'elle-même à présent. Même si elle était encore loin de pouvoir rivaliser avec lui, son maître devait à présent faire quelques efforts pour la contrer.

Le cœur de la jeune femme battait la chamade. Elle avait oublié ce que c'était de ne pas avoir le Don. Elle était plus lente et moins endurante avec les entraves. Cela ne semblait pas gêner autant son adversaire, qui agitait ses lames devant lui, impatient. Sans lui laisser plus de temps, il chargea à nouveau.

***

Ester, Ubio, Espérion, Bele et Lullana s'étaient installés dans l'herbe devant le bâtiment qui abritait leurs chambres. Revers s'était joint au groupe, et était assis avec eux. Comme beaucoup d'entre eux, le garçon avait changé depuis l'attaque des soldats impériaux. Il était devenu plus soucieux des autres, plus silencieux aussi. Il avait su grandir, et Syla était devenue son maître très peu de temps après leur libération.

Tous profitaient de la douceur du soir pour admirer le ciel, guettant les étoiles qui ne tarderaient plus à apparaître et discutant loin des oreilles omniprésentes des maîtres Syyrs. C'était un petit groupe soudé. Ils aimaient se retrouver ainsi, mais les occasions commençaient à se faire rares. Gaal et Evyyt surveillaient de très près leurs nouveaux apprentis. Quant aux autres, ils travaillaient plus dur que jamais, et chaque jour apportait son nouveau lot d'exercices épuisants. Ce soir-là, les jeunes gens se détendaient enfin.

Lianne apparut à la lisière de la forêt. Elle se massait le dos en marchant. La séance avait été éprouvante. Les apprentis réunis lui firent un salut tandis qu'elle les croisait, et la jeune femme ressentit une pointe de jalousie. Elle s'en voulut tout de suite de penser comme cela. C'était elle qui désertait ses amis, pas l'inverse.

Malgré sa fatigue, elle prit place au milieu d'eux. Les apprentis s'étaient assis à même l'herbe pour profiter du soir tombant. L'air était frais et agréable à cette heure. Un doux parfum de fleurs flottait des jardins jusqu'à eux.

— Pff, enfin libre, se réjouit Espérion en s'allongeant dans l'herbe verte.

— Il faut savoir ce que tu veux, s'amusa Bele. Avant, tu te plaignais de ne jamais voir Astre, et maintenant, tu le vois trop.

Le jeune colosse haussa les épaules et se rapprocha d'Ester.

— Oui, va comprendre. Il a tout d'un coup décidé qu'il devait s'occuper plus de moi, et à présent, il ne me laisse jamais tranquille.

Un petit rire lui échappa.

— Encore un peu, et on pourra monter un club avec Lianne, lança-t-il avec un clin d'œil en direction de la jeune femme.

Le jeune colosse se frotta douloureusement l'épaule.

— Encore heureux qu'Elio soit venu le voir ce soir, sinon j'y serai encore.

Les têtes se dressèrent, curieuses.

— Qu'est-ce qu'il voulait ? demanda Revers.

— Je crois que ce sont encore les Errants.

— Encore ? s'exclama Ester. Je croyais qu'on leur avait réglé leur compte avant la cérémonie…

Lullana s'alarma soudain.

— Une autre femelle est peut-être apparue ? hoqueta-t-elle.

— Yak ! On n'en viendra jamais à bout ou quoi ? s'agaça Ester.

— Bah, au moins, ils nous ont laissés tranquilles pendant la cérémonie.

Le pragmatisme d'Espérion fit retomber la tension du groupe. Après tout, ils seraient bientôt des Syyrs. C'était leur travail de traquer et tuer les Errants.

— En parlant de ça, reprit Bele. Il est super bien conservé, le roi. Je pensais qu'on aurait affaire à un vieux croulant à mille ans. C'est chouette.

— Si tu penses à toi dans mille ans, je t'arrête tout de suite, intervint Ubio. Il faut être vraiment très bon – et je veux dire très très bon – dans le maniement du Don pour vivre autant.

Son ami eut une moue déçue.

— Dommage. Combien de temps on vivra ?

Le frêle garçon étudia l'apprenti d'un air sérieux, puis son regard passa à Ester qui embrassait Espérion.

— Si tu passes l'année, ce sera déjà un miracle, affirma-t-il, déclenchant une tornade de rires au sein du groupe. Chacun savait comment Ester maltraitait Bele à chaque fois qu'ils devaient travailler ensemble.

— Et Elio ? demanda le garçon. Quel âge a-t-il ?

— Le prince a cent quatre-vingt-dix ans, répondit Ubio.

— Eh ben, siffla Espérion. Astre est encore plus vieux. Il a deux cent soixante-dix ans. En fait, il a arrêté de compter depuis un moment, mais c'est Lubéon qui me l'a dit.

— Et Arutha, à ton avis, il a quel âge ? demanda Ester en s'écartant des bras de son compagnon.

Ils se tournèrent vers Lianne, mais celle-ci haussa les épaules, incapable de les renseigner. Ubio réfléchit un instant.

— Si c'est le premier Enfant, il doit avoir trois cents ans environ, je dirais. C'est difficile d'être précis. La prophétie a été révélée il y a trois cent trente ans, mais comme on ne sait pas quel âge il avait alors.

Lianne se figea. Elle n'avait jamais réalisé que son maître était si vieux.

— Pas mal… admit Espérion. Qu'est-ce qui lui avait pris, au fait ? demanda-t-il soudain à l'apprentie. Tu lui avais marché sur le pied, ou quoi ?

— Je ne pensais pas qu'il viendrait, s'exclama Bele avant que la jeune femme ait pu répondre. C'est presque comme s'il avait prêté allégeance au roi maintenant, non ?

— Il passe pas mal de temps à discuter avec Astre et Lubéon, leur apprit Espérion. Je crois qu'Elio veut leur demander quelque chose…

— Avec Lubéon ? s'amusa Ubio. Ça m'étonne qu'ils ne se soient pas encore tapés dessus.

— Arutha a peut-être trouvé un sens de l'humour ? répondit du tac au tac son ami.

— Tu ne trouves pas qu'il a changé ? interrogea Ester.

— Il a l'air moins… antipathique ? proposa Ubio.

— Arrogant ? ajouta Bele.

— Désagréable ? renchérit Ester.

— OK, capitula Lianne, mi-amusée par leurs boutades. Elle se leva.

— Je vais me coucher. Bonne nuit, tout le monde.

— Moi aussi, bâilla Espérion en se mettant debout. À demain.

— À demain, répondit le reste du petit groupe en chœur.

Tandis que les deux amis s'éloignaient, la jeune femme trébucha. Elle soupira. Ses jambes étaient encore un peu engourdies par les heures passées immobile.

— Tu es certaine que ça va ? s'inquiéta Espérion. Tu as l'air… changée. Fatiguée aussi.

— Ce n'est rien, le rassura-t-elle.

Elle était surprise. Pouvait-il sentir que son Don était entravé ?

— Lianne.

Il posa sa main sur son bras, et sentit les bracelets de force cachés sous le tissu. Alarmé, il força sa camarade à s'arrêter.

— Depuis quand tu as ça ?

— Depuis ce matin, avoua-t-elle.

Il secoua la tête, troublé.

— Fais attention, murmura-t-il en la lâchant.

La jeune femme, qui s'attendait à ce que le garçon éclatât de colère, fut surprise par la maturité de sa réaction.

— Ne t'inquiète pas, le rassura-t-elle, mais ses jambes la trahirent, manquant de la faire tomber.

Espérion était inquiet. Lianne était faible. Si l'Empire attaquait maintenant, elle serait incapable de se défendre comme la dernière fois. Il se porta vers son amie, mais elle recula.

— Lianne, plaida l'apprenti. Tu devrais…

— Ça va aller, le tranquillisa-t-elle. Je ne crains rien, Espérion.

L'air sceptique, l'élève s'écarta tout de même, et Lianne sourit.

— Passe une bonne nuit.

— Bonne nuit, murmura doucement le jeune homme tandis qu'elle s'éloignait.

***

Arutha s'arrêta devant la porte de la chambre. Au bout de quelques secondes, il soupira, frappa et entra dans la pièce.

— Vous vouliez me voir ? demanda-t-il.

La chambre du prince était lumineuse et tranquille. Elio était assis à plusieurs mètres d'une carte qui s'étalait sur un pan entier de mur, et sur laquelle Astre détaillait les positions actuelles des Errants dans la région. Les deux hommes se tournèrent vers le nouvel arrivant.

— Arutha, merci d'être venu. S'il te plaît, installe-toi, proposa le prince en désignant un second siège, que le Syyr noir refusa d'un geste de la main.

Sans se formaliser, le fils du roi se tourna à nouveau vers la cloison.

— Astre, je te laisse expliquer.

Le chef de la garde hocha la tête et commença :

— Depuis plusieurs jours, nous observons des mouvements anormaux de nombreux groupes d'Errants aux abords de la zone interdite. Ces mouvements ne correspondent à aucun comportement que nous pourrions expliquer. Ils se regroupent, parcourent à toute allure des zones entières, puis s'éparpillent sans raison.

À mesure de ses explications, des points lumineux apparaissaient sur la carte pour illustrer son propos. Son air grave se fit préoccupé.

— Résultat, les bêtes s'énervent et deviennent plus agressives. Elles traquent les patrouilles sur plusieurs kilomètres, ce qu'elles n'avaient jamais fait avant, indiqua-t-il au soldat.

— Quelque chose les effraie peut-être ? proposa Elio avec incertitude. Arutha ? demanda-t-il en pivotant vers l'homme qui se tenait toujours debout à côté de lui.

Le front plissé, le Syyr noir étudiait avec sérieux le plan qui s'étalait devant eux.

— Les effraie, ou s'amuse à les rendre folles, suggéra-t-il sans quitter le mur des yeux.

Il se tourna vers le prince.

— J'aimerais aller jeter un coup d'œil, demanda-t-il soudain.

— Cela m'intéresse aussi, annonça Elio en se levant.

Astre réagit sans attendre, et s'avança vers le fils du roi.

— Mon prince.

Un bruit à la porte stoppa le garde dans son élan. Espérion apparut dans l'encadrure, et fit timidement un pas dans la pièce. Le jeune homme était aussi rouge que s'il était resté tout le jour au soleil, et tordait ses mains jointes devant lui. Ses yeux se portèrent sur le prince, puis il aperçut Astre et Arutha de part et d'autre.

— Qu'y a-t-il, Espérion ? demanda gentiment Astre.

Le garçon sursauta comme s'il s'était brusquement réveillé.

— Pardonnez-moi, je n'aurais pas dû, maugréa-t-il en fusillant le Syyr noir du regard.

— Il y a quelque chose qui ne va pas ? interrogea le fils du roi.

Tandis que le prince s'avançait vers l'apprenti, un nouvel arrivant jaillit par la porte encore ouverte.

— Bonsoir à tous, héla Lubéon. Oh là, il y a du monde ici.

Voyant le garçon devant lui, il l'apostropha :

— Espérion, tu tombes bien. Pourrais-tu remettre ça à Ubio ? demanda-t-il en lui tendant une petite tablette et deux sphères identiques à celle qu'Arutha avait ramassée dans le vaisseau impérial.

Sautant sur la course comme sur une bouée de sauvetage, le jeune homme saisit les affaires et s'apprêta à faire demi-tour.

— Attends, l'interpella Astre. Que voulais-tu nous dire ?

— Rien, maître, s'excusa l'apprenti. Cela peut attendre. Excusez-moi. Bonne soirée, lança-t-il avant de disparaître sous le regard surpris des Syyrs assemblés.

— Il était bien pressé, nota Lubéon.

— Oui…

L'étrange comportement du jeune homme suscitait de la curiosité chez le prince, mais ce n'était pas ce qui le préoccupait le plus à cet instant. Il se tourna vers le chef de la garde.

— Ce n'est pas la peine de faire cette tête, Astre, reprit-il en rencontrant son regard réprobateur. J'irai, c'est décidé.

Le dernier arrivé rebondit à cette remarque.

— Ah, vous parlez de notre petite sortie. Quand est-ce qu'on y va ? interrogea-t-il avec un sourire jovial.

31

Le soleil était à son zénith quand Elio rejoignit les hommes qui s'affairaient à l'entrée de l'académie. Le prince était inquiet. Il n'avait pas eu de nouvelles de la capitale depuis plusieurs jours, et ce silence ne présageait rien de bon. Orballon manigançait quelque chose, il en était certain. Pourtant, bloqué sur Pira, Elio ne pouvait rien faire d'autre qu'attendre et ravaler sa frustration en tâchant de deviner les plans du grand conseiller. Ce silence imposé l'empêchait également de prendre connaissance des derniers rapports de leurs espions en provenance de l'Empire. Il n'avait aucune idée de ce qui se tramait là-bas. Cela les laissait vulnérables, ce qui l'exaspérait. Pour couronner le tout, les Errants avaient repris leurs attaques. Maugréant tout bas, Elio se força à se focaliser sur la seule menace immédiate : ils devaient localiser le nid de la nouvelle femelle sans plus attendre.

Il regarda le soleil qui brillait fortement au-dessus de leurs têtes. À cette heure, les Errants feraient la sieste et ne présenteraient pas un trop gros danger. Ils pourraient s'engager dans les territoires infestés, explorer discrètement les régions ciblées, et rentrer avant que les grands monstres s'éveillassent.

Près de l'entrée, Arutha attendait patiemment tout en parlant avec Lianne. Le prince fut surpris de voir qu'aucun des deux ne portait de bagages. Le Syyr et son apprentie contemplaient le chef de la garde accroupi à quelques mètres de là, qui aidait Lubéon à remplir les sacs qu'ils allaient transporter.

— Bonjour à tous, salua Elio avant de se rendre près d'Astre. Tout est prêt ? demanda-t-il en se penchant.

Comme le chef de la garde hochait la tête de manière affirmative, Elio s'écarta, dégaina son sabre, et fit quelques passes en l'air. Il avait besoin de se défouler. En raison de ses nombreuses responsabilités, le fils du roi n'avait pas le loisir de s'entraîner autant qu'il le voulait, aussi fut-il rassuré de voir qu'il ne semblait pas avoir oublié. Bien sûr, cela ne se vérifierait que lors d'un vrai combat. Il dissimula un bref soupir en regardant du côté d'Astre. C'était ce qui inquiétait son chef de la garde. Rengainant sa lame, il observa le petit groupe devant lui.

— Comment va cette épaule, Arutha ? demanda-t-il.

Si la sollicitude du prince surprit le soldat, il ne le montra pas.

— Complètement remise, affirma-t-il placidement.

Faisant quelques pas dans sa direction, Elio s'approcha de l'assassin, l'air narquois.

— Tu permets que j'en juge ? proposa-t-il alors.

À ces mots, Astre leva brusquement la tête, juste à temps pour voir Arutha se redresser. Le Syyr noir était amusé par la demande du prince. Il considéra l'offre un moment. Cela pouvait être intéressant. Il s'avança vers l'homme, tira ses sabres, et attendit.

Ravi par l'attitude du soldat, Elio dégaina à son tour, et se plaça en face de lui. Il vit plusieurs des Syyrs présents se rapprocher pour mieux voir ce qu'il se passait, et sourit. Beaucoup avaient déjà dû imaginer ce combat. Ce fut le fils du roi qui frappa le premier. Il attaqua brusquement sur le côté gauche, mais fut arrêté par une des lames de l'assassin tandis que l'autre fondait vers son cœur.

— Non ! cria le chef de la garde alors qu'il se précipitait vers l'homme qu'il avait juré de servir.

Mais déjà, le prince avait sauté de côté et évité la lame.

Une vague de tension parcourut les spectateurs présents. Elle fut apaisée lorsqu'ils virent Elio se redresser, sourire aux lèvres, et foncer à nouveau vers son opposant.

Les quelques minutes que dura le combat laissèrent les deux adversaires pantelants. Quand Arutha se recula finalement pour reprendre son souffle, le prince s'adressa à lui :

— Si nous voulons être partis avant ce soir, peut-être devrions-nous arrêter là ?

Un murmure déçu parcourut les Syyrs présents lorsque le soldat acquiesça. Les deux hommes se saluèrent d'un mouvement de tête, et rengainèrent leurs armes. Elio renvoya les gardes présents à leurs tâches, et prit en aparté le chef de la garde.

— Je crois qu'il se retenait, non ? demanda-t-il, encore essoufflé.

— Je le crois, oui, acquiesça Astre avec sérieux.

La crainte qui l'avait saisie lorsque le fils du roi avait défié l'assassin retombait, mais l'homme n'était pas soulagé pour autant. Le soldat continuait à leur dissimuler sa force. Le prince eut un petit rire nerveux devant l'air préoccupé de son compagnon, et lui frappa l'épaule du plat de la main.

— C'est aimable de sa part de ne pas m'avoir ridiculisé devant tout le monde, plaisanta-t-il, mi-figue, mi-raisin.

Même s'il avait espéré de meilleurs résultats, il était ravi du combat, et avait l'esprit plus léger. Il regarda Arutha rejoindre Lianne et poser une main rassurante sur le bras de la jeune femme. Ils étaient discrets, mais le prince pouvait voir que la relation entre eux deux avait changé. Il massa son poignet droit. Ce n'était qu'en testant ses hommes qu'il pouvait savoir quoi attendre d'eux. Et Arutha promettait d'être très utile le jour où l'Empire tenterait à nouveau de s'emparer de l'Enfant.

— Bon, on est partis ? demanda Lubéon, qui avait enfin bouclé son sac.

Le prince se dirigea vers lui avec un enthousiasme renouvelé. Il contempla un instant les quatre équipes qui lui faisaient face, fin prêtes. Voir ses hommes ainsi le rendait toujours fier. Empire, Haut Conseil ou Errants, rien ne semblait pouvoir les atteindre.

— On y va, annonça-t-il en se mettant en marche.

Lianne regardait progresser l'assassin devant elle. Cela lui rappelait lorsqu'ils patrouillaient avec Edin et qu'Arutha était élève à l'académie. Elle sourit à l'évocation de ces souvenirs. Ils lui semblaient si lointains à présent. Elle gratta son poignet. L'aiguille avait laissé une légère trace violette là où elle avait pénétré l'épiderme. Son maître lui avait demandé d'enlever les entraves pour aujourd'hui. Son Don circulait à nouveau normalement. Toutefois, elle n'arrivait pas à se débarrasser de la froideur du métal sur sa peau.

Cela faisait maintenant plusieurs heures qu'ils progressaient dans la zone infestée. Arutha les menait à travers la végétation, et elle suivait derrière. Venaient ensuite le prince, Astre, et Lubéon qui fermait la marche. Ils progressaient en silence, guettant chaque bruit et chaque mouvement de feuille. Cependant, rien ne venait perturber le silence sépulcral qui les entourait. Leur guide s'arrêta soudain, l'oreille aux aguets. Le reste de la troupe stoppa à son tour, et se tint immobile. Le soldat reprit finalement sa marche sans un mot. Lubéon poussa un soupir agacé.

— Il fait son intéressant, grommela-t-il avant d'être rappelé à l'ordre par Astre.

Alors qu'ils cheminaient au pied d'une paroi rocheuse, Arutha s'agenouilla pour observer le sol. Une piste étrange se dessinait dans la poussière, à peine visible, comme si on avait délibérément tenté de la cacher. Soudain, il s'immobilisa et tourna la tête vers la droite.

— Arutha ? interrogea le prince.

L'Errant bondit sur eux, toutes dents dehors. Astre l'évita en se jetant au sol, tandis qu'Elio assenait son sabre sur le cou de la bête. Trop inclinée, la lame ripa sur la peau épaisse. Un autre animal surgit alors à revers et fonça sur Lianne. L'apprentie dégaina de justesse et le repoussa, mais son élan la jeta à terre. Arutha sauta sur le dos musculeux. Il plongea son arme dans le pli de la nuque. La Bestiole s'effondra à terre en rugissant. Le cri de son compagnon lui répondit.

Sous les pattes du monstre, Astre profita de la diversion. Il enfonça son épée à l'articulation de l'épaule. La lame acérée transperça le cœur, et la bête chavira. Le chef de la garde abandonna son arme et roula sur le côté. Il n'eut que le temps de se retirer avant que l'énorme masse s'écroulât, là où il se tenait auparavant.

— C'était juste, constata Lubéon.

— Vous n'avez pas trouvé leur comportement inhabituel ? interrogea Astre en inspirant longuement avant de s'arc-bouter pour pousser le cadavre.

Le petit rire de Lubéon détendit un peu l'atmosphère. Il aida le chef de la garde à faire rouler l'Errant pour dégager son arme.

— Tu veux dire à part l'attaque, les griffes et les crocs ? Non, pourquoi ?

Arutha rejoignit le reste du groupe. À ses côtés, Lianne semblait assez en forme. Elle était devenue endurante, remarqua le prince.

— Ils semblent plus enragés que d'habitude, surtout à cette heure de la journée. Pourraient-ils nous en vouloir d'avoir exterminé l'autre nid ? s'interrogea-t-il tout haut.

— Des Errants qui auraient des sentiments, s'esclaffa Lubéon.

— Après tout, si Arutha arrive à en avoir, plaisanta Astre en faisant une œillade à Lianne.

Ils rirent lorsque l'assassin toussa avec gêne. Arutha s'apprêtait à parler lorsqu'un hurlement de douleur retentit, suivi de cris à glacer le sang. Tout amusement disparut dans l'instant, remplacé par une peur insidieuse. Astre récupéra son sabre, et ils se précipitèrent, guidés par les bruits de la bataille engagée.

Il leur fallut plusieurs minutes pour atteindre l'endroit où se déroulait le combat. Trois Errants harcelaient Edin, qui se battait courageusement pour défendre deux formes allongées derrière lui. Deux autres monstres s'acharnaient sur Lio. Le pauvre faiblissait à vue d'œil. Un coup de patte manqua de lui arracher le bras alors qu'il ne reculait pas assez vite. Lubéon et Arutha se ruèrent à son aide. Elio et Astre coururent pour soutenir Edin. Soudain, le maître Syyr glissa, et une des énormes bêtes se jeta sur lui. Son immense mâchoire se referma sur le cou de l'homme. Un flot de sang jaillit.

— Non !

Le cri que poussa Elio se transforma en hurlement de rage. Il chargea imprudemment les Errants, et Astre dut le suivre pour ne pas laisser son prince seul. Lianne voulut prendre part au combat, mais Arutha l'arrêta d'un ordre bref. Lui et Lubéon venaient d'achever leurs adversaires, et ils accoururent pour soutenir les deux hommes. Épuisé, Lio se précipita en trébuchant vers un corps inanimé que Lianne n'avait pas encore remarqué. Glacée, elle s'approcha. Le visage de Bele était livide, figé dans un masque de terreur. Trois traits vermillon zébraient son torse, et sa cage thoracique avait été ouverte sous le choc. Une larme coula en silence le long de la joue de la jeune femme. Elle savait déjà que son ami ne se relèverait plus.

À côté, le combat avait pris fin. Elio se pencha sur le corps d'Edin, puis sur ceux de Kayle et Bayer qui gisaient derrière lui. Le regard sombre, il confirma leurs pires craintes :

— On ne peut plus rien pour eux, annonça-t-il péniblement avant de s'effondrer dans l'herbe.

La tristesse voila son regard, et il resta assis près des corps, incapable de s'en détacher. Astre s'accroupit à côté d'Edin, et lui ferma les yeux. Lubéon posa une main sur son épaule, tentant d'apaiser son ami qui accusait le coup. Arutha s'approcha de Lianne, et lui toucha doucement l'épaule.

— Il faut partir.

De nouveaux hurlements à glacer le sang s'élevèrent au loin, accentuant les propos de l'assassin. Elio se reprit le premier. Mettant son chagrin de côté pour plus tard, il prit Lio par le bras pour le soutenir.

— On reviendra plus tard les chercher. Courez ! ordonna-t-il avant de s'élancer à toutes jambes, talonné de près par Arutha et Lianne.

Lubéon saisit Astre par le bras, et l'aida à se relever avant de l'entraîner à la suite de leur prince. Ils pouvaient entendre la meute hurlante qui convergeait vers eux.

Ils coururent jusqu'à ce que le souffle leur manquât. Lorsqu'ils s'arrêtèrent enfin, les cris des Errants n'étaient plus qu'un lointain écho, et ils avaient atteint les portes de l'académie.

***

Lianne contemplait, muette, les quatre corps alignés dans une des salles de l'académie. La réalité de ce qu'elle voyait n'arrivait pas à se frayer un chemin jusqu'à son cerveau tétanisé. De toute la patrouille, seul Lio avait survécu. Kayle, Bayer, Edin et Bele étaient morts. Son cœur aurait pu être arrêté qu'elle n'aurait pas senti de différence. Elio, Astre et d'autres Syyrs étaient regroupés à un bout de la pièce.

— Leur comportement n'était pas normal. Ils étaient beaucoup plus hargneux que d'habitude. Et bien trop alertes. Ils n'auraient pas dû être réveillés.

— Je suis d'accord avec Astre, continua Evyyt. Leur comportement évolue radicalement depuis quelque temps, c'est inquiétant. Ils ont attaqué les patrouilles sans hésiter. S'ils ne craignent plus l'uniforme des Syyrs, nous allons au-devant de sacrés problèmes.

Tout en écoutant les gardes discourir à voix basse, le prince observait d'un air absent les hommes et les femmes étendus. Chaque personne morte sous ses ordres alourdissait son cœur et son âme. Pourtant, il ne pouvait pas se laisser aller à la tristesse, pas encore du moins. Les Errants continueraient si on ne les arrêtait pas.

Pour ajouter à ces problèmes, les traces qu'Arutha avait repérées lors de leur dernière sortie avaient été camouflées. Ils avaient remonté la piste jusqu'à un petit vaisseau impérial très bien dissimulé. Les satellites de l'académie ne l'avaient pas détecté. Il avait dû contourner la planète et raser sa surface avant de se poser à quelques kilomètres d'eux. Elio maudit une nouvelle fois son manque de moyens et le silence de son père. À présent, des soldats impériaux se cachaient dans la forêt. Arutha l'avait prévenu que cela risquait d'arriver, mais il avait espéré avoir un moment pour s'y préparer. Tandis qu'il réfléchissait à la situation, Lianne passa près de lui.

Elle s'approcha de Kayle, étudiant d'abord son corps avant d'oser détailler son visage. Une longue balafre lui avait arraché la moitié de la joue. Un haut-le-cœur la saisit sans prévenir, et il lui fallut tout son courage pour retrouver son sang-froid. Arutha était près d'elle, impassible. Insensible. Bien qu'elle sût désormais que le Syyr noir ressentait plus qu'il ne voulait le montrer, elle lui en voulut, à cet instant, de rester de glace. D'un pas tranquille, son maître se dirigea vers Elio. Soudain, elle ne put plus supporter de rester dans cette pièce et partit, se retenant à peine de courir.

Arutha se retourna au départ de Lianne, mais il décida que la jeune femme avait surtout besoin de temps pour se remettre. Et il avait plus urgent à faire.

— Je veux éloigner Lianne de l'académie, annonça-t-il dès qu'il arriva à la hauteur d'Elio.

— Je suis d'accord, acquiesça le prince.

Astre s'avança, mettant de la distance entre les trois hommes et le reste du groupe.

— Nous avons reçu un rapport nous signalant un incident près du village d'Ellebel, au sud-ouest d'Eruvia, signala-t-il à voix basse. C'est un endroit calme et éloigné, situé bien à l'intérieur de la zone protégée. Arutha et Lianne pourraient aller y effectuer un contrôle.

— Combien de temps leur faudrait-il ? demanda le prince.

— Deux ou trois jours.

— Arutha ?

Le soldat hocha la tête.

— Très bien. Vous partirez demain, sans uniformes. Soyez discrets.

***

Le lendemain à l'aube, Elio retrouva le couple à l'entrée de l'académie. Lianne était silencieuse, partagée entre la tristesse qui l'accablait et la colère de devoir s'éloigner alors que le danger menaçait. Elle observait d'un œil sombre son maître discuter avec Astre tout en mettant au point les derniers détails de leur déguisement. Arutha avait troqué son uniforme noir contre un pantalon marron clair. Sa chemise beige foncé était de la même matière que la robe de son élève, et cachait ses sabres. Il portait également une bande de tissu enroulée deux fois autour de sa tête qui laissait dépasser des mèches de ses cheveux dorés et dissimulait sa boucle d'oreille trop reconnaissable, tout en donnant à l'assassin une allure moins impressionnante. Un sac en bandoulière complétait son attirail.

Vêtue d'une longue robe beige aux manches amples et au tissu grossier, Lianne piétinait, cachant mal son mécontentement. Elle aurait tout donné pour être aux côtés de ses amis alors qu'ils en avaient le plus besoin. Elle changea de main ses armes qu'elle avait enroulées dans un foulard couleur charbon, et s'approcha du soldat qui discutait avec le chef de la garde.

— Je vous conseille de prendre le traversier jusqu'à Rune, expliquait Astre. Là-bas, vous devriez vous fondre sans trop de difficulté parmi les saisonniers qui font la navette entre le centre-ville et le village. Vous pourrez rejoindre Ellebel à pied en deux ou trois heures, vous n'aurez qu'à suivre le mouvement.

L'assassin inclina la tête, et referma la poche de sa besace.

— Pendant ce temps, commença le prince, nous allons quadriller la partie proche des territoires infestés. Quand vous reviendrez, nous devrions savoir à quoi nous en tenir.

Il tendit la main pour saluer l'assassin. Après une hésitation, Arutha saisit le poignet tendu, et le serra en plaquant son autre main par-dessus tandis que le fils du roi faisait de même avec un sourire.

— Bon voyage, conclut Elio en lâchant le bras du soldat.

Tandis que l'élève et le maître disparaissaient par la porte, Astre se rapprocha du prince.

— Vous ne semblez pas inquiet.

— Je suis inquiet, répondit tristement le fils du roi. Mais pas pour eux.

Arutha et Lianne se dirigèrent vers la ville. Ils rejoignirent rapidement les rails du traversier, et montèrent à son bord. Vêtus comme ils l'étaient, les deux jeunes gens ne détonnaient pas parmi les rares passagers en cette heure matinale. Ils s'assirent l'un en face de l'autre sur deux sièges métalliques légèrement à l'écart. Taciturne, Lianne releva discrètement une de ses larges manches et gratta doucement autour de ses entraves. Était-ce le métal ou le poison qui la démangeait ? Un détail lui revint en mémoire, et elle se tourna vers le Syyr noir.

— Est-il possible de sentir quand quelqu'un est entravé ? demanda-t-elle discrètement en jetant un regard inquisiteur à leurs voisins, mais ceux-ci semblaient pour la plupart encore assez peu réveillés, et regardaient droit devant eux, ou vaguement par les larges fenêtres où défilait le paysage.

— Pourquoi cette question ?

— Quand j'ai croisé Espérion dans les couloirs l'autre jour, il a senti que quelque chose avait changé avant de voir les entraves.

Fidèle à son habitude, Arutha réfléchit patiemment à la manière de lui présenter les choses de façon simple. Lorsqu'il commença à parler, son ton était bas, mais sa voix l'atteignait avec clarté :

— Comme chaque être humain est unique, le Don circule en chacun de manière différente. Il est possible d'étudier et de discerner chaque variation et de l'associer à un porteur, commença-t-il. Quand tu es entravée, la circulation de ton Don est dénaturée. Altérée, corrigea-t-il. Espérion n'en a pas conscience, mais il a enregistré la variation de ton Don et l'associe inconsciemment à ta personne. Il a senti l'altération due aux entraves. Avec un peu d'entraînement, il serait sans doute capable de reconnaître les personnes qu'il rencontre seulement avec le Don.

Ses yeux azur fixés dans ceux de la jeune femme, Arutha se pencha doucement vers elle.

— C'est un bon exercice, tu devrais essayer, lui conseilla-t-il.

Face au regard insistant, Lianne s'étonna.

— Maintenant ? interrogea-t-elle, franchement surprise.

— Pourquoi attendre ? répondit son maître en se redressant.

— Je ne peux pas utiliser le Don, exclut la jeune femme en touchant les bracelets de force qui ceignaient ses poignets.

Arutha scruta son élève avec une certaine déconvenue.

— Ce n'est pas une question d'utilisation mais de ressenti, expliqua-t-il. Tu dois sentir le Don autour de toi, non pas agir dessus. Tout le travail que je te fais faire avec les entraves est justement basé sur ton ouverture vers l'extérieur. Cela me paraît l'exercice parfait.

Lianne baissa la tête, consciente d'avoir parlé trop vite, puis elle se redressa.

— C'est comme cela que tu savais à chaque fois que Behru approchait, comprit-elle.

Le sourire de son maître fut sa récompense éphémère, vite suivie par un rappel à l'ordre.

— Combien y a-t-il de personnes dans ce wagon ?

La jeune femme ne répondit pas tout de suite, et jeta un œil autour d'elle.

— Tu ne fais pas assez attention. Tu dois toujours savoir ce qu'il se passe autour de toi. L'homme derrière nous, que peux-tu me dire sur lui ?

Lianne se retourna derechef, et Arutha la réprimanda d'un sifflement dépréciateur.

— Tu te reposes trop sur ta vue. Fais le vide.

La jeune femme s'installa du mieux qu'elle pouvait avec la robe qui la gênait un peu, et ramassa ses cheveux détachés. Elle était habituée à la coupe pratique de son uniforme et à sa natte. Lorsqu'elle eut enfin trouvé une position confortable, elle ferma les yeux. Maintenant qu'elle savait comment s'y prendre, cela lui semblait plus facile. L'apprentie utilisa la même technique que la première fois, et fit rapidement tomber les parois de la pièce blanche. Elle était fière d'elle. Sans que son maître le lui demandât, elle s'ouvrit au sens du toucher.

— Je sens le siège sous moi, commença-t-elle tout bas. Il est métallique. Il vibre. Je sens mes sabres entre mes mains. Mes dagues frottent contre mon dos. Mes cheveux me chatouillent le cou. Mes vêtements ne sont pas aussi souples que d'habitude. Ils sont plus lourds aussi. L'air est immobile. Les fenêtres sont certainement fermées, extrapola-t-elle à la plus grande satisfaction d'Arutha.

— Écoute. Qu'entends-tu ?

— Deux personnes discutent derrière moi. Un homme et une femme. Ils semblent se connaître. Ils parlent de leurs enfants respectifs. Il y a un bruit métallique. C'est régulier. Je ne sais pas ce que c'est. Il y a les moteurs du train. C'est discret, comme un ronronnement sourd.

Quelqu'un respire fort. Il dort, je crois. Quelqu'un d'autre se lève.

Un crissement léger suivi d'une décélération interrompit la jeune femme. Le traversier s'arrêta, et les portes du compartiment s'ouvrirent pour laisser passer le flot de passagers entrant et sortant. Lianne nota silencieusement un courant d'air suivi d'un brouhaha de voix et de pas entremêlés. Elle compta cinq foulées différentes.

— Que sens-tu ? interrogea Arutha.

L'air qui circulait apporta à la jeune femme un bouquet d'odeurs différentes. Elle s'appliqua à les dissocier.

— De la fumée. Une odeur de brûlé venant de dehors. La sueur. Un parfum. Non, deux, corrigea-t-elle dans un souffle.

Elle inspira à nouveau, et les effluves submergèrent ses narines.

— Un chien, de l'huile. Des fleurs... des œillets, je crois. Un relent d'humidité. Quelque chose est mouillé, je crois. Du fromage. Quelqu'un mange un sandwich.

Les portes se fermèrent soudain, et le flot d'odeurs se fit plus ténu. Elle sentit encore celle métallique du compartiment qui lui laissa un goût de rouille sur la langue, puis son maître s'adressa à elle.

— Ouvre les yeux, lui ordonna-t-il gentiment.

Lianne obtempéra et découvrit le visage de l'assassin devant elle. Elle se perdit avec contentement dans ses yeux couleur des mers profondes.

— Que vois-tu ?

Ses yeux. Bleus. Comme le ciel lorsque la nuit tombait, mais cela, elle le garda pour elle. Sombres. Son maître était curieux. Il voulait savoir jusqu'où elle pouvait aller dans l'exercice. Quand il l'entraînait, il n'était plus l'homme qui partageait ses nuits, seulement son maître, exigeant et intransigeant. Son visage était toujours fermé, on ne pouvait rien y lire. Tout se passait dans ses yeux.

— Malgré le tissu sur ta tête, reprit-elle, on peut apercevoir un des anneaux de ta boucle d'oreille. Il brille sous la lumière.

Le Syyr rabattit discrètement l'étoffe tandis que la jeune femme continuait. Lianne examina de plus près les mèches qui s'échappaient intentionnellement.

— Tes cheveux ont l'air doux. Je sais qu'ils sont doux, sourit-elle en plissant les yeux. Tes habits cachent ta carrure, mais on peut deviner les muscles sous le tissu grossier. Tu ressembles à un ouvrier, un paysan peut-être. Quelqu'un qui a l'habitude du travail manuel.

Arutha ne put s'empêcher d'être amusé par la description appuyée.

— Et à part moi ? s'enquit-il avec un léger sourire.

Le traversier glissait à nouveau sur ses rails, porté par la suspension magnétique, mais Lianne ne prêta aucune attention au paysage qui se remit à défiler. Les yeux fixés devant elle, la jeune femme reprit sa description.

— Il y a huit personnes dans le compartiment. Trois hommes discutent à gauche. Ils ont chaud et transpirent. Deux sont assis, et un dernier se tient debout devant eux. Il nous tourne le dos, mais il semble assez âgé. Il est un peu voûté, et sa main est ridée. Son pantalon est mouillé dans le bas. Un de ses amis est plus jeune, la trentaine, je dirais, mais il a du mal à bouger une de ses jambes. L'autre, je ne sais pas. Un chien l'accompagne. Deux sont derrière moi, l'homme et la femme que j'entendais, mais je ne peux pas les voir. Une femme se tient seule à l'avant. Elle a l'air fatiguée. Elle s'essuie la bouche et fait tomber des miettes de ses habits. Ils sont plus grossiers que ceux des trois hommes. Elle semble assez athlétique. Peut-être une travailleuse saisonnière. Comme l'homme qui dort à deux sièges d'elle. Lui, ses habits sont tachés, et il aurait besoin d'un bain.

Lianne s'apitoya sur eux un instant. Ces hommes se levaient chaque semaine aux aurores pour rejoindre les champs d'Ellebel.

— La dernière personne est une jeune femme, termina-t-elle. Elle lit un livre. Je ne peux pas déchiffrer le titre, mais on y voit les armes de la famille royale. Elle fronce les sourcils en lisant. Elle est concentrée. Des fleurs dépassent de son sac. Deux roses, constata-t-elle avec déception. Personne ne semble faire attention à nous.

— Peux-tu me répéter ce que vient de dire la femme derrière toi ? l'interrompit Arutha.

— Euh, je…

Prise de court, Lianne était incapable de répondre à la question.

— Ce n'est pas parce que tu te concentres sur un sens que tu dois te fermer aux autres, lui rappela son maître.

La jeune femme hocha la tête et s'interrompit, le temps d'embrasser l'ensemble de ce qu'elle percevait.

— Le wagon est récent. Rien n'est abîmé ou usé. Il y a quatre sorties en tout, deux de chaque côté. Les sièges sont bleus et métalliques mais assez confortables. Il y en a vingt-huit, disposés en rangées alternées pour que l'on puisse s'installer face à face et aussi contre les parois. Beaucoup d'espace vide. Le wagon doit être plein parfois. Le sol semble assez rugueux, il ne doit pas glisser. Rien ne nous sépare du compartiment suivant. Je peux apercevoir d'autres personnes assises.

Un bruit de métal attira le regard de la jeune femme. C'était une petite tige argentée qui pendait de la main de l'homme endormi et butait contre la paroi du train au rythme des légères secousses. Lianne porta son regard sur les larges fenêtres à travers lesquelles défilait la ville, mais Arutha l'interrompit à nouveau.

— C'est bien. Nous retravaillerons cela plus tard. Maintenant, reprends depuis le début.

Il attendit que la jeune femme fermât à nouveau les yeux et se concentrât.

— Cette fois, je veux que tu te focalises sur le Don, annonça-t-il dans un murmure.

Comme Lianne prenait un air ennuyé, il se fendit d'une explication supplémentaire.

— Les personnes autour de toi ne sont pas Syyrs, mais elles n'en possèdent pas moins le Don comme tout ce que tu vois. Seulement à un niveau moindre. Observe comme il circule dans chacune d'elles, et décèle les variations.

— Dois-je les décrire ?

L'apprentie ne savait comment s'y prendre pour dépeindre ce qu'elle distinguait.

— Non. Observe et mémorise.

Obéissante, la jeune femme fixa son esprit sur les chétives pulsations qu'elle percevait derrière ses paupières fermées, et se perdit dans leur concert aux harmoniques changeantes.

32

Arutha et Lianne descendirent, mêlés au flot de travailleurs qui se rendaient à Ellebel. Ils traversèrent la foule massée sur le quai, et sortirent de la ville. La petite troupe s'engagea ensuite sur un chemin de terre battue. Ils étaient douze à progresser en trois groupes. Quatre hommes avaient pris la tête, et avançaient d'un pas rapide en parlant peu, puis six hommes et femmes les talonnaient en devisant. L'assassin et son élève suivaient quelques pas plus loin, d'un air désabusé peu nécessaire car personne ne jeta un œil en arrière pour les observer.

À peine partie, la colonne s'arrêta dans une petite étendue d'herbe qui bordait la route. Le soleil était haut, et les travailleurs voyageaient pour la plupart depuis tôt le matin. Ils s'installèrent à l'ombre des hauts arbres au feuillage fourni qui pullulaient dans la région, et déballèrent un pique-nique frugal composé de pain et de fromage.

Arutha parcourut plusieurs mètres en cherchant quelque chose. Il emmena finalement son apprentie à l'écart du groupe, et s'assit près d'un buisson de manière à tourner le dos à leurs compagnons de route. Les jambes croisées, le Syyr noir sortit de sa besace un morceau de pain. Il le tendit à la jeune femme, qui le refusa poliment.

Lianne n'avait pas faim. Hors du wagon, le temps avait repris son cours, et elle ne pouvait s'empêcher de penser à ses amis restés à l'académie. Malgré elle, la jeune femme en voulait à son maître de l'avoir éloignée ainsi. Y aurait-il une autre attaque pendant son absence ? Elle était l'Enfant. Qu'avait-elle fait pour les sauver ?

Que pouvait-elle faire, mise à l'écart, loin du danger ? La veillée funèbre de la veille, encore si fraîche dans sa mémoire, la hantait. Elle revoyait les corps de Bele, maître Edin, Kayle et Bayer. La peine l'accablait, et la crainte lui nouait le cœur. Qui verrait-elle allongé à leur place en rentrant ? Comprenant mieux que quiconque les raisons de son silence, Arutha rangea le morceau de pain, et referma le sac. Tournant la tête, il tendit la main vers un buisson adjacent.

— Je t'ai dit l'autre jour qu'il était possible d'influencer un animal avec le Don. On appelle cela la manipulation. Il y a deux principes de manipulation, selon que l'on travaille sur l'environnement ou directement sur l'animal. Le travail sur l'environnement est le moins difficile. Il s'agit de faire croire à la bête que tu as – ou que tu es – de la nourriture, par exemple, si tu veux qu'elle s'approche. Tu utilises pour cela une technique proche de la dissimulation.

Le buisson s'agita subitement, et une petite tête poilue et grise en sortit. Jetant des regards inquiets autour de lui, le morpin finit par émerger de la touffe d'arbrisseaux pour se diriger timidement vers la paume ouverte d'Arutha, qui le saisit. Le rongeur faisait partie de ces bêtes omnivores qui se plaisaient aux abords des villes. Ils y pullulaient, se nourrissant des ordures et se cachant dans tous les coins sombres.

— Tu peux aussi jouer sur ses peurs pour qu'elle s'enfuie.

La bestiole s'agita soudainement dans sa main, et tenta en vain de mordre pour se libérer.

— Cela ne marche pas avec tous les animaux. Faire peur à un Errant est une idée suicidaire, il te foncera dessus. Tu dois avant toute chose comprendre la bête si tu veux pouvoir agir sur elle.

Le soldat marqua une pause pour laisser le temps à Lianne d'assimiler ses explications.

— Manipuler un être vivant est une technique complexe, et nécessite de préférence un contact physique. Le morpin a un esprit simple. Ses émotions sont primaires : faim, soif, sommeil, peur. À chacune correspond un état de l'animal.

Il posa son autre main sur la petite bête, et reprit chacune des émotions qu'il avait citées.

— Faim.

L'animal se figea soudain. Seul son nez s'agitait, frémissant comme s'il cherchait quelque chose.

— Soif.

Il ouvrit la gueule et laissa pendre sa langue. Les yeux à demi fermés, la bête ne semblait pas en forme.

— Sommeil.

Le morpin ferma entièrement les paupières, et sa respiration se fit plus lente. Lianne pouvait l'entendre siffler régulièrement.

— Peur.

Il se réveilla en sursaut, paniqué, et se mit à mordre et à griffer le gant de son maître. D'une pression de la main, celui-ci calma une nouvelle fois l'animal.

— Ces états varient en fonction de la complexité de l'animal. Plus celui-ci est intelligent, et plus son panel d'émotions sera développé. Si tu peux toucher l'animal, tu pourras modeler sa pulsation et contrôler artificiellement ses émotions comme tu viens de le voir. À la rupture du contact, l'émotion instaurée perdure normalement, mais ce n'est pas garanti. Tout dépend de l'environnement immédiat de l'animal. Si je laisse ce morpin dans ce tas de feuilles, il continuera certainement à dormir. Mais si je le mets sous le nez d'Hairi, il sentira le danger et aura peur. De même, il est plus ou moins facile d'instaurer une émotion en fonction du contexte : si l'animal est affaibli, il sera difficile de l'exciter. Au contraire, s'il est acculé et en position dangereuse, il ne sera pas aisé de le calmer. L'effet de nombre est aussi très important. Il sera toujours plus difficile de manipuler un animal au sein d'une meute. L'observation et la connaissance des espèces avec lesquelles tu souhaites interagir sont primordiales.

Arutha tendit la main vers Lianne.

— À ton tour, essaie.

À peine eut-il prononcé ces mots que le petit groupe derrière lui commença à rassembler ses affaires. Le Syyr ramena à contrecœur la petite bête vers lui. Il tendit un bout de pain au morpin qu'il reposa dans le fourré, puis il se leva en époussetant son pantalon marron. Alors qu'il se redressait et regardait négligemment les alentours, il constata que l'animal était seul. Troublé, Arutha parcourut des yeux l'orée des bois, mais ne put apercevoir que de rares rongeurs et quelques oiseaux. Nerveux, l'assassin rejoignit finalement son apprentie, et se plaça derrière la petite colonne qui reprenait sa progression. Les minutes passèrent sans incident. À présent, le groupe approchait du village.

Soudain, Arutha s'arrêta et tira ses armes. Le bruit du métal coulissant dans les fourreaux fit se retourner avec peur les hommes qui les précédaient. Pétrifiés par les lames luisantes, ils ne réagirent pas quand l'assassin leur aboya de se baisser. L'Errant faucha deux d'entre eux avant qu'ils aient réagi.

La panique qui s'ensuivit fut instantanée. Lianne se précipita sur les survivants qui criaient en se jetant sur le sol. Elle s'interposa entre eux et le monstre, et leur ordonna de rester immobiles. Son maître chargea la bête. Surpris, l'Errant tourna la tête pour observer l'intrus. Rugissant de contrariété, il se détourna des deux silhouettes qui gisaient à terre pour se ruer sur l'assassin à l'attitude menaçante.

Arutha évita la première charge d'une passe élégante sur le côté, et se retourna pour faire face au nouvel assaut. Il était à présent entre la bête et ses proies, et cela ne plaisait pas aux yeux rouges qui le dévisageaient. Le monstre chargea à nouveau, gueule ouverte, mais ses dents claquèrent dans le vide. L'assassin s'était déjà décalé, et son sabre s'abattit d'un bruit sec sur le cou tendu.

Un profond silence suivit la chute de l'immense animal. Médusés, les travailleurs regardèrent Arutha se diriger vers les deux hommes étendus. Un gémissement franchit les lèvres de l'un d'eux. Le Syyr appela son élève.

— Lianne, va chercher le sac.

Il déplaça doucement les deux corps pour les mettre sur le dos. Celui qui avait gémi eut un hoquet de douleur quand Arutha lui palpa les côtes. Le Syyr soupira de soulagement et se redressa. Lianne lui tendit le sac, dans lequel il saisit un sachet de couleur brun foncé.

— Donne la moitié à celui-ci, dit-il en désignant le blessé qu'il avait fini d'examiner. Ses côtes sont fêlées, mais il devrait pouvoir marcher.

Se penchant sur l'homme inconscient, il grimaça. Celui-ci était en plus mauvais état. L'assassin écarta les pans de la chemise ensanglantée pour contempler la large morsure qui prenait l'épaule et le thorax.

— Prends deux personnes, et confectionne une civière. Celui-là ne pourra pas se déplacer avant un moment.

Lianne s'exécuta et s'éloigna. Après avoir entendu le Syyr noir, deux hommes s'avancèrent craintivement et la suivirent. Les travailleurs s'étaient regroupés, et observaient avec inquiétude Arutha traiter les blessés.

Une femme se rapprocha, et lui tendit une outre pleine d'eau. Le soldat enleva le tissu qui ceignait sa tête, et le déchira. Il plia la première moitié en deux, et la disposa devant lui, puis il la recouvrit d'une poudre blanche et versa l'eau par-dessus. Une pâte couleur de craie gonfla, et il appliqua la bande sur toute la largeur de la blessure. L'assassin maintint le tout à l'aide du tissu qu'il avait conservé.

Il reprit ensuite le sachet brun qu'il avait confié à Lianne, et ouvrit les lèvres du blessé. Doucement, il fit glisser le contenu avec un peu d'eau. Arutha s'assura que l'homme déglutissait la première gorgée, puis il lui fit avaler le restant. Enfin, il se releva pour voir arriver deux hommes torse nu, armés de longues perches. Glissés dans leurs deux chemises, les bâtons de bois raide formaient une civière de fortune.

— Cela devrait suffire. Installez-le doucement.

L'assassin ramassa ses armes et s'écarta pour laisser s'approcher les hommes et femmes qui le regardaient anxieusement. Debout près de la bête abattue, il passa précautionneusement ses lames sur sa manche. Le tissu beige se teignit de traces violacées. Dans un calme froid, il les rengaina une fois nettoyées.

— Lianne, aide-moi, appela Arutha. Tu devrais éviter d'utiliser ton sabre pour couper du bois, lui glissa-t-il discrètement alors qu'elle s'approchait. Cela abîme la lame. Le poignard que je t'ai donné résistera mieux à ce genre de travail.

Avec l'aide de son apprentie, ils traînèrent le corps et la tête monstrueuse à l'écart du sentier, puis Arutha y mit le feu. Attisées par le Don, les flammes s'élevèrent haut dans le ciel, et l'animal fut rapidement calciné. Quand il ne resta plus qu'un tas d'os et de cendres, le soldat se retourna vers les travailleurs apeurés qui se massaient autour de leurs blessés. L'un des hommes qui se tenaient dans le groupe de tête s'avança craintivement.

— Vous êtes des Syyrs ? osa-t-il d'une voix peu assurée.

— Nous venons de l'académie d'Eruvia, acquiesça Arutha.

Comme l'homme détaillait son accoutrement, il expliqua :

— Nous sommes là pour affaire privée. Nous n'avions pas prévu de rencontrer un Errant par ici, dit-il en désignant les fumerolles qui s'échappaient derrière lui.

Le visage de l'homme se durcit, et il baissa les yeux.

— Cela arrive de plus en plus souvent maintenant, grinça-t-il. Il n'y a pas beaucoup de Syyrs pour nous défendre dans le coin.

Quelque chose dans le ton de l'homme et sa manière de prononcer le mot « Syyr » firent tiquer l'assassin.

— Vous êtes des indépendantistes.

Des personnes qui ne voulaient faire partie ni du Royaume ni de l'Empire.

— Pouvez-vous nous en blâmer ? rétorqua le travailleur. Les Errants nous ont toujours attaqués. Avant, ils saccageaient surtout nos cultures, nos troupeaux. Maintenant, ils entrent dans nos villages, s'en prennent aux enfants comme aux hommes. Vous les avez repoussés dans la zone infestée, et à présent qu'ils sont affamés, ils n'ont plus peur de rien. Si encore vous nous protégiez.

Arutha retint une moue en se voyant assimilé aux habitants de l'académie, mais il ne détrompa pas son interlocuteur. Ce n'était ni le lieu ni le moment pour une telle conversation. La présence d'Errants aussi loin de la zone infestée n'était pas normale, et il devait rapidement en parler à Elio.

Le soldat contempla le groupe massé devant lui. Lianne passait entre les travailleurs apeurés, vérifiant que personne d'autre n'avait été blessé. L'assassin soupira. Il ne pouvait pas les laisser ici.

— Nous vous accompagnerons jusqu'au village, expliqua-t-il. Après, nous devrons repartir prévenir la garde de ce qui se passe ici.

Un murmure de soulagement parcourut la petite troupe. Celui qui semblait être le chef s'avança, et tendit la main vers l'assassin.

— Je m'appelle Otah. Merci.

Sans un regard pour la main tendue, Arutha se détourna.

— Quelqu'un devrait aider cet homme à marcher, dit-il en désignant le gaillard aux côtes cassées.

À son arrivée, le petit groupe trouva un village déjà en ébullition. Malgré le soleil encore haut dans le ciel, la plupart des gens étaient rentrés des champs, terrorisés. Ici aussi, les Errants avaient frappé. Douze corps étaient étendus à même le sol sur une petite place pavée, chacun recouvert d'un tissu sombre. Plusieurs personnes accoururent vers les nouveaux arrivants, craignant une mauvaise nouvelle à la vue de la civière.

— Ces hommes ont besoin de soins, dit Arutha d'une voix forte en désignant les deux blessés.

Un petit homme en tablier indiqua une ruelle.

— Par ici.

Tandis qu'il dirigeait la civière jusqu'à une maisonnette, un vieillard s'avança vers Otah.

— Que s'est-il passé ?

— Élu, salua le gaillard en posant son sac.

Sans laisser le temps à l'homme d'en dire plus, Arutha s'avança vers le doyen.

— Peut-on parler ? sollicita-t-il de sa voix grave.

Pas déconcerté le moins du monde, l'élu s'immobilisa et leva sa tête impavide vers l'homme qui le surplombait. Laissant les blessés entre de bonnes mains, il conduisit le Syyr et son apprentie jusque chez lui. Lianne suivait en retrait, écoutant à peine la conversation, l'âme et le cœur lourds. La mort semblait la suivre, où qu'elle allât. Et elle savait qui blâmer. Sa colère, ravivée par la vue des nouvelles victimes, semblait vouloir la dévorer. Elle était l'Enfant. Elle voulait agir. Mais comment ?

— La troisième fois qu'ils vous attaquent ? Pourquoi n'avez-vous pas prévenu l'académie ? demanda le soldat.

— Les deux dernières attaques sont récentes. Nous avions envoyé un messager après la première, expliqua obligeamment l'homme âgé.

Il eut un petit geste de la main signifiant leur impuissance.

— Comment ont-ils escaladé la falaise ?

— Nous n'avons pas trouvé de traces près d'ici, et nous n'avons pas osé chercher plus loin.

Arutha analysa la réponse avant de continuer.

— Avez-vous un moyen de communiquer directement avec Eruvia ?

Le vieillard hocha négativement la tête d'un geste lent.

— Quand aura lieu l'enterrement ? poursuivit l'assassin d'un ton soucieux.

— Après-demain.

Avant que le Syyr prenne la parole, il poursuivit :

— Je peux essayer de le faire avancer à demain matin, si les autres sont d'accord.

Arutha salua de la tête la sagesse de l'élu. Les deux hommes se comprenaient. Un enterrement risquait d'attirer d'autres Errants. La présence de deux porteurs du Don pouvait les dissuader d'attaquer, mais ils devaient avertir l'académie au plus vite.

— C'est parfait. De toute façon, il est trop tard pour partir aujourd'hui, constata le soldat devant le soir tombant. Y a-t-il un endroit où nous pouvons nous installer ?

— Vous pouvez rester ici. Cela ne me fera pas de mal d'avoir un peu de compagnie, soupira le vieil homme.

Le lendemain, la cérémonie fut simple, à l'image des gens honorés. Un bûcher avait été dressé à l'écart du village. Les douze hommes et femmes y étaient allongés dans la lumière du petit matin, chacun tenant la main de l'autre. Tous étaient ainsi unis, comme la mort les avait pris, ensemble. Des foulards étaient disposés sur les visages des corps trop abîmés, mais les autres étaient découverts afin que leurs proches pussent une dernière fois leur dire adieu. Tout le village s'était réuni aux aurores pour saluer les morts dans leur passage vers l'au-delà.

Lianne eut une pensée pour Athyn. Ses parents habitaient à quelques kilomètres. Certains villageois l'avaient peut-être connu. Avaient-ils assisté à ses funérailles ? Elle imagina un moment le corps de l'apprenti étendu sur un bûcher et sa famille réunie autour. Cela la réconforta un peu. Trop peu, et dans son esprit, le visage blanc de Bele se superposa un instant à celui du garçon. Elle étouffa un sanglot rageur.

Devant elle, chaque cadavre fut couvert d'un drap brodé. L'élu vint vers eux, et leur tendit une torche.

— Voudriez-vous… ?

Arutha déclina l'offre d'un signe de tête. Agacée par le comportement froid de son maître, la jeune femme repoussa la flamme et s'avança vers le bûcher. Son regard s'arrêta sur les corps allongés. Elle posa la main sur l'amas de branches sèches, et se concentra. Bientôt, une étincelle jaillit, et le feu entama son œuvre. Lianne recula, et rejoignit Arutha. Elle n'était pas encore capable comme lui d'attiser de son Don une fournaise qui consumerait tout en un rien de temps. Le feu qu'elle avait allumé brûlerait longtemps. Mais ils ne pouvaient pas se permettre d'attendre. Alors que les pauvres gens disparaissaient dans les flammes, son maître s'élança en direction de Rune. Lianne courut à sa suite, la rage au cœur.

***

— Il faut que je parle à Elio.

Le Syyr jaillit subitement par la porte, et s'avança à grands pas.

— Une minute, s'interposa Astre devant l'homme qui s'était rué dans l'office du prince.

Un air surpris passa sur son visage lorsqu'il vit l'assassin, et il recula.

— Excuse-moi, je ne t'avais pas reconnu. Tu es en avance.

Le chef de la garde détailla des pieds à la tête le Syyr noir.

— Tu sais que sans ton uniforme, tu as presque l'air sympathique ? s'amusa-t-il.

— Je dois parler à Elio, le pressa le soldat.

— Arutha ? s'enquit le prince, qui avait entendu des voix s'élever.

Il surgit de la pièce attenante, et s'avança vers le soldat.

— Tu es déjà là ?

La contrariété et le trouble assombrirent son regard franc.

— Cela ne va pas du tout, nous n'avons toujours pas...

— Elio !

Le soudain agacement du Syyr noir surprit tout le monde. Arutha expliqua en détail la situation à Ellebel et le nombre d'Errants qui se massaient de ce côté de la frontière.

— Les Errants ont dû trouver un sentier à flanc de falaise. Il faut envoyer une patrouille là-bas très vite, termina-t-il, ou ce sera bientôt une hécatombe.

Le prince leva la main.

— Astre.

— Je m'en occupe, acquiesça le chef de la garde d'un signe de tête. Lubéon, je te laisse résumer les recherches, jeta-t-il par-dessus son épaule tandis qu'il quittait déjà la salle.

Le garde se tourna vers Elio, et reprit le compte-rendu là où ils l'avaient laissé avant l'interruption de l'assassin.

— Nous avons fouillé la forêt. Il y a définitivement du monde là-dedans. Si ce sont des soldats, ils font tout pour rester discrets.

Lubéon fit défiler sur la carte les différentes traces qu'ils avaient relevées.

— Est-ce que cela pourrait expliquer le comportement de ces fichues Bestioles ? demanda-t-il enfin.

Le prince eut une moue dubitative.

— Je ne pense pas, cela ne correspond pas.

Lubéon laissa échapper un geste exaspéré.

— Pourquoi se comportent-ils comme ça ? lança-t-il, énervé de ne pas comprendre.

Arutha s'approcha de la carte, et suivit du doigt quelques mouvements des Errants.

— Ils sont plus intelligents que vous le pensez, annonça-t-il d'une voix lasse. Ils s'adaptent.

Sous l'air sceptique de ses compagnons, il reproduisit les parcours des patrouilles et les superposa aux nouveaux schémas de mouvements des Bestioles. Les animaux évitaient ostensiblement les gardes. Elio siffla entre ses dents devant l'évidence.

— Il faut revoir les itinéraires, ordonna-t-il d'une voix enflammée.

Comme le soldat à ses côtés jetait un œil soucieux vers la porte, il s'adressa à lui :

— Va rejoindre Lianne, proposa-t-il avec sympathie. Et Arutha… merci.

Le Syyr salua rapidement les deux hommes et s'empressa de regagner sa chambre. Sur le chemin, il tomba sur Astre qui venait vers lui. Arutha considéra l'homme, et hésita un bref instant.

— Puis-je te dire un mot à propos de ton apprenti ? proposa-t-il enfin.

Surpris par la demande curieuse, Astre s'arrêta. Il croisa les bras, et regarda l'assassin avec intérêt.

— Je t'écoute.

Arutha expliqua ce que Lianne avait remarqué à propos d'Espérion.

— Tu devrais peut-être essayer de travailler cela avec lui, conclut-il. Ce pourrait être intéressant.

Astre sourit à la manière délicate que le soldat avait de présenter les choses. La technique de reconnaissance donnerait à Espérion une subtilité dans le maniement du Don qu'il était loin de maîtriser pour l'instant. Ce pourrait être un moyen de l'introduire à des manières d'utiliser son potentiel autrement qu'en travaillant sur ses muscles ou sa vitesse. Un détail le tracassait pourtant.

— Comment Lianne a-t-elle remarqué qu'Espérion était sensible aux variations du Don ? interrogea le chef de la garde en tentant de juguler son inquiétude.

Sa voix se fit moqueuse pour tenter de dédramatiser ce qu'il allait dire.

— Elle n'était tout de même pas entravée ?

L'homme en face de lui se raidit, et son visage se fit froid.

— La manière dont j'entraîne mon apprentie ne regarde personne d'autre que moi, énonça-t-il d'un air mauvais, puis il tourna brusquement les talons, et s'en alla en martelant les dalles d'un pas contrarié.

La réaction emportée du Syyr impérial confirma les pires craintes du garde.

— Oh, Arutha, marmonna Astre en regardant la silhouette noire disparaître au coin suivant.

Si Lianne se laissait entraver par un soldat impérial sans broncher, cela les concernait tous.

Arutha rejoignit rapidement la chambre où il avait demandé à Lianne de l'attendre. La jeune femme n'était pas là. Il jura tout bas, et descendit les escaliers qui menaient à l'extérieur. Le Syyr noir parcourut les jardins sans succès, et se dirigea vers l'orée de la forêt.

Il trouva son apprentie à la lueur de la lune, debout devant les hauts arbres de la lisière. Le visage sombre, elle regardait dans les bois sans bouger. Doucement, il se porta devant elle. Alors qu'il s'apprêtait à parler, Lianne s'exprima la première. La haine qui se lisait sur son visage frappa son maître.

— L'Empire n'est pas la véritable menace. Les vrais monstres sont dans cette forêt, murmura l'apprentie, la voix emplie de colère.

— Tu ne sais pas de quoi tu parles, répondit doucement Arutha en posant une main sur son épaule, mais la jeune femme se dégagea d'un geste brusque, et détailla l'homme du regard.

— C'est vrai. Je ne connais aucun soldat impérial, cracha-t-elle sèchement à la face de l'assassin tandis qu'un voile chagriné passait sur son visage. Même toi, je ne suis pas sûre de te connaître.

Arutha n'avait pas l'habitude de la voir ainsi, il ne sut pas comment répondre. Agacée, Lianne disparut en direction de l'académie. Cette nuit-là, pour la première fois depuis la cérémonie en l'honneur du roi, elle retourna dans le petit lit qui était le sien.

33

— Attaque.

Lianne chargea Arutha dans un cri de rage, et fut encore une fois repoussée. Elle s'écrasa au sol sous l'œil impitoyable de son maître. Les haies du jardin de l'académie les entouraient et étouffèrent le bruit de son humiliation.

— Encore, annonça sans ciller le Syyr noir.

L'apprentie se releva et s'élança avec colère sur l'homme inébranlable, sans plus de succès. Le maître abaissa son arme et soupira.

— Calme-toi, réclama-t-il, excédé.

Comme la jeune femme restait enfermée dans son mutisme, il baissa les bras, et lui lança la paire de bracelets de force qu'il gardait à sa ceinture.

— Au travail, ordonna l'assassin d'une voix lasse.

Lianne s'assit là où elle était tombée, et enfila les entraves. Les pointes glacées qui pénétrèrent sa chair ne lui arrachèrent pas un frisson. Elle ferma les yeux et commença la maîtrise des sens. C'était étrangement facile à présent. Presque autant que la manipulation. À chaque fois qu'elle faisait le vide, son esprit oubliait un instant le chagrin qui l'habitait. Elle n'avait pas dit à Arutha qu'elle s'entraînait à chaque fois qu'elle le pouvait. Sous la douche. Dans son lit, le soir. C'était là qu'elle réussissait le mieux. Son corps et son esprit étaient si fatigués qu'elle n'avait aucun mal à s'en détacher.

Dans ces instants, elle pouvait déposer le fardeau qu'elle portait toute la journée. Son destin, toutes ces vies qui dépendaient de la sienne… tous ces morts. Leurs visages hantaient ses rêves, et la poursuivaient longtemps après le lever du soleil. Ozalee, Edin, Bayer, Kayle... Bele. Son corps éventré flottait devant ses yeux sans qu'elle pût l'éloigner. Et ces hommes et ces femmes sur le bûcher. Elle était l'Enfant. Elle aurait dû les protéger. Elle aurait dû agir. La culpabilité la rongeait plus sûrement que l'irion l'aurait fait, nourrissant sa rage, une rage irraisonnée qui ne faisait qu'enfler, jusqu'à l'étouffer. Fermant brusquement son esprit au chagrin, elle plongea avec soulagement dans l'oubli, et s'abandonna au vide. Son esprit s'accrochait à cet état paisible. Libre. Mais la réalité finissait toujours par la rattraper.

Lorsqu'elle émergea enfin, ce fut pour voir son maître assis à quelques pas en train de la contempler d'un air préoccupé. Son foulard était lâche autour de son cou, et Hairi se prélassait à ses pieds. Le visage de l'assassin reprit rapidement une expression neutre quand il vit ses yeux verts l'observer.

— Tu contrôles bien la maîtrise des sens, énonça-t-il, impassible. Demain, nous commencerons la dissimulation.

Tandis que son maître ramassait sa ceinture, Hairi accourut vers la jeune femme demander des caresses. Elle tendit la main, et la passa doucement dans la fourrure dorée de l'animal, qui se mit à ronronner. Lianne fit glisser ses doigts jusqu'en haut de son crâne, qu'elle gratta lentement, pour le plus grand plaisir de la boule de poils. Sous le regard attentif de l'élève, le féron écarta doucement les pattes arrière et courba les pattes avant en inclinant la tête dans une parodie de révérence. Soudain, il sursauta et s'enfuit vers Arutha en poussant un jappement indigné. Avec un regard suspicieux vers son apprentie, le Syyr noir boucla sa ceinture d'un geste sec.

— On rentre.

Alors qu'ils s'apprêtaient à quitter le coin de jardin qui était devenu leur lieu d'entraînement quotidien, des pas se firent entendre sur leur droite.

— Arutha, appela Lubéon. Astre m'a dit qu'on te trouverait là.

Le garde s'avança, suivi de Yiaru et de Gaal. Ce dernier adressa un rapide salut à l'apprentie, et fut étonné de son air buté.

— On part observer les nouvelles pistes des Errants, reprit Lubéon. On va en profiter pour voir si l'on ne trouve pas d'autres traces. On s'est dit que vous voudriez peut-être vous joindre à nous.

La patrouille qui avait été envoyée inspecter la falaise du côté d'Ellebel avait trouvé les traces d'un sentier que les Errants avaient utilisé pour grimper jusqu'au petit village. Le Don avait été utilisé pour creuser à même la roche. Il n'y avait plus de doute sur la présence d'espions impériaux dans la zone infestée, et toute l'académie était sur le pied de guerre.

L'assassin jeta un œil prudent à la jeune femme derrière lui avant de branler du chef.

— Lianne vient avec nous.

Il ne voulait pas lui laisser le temps de ruminer ce qui la travaillait. Et il était assez inquiet de ne pas savoir qui se promenait dans la zone infestée. Lubéon frappa dans ses mains, enthousiaste.

— Elio pensait que tu dirais ça. On restera proches de l'académie alors. On va explorer deux routes. La première coupe au nord de l'ancien tracé des patrouilles, et l'autre est plus à l'ouest. Celle-là rejoint le sentier qui a emmené les Errants aussi loin dans les terres protégées. On va commencer par aller au nord, près des premières traces que tu avais relevées. C'est une mission d'observation. On est discrets. On ne cherche pas la bagarre.

Arutha eut un rictus amusé.

— Et c'est toi qu'Elio envoie… ironisa-t-il tout haut.

Le garde s'arrêta avec stupéfaction.

— Très drôle, plaisanta-t-il d'un ton sincère. Honnêtement ! Tu t'entraînes, ou c'est mon sens de l'humour qui déteint sur toi ? s'enquit-il auprès du Syyr taciturne, qui leva les yeux au ciel.

— Avance, ordonna-t-il à Lubéon.

— Hmmm, rétorqua le garde d'un air réjoui. C'est toi qui prends la tête, mon gars.

Le soleil était encore haut dans le ciel quand ils s'engagèrent dans la zone infestée. La chaleur à cette heure de la journée diminuait les risques de rencontrer un Errant en vadrouille. D'ordinaire, ils préféraient se cacher à l'ombre pour dormir, le temps que la température retombât. Cependant, les Syyrs s'attendaient à tout étant donné les attaques de ces derniers jours. Ils marchèrent près d'une heure avant de tomber sur une piste fraîche.

Arutha se pencha pour étudier les traces. Gaal et Yiaru relevèrent leurs positions, et firent une marque sur la carte numérique que tenait Yiaru. Ils étaient trois kilomètres plus au nord que l'ancienne sente. Ils s'enfoncèrent vers l'est en suivant la piste, et tombèrent sur une première fourche. Arutha décida d'aller tout d'abord vérifier ce qu'il y avait au bout de cette piste secondaire avant d'avancer encore. Gaal acquiesça.

— C'est plus sûr, expliqua-t-il à voix basse aux trois autres. Cela pourrait éviter des mauvaises surprises.

Tandis qu'ils progressaient sur le sentier à peine tracé, les hommes marchaient en silence. Au détour d'un arbre au tronc particulièrement imposant, ils aperçurent brusquement une masse noire assoupie. C'était le bout du chemin. Les Syyrs se figèrent, puis Arutha fit signe de faire précautionneusement demi-tour. Yiaru releva discrètement la position de l'animal sur la carte qu'il tenait, et ils reculèrent à pas de loup. Soudain, Lianne fit un saut précipité en avant et se dégagea du groupe.

— Lianne !

Le chuchotement impérieux de son maître n'ébranla pas la jeune femme, qui fit un pas de plus vers l'Errant, puis un autre. Elle ne voulait plus l'écouter, lui, le premier

Enfant. C'était sa faute si elle en était là à présent. Il avait toujours soupesé chacune de ses actions, anticipé la moindre conséquence, évitant soigneusement de provoquer le plus petit déséquilibre dans la Longue Guerre. Jusqu'à ce que le destin se lassât et la désignât. À présent, toutes ces vies dépendaient de ce qu'elle ferait. Elle n'en pouvait plus d'attendre. Elle ne voulait plus observer, patienter. Il était temps pour elle d'agir.

Sous le regard impuissant de ses compagnons qui n'osaient intervenir de peur de réveiller le monstre, l'Enfant s'approcha jusqu'à frôler de la main l'énorme tête noire. Alors que l'assassin la suppliait du regard de revenir, elle posa d'un geste ferme sa paume moite sur le front sombre et imposant. Un sentiment de triomphe l'envahit alors qu'elle prenait enfin son destin en main. Elle agissait. Elle prendrait le contrôle de cet Errant, et lui imposerait sa volonté. Le hurlement qui suivit le réveil du monstre la glaça jusqu'au sang. Elle recula juste à temps pour éviter les dents éclatantes qui se ruaient vers elle. Avant même qu'il fût debout, l'Errant s'affaissa, cloué à terre par quatre épées rutilantes.

Arutha dégagea son sabre, et s'adressa à Lianne d'un air aussi sombre que la lame recouverte de sang.

— On rentre. Maintenant.

L'apprentie regarda un à un les visages qui l'entouraient, mais tous condamnaient son geste d'une moue soucieuse et réprobatrice. Elle releva la tête d'un air de défi envers son maître, et suivit les Syyrs sur le chemin inverse. La mission n'avait plus lieu d'être à présent que les Errants avaient connaissance de leur présence.

Le retour s'effectua dans un silence lourd. Les trois gardes étaient préoccupés, mais cela n'avait rien à voir avec la fureur qui bouillait dans le regard du Syyr noir. Lorsqu'ils furent sortis de la zone dangereuse et se trouvèrent aux portes de l'académie, il s'arrêta brusquement et se retourna vers son élève.

Lianne n'avait jamais vu Arutha véritablement en colère. Tandis que certains dissipaient leur rage à force de cris et de jurons, la fureur de l'assassin croissait dans un calme glacial. C'était une colère froide et méticuleuse.

— Que croyais-tu faire ? demanda-t-il d'une voix qui charriait des éclats de glace.

Le silence buté de son élève ne fit qu'accroître sa colère.

— Manipuler un Errant !

Son ton était incrédule face à l'énormité de l'action, mais cela ne dura pas. Sa voix se fit sèche.

— Tu ne peux pas utiliser le Don contre quelque chose qui y est insensible.

— Est-ce que quelqu'un a déjà essayé ? interrogea impudemment Lianne, le menton haut.

Arutha hésita, stupéfait que son apprentie osât lui répondre quand la situation était aussi grave, mais également parce qu'il ne savait pas si cela avait été tenté un jour, et cette constatation l'agaça d'autant plus. La voix de basse du soldat se fit cassante.

— C'était un risque inconsidéré. Pour toi comme pour tous ceux qui t'accompagnaient.

— Oh, je t'en prie !

Lianne secoua les bras, désabusée.

— Un Errant contre quatre Syyrs, dit-elle avec un petit rire ironique. Qu'est-ce que je risquais ?

Arutha serra les poings, et Lubéon crut qu'il allait devoir intervenir. Puis l'orage passa. Le Syyr contint sa colère, et se tourna pour ne plus voir l'objet de son exaspération.

— Rentre immédiatement.

La jeune femme soupesa l'idée de désobéir encore une fois. Elle finit par obtempérer, non sans lâcher un sifflement de mépris avant de s'en aller. Lorsqu'elle eut disparu dans le bâtiment le plus proche, Lubéon s'approcha du soldat, et lui tapa avec précaution l'épaule du plat de la main. Devant eux, le soleil se couchait à peine.

— Tu nous accompagnes, signala-t-il avec un enthousiasme forcé, avant de devenir morose. Il va falloir expliquer au prince pourquoi on rentre déjà.

Le soupir qui monta de la poitrine de l'assassin semblait sorti du fond de l'homme. Résigné, il suivit les trois gardes jusqu'à la chambre du prince. Elio les accueillit avec étonnement, et écouta le récit des derniers événements, les sourcils froncés. Quand ce fut fini, il se gratta la tête d'un air soucieux.

— Pouvez-vous nous laisser seuls un moment ? demanda-t-il aux trois gardes en surveillant Arutha du regard.

Yiaru et Gaal saluèrent leur prince et s'éclipsèrent, rapidement suivis par Lubéon qui jeta un œil compatissant au Syyr noir. Ce n'était pas vraiment sa faute si son apprentie avait agi comme elle l'avait fait. Lorsqu'ils furent seuls, le fils du roi s'assit et se passa la main sur le visage. Il leva les yeux pour s'adresser à l'assassin.

— Je m'inquiète pour Lianne, avoua-t-il de but en blanc. Il est normal que la mort de son ami et des maîtres qu'elle connaissait l'ait bouleversée, mais là, c'est trop pour que je puisse passer l'éponge dessus. Arutha, il n'y a rien que tu puisses faire pour la secouer un peu ?

Le soldat secoua la tête avec embarras. Il songea que le prince n'en savait pas la moitié. Lianne se fermait à lui plus que tout. Sans compter le fait qu'elle faisait chambre à part, ils ne se touchaient plus, ne se parlaient plus. Elio regarda l'air ennuyé de l'homme en noir, et émit un soupir résigné.

— Alors, il ne me reste plus qu'à trouver la punition adaptée. Une suggestion ? demanda-t-il, plein d'espoir.

Un rictus sinistre lui répondit.

— Vous n'apprécieriez pas, admit Arutha d'un air narquois, ce qui fit apparaître un sourire amusé sur le visage du prince.

— Merci, Arutha. Bonne nuit.

— Prince, salua le soldat en inclinant légèrement la tête avant de tourner les talons pour rejoindre sa difficile apprentie.

Elio sourit de nouveau en voyant disparaître l'homme inflexible par la porte. Au moins, le Syyr devenait plus courtois.

***

— Salut, Lianne.

Espérion était assis dos à la porte, les jambes croisées à même le sol et les paupières fermées. Il n'eut pas besoin de se retourner pour identifier son amie, mais cela n'amusa pas la jeune femme. Dépassant le garçon, elle se planta devant lui jusqu'à ce qu'il la regardât avec étonnement.

— Je veux aller dans la zone infestée, annonça-t-elle abruptement.

Les yeux de son camarade menacèrent de sortir de leurs orbites, et il se leva précipitamment pour fermer la porte. Tandis que le panneau brillant coulissait dans son logement, il se retourna, agacé.

— Les gardes pensent déjà que tu as pété un plomb, mais s'ils t'entendent dire ça, ils n'auront plus aucun doute ! fulmina-t-il à voix basse.

— Je sais où les trouver, rétorqua la jeune femme. On est tombés sur leur trace tout à l'heure.

Comme Espérion se détournait en secouant la tête, elle l'agrippa par l'épaule.

— Ce sont des soldats impériaux !

Le garçon balaya sa main, et la contempla avec exaspération.

— Pourquoi voudrais-tu y aller ?

— C'est à cause d'eux que les Errants ont attaqué Ellebel. Ce sont eux qui ont tracé le sentier qu'ils ont utilisé.

— Lianne…

Espérion continua à secouer doucement la tête, mais la jeune femme ne s'arrêta pas :

— Et Edin, Bayer, Kayle.

Sa voix se cassa lorsqu'elle continua :

— Bele... Si ce ne sont pas eux qui ont réveillé les Errants, alors qui ?

Le garçon posa gentiment une main sur l'épaule de son amie.

— Personne ne sait ce qui les a réveillés, Lianne. Nous les harcelons en permanence, ce n'est pas étonnant qu'ils finissent par répondre, expliqua-t-il d'une voix douce. Et pas un garde n'a vu de traces suspectes récemment. Arutha dit que les Errants se sont certainement ada...

La réaction de la jeune femme au nom de son maître ne se fit pas attendre. Elle bondit loin des mains de son ami, et observa Espérion comme s'il l'avait trahie.

— Et tu crois tout ce qu'Arutha te raconte ? accusa-t-elle son camarade.

Espérion était perdu.

— Quoi ? Mais c'est toi qui, depuis le début...

Lianne le coupa et s'approcha de lui jusqu'à ce que leurs visages se touchassent presque. Son regard était plein d'une assurance qui troubla le jeune homme.

— Si j'approche un des soldats, je pourrai lui faire faire ce que je veux, murmura l'apprentie.

— Pardon ?

L'incrédulité envahit Espérion, puis le doute surgit. Qui pouvait savoir ce que l'assassin avait appris à Lianne ?

Son amie sentit l'hésitation qui l'habitait, et insista.

— Il suffit que je le touche. Si j'arrive à toucher un de ces soldats, on saura tout ce qu'il y a besoin de savoir sur leur mission, sur ce que sait l'empereur... sur Arutha.

Il doutait encore lorsque la jeune femme reprit la parole :

— Je suis l'Enfant, Espérion. Je refuse de rester les bras croisés à attendre que les choses se passent. Je dois essayer. Sinon, comment espérer changer la situation ?

La peur d'une nouvelle tragédie rendait Espérion moins téméraire qu'il ne l'avait été. La mort d'Athyn, d'Ozalee, puis celle de Bele l'avaient déjà ébranlé. Mais ce fut la certitude qui émanait de son amie qui finit par le convaincre. Les deux amis se ruèrent dans les couloirs vers les chambres d'Ester, Ubio, Lullana et Revers, puis tous se réunirent chez Espérion. Astre était celui de leurs maîtres dont ils pouvaient le mieux anticiper l'arrivée. Lorsque les deux comparses eurent expliqué leur plan à leurs camarades, Ester sauta sur place.

— C'est génial ! Il faut partir tout de suite !

— C'est du suicide ! s'alarma Ubio. Lianne, tu ne peux pas faire ça ! Tu es l'Enfant, c'est beaucoup trop risqué !

La jeune femme eut un haussement d'épaules fataliste.

— Comment l'Enfant pourra-t-il changer quelque chose si on ne le laisse jamais agir ?

Elle eut une pensée pour Arutha. Était-ce pour cela qu'il n'avait pas accompli son destin ? Puis son cœur se fit plus dur : c'était à cause de son inaction qu'elle en était là aujourd'hui.

— Ça ne justifie pas de prendre des risques inconsidérés, se scandalisa la timide Lullana.

— Tu parles comme Arutha, cracha Lianne.

— Ne lui parle pas comme ça, se fâcha Ubio. Elle ne t'a rien fait !

— Peut-être qu'il a raison ! répondit avec un courage étonnant la frêle jeune femme devant Lianne, qui s'indigna.

— Qu'est-ce que vous avez tous à le défendre aujourd'hui ?

— Et toi, pourquoi tu lui en veux autant ? demanda avec raison Revers, vexant Lianne pour de bon.

— Si vous ne voulez pas venir, tant pis pour vous, argua-t-elle enfin en tirant Espérion par le bras. Nous, on y va.

Avec un air désolé pour leurs trois amis qui restaient en arrière, Ester et Espérion suivirent l'apprentie furieuse dans le froid du soir. Ils avaient beau regretter que leurs camarades ne les accompagnassent pas, l'excitation les envahissait à l'idée de ce qu'ils allaient oser faire.

Les trois amis coururent en silence jusqu'à la zone où Arutha avait relevé des traces suspectes la première fois, puis Lianne ralentit.

— Alors, elles sont où, ces traces ? demanda Espérion à voix basse.

— Quelque part par là... Il faut juste les trouver.

— Ce n'est pas vrai ! jura Ester en se rendant compte que l'apprentie leur avait menti. Tu peux nous dire ce qu'on fait ici ?

— Et quand on aura trouvé les traces ? interrogea le garçon d'un ton irrité. Tu ne sais même pas si ce sont des soldats.

— Vous pourriez arrêter de râler et m'aider ? siffla tout bas Lianne. Il suffit de les trouver pour être fixés.

Ester se redressa.

— Ça suffit, dit-elle à voix haute. C'est trop dangereux, je rentre.

— Moi aussi.

Espérion fixa avec déception son amie bornée.

— Et si tu avais une once de jugeote, tu rentrerais avec nous.

Lianne préparait une réplique cinglante quand le glissement métallique d'une lame dans son fourreau transperça la nuit, les glaçant sur place. Un poignard se posa sur la gorge d'Espérion, qui cessa soudain de respirer.

— Qu'avons-nous là ? interrogea une voix de basse à l'oreille du jeune colosse.

Deux autres silhouettes noires, un homme et une femme, surgirent devant les apprentis tétanisés. L'air moqueur, l'homme sortit une corde. Lui et sa compagne lièrent les poignets de Lianne et d'Ester, qui se laissèrent faire en tremblant.

— Palie, occupe-toi des traces, ordonna le gaillard qui tenait Espérion, avant de ligoter à son tour le garçon.

La femme inclina la tête vers son chef, et disparut entre les arbres d'un mouvement félin et silencieux, tandis que l'autre homme surveillait les deux prisonnières.

— On avance. En silence, reprit celui qui semblait commander.

Il poussa rudement dans le dos Espérion, qui manqua de s'étaler sur le sol. Dans un sursaut de fierté, l'apprenti se redressa et défia le chef du regard. Le visage buriné le contempla, impassible, puis l'homme leva la main et frappa le garçon, qui s'écroula pour de bon. Il le releva brusquement en tirant sur le col.

— Je vous en prie, supplia Lianne. Laissez-les tranquilles. C'est ma faute s'ils sont là.

Celui qui surveillait les deux jeunes femmes la retint.

— Alors, tu seras gentille, et il ne leur arrivera rien, lui conseilla-t-il avec indifférence.

Il saisit les deux filles par l'épaule pour les pousser en avant, mais Lianne se retourna vivement.

— Gardez-moi, et relâchez-les, proposa-t-elle. Vous avancerez plus vite.

— Lianne, tais-toi, aboya Espérion, mais elle l'ignora.

Contrarié, le chef frappa le garçon au visage et le traîna derrière lui tandis qu'il avançait froidement sur la jeune femme, qui se ratatina.

— Tu parles beaucoup, gamine.

Intimidée, elle ne se tut pas pour autant.

— Je vous en prie, insista-t-elle. Ils ne vous serviront à rien.

— Et toi si ?

Un éclair de suspicion passa dans les yeux de l'homme intraitable. Son visage sombre était rendu encore plus sévère par la large cicatrice qui barrait sa gorge. Il poussa Espérion vers son compagnon et s'approcha de Lianne. La jeune femme réalisa avec frayeur qu'elle en avait trop dit. Elle se débattit pour échapper à l'étreinte du soldat, mais celui-ci la tenait fermement. D'une main agile, il tira sur le col de l'uniforme beige et inspecta la peau dénudée, puis il releva les manches de l'apprentie sans tenir compte de ses gesticulations.

— Arrêtez ! cria Lianne impuissante.

Palie sortit de l'ombre, et contempla la scène avec amusement.

— Qu'est-ce que j'ai manqué ? demanda la féline impériale.

Lianne tomba par terre, et le chef lui saisit les chevilles sous l'œil goguenard de ses acolytes.

— Tu pourrais lui tenir les mains ? s'enquit-il en relevant imperturbablement les jambes du pantalon, mais ses yeux s'arrondirent soudain.

D'une tape un peu plus forte, il intima à Lianne l'ordre de ne plus bouger. Un sourire naquit sur son visage buriné. Palie s'approcha, et émit un petit sifflement de contentement en contemplant la marque en forme de croix.

— Brune, et elle a la cicatrice.

Le chef se redressa. Il releva brusquement l'apprentie pétrifiée, et la fourra dans les bras de la femme soldat.

— Il faut partir, fit-il d'un ton pressant.

Alors qu'elle suivait sous bonne garde ses deux amis dans la forêt, Lianne sentit le désespoir l'envahir. Ils savaient.

***

Arutha parcourait les couloirs de l'académie à la recherche de son apprentie lorsqu'il tomba sur Evyyt et son élève.

— Arutha, héla la maître Syyr. Ubio voudrait te parler.

L'assassin jeta un œil à la femme, et continua son chemin.

— Je n'ai pas le temps.

— Lianne est partie en forêt avec Ester et Espérion, lâcha hâtivement le garçon.

L'homme se figea, et braqua son regard bleu nuit sur Ubio, qui tressaillit.

— Je n'ai pas besoin de chercher dans beaucoup de futurs pour savoir que c'est une folie, expliqua l'apprenti en chevrotant. Rien de bon ne peut en sortir.

Arutha s'avança à la hauteur du garçon, et fit un effort pour paraître moins intimidant.

— Ubio, écoute-moi, réclama-t-il d'une voix posée en fixant le jeune homme envahi par la panique. J'ai besoin que tu me dises exactement ce que tu sais.

Ubio souffla profondément et baissa les épaules. Quand il reprit ses explications, il avait l'esprit plus calme.

— Elle veut aller là où vous avez repéré les nouvelles traces et poursuivre les soldats.

Devant le regard interrogateur d'Evyyt, Arutha secoua brièvement la tête.

— Elle a menti. Nous n'avons rien trouvé.

Le Syyr pesta tout bas. À quoi pensait-elle ?

Il tourna brusquement les talons et se précipita chez le prince. Il y trouva Elio et le chef de la garde encore en train de parler.

— Astre ! réclama-t-il en pénétrant à la volée dans la chambre, suivi de près par Evyyt.

Sa voix grondait à la mesure de la fureur qu'il contenait.

— Ton apprenti et la mienne sont partis dans la zone infestée.

— Quoi ?

L'expression abasourdie qui se peignit sur son visage eût fait rire en une autre occasion.

— Ester est avec eux, reprit l'assassin en maîtrisant sa voix. Ils ont une heure d'avance. Il faut partir maintenant.

Astre se tourna vers son prince qui, devant l'urgence de la situation, donna son assentiment.

— Allez-y. Evyyt, va chercher Gaal, Saaj et Syla. Et réveille Lubéon.

— Gaal devrait rester avec Lullana et Ubio, proposa le chef de la garde. Je n'ai pas envie d'avoir aussi à leur courir après. Il faudrait prévenir Yiaru, c'est le maître d'Ester.

Le prince hocha la tête en direction d'Evyyt, qui se hâta dehors.

— Laissez une piste, ils vous rejoindront dès que possible, jeta-t-il aux deux hommes qui partaient déjà en courant.

Ils filèrent vers la forêt. Astre suivait Arutha. L'assassin réfléchissait à toute allure. Lianne ne connaissait qu'un seul endroit où était apparue une trace reconnaissable. C'était le meilleur pour commencer à traquer les soldats. Il ne leur fallut pas longtemps pour rejoindre la piste laissée par les trois apprentis, mais celle-ci s'interrompait subitement au milieu de nulle part. Astre jura. Cela allait se compliquer. Après un examen attentif, Arutha se redressa.

— Deux. Peut-être trois.

— Impériaux ?

— Sans doute. Cela y ressemble fortement en tout cas.

— Tu peux nous guider ? demanda le chef de la garde.

L'assassin eut un sourire carnassier.

— Suis-moi.

Ils zigzaguèrent dans les bois une heure durant, suivant une piste que seuls les yeux exercés du soldat voyaient. Alors que le Syyr commençait à se demander si son guide savait vraiment ce qu'il faisait, ils s'arrêtèrent subitement. Arutha posa la main sur l'épaule du chef de la garde, qui sentit un picotement le traverser. Il se détendit pour faciliter la tâche du Syyr, et le laissa modeler ses pulsations. La sensation était inhabituelle, mais pas désagréable.

À pas précautionneux, ils progressèrent jusqu'à l'orée d'une petite clairière où ils découvrirent les apprentis et leurs ravisseurs. Astre entrevit deux hommes et une femme qui discutaient en surveillant les prisonniers épuisés avant qu'Arutha le plaquât au sol.

— Yak ! maugréa le soldat en rabattant précipitamment son foulard sur son visage.

— Des amis ? murmura Astre.

— Chut, ordonna le Syyr d'un geste inquiet.

Dans la clairière, les conversations s'arrêtèrent.

— Un Errant ? demanda tout bas la femme.

Le chef inspecta le couvert des arbres plongés dans les ténèbres. La lueur de la lune qui baignait la clairière éclairait les visages concentrés de ses compagnons et ceux apeurés de leurs prisonniers.

— Non, ce n'est rien. Qu'est-ce qu'elles ont, ces foutues Bestioles ici ? marmonna-t-il comme pour lui-même. D'habitude, elles sont assez intelligentes pour nous éviter. Il vaut mieux ne pas rester là, poursuivit-il.

— Qu'est-ce qu'on fait pour ces deux-là ? demanda Palie en pointant une de ses dagues vers Espérion et Ester. Ils nous ralentissent.

Terrorisés, les deux apprentis s'agitèrent dans leurs liens, mais les soldats leur avaient solidement attaché bras et jambes dès qu'ils s'étaient arrêtés.

— On pourrait les laisser ici, proposa le troisième homme.

Le chef secoua la tête.

— Kao, si un Errant passe par là avant les gardes, leur sort sera pire.

Lianne tira avec sa langue sur le bâillon qui recouvrait sa bouche. Leurs gardiens l'avaient entravée dès qu'ils avaient su qui elle était. Puis ils l'avaient muselée quand ils en avaient eu assez de l'entendre. À force d'efforts, elle finit par dégager le morceau de tissu qui la gênait, et s'adressa aux Syyrs qui lui tournaient le dos :

— Laissez-les partir.

Les soldats se retournèrent, et la femme s'approcha pour remettre en place le bâillon.

— Laissez-les partir, et je vous suivrai sans résister, ajouta l'apprentie précipitamment. Ils ne savent pas comment rentrer sans moi, ils ne pourront prévenir personne.

La féline impériale suspendit son geste, et pivota vers les hommes.

— Au moins, ils pourront se défendre, proposa-t-elle en haussant les épaules.

— Huit semaines qu'on tourne autour de cette académie sans rien obtenir, rappela leur chef l'air fermé. C'est trop risqué.

Palie soupira légèrement, et remit en place le morceau de tissu qui muselait Lianne, puis elle sortit sa dague et se dirigea sous ses yeux écarquillés vers les deux apprentis impuissants.

Soudain, un uniforme blanc surgit de nulle part et repoussa avec force la courte lame. Dans le même temps, un fantôme noir s'abattit sur la tempe de la féline impériale, et la projeta à terre. Les deux soldats réagirent instantanément et se précipitèrent vers leur camarade, mais Astre avait déjà libéré Ester et Espérion, qui détalaient à toute vitesse.

Le chef de la garde vit Arutha se glisser jusqu'à Lianne en évitant les coups des deux hommes. Il resta bloqué entre la jeune femme et les soldats, incapable de détacher l'une sans s'exposer aux lames des autres. L'assassin para la première attaque, et repoussa son adversaire. Il plongea pour éviter l'épée du second homme, qui siffla au-dessus de sa tête. Le soldat se releva d'un bond, et frappa au menton son agresseur, qui cria en se tenant la mâchoire, puis il pivota sur lui-même et projeta le dos de son sabre dans l'estomac de l'autre qui revenait à la charge.

L'homme s'écroula en lâchant un juron. Sans attendre, Arutha trancha d'un geste vif les liens de Lianne, et la remit brusquement sur ses jambes. La jeune femme s'enfuit en courant, suivie de près par Astre.

— Ouch !

Un bruit sourd retentit, puis une exclamation de douleur. Le plus proche des poursuivants s'étala, et Arutha sauta par-dessus. Ils filèrent dans la forêt, conscients que leurs adversaires n'étaient qu'à quelques pas derrière eux. Les jambes encore engourdies par les liens,

Lianne trébucha. Arutha la releva, et la poussa dans les bras d'Astre.

— Courez.

Le garde et la jeune femme reprirent leur course effrénée à travers les arbres pendant que l'assassin se fondait dans la brume qui s'était levée. L'aube approchait.

— Ils sont là ! hurla une voix familière.

Lubéon sortit du brouillard, et pointa son bras dans leur direction. Astre aurait ri si ses poumons n'étaient pas en feu. Lianne accéléra, et dépassa le chef de la garde.

Soudain, un homme leur barra la route et leva son épée. Surgi de nulle part, Arutha bondit sur le soldat, et l'envoya à terre d'un coup de poing. Mais l'ennemi pivota sur lui-même et se rua vers le garde. Sa lame acérée frôla la poitrine exposée. Astre dégaina son sabre et se précipita sur l'homme. Le coup porta au bras. Le garde tira Lianne en arrière, et ils s'élancèrent vers les renforts qui accouraient, l'assassin sur leurs talons.

Ils se retournèrent quand ils furent arrivés au niveau de la patrouille. Une dague jaillit de la brume et manqua de peu le visage masqué du soldat. Derrière eux, les trois assaillants s'arrêtèrent net dans leur élan à une distance respectable. Le regard irrité du chef évalua la situation. Quatre Syyrs supplémentaires et en pleine forme se dressaient entre eux et les trois apprentis. Sans un mot, les ennemis reculèrent dans le brouillard et disparurent.

— Courageux mais pas téméraires, ironisa Lubéon.

— Ils ont tout ce qui leur faut, lâcha maussadement Arutha.

Le commentaire lugubre fit retomber le sentiment de victoire qui avait parcouru le petit groupe à la vue des guerriers battant en retraite. Ils connaissaient le nom de l'Enfant, et savaient maintenant précisément à quoi elle ressemblait.

Encadrés par Syla et Yiaru, Espérion et Ester baissèrent la tête. Leur inquiétude quant à leur sort dissipée, ils réalisaient maintenant ce qu'ils avaient fait. Yiaru et

Evyyt observaient le visage assombri du chef de la garde. Ils n'avaient jamais vu leur commandant ainsi.

— On ne devrait pas les poursuivre ? demanda Saaj au Syyr noir.

— Ils sont déjà loin à l'heure qu'il est. Et sans leurs prisonniers, leurs traces seront plus difficiles à suivre.

Le silence s'abattit sur eux.

— On rentre, ordonna finalement Lubéon, voyant que personne ne bougeait.

— Lâche-moi !

Le cri de Lianne fit sursauter Ester. Arutha avait saisi le poignet de son élève, et commençait à la traîner en direction de l'académie. Folle de rage, l'apprentie se débattait.

— Lâche-moi ! hurla-t-elle en griffant l'avant-bras qui la retenait. Pourquoi es-tu venu ? Je suis assez grande pour me débrouiller toute seule.

Lianne s'époumonait à l'oreille du Syyr impassible, qui repoussa son foulard.

— Tu passes ton temps à m'empêcher d'agir ! Tu m'étouffes. Je ne veux plus te voir…

L'assassin se pencha, et serra son élève dans ses bras. La force de son étreinte figea la jeune femme.

— Ne recommence jamais ça, murmura-t-il doucement.

Son visage découvert laissait transpirer la peur qu'il avait eue.

— Tu seras ma perte, chuchota-t-il à son oreille.

Lentement, les bras de l'apprentie se serrèrent autour de l'homme qui la soutenait, et une larme coula le long de sa joue. Au soulagement d'avoir été secourue se mêlaient la peine et le remords.

— Je n'y arrive pas, je ne peux rien changer, prononça-t-elle de sa voix tremblante.

Arutha l'enserra un peu plus fort en ignorant les regards étonnés de Saaj et de Syla et ceux de connivence de Yiaru et de Lubéon. Ils étaient seuls au monde.

— J'ai confiance en toi.

La pointe d'une épée se posa sur la gorge du soldat qui s'immobilisa. Arutha recula d'un pas et pivota pour faire face à Astre, qui le fixait avec aigreur. De sa main, l'assassin éloigna Lianne de l'homme armé, ce qui accrut encore le courroux du chef de la garde.

— Astre ! s'alarma Lubéon, mais la confiance qu'il avait en son commandant le dissuada de s'interposer.

Les gardes indécis se placèrent en arc de cercle autour des deux belligérants, prêts à intervenir.

— Tu n'as pas une égratignure, constata Astre.

— Toi non plus, répondit prudemment le Syyr noir.

Astre le regarda d'un œil mauvais, et tendit le bras là où leurs poursuivants avaient disparu.

— Eux non plus, attaqua-t-il de sa voix grondante. Tu n'en as pas tué un seul.

À ces mots, un masque d'incompréhension se peignit sur les traits des spectateurs. Arutha contempla avec calme le garde furieux qui lui faisait face. Il écarta les bras en signe de bonne foi.

— Cela arrive.

— Tu avais l'occasion de le faire, accusa le chef de la garde tandis qu'il revoyait la lame de l'homme qu'Arutha avait voulu assommer frôler sa poitrine. Cet homme aurait pu viser Lianne. Pourquoi un assassin hésiterait-il à porter un coup fatal ? interrogea-t-il brusquement.

Le Syyr noir commença à perdre patience.

— Arrête, Astre, pria fermement le maître de Lianne.

— Pourquoi ?

Le mépris qui s'afficha sur le visage du garde fut trop pour le soldat.

— Je ne tue pas par plaisir ! explosa-t-il en repoussant d'un geste brusque l'arme braquée sur lui.

Les gardes reculèrent avec prudence d'un pas pour éviter les coups perdus, hésitant sur la conduite à tenir. Astre baissa sa lame et agrippa rageusement son opposant au col.

— Tu connais ces hommes !

Arutha se dégagea en poussant violemment le garde en arrière. La fureur qui se lisait sur son visage éclata dans sa voix.

— Oui, je les connais !

Le chef de la garde qui s'apprêtait à fondre sur son adversaire s'immobilisa avec l'aveu.

— J'ai combattu avec eux, reprit l'assassin en tâchant de maîtriser son courroux. Je connais leurs familles, le nom de leurs enfants ! Tu crois que c'est facile de tuer quelqu'un quand tu sais le nom de ceux que tu rendras orphelins ? questionna le Syyr avec froideur.

La confession avait fait hésiter le cœur d'Astre, mais la peur et la colère qu'il avait ressenties cette nuit l'emporta.

— Ils ne savent pas que c'est toi ! Quand bien même ils le sauraient, crois-tu vraiment qu'ils hésiteraient à te tuer maintenant ?

— Cela ne change rien, rétorqua Arutha d'une voix mortellement calme.

— Ça suffit maintenant. Arrêtez !

Le ton autoritaire d'Espérion stupéfia tout le monde. Le jeune homme s'interposa entre les deux belligérants, et se tourna vers son maître. Derrière lui, l'assassin recula d'un pas, et laissa tomber ses poings, tandis que Lianne glissait sa main dans la sienne. À cette vue, le chef de la garde baissa les épaules, et se passa une main sur la figure.

— Désolé, murmura-t-il d'une voix lasse.

Astre s'écarta lentement, tiré par son apprenti, et le groupe reprit sa route vers l'académie.

34

Lianne suivit anxieusement Arutha dans l'entrelacs que constituaient les jardins de l'académie à cet endroit. Depuis deux jours, la jeune femme n'avait plus le droit de s'éloigner. Elle était accompagnée partout où elle allait, par son maître ou par un garde. En ce moment, c'était Arutha qui l'escortait.

— Viens là, appela l'assassin.

La jeune femme avança, penaude. Après la peur, la honte d'avoir mis la vie de ses amis en danger avait remplacé la colère qu'elle avait si longtemps ressentie. Elle était vidée, perdue. Envahie par la rage et la sensation d'être inutile, elle avait vraiment cru pouvoir changer les choses. Ne lui restaient à présent que ses doutes. Était-elle capable de faire ce que l'on attendait d'elle ? Était-elle seulement l'Enfant ?

C'était la première fois depuis son coup d'éclat qu'elle se retrouvait seule avec Arutha. Il n'avait plus l'air en colère maintenant, mais elle craignait qu'il lui en voulût encore. La jeune femme suivit le son de sa voix et déboucha sur une petite pelouse isolée qu'elle ne connaissait pas. Un filet d'eau ruisselait au travers de l'herbe verte et fournie. Il n'y avait pas de fleurs, mais au pied d'un arbre, un gros rocher était réchauffé par les rayons du soleil. C'était un petit coin de paradis aux portes de l'académie.

Le ruisseau formait au pied du rocher une mare, où Hairi s'abreuvait avec concentration. Il leva la tête en entendant arriver son maître, et jappa joyeusement. Le féron se précipita sur les jambes de l'homme, et se frotta allègrement contre lui, mais il s'écarta brusquement quand Lianne tendit la main vers sa fourrure dorée. La jeune femme en fut peinée, mais elle ne pouvait s'en prendre qu'à elle-même. Arutha suivit du regard le rapide animal, qui s'échappa.

— Il t'en veut encore, constata-t-il avec contrariété tandis que son apprentie approchait. Tu n'aurais pas dû essayer de le manipuler.

L'assassin sortit de sa poche les écorces d'une orange fraîchement pelée, et les versa dans la main de Lianne.

— Hairi, appela-t-il doucement à l'intention du féron, posté à l'autre bout de la clairière. Hairi.

Arutha siffla trois notes, et l'animal s'ébroua comme s'il réfléchissait, puis il accourut en galopant. D'un bond joyeux, il sauta sur la main tendue, et lécha les écorces amères. Sa langue râpeuse chatouillait la paume de Lianne, qui sourit.

— Tu vois, il t'a pardonné, murmura doucement son maître.

La jeune femme se tourna vers Arutha. Elle avait oublié combien sa présence pouvait être apaisante.

— Et toi ? demanda-t-elle en craignant la réponse.

Elle se perdit dans le regard pénétrant du Syyr, qui se pencha pour l'embrasser. Ils s'installèrent confortablement sur le tapis vert tandis qu'Hairi s'éloignait avec dignité, la gueule emplie de ses friandises.

— Je suis désolée, murmura Lianne.

Redressé sur un coude, Arutha passa une main dans les cheveux de la femme allongée à ses côtés.

— Pourquoi es-tu partie ?

— J'étais en colère, répondit-elle, évasive. Je n'ai pas réfléchi.

L'assassin eut un soupir désillusionné.

— Tu ne me fais plus confiance, comprit-il avec résignation.

— Je...

Lianne ne voulait pas mentir à son maître, mais la vérité n'était pas toujours facile à dire. Elle repoussa le col de sa chemise, et effleura du doigt la cicatrice rosée qui marquait encore l'emplacement où Behru avait enfoncé son épée. Elle disparaîtrait avec le temps, comme celles de son dos qui s'étaient finalement effacées. Sa main glissa jusqu'à la corde qui retenait à son cou le pendentif rond, et elle caressa la pierre blanche en suivant les contours des arabesques qui y étaient gravées.

— Ce sont les Valands qui te l'ont donné ?

— Non, c'est plus ancien que cela.

Il posa une main sur le corps athlétique de Lianne, sculpté par les heures d'entraînement.

— Pose tes questions, lâcha-t-il soudain.

Une surprise empreinte de curiosité naquit dans le regard de la jeune femme, et Arutha nuança ses propos.

— Je ne peux pas tout te raconter, expliqua-t-il doucement. Mais je te promets d'essayer de répondre.

Elle réfléchit en tortillant un brin d'herbe. Sa première question fut plutôt une affirmation :

— Tu l'aimais. Kara.

— Oui, répondit sincèrement l'assassin.

Elle pencha la tête.

— Tu ne l'as pas vraiment tuée.

Un voile de tristesse passa dans le regard bleu océan.

— Indirectement, si.

Lianne déglutit, puis posa sa troisième question :

— Elle est morte parce que tu étais l'Enfant ?

— Je ne sais pas. Elle est morte parce que je suis moi.

La réponse, bien qu'honnête, était vague et appelait une autre question :

— Tu étais l'Enfant, n'est-ce pas ?

Arutha sourit et caressa la joue de son amante.

— Oui.

Lianne cligna lentement des yeux. Elle était rassurée, mais ne comprenait pas pour autant.

— Pourquoi n'as-tu rien fait ?

Le regard du soldat se perdit au loin.

— L'empereur m'adorait... à sa manière, commença-t-il précautionneusement. J'étais son assurance de faire disparaître le roi Saï et son Royaume.

La jeune femme passa un doigt léger sur le contour des yeux du soldat. Il saisit sa main et y déposa un baiser.

— Je le haïssais.

Sa voix était détachée, comme si ce qu'il racontait était arrivé à un autre.

— Je le haïssais, et en même temps, j'aimais l'Empire.

Le regard étonné de Lianne ennuya Arutha, qui voulut se justifier.

— Ce ne sont pas que des soldats et des guerriers. Les gens sont les mêmes partout. Il y a des amis, des familles. Des personnes qui vivent malgré tout. Si j'obéissais, l'empereur gagnait. Cela m'était insupportable. Si j'échouais...

Le dégoût perla dans ses paroles.

— L'empereur ne se serait jamais rendu tant qu'il y aurait eu encore un homme capable de se battre en son nom.

L'apprentie comprenait la difficulté de la décision de son maître. Mais supporter une situation terrible de peur d'en voir une pire émerger n'était pas une issue. Agir était la seule solution si l'on voulait changer les choses, elle en était persuadée. En cela, elle était différente de son maître.

— L'empereur te croit mort. Comment t'es-tu enfui ?

Arutha eut un rire humble, mais ne dit rien. Lianne fit la moue, et attaqua sous un autre angle :

— Pourquoi es-tu venu ici ?

Le sourire mélancolique du Syyr éclaira de nouveau son visage.

— La raison n'a plus lieu d'être, éluda-t-il, mais Lianne attendit sans ciller.

Elle avait mérité une réponse. Sous le regard obstiné de son apprentie, Arutha capitula :

— Je cherchais l'Enfant, avoua-t-il.

Lianne s'en doutait déjà et attendit la suite.

— Je voulais voir, continua l'homme. Ce qu'il allait faire, comment… j'allais réagir. Si je devais le tuer…

Un sourire rassurant s'épanouit sur le visage féminin. Il y avait tout de même une chose qu'elle avait pu deviner de son maître énigmatique.

— Et maintenant ? interrogea-t-elle, espiègle.

Arutha bascula sur son amante, qui rit de bon cœur. Il l'embrassa, puis vissa ses yeux d'océan au fond de ceux de la jeune femme.

— Je vais te regarder changer mon monde.

Alors qu'elle s'apprêtait à répondre, Arutha lui mit un doigt sur les lèvres. Il l'aidait à se relever lorsque Saaj entra dans la clairière.

— Arutha, Elio te demande.

— J'arrive, répondit l'assassin.

Saaj repartit tranquillement dans l'autre sens pour les attendre un peu plus loin.

— Comment vont Ester et Espérion ? interrogea Arutha en récupérant ses armes.

Lianne souleva ses cheveux pour en refaire la queue-de-cheval.

— Bien, je crois. Ester m'en veut encore…

— Laisse-lui du temps, conseilla le Syyr noir. Tu n'as qu'à aller t'entraîner avec eux. Je parie qu'Astre aussi est chez Elio.

L'apprentie s'approcha de l'assassin, et toucha son cœur à travers sa chemise entrouverte.

— Il y a encore des choses que je ne sais pas, murmura-t-elle en passant le doigt sur les lèvres de son maître.

Arutha se moqua gentiment et s'écarta pour fermer son vêtement.

— Il faudra vivre avec.

Il déposa tendrement un baiser sur la bouche qui l'appelait, et fixa promptement ses armes dans son dos.

— Rentre, c'est un ordre, jeta-t-il par-dessus son épaule, la laissant en compagnie de Saaj.

***

Elio regardait les gardes se rassembler dans la salle de réunion, comptant ses hommes, et mesurant leur courage en espérant ne pas s'être trompé.

Il lui avait fallu avertir son père que l'empereur connaissait maintenant le visage de l'Enfant. Bien entendu, le roi était hors de lui. Le torrent d'imprécations qui s'était abattu sur le prince pendant plus de deux heures avait manqué de lui faire perdre son sang-froid. Son père s'était étouffé à force de crier. Lorsqu'il était revenu une heure plus tard, le roi était accompagné du Haut Conseil au grand complet. Ils menacèrent de dépêcher la flotte pour rapatrier l'Enfant si Elio ne mettait pas tout de suite Lianne dans un vaisseau en partance pour Nui.

Le prince était face à un dilemme car, à son avis, les deux solutions ne pouvaient qu'aboutir à une catastrophe. Selon la prophétie, Lianne serait la cause de l'effondrement d'une des deux puissances, mais la prédiction n'indiquait pas comment.

Si le roi dégarnissait les frontières pour venir ici, il laissait l'Empire pénétrer plus profondément que jamais au sein du Royaume. S'il envoyait une force moindre soutenir l'académie, l'empereur le saurait et attaquerait Pira sans tarder. Ce serait une course entre les deux forces armées, et la petite planète était trop proche de la frontière pour prendre un tel risque.

Pourtant, envoyer Lianne vers Nui revenait à la séparer définitivement de son maître, car jamais la capitale n'accepterait qu'un espion impérial posât librement le pied sur son sol. Or le Syyr noir n'était plus l'homme inquiétant et dangereux qu'il avait été. Elio commençait à douter, en son for intérieur, que la relation qui s'était créée entre les Enfants des deux prophéties fût seulement le fruit du hasard. Il y a quelques mois encore, jamais il n'aurait imaginé que Lianne pût atteindre un tel niveau de maîtrise en si peu de temps.

Le prince savait se montrer persuasif. Il avait bataillé ferme, et le roi avait fini par entendre raison, du moins pour l'instant. Elio devait rapidement reprendre les choses en main, ou il ne pourrait plus empêcher son père de faire ce qu'il considérait être une folie. Il lui fallait savoir ce que préparait l'Empire. Il lui fallait les soldats impériaux.

Arutha rejoignit Lubéon alors qu'il se dirigeait vers les larges portes de la salle où les attendait le prince royal. Les visages étaient graves autour d'eux. Elio salua les retardataires, et continua à parler :

— À présent, l'empereur connaît l'identité de l'Enfant, affirma-t-il d'une voix forte. Il ne va pas en rester là. Il faut s'attendre à ce qu'il envoie des forces, en grand nombre.

Le fils du roi contemplait avec sérieux les Syyrs qui l'entouraient, taisant ce qu'il ne pouvait se résoudre à leur dire : par sa faute, il leur faudrait se débrouiller seuls.

— Sachez-le, et préparez-vous, vous et vos élèves. Nous aurons besoin de tous les bras disponibles, ajouta-t-il avec lucidité.

Le commentaire fit tiquer plusieurs maîtres, mais tous savaient la justesse de ses propos.

— En attendant, reprit-il d'une voix sinistre, la guerre commence maintenant. Nous avons trois soldats impériaux qui vadrouillent librement à quelques pas de chez nous. Ce n'est pas tolérable. Lubéon restera ici avec Evyyt, Yiaru, Saaj et Syla. Les autres, formez des équipes de six.

Tandis que les gardes se regroupaient, le prince jeta un coup d'œil entendu à Astre.

— Arutha, je peux te parler ? demanda poliment Elio, tandis qu'il l'entraînait dans la pièce attenante. J'aimerais que tu nous accompagnes.

Astre lui avait fait part de son altercation avec l'assassin. Devant l'air renfrogné du soldat, il voulut le rassurer.

— Je ne te demande pas de les tuer, lui assura-t-il. Mais il faut que tu m'aides.

Le Syyr noir pinça les lèvres. Participer à la battue ne lui plaisait vraiment pas. Cela l'exposait beaucoup plus qu'il n'était prêt à le faire, et laissait Lianne trop peu protégée à son goût. Pourtant, les soldats restaient un risque qu'il ne pouvait ignorer.

— Je les traquerai pour vous, accepta-t-il du bout des lèvres. Mais je n'interviendrai pas.

Les conditions posées par Arutha n'étaient pas idéales, mais Elio comprenait ses raisons. Il prendrait ce que l'homme était prêt à lui donner. D'un mouvement de la tête, il accepta.

— Tu ne veux pas emmener Lianne ? interrogea Astre, alors qu'ils retournaient dans la pièce principale.

— Pas cette fois.

L'académie était en alerte. Plusieurs Syyrs seraient sur place, et les gardes ocre grouillaient entre les bâtiments, préparant la guerre. Lianne y serait en sécurité.

Devant eux, les soldats s'étaient organisés en quatre groupes. Astre, Gaal, Lio et un Syyr du nom de Vughi se réunirent autour du prince. Avec Arutha, ils formaient le quatrième groupe.

— Très bien, annonça Elio en se tournant vers l'assassin. À toi de jouer.

Arutha releva son foulard et s'avança dans la forêt, suivi par trente des meilleurs gardes de l'académie. Ils marchèrent jusqu'à l'endroit où la patrouille avait rejoint les apprentis deux jours auparavant. Le Syyr noir étudia longuement le terrain avant de se décider pour la direction de l'ancien nid.

Ils parcoururent poussivement plusieurs kilomètres supplémentaires au cœur des territoires infestés. Astre regardait Arutha se baisser pour étudier une feuille, une trace puis une autre en slalomant entre les arbres et les buissons. Le tissu épais du foulard l'empêchait de distinguer l'expression du Syyr noir. Malgré les excuses qu'il avait faites à l'assassin, Astre était toujours un peu honteux de s'être laissé emporter, ce n'était pas digne de sa fonction. Pourtant, quelque chose le turlupinait, et il décida d'en faire part à Arutha :

— Deux choses m'étonnent, déclara-t-il en marchant lentement entre son prince et le Syyr noir. Ils hésitaient à tuer Ester et Espérion. Ce n'est pas le comportement habituel de soldats impériaux.

Arutha leva la tête un bref instant, puis reporta son regard sur le sol couvert de feuilles mortes.

— Nous combattions surtout sur les fronts extérieurs, expliqua-t-il avec un léger agacement. On y apprend plus à tuer les Errants que les gamins.

— Qu'est-ce qu'un assassin faisait là-bas ? interrogea tout haut Astre.

Il reprit son raisonnement sans attendre une réponse qu'il n'aurait de toute façon pas obtenue.

— D'après Espérion, ils avaient l'air aussi déroutés que nous par le comportement des Errants.

— Comment as-tu vu que les Bestioles s'adaptaient à nos patrouilles ? interrogea ingénument Gaal, qui s'était rapproché.

— Je ne sous-estime pas l'intelligence de ces animaux. Et vous feriez bien d'en faire autant.

Au son de sa voix, Arutha devait arborer un air franchement irrité à présent.

Le soldat s'arrêta soudain, et Gaal dut faire un pas de côté pour ne pas lui rentrer dedans.

— Il y a quelque chose de bizarre, murmura l'assassin en regardant minutieusement tout autour de lui.

— Quoi ? s'impatienta Elio.

Il commençait à se demander si le Syyr noir ne cherchait pas à gagner du temps.

— Les Errants.

Arutha fit un tour supplémentaire sur lui-même, et son visage prit un air préoccupé.

— Cela fait plusieurs heures, maintenant. Il n'y a pas une seule trace fraîche ici.

***

Lianne regardait les lièvres sauvages s'ébattre dans le petit enclos monté dans la prairie qui jouxtait sa chambre. Ester, Espérion, Ubio et Lullana étaient là également avec quelques autres apprentis. La jeune femme était plutôt inquiète de retrouver ses amis, mais seule Ester semblait ne pas vouloir lui adresser la parole.

— Ne t'en fais pas, lui glissa Espérion. Elle est têtue, et elle a eu la peur de sa vie, mais elle n'aurait pas voulu rater ça. Tu la verrais raconter l'histoire à tout le monde. Rien que pour ça, elle serait morte de rage de ne pas t'avoir suivie.

— J'ai été folle, corrigea la jeune femme, atterrée.

Un grand sourire apparut sur le visage du colosse.

— Oui, mais c'était excellent, non ?

Lianne ne savait pas si son ami était juste inconscient ou totalement fou. Elle aurait pu les faire tuer. Elle n'arrivait pas à oublier le visage d'Ozalee, froid et vide sur le sol du vaisseau impérial, ni le corps de Bele étendu sur le bûcher. Comment avait-elle pu les entraîner dans un guêpier pareil ?

— Tu devrais parler à Ubio, reprit le garçon à ses côtés. Il s'en veut, tu sais.

Elle jeta un œil au blondinet qui discutait avec Lullana, et fut frappée par l'ironie de la situation. Il était le seul qui ait agi de manière sensée, et c'était lui qui avait des remords. L'apprentie se demanda si le Don ne les rendait pas tous idiots.

— Lianne, appela Evyyt.

L'apprentie leva la tête à l'énoncé de son nom.

— Tu as déjà pratiqué la manipulation avec Arutha. Pourrais-tu nous faire une démonstration ?

— Euh… oui, hésita Lianne, prise de court.

Elle entra dans l'enclos, et les animaux au pelage fauve s'égaillèrent sur son passage. La jeune femme s'assit pour réfléchir. Que pouvait-elle faire ? Elle étendit la main droite comme le lui avait appris son maître, et leurra les bêtes en leur faisant croire qu'elle tendait de la nourriture. Plusieurs s'approchèrent précautionneusement jusqu'à toucher sa main.

Doucement pour ne pas les effrayer, elle posa sa paume gauche sur le plus proche d'entre eux, et chassa gentiment les autres. Celui qu'elle avait touché ne bougea pas, la regardant avec curiosité. C'était la partie facile.

Lentement, elle souleva le lièvre et l'approcha de son visage. Le petit museau frétillant vint toucher son nez, et une langue râpeuse la goûta brièvement. L'odeur fauve de l'animal n'était pas désagréable, quoiqu'un peu musquée.

Elle prit une grande inspiration et se concentra. C'était ici que résidait la difficulté. Elle visualisa l'image d'un huit, et le recouvrit d'herbe grasse et de la nourriture la plus appétissante qu'elle pouvait imaginer pour un lièvre. Prise d'une inspiration, elle ajouta par-ci, par-là des écorces alléchantes et odorantes.

Une fois l'image ancrée dans son esprit, elle créa de toutes pièces les harmoniques qui représentaient ce tableau. Son Don s'agitait pour répondre à sa demande, et des gouttelettes de transpiration perlèrent sur son front sous l'effet de la tension qui l'habitait. Enfin, quand la composition fut parfaite, elle la communiqua au lièvre, et lâcha prise.

Le petit animal fonça ventre à terre au milieu de ses congénères, et commença à suivre dans l'herbe le tracé du huit qu'elle avait imaginé. Son petit museau frétillait d'excitation à un point tel que certains de ses congénères se joignirent même à sa quête désespérée. Pendant que Lianne reprenait des forces sous l'œil admiratif de ses camarades, la maître Syyr jeta aux petites bêtes des friandises bien méritées. Elles cessèrent immédiatement leur manège, et se ruèrent sur la nourriture en sautillant.

— Merci, Lianne, c'était très impressionnant.

Evyyt se tourna vers les apprentis, et elle ouvrit la porte de l'enclos en veillant à ce qu'aucun animal ne sortît.

— Nous allons commencer par essayer de faire venir les lièvres à vous. Allez, entrez, demanda-t-elle aux élèves encore dehors. Lianne, peux-tu m'aider ?

Ils passèrent la demi-heure suivante à tenter d'attirer les animaux. La maître avait retiré toute nourriture de l'enclos pour rendre la tâche plus aisée aux élèves, mais les succès étaient encore mitigés. Lianne s'approcha de Lullana.

— Tiens, Lulla. Prends ça, fit-elle en tendant un fruit à la timide jeune femme. Étudie-le, et essaie de reproduire sa pulsation. C'est plus facile que les graines.

Lullana saisit avec reconnaissance la sphère veloutée, et se concentra sur sa surface.

— Ce n'est pas mal, Ubio, continua l'apprentie en observant le garçon caresser un lièvre.

— Lianne… je suis désolé, tu sais, s'excusa son ami.

La jeune femme balaya d'un geste les remords exprimés :

— De quoi ? C'est toi qui avais raison, c'était une idée stupide.

Relevant la tête pour chasser une mèche qui la gênait, Lianne aperçut Lubéon qui venait vers eux. Il traînait derrière lui les vingt-cinq apprentis arrivés ces mois-ci. Elle jeta un œil curieux aux jeunes gens qui défilaient devant elle. Ils devaient avoir entre seize et vingt ans pour la plupart.

C'était la première fois qu'elle avait l'occasion de les observer tous ensemble. Ils lui semblaient si… juvéniles. La plupart parlaient entre eux de manière animée, et jetaient des regards interrogateurs à leur groupe. L'un d'eux héla Espérion, qui répondit d'un mouvement de la main où pendait un lièvre étonné. Lubéon semblait pressé.

— Bon, qui veut m'aider à encadrer les jeunes ? brailla-t-il en se dirigeant vers l'enclos. Espérion, siffla-t-il en faisant signe au colosse de venir, tu maîtrises l'exercice. Ester aussi, décida-t-il en la voyant se lever. Et Lianne, tu viens aussi. Tu vas apprendre quelque chose.

Intriguée, la jeune femme suivit ses deux amis et le garde jusqu'à un coin plus éloigné de la prairie. Lubéon regroupa les nouveaux, et tira sur le sac qu'il transportait. Il en sortit trois lasers, et en distribua deux à Ester et Espérion. Lianne ne voyait pas de cibles, et s'en étonna.

— On va tirer ?

— Le but n'est pas de tirer, répondit Espérion, amusé, en s'approchant de la jeune femme. Il faut se faire tirer dessus.

— Quoi ?

— Allez, on va faire un essai, annonça Lubéon sans tenir compte de l'air effrayé de Lianne. Espérion, je sens que tu en as envie. Montre-lui.

Espérion se plaça à une dizaine de pas du garde. Il ferma les paupières, et Lianne sentit le Don du garçon affluer. Elle plissa les yeux avec application, et vit les particules bleues se masser dans l'épiderme basané, formant une pellicule lisse à la surface de son corps. Lubéon leva le bras et pointa l'arme sur le torse d'Espérion.

— Prêt ? demanda-t-il.

Espérion braqua son regard sur le garde.

— Prêt.

Un trait de lumière fendit l'air et atteignit le garçon en pleine poitrine. L'énergie du rayon glissa au contact de la pellicule bleue et se dispersa, laissant Espérion sans une égratignure. Des murmures impressionnés parcoururent le petit groupe de novices. Fier comme un coq, le colosse revint en paradant vers Lubéon, qui rengaina le laser de poing. Le garde se tourna vers Lianne.

— À toi maintenant. Tu as besoin que je t'explique ?

— Non, je crois que j'ai compris.

La jeune femme alla se placer là où Espérion s'était tenu, et tâcha d'oublier les dizaines de paires d'yeux braquées sur elle. Elle n'était pas habituée à un tel public, mais elle finit par réussir à se concentrer.

— Très bien, approuva Lubéon en observant le Don de l'apprentie affluer. Je vais commencer par une faible puissance.

Il tourna une molette, et régla l'intensité de l'arme au minimum. C'était impressionnant d'être visée ainsi. Lianne ne pouvait s'empêcher de se sentir vulnérable malgré tout. Le tir d'un vert très pâle lui arracha un frisson, mais elle n'eut aucun mal à contenir la force qui la frappait. La jeune femme laissa couler l'énergie le long de sa peau jusqu'à ce qu'elle s'y diffusât totalement.

— Plus fort, annonça Lubéon.

Il caressa la molette et mit en joue l'apprentie. Le deuxième tir picota la peau de Lianne, et elle ajusta son Don pour couvrir les défauts de son armure épidermique. Elle peaufina sa technique lors de la salve suivante, puis attendit avec patience que Lubéon se lassât de lui tirer dessus.

— Pas mal, admit Lubéon en rengainant.

Lianne dissimula un sourire amusé. C'était mieux que cela. Arutha s'attendait toujours à ce qu'elle analysât seule les techniques qu'il lui montrait. Et elle avait appris à comprendre rapidement avec le Syyr noir. La jeune femme pouvait sentir que Lubéon était impressionné.

— Bon, Ester et Espérion, vous restez pour la suite. Lianne, tu peux retourner avec Evyyt.

— Pourquoi ? demanda Lianne, outrée par le caractère injuste de la décision.

— Désolé, mais tu sais ce qu'en pense Arutha. Je ne veux pas avoir de problèmes.

La résolution du Syyr fondit devant le regard déçu de la jeune femme.

— Bon, d'accord, maugréa-t-il enfin, mais c'est toi qui t'arrangeras avec lui.

Lianne cacha son contentement, et remercia le Syyr d'un mouvement de tête. Elle n'avait encore jamais observé les nouveaux apprentis s'exercer, et elle avait hâte de voir de quoi ils étaient capables.

Soudain, une sirène sourde retentit. L'inquiétude s'afficha sur le visage de Lubéon. D'un geste autoritaire, il ordonna aux élèves de se calmer.

— Ester, tu restes avec eux. Vous retournez en salle d'entraînement, et vous n'en bougez pas, ordonna-t-il en s'adressant aux jeunes apprentis inquiets, avant de se tourner vers Lianne et Espérion : Vous deux, avec moi.

***

Lubéon, Lianne et Espérion retrouvèrent plus loin le reste des apprentis qui avaient abandonné les lièvres. Tétanisés, ils avaient les yeux fixés sur la lisière de la forêt. Massée le long de la ligne d'arbres se tenait une horde d'Errants aux crocs menaçants. Des hurlements à glacer le sang jaillissaient de la troupe déjà rassemblée sur le haut de la petite colline, pour se mêler à la plainte continue de la sirène de l'académie. En bas, des gardes répondant à l'alerte les rejoignaient à chaque seconde. Lubéon commença à donner des ordres par-dessus le vacarme ambiant.

— Il ne faut pas les laisser approcher, hurla-t-il à un groupe de gardes à l'uniforme ocre. Les canons en batterie le long des bâtiments. Tous les Syyrs, en ligne de front avant. Nous allons charger.

Les gardes ocre partirent en courant vers le bâtiment où étaient disposés les canons lourds. Lubéon pesta face au manque cruel de combattants, et pria pour que la patrouille soit bientôt là. Il hésita à renvoyer Lianne. Elle était précieuse, mais elle savait se défendre. Elle avait déjà de l'expérience, ce qui était plus que les autres apprentis de son âge. Et ils auraient besoin de toutes les lames disponibles.

— Espérion, emmène les apprentis. Rejoignez Ester. Il ne faut pas qu'ils approchent plus près ! hurla Lubéon quand il vit les Errants s'avancer hors de la forêt.

Si les Bestioles avançaient trop près, ils ne pourraient plus mettre en place les canons. Des équipes s'affairaient à présent à déplacer les lourdes machines, mais celles-ci sortaient à peine du hangar. Ils n'avaient plus le temps de tergiverser.

— Lianne, tu restes près de moi, ordonna Lubéon. En avant !

Son cri mit en branle la dizaine de Syyrs déjà sur place. Ils s'élancèrent sur la pente légère à la rencontre des Errants.

35

Lianne trancha la tête d'un coup sec. Elle n'eut pas le temps de savourer sa victoire que déjà, un deuxième Errant se ruait sur elle. La jeune femme se jeta de côté, évitant de justesse les griffes acérées. Pivotant sur elle-même, elle envoya sa lame à pleine vitesse dans la gueule du monstre, voyant avec satisfaction une des grandes dents sauter. La bête hurla de douleur et chargea à nouveau, enragée.

— Attention !

Lubéon poussa l'apprentie juste avant qu'un autre animal ne l'attaquât par-derrière. Les deux énormes masses entrèrent en collision dans un bruit infernal. Elles n'eurent pas le temps de se relever que le Syyr avait déjà réglé son compte à l'une d'elles. Lianne sauta sur la seconde, s'accrochant d'une main à l'impressionnante tête, avant d'enfoncer de l'autre son sabre dans l'œil qui la fixait. L'Errant s'effondra, manquant d'envoyer rouler au sol la jeune femme. Lianne se redressa, reprenant son souffle alors que l'animal suivant s'avançait.

Cela faisait plusieurs minutes maintenant que l'attaque avait commencé, et les cadavres de Bestioles s'amoncelaient. Pourtant, les Syyrs peinaient à lutter face à la marée de griffes et de crocs qui les assaillaient et menaçaient de les déborder à tout moment.

L'alarme résonnait en continu à l'académie, et une vague de renforts afflua soudain, accordant un répit momentané aux combattants. Mais le nombre d'Errants ne cessait d'augmenter. Ils étaient à présent plus de cinquante, pressant de toutes parts la faible ligne de défense qu'opposaient les Syyrs et les apprentis qui faiblissaient. Les gardes ocre installaient en bas les canons lourds qui leur permettraient d'exterminer la masse des assaillants. Malheureusement, le terrain était à leur désavantage. Les bâtiments de l'académie obligeaient les machines à slalomer pour arriver jusqu'à leurs positions. Ensuite, les armes devaient encore charger.

Les Syyrs commencèrent à reculer, incapables d'endiguer plus longtemps le flot continu qui s'abattait sur eux. Lianne sentait son bras s'alourdir un peu plus à chaque coup porté. Elle avait perdu de vue Lubéon. Partout, elle ne voyait que dents et lames s'entrechoquant, griffes déchiquetant contre acier tranchant. La jeune femme dressa son sabre une fois de plus face à un nouvel Errant. Trop tard, elle prendrait cette fois le coup de plein fouet. Le monstre s'élança d'un bond effrayant vers la proie que ses petits yeux rouges avaient repérée. Il ouvrit sa gueule, dévoilant sa dentition faite pour tuer. L'éclat d'un sabre passa le temps d'un éclair, et l'animal retomba. Sa tête roula sur le sol, emportée par l'élan.

Arutha tua coup sur coup trois Errants, balayant l'espace autour de l'apprentie tétanisée. Lianne regarda avec incrédulité la fureur de son maître s'abattre sur les Bestioles les plus proches. Elle le savait fort, mais la puissance et la précision dont il faisait preuve maintenant n'avaient rien à voir avec ce qu'elle avait pu observer auparavant. Progressant comme une tornade autour de lui, le Syyr réussit à repousser un instant les bêtes monstrueuses, laissant Lubéon, et quelques autres qui se trouvaient assez près, souffler un peu.

Puis, l'attaque reprit de plus belle. Les Syyrs se battaient comme des diables, encouragés par l'arrivée d'Arutha. Pourtant, ils pouvaient voir le combat tourner à nouveau à leur désavantage. Lubéon jeta un rapide coup d'œil par-dessus son épaule. Presque tous les canons étaient en place. Il leur fallait un peu plus de temps. Parmi les silhouettes qui s'agitaient en bas, il avait vu Astre et son prince mettre en ordre les troupes... Encore un peu plus de temps.

Entre deux coups d'épée, il aperçut l'assassin, déchaîné, décimant les rangs ennemis autour de lui. Même cela ne suffirait pas. Le Syyr noir parut s'en rendre compte également, et recula de deux pas. Croisant le regard de Lubéon, il hurla quelque chose dans sa direction. La deuxième fois, le garde entendit sa voix par-dessus le fracas des cris et des armes.

— Recule !

Lubéon ne comprit pas. Était-il fou ? Comme il n'obtempérait pas, le Syyr lui fit un grand geste du bras, et un juron arriva jusqu'à ses oreilles. Sans plus attendre de voir s'il obéissait à son ordre, Arutha planta ses deux sabres dans le sol, face aux Errants qui chargeaient à nouveau. Abasourdi par son comportement suicidaire, le Syyr royal s'élança vers le fou qui se dressait seul face à la vague d'assaut.

Soudain, quatre magnifiques ailes bleutées jaillirent du dos de l'assassin, arrêtant net Lubéon dans son élan. Cela ne dura qu'un instant, puis les ailes se fondirent de nouveau dans le Syyr pour rejaillir sur l'avant et s'élever en une muraille entre les Errants et eux. La matière pailletée rayonnait sous le soleil, mais il savait qu'elle aurait fait de même sous la lune ou dans le noir complet. Il contemplait une projection du Don, la marque des princes impériaux. À quelques pas de son maître, Lianne, tétanisée, entendit Lubéon jurer :

— Dieux tout-puissants.

Il regardait Arutha sans y croire. Les deux mains tendues en avant comme pour soutenir la muraille, l'assassin ne quittait pas des yeux les Bestioles qui se massaient derrière l'écran bleuté.

— Reculez tous. Maintenant.

Le ton urgent du prince impérial fit réagir ceux qui se tenaient encore immobiles. Abandonnant le haut de la colline, tous se ruèrent soudain vers la ligne qui s'établissait en contrebas. Les Errants réagirent immédiatement et hurlèrent de rage tandis qu'ils s'enfuyaient. Les Bestioles fondirent sur le mur semi-transparent dans l'espoir de le faire tomber. Hésitantes au départ, elles se firent de plus en plus agressives à mesure qu'elles voyaient leurs proies s'échapper.

Lianne pouvait voir son maître peiner sous l'effort qu'il devait fournir. Un filet de sang coulait de son oreille, là où la boucle d'oreille qu'il portait avait été arrachée. Son être tout entier était concentré sur la barrière bleutée et sur celles qui tentaient de l'abattre.

Les bêtes étaient plus intelligentes que ce qu'on leur accordait : elles s'organisaient. Une Bestiole plus grosse que les autres semblait diriger les assauts. À chaque fois qu'elle bondissait en avant, les autres suivaient dans un mouvement groupé, pesant toutes ensemble sur la muraille qui leur résistait. La jeune femme regardait l'assassin se préparer à chaque coup, s'arc-boutant sur ses jambes en prévision du choc. Elle jeta un coup d'œil en arrière, cherchant où en étaient les préparatifs.

— Ils ont presque fini. Encore un canon à mettre en place.

Arutha tourna vivement la tête en entendant la voix de Lianne. Tout à son effort, il ne s'était pas aperçu qu'elle était restée derrière lui. Le prince impérial maudit sa décision en même temps qu'il admirait son courage.

— Lianne. Cours.

L'apprentie hésita. Elle ne voulait pas laisser le Syyr seul face à la horde, qui était à présent groupée derrière la faible protection qu'il maintenait. Que se passerait-il lorsqu'il devrait lâcher ? L'immense Bestiole frappa à nouveau la paroi. Le groupe était maintenant en rythme, et chaque coup était plus fort que le précédent. Cette fois-ci, Arutha faiblit, et mit un genou à terre. Les deux sabres plantés devant lui vibraient sous la pression qui se dégageait du mur iridescent.

— Cours.

Le souffle rapide, son maître la regardait. Ses yeux si bleus d'habitude, de la couleur du saphir, étaient à présent parcourus de reflets violacés. Au fond de ses pupilles améthyste, elle vit qu'il avait peur, et elle courut.

***

Au pied de la colline, Elio n'en crut pas ses yeux lorsque la muraille bleue s'éleva sur le champ de bataille. Ils étaient arrivés juste à temps pour voir Arutha s'engouffrer comme un diable parmi les Errants. Le prince avait envoyé une partie de ses hommes soutenir la première ligne de front tandis que l'autre aidait les gardes ocre à mettre en place les derniers canons. Il était encore à se demander comment il allait pouvoir rapatrier les Syyrs au contact avec les Errants sans leur tirer dessus, quand la projection était apparue.

Tout de suite après, ses hommes avaient commencé à revenir en courant. Et les Bestioles n'attaquaient pas, bloquées par la barrière que dressait l'assassin devant eux. Sa projection était comme une signature : Ayra, premier fils héritier de l'empereur. Elio n'en revenait pas de s'être ainsi fait berner. Tout du long, il ne s'était douté de rien. Et où était l'Enfant ? Les gardes étaient de retour derrière l'abri des canons, mais il ne la voyait toujours pas. Puis il l'aperçut enfin, dévalant la pente.

Alors qu'elle n'avait pas parcouru la moitié de la distance qui la séparait d'eux, le mur étincelant s'évanouit soudain, et Arutha apparut à son tour. Il courait, suivi de très près par la horde d'Errants enfin libérés. Le mâle massif qui avait mené l'assaut les talonnait, ses muscles roulaient sous sa peau noire et violacée, et l'on pouvait presque lire de la haine dans l'éclat malveillant de ses pupilles rougeoyantes. Les griffes du monstre labouraient le sol derrière eux, sa gueule grande ouverte laissait voir ses dents acérées et étincelantes.

La main d'Elio se serra sur son sabre en voyant la bête féroce se rapprocher, et il maudit son impuissance. Il ne pouvait tirer sans tuer à coup sûr l'apprentie. Le prince tremblait tandis qu'il contemplait la fin annoncée de l'Enfant. Plus lente que son maître, la jeune femme n'avait aucune chance.

Arutha courait à en perdre haleine. Arrivé près de son élève, il se baissa soudain, et la ramassa d'un geste souple dans ses bras. Les ailes qu'il avait dévoilées précédemment fleurirent à nouveau dans son dos et battirent puissamment l'air. Une tornade de terre et de poussière se souleva du sol pour entourer l'homme et la femme.

Durant une seconde qui lui parut interminable, Elio vit les deux silhouettes s'arracher au sol et s'élever dans les airs alors que, d'un bond herculéen, le colossal Errant se ruait sur eux. Sa puissante détente le fit s'élever aussi haut que le couple, mais déjà, les ailes majestueuses battaient l'air à nouveau, les élevant plus haut encore. L'animal eut beau se contorsionner, sa mâchoire puissante claqua dans le vide dans un bruit presque métallique, et il retomba brutalement sur le sol. Un cri féroce sortit de sa gorge et les poursuivit dans les airs.

Le soulagement balaya Elio comme une vague, rapidement remplacé par une angoisse aiguë à la vue de la marée d'Errants qui se ruaient toujours sur eux. Le prince n'hésita plus. Ils avaient le champ libre. Une tempête de feu s'abattit sur la horde qui s'était élancée sur la pente, fauchant les monstres par dizaines. Ceux qui réussirent à atteindre la nouvelle ligne de front étaient anéantis par une armée d'épées et de lasers portatifs. Écartant de son esprit le fait que l'Enfant était à présent aux mains d'un prince impérial et hors de sa portée, Elio se jeta dans la mêlée.

Survolant le carnage, Lianne se cramponnait au cou d'Arutha. Elle volait. Au-dessus d'elle battaient quatre ailes d'oiseaux, si ce n'était qu'elles semblaient faites de la même matière scintillante et bleutée qu'elle avait vue tout à l'heure. Le Don à l'état naturel, maintenu uni par l'esprit de son hôte et manipulé par lui. Une projection, comme seuls savaient le faire l'empereur et ses fils. Elle était incapable de détourner son regard de la puissante beauté du phénomène.

Tout à sa contemplation, elle ne sentit le froid la mordre que lorsqu'elle commença à trembler. L'altitude et le vent, combinés à la fatigue et à la peur qui s'évanouissait, faisaient qu'elle frissonnait à présent. Elle se blottit un peu plus dans les bras qui l'enveloppaient, mais n'y trouva pas la chaleur réconfortante qu'elle espérait. Arutha aussi était glacé. Attentive, elle sentit les tremblements qui animaient également son maître, et réalisa que celui-ci était épuisé.

La jeune femme jeta un coup d'œil vers le sol, et cela ne fit rien pour la rassurer. Ils étaient hauts. Tout en bas, les silhouettes des Errants et des Syyrs étaient réduites à des taches brunes et blanches qui s'entremêlaient sur l'herbe verte. Comme répondant à sa soudaine frayeur, son maître vira brutalement, et ils entamèrent leur descente vers les lignes alliées.

Arutha se posa à l'arrière des canons qui zébraient le flanc de la petite colline de leurs tirs continus. Il serait plus juste de dire qu'il s'y écrasa, épuisé par l'effort qu'il avait fourni pour bloquer les Errants un peu plus tôt. Lui et Lianne roulèrent sur le sol herbeux des jardins de l'académie.

La jeune femme se releva et retomba lourdement sur le sol. Toutes ses forces semblaient l'avoir subitement abandonnée. Elle se redressa, et s'assit avec peine, tandis que des gardes accouraient vers eux. Arutha se redressait tout juste. Ses ailes avaient disparu à l'atterrissage, et il semblait avoir du mal à reprendre son équilibre. Ses sabres avaient glissé de sa ceinture où il les avait hâtivement passés avant de fuir la colline, et gisaient à présent entre les gardes et lui.

Soudain, l'immense Errant qui les avait poursuivis sauta par-dessus les Syyrs présents, et fonça sur le soldat impérial. Bien que désarmé, ce dernier ne recula pas, et affronta la bête colossale. D'un mouvement féroce, il fit jaillir de ses mains la projection de deux lames et poussa un cri de rage en se précipitant à l'encontre du monstre. Le choc n'eut pas lieu. Le Syyr s'écarta au dernier moment pour fendre d'un geste sûr la gorge de l'Errant qui retomba, immense carcasse fumante et malodorante, aux pieds d'Arutha agenouillé, le souffle court.

Visiblement épuisé, le fils impérial n'eut pas le temps de se remettre debout que déjà six lames se dressaient vers lui. À bout de forces, le Syyr s'assit dans l'herbe verte et s'adossa au cadavre brun et noir. Il remarqua que la tête du monstre reposait sur un amas de plantes, et réalisa qu'ils étaient au milieu des magnifiques jardins de l'académie, ou de ce qu'il en restait. Quel gâchis. Sous les pieds des gardes s'écrasaient les fleurs qui, hier encore, embaumaient les allées verdoyantes. Avec eux, Astre se rapprochait avec méfiance de l'homme affalé contre la bête morte.

Arutha soupira.

— Je ne conseillerai pas à tes hommes d'approcher plus, murmura-t-il en guise d'avertissement.

— Tu ne tiens même pas debout, lui rappela le chef de la garde.

Un petit rire fusa, et Arutha ferma les yeux. Astre sentit la vague le saisir et eut un sursaut. D'un geste, il intima un ordre aux gardes présents.

— Reculez.

Le Syyr noir était plus épuisé qu'Astre l'aurait cru. Il avait dû soutenir la muraille jusqu'à ce que celle-ci explosât sous la pression des Errants. Sa projection s'était alors dissoute d'elle-même, s'évaporant sans réintégrer son hôte d'origine. Son organisme puisait maintenant autour de lui pour compenser le vide qui s'y était créé. Il aspirait littéralement le Don autour de lui. L'assassin semblait encore pouvoir contenir le phénomène, mais cela devait être épuisant.

Le chef de la garde arrêta juste à temps Lianne qui se dirigeait vers Arutha. Il ne fut pas surpris par la fatigue de la jeune femme. Elle s'était déjà beaucoup exposée durant son court séjour dans les airs. Il réprima un frisson d'appréhension en réalisant qui était le maître de l'Enfant. Quoi que le roi décidât, ils risquaient de la perdre.

Le massacre des Errants s'était achevé derrière eux ; ne restait que l'immense charnier fumant sur le flanc de la colline. Elio arriva près du chef de la garde, détaillant la silhouette assise aux pieds du monstre.

Le Syyr noir restait adossé au corps répugnant, visiblement vidé. Quelque chose dans son maintien avait changé : il semblait se tenir plus droit malgré la fatigue. Était-ce de la fierté ou de l'arrogance ? Le prince pencha pour un peu des deux. Le fils impérial avait laissé tomber son masque.

— Ayra.

— Elio.

Le ton était formel. Ayra ne leva même pas les yeux, confirmant les soupçons du prince par sa réaction. Il ne niait pas. Elio prit une profonde inspiration pour calmer son pouls trop rapide. Il tenait à sa merci le plus vieux des fils de l'empereur encore vivant. Étonnant, puisque tout le monde le croyait mort jusqu'à présent.

Il se demanda un instant si cela était une bonne ou une mauvaise nouvelle pour lui. Soudain, la réalité le frappa : le premier Enfant était le fils de l'empereur. Comment par tous les dieux le Royaume s'en était-il sorti ?

Le prince était bien décidé à obtenir la réponse à cette question, mais pas maintenant. Le combat avait laissé l'académie à bout de souffle. Il s'adressa à l'homme qui le regardait toujours de ses yeux saphir.

— Tu es censé être mort.

— Ah ?

L'assassin ferma un instant les paupières, comme écoutant un son lointain. Le murmure de sa voix résonna d'un écho d'appréhension :

— Elle arrive.

— Qui ?

À peine Elio eut-il posé la question qu'un cri retentit. Plus puissant, plus sauvage que celui des mâles, le hurlement de la femelle était empli d'une rage dévastatrice.

— Dieux bénis, chuchota le prince.

Ils avaient fait sortir la femelle de la zone infestée.

Le mastodonte apparut à la lisière de la forêt qui surplombait la colline. Vue du pied, la bête semblait une carapace monstrueuse dotée d'une gueule énorme. Ses quatre pattes étaient épaisses et larges, peu agiles car la femelle Errant ne se déplaçait que rarement, mais sans nul doute capable d'écraser tout ce qui avait la malchance de passer sous ses pieds.

Prenant une inspiration, Arutha se leva d'un coup. Sans prêter attention aux armes qui le tenaient en joue avec hésitation, il se dirigea sur le plus proche canon.

— Ayra ! Arrête !

Elio tira son épée, la pointant sur la gorge dévoilée. Il sentit son Don attiré par le vide que représentait l'espion, mais il résista. Tout était question de volonté. Insensible à la lame sur son cou, le Syyr s'adressa au garde ocre, le regard fixé sur la bête qui avançait. Horrifié, le fils du roi vit apparaître dans son sillage une nouvelle horde de mâles enragés.

— Vise l'œil, ordonna Arutha.

Ne sachant s'il devait obtempérer, le garde se tourna vers son prince. Avec un sifflement irrité, Elio baissa sa lame.

— Fais ce qu'il dit.

Pourquoi le laissait-il faire ? L'homme connaissait son affaire, c'était certain, mais autre chose le titillait. Arutha aurait pu extraire Lianne de la mêlée sans avoir à dévoiler qui il était. Il avait risqué gros en projetant son Don là-haut. Qu'y avait-il gagné ? Et ces rumeurs sur l'Enfant de la première prophétie... Était-il d'ailleurs réellement cet Enfant ?

Le bourdonnement de l'arme précéda la décharge d'énergie. Le rayon vert franchit l'espace jusqu'à la femelle perchée sur la colline, la frappant sur l'œil, à peine trop au-dessus. Le coup était réussi. Le cri leur vrilla les tympans, et les troupes portèrent instinctivement les mains à leurs oreilles pour les protéger.

Arutha ne bougea pas, fixant toujours le mastodonte en furie. Pas une égratignure n'ornait son œil rouge et perçant. Sans quitter du regard la troupe qui grossissait toujours sur la hauteur, il demanda :

— Vous avez quelque chose de plus gros ?

— Non.

Elio pâlit à la vue de la horde reconstituée, dont le plus impressionnant membre semblait imperméable aux armes les plus puissantes qu'ils possédaient. L'assassin avait déjà réfléchi.

— Il va falloir l'isoler, dit-il en passant une main dans son dos, prenant à sa ceinture deux gants noirs qu'il enfila. Je m'occupe d'elle.

Elio le regarda comme s'il avait perdu l'esprit. Que pensait-il pouvoir faire face à un tel monstre ? Mais c'était un fils impérial qu'il avait devant lui. Ayra. Celui qui aurait pu succéder à l'empereur s'il n'avait pas fait quoi ? Échoué ? Trahi ? Été dupé ?

— Une autre idée ? interrogea cyniquement Arutha.

Le Syyr noir observait le prince de ses yeux couleur saphir. Comment avaient-ils pu être mystifiés à ce point ? Face au silence d'Elio, Arutha continua :

— Coupez-la des mâles. Je ne pourrai pas m'occuper à la fois d'eux et d'elle.

Il se tourna soudain vers Lianne. L'apprentie tentait de se glisser entre deux Syyrs jusqu'à ce qu'Astre l'attrapât. L'assassin fronça les sourcils. Ne pouvait-elle pas rester en place deux minutes ?

— Tu ne bouges pas, lâcha-t-il d'un ton sans appel.

Avec une dextérité liée à l'habitude, il noua son foulard, recouvrant son visage sous le tissu de couleur sombre. Ses ailes gracieuses se déployèrent, obligeant les gardes présents à reculer. Puis il s'envola.

Astre lâcha le bras de Lianne, et se tourna vers son prince. Celui-ci regardait la silhouette noire s'élever dans le ciel à la rencontre des Errants. Comme répondant à un appel, ceux-ci se mirent soudainement à charger. La femelle envoyait ses mâles à l'assaut.

— Yak ! réagit rapidement Elio. Concentrez le feu sur le gros de la troupe.

Les canons se remirent à tirer, l'air se mit à vibrer de leur sourd bourdonnement. L'odeur des pièces de métal chauffées par l'effort emplit le bas de la colline, camouflant la pestilence des Bestioles mortes à la première offensive. Là-haut dans le ciel, Arutha rejoignait déjà l'énorme masse.

Faisant jaillir de ses mains une longue épée scintillante, il piqua droit sur la bête, et se mit à tomber sur elle à pleine force tandis que disparaissaient ses ailes. L'arme visait la jonction du cou et du corps, là où la peau caparaçonnée était nécessairement plus souple. L'attaque n'entailla même pas l'épiderme brun-noir. L'assassin rebondit sur le sol, profitant de la lenteur de son adversaire pour frapper à nouveau, visant l'œil cette fois. Rien.

Le Syyr porta la main à sa ceinture et réalisa l'absence de ses sabres courts. Son cœur battit plus vite. La fatigue l'affectait plus qu'il ne l'eût cru. Il avait été négligent. À en juger par le résultat de ses deux dernières attaques, la femelle était imperméable au Don, il n'arriverait jamais à la blesser ainsi. Il lui fallait ses lames.

Devant lui, l'énorme Bestiole hurla, rendue furieuse par l'insecte qui la harcelait. Répondant à son appel, plusieurs Errants se retournèrent et attaquèrent le prince impérial. Au pied de la colline, Elio réagit :

— Astre, coupe par le flanc, et entoure la femelle.

Le chef de la garde salua brièvement avant de réunir ses hommes. Le groupe fonça tête baissée sur le champ de bataille. Contournant la zone canardée par leur position, ils arrivèrent sur place à temps pour établir un espace de calme relatif autour de la femelle et du Syyr noir.

Avec l'arrivée des gardes, Arutha délaissa les mâles pour se concentrer à nouveau sur la femelle. Il tourna autour de la bête, la harcelant sans parvenir à percer sa peau épaisse. Il se méfiait des dents effilées de l'énorme gueule qui s'agitait devant lui, tentant de le happer. L'animal n'était pas rapide, mais s'il le saisissait, il l'avalerait en un morceau. L'assassin se redressa pour regarder autour de lui. Il lui fallait une arme.

Lianne avait vu partir son maître vers la gigantesque femelle en frissonnant. Était-il possible qu'Arutha fût l'impitoyable et cruel Ayra ? La jeune femme serra contre elle les deux sabres qu'elle avait ramassés. Elle ne pouvait pas y croire.

La silhouette noire du soldat fondit sur la bête, et Lianne secoua ses longs cheveux. Elle savait ce qu'il lui restait à faire. Son maître aurait besoin de ses armes. Alors qu'elle s'apprêtait à s'élancer sur le champ de bataille, une main s'abattit sur son épaule, la faisant sursauter. Espérion se pencha à son oreille.

— Suis-moi, je sais par où passer.

Reconnaissante, Lianne acquiesça.

— C'est parti, souffla le jeune colosse, un sourire aux lèvres.

Mais sans leur laisser le temps de bouger, on leur barra le chemin.

— Non.

Le prince les contemplait, l'air sévère. D'un geste, il demanda à l'homme le plus proche de garder un œil sur eux.

— Vous ne bougez pas d'ici.

La panique commença à saisir la jeune femme, qui refusa de se laisser aller. D'où ils étaient, ils ne pouvaient pas bien voir la scène. Arutha ne semblait plus attaquer la bête. Attendait-il quelque chose ? Lianne s'assit par terre, épuisée, désespérée. Comment lui faire parvenir les armes ? Alors qu'elle cherchait un moyen de fausser compagnie au garde qui les surveillait du coin de l'œil, un éclair ambré attira son attention.

Il était là, tapi dans l'ombre de l'Errant contre lequel Arutha s'était reposé quelques instants plus tôt. Le féron fouillait les plates-bandes de sa truffe, inspectant chaque parcelle de terrain avec application, ne relevant la tête que pour s'assurer que personne n'approchait. La jeune femme étouffa un cri de joie.

— Hairi, souffla-t-elle doucement.

Apercevant Lianne, le petit animal courut vers elle. La jeune femme entendit derrière elle un cri étouffé. Espérion et Ubio venaient de remarquer le félin au pelage doré. Elle tendit les lames à Hairi, qui saisit les fourreaux dans sa gueule délicate avant de s'élancer vers le flanc de la colline. L'apprentie le vit grimper avec une agilité incroyable, bondissant par-dessus les corps inanimés, évitant les dents, les lasers qui crachaient toujours sur le champ de bataille, jusqu'à atteindre le rempart formé par Astre et ses hommes autour du soldat impérial.

Le chef de la garde abattait son sabre à tour de bras. Il acheva d'un coup l'Errant qui venait sur lui, puis se retourna pour surveiller un instant le combat qui se déroulait derrière. La bête impressionnante les écrasait de sa masse sombre. Devant elle, Arutha plongeait pour éviter la mâchoire puissante qui le poursuivait.

Astre fronça les sourcils. Le prince impérial n'attaquait toujours pas. Le garde royal fit un bref tour d'horizon, regardant où en étaient ses hommes, engagés dans plusieurs affrontements autour de la femelle. Soudain, une tornade dorée passa en trombe à ses côtés, manquant de le faire basculer.

Arutha saisit rapidement les sabres que lui tendait le féron, évitant de justesse un coup de patte monstrueuse. Faisant glisser les fourreaux, il dévoila les lames. Un air satisfait apparut sur son visage. Ils allaient pouvoir commencer.

Voyant que le félin s'attardait sur place, grognant face à la femelle furieuse, le Syyr noir aboya un ordre dans la langue rauque de l'Empire, et indiqua d'un geste sec du bras l'abri des bois. Avec un jappement de dépit, l'animal fila ventre à terre.

Puis Arutha attaqua. D'un mouvement ample, il planta son sabre à l'arrière d'une des pattes caparaçonnées, espérant sectionner les tendons. Il y mit toute sa force. Pourtant, l'arme entailla à peine la peau épaisse. Sans perdre de temps, il sauta sur le dos de l'Errant qui se retournait pour l'attraper. Le vent des mâchoires se refermant à quelques centimètres de sa jambe ne le fit pas trembler. Arutha n'hésita pas, enfonçant sa lame à la base du cou à la circonférence impressionnante. Là encore, le sabre ripa sans traverser l'épiderme. D'un bond, il se dégagea alors que la bête menaçait de se rouler sur le sol pour l'écraser.

Le Syyr recommença à faire le tour de l'animal. Il ne restait pas grand-chose à essayer. Avec un grognement agacé, l'assassin tourna ses sabres vers l'arrière, plaquant les lames contre ses avant-bras. Il n'avait pas le choix.

Il s'élança.

Astre jeta à nouveau un œil derrière lui pour surveiller l'énorme bête dans son dos. Pris entre deux feux, son groupe n'était pas rassuré. Arutha attaquait enfin la femelle, mais il ne semblait pas lui faire grand mal. S'il n'arrivait pas à se débarrasser de la Bestiole, ses hommes seraient en très mauvaise posture. Le chef de la garde espérait que son prince avait pris la bonne décision.

Le Syyr noir s'était reculé de quelques pas. Il s'élançait vers la femelle quand soudain, celle-ci le chargea, gueule grande ouverte. Arutha n'eut pas le temps de dévier. Avec horreur, Astre le vit disparaître à l'intérieur de la bête.

Son cœur manqua un battement. C'était fini. Ils devaient retourner au plus vite près de la ligne de front, et prier pour trouver un moyen de tuer ce monstre caparaçonné. Astre s'apprêta à rassembler ses hommes pour une course vers leurs positions, mais soudain, l'énorme bête fut prise de convulsions. L'assassin était-il indigeste au point de faire s'écrouler l'animal ? Il n'osait y croire. Pourtant, la femelle s'effondra, agitée de soubresauts, avant de s'immobiliser complètement.

Un concert de cris assourdissants retentit alors que les Errants ressentaient la mort de celle qui faisait leur nid. Assommés de douleur, ils se ruèrent sur les hommes en un assaut désordonné. Le combat qui s'ensuivit fut une véritable boucherie. Il ne fallut pas longtemps aux gardes pour venir à bout des derniers mâles. Des cris de joie résonnèrent du bas de la colline, et le chef de la garde sourit, épuisé. C'était fini.

Son sourire s'effaça sous la surprise lorsqu'il vit la masse sombre ouvrir lentement la gueule. Respirait-elle encore ? Astre s'avança sabre au clair pour achever la bête, mais ce fut une main qui écarta les dents aiguisées, suivie par un corps entièrement recouvert d'un liquide visqueux. Péniblement, Arutha s'extirpa du gigantesque animal. Tandis qu'il finissait de sortir ses jambes, le Syyr râla tout bas contre le cadavre :

— Yak ! Même de l'intérieur, impossible de percer cette fichue peau.

Debout, il fit un geste, et ce fut comme si une seconde enveloppe se détachait du Syyr pour tomber au sol, entraînant avec elle le fluide peu ragoûtant qui le recouvrait. Seuls les sabres qu'il tenait de la main droite dégoulinaient encore du liquide jaunâtre. Sans un regard pour Astre et ses hommes, Arutha descendit son foulard, dévoilant son visage fatigué, puis il enjamba la flaque qui l'entourait et commença à se diriger vers la forêt d'où étaient sortis les

Errants. Mais avant que le chef de la garde ait pu faire un pas en avant pour l'arrêter, le Syyr noir s'écroula sur le sol, inanimé.

La vague heurta cette fois Astre de plein fouet, et il s'empressa de reculer à une distance plus respectable. Alors qu'il se retournait, Lianne le dépassa en courant. Fatigué par le Don qui lui avait échappé, le chef de la garde réagit trop tard pour l'en empêcher, et il ne put qu'observer la jeune femme s'avancer vers l'homme inconscient.

Lianne se précipita. Elle ne voulait qu'une chose : atteindre l'homme allongé par terre. Pourtant, à chaque pas qu'elle faisait, le suivant semblait un peu plus dur à exécuter. Une faiblesse soudaine l'envahit : elle tomba à genoux, puis s'effondra, inanimée. Lentement, Arutha reprenait conscience. Il était couché dans l'herbe, épuisé. Le vent caressait doucement sa peau tandis que tous ses muscles lui faisaient mal. Puis l'odeur du sang parvint à ses narines, forte, écœurante. Il ressentit une gêne au niveau de ses côtes, et comprit qu'il reposait sur la poignée d'une de ses armes. Petit à petit, ses autres sens lui revinrent. L'ouïe. On criait son nom.

Ses yeux s'ouvrirent sur le ciel éperdument bleu, et papillonnèrent un instant. Ses forces lui étaient un peu revenues. Il se sentait mieux. Le Syyr se releva péniblement, faisant crier tous ses muscles. Astre et Elio se tenaient à plusieurs mètres de lui, hurlant quelque chose. Ils étaient trop loin pour avoir été touchés. La source du Don qu'il venait de récupérer était plus proche. Arutha inspira à pleins poumons. Il en percevait encore. Son regard s'arrêta sur la forme inerte étendue à quelques pas de lui.

Il recula d'un bond, s'éloignant le plus rapidement possible de la jeune femme qu'il vidait de son énergie. Encore faible, le Syyr noir glissa. Un grognement peu esthétique s'échappa de sa gorge tandis qu'il trébuchait et tombait par terre, mais il s'était suffisamment éloigné.

Avec étonnement, Elio vit un féron au pelage doré surgir de nulle part et se ruer auprès de son maître. Arutha s'accroupit péniblement et flatta d'une main le flanc de l'animal. Astre s'approcha en courant de l'apprentie. Le chef de la garde gardait assez de contrôle sur son Don pour résister au vide que représentait l'assassin. Il s'arrêta brusquement lorsque le félin s'interposa d'un saut entre lui et la jeune femme. Les petites dents aiguisées de l'animal étincelèrent lorsqu'il feula. Astre fit un pas de plus en avant et stoppa à nouveau, tétanisé. Face à lui, le féron doubla lentement de volume, et son poil prit une couleur noire. Sa tête s'allongea pour faire apparaître des crocs puissants ressemblant à ceux d'un épineux. Un altera. Arutha appela doucement :

— *Hairi.*

Au son de sa voix, l'animal se retourna et répondit, son cri était un mélange de grognement et de jappement. Hairi sautilla autour de la jeune femme inconsciente, et lui donna des petits coups de tête pour la réveiller, mais Lianne ne bougeait pas

— *Hairi, calme. Reviens.*

Elio et Astre restaient immobiles. Les tonalités rauques du parse agissaient. Finalement, il n'y eut plus devant Arutha qu'un féron au pelage légèrement foncé. Le félin courut rejoindre son maître et se lova affectueusement dans ses bras encore faibles, qui caressèrent le poil de nouveau doré.

Le chef de la garde se précipita sur Lianne. Elle respirait encore. Faiblement. Il saisit doucement sa main, et laissa des particules qui l'habitaient rejoindre le corps étendu. Elio s'accroupit à ses côtés, et ajouta son Don au transfert. Les couleurs revinrent aux joues de la jeune femme, sa respiration se fit plus calme.

Soulagé, le prince releva les yeux pour surveiller l'animal et son maître. Arutha ferma les paupières, et enfouit son visage dans la douce fourrure du féron. Le fils du roi n'avait jamais entendu parler d'un altera qui se serait laissé domestiquer. Il se demanda comment le Syyr noir s'y était pris.

Elio contempla l'homme épuisé se relever à grand-peine. Il ne comprenait toujours pas ses motivations, mais il était certain qu'il avait pris de gros risques aujourd'hui et, qu'il l'appréciât ou pas, il avait conscience que le fils de l'empereur avait épargné une mort désagréable à beaucoup de ses hommes. Le prince baissa le regard et contempla la jeune femme allongée devant lui, Astre à ses côtés. Lianne allait mieux à présent. Elio se releva en même temps que l'assassin.

— Ayra.

L'homme était réputé mort depuis plus de cent soixante ans : il n'était donc pas étonnant que personne ne l'ait reconnu. Avec le temps, ses traits avaient été oubliés, pour ne laisser qu'un nom qui faisait trembler.

— Je préférais quand tu m'appelais Arutha, murmura le Syyr noir avec un air de dépit.

Elio vit le prince impérial regarder vers la lisière de la forêt : il se préparait à partir. Pourtant, il devait le persuader de rester. Il avait abandonné une couverture vieille de plus d'un siècle pour leur apporter son aide, et le fils du roi avait besoin de savoir pourquoi. Que se tramait-il au sein de l'Empire ?

— Reste, proposa-t-il. Je peux t'aider.

Arutha eut une moue désabusée. Il se souvenait encore de la lame sur sa gorge.

— Non, merci.

Elio voulut se rapprocher, mais il se retint de justesse. Sans parler de l'altera qui feulait à nouveau, le Syyr était vraiment épuisé. C'était un miracle qu'il tînt debout. Toutes les particules de Don qui habitaient le fils du roi vibraient de remplir le vide qui lui faisait face. Il ne pourrait empêcher le fils impérial de s'en aller.

— Que vas-tu faire ?

Arutha lui répondit avec un petit rire ironique :

— Dormir un peu.

À voir son état, l'assassin aurait besoin de plusieurs jours pour récupérer. Il devait avoir déjà prévu un abri. Son regard se posa sur la femme étendue à ses pieds. Le prince fut surpris d'y trouver une tristesse mêlée de regrets. Puis Arutha se décida à partir. Il tourna les talons avec détermination, et appela l'animal auprès de lui.

Elio regarda s'éloigner l'homme chancelant et le féron qui le soutenait. Il lui semblait que l'animal s'était grandi pour que son maître pût s'appuyer sur lui. Les deux silhouettes finirent par disparaître sous le couvert des bois. Un soulagement intense parcourut le prince tandis qu'il cessait de lutter pour conserver son Don, mais l'appréhension s'installa rapidement : comment allait réagir le roi ?

Lexique des personnages (1) – Le Royaume

Avertissement : il est déconseillé de lire ce lexique avant d'avoir fini le chapitre 16.

Famille royale et proches

Roi Saï : dirigeant du Royaume, neuf cent quatre-vingt-dix-neuf ans
Prince Elio : fils du roi Saï, cent quatre-vingt-dix ans
Orballon : conseiller principal, membre du Haut Conseil

Maîtres Syyrs

Astre : chef de la garde de l'académie de Pira, deux cent soixante-dix ans, spécialisation « perception des énergies »
Ozalee : chef médecin de l'académie de Pira, spécialisation « manipulation des énergies »
Evyyt : membre de la garde royale de Pira, spécialisation « perception des énergies »
Gaal : membre de la garde royale de Pira, spécialisation « physique »
Edin : membre de la garde royale de Pira, spécialisation « physique »
Syla : membre de la garde royale de Pira, spécialisation « mouvement »
Saaj : membre de la garde royale de Pira, spécialisation « perception des énergies », sondeur

Syyrs

Zari : médecin de l'académie de Pira, spécialisation « perception des énergies »
Lubéon : membre de la garde royale de Pira, ami d'Astre, spécialisation « physique »
Yiaru : membre de la garde royale de Pira, spécialisation « manipulation des énergies »
Lio : membre de la garde royale de Pira, spécialisation « physique »
Bayer : membre de la garde royale de Pira, spécialisation « physique »
Kayle : membre de la garde royale de Pira, spécialisation « mouvement »

Apprentis

Lianne : spécialisation « perception des énergies », maître Arutha
Espérion : spécialisation « physique », maître Astre
Ubio : spécialisation « clairvoyance », maître Evyyt
Lullana : spécialisation « mouvement », maître Gaal
Ester : spécialisation « manipulation des énergies », maître Yiaru
Bele : spécialisation « perception des énergies », maître Bayer
Revers : spécialisation « mouvement », maître Syla

Lexique des personnages (2) – L'Empire

Avertissement : il est déconseillé de lire ce lexique avant d'avoir fini le chapitre 6.

Famille impériale

Param : empereur
Einar : fils de l'empereur, successeur désigné par son père
Ayra : fils de l'empereur, ancien successeur de l'empereur, projection du Don « quatre ailes d'oiseaux »

Maîtres Syyrs

Arutha : espion
Behru : commandant sous les ordres d'Einar

Syyrs

Tebor : capitaine du vaisseau *L'Épopée*

Remerciements

Écrire un livre est rarement le travail d'une seule personne. De la naissance de l'idée à la publication, il faut souvent du temps, mais aussi de belles rencontres, de bonnes discussions. J'ai eu cette chance. Merci à tous ceux qui me l'ont offerte.

À ma sœur Carine, sans qui Lianne et Arutha n'auraient jamais vu le jour. À nos après-midis sur l'herbe.

À mon mari, qui a soutenu mon projet. À sa patience inconditionnelle et son travail de fourmi face à mes premières ébauches de texte.

À mes parents, qui m'ont transmis depuis ma plus tendre enfance le goût de la lecture, qualité indispensable à l'écriture. À mes sœur et frère, Armelle et Matthieu, avec qui j'ai partagé tant d'aventures fantastiques, de sagas et de récits que ma tête en est encore remplie aujourd'hui.

À mes premiers relecteurs, famille, amis, wattpadiens et lecteurs des « Nouvelles Plumes », merci pour vos commentaires et fiches de lectures, qui m'ont permis de m'améliorer jusqu'à réaliser ce rêve : être publiée.

Tout particulièrement, à ma chère Martine : merci d'avoir cru en Lianne et Arutha, merci de m'avoir accompagnée durant ce long voyage jusqu'à l'édition.

Enfin, merci à toi, cher lecteur, d'avoir rêvé avec moi.

Composition et mise en pages
Nord Compo à Villeneuve-d'Ascq

Cet ouvrage a été imprimé par
CPI Bussière à Saint-Amand-Montrond
en juillet 2019

Numéro d'éditeur : 95116
Numéro d'imprimeur : 2045073
Dépôt légal : juillet 2019

Imprimé en France